Para

Com votos de muita paz!

___/___/___

Sergio Bueno

A Queda sem Paraquedas

ebm

A Queda Sem Paraquedas

Copyright© C. E. Dr. Bezerra de Menezes

Autor: *Sergio Bueno*
Editor: *Miguel de Jesus Sardano*
Coordenador editorial: *Tiago Minoru Kamei*
Projeto gráfico e diagramação: *Tiago Minoru Kamei*
Revisão: *Rosemarie Giudilli*
Capa: *Suelen I. R. Silva*
Impressão: *Lis Gráfica e Editora Ltda*
1ª edição - junho de 2012 - 3.000 exemplares
2ª impressão - fevereiro de 2015 - 1.000 exemplares
Impresso no Brasil | Printed in Brazil

Dados Internacionais de Catalogação na Publicação (CIP)
(Câmara Brasileira do Livro, SP, Brasil)

Bueno, Sergio
A queda sem paraquedas / Sergio Bueno. --
1ª ed. -- Santo André, SP:
EBM Editora, 2012.

1. Espiritismo 2. Romance espírita I. Título

| 12-00967 | CDD–133.9 |

Índices para catálogo sistemático

1. Romance espírita: Espiritismo   133.9

ISBN: 978-85-64118-17-1

EBM EDITORA
Rua Silveiras, 23 - Vila Guiomar - Santo André - SP
CEP: 09071-100 - Tel. 11 3186-9766
ebm@ebmeditora.com.br | *www.ebmeditora.com.br*

Twitter: *@ebmeditora* | Facebook: *www.facebook.com/ebmeditora*

Dedicatória

Quando se dedica um livro a uma pessoa pensa-se em homenageá-la ou reconhecer o papel que desempenhou na elaboração da obra. E sempre surge uma dúvida: posso dedicar, sem consultar o escolhido? E se ele já não estiver mais no mundo dos encarnados? Pelo sim, pelo não, faço as minhas escolhas, rogando perdão se, ao pensar em homenagear e reconhecer, acabei contrariando-os.

Não posso negar a influência que o triunvirato Chico Xavier, Emmanuel e André Luiz exerceu em minha vida; nem tampouco deixar de reconhecer o enorme benefício que recebi da dupla: Divaldo Pereira Franco e Joanna de Ângelis, além de Victor Hugo, Manoel Philomeno de Miranda, Lucius e tantos outros luminares da Espiritualidade. Suas obras mudaram em definitivo a minha vida, derramando luz sobre os ensinamentos de Allan Kardec, tornando-os reais nas narrativas marcantes de personagens densos em memoráveis romances. Livros doutrinários, mensagens e a série psicológica de Joanna de Ângelis. Que alegria poder encontrar nos livros respostas para inquietações íntimas, soluções para certos enigmas da vida.

Dedico também aos amores da minha vida: todos aqueles familiares, sem exceção, que estiveram ao meu lado, concordando ou divergindo, apoiando ou criticando, sempre, porém, movidos pelo melhor dos propósitos: ajudar, amparar e até socorrer. Aos meus pais, Anézio e Amélia, onde estiverem, recebam os meus agradecimentos. Ana, minha querida esposa, os filhos amados Clarissa, Marcel e Amanda. Irmãos, sogra, sogro, cunhadas e cunhados, sobrinhos, afilhados, tios e primos não se sintam melindrados porque estão igualmente em meu coração. A vida nos coloca ante situações diversas, quando encontramos companheiros de trabalho, amigos e até adversários que nos ensinam sempre – a todos, a minha gratidão e os meus melhores pensamentos.

Viver é evoluir; evoluir é aprender, experienciar, lutar, cair e se levantar. O livro espírita encurta o caminho, sem os perigos do atalho, e torna a vida mais compreensível.

Finalmente, obrigado à EBM, ao Dr. Miguel de Jesus Sardano e a toda sua equipe, que não poupou esforços para que esta obra viesse a lume.

Sergio Bueno

Prefácio: 2ª impressão

Ao entregar a 2ª impressão de "A Queda Sem Para-quedas" à editora, senti que a obra cumpri a sua função social: esclarece, segundo os postulados da Doutrina Espírita, aqueles que acreditam que a vida vai além do corpo físico e se projeta na dimensão espiritual.

Os que foram levados pelos eventos coletivos (terre-motos, incêndios, quedas de aeronaves e tantos outros) para outra dimensão, deixam atrás de si um rastro luminífero, um legado aos que ficaram. A mensagem dos que partiram, para os que acreditam na roda das reencarnações, é uma só: amem sempre, nunca se desesperem. Porque, as vítimas de hoje, ao se livrarem do carma que as conduziram ao holocausto, estarão prontas para os reencontros do amanhã.

Sendo a Terra um Planeta de provas e expiações, é na-tural que ainda ocorram eventos dolorosos que, em sã cons-ciência, não poderíamos aceitar. No entanto, bafejados pela Doutrina Espírita, aceitando as leis de causa e efeito, encarna-ção e reencarnação, é possível vencer o desespero e em seu lugar instalar a esperança.

Dedico essa 2ª impressão àqueles que foram atingidos pela tragédia de Santa Maria, no Rio Grande do Sul, enviando uma mensagem de amor aos que ficaram sem a companhia momentânea dos entes queridos que se foram.

Acreditando na vida após o túmulo, cultivando a esperança do reencontro, os que partiram e os que ficaram podem se reencontrar, a cada momento, nas vibrações da prece sincera.

Muitos foram os eventos que ceifaram milhares de vidas após o lançamento da 1ª edição do livro; não convém relembrá-los, mas, sim, encontrar o eixo que move a própria vida do ser encarnado e, por seu intermédio, compreender as engrenagens do destino.

Paraibuna, SP.
Recanto do CLAM.
Verão de 2014.
Sergio Bueno

Sumário

Prólogo | *11*

Capítulo 1 - A queda | *17*

Capítulo 2 - A notícia do acidente | *29*

Capítulo 3 - Passageiros e tripulantes | *55*

Capítulo 4 - A confirmação da tragédia | *75*

Capítulo 5 - A alvorada | *85*

Capítulo 6 - A vida continua | *105*

Capítulo 7 - O despertar da consciência | *123*

Capítulo 8 - O destino trabalha sem descanso | *139*

Capítulo 9 - Acúmulo de desilusões | *155*

Capítulo 10 - O processo | *167*

Capítulo 11 - Uma reunião diferente | *189*

Capítulo 12 - Os fatos se precipitam | *205*

Capítulo 13 - Momentos de felicidades e revelações | *235*

Capítulo 14 - Novos chamados | *257*

Capítulo 15 - Novas Experiências | *293*

Capítulo 16 - Mudanças repentinas | *317*

Capítulo 17 - Retomando o tema | *337*

Capítulo 18 - Demetrius retorna ao passado | *365*

Capítulo 19 - Pelos caminhos da provação | *413*

Capítulo 20 - O presente se impõe sobre o passado | *447*

Capítulo 21 - O recomeço | *501*

Capítulo 22 - Vinte anos depois | *561*

Textos da Codificação | *595*

Textos doutrinários | *599*

Temas para estudos e comentários | *605*

Prólogo

Nunca houve ao mesmo tempo a confluência de tantas catástrofes como as que temos assistido nos últimos anos. Os eventos ligados à natureza assustam pela dimensão das tragédias provocadas ceifando milhares de vida. São terremotos, maremotos, tornados, furacões, tsunamis, soterramentos, tempestades, além das mortes provocadas pela insensatez humana, como as guerras de todos os tipos, genocídio premeditado e o terrorismo religioso ou político, as lutas sangrentas pelo poder e os acidentes aéreos, marítimos e os provocados por veículos automotores nas ruas das cidades e nas estradas, dentre tantos outros.

No passado, a opinião pública mundial sofreu o impacto de alguns acidentes que se tornaram célebres pela dimensão da tragédia, como o naufrágio do Titanic, recentemente reconstituído em película cinematográfica, que levou plateias do mundo inteiro à comoção, e o do Andrea Doria. Mais recentemente, a tragédia de Chernobyl, os acidentes aéreos no Brasil que causaram grande impacto e, sobretudo, os terremotos no Haiti, no Chile e no Japão, que ceifaram milhares de vidas, levando os países do mundo inteiro a se solidarizar com aqueles povos. Mais recentemente, a tragédia na região serrana do Rio de Janeiro, os alagamentos no Nordeste e em Santa Catarina, gerando perplexidade no ser humano. Somando-se o número de mortos em tantos eventos coletivos temos certamente a desencarnação em massa de milhões de pessoas de todas as idades, raças, cor e posição econômica e social. Tanta dor e sofrimento angustiam a todos, afetam a vida de milhões de pessoas e deixam o ser humano perplexo.

Como é possível, em pleno terceiro milênio e com as notáveis conquistas da ciência e da tecnologia, ainda se praticar ações criminosas que matam inconsequentemente tantos seres humanos nas ruas, nas favelas ou nos grandes teatros de operações bélicas? Os atentados terroristas simultâneos nas estações de Atocha em pleno coração de Madrid e nas estações El Pozo e Santa Eugênia, na periferia madrilenha, que deixaram 198 mortos e 1421 feridos; a tragédia no World Trade Center, situado em Lower Manhattan, na cidade de Nova York, atingido em 11 de setembro por dois Boeing 767, matando 2.750 pessoas e tantos outros atentados praticados pelas mais variadas facções, demonstram, claramente, que há um nítido descompasso entre o desenvolvimento ético e o científico.

Os avanços da civilização conseguiram produzir artefatos industriais surpreendentes, capazes de levar o homem à conquista do Cosmos, enquanto o egoísmo, a maldade, o desinteresse pelo próximo assumem as raias da loucura, apesar dos esforços realizados por tantos que pontificam ao lado do bem, do amor e da solidariedade.

O homem em desequilíbrio moral chama para si sofrimentos inenarráveis, culminando em tragédias coletivas, que só acontecem porque pelas Leis de Causa e Efeito existem ainda débitos a serem resgatados.

Quando a sociedade evoluir ética e moralmente,

e a ganância e o desrespeito à vida forem definitivamente erradicados, aí então estaremos em um mundo de regeneração. Apesar de existirem Leis Espirituais governando o Universo dentro do princípio do livre-arbítrio, os potentados e os egoístas, os que desrespeitam os direitos do homem e do cidadão, os negligentes assumem um carma que um dia poderão resgatar, de forma dolorosa ou pelo bem que praticarem individualmente junto aos grupos a que pertencem, dependendo da natureza do débito.

Esta obra visa trazer à meditação a questão dos resgates coletivos. Mortes por eventos naturais ou acidentais, decorrentes de ações bélicas ou de terroristas, grupos que amargam as mais duras condições de miserabilidade e de pobreza situados em várias partes do mundo. O que tudo isso tem a ver com a Lei de Causalidade?

A Doutrina Espírita tem uma explicação para esses resgates em massa e a apresenta para deixar claro a todos que a vida continua apesar dos infortúnios e dificuldades. Após os eventos dolorosos a que nos referimos, o homem que agiu conforme a lei resgatou, deixou para trás aquilo que impedia o seu crescimento, evoluiu.

A dor momentânea da separação somente será mais suave se os afetos que ficaram compreenderem que a revolta não ajudará o ser amado. A prece em favor de quem se foi, a compreensão dos acontecimentos, o despertar da esperança, o reencontro com os seres queridos é uma proposta altamente consoladora. Pais e filhos, amigos e irmãos, todos um dia poderão recomeçar a caminhada momentaneamente interrompida, porque conseguiram entender que não há efeito sem causa e graças a inauditos esforços romperam os obstáculos da separação e avançaram.

Os resgates coletivos liberam energias represadas ao longo dos tempos e que chegaram ao ponto de erupção. O próprio Planeta sente os efeitos dessas energias nas agressões que sofre todos os dias pela ação temerária do homem moderno, cujo estilo de vida não pode mais subsistir, pela quantidade de agentes tóxicos que emite, contaminando a terra, a água e o ar, além das partículas de pensamentos emitidas por cada indivíduo e também coletivamente pelos grandes aglomerados urbanos. As matas e as florestas, os rios, lagos e o mar, os ventos que sopram com mais intensidade não estão conseguindo absorver e eliminar a toxidade dos elementos emitidos por esse modelo industrial altamente agressivo.

Da mesma forma, o inconsciente coletivo dos povos já está saturado de vibrações de baixo teor, comprimindo a existência do ser humano, que de repente se sente angustiado, solitário na multidão, sem saber as causas que o estão conduzindo a uma depressão ou a outras doenças de cunho psicológico ou psiquiátrico. Nunca, como hoje, ocorreram tantos desajustes emocionais; nunca o sexo foi tão banalizado, o amor tão vilipendiado e o interesse material tão enaltecido. O fluxo dos pensamentos negativos adensados potencializa efeitos que se espalham pela comunidade inteira, acendendo o sinal de alerta para o homem e para o Planeta que o abriga. A dor e o sofrimento são inerentes aos desequilíbrios provocados pelo próprio ser humano, que atrai, como um ímã, as forças negativas que ele mesmo desencadeou.

Não adianta protestar contra as Leis Espirituais questionando Deus, sua sabedoria, justiça e bondade. É o homem que provoca, acumula, fabrica débitos, chamando para si as provas que irão um dia liberá-lo à custa de sofrimento redentor. Redimir-se, evoluir, conquistar novos patamares de compreensão, caminhar rumo à harmonia, sentir Deus no coração, essa é a lei. E ela se cumpre por imposição dos próprios acontecimentos e pela consciência do homem que chegou a compreender o sentido de sua vida aqui na Terra. O ser humano consciente pede, deseja resgatar o que um dia malbaratou no auge de sua ignorância. E aceita vencer a si mesmo, superar os obstáculos, imprimindo no seu consciente ações positivas que irão debelar aquelas que outrora fincou no imo d'alma pela conduta inconsequente.

Capítulo 1

A queda

Tudo foi tão rápido que não consegui sequer me lembrar do que tinha sido a minha vida até aquele momento. Sempre tinha ouvido dizer que na hora da morte a pessoa volta aos fatos mais importantes que vivera: a infância, os pais, a primeira namorada, enfim tudo o que lhe deixou uma marca, positiva ou negativa.

Comigo foi muito diferente.

Havia embarcado no aeroporto do Rio de Janeiro com destino a Nova Iorque com a perspectiva de fechar um grande contrato de exportação para minha empresa.

Naquele dia, Noêmia, minha esposa, fez questão de me levar ao aeroporto. Normalmente, quem ia comigo era Milton, motorista da fábrica há mais de dez anos. Minha mulher disse que sentia vontade de me acompanhar até ao embarque e depois iria à nossa fazenda ver os enfeites de Natal, retornando no dia seguinte.

Durante o caminho, conversamos a respeito da empresa, dos filhos, do futuro. Estava entediado de tantas viagens comerciais. Adorava viajar: quando jovem era a minha diversão favorita. Porém, com o passar dos anos, eu já não apreciava tanto as viagens a serviço, com as sucessivas reuniões de negócios e o clima constante de tensões. Desejava, sim, ir com Noêmia para algum recanto aprazível deste magnífico Planeta, olhar paisagens diferentes, conhecer outros hábitos e costumes.

A fábrica, os empregados, o governo, tudo absorvia de tal forma o meu tempo que as viagens de lazer foram escasseando, restando somente as de negócios.

Minha ida a Nova Iorque fazia parte de uma negociação muito difícil desenvolvida pelo pessoal de vendas da empresa. Há muito tempo estávamos pensando em entrar para o mercado árabe. As dificuldades eram tantas que durante vários anos somente fizemos investimentos para divulgar nosso produto, enviando os vendedores para conhecer a realidade da região, as necessidades dos clientes e tentar entender uma cultura tão diferente.

Finalmente, o Ministro do Exterior e o Presidente da República de Akar constataram que as peças oferecidas tinham qualidade igual às originais, com a vantagem de custarem metade do preço. Concordaram em apresentar um pedido inicial de quinhentos mil dólares. Embora o valor não fosse elevado, na realidade significava quatro dias de trabalho da empresa, e isso era muito importante em tempos de recessão no mercado interno.

Essa viagem era apenas para conhecer pessoalmente o Ministro do Exterior e o Presidente da República e assinar o contrato de fornecimento do primeiro lote das peças encomendadas. Assim, ao contrário de tantas outras, deveria ser uma viagem agradável.

Ficar alguns dias fora da fábrica, entrar em contato com

novas pessoas deveria proporcionar-me enorme bem-estar. Era tudo o que eu queria. Estranhamente, contudo, naquele dia, quando Noêmia me deixou no aeroporto, senti uma angústia inexplicável.

Embarquei no voo AKR, às 12h, pretendendo chegar a Nova Iorque às 22h, no horário de Brasília. Seguiria do aeroporto diretamente para o Ritz Hotel, devendo me encontrar com o Ministro e o Presidente no dia seguinte para fechar o negócio.

Quando o avião levantou voo, o céu do Rio de Janeiro estava lindo. Um azul forte envolvia toda a cidade maravilhosa, o sol a pino esplendia fulgor, e a aeronave decolou com muita leveza. Tudo indicava que seria uma viagem bem tranquila.

Ao atingir a velocidade de cruzeiro, a tripulação começou o serviço de bordo. Serviram o almoço, bebidas, sobremesa, cafezinho, tudo com muita qualidade, elegância, um serviço enfim impecável. Aproveitei para um cochilo, só despertando no momento em que a aeronave começava a sacolejar violentamente, e o comandante, então, determinava a todos que colocassem o cinto de segurança, pois estávamos próximos de forte turbulência.

Não deu tempo sequer para me lembrar de meus pais, já falecidos, nem de minha mulher, nem dos filhos. À minha frente a aeronave se partiu ao meio, em pleno voo. Ouvi apenas alguns gritos que desapareceram sob a força do vento. E nada mais.

Depois, acordei no hospital.

Estava vestido como os outros doentes. Ataduras em várias partes do corpo, preservando-se as áreas afetadas por queimaduras. Recordei-me do acidente e falei comigo mesmo:

– Graças a Deus sobrevivi.

Quando percebi que estava vivo, comecei a sentir fortes dores em todo o corpo. A carne estava em brasa; quase impossibilitado de falar, envolto em bandagens, eu parecia uma múmia.

Lembrei-me da campainha na cabeceira das camas dos hospitais e procurei encontrar uma, tateando, sem nenhum resultado. A sede, a dor, o calor me deixavam aflito. Consegui reunir forças, sem saber como, e gritei:

– Socorro!

Nenhuma resposta. Pareceu-me que o hospital estava vazio. Nenhum barulho, tudo muito estranho para quem estava na UTI.

Fiquei indignado. Afinal, meu convênio era o mais caro... Sempre fizera questão de ter assistência médica de qualidade, capaz de atender a mim e à minha família de forma digna.

Na fábrica, eu admito não me preocupava com a qualidade do atendimento do convênio dos empregados, afinal a saúde era obrigação do Estado. O convênio era algo mais que a empresa proporcionava, sem nenhuma obrigação, apenas para estimular um pouco a produção, evitando as faltas. Quando não havia o convênio, os atestados médicos apresentados pelos empregados tinham de ser aceitos e o número de faltas era grande, sobretudo às segundas-feiras. Antes de firmar o contrato com a empresa prestadora dos serviços médicos, procurei conversar com os dirigentes a respeito e eles garantiram que atestado médico justificando falta era dado somente em caso de necessidade.

O convênio que fizera para minha família era totalmente diferente. Atendimento personalizado, internação em apartamento individual, instalações para acompanhante, enfim, um hotel cinco estrelas, e, ainda, poderiam escolher os profissionais mais categorizados. O preço também era bem alto, mas compensava. Nas poucas vezes que tivemos problemas de saúde na família, todos nós ficamos satisfeitos com o atendimento e com o padrão hoteleiro oferecido. Não se justificava agora em que eu mais precisava o convênio me colocar em uma UTI sem campainha na cabeceira da cama. Fiquei indignado e prometi a mim mesmo que, na primeira visita de um familiar, iria reclamar e pedir remoção para um hospital de verdade. Quanto mais eu pensava no abuso do hospital, na falta de atendimento, mais as dores aumentavam de forma insuportável, fazendo-me perder os sentidos.

Várias vezes eu fiquei inconsciente. Cheguei mesmo a desejar não voltar mais. Quando acordado, sem atendimento, sem atenção, simplesmente jogado em uma cama, enfaixado, tomando soro, as dores e o calor voltavam com tal força que me levavam a novo desmaio. Foram dias insuportáveis, desesperadores, até que em uma manhã, quando estava em pranto, entrou uma enfermeira no quarto, ajustou o soro e perguntou:

– Como está se sentindo hoje?

Estranhei a pergunta. Ninguém até aquele momento havia me visitado ou se preocupado com o meu estado. Achei que havia chegado a hora de reclamar do atendimento, afinal estava pagando, e muito bem, por meio do convênio.

– Qual o nome da senhora?

– Odete. Estou à sua disposição – falou com voz

aveludada estampando no rosto largo sorriso.

– Gostaria de falar com o Diretor desse hospital. Estou aqui há vários dias, sem receber medicação, alimento, visita de médico e somente agora a senhora aparece. Quero dizer que sou industrial no Rio de Janeiro, sofri um acidente aéreo quando ia para Nova Iorque, razão que me levou a esse estado. Pago um convênio caro, mas estou aqui sendo tratado pior do que um indigente. Nunca ouvi falar que, mesmo em hospital público, o paciente ficasse até sem água para beber, sem campainha de cabeceira para solicitar socorro, sem receber visita dos familiares, enfim, completamente abandonado. Além disso, estou com fortes dores, as minhas carnes ardem em brasa, não recebo medicamentos, não posso andar, nem quase falar. Por que vocês estão fazendo isso comigo? Preciso de uma boa explicação e quero que o Diretor providencie com urgência a minha transferência. Não aguento mais essa situação.

Odete ouviu minhas queixas com atenção, anotou-as em um bloco e simplesmente disse:

– Fique tranquilo que levarei a sua reclamação ao Diretor.

– Mas quando terei uma resposta? Quero ao menos falar com a minha mulher e os meus filhos.

– Aguarde o pronunciamento do Diretor. Não foi a ele a quem dirigiu as reclamações? – Falou e saiu.

Naquele momento Demetrius deu vazão a todo o seu sofrimento; sentiu-se só, abandonado, entregue à própria sorte. Não podia mais suportar sozinho tanta dor, tanta angústia, tanto descaso. Era impossível para um homem em sua posição, importante nos meios empresariais do país, que recebia em sua empresa pessoas influentes da política, dos negócios, não receber sequer um copo d'água. Chorou, ficou com medo, não sabia mais o que pensar. E, pela primeira vez, lembrou-se de Deus, daquele Deus de quem sua mãe falava quando era pequeno, órfão de pai, vivendo em uma casinha no subúrbio do Rio de Janeiro.

A figura angélica, simples, bondosa de sua mãe veio-lhe à mente, acariciando-o e ensinando-o a rezar. Lembrou-se de que, no dia da morte da mãe por tuberculose, quando ele tinha dezessete anos e trabalhava em uma empresa (exatamente quando começava a se destacar dos demais colegas e havia recebido uma promoção), ao chegar a casa à noite encontrou movimentação inusitada no portão. Eram os vizinhos que vinham avisá-lo de que D. Margarida acabara de falecer, chamando pelo filho.

Ficou sozinho no mundo.

Sem irmãos para consolá-lo, com os parentes muito distantes; no enterro de D. Margarida somente compareceram os vizinhos e as amigas da igreja. Foi um enterro simples, sem flores, o corpo sepultado em cova rasa; todos se dispersaram rapidamente, e Demetrius, sozinho, voltou para casa.

Ali, naquele ambiente que cheirava velório, chorou muito sob o retrato de sua mãe, revoltado por não poder lhe dar uma boa assistência médica, nem sequer alimentação adequada ao seu estado. Sob a revolta e o desespero, a ausência de amigos e parentes, lembrou-se apenas que, se tivesse dinheiro no bolso, as coisas teriam sido diferentes. Teria levado a mãe a bons médicos, ela poderia ter deixado de passar roupa para as freguesas e, alimentando-se melhor, certamente a tuberculose não a teria levado tão cedo. Revoltado com a vida, esqueceu-se completamente de Deus e jurou, naquele instante, que iria ganhar muito dinheiro. Com ele, compraria a saúde, a beleza, os bens, tudo, enfim.

Lembrou-se da casa faustosa de seu patrão, da comida especial que para ele era servida na empresa, do carro com motorista que ia sempre buscá-lo no trabalho e até de sua mulher, muito mais jovem, bonita, cheia de vida. A tuberculose era a doença dos pobres, subnutridos, sem assistência médica. Venderia aquela casinha que a mãe lhe deixara e, com o dinheiro obtido, iniciaria o seu próprio negócio. Tinha cabeça, saberia como multiplicá-lo, sobretudo não tinha medo de enfrentar a vida.

No outro dia, ao comparecer à empresa, pediu licença ao chefe para falar com o Dr. Mauro, advogado de confiança dos patrões.

– Com licença, Dr. Mauro.

– Pode entrar. Primeiro receba os meus sentimentos; fiquei sabendo que sua mãe foi enterrada ontem. Pensamos até que não viesse hoje ao trabalho.

– De nada adiantaria eu ficar em casa. O que tinha de acontecer já passou. Minha mãe estava há tempos doente, com tuberculose. Pedi licença ao Sr. Valdomiro para falar com o doutor acerca de algumas dúvidas que tenho. Só o senhor pode me orientar nessa hora.

– Estou às suas ordens.

– Eu e minha mãe vivíamos em uma pequena casa no subúrbio; meu pai já é falecido; não tenho irmãos e nem parentes próximos. Estou sozinho no mundo. Por isso pretendia vender aquela casa e mudar para perto do meu emprego, evitando perder quatro horas por dia no trânsito. Mas, não sei o que precisa ser feito diante das leis, se eu posso vender já a casa ou se é necessário fazer o inventário.

— O seu caso é muito simples, meu jovem. Trata-se apenas de uma propriedade, não existindo herdeiros a não ser você. Qual o valor da propriedade?

— É uma casinha pequena, com dois quartos, sala, cozinha e banheiro, em terreno de dez por trinta, no subúrbio. Hoje deve valer aproximadamente oitenta mil cruzeiros.

— Então é necessário fazer um inventário, que deve terminar rapidamente.

— O senhor poderia indicar algum advogado para fazer o trabalho e que não cobrasse muito, porque não tenho dinheiro agora e só pagarei quando vender a propriedade. Gostaria naturalmente que o senhor mesmo pegasse o caso, mas parece que não é possível.

— Na verdade não tenho permissão da empresa para executar trabalho de interesse pessoal dos empregados. Você sabe, tenho de defender a empresa e se amanhã, em um eventual conflito entre a empresa e o empregado, eu, como advogado, tiver interesse profissional nos dois lados, não será ético defender as duas partes ao mesmo tempo. Por essa razão, o meu contrato com a firma não me permite advogar em causas pessoais dos empregados. Mas, posso indicar a você um colega de respeito, que irá atendê-lo dentro de suas necessidades.

O Dr. Mauro entregou um cartão de visita ao jovem Demetrius, com o endereço do colega advogado, ligando para ele imediatamente.

— Lúcio, como vai? É Mauro.

— Faz muito tempo que não nos falamos. O que o leva

a lembrar-se de um colega perdido aqui em Madureira?

– Como você sabe, sou o advogado geral do grupo Emprex. Temos um funcionário, que está aqui em minha frente, com necessidade de fazer o inventário dos bens deixados por sua mãe. Ele é um ótimo rapaz, precisa fazer o inventário, mas só pode pagar ao final, quando vender a propriedade. Gostaria que o atendesse, pode ser?

– Serviço é sempre bem-vindo. Posso recebê-lo amanhã às 19 horas no meu escritório, confirma com ele e passe o endereço.

Confirmada a consulta, já no dia seguinte, Demetrius acertava tudo com o advogado.

Em seis meses o processo estava concluído e a imobiliária já havia arrumado comprador para a casa.

Vendida a propriedade, cobertas todas as despesas, o jovem ficou ainda com sessenta mil cruzeiros. Este era o seu capital inicial. Em vinte anos de trabalho tornou-se um dos mais fortes empresários do Rio de Janeiro.

Enquanto essas lembranças passavam pela sua mente, as dores aumentavam. Somente a lembrança do sorriso de sua mãe amenizava seu sofrimento. Aos poucos, sentiu ligeiro alívio e ouviu a voz de D. Margarida:

– Meu filho, não se desespere. Estou aqui para ajudá-lo. Fale com Deus, reze do seu jeito, coloque-se humilde diante do Criador. Você o esqueceu por muito tempo. Agora chegou o momento da reaproximação. Não tema, apenas ore com a alma, com toda a intensidade, sem procurar palavras bonitas. Seja sincero e o Pai o atenderá com certeza.

Demetrius nada viu. Com medo, porém confiante, se pôs a conversar:

– Meu Deus, eu não sei vê-lo com a reverência dos altares, nem louvá-lo com cânticos ou hinos. Desconheço a sua palavra, porque não li a Bíblia e nem o Alcorão; desse apenas tomei conhecimento por meio de meus assessores na empresa, para não cometer nenhuma gafe junto aos árabes e não perder um importante negócio. Sei, porém, que a sua alma (E Deus também tem alma? – perguntou-se) é ampla e generosa. Perdoa-me a ausência, o silêncio por tantos anos. Fiquei pensando tão somente na empresa, no dinheiro, e me esqueci de rezar. Hoje estou aqui perdido, sem apoio, abandonado. Parece até que sou um alucinado, tendo ouvido a voz de minha mãe já falecida. Não sei a quem recorrer. Não posso me movimentar, sinto dores no corpo, o desespero chegou. Só o Senhor pode me socorrer em uma hora dessas. Tenha piedade de mim, acuda-me, acolha-me como um filho transviado, mas necessitado do seu aconchego. Ajudai-me, Pai, não fiques alheio aos meus sofrimentos, pois sois a minha última esperança.

A sinceridade de Demetrius era tal que comoveu as esferas superiores. Imediatamente o seu espírito guardião, que pouco pôde fazer por ele enquanto reencarnado, dada a densidade vibratória de seus pensamentos, conseguiu se aproximar, tornando-se visível.

– Meu irmão!

Com os olhos em pranto, voltou-se à direita da cama e viu Augusto, o Mentor que o acompanhou durante toda a reencarnação.

– Quem é você, enviado de Deus? Roguei ao Pai e as minhas preces foram atendidas de imediato?

– Sim. Chamo-me Augusto; somos amigos há muito tempo e somente agora pude visitá-lo.

– Desculpe, mas não me lembro.

– Não importa, já faz muito tempo. E hoje, principalmente depois do acidente, é natural que não se lembre. Com o tempo, irá saber exatamente de onde vem a nossa amizade.

– Se é mesmo meu amigo, me tire dessa agonia. Estou desesperado, cheio de dores, vivendo um verdadeiro inferno.

– Não se preocupe. Continue com o seu pensamento em Deus. Você agora vai receber medicação e dormirá profundamente. Amanhã, quando acordar, já estará livre das ataduras, sem dores, iniciando a fase de convalescença.

Deu ao enfermo um copo d'água com medicamento que o levou a um sono rápido e profundo.

Augusto, que o acompanhava desde antes de seu nascimento, conversou com a enfermeira Odete.

– Quando ele despertar, as formas de pensamentos serão diferentes, alteradas que foram pela prece sincera. Ele já estará em outro lugar arejado, florido, em apartamento cinco estrelas como gosta. Cuide para que não faça muitas indagações acerca do acidente, porque as dores poderão voltar imediatamente. Com o tempo ele vai perceber as mudanças ocorridas em sua vida. Somente poderei visitá-lo daqui a uma semana; avise-o.

Capítulo 2

A notícia do acidente

A notícia do acidente explodiu como uma bomba na imprensa. Imediatamente, as emissoras de rádio e de televisão começaram a falar a respeito dos passageiros, das possíveis causas da queda do avião, gerando profunda comoção na opinião pública. O aeroporto do Rio de Janeiro ficou totalmente congestionado; parentes e familiares aflitos dirigiam-se ao guichê da companhia aérea querendo notícias sobre possíveis sobreviventes, como estavam as buscas, qual a lista oficial dos passageiros que haviam embarcado. No guichê das outras companhias não se conseguia realizar o "check-in"; instalou-se o caos.

A notícia chegou à casa de Demetrius pela televisão. Quem primeiro escutou foi Cláudia, a governanta, muito apegada a Noêmia.

Cláudia sabia que o patrão havia viajado para Nova Iorque e que dessa vez quem o levara ao aeroporto tinha sido D. Noêmia. Não sabia qual era o voo, mas no café da manhã ouviu o comentário do patrão de que iria pela empresa aérea apontada no noticiário da TV. Ao pensar nisso teve um calafrio, ficou tensa, insegura, sem saber o que fazer. Deveria ou não informar a patroa, que estava na fazenda cuidando dos preparativos da festa de Natal? A senhora ligaria a qualquer momento para saber acerca do andamento dos serviços de casa: se os filhos já haviam chegado do colégio, passando as ordens para o dia seguinte. Sabia que Noêmia, quando na fazenda, não gostava de televisão, aproveitando para olhar a plantação e principalmente o pomar. E que, certamente, estava esperando uma ligação telefônica do marido. Sem saber como agir, resolveu ligar para a secretária do patrão na empresa, para sentir o clima. Foi difícil conseguir a ligação e, quando falou com Sandra, ficou ainda mais apreensiva.

— Que voz é essa? — Perguntou para a secretária.

— Cláudia — respondeu a jovem — o pior já aconteceu e nós não sabemos o que fazer. O Sr. Demetrius estava naquele avião que voava para Nova Iorque. E a D. Noêmia, como está?

— Não sabe ainda. Foi ela quem levou o patrão ao aeroporto hoje e seguiu para a fazenda para preparar a festa de Natal. E quando vai à fazenda não costuma assistir televisão. Os caseiros são pessoas simples e nem imaginam que o Sr. Demetrius viajou para Nova Iorque.

— Então ela não sabe mesmo! Como vai ser agora?

— É preciso ter calma; ainda não saiu a lista oficial dos passageiros embarcados e não se sabe se existem sobreviventes.

— Pode ser que o Sr. Demetrius não tenha embarcado nesse voo?

— Essa hipótese não é possível. Ele insistiu tanto comigo para viajar nessa companhia, que era a mais segura e apresentava bom serviço de bordo. Chegou até a desmarcar o compromisso, que seria na semana passada, só porque não tinha lugar nesse voo. Ele embarcou mesmo. Nossa esperança está, agora, em um milagre. E o Sr. Demetrius, aqui na empresa, fazia milagres todos os dias. Espero que ele tenha conseguido sobreviver. Vamos colocar tudo nas mãos de Deus, que sempre sabe o que faz e a gente é que não sabe o que fala.

— Se receber alguma notícia me telefona; não sei o que falar com D. Noêmia quando ela ligar. O que me aconselha?

— Fale com jeito a respeito da possibilidade do acidente, até porque é necessário que ela volte o mais rápido possível.

A governanta desligou o telefone. A qualquer momento a patroa ligaria. Só de pensar, suas pernas tremiam.

Muitas vezes indagou a si mesma por que gostava tanto de D. Noêmia. O Sr. Demetrius, embora bom patrão, não era de dar trela aos empregados. Cumprimentava educadamente, nunca perguntou nada da vida de ninguém, nem se tinham dificuldades, se estavam alegres ou tristes. Para Demetrius eles eram como móvel no canto da casa, que precisava ficar limpo para não revelar desleixo; nada mais. Não tinha queixa do patrão, mas também não iria sentir saudade. E o sentimento de Cláudia era compartilhado pelos serviçais, exceto por Milton, o motorista. Milton era até irritante, tanto que admirava Demetrius. Levava o patrão para viagens, dizia que almoçava com ele no caminho, e que conversava com o dono da casa até a respeito de seus problemas pessoais. Sentia orgulho de trabalhar para Demetrius. Era somente para Milton que o patrão dava aumentos salariais generosos naquela residência. Nem D. Noêmia, sempre com bom-senso, era ouvida. Demetrius deixava bem claro que Milton trabalhava para ele, enquanto os demais empregados estavam sob as ordens da esposa.

Certa vez Noêmia resolveu argumentar com o marido acerca das causas daquela preferência. O tratamento desigual causava-lhe problemas em relação aos outros serviçais. Ele se limitou a responder:

— Você quer controlar tudo. Não posso ter um motorista, tratá-lo bem, que você acha que isso lhe cria problemas. Que problemas? Se pago mais para ele é porque precisa estar bem para dirigir o carro. Quantas vezes eu viajo a longas distâncias, chego até a cochilar no carro. A minha vida está nas mãos dele e por isso deve ser valorizado.

Noêmia nunca mais tratou da questão. Milton continuou atendendo a Demetrius e também à família.

Cláudia despertou de seu devaneio quando Alexandre e Cíntia, filhos do casal, entraram em casa. Milton fora buscá-los no colégio.

O motorista estava diferente, cara fechada, preocupado. Assim que as crianças foram ao quarto, chamou a governanta de lado e perguntou-lhe:

— Você ouviu alguma coisa no rádio ou na televisão a respeito do acidente de hoje à tarde com o avião da Aerovias?

— Não se fala em outra coisa. Ainda não saiu a lista oficial dos passageiros embarcados e nem se sabe se há sobreviventes.

— Você acha que o patrão poderia estar nesse voo?

Cláudia ficou embaraçada com a pergunta direta, procurou disfarçar, pois sabia que o motorista adorava o patrão. Pensou que se omitisse a informação ele saberia por outra fonte. Era preferível falar e contar com um aliado a ficar sozinha remoendo aquele noticiário, que poderia mudar para sempre a vida de todos daquela casa. Pensando assim, respondeu:

— Acabei de falar com a Sandra. Ela me disse que o Sr. Demetrius pode ter realmente embarcado naquele avião.

Milton empalideceu, pediu um copo d'água com açúcar. Os demais empregados chegaram perto, ofereceram ajuda e, ao se inteirarem dos fatos, se preocuparam com a patroa, querida por todos.

Sandra voltou a ligar algumas vezes para saber se Noêmia estava a par dos acontecimentos. A diretoria da companhia já se reunia e ninguém sabia exatamente o que fazer.

Na empresa a notícia pegou todos de surpresa. De Nova Iorque o vendedor, que fechara o negócio com os árabes, já havia telefonado duas vezes. A informação que ele havia recebido no Aeroporto La Guardia não mencionava possíveis sobreviventes. Os radares, no momento do acidente, indicavam na área de voo o aparecimento de fortíssima turbulência. Nenhum contato foi mantido com a torre. Tudo sugeria que a turbulência atingira "em cheio" o avião, não possibilitando nenhuma alternativa ao comandante, que sequer teve condições de se comunicar com a torre. Os técnicos só falavam na caixa preta, que registra os últimos trinta minutos do voo, como fonte para o esclarecimento do sinistro.

Estava também afastada a possibilidade do avião se encontrar fora de rota, como alguns chegaram a insinuar. Pela distância do ponto de partida, no último contato feito com a torre a rota estava certa. De qualquer forma, o pedido de socorro fora emitido, indicando o provável local da aeronave na hora do acidente, e somente restava aguardar alguma informação das autoridades.

A Incotel era uma empresa produtora de peças de trator. Demetrius a constituiu com os sessenta mil cruzeiros que arrecadou com a venda da casa que recebera de herança. Vinte anos se passaram e a pequena empresa hoje era respeitada pela qualidade de seus produtos, fornecendo para todo o Brasil, mas também para os Estados Unidos, Europa e Ásia. Agora começaria a fornecer para os países árabes, última etapa de seu projeto global.

Com a notícia do acidente todos os diretores, exceto o de relações internacionais e comércio exterior, que aguardavam Demetrius em Nova Iorque, se reuniram. Na ausência do chefe, quem assinava os cheques, as correspondências e o substituía formalmente era Antônio, senhor idoso, que respondia por toda a parte administrativa.

Conhecera Demetrius nos tempos iniciais da empresa, quando era gerente de banco, ajudando a Incotel no desconto de duplicatas, na definição de linhas de crédito com juros favorecidos. Daí ter surgido entre ambos forte amizade, que se transformou em convivência mais íntima, quando o Sr. Antônio foi despedido da agência, cuja meta era reduzir custos por meio da diminuição dos salários. Tão logo Demetrius soube do fato, antes mesmo que o gerente deixasse a instituição, procurou-o para uma conversa franca. Após cumprimentar o amigo, foi logo perguntando:

— Soube que o senhor não vai mais trabalhar no banco, é verdade?

— Fui chamado pela diretoria na semana passada e me informaram que precisam reduzir os custos. O lucro caiu no último ano e os acionistas exigem corte de despesas. Como meu salário, pelo tempo de casa, é considerado elevado, os diretores não tiveram outra alternativa a não ser me dispensar. Receberei a minha indenização e pretendo iniciar um pequeno escritório de consultoria financeira.

– Estive pensando – falou Demetrius – que, com a sua experiência na área financeira poderíamos trabalhar juntos. Não desejo sob hipótese alguma atrapalhar os seus planos. Porém, gostaria de fazer uma proposta: o senhor vem trabalhar na minha empresa, que não pode pagar no momento o mesmo salário da casa bancária, mas assegura-lhe um fixo, além de participação nos resultados. Se conseguirmos crescer, essa participação certamente proporcionará ganho superior ao do banco; caso contrário, pelo menos, o senhor terá assegurado um rendimento básico para as suas despesas. Pense bem; não precisa me dar uma resposta agora, e, independentemente de aceitar ou não a minha proposta, gostaria de desfrutar de sua amizade, pois, muitas vezes, se não fosse a sua orientação não sei como a empresa sobreviveria.

– Agradeço muito ter lembrado do meu nome. Vou pensar e no máximo em dez dias dou uma resposta.

Após a saída de Demetrius o gerente ficou pensando na proposta. Estava, na realidade, muito triste com a demissão. Há muitos anos dedicava-se àquela instituição, ampliando a carteira de empresas, atendendo às metas, tendo feito até amizade com muitos clientes. Agora, com o anúncio de sua despedida, esperava encontrar amizade, companheirismo, e contava com isso para iniciar a sua consultoria. Mas, quando foi anunciado o seu substituto, um jovem economista indicado pela matriz, notou de imediato um comportamento diferente de certos clientes, preocupados em agradar o futuro gerente. Mesmo alguns funcionários que haviam trabalhado com ele durante anos mostravam-se arredios, quando os chamava na frente do sucessor. Seguindo os seus princípios de lealdade às pessoas e fidelidade à instituição, o gerente demissionário procurou eticamente respeitar todos os compromissos, não omitiu nenhum detalhe, imparcialmente avaliou cada funcionário, passando a seu sucessor as informações necessárias para que não ocorresse solução de continuidade administrativa.

Apesar de estar com a consciência tranquila, como ser humano sentia-se abandonado. Seu desejo de montar uma consultoria financeira própria, contando com alguns ex-clientes que julgava amigos, talvez não fosse viável. Havia abordado delicadamente o assunto com alguns, que sempre o incentivaram, mas não se dispuseram a ajudá-lo. Percebeu que o dinheiro da indenização manteria a consultoria por alguns meses, mas, sem clientes, jogaria fora o recurso destinado ao sustento da família. O único convite concreto, efetivo, havia sido o de Demetrius.

Sabia que a Incotel era uma empresa pequena, que enfrentava constantes dificuldades com capital de giro, mas sempre acreditou no espírito inovador do jovem homem de negócios. Enquanto outros clientes vinham de famílias ricas, com empresas já conhecidas e patrimônios pessoais consolidados, Demetrius, sozinho, praticamente sem recursos iniciais, superava a cada ano todos os concorrentes em lucratividade, esbarrando sempre na falta de capital de giro, o que o levava a buscar dinheiro no mercado, pagando juros elevados. Se estivesse mais bem assessorado financeiramente, a empresa poderia crescer.

Estranhamente, sempre sentiu grande simpatia pelo esforço daquele empreendedor. Ele fazia de tudo na organização: emitia duplicata, descontava, vendia, ia para a linha de produção, projetava, produzia, enfim era "pau para toda obra". Sempre disposto, os problemas não o abatiam, ao contrário, motivavam-no a caminhar mais à frente. Assim, ao final dos dez dias combinados, chamou o empresário ao banco e lhe informou que aceitava a proposta. Demetrius, que nutria pelo gerente igual simpatia, ficou feliz e combinaram o início das atividades para a semana seguinte.

Após a chegada do Sr. Antônio na empresa, Demetrius sentiu grande alívio. Deixou as atividades administrativas, bancos, cobrança, fornecedores e concentrou-se nas áreas de produção e, sobretudo, na comercial. A empresa, assim, mais bem administrada, reagiu com rapidez, deixando em pouco tempo para trás aquelas dificuldades impostas pela falta de capital de giro. Havia estima entre Demetrius e o Sr. Antônio, que após algum tempo já estava ganhando mais do que recebia no banco, graças ao sistema de participação nos resultados.

Depois, ao longo dos anos, os dois se aproximaram cada vez mais, sempre mantendo um nível de respeito e cordialidade, sinceridade e dedicação, que se refletiu no crescimento da Incotel.

Ao abrir a reunião da diretoria, o Sr. Antônio perguntou se todos estavam sabendo do ocorrido com o voo AKR.

– A fábrica inteira não comenta outra coisa – falou o engenheiro de produção.

– Tentamos de todas as formas saber se o patrão se encontrava na lista de passageiros embarcados. Ligou-me do aeroporto o Carlos, que está lá desde o início do noticiário, e na lista oficial dos que embarcaram consta o nome do chefe. Não há mais dúvida: ele foi naquele voo. A companhia aérea não sabe ainda o destino do avião, se há ou não sobreviventes, de forma que nos resta tão somente esperar. O que vocês sugerem nesse momento?

Ninguém apresentou nenhuma sugestão. Era aguardar a posição da companhia.

O diretor encerrou o encontro pedindo a todos que continuassem a trabalhar com o mesmo empenho e não permitissem comentários na fábrica. Tudo tinha de funcionar normalmente, como sempre, dentro das diretrizes de Demetrius, que não admitia paralisações em hipótese alguma.

Encerrada a reunião, o diretor chamou a secretária, perguntando-lhe:

— D. Noêmia não fez contato com a empresa?

— Ela ainda não sabe a respeito da extensão do acidente. Falei há pouco com a governanta. Informou-me que a patroa, depois de deixar o Sr. Demetrius no aeroporto, foi diretamente para a fazenda.

— Precisamos colocar D. Noêmia a par da situação. Ligue para a fazenda. Eu mesmo falarei com ela.

Após deixar o marido no aeroporto, a jovem senhora seguiu para a herdade da família. Estava preocupada com a festa de fim de ano. Gostaria de ver tudo no seu devido lugar: a casa-grande enfeitada, limpa, o cardápio ao gosto exigente do esposo.

Desde a primeira vez que viu aquele jovem empreendedor na casa de um amigo de seu pai sentiu forte atração. Nunca soube explicar a intensidade desse sentimento por aquele moço da sua idade, que não se apresentou como um galanteador. Alguma coisa nele a cativava. Sentiu que havia algo mais no ar no momento em que sua amiga Cleusa a apresentou ao empresário.

Demetrius estava quase esquecido naquela festa de grandes homens de negócios. Jovem, proprietário de pequena empresa sem expressão no mercado, fora convidado para o evento pensando na possibilidade de se aproximar de grandes empresários. Ficou desapontado quando percebeu que se tratava de encontro exclusivamente social, destinado a arrecadar fundos para uma instituição de caridade presidida pela esposa do principal fabricante do setor automotivo do país. Não podendo se retirar de imediato, ficou praticamente sozinho em um canto, cumprimentando as pessoas que conhecia, sem mais intimidade. Sua situação já estava constrangedora e ele havia decidido se retirar quando Cleusa, a filha mais nova do capitão da indústria de autopeças, apareceu à sua frente, apresentando-lhe Noêmia.

Cleusa, embora jovem, era muito hábil. Percebia rapidamente quando algum convidado estava deslocado e procurava uma forma de integrá-lo em alguma roda. De onde estava, observando todo o salão, sentiu o isolamento de Demetrius; viu que se tratava de um jovem bonito que ali estava certamente para se aproximar dos grandes industriais. Rapidamente passou-lhe pela cabeça que, pela idade, poderia ser um bom papo para Noêmia, sua amiga predileta desde os tempos de escola. Ela havia convidado a amiga para o evento; confiava muito na intuição de Noêmia, sempre atenta aos menores detalhes, simpática e discreta, que aceitou o convite para mais aquela festa. O motivo – pensou – era nobre: arrecadar fundos para uma fundação dedicada ao tratamento de crianças excepcionais.

Assim que apresentou a amiga ao jovem empresário, Cleusa percebeu que ambos, imediatamente, se olharam de maneira diferente. Estranho – pensou. A amiga, tão reservada quanto aos seus sentimentos, nunca demonstrara interesse por qualquer outro rapaz do grupo que frequentava. Ficaram ali conversando mais do que o normal para uma simples apresentação.

Noêmia, descontraidamente, pegou Demetrius pelo braço e o conduziu à sala ao lado, misturando-se com outras pessoas ligadas aos empresários. E segredou-lhe baixinho:

— Se você quer se aproximar dos grandes, procure contato com os que estão próximos a eles. Se chegar diretamente não será recebido. Vou apresentar-lhe pessoas ligadas aos maiores empresários do seu setor. Aja naturalmente, como se não soubesse, e tudo ficará mais fácil. Nem sempre se pode chegar ao centro de uma só vez.

Demetrius ficou encabulado. Se ela, uma jovem adorável, percebera que ele ali se encontrava não em razão do acontecimento, mas para estabelecer contatos comerciais importantes, como as outras pessoas, os grandes, que são mais perspicazes, o estariam vendo naquele momento? Sentiu vergonha de sua situação e, não fosse a mão firme da jovem a arrastá-lo pelo corredor, teria saído imediatamente. Ao mesmo tempo, a inteligência e a elegância daquela mulher o fascinaram. Demetrius, pela primeira vez na vida, sentiu-se perdido, como uma criança que não sabe o que fazer e confia cegamente em seu guia. A moça o conduziu até uma mesinha onde se encontravam alguns colegas, apresentando-o com naturalidade. A conversa era de jovens da mesma faixa etária, que estavam preocupados com trivialidades, como futebol, bailes e namoricos.

Demetrius tivera de amadurecer rapidamente. Não sentiu o sabor da juventude, começando a trabalhar aos doze anos de idade, ajudando a mãe no sustento da casa após a morte do pai, iniciando o seu negócio aos dezoito anos. Desde, então, não sabia o que era um fim de semana, trabalhava quatorze horas por dia. Sua juventude se esvaira completamente na dedicação à fábrica; seu divertimento era o resultado da empresa. Nos fins de semana, quando a fábrica parava, continuava trabalhando, planejava tudo de forma que na segunda-feira a produção fluísse normalmente.

Aquela conversa com os rapazes, embora fútil, suportava-a profissionalmente. Segundo Noêmia, eram pessoas ligadas aos grandes. Então, estabelecer amizade, se mostrar simpático e cordial fazia parte de sua estratégia. Não sabia dissimular, mas mostrava interesse pelo que comentavam, só opinando nos temas que dominava.

Noêmia participou um pouco da conversa com lucidez, retirando-se depois e deixando Demetrius preocupado. Precisava saber o telefone daquela mulher encantadora que lera a sua alma, colocando-o no melhor lugar da festa, ao lado de jovens executivos com futuro promissor, com possibilidades de ajudar a Incotel.

Demetrius viu a jovem circulando pelo salão ao lado da filha do capitão da indústria. Não resistiu e fez um sinal para conversar com ela antes que a recepção acabasse. Noêmia, que não o tirava da cabeça, aproximou-se graciosa, perguntando-lhe:

— Está gostando?

Ele respondeu diretamente:

— Sim, mas gosto, sobretudo de sua companhia. Gostaria de ter o seu telefone. Você foi muito gentil, simpática, fiquei feliz em conhecê-la e não gostaria que a nossa amizade terminasse aqui.

— Você é bem franco. Não sei se deveria dar-lhe o meu telefone. Não costumo falar, fora do serviço, com homem casado ou comprometido.

Ele se apressou em dizer:

– Mas não sou casado, nem comprometido.

Era o que a jovem queria ouvir.

– Assim sendo, dou-lhe o meu cartão e estou à disposição de sua empresa para ajudá-la profissionalmente na realização de eventos.

Novamente, ficou desconcertado com aquela mulher. – É muito esperta – pensou. Primeiro me fez entender que se tratava de algo pessoal, se eu era casado ou comprometido; depois, entrega-me um cartão comercial para assessorar a empresa nos eventos. Essa mulher me perturba!

Despediram-se ali e Demetrius ficou de ligar para Noêmia. Quando chegou a seu apartamento, pela primeira vez não pensou na empresa, mas naquela bela mulher, inteligente, fina, hábil, imaginando como poderia se aproximar dela.

Demetrius não tinha amigos. Encontrou no Sr. Antônio um confidente sincero e discreto.

Ao chegar à empresa no dia seguinte chamou o amigo, relatando-lhe o ocorrido na festa da noite anterior, perguntando se ele conhecia a jovem Noêmia. Como o executivo era bem relacionado, tendo mantido contato com a alta roda carioca por muitos anos na condição de ex-gerente de banco, era provável que soubesse alguma coisa.

Ante a pergunta de Demetrius, o Sr. Antônio ficou pensativo. Nunca ouvira o patrão mostrar interesse por qualquer moça, menos ainda por uma que acabara de conhecer em evento social. Pensou alguns instantes e respondeu:

– Essa moça tem ligação com a família Almeida Magalhães, grande proprietária rural no sul do Estado?

– A Cleusa, filha do Mendonça, foi quem me apresentou a ela. Apenas falou-me que ela estava ali para assessorá-la na festa beneficente, sem outros detalhes.

– Procure saber se ela tem ligação com os Magalhães, de quem eu sou amigo há muitos anos. Assim, ficará mais fácil aproximá-los. E não me tome por alcoviteiro, pois foi você que pediu a minha interferência.

– Não se preocupe – respondeu Demetrius. Vou trazer-lhe essa informação amanhã.

Acostumado a ser um homem prático não hesitou: chamou imediatamente a secretária:

– Sandra, favor ligar para Noêmia nesse telefone – e passou-lhe o cartão.

Em poucos minutos Noêmia estava do outro lado da linha.

– Como vai, Demetrius? Passou bem de ontem para hoje?

– Muito bem e você?

– Ainda um pouco cansada. Eu e a Cleusa trabalhamos a semana inteira para preparar o evento. Mas foi um sucesso, arrecadamos mais do que o esperado, e agora a entidade assistencial vai conseguir cumprir os seus compromissos. Mas, não foi por isso que você me ligou?

– É verdade. A minha empresa ainda é bem pequena, mas gostaria de divulgá-la, principalmente entre novos possíveis parceiros. Você me impressionou muito ontem à noite pela sua desenvoltura, capacidade de liderança, o que me fez pensar em conversarmos um pouco mais. Estou convidando-a para nos encontrarmos fora da empresa e conversarmos profissional-mente a respeito. Quando está disponível?

– Como profissional me adapto à sua agenda. Atuo como consultora "free-lancer" para organização de eventos, não realizando exatamente um trabalho de relações públicas. Não sei se posso ajudá-lo na divulgação de sua empresa, tarefa mais adequada a profissional de outro perfil.

– Mesmo assim, gostaria de expor os meus objetivos profissionais e, se não for da sua área, apreciaria ouvir a sua opinião.

– Está bem. Que dia é bom para você?

– Hoje à noite é possível?

Noêmia ficou surpresa com a pressa. Não é que o rapaz era ousado mesmo. Com esse súbito interesse em divulgar a empresa ele estava querendo aproximar-se. Não deixou de lhe passar pela cabeça que se tratava de um jovem garboso, educado, diferente de todos os que até então conhecera. Sabia um pouco da sua história por Cleusa, a amiga que o apresentara. O pai de Cleusa, ligado ao Sr. Antônio, pois de há muito estavam vinculados aos mesmos ideais políticos, já se referira à filha acerca do rapaz. E como o Sr. Antônio era realmente amigo, admirador e também funcionário de Demetrius, sempre fizera as melhores referências acerca do jovem, razão pela qual, sem que ninguém entendesse bem, ele, um empresário obscuro, figurou na lista dos convidados da festa beneficente organizada por Cleusa.

Os jovens herdeiros de fortunas consolidadas não sabem o valor de alguém que vem debaixo, lutando contra todos os ventos, como era o caso de Demetrius. Noêmia pensou rapidamente e apesar de sentir que o propósito da entrevista era buscar outro tipo de aproximação, aceitou o encontro. Marcaram um jantar à noite na Confeitaria Colombo, no centro do Rio de Janeiro.

Após o telefonema, Demetrius ficou apreensivo. Não tinha nenhum plano de divulgação da empresa entre a elite empresarial. Sua organização era realmente pequena, sem condições de fornecer para um cliente de porte. Apesar de não se deparar mais com dificuldades em relação ao capital de giro, graças ao trabalho do Sr. Antônio, não conseguira ainda superar as dificuldades de financiamento para a modernização do parque industrial. Utilizava máquinas antigas, compradas, às vezes, na sucata e que reformava e colocava em operação.

O início da Incotel havia sido bastante difícil. Jovem de dezoito anos e com apenas sessenta mil cruzeiros nas mãos, resolveu fabricar para a empresa em que trabalhava uma peça essencial para o trator de esteira: a MX 200. Percebeu que os fornecedores dessa peça não atendiam satisfatoriamente à empresa e muitas vezes, por falta da MX 200, o trator ficava parado no pátio, aumentando o prejuízo. Sem falar com ninguém, Demetrius estudou a peça, os moldes, os materiais e resolveu fabricá-la. Alugou uma pequena casa no subúrbio, comprou na sucata as máquinas necessárias, reformou-as, confeccionou os moldes e iniciou a fabricação.

As primeiras peças não serviram para nada; reaproveitou tão somente o material; falou então com o engenheiro da fábrica a respeito dos problemas que poderiam ocorrer na confecção de uma peça daquele tipo e, após inúmeras tentativas, finalmente a MX 200 estava pronta, em condições de ser produzida e comercializada.

Após o expediente na fábrica, Demetrius se dirigia para a casinha no subúrbio e lá ficava até altas horas da noite produzindo e estocando as peças. Depois de dois meses de trabalho cuidadoso, pois não poderia errar, sentiu que o seu dinheiro não daria mais para comprar as matérias-primas, a não ser se vendesse o lote produzido.

Quando se encontrava nessa situação ouviu na fábrica que o pátio da empresa estava novamente repleto de tratores por falta da MX 200. Não teve dúvida: ousado, determinado, solicitou autorização ao seu chefe para falar com a diretoria (tinha uma solução referente à peça que faltava), mas somente poderia expô-la ao presidente da empresa. Para tranquilizar o chefe, informou-lhe que a sugestão não o envolvia, pois ele o tinha como um pai. Obtida a permissão, chegou até à secretária do presidente:

– D. Bernadete, preciso falar com o Sr. Otávio a respeito de uma sugestão que tenho para a empresa. Já conversei com o Sr. Valdomiro e ele me autorizou.

Demetrius estava mesmo com sorte naquele dia. A secretária mandou-o esperar, enquanto consultava o chefe. O Sr. Otávio, exigente e circunspecto era também um homem justo, que se sentia bem em dar oportunidades. Quando a secretária lhe informou que um operário precisava falar pessoalmente com ele e que já tinha obtido a autorização do seu chefe, ficou intrigado. Ninguém o procurava diretamente. Os empregados, sempre que o viam, mostravam-se temerosos, o que muito o contrariava. Nunca fora procurado em seu escritório por um empregado desejoso de lhe apresentar uma sugestão. Assim, não vacilou em recebê-lo imediatamente.

Demetrius foi introduzido na sala do grande capitão da indústria de tratores do País e, sem receio algum, comunicou-se com muita convicção:

– Sr. Otávio, agradeço ter me recebido. Não sei se o senhor sabe, mas há 10 meses perdi a minha mãe. E, após vender a única propriedade que ela me deixou, fiquei com sessenta mil cruzeiros. Decidi, assim, iniciar um negócio próprio, aproveitando os meus conhecimentos. Percebi na época que a empresa do senhor tem muito prejuízo com os fornecedores da peça principal do motor do trator, a MX 200. Por essa razão, hoje estão no pátio, sem possibilidade de montagem final, cerca de cem unidades, o que significa prejuízo para a empresa, considerando que todas já estão vendidas e não podem ser faturadas.

Otávio estava muito interessado na conversa. – Aonde aquele jovem pretendia chegar? – Perguntou-se.

Demetrius prosseguiu:

– Decidi, por minha conta, fabricar a MX 200. Comprei máquinas, matérias-primas, aluguei uma pequena casa no subúrbio e fabriquei as peças à noite. Posso levar o senhor ao local para conferir. Posso também afirmar que as minhas peças são de melhor qualidade do que as compradas pela empresa e o senhor poderá realizar todos os testes. Tenho condições de fornecê-las imediatamente, resolvendo o problema da empresa, por um preço menor do que os oferecidos pelos fornecedores habituais. Comprando os meus produtos o senhor poderá faturar, imediatamente, os tratores e eu poderei continuar fabricando com pontualidade.

Otávio estava perplexo, não acreditando no que ouvia. Se não fosse a convicção, a firmeza do jovem que estava ali em sua frente, pensaria que se tratava de brincadeira. Considerava a proposta excelente, mas ao mesmo tempo imaginava: – Como pôde sozinho fabricar uma peça delicadíssima, que grandes fornecedores tinham dificuldades em executar, pelas características da usinagem? Estava diante de um menino atrevido ou de um gênio determinado a superar todos os obstáculos para vencer na vida? Não poderia, ao menos, deixar de considerar essa hipótese. Pensando assim, comentou:

– Realmente o negócio que apresenta é bom para os

dois lados. Apenas preciso verificar como você fabricou porque, convenhamos, não é comum isso acontecer. Gostaria de ir ao local e ver a produção de uma peça; depois trazer todo o lote para a fábrica e testar. Se concordar, poderemos fechar o negócio. Só não aceito o desconto proposto, porque não me falou se emitirá (ou não) nota fiscal. Já tem uma empresa constituída?

Demetrius ficou surpreso com a pergunta. Até aquele momento mergulhara fundo na fabricação da MX 200, esquecendo completamente a necessidade de legalizar o negócio. Constrangido, respondeu:

– O senhor tem razão, comecei a produzir e não sei o que fazer quanto à parte legal.

– Não se preocupe – tranquilizou-o Otávio. Um industrial é aquele que ousa, tem criatividade, determinação, deseja fabricar, atender ao mercado. Se as suas MX 200 forem realmente boas vou ajudá-lo a legalizar o empreendimento. Gostaria de ver as peças, vamos ao local?

Imediatamente solicitou à secretária que chamasse o motorista e partiram para o subúrbio.

Após quarenta minutos chegaram. O lugar era mesmo feio. Demetrius abriu a porta, acendeu as luzes, desculpou-se pela singeleza do ambiente. Otávio nem reparou, estava mesmo encantado com o que via: uma pilha de peças aparentemente em perfeitas condições.

– Moço, mãos à obra. Ponha esse torno para funcionar; quero ver você fazer uma peça perfeita agora.

Demetrius, sem nenhuma timidez, começou a usinagem. A peça, que os fornecedores não conseguiam entregar em tempo e que tantos prejuízos já causaram à empresa, ficou pronta em trinta minutos, feita em uma máquina velha, porém com apresentação superior às originais.

Pela primeira vez na vida Demetrius sentiu-se realmente importante.

O dono da mais poderosa indústria de tratores do País estava ali observando-o atentamente. Perguntou-lhe tudo acerca de sua vida, como tivera a ideia de iniciar a fabricação, como conseguira elaborar sozinho os moldes, encontrar matéria-prima e a fundição, comprar máquinas tão antigas e transformá-las em produtivas com tão pouco dinheiro. Ao final, comentou admirado:

– Tenho, agora, de submeter as peças a rigorosíssimos testes na fábrica. Se a engenharia aprová-las, compro todas e ainda faço um novo pedido, adiantando-lhe o pagamento.

No mesmo momento, ligou para a indústria solicitando um caminhão que levou o lote. Quando retornava de carro com o empregado, pediu ao motorista para parar no restaurante que costumava frequentar, convidou o jovem para o almoço, terminando com um brinde ao novo parceiro. Foi assim que começou a Incotel, com ousadia, trabalho, inteligência, senso de oportunidade e a vontade de atender ao cliente.

Junto com a história da fábrica, o Sr. Antônio ouvira várias vezes o patrão contar como havia ocorrido o jantar com Noêmia, em uma noite magnífica de outubro, na Confeitaria Colombo.

Ela estava elegante, vestindo-se discretamente; tranquila, senhora da situação, enquanto ele, agitado, a esperava na calçada da Colombo. Quando a jovem desceu do táxi e dirigiu-se para o cumprimento, sentiu que aquela era a mulher da sua vida. Para Noêmia também parecia apenas um reencontro de almas. A impressão que sentia era de que apenas se reviam após uma longa ausência. Como duas pessoas estranhas, que mal se conheciam, poderiam sentir-se tão à vontade uma ao lado da outra, como acontecia naquele momento? Pensou até que Demetrius pudesse considerá-la leviana, mas era a primeira vez que conversava tão informalmente com um rapaz. Ao mesmo tempo sentia que algo a incomodava. O olhar, a voz, o jeito do empresário era de certa forma familiar, mas havia algo de enigmático, indecifrável naquele jovem simpático e que estava fazendo tudo para lhe agradar, como observava, pela sua perspicácia feminina.

O pretexto para o encontro não resistiu por muito tempo. Demetrius não tinha um projeto de marketing desenvolvido, o que Noêmia percebeu de imediato. Conversaram a respeito de tudo: amigos, trabalho, religião, perspectivas de vida.

Não levaram um ano entre o namoro, o noivado e o casamento, tempo muito curto para os padrões da época, e que até despertou suspeita acerca do estado da noiva. O Sr. Antônio foi um dos padrinhos, amigo que era tanto do pai da noiva quanto do próprio noivo. Ambos, no altar da Candelária, fitavam os nubentes encantados. Eram jovens, bonitos, se amavam, tinham tudo para construir uma família feliz.

Enquanto se detinha nessas lembranças, o velho colaborador da Incotel esqueceu os problemas por alguns momentos. Só despertou quando Sandra o chamou dizendo que conseguira completar a ligação e que Noêmia estava na outra ponta da linha.

— Pode transferir — concluiu.

Esse foi o instante mais difícil na vida do leal executivo:

comunicar à jovem esposa o que poderia ter acontecido com o seu marido. Era melhor a mulher ficar sabendo por ele do que pelo noticiário da televisão. Assim, perguntou:

— D. Noêmia, como foi de viagem?

— Bem. Estou na fazenda cuidando da festa de Natal. O senhor precisa de alguma coisa?

— Estamos precisando da senhora aqui na fábrica. Quando pretende voltar?

— Algo urgente?

— Já viu o noticiário de hoje?

— Não.

— Então, não veja. Se a senhora puder retornar agora estou enviando um táxi para trazê-la ao Rio de Janeiro.

— O que aconteceu?

— Ainda não temos nenhuma confirmação oficial, mas o avião em que viajava o patrão desapareceu dos radares. Estamos preocupados e pensei que seria melhor a senhora voltar.

— Está me escondendo a verdade? – Perguntou aflita.

— Não, a informação é essa. Confirmou-se que o Sr. Demetrius embarcou no voo AKR. O avião desapareceu dos radares, não fez até agora contato com a torre, e isso está provocando tumulto nos aeroportos do Rio de Janeiro e de Nova Iorque.

Do outro lado da linha a mulher desabou; apenas pediu que o táxi fosse enviado o quanto antes, porque, no estado em que se encontrava, não pretendia retornar dirigindo o próprio carro. Voltaria imediatamente, mas não teve coragem de ligar a televisão.

A viagem foi interminável. O motorista ficou o tempo todo calado, não ligou o rádio; recebera orientação nesse sentido. Noêmia estava em estado de choque. Só em pensar na possibilidade da morte do marido entrava em pânico, procurando afastar o pensamento. O apego que tinha por ele era correspondido além do normal. Demetrius tinha verdadeira obsessão pela esposa. Amavam-se, tinham uma linda família, nada faltava para eles: saúde, beleza, riqueza, tudo para ser um casal feliz.

O táxi, finalmente, estacionou na porta da mansão do Jardim Botânico. Noêmia apenas se despediu do motorista e entrou em casa. O clima estava tenso. Cláudia, que recebera instruções para não alarmá-la, informou-lhe que o Sr. Antônio chegaria em breve, colocando-a a par das últimas notícias.

Pouco tempo depois o administrador entrou com o semblante carregado, preocupado; até aquele momento não havia qualquer notícia do avião.

As especulações começaram a correr, como a possibilidade de sequestro da aeronave por algum grupo terrorista que faria contato, pedindo o resgate. Essa hipótese a companhia aérea já havia afastado, pois, pelo tempo decorrido, o aparelho já estaria sem combustível, se estivesse voando. E não havia nenhuma comunicação de aterrissagem da aeronave em qualquer outro aeroporto. Considerando que se tratava de um avião de grande porte, não poderia aterrissar em qualquer campo clandestino. Foi pensando assim que se defrontou com Noêmia, cujo martírio daquelas horas já se refletia no rosto cansado, nas olheiras fundas, demonstrando o quanto estava sofrendo. Mesmo sob o impacto da dor, não perdera a sua habitual cordialidade, convidando o colaborador para se sentar e solicitando à governanta que providenciasse água e café.

Foi a jovem senhora quem rompeu o silêncio:

– O senhor tem alguma notícia nova do acidente?

– Infelizmente, não. Desde que chegou a nós a notícia do desaparecimento do avião enviamos Carlos ao aeroporto. Ele me ligou há pouco, quando pedi para que fosse para casa descansar. Apesar da vigília no aeroporto, a empresa não sabia informar o destino da aeronave. Ante o inexplicável desaparecimento do avião, começaram a circular os mais diversos boatos, desde a possibilidade de sequestro, como a da queda do aparelho em alto-mar. Ninguém, até esse momento, tem notícias nem do aparelho e nem dos passageiros, tendo divulgado a companhia somente a lista oficial dos passageiros embarcados. Essa lista confirma que Demetrius realmente estava no voo, só nos resta esperar, e confiar em Deus, para que todos os passageiros e tripulantes estejam a salvo. O serviço internacional de busca já foi acionado, partindo para o local onde a aeronave foi detectada pela última vez.

– Então temos ainda esperança?

– Tudo é possível. Como disse, resta-nos aguardar as buscas e pedir a Deus que não tenha ocorrido nada com ninguém. Quero informá-la de que, na fábrica, todos estão consternados, mas determinei que o trabalho prosseguisse normalmente.

Capítulo 3

Passageiros e tripulantes

Até o painel da aeronave acusar a proximidade da grande turbulência que a atingiu, o voo AKR estava perfeito.

O avião era novo, usado em todo o mundo pelas principais companhias aéreas, fora adquirido pelas Aerovias recentemente. Naquele momento não havia aparelho melhor do que aquele para enfrentar viagens de longa distância. Confiável, robusto, confortável, sua aquisição serviu de marketing para a empresa, que conseguiu suplantar a concorrência no trajeto Rio de Janeiro-Nova Iorque.

Apesar de preocupado com a turbulência à vista, Egberto, comandante experiente, com mais de vinte anos de serviço, já havia passado por situações difíceis, sempre se saindo bem. Determinou ao copiloto Flávio que lesse o "checklist", conferindo todos os itens do procedimento recomendado para enfrentar fortes turbulências. O mecânico de voo Alexandre confirmou que o avião estava pronto, dependendo agora do navegador Custódio que, com o estudo dos mapas, procuraria desviar a rota para evitar a turbulência.

Turbulências em voos aéreos de longa distância são normais. Os aviões modernos estão dimensionados para suportá-las, desde que contem com uma tripulação bem treinada. Era o caso da aeronave, cujo pessoal técnico fora preparado exaustivamente pelo fabricante em simuladores de voo.

O comandante, porém, sentiu de súbito grande angústia, esforçando-se para não passá-la aos demais colegas da cabina. Determinou que fosse comunicada aos passageiros a iminência da turbulência, passando as instruções de apertar o cinto, não fumar, retornar a poltrona na posição vertical e verificar o travamento da mesinha à frente.

Consultou Custódio a respeito da possibilidade de retornar, fugindo da turbulência. Recebeu a informação de que não seria mais possível; a extensão do evento alcançaria a aeronave de qualquer jeito.

A indicação de turbulência pelo sistema da aeronave não permitia uma avaliação precisa de sua força. Pediu, então, ao copiloto para contatar o aeroporto mais próximo, mas o rádio acusava um ruído tão forte que impedia a comunicação.

Sem possibilidade de contato e percebendo pelos comandos a turbulência aproximar-se rapidamente, Egberto não tinha mais o que fazer a não ser esperar. Lembrou-se do café da manhã, quando a sua filha caçula de quatorze anos pediu-lhe um presente de Nova Iorque.

A cena da família veio-lhe à mente. Vivia bem com a esposa; tinha três filhos, os dois primeiros homens, de dezoito e quinze anos, e a mais nova, de quatorze anos.

A proximidade da turbulência não provocou outras reflexões nos demais membros da cabina. Entre as comissárias, Solange, que já havia passado por experiências iguais àquela, empalideceu. Com 25 anos de idade, falando fluentemente inglês e francês, era a chefe do serviço de bordo. Impecavelmente vestida, os cabelos presos, e devidamente maquiada, no dia anterior havia estado com o namorado, com quem pensava em se casar no próximo ano.

Gostava de viajar; seguiu a carreira graças à influência da mãe, que um dia sonhou ser aeromoça. Embora não demonstrasse, sentia-se bem quando descia as escadas do avião. Pisar na terra firme dava-lhe segurança.

Saíra de casa logo cedo, fora ao cabeleireiro dirigindo o próprio carro, passara pela casa da mãe e despediu-se seguindo para o aeroporto. Somente regressaria no fim de semana.

Sonhava em ter casa, filhos, comprar um apartamento na praia, passar as férias com a família. A vida de aeromoça, muito agitada, desgastava-a. Vivendo sempre em ambiente pressurizado, sentia os efeitos físicos e psicológicos do meio artificial. A ilusão das primeiras viagens, o movimento nos aeroportos, os hotéis de luxo, tudo já havia passado nesses quatro anos de profissão. Fora bem-sucedida, é verdade, mas agora ansiava por mais tranquilidade e principalmente segurança.

O momento, contudo, não era indicado para as lembranças. Em poucos minutos a aeronave estaria no meio da turbulência. Dirigiu-se à cabina de comando e perguntou ao chefe:

— Já conferimos todos os procedimentos. Alguma outra recomendação?

— Peça à tripulação para afivelar os cintos. Estamos próximos e não sei o tamanho da turbulência.

O relógio marcava 16 horas zulu. Já estavam voando há cinco horas. Tentou-se novamente contato com a torre. O ruído do rádio persistia. O mecânico informava que não havia nada de errado com o aparelho. A interferência provavelmente vinha da própria turbulência, que se aproximava muito rapidamente.

Alexandre ficou intrigado com a ocorrência. Uma simples turbulência, pensou o mecânico, não poderia interferir assim no rádio. Resolveu checar o equipamento, conferindo todos os indicadores. Aparentemente estavam normais, mas não conseguia se comunicar com a torre.

Estavam voando sem apoio. Contavam apenas com a experiência do comandante.

– Comandante – disse o copiloto – não é comum uma simples turbulência interferir no rádio da aeronave, impedindo praticamente a nossa comunicação com a torre. Tem alguma explicação?

Egberto, que realmente estava preocupado, percebeu que o colega intuía a gravidade do momento.

– Estou muito preocupado com essa turbulência. Os indicadores revelam que é muito potente.

Minutos após, a turbulência chegou, atingindo a aeronave em cheio, que se partiu como se fosse um aviãozinho de brinquedo.

A tripulação não teve tempo para nada.

A força do vento levou cada parte do avião para um lado, rodopiando, sugando-o vertiginosamente para o mar. Em poucos minutos, pedaços do aparelho batiam nas águas do mar, afundando em seguida.

Amarrados pelo cinto de segurança, atônitos com a pressão da água, a morte para alguns foi rápida, quase que instantânea; para outros, ocorreu no momento do impacto; e poucos foram ainda atingidos pelas chamas das turbinas, que explodiram ainda no ar.

Espiritualmente, contudo, a situação de cada passageiro ou tripulante era diferente, em função do campo vibratório formado pela conduta de cada um ao longo da vida atual e do passado a resgatar. Não se pode falar em mortes iguais. Cada pessoa biograficamente condensa uma história passada e presente e, mesmo estando aparentemente na mesma situação, recebe o impacto da desencarnação de forma diferente.

Não era outra a situação dos passageiros e tripulantes do voo AKR.

Destinados estavam ao resgate coletivo, decorrente das condutas assumidas em vidas passadas. Os mais comprometidos sentiram os efeitos de forma diferente daqueles que estavam quase libertos; alguns, na última hora, foram obrigados a cancelar o voo, pois ocorreram problemas diversos que os impediram de viajar. Pertenciam ao grupo, mas não tinham mais necessidade de passar pela dolorosa experiência da morte violenta. Muitas vezes o empecilho, o impedimento que surge inexplicavelmente no caminho, é o obstáculo salvador, evitando que a pessoa enfrente situações que já estão superadas em seu roteiro cármico, pela conduta que, posteriormente, imprimiu à sua vida.

O bem que se faz anula o mal praticado.

A morte de Demetrius foi extremamente dolorosa: fogo e água o atingiram. Primeiro, a chama violenta expelida da turbina esquerda, próxima à poltrona em que estava sentado; após, o afogamento. Por essa razão estava no hospital com a sensação de sede não só pelos ferimentos, mas também pela ingestão de água salgada, que afetara o perispírito.

Aqueles dias para o empresário foram infernais.

E quando Augusto retornou, uma semana após a primeira visita, encontrou o paciente em um amplo apartamento arejado, sem as ataduras, bastante sonolento. Aproximou-se, pousou-lhe as mãos sobre a fronte e o despertou:

– Acorde! Sou Augusto, lembra-se?

O paciente, sob a influência magnética da Entidade, despertou, encontrando o Benfeitor ao lado, sorrindo-lhe.

– Sabia que você não iria se esquecer de mim – respondeu o paciente.

– Como se sente?

– Bem melhor. Já não tenho sede, o fogo que envolvia meu corpo desapareceu como que por encanto; apenas sinto muita fraqueza.

– É natural, considerando o que passou.

– Devo ter entrado na boca da morte. Gostaria apenas de pedir ao amigo um favor: preciso falar com a minha esposa para tranquilizá-la. Nós somos muito ligados. Quero também saber como anda a fábrica, os meus filhos, enfim tomar pé da minha vida.

– Infelizmente, agora não vai ser possível. Está muito fragilizado. Mas, posso assegurar que todos estão bem, devidamente assistidos.

– Vejo agora – afirmou Demetrius – que o meu convênio foi acionado. Estava até a pouco em um hospital de emergência, sem nenhum conforto. Imagine o amigo que não tinha nem campainha na cabeceira da cama!

– Isso tudo já é passado. Agora precisamos nos

concentrar em sua completa recuperação. Peço, apenas, que não fique preocupado com mais nada a não ser com a sua saúde. Tenho certeza de que em pouco tempo poderá caminhar pelo quarto e depois visitar os jardins do hospital.

— Mas, não posso largar os meus negócios assim de repente. Tão logo melhore gostaria mesmo de falar com Noêmia.

— Na hora certa — respondeu Augusto. Agora durma bem e até amanhã.

Odete novamente foi chamada e Demetrius ingeriu outra medicação, dormindo em seguida.

Odete e Augusto ficaram alguns instantes conversando a respeito do paciente.

— Como foi a evolução dele nessa semana? — Perguntou o Mentor para a enfermeira.

— Bem difícil. A temperatura oscilava muito; o sono agitado, povoado de pesadelos. Ele despertava aos gritos, depois dormia novamente. Ministramos a medicação recomendada até que conseguiu se livrar do sofrimento. Essa foi a primeira noite verdadeiramente repousante para ele.

— É preciso tratá-lo com cuidado — acrescentou. A desencarnação foi muito difícil. Não se preparou espiritualmente para a morte. Muitas vezes procurei acercar-me dele quando encarnado sugerindo alguma leitura, a prática da caridade ou até mesmo a filiação a alguma igreja. Mas, em razão do seu passado, era impermeável à ideia. Agora temos de prepará-lo de forma diferente para que as dores não retornem com tanta força.

— Trata-se da nova terapia pós-morte em estado de sono? — perguntou Odete.

– Sim. Vamos experimentá-la, afinal nosso paciente tem muitos créditos. Amanhã comparecerá o Dr. Adroaldo, que desenvolve esse trabalho pioneiro, para iniciar a primeira sessão. As sessões serão em todos os dias no mesmo horário, às 15 horas.

– Vou providenciar tudo. Se possível, solicitaria permissão para acompanhar o trabalho junto aos assistentes do médico.

– Sem problema. Eu estarei também presente nas primeiras sessões.

Despedindo-se, Augusto pensava na Generosidade Divina. Basta, para Deus, que alguém tenha feito, ainda que indiretamente, o Bem, para que receba o apoio do alto nas horas mais difíceis. Sabia que Demetrius, como empresário, havia prejudicado muitas empresas concorrentes, afetando pessoas e instituições. Mas também, como consequência de seu arrojo comercial, ofertara empregos, e centenas de famílias rogaram por ele tão logo souberam do acidente. Estava na hora da colheita.

Se para Demetrius as dores da desencarnação foram atrozes, para alguns passageiros o sofrimento se prolongou por anos. A Demetrius, graças ao mérito granjeado, aplicava-se em seu favor a mais moderna técnica de alívio de sofrimento, após o despertar para a nova vida.

O grupo do Dr. Adroaldo obtivera permissão para trabalhar pacientes que, em razão de intenso vínculo com a matéria, teriam dificuldades em compreender a desencarnação. Essa nova técnica se aplicaria, sobretudo, em casos de mortes acidentais e violentas, quando o espírito é abruptamente retirado do corpo, deixando situações as mais diversas em andamento na Terra.

A constatação de que se encontram realmente mortos para a vida terrena e a falta de conhecimento da vida espiritual podem levar alguns à loucura momentânea, trazendo novamente o sofrimento provocado pelo acidente ou a violência sofrida, revivendo-os de forma intensa, tornando traumática a inserção no Mundo Espiritual e, por vezes, provocando sequelas até nas vidas futuras. Síndromes do pânico, psiconeuroses de difícil identificação, atitudes esquizofrênicas, muitas vezes se originam das condições em que ocorrera a desencarnação ou no momento em que o espírito tenha despertado no Mundo Maior.

No caso de Demetrius, o impacto da notícia de que não pertencia mais ao mundo dos vivos poderia certamente levá-lo à loucura, deixando-lhe profundas sequelas. Considerando os planos existentes no seu mapa evolutivo, essa possibilidade tinha de ser afastada, tornando-o um paciente indicado à aplicação da nova técnica, praticada pelo psicólogo, com grande responsabilidade.

No dia seguinte a enfermeira já havia preparado o paciente. A medicação fora ministrada na hora certa; apenas foi autorizado a se alimentar com um prato de caldo quente, deixando o perispírito leve. A medicação provocava natural sonolência. Quando o médico chegou com os seus assistentes, Demetrius estava muito sonolento, só tendo forças para responder com um leve sorriso ao cumprimento feito por ele. Bastou Adroaldo aplicar-lhe um simples passe para que dormisse tranquilamente.

O grupo, reunido em torno do paciente, fez uma prece preparando o ambiente.

– *Senhor Jesus, – principiou o terapeuta – agradecemos*

a oportunidade que nos destes de iniciar um novo trabalho. Com muito amor e modéstia, após estudar por anos os efeitos dos impactos nos seres que despertam para o Mundo Maior em decorrência de acidentes e mortes violentas, constatamos que as consequências, ainda que ponderadas pelos Mentores ante as Leis de Causa e Efeito, podem ser devastadoras para o espírito, deixando sequelas de difícil reversão. Para minorar os sofrimentos, provocar o despertar mais rápido da consciência, evitando vinculações com o plano terrestre em prejuízo próprio e dos que lá ficaram, nosso modesto trabalho aborda o inconsciente do desencarnado na fase de sono, induzindo-o à etapa hipnótica, o que nos permite plasmar no ser ideias que ele relutava quando no envoltório físico, sem violentar a sua opção religiosa. Essas ideias induzidas, trabalhadas no recôndito mais íntimo da consciência, possibilitam o encontro com a realidade, evitando-se o choque de uma notícia dada sem a devida preparação, quando do despertar.

Mestre Jesus, inspira-nos nesse trabalho, que fazemos em vosso nome, com a finalidade de colaborar na vinha, conforme nos ensinou, com a prática das Leis do Amor e da Caridade. Impedi-nos de julgar; inspirai-nos à compaixão; guiai nossa mente para o amor absoluto, nós que somos seres frágeis, aprendizes, matriculados nessa nova escola de psicologia transcendental.

Terminada a prece, o Orientador solicitou aos assistentes que cada um assumisse a sua posição. Conforme a técnica, o médico ficou na cabeceira do paciente, colocando a mão direita sobre o chacra coronário de Demetrius. E cada assistente colocava a sua mão sobre os demais chacras, de forma que todos os pontos recebiam a ação magnética. Concentravam-se assim no paciente, quando o terapeuta começou a conversar com o inconsciente do homem que ali jazia adormecido no leito de um hospital do Plano Espiritual.

– Estamos aqui como amigos. Viemos ajudá-lo a compreender o que se passa com você nesse momento importante de sua vida. Não tema, eleve o pensamento a Deus, e reze a oração que a sua mãezinha lhe ensinou quando ainda menino. Volte-se ao Pai Nosso, lembre-se que ele está no alto, santifique o seu nome e sinta que agora é a sua vez de visitá-lo no reino maior, aceitando a sua vontade, que se apresenta tanto na terra quanto no céu. Peça-Lhe o pão nosso de cada dia, agora em forma de paz para o coração, considerando que já se desvestiu do corpo carnal; peça-lhe perdão às ofensas, oferecendo também o seu perdão àqueles que o atingiram quando encarnado, rogando para que não caia novamente na tentação do apego a bens materiais e às pessoas queridas que lá na Terra ficaram, livrando-se de todos os males passados, de todas as dores, entendendo que a vida continua sempre sob novas formas e em outras dimensões.

Demetrius estremeceu levemente, enquanto algumas lágrimas escorreram-lhe pela face. Todos os assistentes do terapeuta estavam concentrados nos chacras, emitindo vigorosas energias restauradoras, de forma que o perispírito começou a exalar os odores impregnados ao longo da vida. O padrão vibratório do paciente acusou visível transformação. O facultativo prosseguiu:

– Meu amigo, ao despertar você deverá se defrontar com uma nova realidade. Tenha muita fé, acredite que por mais difícil que pareça tudo acontece para o Bem. A vida trabalha para o Bem. Você já não pertence ao mundo dos encarnados. O corpo que o serviu na Terra jaz no fundo do mar, não tem mais nenhuma outra utilidade. No entanto, basta olhar-se no espelho e concluir que você está vivo, e mais vivo do que antes, liberto das limitações do corpo físico e das convenções sociais.

Tendo deixado a esfera carnal, abriga-se no seio do Pai Maior, pronto para despertar sem aquelas amarras, devendo aceitar a nova etapa de sua vida. Essa é a vida verdadeira. Aquela que ficou para trás foi uma experiência escolhida por você. Quando despertar e revir tudo o que aconteceu, saberá que o momento de sua desencarnação estava projetado desde antes do nascimento, havendo somente uma possibilidade de alterá-lo, que seria substituí-lo por uma longa e dolorosa enfermidade. Os fatos não conduziram à substituição provacional e a sua chamada ao Plano Espiritual aconteceu segundo as previsões, obedecendo à forma inicialmente estabelecida.

Nesse momento o dirigente solicitou mais firmeza ao grupo, pois pretendia imantar no paciente a ideia de que ele não mais pertencia ao mundo dos que habitam na Terra.

– Desapegue-se da empresa – prosseguiu o Orientador. Ela foi importante em sua vida, permitindo-lhe concentrar no trabalho sua enorme energia criadora. Não se esqueça de que em muitos momentos, quando tudo já estava perdido, no início da empresa, vinha sempre uma mão salvadora reerguendo-a. Era o empréstimo que chegava contrariando todos os prognósticos; os pedidos que surgiam aparentemente do nada; a possibilidade de adquirir máquinas e equipamentos sem grande esforço e, sobretudo, as pessoas que compareciam necessitadas também de emprego, que se apegavam à organização, fazendo com que ela crescesse. Quantos esforços de seus colaboradores mais próximos você sequer ficou sabendo: honestidade, dedicação, carinho fizeram o empreendimento progredir e aglutinar as pessoas que já estavam destinadas a se encontrarem naquele ambiente de trabalho, somando talentos em nome da prosperidade coletiva.

Não estamos diminuindo os seus méritos, pois foi você

o comandante escolhido para levar a empreitada até o final. Apenas queremos lhe dizer que a obra não é exclusivamente sua e que, sem o apoio, a dedicação, o entusiasmo de encarnados e desencarnados, ela não teria se mantido e crescido. Nos dias de hoje realça-se a função social da empresa e já existe nos países desenvolvidos até a obrigatoriedade de se fazer anualmente um balanço social, juntamente com o balanço contábil e a demonstração financeira dos lucros e das perdas. As preocupações com o meio ambiente, sobretudo para as empresas que vivem da extração de matérias-primas; a geração de empregos; a qualificação e capacitação das pessoas por meio de treinamentos são as metas do mundo moderno, consentâneas com o grau de evolução de certos países, e que tendem um dia a envolver todas as nações, evitando-se a pilhagem dos países ricos sobre os pobres. Desperte, meu amigo, para essas dimensões de sua obra, que atingiu os objetivos, graças à sua inteligência, acumulada em vidas passadas como dirigente. Desapegue-se do empreendimento, que deverá continuar daqui para frente sob o comando daqueles que um dia você escolheu.

Desapegue-se também da família. A esposa e os filhos também não lhe pertencem, mas ao mundo. Possessivamente muitos entendem que os familiares são propriedades pessoais, que podem reter e dispor conforme os seus interesses. Esquecem-se de que todos são individualidades eternas, com projetos próprios de evolução, com experiências bem diversas – passadas e presentes – e que se encontram ligados pelos laços de família apenas momentaneamente, pela necessidade gregária de novas experiências, provas, resgates e também em razão de diversas missões.

Lembre-se de como encontrou Noêmia, a ligação que aconteceu imediatamente entre vocês? Aqui, no Plano Astral, trabalhamos aquele momento com todos os cuidados, dispondo-os um frente ao outro, no instante mais favorável. Ambos já sentiam falta de apoio emocional para seguir a jornada terrena com mais alegria. Essa falta levava a mente a buscar na multidão aquela outra que procurava sintonizá-la, como se fosse uma onda de rádio. Não foi o acaso que os uniu como você terá ainda oportunidade de ver, mas a necessidade de caminharem juntos. Para vocês, contudo, estava planejada a prova da separação, cujo objetivo era quebrar o apego excessivo de outros tempos, a possessividade que chegou a causar muitos transtornos à evolução de cada um. Agora, cada qual está sendo compelido a seguir um caminho; a distância e os novos afazeres cotidianos, com o tempo, propiciarão certa libertação energética favorável aos dois.

Os filhos fazem parte dessa importante experiência reencarnatória do grupo. Estava também previsto que ambos ficariam órfãos de pai, após experimentarem intenso carinho dos genitores, tendo de apoiar e dar sustentação à mãezinha, que ficou com a carga maior, pois, apesar de evoluída, terá de enfrentar provas bem ásperas, com mais perdas de entes queridos.

O acidente que o vitimou, assim também a tantas outras pessoas, fazia parte da existência de todas elas, que foram alertadas ao longo da vida a respeito dessa possibilidade. Algumas não prestaram atenção e nem deram a devida importância aos sinais, que não visavam impedir os acontecimentos, mas provocar reflexões acerca da natureza da vida e da morte, tornando mais fácil a passagem de planos.

As ideias incutidas pelas religiões, sobretudo na infância, servem muitas vezes para atemorizar as pessoas, que veem na morte, além dos tétricos funerais, os castigos eternos implacáveis descritos por certos religiosos com riqueza de detalhes, esquecendo-se de que o Pai amantíssimo nada faz para criar pânico em seus filhos. A simbologia do céu e do inferno; o prêmio infinito e o castigo eterno quebram o princípio da equidade, tornando a justiça divina fantasmagórica e horripilante, sem misericórdia e compaixão, negando princípios consagrados nas religiões esclarecidas.

Ao despertar, encontrando-se com a realidade da vida depois da morte, sinta em seu coração paz e não angústia; aplaque qualquer sentimento de revolta, busque a harmonia com o ambiente. A cor desse local estimula a vida; a luz solar entra suavemente nos aposentos; a música branda, melodiosa, de fundo, decorre do trabalho de abnegados servidores dessa casa, especialistas em cromoterapia e em terapia dos sons musicais, que o recebem com carinho, no instante em que ingressa verdadeiramente na vida maior. Agradeça a Deus tanta deferência, pois muitos dos acidentados ainda se debatem no fundo do mar; outros perambulam em busca dos lares perdidos, enquanto existem ainda aqueles que foram sequestrados por grupos de tortura situados no umbral – concluiu o Orientador.

Durante o tempo que o médico falava ao espírito ali presente, a energia magnetizadora emitida pelos assistentes penetrava nos chacras, provocando fortes reações no paciente. O trabalho terapêutico dirigido diretamente ao espírito produz resultados imediatos, pois a essência divina que está em todo ser, que não é constituído de matéria densa, possibilita a recepção, facilitando a comunicação, a exemplo da transmissibilidade por fibra ótica em relação aos cabos convencionais.

Terminada a primeira sessão, o médico solicitou a um dos assistentes que fizesse a prece final e depois falou à enfermeira:

– Deixe-o acordar normalmente e apenas responda às perguntas que ele fizer. Você está preparada para orientá-lo. Voltaremos amanhã no mesmo horário.

Demetrius dormiu o resto da tarde. Acordou, chamou pela enfermeira, que o atendeu:

– Está na hora de tomar esse caldo revigorante – ponderou sorrindo a simpática senhora.

– Estranho – respondeu o paciente. Fiquei com a impressão de que fui visitado por várias pessoas aqui mesmo. Lembro-me somente do Dr. Adroaldo que falou algumas palavras, mas em seguida dormi. Com ele estavam outras pessoas?

– Oito ao todo.

– Vieram me visitar?

– Sim.

– Qual o interesse dessas pessoas?

– Elas estão em missão de socorro aos necessitados.

– Estou ainda confuso. Parece que ouvi vozes conduzindo-me, falando em Deus, vida e morte, eu estou certo?

– Sim. Eles conversaram a respeito de todos esses assuntos enquanto você dormia.

– Não consigo me lembrar sobre a que se referiam. Estou com uma sensação estranha de tristeza; parece que diminuiu a minha vontade de comparecer rapidamente à fábrica. Estou mesmo confuso. Desculpem-me. Obrigado pela atenção.

– Procure repousar. Você está melhorando a cada dia. Estamos animados com a sua recuperação.

– E as outras pessoas do acidente? Lembro-me que ao lado da minha poltrona estava um cavalheiro simpático, professor universitário, com quem me identifiquei de imediato. O nome dele era Mesquita, catedrático da faculdade de medicina, muito alegre. O que aconteceu com ele, você sabe?

– Não tenho informação. Nem todos os que estavam no avião foram atendidos por essa unidade. Com o tempo vai ficar sabendo para onde ele foi encaminhado.

– Está bem.

– A minha família tem vindo me visitar?

– No momento estão impossibilitados. A direção do hospital não permite.

– Estou sentindo novamente muito cansaço.

– Durma com Deus.

Apesar do tratamento, na manhã do dia seguinte Demetrius estava desanimado. Desperto, porém com uma tristeza longínqua, só tomou o desjejum a pedido de Odete.

– Como está hoje? – Perguntou a enfermeira. – Por que essa carinha melancólica? Alguma coisa o incomoda?

– Não pensei que um dia fosse passar por tudo isso. Essa sensação de abandono, solidão, a ausência de notícias dos meus, o afastamento das minhas atividades, eu que nunca tirei férias, está me deixando um pouco amargurado.

– Reaja ao pessimismo. Saiba que a vida nos convida a todo instante à reflexão. Será que estava certo quando não tirava férias?

– A fábrica ocupava-me o tempo todo. Sempre com novos projetos, lançamentos de produtos, modificação das linhas e os problemas financeiros, impostos sobre impostos, mudanças no câmbio, na inflação... Para se manter um negócio em pé no Brasil de hoje é preciso ser como o mágico de Oz. Mas agora estou em férias, será que para sempre?

– Não existem férias para sempre. Produzir é bom, necessário para o corpo e para o espírito. Os ociosos resvalam para o vício, significam peso para a sociedade, desenvolvem mais os instintos vegetativos do que as potencialidades criativas. Agora, não se pode exagerar em nada. A vida, que é sábia, não perdoa os extremistas, os exaltados, os que se imaginam donos do mundo. Deve haver tempo para o trabalho, para o lazer, para a família, enfim para tudo, basta dispor bem as coisas e definir com sabedoria as prioridades.

– Começo a perceber que você está com a razão. A qualquer momento podemos morrer e tudo fica aí mesmo nas mãos dos outros.

– Desapegar-se das coisas materiais é sinal de sabedoria. Quando falo em desapego não me refiro ao estroina, ao perdulário, ao pródigo. Refiro-me à pessoa responsável, conhecedora da vida. Na vida somos meros depositários. Nas mãos de cada pessoa Deus deposita uma parcela de responsabilidade, quer quanto aos bens materiais, quer quanto aos imateriais. A família, por exemplo, é talvez o bem maior que Deus coloca sob a nossa responsabilidade. Os filhos, como continuidade da existência, nos são dados como empréstimos, para que os eduquemos, preparando-os para a vida. Pais e mães, netos e sobrinhos, amigos e parentes em geral são pessoas que cruzam o nosso caminho por algum tempo, até seguirem a sua jornada rumo ao infinito. Nada nos pertence em definitivo e tudo nos pertence ao mesmo tempo porque somos filhos e, portanto, herdeiros de Deus aqui na Terra, senhor de todas as coisas.

— Essa visão é muito bonita. Sabe que nunca tinha pensado assim. Deus para mim era apenas uma palavra e nada mais. Agora que estou aqui e depois de ter passado o que passei, sinto algo diferente. Mesmo a minha ligação com a fábrica, acho que deve ser repensada um pouco. Quando retornar, pretendo ser diferente. A Noêmia vive me falando a esse respeito. Ela é muito religiosa, anda sempre lendo um livro sobre tema esotérico e tenta me seduzir com algumas ideias orientais. Confesso que só ouço porque vem dela, a mulher mais maravilhosa que encontrei na vida. Hoje, começo a pensar que ela esteja à frente de seu tempo, sempre fazendo reflexões acerca de tudo. Nunca a vi irritada quando as coisas saíam erradas. Sempre tinha uma explicação para me acalmar, embora não me convencesse.

— Sua esposa é uma pessoa especial.

— Você a conhece?

— Apenas de vista. Já ouvi comentários a respeito de sua participação nas obras de caridade. Atende a todos sem discriminação, se preocupa realmente com o sofrimento alheio, enfim é uma verdadeira cristã.

O estado de Demetrius ainda indicava a necessidade de repouso. Odete, aproveitando o momento, disse:

— Agora preciso me retirar para atender a outros pacientes. Por que você não faz uma oração de agradecimento a Deus antes de dormir? Amanhã receberá novamente a visita da equipe médica, que ficará muito feliz com o seu restabelecimento.

Ouviu a sugestão da enfermeira e se pôs mentalmente a repetir a oração que havia aprendido com a sua mãezinha quando criança.

Capítulo *4*

A confirmação da tragédia

As buscas realizadas pelas equipes dos países envolvidos não apresentaram resultados. O avião não pousara em nenhum aeroporto, nenhum grupo terrorista havia reivindicado o acidente, nenhum resgate fora até então solicitado. Especialistas foram ouvidos, mas o mistério continuava. Já se passara uma semana quando o dirigente máximo da empresa convocou a imprensa para uma entrevista coletiva.

Visivelmente abatido, Gustavo de Almeida, que assumira a presidência da companhia há dois anos, vivia os momentos mais difíceis de sua carreira de executivo bem-sucedido.

Desde a divulgação do desaparecimento da aeronave até aquele momento, nada havia feito na empresa a não ser se preocupar com o acidente, responder aos familiares dos passageiros, atender à imprensa e às autoridades aeronáuticas.

Agora, chegava a hora da verdade: informar à opinião pública que as buscas cessaram sem resultados, admitindo-se oficialmente o desaparecimento de passageiros e tripulantes.

Antes de entrar na sala para a entrevista coletiva, Gustavo de Almeida havia se reunido longamente com os seus assessores e estudado todos os detalhes do acidente. Respirou fundo, entrou no auditório, cumprimentando a todos.

– Bom dia, senhoras e senhores – falou visivelmente emocionado. Infelizmente, venho comunicar que as autoridades dos países envolvidos cessaram todas as buscas referentes ao voo AKR. Até agora não há indícios do avião e nem de possíveis sobreviventes. A empresa, diante dos fatos, já acionou a seguradora, que entrará em contato com os familiares dos passageiros embarcados. Lamentamos profundamente o ocorrido, mas no momento nós não temos o que fazer a não ser confiarmos em Deus e esperarmos que se encontrem sobreviventes.

– Senhor Presidente, o "Correio da Manhã" pergunta: – As autoridades trabalham no momento com quais hipóteses referentes às causas do acidente?

– Nenhuma hipótese foi descartada, até porque a aeronave desapareceu, não existindo até o momento sinal algum da queda e nem de sequestro. As autoridades encarregadas do caso estão investigando. Terminaram as buscas em alto-mar, pelas dificuldades de se vasculhar uma área tão extensa e, sobretudo, porque não se tem nenhum indício.

– Estamos diante de um mistério? – Perguntou outro jornalista.

– Se mistério é o desconhecido, diria que sim. Mas, acredito que em pouco tempo deverá aparecer algum vestígio do ocorrido. Uma aeronave de porte, com 120 passageiros e seis tripulantes, não pode desaparecer assim sem deixar nenhuma pista. Por essa razão estou solicitando às autoridades que retomem as buscas em alto-mar. Temos a convicção de que o desaparecimento ocorreu logo após o último contato do comandante com a base. A posição que ele passou indica claramente que estava sobre o mar, próximo à ilha Margarida. Se a queda da aeronave ocorreu em alto-mar e considerando o peso do aparelho, fragmentos devem aparecer a qualquer momento em alguma praia. Resta-nos esperar. Ao mesmo tempo estou fazendo gestão junto às autoridades para que não cessem as buscas. Temos o dever de esclarecer totalmente esse acidente e, para tanto, mantemos no local técnicos da empresa durante as 24 horas do dia.

Pergunta da revista "Recorte": – A empresa já divulgou a lista oficial de passageiros e tripulantes. O senhor acaba de dizer que a seguradora fará contato com os familiares dos passageiros, não mencionando os tripulantes, existe alguma razão para isso? Acrescentaria mais uma pergunta: – Neste momento qual a mensagem que o senhor daria aos familiares das vítimas?

– Quando mencionei que a seguradora fará contato com os familiares dos passageiros significa que estaremos ao lado dessas pessoas, principalmente em momento tão difícil. Quanto aos familiares dos nossos funcionários, temos o cadastro de todos e já entramos em contato, pois eles também terão direito ao seguro de vida em grupo feito pela companhia. A todos, a única mensagem que eu posso deixar é que tenham fé, pois, apesar dessas providências práticas necessárias, ainda acredito em um milagre.

Na casa de Demetrius, Noêmia não tirava os olhos da televisão. A espera naqueles dias foi torturante. Qualquer notícia era aguardada com ansiedade. Quando, porém, ouviu o presidente da companhia aérea falar em seguro, em milagre, sentiu ruírem suas últimas esperanças. Alguma coisa lhe dizia lá no íntimo que era apenas uma questão de tempo para se confirmar plenamente a morte de todos os que viajavam no voo AKR. Apegou-se a Deus e deixou as lágrimas escorrerem, sem reservas, porque a dor que sentia era tão intensa que a impedia de falar.

Cláudia não sabia o que fazer. Apesar de não sentir simpatia por Demetrius, adorava Noêmia. O sofrimento da patroa e amiga a atingia também, contagiando-a, a ponto de ambas, abraçadas, chorarem a perda juntas.

À tarde, Sandra ligou da empresa perguntando à governanta:

— Como está D. Noêmia? Aqui todos estão preocupados.

— Após a entrevista do presidente da companhia aérea se referindo ao seguro e a um milagre, choramos muito.

— Vocês estão vendo a edição extraordinária do telejornal da rede Alvorada?

— O que foi dessa vez?

— Acabam de confirmar que apareceram várias partes da fuselagem do avião em uma praia próxima ao local do acidente.

— Meu Deus, então nós não temos mais esperança?

— Tudo indica que não.

— O que o Sr. Antônio sugere?

— Ele gostaria de conversar com D. Noêmia amanhã à tarde. Você pode confirmar se ela vai atendê-lo?

— Vou falar com a patroa e em seguida retorno.

A opinião pública recebeu a confirmação da tragédia com muita tristeza. O noticiário, a partir daquele momento, voltava-se para os familiares dos desaparecidos. Entre passageiros e tripulantes, 95 eram brasileiros. O voo AKR ceifara vidas de jovens, crianças, adultos, idosos, homens e mulheres, pessoas simples e famosas. A televisão mostrava, todo instante, detalhes a respeito da vida das vítimas, suas fotos, muitas em momentos alegres e descontraídos com a família. Uma que chamou a atenção foi a de uma criança deficiente que viajava aos Estados Unidos em busca de tratamento. Gente famosa, como artistas e políticos também foram destacados no noticiário.

A imprensa também começou a entrevistar passageiros que haviam cancelado o voo na última hora. Entre eles, um senhor, vindo de uma cidade do interior, não conseguira chegar a tempo para o embarque, em razão do engarrafamento de trânsito na Rio-Petrópolis, e teve seu lugar ocupado por um passageiro da lista de espera.

O cardeal do Rio de Janeiro marcara para o domingo seguinte uma missa ecumênica em intenção de todos os falecidos na tragédia que havia abalado o País e o mundo.

Nenhum corpo fora encontrado até aquele momento. Mas, tinha-se a certeza de que não haveria sobreviventes.

Em cada família enlutada a reação era diferente. A dor sentida variava de acordo com as concepções de vida dos que formavam o grupo familiar. A partir do momento que o presidente da companhia começou a falar em seguro, a imaginação dos mais vinculados às questões materiais seguia outros caminhos. Alguns já falavam em formar a associação das vítimas, enquanto outros ligavam para advogados para saber da possibilidade de uma ação de indenização.

Noêmia, assim como outras pessoas envolvidas, reagiu apegando-se naquele momento a Deus.

Não conseguia entender o destino. A sua fé, a sua crença mandava-a apenas acreditar na ressurreição dos mortos no dia do juízo final. Acreditava profundamente nos dogmas que recebera da Igreja quando ainda criança, apesar de seu interesse pelas filosofias orientais. No entanto, sentia profundo vazio no peito, uma saudade precoce já se instalara na alma e, sobretudo, temia a vida sem o apoio do marido. Procurou naquele momento concentrar-se em Demetrius, perguntando-se como ele teria reagido ao acidente, o que teria tentado fazer para impedir o pior, considerando-se que era um homem determinado, corajoso, tendo sempre à mão uma solução diferente. Preocupava-se também com os filhos: como reagiriam no futuro as crianças sem a presença paterna? Exausta, olhos fundos, alma despedaçada foi despertada pela governanta.

– D. Noêmia, o Sr. Antônio precisa falar-lhe amanhã. Pediu para recebê-lo, determinando o horário.

– Está bem. Diga-lhe para estar aqui às 14 horas.

Noêmia confiava no colaborador. Sabia que o administrador era como um pai para Demetrius. Na fábrica era ele quem o marido respeitava e para quem pedia opinião e acatava os conselhos. Certamente, viria falar-lhe dos aspectos legais e práticos do problema. Mulher muito esclarecida sabia que várias providências precisariam ser tomadas se realmente se confirmasse a morte do marido. Foi com esse espírito que, no dia seguinte, procurou se recompor, maquiando-se, encobrindo as fundas olheiras, para receber o amigo que, na hora certa, chegou à mansão do Jardim Botânico, cumprimentando-a:

– Como tem passado D. Noêmia?

– Não estou bem. Nem acredito que seja real. A mim parece que tudo vai passar como um grande pesadelo e a qualquer momento Demetrius vai entrar por aquela porta, assumir os negócios, e entregar os pacotes de presentes para as crianças, como sempre fazia ao retornar de viagem.

— Tudo foi tão de repente que, às vezes, penso do mesmo jeito que a senhora. A fábrica, contudo, não pode parar e as decisões precisam ser tomadas. Quando ele viajava, por generosidade, indicava-me como substituto. Mas, era uma substituição simplesmente formal, tão somente para assinar papéis. As decisões da empresa eram sempre tomadas por ele, mesmo quando estava distante. Telefonava várias vezes ao dia, não se desligava um instante sequer dos problemas. Agora pela primeira vez tive de tomar, sozinho, decisões comerciais importantes, tendo autorizado um embarque de mercadorias para um cliente da Europa. Confirmando-se a desencarnação do patrão, precisamos regularizar a empresa para que ela não sofra solução de continuidade.

— Entendo! O senhor tem razão, mas não sei o que fazer.

— Quando alguém falece, a lei estabelece que os herdeiros assumam imediatamente a administração de seu patrimônio, independentemente de formalidades. Por essa razão, o prazo para se abrir o inventário, após o falecimento, é de trinta dias.[1] Visa à disposição legal dar imediata continuidade aos negócios do falecido, para que não ocorra prejuízo aos herdeiros e à sociedade.

— Mas não temos prova do falecimento!

— Exatamente, porque ainda não encontraram o corpo. A possibilidade de se invocar o instituto legal da morte presumida, que para ser decretada exige que se prove o

---

[1] Na época dos fatos o prazo para a abertura do inventário era de 30 dias após o falecimento. Hoje, com a alteração do Código de Processo Civil, art; 983, o prazo passou a ser de 60 dias. Nota do autor.

desaparecimento da pessoa em face de risco iminente de vida que, nesse caso, na opinião de nosso advogado, é possível. Mas, diante dos indícios hoje apresentados pela imprensa, as autoridades competentes certamente determinarão lavratura do óbito, abrindo-se a sucessão. Até lá temos de aguardar, gerindo a empresa, conforme as disposições do contrato social.

— Meu marido me ensinou que nenhuma empresa pequena ou média resiste por muito tempo sem a dedicação direta do dono. Assim, penso que, se a situação continuar como está hoje, na próxima semana eu estarei diariamente na Incotel para aprender como funciona. Até, então, nunca havia me interessado pelos negócios da família, dedicando-me a outras atividades, porque o meu marido era realmente "o cabeça", ele sabia tudo e contava com a experiência e a confiança do senhor que, para ele, era como um pai. Peço-lhe que me ajude também nesse momento; tenha paciência comigo, ensinando-me todas as atividades, para que juntos possamos tocar a empresa até ele voltar, se Deus quiser.

— A senhora sempre poderá contar comigo, embora já esteja velho. Fico feliz em saber que vai entrar diretamente na administração da companhia. Demetrius sempre me disse que era uma mulher corajosa e que tinha um tino comercial superior ao dele. Falava-me que algumas decisões atribuídas a ele eram na verdade formuladas em casa e com a sua colaboração. Deus lhe abriu essa possibilidade. O que será que Ele deseja nesse momento da senhora?

— Sei que o senhor tem formação espírita. Como a sua doutrina vê a minha situação no momento? Sinto-me completamente perdida, sumiu o chão que tinha sob os pés.

— Tentei algumas vezes falar a respeito desses assuntos

com Demetrius – disse o administrador. Mas ele nunca me deu ouvidos, preocupado sempre com a empresa que, depois da família, era o que mais amava. A doutrina que eu sigo diz que, antes do nascimento, o espírito sabe das provas ou das expiações a que deve se submeter para a sua evolução enquanto reencarnado. Nem sempre é possível a todos escolherem com liberdade o seu roteiro na próxima vida. Existem as determinações compulsórias, que independem da vontade do reencarnante. Entendo que essa provação, tanto de Demetrius quanto de nós todos, estava prevista muito antes desta nossa vida. Fatos importantes que independem de nossa vontade, como a morte, por exemplo, não são casos fortuitos. As provas e as expiações são instrumentos de nossa evolução, e não castigo como supõem alguns. A senhora, agora, será lançada a novos desafios, assumindo as responsabilidades da empresa; Demetrius, onde se encontra, está diante de desafios diferentes. Não há, para a doutrina que sigo, morte no sentido de inércia, gozo infinito, para uns, o céu de alegoria, e, para outros, penas perpétuas em infernos dantescos.

Continuaram a conversar acerca do acidente, das mortes violentas, até que o Sr. Antônio precisou retirar-se para atender às necessidades da fábrica, dizendo que aguardaria Noêmia na semana seguinte, para se inteirar de todos os problemas da empresa.

Após a conversa a jovem senhora sentiu-se aliviada. Sua ligação com o pensamento oriental, o hábito da meditação, a consciência tranquila do dever cumprido como esposa, naquela hora fazia a diferença. Não era assim, certamente, em todos os lares das vítimas do voo AKR. Revolta, desespero, promessas de acionar a companhia aérea, críticas às autoridades eram a tônica principal. Nem todos se resignam diante do inevitável, tentando compreender o mecanismo da vida, a generosidade de Deus, os impulsos provocados pelas mutações, retirando uns da inércia, lançando outros no torvelinho, em uma conspiração orquestrada pelos fatos imprevistos e destinados a provocar a evolução.

Capítulo 5

A alvorada

Nos dias que antecederam o acidente com o voo AKR, em uma pequena cidade do interior de São Paulo, Pai Bento, preto velho de quase oitenta anos, mascava como de costume o seu fumo de corda, sentado em um rústico banquinho, à frente do casebre em que vivia. Todos os dias, às dezessete horas, impreterivelmente, sentava-se ali, cortava um pedaço de fumo, mascava-o, enquanto preparava o cigarro de palha, tendo sempre ao lado uma caneca de café. Ficava, assim, em meditação até às dezoito horas – hora da Ave-Maria – quando entrava em prece, nunca pedindo nada. Era hábito de Pai Bento nunca pedir nada aos céus nem para si e nem para as outras pessoas. Acreditava que a prece sincera, vinda do fundo do coração, era o suficiente. Sua oração era sempre com o propósito de agradecer a proteção recebida durante o dia, a inspiração para esclarecer os casos para os quais era procurado, a saúde, o alimento ingerido, o sol, o frio ou a chuva. Não reclamava de nada e para ele tudo estava sempre bom, não aceitando nenhuma retribuição material, ficando extremamente feliz quando Cândida comparecia para levar-lhe o necessário, o que fazia todas as semanas.

Cândida era uma jovem de rara beleza, simpática,

agradável, e tinha particular admiração por Pai Bento, que a embalara nos braços ao nascer. Agora que o coronel Feliciano morrera, ela herdara a Fazenda Boa Vista, aposentando o preto velho de todas as suas atividades, mantendo-o, contudo, no casebre em que sempre viveu. Várias foram as tentativas de levá-lo para perto da casa-grande, mas o ancião nunca quis, dizendo que ali no seu cantinho é que estavam as suas lembranças. Depois, era lá onde as pessoas iam procurá-lo para as benzeções de quebranto e mau-olhado, buscar raízes, consultá-lo a respeito de todos os problemas. A fama do bom homem ultrapassara a porteira da fazenda, vindo gente de todos os lugares em busca de seus sábios conselhos.

Diziam na fazenda que ele conversava diariamente com os espíritos não somente a respeito das coisas simples do dia a dia, que afetava a vida da comunidade, mas também de outras, mais complicadas, que apenas revelava a Cândida. Quando a jovem e Pai Bento conversavam, ninguém ousava chegar perto. Às vezes ambos ficavam horas confabulando. A moça entrava no casebre, passava o café, saía, sem que ninguém soubesse realmente do que tratavam.

No dia do acidente que comoveu o país, Cândida tinha de visitar o preto velho, levar-lhe os mantimentos da semana, algumas broas de fubá, pó de café, além de outras iguarias. Quando estava de saída, ouviu a notícia da queda do avião. Pai Bento não tinha rádio, nem televisão e não sabia ler. Vivia isolado com os seus amigos espirituais. A moça, pelo tom do repórter, percebeu a extensão da tragédia que se abatia sobre o país, lembrando de comentar o fato com o amigo, quando chegasse à fazenda.

O preto velho ficava realmente feliz com a presença da jovem – identificavam-se. Se dependesse da moça, ele estaria vivendo na casa-grande, com todo o conforto, mas o antigo servidor, que nascera no primeiro quartel do século XIX, nunca aceitaria compartilhar com a filha do senhor a mesma residência, mantendo-se afastado, sem se importar com os novos tempos. Após a morte do coronel, Cândida deu novo rumo à fazenda, melhorando as condições de vida de todos os colonos, aproximando-se mais deles, sendo realmente querida. Suas idas semanais ao casebre só enriqueciam a sua figura entre os colonos.

Com o embornal preso à cintura, Cândida subiu na montaria e partiu célere. A notícia da queda do avião não lhe saía da cabeça. Imaginava como deveriam estar as famílias das vítimas naquele momento e, sobretudo, indagava-se acerca da natureza das provas coletivas. Mortes violentas, pensava, significavam sempre prova ou expiação de culpas a resgatar. Quem um dia feriu em grupo, resgataria também em grupo, ajustando-se ante as leis da vida. Guerras e revoluções envolviam não somente os que haviam dado as ordens, mas assessores, parlamentares, diplomatas, jornalistas, todos enfim que, direta ou indiretamente, tivessem colaborado para que o evento acontecesse. Contudo, pela Lei de Causa e Efeito, os que não tivessem conseguido por outras vias amenizar o *carma*, passariam pelas mesmas dores que semearam um dia. Foi pensando assim que se deparou com o amigo sentado no banquinho de sempre, já à sua espera.

— Como vai hoje, meu Pai?

— Do mesminho jeitinho de ontem, minina — falou alegre, abrindo enorme sorriso.

A jovem foi retirando as coisas do embornal, comentando ao mesmo tempo:

– Trouxe algumas broas que vão fazer o Pai lamber os beiços. Se não trouxesse ainda quentinhas, a Serafina emburraria.

– Tô inté cum vontade de experimentá coisa diferente.

– Vou passar o café – disse a moça, entrando no casebre.

Retornou com um bule de café quente, do jeito que ele gostava. Sentou-se. Entre um gole e outro, um pedaço e outro de broa de fubá, perguntou ao ancião:

– Pai – iniciou a jovem – quando estava saindo de casa a telinha que fala dizia que hoje um enorme avião desapareceu. Mais de 120 pessoas nele viajavam do Rio de Janeiro para Nova Iorque. Vinha pensando durante o caminho como esses espíritos estão nesse momento, o sofrimento de suas famílias, e senti uma tristeza muito grande no coração.

– A Sinhazinha, qui já viajou di avião, sabi qui nesses acidente é dificir arguém saí cum vida. Já ouvi in outra veis ocê falá de acidente, mas num trazia tanta tristeza no coração.

– Dá para ver assim? – Perguntou.

– Si dá. Quando a minina chegou, veiu cum ela arguns dos nosso amigo. Eles falarum qui a Sinhazinha vai recebê carta de gente da famia qui morreu no acidente. Tão dizendo também qui não é prá percupá, porque já tá tudinho arranjado.

A moça ficou calada. Sabia que o amigo nunca errava. Aquela informação a deixava confusa. Quem de seu grupo familiar poderia estar naquele voo? Por mais que imaginasse, não conseguia se fixar em pessoa alguma.

– Num dianta ficá matutando – continuou o preto velho. Quando chegá o comunicado a minina vai sabê.

– Acredito. Tenho apenas tristeza; não sei quem é, se muito próximo ou não, e nem o que devo fazer para ajudar.

– Tão me dizendo qui esse acunticimento tava previsto há muito tempo e qui a minina num tem nada prá fazê agora.

Cândida era uma jovem que vivia principalmente na casa-grande. Apesar de ter residência oficial na cidade, lá comparecia apenas de quinze em quinze dias, quando ia ao banco para acertar as contas.

Antes da morte do coronel Feliciano, órfã de mãe, permanecia a maior parte do tempo na cidade, por decisão do pai. O coronel ficava na fazenda e a menina aos cuidados das mucamas. Estudou além do permitido para as moças de seu tempo residentes no interior; gostava muito de leitura, mas adorava a fazenda, que assumiu integralmente com a morte do pai.

Sem irmãos, pois a mãe falecera no parto e o coronel não se casara mais, tinha nas mucamas e nos empregados a sua verdadeira família, não mantendo contato com os parentes de sua mãe. Pelo fato da mãe ter falecido por ocasião do parto, o relacionamento familiar com o lado materno não existiu, de forma que seus parentes eram os que vinham do ramo paterno, sobretudo a avó, também falecida antes da menina completar cinco anos de idade.

A avó materna nunca havia se interessado pela neta que morava no interior de São Paulo; e o coronel Feliciano, com o falecimento da esposa, não teve intimidade para se aproximar mais da família, perdendo o contato.

Cândida sentia falta do aconchego familiar. Isolada, apegou-se aos membros da fazenda, aos livros, tendo desenvolvido grande cultura para o seu tempo. E o coronel, que tinha verdadeira adoração pela filha, permitiu que ela estudasse, não a deixando, contudo, cursar uma faculdade, pois teria de morar na Capital.

Na conversa com Pai Bento a jovem de repente ficou pensativa. O amigo sentiu o quanto ela sofrera ao saber que a mãe perdera a vida no parto. Quantas vezes lá no casebre a jovem abria o coração para aquele velho bondoso, compreensivo, o avô que não teve.

Quando ele falou que algum parente seu estava no avião acidentado, sabia que a informação tocaria fundo o coração da moça. Mas, sabia também que mesmo as tragédias são aproveitadas pela providência divina e que já estava chegando a hora de Cândida sair daquele isolamento familiar. O acontecimento, embora triste, serviria de alguma forma para aproximá-la do grupo, auxiliando-o. Só lhe restava aguardar.

Dirigindo-se ao ancião, Cândida prosseguiu:

– O meu pai nunca comentava a respeito da família de mamãe. Com a sua morte, ficou inibido de procurá-la, sobretudo pela posição da vovó, que a ele atribuiu a responsabilidade pelo falecimento da filha. Papai, apesar de ter vivido como estudante na Capital, gostava do interior e teve de assumir a fazenda por determinação do meu avô, com quem o senhor conviveu. Conhecera mamãe em um baile de estudantes, apaixonaram-se, e ela aceitou o casamento mudando para a fazenda. Os recursos naquela época por aqui eram bem escassos, de forma que, no primeiro parto, sem assistência médica devida, ela faleceu. Eu nasci, mas vovó nunca o perdoou por ter levado mamãe da Capital para o interior.

– Pai Bento já conhece essa história melhor do que eu, porque conviveu com todas as pessoas envolvidas. No avião que caiu hoje, se existe algum parente meu, só pode ser pelo lado de mamãe, gente que eu não conheço como bem sabe o senhor.

— Minina, a carta vai informá. Num carece percupá. Já disse qui a morte da sua mãe daquele jeitinho tava escrita e num tinha médico capaiz de arresolvê.

— Desculpe, é que até hoje não consigo tirar isso do coração. Sinto culpa por ter nascido, estragado a vida de minha mãe e de meu pai. Daria tudo na vida para ouvir a voz dela um dia. Nem sei como era de verdade; apenas a vi na foto de casamento. Estava alegre, feliz, mal podia imaginar o que iria acontecer. E o meu pai, era um jovem bonito, estava também radiante com o casamento. Depois se tornou um homem fechado, triste, nunca mais se casou e eu me sinto culpada por tudo isso.

Naquele instante o preto velho se transformou completamente. Perdeu aquele ar de caboclo rústico do interior, aprumou-se no banquinho e olhou fixamente para ela. Cândida, que já participara de várias sessões mediúnicas com ele, sabia que ele estava incorporado e que iria trazer um Espírito de luz, pelo porte, elegância, a voz que se modificara totalmente. Cândida, por muitos anos aguardava alguma explicação a respeito de seu passado, mas nunca a obtivera. O amigo sempre lhe dizia que quando a hora chegasse o passado seria esclarecido. Naquele momento pensou que o véu que encobria a trama de seu destino poderia se desvendar. Ficou atenta a cada gesto, a cada palavra, que vinha da Entidade.

— Cândida — falou a entidade. Não procure fixar-se no passado e nem alimentar sentimento de culpa. A culpa nasce do ato consciente, quando a pessoa sabe que está fazendo algo errado e mesmo assim teima em praticá-lo. Mesmo quando o ato seja errado, mas a pessoa não tem consciência do erro, não se pode falar em culpa. E ainda que haja culpa para o transgressor que conscientemente agiu, a vida não o condena eternamente, obrigando-o sempre a relembrar o acontecimento. O mecanismo da vida é diferente: não pune, apresenta oportunidade de ressarcimento. O pai eterno não é um Deus cruel, como muitos fazem supor; expressão máxima do amor oferece sempre oportunidade aos realmente culpados para que se livrem desse sentimento negativo que impede a pessoa de progredir. No seu caso, minha amiga, não houve sequer a mais leve culpa. Já estava escrito que Esmeralda, sua mãe, desencarnaria dessa forma e que o seu pai teria de passar por essa experiência. E você, antes de vir ao mundo, aceitou a condição de resgate, pelos vínculos afetivos mantidos há longo tempo com os seus genitores.

A jovem estava paralisada. Ela, que sempre fora confiante, naquele momento se sentia presa, imobilizada, fixando tão somente a Entidade. Mesmo assim perguntou:

– Querido amigo, que desce dos céus para consolar essa alma aflita, gostaria de esquecer as condições de meu nascimento, mas não posso. Todo dia, quando paro após o trabalho, os fatos me vêm à cabeça, atormentando-me, asfixiando-me. Parece até uma obsessão. Ajude-me a vencer essa fixação, abra o meu coração, a minha mente, para que eu possa conviver com esse passado difícil.

A Venerável Entidade respondeu:

– Você já tem experiência e maturidade para vencer essa etapa. Já começamos a ajudá-la. Mas, para conseguir compreender o seu papel na vida precisa se preparar mais para poder ajudar a quem virá procurá-la. Alma afim à sua que agora vive experiências novas, chegará até você pelas nossas mãos. A sua ajuda será importante para desvendar o passado plenamente. Confie em Deus, prepare-se estudando, observando, praticando o bem que, no momento certo, sua missão se abrirá na Terra e com ela a felicidade possível neste belo Planeta ainda de provas e expiações.

Despediu-se imediatamente, não dando à moça oportunidade de fazer mais perguntas. Pai Bento voltou a si. Estava feliz, pois, como espírito iluminado, quando dava passividade, permanecia no local ouvindo e vendo a Entidade comunicante. Sabia que se tratava de espírito com credenciais, devidamente autorizado para agir naquelas condições. Para Cândida começava uma nova etapa de vida.

Desperto, o preto velho sorriu. Estava plenamente consciente do que havia ocorrido. A jovem, que já participara de outras experiências com ele, sabia que Pai Bento apenas se ausentava do corpo para dar passividade, mas acompanhava o aparelho o tempo todo e o próprio espírito comunicante, intervindo se fosse necessário. No caso ocorrido apenas observara a Entidade, que já conhecia, sabendo-a extremamente responsável. Foi pensando assim que, tomando mais um gole de café, comentou:

– A minina tá sastifeita agora?

– Após vários anos em que aqui venho tenho ouvido as mais diversas comunicações; essa foi a primeira vez que uma Entidade se manifesta a respeito de minha vida pessoal. Estou feliz e triste ao mesmo tempo. Feliz, porque sei que uma Entidade dessas, iluminada, não desceria à Terra apenas para galhofar. Mais ainda porque, segundo a comunicação, vão encaminhar algum parente necessitado de ajuda e essa foi a fórmula encontrada para eu reatar os laços familiares rompidos no passado. Triste, porque a maneira como esse reatamento vai acontecer está ligada ao sofrimento de alguém.

— Essa tristeza, minina — falou Pai Bento — si cura quando si incontra otra arma do grupo a qui si pertenci.

— Compreendo! Só que não tenho a sua elevação para ver tudo com alegria.

— A minina tá triste também proque hoje corre muita lágrima dos dois lado da vida. Anqui, na terra, os qui tinha cumunhão com os morto; lá, no céu, os morto qui não entrarum pela porta do bem, tão pur aí qui nem doido.

— Querido amigo, a telinha que fala disse que o avião desapareceu dos radares e que há esperança de ser encontrado.

— Num vai não. Tá tudo cunsumado. Ninguém saiu vivo daquele parelho. Tudo desaparecido.

Terminaram a conversa da semana. A jovem despediu-se como sempre, beijando as mãos do velhinho.

— Vá cum Deus.

Cândida galopou rumo à casa-grande. Lá chegando sentiu o cheiro de comida quentinha de Nhá Serafina. Veio o tempo todo pensando nas palavras da Entidade e nas do amigo. Aquele acidente, ocorrido em um país distante, muito longe da cidadezinha onde morava, afetaria a sua vida, permitindo o esclarecimento de coisas importantes de seu destino e que ao longo dos anos sempre a perseguiram. Como a vida era intrigante, pensava. Decidiu acompanhar atentamente todo o noticiário, informar-se dos mínimos detalhes: nomes, endereços, dados biográficos de cada vítima, decidindo ir para a cidade no mesmo dia.

— Nhá Serafina, peça ao Sr. Abreu para preparar a charrete. Preciso ainda hoje ir para a cidade.

— Mas, Sinhazinha, primeiro vai jantar!

— Pode aprontar o mais rápido possível. Estou com fome mesmo e o cheirinho de sua comida é irresistível. A propósito, Pai Bento se fartou com as broas. Acho até que vai ter sonho à noite...

Serafina deu uma boa gargalhada. Adorava aquele velhinho que muitas vezes apaziguou o seu coração atormentado.

Após o jantar, a moça, acompanhada do charreteiro, rumou para a cidade. Queria chegar a tempo de assistir ao telejornal.

— Sr. Abreu, quero chegar logo. Faça o cavalo andar mais rápido e depois cuide bem dele.

Uma hora após entrava na casa da cidade, causando surpresa aos serviçais que a atendiam desde criança.

— Maria, Pedro, Casimiro, como estão vocês?

— Bem, Sinhazinha. Alguma coisa aconteceu de errado?

— Não! Está tudo bem. Preciso ver algumas coisas e por isso decidi vir hoje para ganhar tempo.

Foi à sala e ligou a televisão. Estava começando o telejornal, que, desde o início, tratou do acidente. O repórter ainda não sabia dos possíveis sobreviventes e nem as causas da queda do avião. Mas, a companhia aérea já havia divulgado a lista de passageiros e tripulantes embarcados no voo AKR. Nenhum nome soou familiar a Cândida. No dia seguinte pediu para Casimiro ir até a banca de jornal do "Firmino" comprar um exemplar de cada periódico da capital. Leu cuidadosamente os nomes, mesmo os de outros países, mas não viu nenhum que pudesse relacionar como parente. Desistiu de procurar, acreditando, contudo, nas informações recebidas por Pai Bento. Nada mais poderia fazer a não ser esperar.

A jovem, quando vinha à cidade, costumava encontrar-se com Dolores, amiga de infância, filha de um fazendeiro cujas propriedades eram contíguas às suas. As duas sempre foram próximas, apesar de algumas divergências por questões de terra mantidas no passado pelos avós. Tanto o pai de Cândida quanto o pai de Dolores não alimentaram o conflito, mas as sequelas do passado dificultaram entre eles o relacionamento. Quando as duas se encontravam, a conversa girava em torno do futuro, dos livros que ambas estavam lendo e dos namoricos. Dessa vez Dolores, quando soube que Cândida estava na cidade, procurou-a logo pela manhã.

– Olá! – Cumprimentou a amiga, que estava na cozinha tomando o café da manhã. Não a esperava hoje. Fiquei sabendo que estava aqui quando vi a charrete e o Sr. Abreu. Posso saber o que a tirou da fazenda?

– Claro – respondeu à amiga. Precisava fazer algumas compras e acertar as contas no banco. Devo resolver isso entre hoje e amanhã e depois retorno ao trabalho.

– Não é isso. Pensei que viesse para o baile do clube.

– Nem estou sabendo...

– Está mesmo longe dos acontecimentos sociais.

– Aqui, minha amiga, até bailinho de clube é acontecimento social – disse Cândida sorrindo.

– Não despreze! Sabe quem me perguntou de você?

– Quem?

– O Pedro, filho da Clotilde, que está em São Paulo estudando para advogado. Chegou essa semana em férias, visitou os amigos, foi lá em casa conversar com papai. Quando me encontrou foi logo perguntando por você. Acho que está interessado. Ele está um moço bonito, alto, educado, nem parece que é daqui.

A jovem procurou lembrar a última imagem que tinha de Pedro, estudante bem-comportado, que resolveu não ficar na cidade para administrar a fazenda da família. Tinha por ele simpatia, nada mais.

– Não vou poder ir ao baile – respondeu. Preciso voltar antes do fim de semana para a fazenda. Tenho de começar a preparar a colheita. Esse ano, com a falta de chuva, a safra não promete. Dizem que estamos entrando na maior crise da lavoura brasileira. Os agricultores endividados não vão conseguir empréstimo bancário para o próximo plantio. Essa é uma das razões que me leva ao banco. Vou conversar com o Sr. Assunção e ouvir o que ele tem a dizer.

– Nem parece que tem vinte anos; se continuar assim acaba ficando para titia.

– Precisei assumir os negócios com a morte de papai. Agora não tem mais jeito. Feliz é você que pode ficar por aí despreocupada. Até que gostaria também. Mas, são muitas famílias que vivem da fazenda e eu não posso cochilar um só minuto.

Enquanto conversavam, ouviam o rádio sintonizado em uma emissora da Capital, que cobria o acidente ocorrido no dia anterior. De repente, em edição extraordinária, o locutor anunciou as últimas notícias. Cândida fez um simples sinal a

Dolores e ambas ficaram escutando.

– "Ainda não foi localizado o aparelho da companhia aérea que desapareceu dos radares quando voava sobre o mar. A empresa já anunciou a lista oficial de passageiros e tripulantes embarcados, a maioria deles brasileiros. Os familiares das vítimas lotam as dependências do aeroporto do Rio de Janeiro. Angústia, dor, sofrimento, incerteza estão estampados em todos os rostos. As autoridades não sabem o paradeiro da aeronave. A qualquer momento voltaremos em edição extraordinária".

Nenhuma pista havia conduzido a moça a algum parente. Na próxima semana voltaria a falar com Pai Bento, buscando novos esclarecimentos.

Resolvidos os problemas bancários, no dia seguinte, Cândida retornou à fazenda, assumindo com Dolores o compromisso de comparecer ao baile do clube.

No sábado chegou à cidade logo pela manhã. Resolveu fazer a unha, pentear-se diferentemente, preparar-se para o baile. Apesar de ironizar, Cândida sabia que o baile no Clube Paineiras era esperado pela juventude da cidade que, sem opções de lazer, arrumava-se cuidadosamente para desfilar à noite.

Como jovem que amadurecera sob as circunstâncias da vida, no fundo sabia que tinha de se fazer de forte para gerir os negócios deixados pelo pai. E procurava cumprir todas as obrigações com responsabilidade, sabendo no íntimo que a sua vocação era mais para os livros. Se tivesse sido apoiada, teria deixado a cidade quando terminara o clássico para disputar o vestibular de filosofia. Tudo que dizia respeito ao mundo das ideias, aos conceitos a respeito da vida e da morte, à felicidade e ao infortúnio, a Deus e ao infinito interessava-lhe. Os afazeres na fazenda, a responsabilidade perante muitas famílias, o carinho com que era tratada pelas mucamas tanto da casa da cidade quanto da casa-grande, todas a considerando sua mãe, e, sobretudo a determinação paterna, a afastaram do ambiente acadêmico.

Quando chegou ao baile, Dolores já a esperava.

– Demorou-se tanto. Imaginei que havia desistido. Já estávamos pensando em ir à sua casa e arrastá-la à força – falou a amiga com carinho.

– Estou desacostumada dessas arrumações para festas – respondeu a jovem.

Os amigos de sempre estavam no baile. A jovem foi cumprimentando um a um. Muitos daqueles rapazes conheciam-na desde pequena. Depois que começou a administrar os bens do pai, poucos a viram. E a surpresa foi geral. Ela não era mais aquela menina insegura, carente, sem mãe. Tornara-se uma mulher simpática, transmitia força, determinação. Até a sua voz mudara, passando a ser mais incisiva. Dir-se-ia que Cândida amadurecera tão depressa, que se encontrava bem distante do grupo. Seu interesse era como seria financiada a próxima safra, qual a melhor aplicação para o dinheiro parado, qual o custo dos insumos e desejava falar até mesmo de exportação de produtos agrícolas. Assinava revistas especializadas, jornais e ouvia as entrevistas dos governantes, valendo-se de todas as informações para acertar em suas decisões. Os jovens do local não a acompanhavam.

Dolores percebeu que Cândida não estava à vontade naquela roda de amigos imaturos. Retirou-a do local, procurando por Pedro. Avistou-o perto da piscina, conversando com Cristóvão, bem mais moço, mas muito interessado em cursar uma faculdade.

– Olá! – Cumprimentou-o Dolores. Lembra-se de Cândida?

Os olhos dos dois se cruzaram. Ficaram espantados; não esperavam as transformações provocadas em cada um pelo tempo.

Cândida, que nunca reparara em Pedro, encontrou-o com traços bem definidos. Não era mais aquele menino do curso ginasial e nem revelava a aparência de um jovem do interior, acostumado com o sol, a chuva, forte por necessidade. Era tipicamente um rapaz da Capital, com mãos macias, pele suave, cabelos bem-tratados, vestido conforme o figurino da moda.

Pedro se lembrava de Cândida como uma menina triste, um pouco tímida; não pensou encontrá-la mulher feita. Os tempos de adolescência para esses jovens já haviam passado. E a moça, pelas contingências da vida, refletia segurança, determinação, mas, sobretudo suavidade, feminilidade. Vestida como mulher, discreta e provocante ao mesmo tempo, o rapaz não pôde deixar de observar que Cândida era realmente atraente, e capaz de enfeitiçar qualquer homem.

Em pouco tempo os jovens se entenderam acerca de vários assuntos, até comentaram a respeito do acidente, a notícia do dia que tomava conta de todos os meios de comunicação. Cândida estava ainda muito impressionada com as palavras de Pai Bento; Pedro, que sempre viajava de avião, estava também impactado pelo trágico acontecimento.

– Não entendo – falou o jovem – como é possível um avião moderno, de empresa responsável, desaparecer assim sem deixar nenhuma pista. A aeronave perdeu contato com a torre e já está há mais de dois dias desaparecida.

– É muito estranho tudo isso – respondeu a moça.

Como na cidade todos conheciam Pai Bento e as ligações profundas de Cândida com o preto velho, ela se sentiu à vontade para comentar com Pedro algumas observações feitas pelo velhinho:

– Pai Bento conversou comigo acerca do acidente, dizendo que não haverá nenhum sobrevivente.

– Como ele está? – Perguntou Pedro, interessado.

– Bem! Muito teimoso, não quer sair de seu casebre para morar na casa-grande.

– Há muitos anos não falo com ele – lembrou-se Pedro. Outro dia, na faculdade, senti algo estranho. De repente tive saudade da minha casa, da nossa cidade, uma vontade grande de retornar. E por incrível que pareça, no meio de uma aula de direito administrativo, lembrei-me de Pai Bento. Procurei afastar a ideia, mas a vontade de retornar à minha cidade continuou e eu aqui estou agora. Sinto-me feliz; esse luar claro, o cheiro de mato, a música, os antigos amigos, essa conversa agradável estavam me fazendo falta. Muitos jovens sonham com a vida na cidade grande, novas oportunidades de diversão, mas se esquecem que há um preço a pagar deixando para trás os principais afetos, hábitos e costumes, que em nós estão enraizados. Como é boa aquela comidinha da mamãe, o cheirinho de café no bule, as broas da roça, o sol da manhã...

– Não tem vontade de voltar? – Perguntou-lhe a jovem.

– Sim! Aprecio, contudo, muito os estudos: professores experientes, cultos, o ambiente acadêmico, os companheiros de debates, as conversas a respeito de todos os assuntos são também importantes para a minha vida. Gostaria de conciliar tudo e ter o melhor dos dois mundos, mas não dá.

– Como são as aulas na faculdade? – Indagou a jovem, interessada.

– Empolgantes! Imagine os estudos de filosofia do direito, os debates que proporciona quando se discute a real finalidade da ciência jurídica. Fazer justiça ou propiciar às pessoas que vivem em sociedade segurança em suas relações? E quanta abordagem a ideia de Justiça permite, conforme as várias escolas jusfilosóficas. Fico encantado quando vejo e participo dos grandes debates políticos e das tertúlias literárias. Pelas velhas arcadas do Largo de São Francisco passaram os grandes nomes do direito, da cultura, do jornalismo e da política brasileira. É um território de liberdade, debate, onde os jovens convivem com mestres talentosos, intelectuais de peso, podendo absorver um pouco desse vasto universo do conhecimento. Pela faculdade passaram Ruy Barbosa, Castro Alves, José Bonifácio, o Moço, Gofredo da Silva Teles, Miguel Reale e ali começaram movimentos importantes para a vida cultural e política do País. Como deixar de viver nesse meio efervescente, repleto de ideias, que se engajou no movimento abolicionista, defendeu a democracia e os direitos humanos.

Cândida observava Pedro fascinada. Nunca imaginara o ardor intelectual, cívico, humanístico do jovem que com ela fora criado. Era um outro Pedro que ali estava: desenvolto, culto, idealista, um autêntico advogado. Ela, que havia sonhado com os estudos, que amava os livros, que se dedicaria à filosofia se o pai tivesse permitido, perguntou ao jovem como era o ambiente na Rua Maria Antônia, sede da faculdade de filosofia, que sempre aparecia nos jornais, graças ao movimento dos estudantes e às lutas contra o regime militar.

O rapaz disse à amiga que o momento estava muito agitado e até perigoso. As forças da repressão já haviam invadido a faculdade e professores de renome haviam sido afastados. O pensamento de esquerda dominava na Maria Antônia, e os militares não aceitavam sequer que se estudasse em classe a doutrina marxista.

A conversa entre os dois jovens se prolongou madrugada adentro. Nos dias seguintes voltaram a se falar, até que Pedro precisou retornar à Capital e Cândida lamentou muito a partida do amigo. Não teria mais com quem compartilhar as suas necessidades intelectuais; voltaria à administração dos negócios, à velha rotina, pedindo ao moço que remetesse alguns livros.

Um mês após a sua partida, chegou o carteiro na casa da cidade com as encomendas. Além dos livros solicitados, Pedro encaminhou também algumas novidades, como publicações acadêmicas e uma carta muito simpática à amiga. Nessa, dizia que aqueles dias que passaram juntos tinham sido os melhores de sua vida; nunca havia se sentido tão compreendido, descontraído, como naquelas conversas que tiveram sob o luar de Queluz. No final do ano retornaria e esperava continuar a palestra agradável. Tinha outras novidades; estava no último ano da faculdade e estagiava no escritório de um professor muito respeitado. No próximo ano seria um advogado inscrito na Ordem dos Advogados do Brasil e pretendia abrir escritório com alguns colegas.

Capítulo 6

A vida continua

Um ano após o acidente, Noêmia e Sr. Antônio administravam a fábrica, fazendo-a progredir, apesar das dificuldades encontradas pela elevação da taxa de juros, combinada com a escalada da inflação.

Demetrius, como administrador, era por demais ousado: arriscava sempre, confiando no seu "feeling", sem se preocupar com possíveis alterações políticas governamentais, como recessão, crise, ou qualquer outro obstáculo. O seu estilo de gerenciar era sempre pisando fundo no acelerador, enfrentando problemas e dificuldades com determinação. Nunca temeu alfinetar a concorrência; demitir empregados, melhorar as vendas era o que realmente importava. Na fábrica a sua palavra de ordem era resultado. E resultado, para ele, no mundo capitalista e selvagem no qual se movia com incrível astúcia significava, invariavelmente, lucro.

Tão logo Noêmia tomou conhecimento da empresa, começou a desvendar o outro lado da alma do marido.

Até então, convivera com um homem apaixonado, dedicado à família, trabalhador, que se preocupava com o futuro dos filhos. Agora, o observava como empresário agressivo, destemido, um verdadeiro trator.

O Sr. Antônio, discreto, cultivava a memória do amigo procurando mantê-la intacta. Mas Noêmia, com a sua perspicácia, sentia que mesmo o amigo nunca estivera plenamente satisfeito com a ação administrativa do patrão.

Sandra, que secretariara Demetrius por muitos anos, também mantinha pelo ex-chefe temor reverencial, apesar das humilhações pelas quais passara. Quando o chefe morreu, imaginou-se desempregada. Temia trabalhar com outro dirigente. Não conhecia Noêmia suficientemente, apesar da boa impressão que essa lhe causara, respeitando-a, nunca dando a entender que a vigiava em relação ao marido, o que é muito comum com as mulheres dos executivos em relação às secretárias.

Aos poucos foi percebendo que Noêmia era uma mulher maravilhosa, competente, humana, que enfrentava na empresa os mesmos problemas que o marido tivera, sem blasfemar nem humilhar qualquer pessoa. O que Demetrius não havia conseguido da secretária durante anos de trabalho, Noêmia obtivera em apenas seis meses: dedicação total ao serviço. Com uma mulher no comando da empresa até a vida familiar de Sandra melhorou e ela começou a entender por que Cláudia não tolerava o chefe e, por Noêmia, tinha verdadeira adoração. É que Cláudia, vivendo na mesma casa, necessariamente comparava as atitudes de ambos.

Embora não estivesse a par dos procedimentos comerciais do marido, Noêmia o respeitava. Aquele ano sem o companheiro foi o pior de sua vida. Por vezes, à noite, olhando o retrato dele junto à cama, chorava silenciosamente a sua dor. Não se conformava com o completo desaparecimento de todos os corpos.

Todos os familiares das vítimas estavam ainda em estado de choque apesar do tempo decorrido, inconformados por não poderem dar uma sepultura digna aos cadáveres de seus entes queridos.

Noêmia, interiormente, era uma alma despedaçada. O trabalho na empresa, o amor aos filhos, a necessidade de ser mãe e pai ao mesmo tempo faziam com que ela durante o dia fugisse da realidade; à noite, quando se recolhia, desesperava-se, sem nunca acusar o destino, a vida, a sorte. A dor da separação encontrava eco em uma alma resignada, voltada para o bem, que evoluía com a aceitação do inevitável.

O contrato de exportação que a Incotel iria concretizar com os árabes, na fatídica viagem de Demetrius a Nova Iorque, foi concluído três meses depois pelo Sr. Antônio, porque os árabes só negociavam com pessoas do sexo masculino. E Noêmia também não estava em condições naquele momento de se impor sobre o importador. As mercadorias seguiram e os compradores perceberam que se tratava de peças com a mesma qualidade das originais, com a vantagem de serem cotadas a preços bem inferiores àquelas.

A Incotel, sob a direção de seu fundador, era considerada uma empresa frágil. Como administrador, Demetrius via o empreendimento, sobretudo como uma unidade lucrativa. Estimulado pela ideia de lucro procurava sempre maximizá-lo, indiferente a eventuais riscos. Não respeitava a legislação fiscal e tributária, sonegando o que podia, evitando tão somente as práticas criminais da apropriação indébita, ou seja, a retenção daqueles valores descontados dos empregados ou acrescidos aos produtos e que deveria repassar ao fisco.

Quando Noêmia tomou conhecimento desses fatos,

procurou modificar imediatamente a situação. Sob a orientação do Sr. Antônio, contratou outra assessoria contábil e quis saber, verdadeiramente, qual era o custo da empresa. Todas as despesas, agora, passavam a ser contabilizadas; o caixa dois seria completamente abolido; os impostos seriam corretamente aferidos e recolhidos. Preferia contabilizar um lucro menor cumprindo todos os encargos fiscais e sociais a mostrar crescimento sem consistência.

A empresa, inicialmente, precisou passar por modificações, com alterações de gerentes não sintonizados com a nova proposta. Corajosamente, Noêmia empreendeu as mudanças necessárias, e chegou ao final do ano registrando pequeno lucro, com possibilidades efetivas de alcançar resultados significativos no exercício seguinte.

Tudo era muito novo para a jovem senhora e tomava completamente o seu tempo, não significando que descurava da educação das crianças. Apesar de ser importante a tarefa a que se dedicava, de fazer a reengenharia da empresa sob a supervisão de assessores competentes, sentia-se oprimida. Certo dia, quando estava a ponto de explodir, chamou o Sr. Antônio para uma conversa pessoal.

– Sr. Antônio, desculpe-me ocupar o seu tempo com as minhas lamúrias. Sinto cada vez mais dificuldade em assimilar o que aconteceu na minha vida. Sei que a vida não erra, trabalha sempre para o melhor, mas assim tão de repente deixar a condição de dona de casa para me tornar uma executiva, sem experiência, às vezes me angustia. Sinto falta do meu marido, da vida que tínhamos, dos nossos sonhos e esperanças, enfim, sinto falta de tudo.

O amigo pacientemente ouviu as queixas da jovem

senhora. Era a primeira vez que ela se abria com alguém. Escolhê-lo para confidente já era uma honra, sobretudo partindo de uma empresária que aprendera a admirar. Gostava de Noêmia como uma filha querida, procurava ajudá-la sempre, não podendo, contudo, aconselhá-la além do que lhe era possível fazer dentro do tema que conhecia: administração. Sentia que ela vivia uma crise existencial profunda, que poderia levá-la a algum distúrbio de saúde, se não enfrentada de imediato. Pensando assim, falou ponderadamente:

– O último ano foi difícil para todos nós que vivíamos com Demetrius. Para a senhora particularmente foi ainda mais traumático, tendo primeiro de aceitar a dor da separação do marido e depois dar continuidade à empresa e ainda cuidar da educação dos filhos. Poucas mulheres na vida são escolhidas para desempenhar papéis tão relevantes. Deus, sempre sábio e justo, coloca em nossos ombros o fardo que podemos carregar. A senhora está preparada para o trabalho na empresa, assim como para as atividades de mãe e pai ao mesmo tempo. Talvez a angústia ocorra porque ainda não entendeu o mecanismo da vida, o que ela está querendo lhe dizer com todas essas novas atribuições e como fazer para superá-las, sem entrar em estafa. A senhora, que sempre gostou de leituras ligadas à filosofia oriental, sabe que nos momentos de tumulto a meditação é muito importante. Existem algumas terapias alternativas que podem aliviar, além de oportunizarem a aquisição do equilíbrio, como o Reiki, por exemplo.

Noêmia, embora soubesse que o Sr. Antônio era homem de muita cultura, nunca poderia imaginar que ele também conhecia o pensamento oriental. Diante dos problemas que lhe ocorreram na vida, abandonara a meditação. Insegura, instável, fixada no impacto trágico que lhe mudara a existência, a jovem senhora, envolvida pelas novas atividades, esqueceu-se completamente de buscar a paz interior pela prática da meditação. Sentiu que era hora de voltar às suas origens e não se transformar em mais uma executiva estressada. Pensando assim, respondeu:

— Sabe que acaba de me dar uma boa ideia? Desde a morte do meu marido deixei-me envolver pelos acontecimentos, perdendo o rumo da minha vida. Acho que é hora de recomeçar, construir a felicidade interior, tirando essa mágoa que se instalou em meu coração.

— Como era bom — pensou o Sr. Antônio, falar com pessoas esclarecidas. Diante de certos acontecimentos é natural a ocorrência do abalo emocional, mas não se pode fixar no lado negativo das coisas. A senhora, embora ferida nos mais profundos sentimentos de mulher, era forte e corajosa para enfrentar os desafios colocados à sua frente. Bastava apenas recuperar o ânimo, a alegria, o otimismo, para transformar a sua vida e a de muitas outras pessoas à sua volta. Situada no topo de uma grande empresa, seu humor, a maneira como enfrentava o cotidiano influenciavam colaboradores, fornecedores e clientes. A morte do marido não poderia significar também a sua morte. Foi com esses pensamentos que o Sr. Antônio falou:

— Fico feliz que tenha percebido rapidamente que a mágoa não constrói. E que a alegria, o otimismo são os melhores remédios para se combater falta de esperança. Acredito, à minha maneira, que Demetrius ainda esteja vivo. Não sei em que lugar, o que está fazendo, mas no meu coração ele continua sendo o mesmo garoto travesso que eu conheci.

A primeira vez que me encontrei com ele foi no Banco. Ele chegou todo esbaforido com algumas duplicatas para desconto, pois estava sem dinheiro para fazer o pagamento dos empregados. Era muito jovem para ser empresário e estar passando por aqueles problemas. Chegou, sentou-se, olhou firme para mim, e disse:

— Preciso quitar hoje a folha de pagamento dos empregados da fábrica. Se atrasar é greve na certa. Tenho aqui essas duplicatas que cobrem apenas cinquenta por cento do débito. Preciso de um empréstimo urgente. O Senhor pode me ajudar?

Perguntei-lhe:

— Quantos empregados você tem?

— Trinta, respondeu-me.

— Desculpe-me, qual é a sua idade?

— Vinte e dois anos.

— Fiquei encantado. Com aquela idade, vindo ao banco com um carrinho caindo aos pedaços, mal vestido, demonstrava claramente que não se tratava de um empresário rico. A partir daquele momento interessei-me por ele, procurando ajudá-lo sempre, porque admirava a sua ousadia, determinação, coragem, senso prático e principalmente sua obsessão pela organização, coisas definitivas para o sucesso no mundo dos negócios.

Sabemos que hoje os jovens que vão administrar as empresas, além de cursarem faculdade, fazem o MBA no exterior. Demetrius, que veio dos estratos mais sofridos da população brasileira, cursou apenas o primeiro grau. Com tão pouco estudo para enfrentar o mundo moderno, revelava inteligência aguçada, rápida, capaz de compreender um problema complexo em um simples relance e de trabalhá-lo com criatividade encontrando solução para tudo. Ele – continuou o Sr. Antônio – dificilmente errava, graças a uma intuição bem desenvolvida.

– É verdade – salientou Noêmia. Lembro-me quando definia a pessoa em um simples olhar. Se a pessoa falasse, o tom de voz, os gestos eram conclusivos para ele. Ele me contava que nenhum empregado era admitido na empresa sem que o entrevistasse pessoalmente. Repetia constantemente o ditado popular: "uma laranja podre no cesto apodrece todas as demais".

– Raras vezes fazia uma pergunta ao entrevistado – interrompeu-a o Sr. Antônio. Na entrevista limitava-se apenas a olhar a pessoa da cabeça aos pés, o que a desconcertava; cumprimentava, lia a ficha de pedido de emprego e aprovava ou reprovava no ato o candidato. Utilizava dois lápis de cor: o azul aprovava; o vermelho reprovava. As fichas retornavam ao setor de pessoal assinaladas em azul ou vermelho. Demetrius nunca comunicou as razões nem da aprovação nem da reprovação de qualquer candidato.

– O senhor percebeu algum caso de injustiça no processo seletivo? – perguntou Noêmia. Ele era suscetível de alterar um vermelho por um azul, ouvindo a argumentação do selecionador?

– Não! Não admitia sequer conversar a respeito do candidato. Bem que o chefe do pessoal tentou em algumas situações, sempre recebendo respostas desagradáveis. Para ele, sentir o candidato era coisa pessoal, que não podia ser explicada. Apenas percebia se a pessoa ia ou não dar certo na empresa. Certa vez me disse que chegou a reprovar pessoas com as quais sentiu empatia, mas conhecia o setor do candidato e sabia que, naquela área e com as pessoas que lá trabalhavam, não daria certo. Agia empiricamente, porém com convicção.

Noêmia lembrou-se do apego de Demetrius ao motorista. Ao contrário do marido, não sentia empatia por Milton que, agora com a morte do chefe, atendia diretamente à família. Pretendia trocá-lo, transferindo-o para a fábrica, mas não sabia como fazer. Resolveu aproveitar o momento e perguntar ao colaborador:

— O meu marido gostava muito do Milton. Sempre procurava agradá-lo, dava-lhe aumentos generosos, chegando a criar-me alguns problemas lá em casa com os demais serviçais. Hoje, o Milton atende somente à família. Não vejo necessidade dele em casa, porque a Cláudia dirige bem, podendo levar as crianças ao colégio. Pensei até em solicitar a sua transferência para a fábrica. O que o senhor acha da ideia?

Essa era a diferença entre Noêmia e Demetrius: ela perguntava, ouvia, analisava, enquanto ele simplesmente determinava, sentindo-se contrariado com qualquer colocação que não confirmasse a sua decisão.

Respondendo, o administrador ponderou:

— Em princípio não tenho nada a opor em relação à transferência de Milton para a fábrica. Acho até que seja uma medida de bom-senso. Aqui ele terá mais trabalho; em longo prazo deve se enquadrar na faixa salarial dos demais motoristas, mas há uma questão delicada, criada pelo patrão. Em razão do tratamento especial que foi concedido ao Milton, motorista exclusivo do chefe, ele ficou à vontade. Não sei se vai se adaptar ao ritmo da empresa. E se não se ajustar resta somente a demissão, o que poderá traumatizá-lo, provocando reações imprevisíveis.

— Mas, por que o meu marido o protegia tanto? Há

algo escondido que eu não possa saber?

O Sr. Antônio pensou um pouco, permanecendo em silêncio. Entendeu que seria melhor Noêmia ficar sabendo a verdade do que imaginar coisas inexistentes. Decidiu falar o que sabia. Cuidadoso com as palavras, começou a relatar o que ouvira do próprio chefe quando esse retornava de um almoço na cidade de Petrópolis com o dono da Transpeça, empresa concorrente da Incotel, que acabou falindo.

– Não há nada escondido. Demetrius contou-me que enfrentou grandes dificuldades com o Gastão Cruz, presidente da Transpeça, em um restaurante de Petrópolis. Como a senhora sabe, a Transpeça foi à falência; o Gastão Cruz, quando a empresa quebrou, suicidou-se. Sempre culpou Demetrius pela falência da sua empresa, acusando-o, abertamente, de concorrente desleal.

Naquele almoço o patrão quase perdeu a vida. Quando retornou de Petrópolis estava indignado, revelando ao mesmo tempo temor pelo que Gastão Cruz pudesse ainda fazer. Somente ficou tranquilo quando soube do suicídio do concorrente. Até então, andava sempre com um segurança e, sem que a família soubesse, colocou guardas para proteger a senhora e as crianças.

– Que coisa grave o senhor está me falando agora – interrompeu Noêmia. Naquela época estranhei as atitudes dele. De repente se tornou agressivo, parecia desconfiado, sempre olhando pela janela do apartamento. Cheguei até a perguntar se havia alguma coisa de errado, mas sempre negou.

– No almoço em Petrópolis – continuou o administrador – após violenta discussão entre Demetrius e Gastão Cruz, o Gastão puxou uma arma e o ameaçou. Não fosse a interferência do Milton, o patrão poderia ter morrido. O Milton, que estava na sala de espera do restaurante, ouviu a altercação entre ambos; percebendo a gravidade dos acontecimentos entrou exatamente no momento em que Gastão Cruz sacava a arma. Naquele momento, pulou na frente do chefe, protegendo-o com o próprio corpo. E falou com muita firmeza:

– Não sei qual a divergência que um tem com o outro. Mas não vou sair da frente do meu patrão. Assim, se o senhor quiser atingi-lo, vai antes matar um inocente e levar essa culpa pelo resto da vida.

Ante uma situação tão inusitada, Gastão Cruz baixou a arma e o motorista, protegendo Demetrius com o próprio corpo, retirou-o do local, salvando-lhe a vida. Por essa atitude corajosa, o chefe sempre se mostrou grato a ele. E por várias vezes me disse:

– O Milton colocou a própria vida em risco para me salvar. Se ele fez isso em um momento difícil, com desprendimento, mal me conhecendo, é porque merece realmente confiança.

Essa foi a razão de ele confiar em Milton e tratá-lo de maneira diferente a dos demais empregados.

Noêmia, ao ouvir aquele relato ficou perplexa. A cada dia ouvia uma história diferente relativa às atividades empresariais do marido. O que teria levado um homem como Gastão Cruz a agir daquela maneira? O que o seu marido teria feito para arruiná-lo? Ainda que amasse o esposo, mesmo sabendo-o morto, Noêmia era um espírito nobre e não compactuava com atos reprováveis.

– O senhor sabe o que levou a Transpeça à falência e

qual a influência do meu marido para que ela chegasse à quebra?

— Não me é fácil falar acerca desses dolorosos acontecimentos. A senhora sabe que tinha pelo amigo respeito e admiração, afinal, quando saí do Banco foi ele quem me deu oportunidade de trabalho quando outros me voltaram as costas. E depois não estou aqui para julgar ninguém. Até porque Demetrius, com a sua prática comercial agressiva não pode ser responsabilizado pela quebra da Transpeça e nem pelo suicídio de Gastão Cruz.

Ele, Gastão Cruz, se aproveitou de uma situação criada pela própria Transpeça, cujos custos excessivos, aliados ao endividamento inconsequente, fragilizaram a empresa a ponto de expô-la à ação de qualquer concorrente, perdendo mercado. Infelizmente, quem tomou a iniciativa de jogar "a pá de cal" na Transpeça foi o patrão, tirando clientes importantes do concorrente. Lembro-me que tive um longo diálogo com ele a esse respeito. Mas não me ouviu, achando que era hora de crescer mais um pouco. Somente despertou para o problema humano que havia causado quando Gastão Cruz ameaçou-o de morte.

— Como ficaram os empregados e fornecedores da Transpeça com a falência? E a família de Gastão Cruz, como se encontra hoje? — Perguntou a empresária.

— Quando ocorre falência estabelece-se o que os advogados chamam de concurso de credores. Existem os créditos preferenciais, como os trabalhistas e tributários, e depois os demais. Quanto à família de Gastão Cruz, consta que perdeu tudo. O próprio Gastão suicidou-se porque sabia que seria preso em razão da maquiagem no balanço da empresa.

— Meu Deus, que tragédia! — Comentou Noêmia.

Quantas pessoas envolvidas, prejudicadas, em razão da má gestão da empresa. Penso também que a culpa maior tenha sido da administração da Transpeça. Se ela se fragilizou por causa da gerência irresponsável de seus proprietários, não se pode culpar Demetrius, nem o governo pelo seu estado de insolvência. Porém, sabendo disso, o meu marido não deveria ter precipitado os acontecimentos, assumindo para si um *carma* em relação a esse grupo, que irá culpá-lo, até com a finalidade de se desvencilhar de suas responsabilidades.

– A senhora sabe muito bem – acrescentou o administrador – que Demetrius era um trator nos negócios. Pelo fato de ter vindo de baixo, sem nenhuma ajuda, conseguindo tudo com muita determinação, não parava para pensar nos efeitos que certas atitudes poderiam causar nas pessoas, nas empresas e até nas instituições. Ele trazia em si os efeitos dos traumas das lutas que travou para se firmar no mundo dos negócios. E também não acreditava em *carma*, nem em Deus, em nada. Acreditava somente em sua enorme capacidade de jogar com as coisas, os fatos, as pessoas. Como vencedor no mundo dos negócios, entendia que ninguém estava à sua altura para lhe dar lições, não ouvindo conselhos, nem ponderações. Eu mesmo não conseguia abordar assuntos comerciais sob a ótica da ética, como acredito que deve ser principalmente porque sou espírita, seguidor da Doutrina de Kardec.

Com o conhecimento de mais essa história, Noêmia terminou o dia se sentindo arrasada. Chegou a casa pensando que mesmo vivendo debaixo do mesmo teto, dormindo na mesma cama não conhecia realmente o marido. Os seres humanos – pensava – têm muitas faces, cada qual revelada conforme as circunstâncias, o histórico de vida, as pressões do cotidiano, provocando a exposição da alma em cada gesto, atitude, decisão. Como fora ingênua imaginando ser o marido fora do lar aquela pessoa que demonstrava ser dentro de casa, com a mulher e os filhos, em um ambiente acolhedor. Bastava sair de casa e chegar à empresa para tratar dos negócios, e a sua personalidade se transformava. Os empregados eram rudemente tratados; armadilhas para os concorrentes; preços excessivamente baixos ou exorbitantes, conforme as conveniências; o fisco desprezado, fraudado, sem nenhum escrúpulo. As alegações eram as de sempre: impostos elevados, falta de retorno social e corrupção no governo.

Sob tantas pressões, a empresária começou a entrar em crise, apesar de iniciar o tratamento com Reiki e tentar sem sucesso a meditação. A alegria própria de um espírito amadurecido, feliz estava agora em risco. Aos poucos se deixou dominar por uma nuvem de tristeza, tornando-se mais calada, observadora, arredia. De início achou que todos soubessem (menos ela) das atitudes do marido. E como sempre lhe aparecia algo estranho, diferente, começou a suspeitar que uma personalidade desviada não pudesse ser a de um homem fiel. Se ele agia com desenvoltura no mundo dos negócios, se nadar nesse mar de lama não lhe repugnava, ao contrário, o estimulava; se conseguia manter várias personalidades ao mesmo tempo, uma para cada ocasião, conforme as conveniências, por que as suas atitudes de marido e pai não poderiam também ser postiças? – perguntava-se. Faltava-lhe apenas encontrar uma amante ou algum filho que surgisse para reivindicar a herança.

Noêmia não via que exatamente no momento em que o Sr. Antônio se referia à falência da Transpeça, do outro lado da vida, em estado lastimável, aparecia o espírito Gastão Cruz, que não conseguira se libertar após o suicídio e ainda tentava vingar-se de todas as formas do desafeto. O espírito estava tão perturbado que não sabia o paradeiro de Demetrius, não conseguindo imaginar que o seu inimigo pudesse estar morto. Vendo a esposa assumindo a direção da Incotel, supôs que ela ali estivesse exatamente para desviar a atenção dele. Por essa razão colou-se à executiva, pensando que ela pudesse levá-lo de novo ao incauto marido.

Pouco tempo antes do acidente, Demetrius já registrava os efeitos do obsessor. Irritado, agressivo, insatisfeito com tudo e com todos, não era mais o empresário ágil de antigamente, sempre disposto a mais uma reunião. Qualquer obrigação extra o incomodava. Era a tática do obsessor para tirá-lo dos negócios, enfraquecendo a empresa, para levá-la ao mesmo destino da Transpeça, provocando, com a quebra, desespero no adversário – o mesmo que experimentara.

Quando a vingança começava a produzir seus efeitos, Demetrius desencarnou, sumindo completamente das vistas do obsessor que ficou desnorteado, vendo em Noêmia a outra face do desafeto, alguém mandado por ele simplesmente para desviar-lhe a atenção. Como se considerava esperto pensou que atrás da isca estivesse o pescador. Vigiando a isca, descobriria a linha pelo movimento, chegaria à vara e, por final, ao próprio pescador, agarrando-o novamente.

Nem todos os espíritos ao desencarnarem percebem imediatamente que estão do outro lado. As vibrações densas, pesadas do suicida Gastão Cruz fizeram-no apegar-se à matéria. Como não tinha noção da vida espiritual, imaginava que a sua situação de desespero, penúria, abandono acontecia porque havia falido, ficado sem dinheiro. Mesmo a mulher e os filhos não lhe davam mais atenção. Comparecia diariamente à sua casa, escutava a conversa dos filhos e da mulher extremamente revoltados com a situação de penúria a que foram lançados, sentia-se culpado; tentou algumas vezes se explicar, mas ninguém lhe deu ouvidos. Ao mesmo tempo, recebia a cobrança direta de parentes falecidos dos empregados da empresa e dos fornecedores que não haviam recebido os seus créditos, que alimentavam desejos de vingança.

Gastão Cruz sofria o atentado praticado contra si mesmo.

A situação dele não era muito diferente a daqueles suicidas apegados ao dinheiro que não aceitam assumir aqui mesmo as consequências de seus atos e, por vaidade, medo, fraqueza, orgulho optam pela fuga, imaginando que o túmulo apagará todas as suas dívidas, e que a piedade daqueles que na Terra ficaram, ante o sacrifício praticado por eles, abrandará a revolta causada por seus atos.

Ledo engano.

O suicida arcará com as consequências de seus atos, além do próprio atentado, esse o mais abominável. Aqueles que, ante a adversidade, mesmo se considerando culpados, resolvem enfrentar os desafios, procurando corrigir os erros, começam a expungir aqui mesmo os problemas que causaram, aliviando-se quando da passagem inevitável deste para o outro mundo.

Gastão Cruz vagava entre as ruínas da empresa fechada por determinação judicial, a casa onde moravam os seus familiares aflitos e a perseguição que empreendera contra Demetrius.

Com o desaparecimento do inimigo, a quem já começava a subjugar, e a fragilidade de Noêmia, apegou-se a ela, instigando-a a conduzi-lo ao marido, desconhecendo que ele já não mais se encontrava no mundo dos encarnados. Os efeitos deletérios dessa vinculação provocavam em Noêmia tristeza, angústia, somente aliviada quando submetida ao tratamento de Reiki, uma vez que já lhe faltava concentração para a prática da meditação. Atribuía tudo ao inesperado da situação, ao estresse a que estava submetida desde a morte do marido e à falta de perspectiva para redimensionar a sua vida.

Todos os personagens, no entanto, já se conheciam de longa data: vínculos de vidas passadas os uniam, trazendo à tona lembranças impressas no subconsciente que precisavam ser desvendadas, analisadas, compreendidas.

Os dias que se seguiram para Noêmia foram de testemunhos, renúncia, abnegação, exigindo dela todas as forças morais ao seu alcance.

Capítulo 7

O despertar da consciência

A equipe do Dr. Adroaldo realizara dez sessões com Demetrius, todas em estado de sono induzido, conversando com o espírito visualizando o perispírito. O objetivo das sessões era testar o novo método de despertar o espírito arrancado da vida por morte violenta, de forma que a sua consciência da morte física não imprimisse novo trauma. Tratava-se de nova terapia destinada somente aos desencarnados escolhidos pelo grupo que recebiam o tratamento antes de ser informados de que já não pertenciam mais ao mundo dos vivos; estavam do outro lado da vida.

Demetrius fora escolhido pelas qualidades que já conquistara em outras vidas, como líder, administrador, político, e, sobretudo pela sua atuação nesta última existência.

Como empresário gerador de empregos, corajoso, aceitara reencarnar em condições socialmente adversas, exatamente para compreender os desafortunados do mundo.

Como as expectativas no Mundo Espiritual são diferentes das criadas no mundo material, a primeira impressão é que Demetrius, considerado um trator nos negócios, fosse um espírito inferior, indiferente à sorte de seus semelhantes. Não era avaliado o seu lado empreendedor, prático, construtivo. A sua personalidade arrojada, dinâmica, constante em busca do objetivo almejado era posta de lado, no entanto, suas conquistas indicavam que se tratava de espírito já bem evoluído, necessitando, paradoxalmente, de "espiritualizar-se". Por essa razão foi escolhido para se beneficiar com a terapia de análise em estado de sono induzido, estando naquele momento pronto para receber a notícia da própria morte.

Na manhã seguinte, ao término do tratamento, compareceu para visitá-lo o Mentor Augusto.

– Bom dia – falou sorridente. Como passou a noite?

– Bem! Não sinto mais dores, estou revigorado, penso que agora já posso fazer o tratamento em casa.

– Vamos conversar um pouco. O Dr. Adroaldo informou-me que você já recebeu alta.

– Não vou entrar mais em sono induzido?

– Exatamente. Alguns medicamentos já foram retirados e essa é a razão pela qual se sente mais disposto.

– Já posso então retomar os negócios?

– De certa forma, sim. Levante-se da cama e troque de roupa porque vamos dar um passeio no pátio. Desde que chegou ao hospital tem ficado na cama. Já está na hora de caminhar, tomar sol, respirar ar fresco, ver o lindo jardim que rodeia o hospital e depois almoçar bem. Apronte-se que em dez minutos a enfermeira virá buscá-lo.

Demetrius estava radiante.

Após um ano de internação, com tratamentos físicos e psicológicos, finalmente sentia energia, vitalidade, alegria de viver.

Nem podia imaginar como ficara tanto tempo assim parado, completamente alienado do mundo. Desejava retomar a atividade, conversar com a esposa, os filhos, os amigos. Ao mesmo tempo sentia que algo mudara profundamente. Já não tinha certeza de algumas coisas, estava inseguro, temeroso de se encontrar com as pessoas. E se elas tivessem se adaptado à nova realidade tão bem que não desejassem mais tê-lo como dirigente? – Perguntava-se. Ao mesmo tempo relembrou-se do tratamento que tivera, dos cuidados das equipes, sabendo que o convênio não cobrira todas as despesas hospitalares. Os seus familiares, e a empresa certamente suportaram aquele tratamento caro, de alta qualidade, o que já era uma demonstração de amor. Confuso, ora sentindo-se rejeitado ora amado, sobretudo inseguro diante da realidade, o mundo, as coisas, as pessoas, ele ainda não podia usufruir a paz dos espíritos que completaram a sua tarefa na Terra.

A morte violenta, que arranca do corpo saudável espíritos iludidos pelas conquistas materiais, que almejam mais da vida, transtorna realmente. Quando constatam que passaram para o outro lado, que tudo o que amavam ficou realmente para trás, sofrem recaídas, e tentam buscar vibracionalmente a presença daqueles entes que ficaram na Terra. Se esses estão fragilizados, sintonizados na mesma frequência, mesmo a distância se estabelece ligação, causando problemas para ambos, através da permuta energética.

O pensamento vincula, escraviza, obsidia, daí a orientação do Cristo de se abandonar o homem velho para construir o novo. Essa mudança íntima nada mais é do que a modificação de hábitos mentais, provocadores de comportamentos, base da ação concreta.

Demetrius foi chamado pela enfermeira para sair do

quarto pela primeira vez em um ano. Já não era mais o mesmo homem que ali chegara. Inseguro, olhando com desconfiança para os lados, apenas a roupa que vestia viera de sua casa. Lembrava-se da calça jeans, da camisa sem gola e do tênis que tanto gostava de usar nos fins de semana. Como aquela roupa estava ali? – pensou. Somente Noêmia sabia de sua preferência pela roupa usada, na qual se sentia confortável. Não lhe passou despercebido que a "Deo Colônia" de sua preferência também estava ali, exatamente meio frasco, como a deixara da última vez. Juntando todos esses detalhes, pensava: – Será que os seus o aguardavam no jardim? Estariam eles lhe preparando uma surpresa? Somente despertou quando a enfermeira o chamou à realidade.

– Vamos, o Augusto o espera.

Seguiu pelo enorme corredor do hospital. Não imaginava que fosse tão extenso. Notou que tudo estava em ordem, limpo, bem cuidado. Nunca tinha visto nada parecido. Quando viu Augusto na recepção ficou emocionado. Finalmente voltaria a ver o sol, a natureza, coisas a que até então não dera tanta importância, mas que agora lhe representavam a vida. A claridade solar que entrava pelas largas janelas iluminava a sua alma, enchendo-a de alegria.

Augusto falou:

– Agora, a liberdade! Como é bom se sentir livre, não?

– Pareço até uma criança. Estou tímido, embora alegre. Andar é tão bom. Sabe que antes achava isso natural. Depois de ficar tanto tempo na cama, a caminhada pelo corredor me deu a sensação de estar de volta à vida.

– É só o começo. Vamos sair daqui. Quero lhe mostrar o jardim, a beleza do local, e depois levá-lo ao refeitório, quando estiver cansado e com fome.

Saíram.

O sol era bem suave, acariciador; ligeira brisa tocava as flores; pássaros belíssimos singravam o céu azul-turquesa mesclado com nuvens brancas. Aqui e ali o marulho de pequenas fontes chamava a atenção; águas cristalinas, flores em profusão, o ar puro da montanha revitalizava os pulmões.

Demetrius respirou fundo. Estava vivo. Descontraiu-se; venceu o primeiro momento, e perguntou:

– Que hospital é esse? Aqui é o paraíso?

– Estamos ainda bem longe do paraíso, meu amigo. Você está internado em uma colônia especial de recuperação própria para pessoas que passaram por traumas dolorosos.

– São muitos os internados?

– A Colônia hoje abriga mais de mil pacientes.

– Fiquei muito tempo aqui, somente no meu quarto, e não travei nenhuma amizade. Além das enfermeiras, da equipe do Dr. Adroaldo e de você, não conheço mais ninguém. Nunca vi nada parecido em minha vida.

– A partir de agora vai ter oportunidade de se relacionar com os pacientes em estágio de recuperação similar ao seu.

Enquanto falavam iniciaram uma caminhada pelas alamedas do jardim. A cada momento Demetrius era despertado por algo diferente. Nunca vira cores tão vivas como as que a natureza ali apresentava. A suavidade da temperatura, a beleza ambiente, o perfume exalado, tudo enfim o comovia. Após ter passado por tanto sofrimento, qualquer coisa viva o encantava.

– Augusto, eu sinto nesse local uma paz que nunca tive

em minha vida. Estou calmo, sereno, sem ansiedade para voltar aos meus negócios e nem sei se depois disso tudo eu vou me adaptar ao ritmo da empresa.

— Observe aquela senhora sentada no banco à direita — falou o Mentor. Veja como transmite tranquilidade.

Estava no banco uma senhora de cabelos brancos, com um livro na mão, cujo semblante pareceu familiar a Demetrius. Ao passarem por ela Augusto cumprimentou-a:

— Bom dia, Marilda?

— Bom dia. Passeando a essa hora?

— Estou mostrando ao meu amigo os jardins da Colônia. É o primeiro dia que ele sai do hospital, com alta, para iniciar a fase final de recuperação.

— Seja bem-vindo — falou Marilda dirigindo-se a Demetrius. Aqui nós somos todos irmãos.

Demetrius, nesse momento, percebeu que estava mesmo vivo. Via pessoas, conversava, estava diante de coisas novas, sentia prazer na caminhada.

— Como é bom estar vivo — comentou com Augusto. Sentir a vida, respirar esse ar puro, poder conversar, abandonar as dores físicas, como Deus é bom!

Aproveitando esse instante, o Mentor respondeu:

— Deus realmente é bom. A vida do espírito é uma só. Creio que você já está intuindo que estamos em um lugar bem diferente daqueles que você conheceu quando reencarnado. Aqui prevalece a harmonia, a paz de espírito, o amor entre as criaturas, o desejo do bem.

Demetrius sentiu um forte arrepio. Em sua vida de

homem de negócios não havia espaço para assuntos de outra ordem. Prático e objetivo, vivia intensamente o mundo da oferta e da contraoferta, da produção e da distribuição, do crédito e da cobrança. Ao ouvir a palavra "reencarnado", mesmo sem estar familiarizado com o termo, sentiu que havia algo de estranho nas palavras de Augusto. Como não era homem de rodeios, perguntou objetivamente:

— O que significa a palavra "reencarnado"?

Augusto sorriu, franziu o cenho e respondeu:

— Você ainda não percebeu que já ultrapassou a fronteira do mundo físico? Lembre-se do tratamento do Dr. Adroaldo, as palavras que você ouviu quando em estado de sono induzido, falando de uma outra vida após a morte do corpo. Recorde-se das sessões, de como você despertava, e as perguntas que fazia. O tratamento visou prepará-lo para bem receber a notícia de que não se encontra mais na Terra, reencarnado, vivendo aquelas situações.

O acidente aéreo arrebatou-o do corpo físico tão somente, mas o seu espírito vive como sempre viveu, tem os mesmos anseios, sente as mesmas necessidades.

Perceba agora como o seu corpo é mais diáfano do que antes, seus movimentos mais leves, tudo porque hoje o que está aqui é o seu perispírito, ou seja, a forma que você adquiriu na Terra sob a modelagem do corpo físico. Esse perispírito é que faz com que você seja realmente o que era antes de desencarnar, apresentar-se da mesma forma, sendo reconhecido pelas pessoas.

— E essa roupa? Somente Noêmia sabia da minha preferência. Ela estava no meu guarda-roupa. Como a estou vestindo?

– O seu apego às suas coisas preferidas se encontra antes de tudo em sua mente. Foi fácil para os Mentores captarem essa sua preferência pela vestimenta, confeccionada ao final pelo próprio pensamento. Aqui, onde se encontra, o pensamento sobreleva a realidade, construindo-a imediatamente.

Demetrius sentiu-se angustiado. Lembrou-se de Noêmia, dos filhos, da empresa, desesperando-se.

– Augusto – falou com lágrimas nos olhos. – Você não está me dizendo que morri. Eu me sinto vivo. Olhe o meu corpo. Estamos aqui conversando, andando, respirando, sentindo o perfume da natureza. Não estou morto, meu amigo.

– Não disse que você está morto. Apenas que você não está mais no mundo em que viveu até o acidente. Até porque o espírito é eterno, nunca morre. A morte é a do corpo físico. E aquele corpo físico que você teve antes do acidente já não o tem mais. Você está de posse do seu perispírito, em tudo parecido com o seu ex-corpo físico.

Por que você não mais conseguiu ver os seus parentes, já pensou nisso? Você acha que eles o abandonaram? Não. Eles se encontram mergulhados na carne, em uma outra dimensão, enquanto você já passou essa etapa e entrou no mundo dos espíritos.

– Não posso acreditar – respondeu. Como posso ter morrido meu Deus, se estou aqui?

– Acalme-se. Acho que por hoje já basta. Agora vou levá-lo ao restaurante para almoçar. Não está com fome?

– E morto também almoça?

– Sim, até quando você precisar dessa energia.

Augusto deixou o amigo no restaurante, ficando de

buscá-lo após uma hora. Demetrius quase não comeu. A comida que lhe foi servida era a sua preferida, contudo, engasgava-se, formando na garganta uma bolota de difícil deglutição.

Desde a conversa com Augusto se sentia atônito, perdido, sem rumo, não conseguindo sequer concatenar as ideias. Parecia estar aéreo, sem capacidade de concentração, perplexo ante o que ouvira. Pensava que, de fato, apesar de ter solicitado várias vezes, não havia ainda falado uma única vez com os familiares após o acidente. Aquilo sempre lhe pareceu estranho, mas como estava realmente doente, sem condições de insistir, deixou de lado. Agora, sem mais nem menos, recebera uma explicação: não fora visitado pela esposa, filhos e amigos porque esses não podiam visitá-lo onde se encontrava.

As sessões com o Dr. Adroaldo vinham-lhe à mente, situando a questão em termos conclusivos: o da passagem de uma vida para a outra. Vivia, sim, pensava, mas de forma diferente. Se essa forma era realmente diferente, porque estava ali, em um restaurante, com a sua refeição favorita, ao lado de outros que também almoçavam? Colocou a comida de lado, levantou-se, dirigindo à sala de espera onde estavam algumas pessoas, todas, porém, parecendo estar ensimesmadas. Talvez estivessem vivendo a mesma experiência dele. Arriscou aproximar-se de um senhor de meia-idade e perguntou:

– Cavalheiro, permita-me sentar ao seu lado?

– Com todo prazer.

– Obrigado. Chamo-me Demetrius. Sou do Rio de Janeiro e, acredite, não sei quanto tempo estou nessa Colônia. O cavalheiro conhece bem esse lugar?

– Um pouco. É muito vasto. Estou aqui há dois anos e ainda não me livrei do hábito de almoçar e jantar. Por isso venho diariamente ao restaurante.

— Por que o cavalheiro fala que ainda não se livrou do hábito de almoçar e jantar? Por acaso esse hábito não é uma necessidade imposta pelo corpo?

— Bem se vê que o colega é novato aqui. Mas, se está no restaurante é porque foi trazido por alguém. Quem o trouxe?

— Augusto, conhece?

— Sim, foi ele que me assistiu durante mais de um ano. Devo-lhe muito. Atencioso, amigo, sincero nunca deixa de falar a verdade.

— Pois é, ele me disse hoje que não me encontro mais reencarnado e que o acidente que sofri me trouxe para esse outro lado da vida. É possível?

— Sem dúvida. Eu não estou aqui e na mesma situação do colega?

— Quer me dizer que isso pode ser verdade?

— É verdade. Já não pertencemos mais à Terra. Sabe que eu também fiquei perplexo, angustiado e até revoltado. No auge da vida, quando começava a usufruir os resultados de um longo trabalho na repartição e estava prestes a me aposentar, aconteceu um enfarte fulminante. Deixei para trás esposa, filhos, e vim parar aqui sem saber nada deste mundo. Até hoje sinto imensa saudade da Terra, da família, dos meus hábitos e costumes. Mas, agora sei que não adianta se revoltar. O que está feito está feito e não tem jeito.

— Meu Deus, eu estou nessa situação. Sofri um acidente aéreo quando me dirigia a Nova Iorque para fechar um contrato de exportação com os árabes. Foram muitos anos de trabalho, preparação de projetos, prospecção de mercado, viagens de nosso diretor até a República de Akar e, quando estava tudo pronto, somente dependendo de uma assinatura, voei para Nova Iorque. O avião espatifou-se em pleno ar. Não posso nem me lembrar que voltam as dores.

– Acalme-se, colega. Aqui o pensamento consegue materializar as situações instantaneamente. Se lembrar dos acontecimentos parece que eles retornam com todas as suas características, trazendo dores e infortúnios. Fique calmo, não volte ao tema, e peça a Deus para esquecer o assunto por hora. Com o tempo vai se adaptar à nova vida.

– Acho difícil. Gostava tanto de viver, trabalhar, agir, que não consigo me imaginar aqui distante dos meus.

– Essa distância é relativa. Com o tempo, terá condições de vê-los. O problema maior é o deles, que não poderão vê-lo, nem encontrá-lo, exceto nas horas de sono e ainda assim quando permitido. E muitas vezes, ao acordar, não conseguirão sequer se lembrar do que fizeram durante o sono.

Augusto entrou na sala e abriu um largo sorriso, perguntando:

– Como é já fizeram amizade?

– Estamos papeando um pouco – respondeu Norival. Parece-me que o amigo aqui é um novato na Colônia.

– Na verdade – confirmou Augusto – hoje é o primeiro dia que ele sai do hospital para visitar a Colônia e iniciar o tratamento em casa.

– Que bênção! Ele já tem uma casa à sua espera?

– Sim, enquanto ele estava na Terra, sua mãe, D. Margarida, construiu a casa para recebê-lo.

Ao ouvir o nome de D. Margarida, Demetrius estremeceu. Sua mãe estava morta. Até então, imaginava estar diante de psicopatas, pois ainda não acreditava no que ouvia. Mas, o fato de sua mãe ter trabalhado para construir uma casa para ele fazia pressupor que estivesse viva. Perguntou:

– Onde está minha mãe? Poderei vê-la? Só assim irei acreditar.

– No seu caso foi permitido um encontro com ela para amanhã à tarde. Agora vamos.

– Até logo – despediu-se.

– Vou levá-lo para casa – concluiu Augusto. Lá você terá tudo de que necessita. E se precisar de alguma coisa, basta acionar o telefone.

Eles adentraram ao ônibus e partiram para casa. A residência ficava no alto de uma pequena colina. Linda, aconchegante, com todos os utensílios necessários, rodeada de árvores frutíferas, aves, um ambiente encantador. O recém--chegado lembrou-se da casa que recebera de herança e com a qual iniciara a Incotel. Não podia imaginar como a sua mãe, no plano espiritual, conseguira meios para edificar uma casa tão bela. Entrou, observou os móveis, os pertences e no guarda--roupa encontrou roupas iguais às que usava na Terra. Em tudo havia ordem, beleza, respeito, carinho de uma mão abençoada, delicada, que bem poderia ser a de D. Margarida.

– Augusto, eu não sei o que pensar. Estou vendo e não acredito no que vejo.

– Não se preocupe. Os dias, a convivência com os membros da Colônia e, sobretudo, o trabalho farão com que entenda um pouco este mundo. É simples questão de tempo.

– Espere-me amanhã às 14 horas que vou levá-lo para conversar com sua mãe. Em casa você tem tudo. Aqui não costumamos ter empregados. A legislação proíbe. Cada um cuida de si, conforme as próprias necessidades. Despediu-se e foi embora.

Demetrius ficou ali sem saber o que fazer. Que mundo estranho era aquele! Não poderia sequer imaginar que após a morte tudo continuasse igual, com hospitais, transporte, trabalho, casa, objetos e utensílios. Sentia apenas a separação dos seus entes queridos. Lembrou-se de Noêmia com profunda tristeza; os filhos, ainda pequenos, sem pai; como Noêmia tocaria a empresa naquele mundo de rapinas? Chorou longamente, abateu-se, prostrou-se, e por fim adormeceu.

Acordou no dia seguinte. Preparou o café, comeu frutas e bolacha e ficou sentado na varanda, vendo os pássaros roçarem as flores com as suas plumagens coloridas, enchendo de vida aquele belo ambiente primaveril. Na hora combinada, o Mentor chegou.

– Está pronto?

– Sim.

– Então vamos que não é bom fazer uma dama esperar...

Em poucos minutos estava no jardim central da Colônia. Augusto disse-lhe:

– Aguarde sentado nesse banco que a sua mãe já foi anunciada na portaria e em minutos estará aqui. Agora me despeço somente me encontrando com você às 16 horas.

Como uma criança insegura, assustada ficou ali aguardando no banco do jardim sem saber o que fazer. Nem parecia aquele executivo determinado, corajoso, que abria todos os caminhos com energia. Era naquele momento tão somente uma criança à espera da mãe. Minutos após, parou à frente do banco do jardim um automóvel. E dele desceu uma senhora muito distinta, e vestida com elegância, cujos olhos voltaram-se para o internado.

— Meu filho, que saudades! Venha que eu quero te abraçar.

Demetrius mal pôde conter as lágrimas. Saiu em disparada atirando-se aos braços da mãe, chorando copiosamente.

— Mãe! É verdade então que eu já morri?

— Ninguém morre meu filho – falou a gentil senhora. Estamos vivos. Apenas deixamos para trás o nosso corpo físico, mas vivemos aqui intensamente.

— Não me lembro bem do papai. Como ele está?

— Em recuperação. Tenho trabalhado para trazê-lo junto a nós. Se Deus quiser, conseguiremos um dia; não se preocupe. Cuide de você.

— Deixei minha mulher e filhos na Terra. Estou desesperado. Não sei como farão com os negócios. Queria tanto estar lá para ajudá-los.

— Confie em Deus. Você também não ficou órfão de pai e mãe, e sozinho não conseguiu sobreviver? Eles também conseguirão. Deixou a eles bem mais do que aquela casinha que eu e seu pai legamos a você. Depois, Noêmia é moça inteligente, vem de família nobre, certamente tudo correrá bem e sempre como Deus permitir. Não se julgue indispensável.

— O Augusto me falou que foi a senhora que construiu aquela casa em que estou morando. Como isso pôde acontecer?

Vai morar comigo?

– Não é possível. Tenho outros compromissos. Cabe a você trabalhar para estarmos juntos novamente. À medida que for conhecendo as regras da Colônia, entenderá.

Demetrius aproveitou ao máximo aquele encontro. Ao final, despediu-se de sua mãe com lágrimas nos olhos. D. Margarida também se emocionou, mas tinha de seguir a sua jornada. Ele estava consciente de que já não pertencia ao mundo dos reencarnados e que deveria trabalhar para poder ajudar-se e aos seus que haviam ficado na Terra.

Como homem efetivamente corajoso, determinado, acostumado ao trabalho, arregaçou as mangas, colocando-se à disposição de Augusto, afinal era de gente assim que gostava na fábrica. Nunca apreciava o empregado dengoso, sem interesse pelo trabalho, sobretudo o que reclamava de tudo e de todos toda hora. Tampouco apreciava o contestador e o reivindicativo. Gostava e valorizava quem se lançava ao trabalho sem medo, com vontade, pensando sempre na empresa. E se a empresa progredisse certamente aquele empregado progrediria junto, pois, como patrão sabia que o mais difícil em uma empresa era formar uma equipe unida.

Capítulo 8

O destino trabalha sem descanso

Apesar do tempo decorrido, nenhuma carta chegara para Cândida a respeito do acidente com o avião e do envolvimento de possíveis parentes. Mesmo assim não ousava perguntar a Pai Bento; os espíritos nunca erravam e o preto velho era demais responsável para passar uma informação do Além sem antes verificar a procedência.

Cândida estava preocupada com a saúde do amigo; negro velho e turrão, não admitia ir ao médico. Suas ervas, rezas e benzeções eram os medicamentos que ministrava aos que o procuravam e a si mesmo. Mas as dores no joelho impossibilitavam-no de caminhar; a coluna, vergando ao peso dos anos, preocupava a jovem que, cuidadosa, colocara uma mucama para cuidar do adorado velhinho.

As preocupações com a comercialização da última safra retiveram Cândida na cidade por um mês. Não via a hora de chegar à casa-grande, apanhar as broas, o café, e levar pessoalmente à cabana. Estava angustiada. Sentia-se sozinha para tomar todas as decisões dos negócios; muitas famílias dependiam dos rendimentos da propriedade.

Cândida, jovem e solteira, com vocação para o trabalho

intelectual, estava se sentindo triste, deprimida com a vida que levava. Suas conversas com Pai Bento encorajavam-na; sentia falta da convivência com o velhinho. Assim que chegou à casa-grande foi logo determinando que preparassem rapidamente tudo o que precisava levar ao amigo. Desejava aproveitar ao máximo aquela tarde; conversar com o preto velho; receber suas orientações, falar de suas dúvidas.

Chegou à cabana e lá estava ele sentado no banquinho de sempre, com o cigarrinho de palha na mão, lançando um olhar longínquo para o infinito. Quando viu o cavalo parar e a jovem se aproximar, abriu um largo sorriso:

— Oi minina. Quanto tempo num vejo ocê. Tava com muita sardade.

— Eu também. Não via a hora de estar aqui. Mas, primeiro preciso saber da sua saúde. Como está esse joelho?

— Tá travado qui nem roda di carro di boi qui imperra. É ansim mesmo, despois di véio a genti inferruja inté acabá di veiz — falou sorrindo.

— A Maria está cuidando bem do Pai? — Perguntou Cândida se referindo à mucama que havia indicado para atender ao velhinho em suas necessidades.

— Tá inté dimais. Não posso fazê mais nada, acrerdita? É muito dengo pro véio, qui sempre trabaiô na roça e agora si senti um traste inútil.

— Não é assim; o Pai atende a muita gente que vem procurá-lo. Então, isso também é trabalho e dos bons!

— É verdade, minina. Só tenho qui agradecê a Deus nosso Pai por mi deixá trabaiá desse jeito. Outro dia o minino Paulo caiu no mata-burro e quebrô a perna. Nha Serafina veio anqui trazendo o minino no colo chorando de tanta dô. Peguei as erva, fiz a benzição, amarrei as tala prá imobilizá e dei um chá qui pedi pra Maria fazê. Em pouco tempo ele drumiu, sem dô, percisando apenas reposá.

— É bom sê curandeiro; gosto muito do qui faço, curando o corpo e também a arma das pessoa. E por falá em arma doente, a minina não tá bem esses dia. Já me falarum que ocê tá tendo pensamento ruim, anda muito triste, sem vontade de fazê as coisa com alegria. E tudo fica mais difícir.

— A alegria traiz boa disposição, anima a vida, dá vontade de fazê as coisa, qui fica mais fáci, leve, agradáver. Do jeito que ocê tá, pode inté ficá doente. Precisa mudá os pensamento, acreditá mesmo em Deus e aceitá tudo o qui ele manda pra nóis. Sempre o qui acontece pra nóis é pro nosso póprio bem.

— Num carece ficá preguntando muito, querendo entendê tudo, isquecendo o póprio coração. O coração fala a verdade da nossa arma, sabe muito mais qui a cabeça.

— Minha minina anda sempre percupada; esquece um pouco as coisa, vai mais pro baile do clube conversá cum gente da sua idade, não quera se responsabilizá pela vida di todo mundo. Cada um tem o seu póprio caminho; Deus ampara todo mundo, dando pra cada um o qui é perciso pra o crescimento. Vamu, não quero vê essa carinha triste, sorria qui a vida vai sorri também pro ocê.

Pai Bento tinha o dom de ler a alma das pessoas em segundos. Cândida andava mesmo desanimada e esse seu estado de espírito estava atraindo uma entidade sofredora, que dela se aproximara há alguns dias e retirava energia da jovem. Ele percebeu, viu a entidade, conversou mentalmente com ela, não deixando que fosse embora. Cândida, naquele momento, liberta da entidade que a estava sugando, retomou o bom-humor.

– Não sei por que – disse a jovem – quando aqui cheguei estava muito triste e agora me sinto bem. O que está acontecendo comigo?

– Ah! minina, com esse seus pensamentu di tristeza, desânimo, atraiu um espírto sofredô, qui tá anqui sem podê se retirá antes de nóis curversá cum ele. É perciso tê muito cuidado com os pensamento, qui é emissão de energia pra o espaço, juntandu outros pensamento na mesma linha, qui vorta pra aquele qui pensô, e traiz estrago nas pessoa invigilante. Vou limpá a minina, encaminhá o sofredô pra um lugar de tratamento, se ele quisé. Antes vou trazê ele anqui pra minina cunversá com ele, em nome di Jesus.

Pai Bento concentrou-se, pedindo a Deus que socorresse aquele ser sofrido. O rosto do velhinho ficou ainda mais desfigurado. Passava a mão pelo corpo, chorava, pedia ajuda, dizendo:

– Ninguém me escuta! Onde está Deus? O que eu fiz para merecer tanto castigo?

– Não se desespere meu irmão – falou Cândida. Deus não castiga ninguém. Todos são seus filhos e ele não tem filhos prediletos. A todos ama com igual intensidade. O que lhe aconteceu para estar assim, você pode nos falar?

– Não sei. Estava bem, viajando para Nova Iorque e de repente tudo sumiu; não desci no aeroporto; senti o fogo me devorar e em seguida comecei a engolir água salgada. O desespero foi tanto que nadei com tanta força até encontrar uma embarcação, agarrei-me a ela, gritei por socorro e não fui atendido. Quando cheguei a terra não sabia onde estava e nem como voltar para casa. Foi aí que vi a moça e agarrei-me a ela, tentando pedir ajuda. Ajude-me pelo amor de Deus!

Com a voz serena, agradecendo a Deus a oportunidade de servir, Cândida começou a conversar com a entidade sofredora:

— Meu irmão, não tema nada, o pior já passou. Você estava naquele avião que partiu do Rio de Janeiro para Nova Iorque e que sofreu um acidente no mar. Pergunto se o irmão está consciente de sua situação atual, como espírito eterno, que deixou o corpo e se encontra na verdadeira vida?

— Não sei o que aconteceu. Eu ia sim do Rio de Janeiro para Nova Iorque a trabalho quando ouvi uma explosão e a partir daí o meu sofrimento se tornou atroz. Não entendo o que a moça está falando.

— Nós temos um corpo de carne que recebemos no momento do nascimento, por meio de nossos pais. E, ao nascermos, trazemos o nosso espírito, que se liga ao corpo desde a gestação, e que vem com a bagagem que conquistamos em outras vidas. Alguns vêm com ideias inatas, assimiladas em outras existências, lembrando-se com facilidade de suas habilidades. São os gênios precoces da música, da pintura, das ciências, espíritos que cresceram em outras existências nessas áreas e agora retornam para dar continuidade ao que ficou por fazer; outros, a maioria, não traz assim tão aflorada sua experiência, sendo que alguns preferem até arquivá-las para aproveitamento futuro. A regra geral é o esquecimento do que nós fôramos em outras vidas, benefício que recebemos para poder evoluir nesta existência. O irmão é um espírito eterno, que perdeu o corpo físico pelo qual se expressava aqui na Terra, como consequência do acidente. Já não está mais entre nós, entendeu?

– Não! Eu sei que estou consciente, sinto sede, calor, fome, dor. Estou desesperado, sem rumo. Queria ir para minha casa, falar com a minha mulher e os meus filhos, alimentar-me, descansar junto às pessoas que me são queridas. Mas, na condição em que me encontro, não sei como seria recebido por eles. Por isso estou pedindo a sua ajuda.

– Nós já o estamos ajudando. Daqui para frente seremos também os seus companheiros e vamos esclarecê-lo. Preste bem atenção: você não pertence mais ao mundo dos vivos, já perdeu o seu corpo carnal, no entanto continua vivo e bem vivo se apresentando a nós com o seu corpo perispiritual. O que quero dizer ao amigo é que você morreu em um acidente aéreo, mas, na realidade, ninguém morre como pensam alguns ainda na Terra. O espírito é eterno; a vida flui no Universo e a casa do Pai tem muitas moradas. Se o amigo crê em Deus, peça ajuda e Ele o atenderá. Vamos tentar juntos?

– O que eu devo fazer?

– Orar.

– Como?

– Acompanhe-me em pensamento.

Cândida elevou sentida prece ao alto; movida pela fé legítima das almas nobres e que estão aqui acostumadas a servir, começou:

– Pai de bondade e de amor. Aqui estamos buscando o seu amparo. Somos espíritos necessitados de esclarecimentos, de amor, desejando a paz. Socorra esse meu amigo que ainda não tomou consciência de seu estado. Ele sofre, sente-se afastado dos seus entes queridos, acusa no próprio corpo perispiritual as dores das lesões provocadas diretamente no corpo físico pelo acidente que o trouxe para esta dimensão da vida. Senhor, envie seus anjos tutelares para acompanhar esse irmão para uma colônia de recuperação onde poderá receber tratamento médico adequado, apoio psicológico e espiritual.

Assim que iniciou a prece, o espírito começou a perceber a presença de Entidades Venerandas vindas de uma colônia espiritual, situada nas proximidades da Terra, bem perto da cidade do Rio de Janeiro. Uma senhora idosa, de cabelos brancos, com largo sorriso, aproximou-se do espírito e chamou-o pelo nome:

— Marcos, venha agora. Estamos esperando você já há algum tempo.

O espírito, ainda perturbado, ficou surpreso. Era a primeira vez que alguém o chamava pelo nome. Sim, seu nome era Marcos e ele conhecia aquela voz. Não poderia ser a sua avó, pensou. Ela estava bem diferente; mais jovem e mais bonita apesar da idade, não poderia ser aquela senhora que o carregara no colo há tanto tempo e em cuja casa ele passava as férias de fim de ano.

— Vó Marilda? – Perguntou timidamente.

— Sou eu mesma, meu querido. Lembra-se dos bolinhos de chuva que você tanto gostava? Estou aqui para ajudá-lo. Agradeça a moça gentil e ao preto velho que lhe deu passagem e siga-me.

— Para onde você vai me levar, vovó?

— Você precisa de tratamento; vou encaminhá-lo primeiro ao hospital e depois já tenho uma casa para ficarmos juntos por algum tempo.

— Mas, eu tenho a minha casa, os meus filhos, o meu

trabalho. Não posso ficar em um hospital sem avisar a todos. E preciso também cuidar dos negócios. Como será que está vivendo a Nancy e os meus filhos?

– Não se preocupe querido. Eles já foram avisados.

– E por que não vieram me socorrer?

– Eles vieram sim, estão pedindo a Deus todos os dias que o ampare. Esse socorro que está hoje recebendo faz parte dos pedidos que têm sido feitos para você, principalmente os apresentados pelo seu filho caçula, o João Carlos que todos os dias ora pelo Pai. Não se preocupe e me acompanhe, deixando essa fase de sofrimento para trás.

– Está bem. Eu vou. Obrigado moça, obrigado senhor, por me ajudarem.

A caravana partiu rumo ao Espaço e Pai Bento retornou ao seu estado normal, tranquilo e sereno, com a noção exata do dever cumprido. A mediunidade não exige malabarismos nem contorcionismos do médium; Pai Bento, acostumado à prática mediúnica, quando retornava, estava sempre calmo e de bom-humor.

Os acidentados do voo AKR estavam sendo todos socorridos. Como espíritos eternos, receberam aquela dura prova, tanto para si próprios quanto para seus familiares. Resgatariam em grupo, retirando o carma coletivo assumido em outras existências, conhecedores, enquanto espíritos, das causas que os levaram àquele desfecho.

Nem sempre o espírito pode escolher a natureza de suas provas. Mas, sempre sabe o que escolheu ou lhe foi determinado na reencarnação, assim também os seus familiares diretamente atingidos pelas consequências do evento.

Não se pode falar sempre em punição, uma vez que a Lei não pune; a Lei ama, possibilitando para todos os que a infringiram recuperar-se ante a consciência cósmica. Muitos, contudo, que já poderiam estar liberados do *carma,* preferem certos desfechos difíceis para alertarem os seus familiares: mulheres, filhos, pais e mães, sobrinhos, empregados, enfim todos sofrem as consequências e a partir do acontecimento precisam crescer, amadurecer, ganhar confiança, partir para o trabalho.

A Lei não erra: educa; não pune: abre as portas para o ressarcimento; não fere: ajuda. Todavia, no momento em que ocorre o acidente, é natural e humano o estado de choque que acomete a todos, não só os familiares, mas também os que assistem ao noticiário e imaginam os horrores daquele momento. Se soubessem que cada espírito tem uma desencarnação diferente, não sofreriam tanto, imaginando dores, às vezes, inexistentes.

Sempre que ocorre um acidente, as equipes espirituais já estão a postos para atender àqueles que podem ser resgatados de imediato; os demais são carinhosamente acompanhados, esperando-se a oportunidade de socorrê-los, valendo-se a providência divina de todos os meios possíveis. Ninguém fica à deriva, sem atendimento, pois é da Lei que todos recebam na medida de suas necessidades o apoio indispensável ao seu resgate.

Costuma-se dizer na Doutrina Espírita que a morte é um fato facilmente constatável: os órgãos vitais param de funcionar e o médico atesta o óbito.

A morte cerebral hoje é aceita nos meios acadêmicos e precisa ser constatada por um médico segundo rígido protocolo. A importância do conceito de morte cerebral está ligada às doações de órgãos, necessárias àqueles que precisam de um coração, rim, fígado, e poderão continuar a sua vida com o órgão do falecido.

Desencarnar, contudo, liberar o espírito das formas físicas que habitou exige operação delicada, levada a termo por Entidades Venerandas, que acompanham o decesso das pessoas.

Dentre os acidentados, Marcos levou mais de um ano para se libertar do acidente. Suas condições pessoais, a falta de conhecimento e de fé, o cultivo das ideias materialistas, o apego excessivo aos bens materiais levaram-no a se distanciar de tal forma do Criador que o seu resgate foi mais difícil. Mas nunca foi abandonado; as preces de seus filhos, principalmente do menor, foram decisivas para mobilizar a ajuda.

Seus familiares, sob o impacto dos acontecimentos, buscaram ajuda espiritual. Afeitos à igreja católica, começaram a comparecer às missas, adquiriram o hábito de orar, voltaram-se para Deus a fim de superar a dor da separação repentina; cresceram. Apoiando-se na fé que professavam, sentiram-se mais aliviados, e, então eles emitiram energias de amor ao espírito desencarnado, facilitando o resgate feito pela avó, espírito lúcido, ligado de longa data ao neto, em condições de realizar a tarefa com tranquilidade e eficiência.

O comparecimento de Marcos à fazenda onde morava Pai Bento se deu pela Lei da Atração. Quando os pensamentos de Cândida desceram aos do nível vibracional do desencarnado, esse foi de imediato atraído e "grudou" na moça. Por isso ela passou a sentir desânimo, dor, angústia, pois estava captando o estado do sofredor, que com ela se afinara momentaneamente, tempo suficiente para se proceder à operação de socorro.

A força da mente já é estudada de há muito em vários campos da ciência. O pensamento positivo, como receita de bem-estar, já foi divulgado por Émile Coué, que recomendava a repetição do mantra: "Todos os dias, sob todos os pontos de vista, eu vou cada vez melhor".

Os estudos atuais de neurolinguística, os novos conceitos da psicopedagogia e da psicoterapia, as leituras edificantes, o comportamento moral reto e digno alimentam o subconsciente, elevando-o a padrão energético defensivo.

Nada passa por essa couraça invisível que possa desestabilizar os que estão protegidos pelos seus próprios pensamentos, valendo a mesma regra para o comportamento contrário. Pessoas negativas, chorosas e reclamonas; as que se faz de coitadinhas e esperam sempre a ajuda alheia sem se impor a esforços próprios para alcançar os seus objetivos também atraem, pela Lei de Afinidade, espíritos deprimidos, que com elas convivem, sugando-lhe as energias, em comunhão doentia que pode durar anos ou séculos.

Nós somos responsáveis pelo que acontece em nossas vidas. Como construir um ser humano saudável, coerente, imune a fatores desestabilizadores comuns à existência, como as momentâneas dificuldades do dia a dia na família, na sociedade, no emprego? Enfrentando os desafios do cotidiano com alegria e coragem, determinação e lealdade, nós levamos à frente o nosso propósito de vida, vendo nas dificuldades estímulos para o próprio crescimento.

Sem as provas, os alunos não conseguem demonstrar ao mestre que aprenderam as lições ministradas. E a escola fica sem saber como agir para elevar o nível de ensino, orientar, às vezes, o próprio professor, porque a matéria exposta nas aulas simplesmente não foi aferida. As provas na vida também são necessárias; enfrentá-las com ânimo, preparar-se para superar os obstáculos, estudando, pesquisando, perguntando aos mais experientes e, ao final, não recuar quando surgir a oportunidade do teste.

O teste que a vida apresenta a todos, às vezes, está no desenvolvimento da tolerância, da compreensão, ao superar as dificuldades de um casamento difícil, de um filho problema, de um chefe irascível. Em outras ocasiões é a doença que bate aguda, as crises financeiras que vergam os mais orgulhosos, os processos judiciais que alertam para os relacionamentos mal resolvidos, experiências que calam fundo no ser humano, mas acabam por levá-lo a um patamar de compreensão e entendimento que não alcançariam sem esses desafios.

Cândida, quando chegou à choupana do preto velho, estava angustiada. Seus pensamentos açoitados pela solidão, sobrecarregados com as responsabilidades administrativas da fazenda, levaram-na a padrão vibratório inferior ao que já estava acostumada. Mas, a Providência não deixa nada sem resposta. Aproveitou aquele momento de invigilância da jovem para permitir que a ela se acoplasse o espírito sofredor de Marcos e que esse fosse, via incorporação, socorrido. Atendido o sofredor, encaminhado para uma colônia de tratamento, a jovem retornou à sua normal condição, sem deixar, antes, de registrar a lição, para não tornar a recair.

O ano chegava ao fim; na fazenda e na casa da cidade os preparativos para as festas de Natal e de Ano Novo eram intensos. Cândida passava sempre a Festa de Natal na fazenda, com todos os empregados. Antes da ceia faziam uma oração, agradecendo a Deus as bênçãos recebidas; depois, fartavam-se com as iguarias feitas para o momento. O leitão na mesa era obrigatório; bolo de fubá, paçoca, canjica, tudo do bom e do melhor. As crianças, se meninas, ganhavam uma boneca de presente e os meninos, uma bola de futebol. O clima era sempre muito agradável; não se permitiam bebidas alcoólicas, por isso nunca havia arruaças e bagunça. A paz, o amor, o convívio entre pessoas que se queriam bem e se respeitavam vinham desde o tempo do coronel Feliciano, pai de Cândida, e ela soubera preservar o clima de Natal na fazenda com muito amor e respeito a todos os empregados.

A festa da passagem do ano era feita na casa da cidade, mas nem todos compareciam. Cândida reservava esse dia para que os seus empregados tivessem privacidade e passassem o "réveillon" com os seus parentes e amigos. Preferiam ficar na fazenda, quando faziam no centro do terreiro uma enorme fogueira, cantavam e dançavam a noite toda. Cândida, na cidade, recebia os amigos, abria as portas para todos, compartilhava a alegria geral da passagem do ano.

Nesse "réveillon" a jovem tinha um motivo especial para se alegrar: rever Pedro. Como estaria o amigo: já formado, pronto para iniciar a sua carreira de advogado? – perguntava-se. Ele não a esquecera durante todo o semestre, mandando sempre livros, escrevendo cartas delicadas em que demonstrava o desejo de reencontrá-la e retornarem aos temas que tanto agradavam a ambos.

Cândida estava também ansiosa. Pedro era para ela um contato direto com a cultura e a civilização; jovem estudioso, formado em um centro de excelência, amante dos livros e partícipe dos movimentos sociais e políticos que estavam agitando o país e o mundo naquele final de 1968. Sentir de perto aqueles movimentos que formavam muitas lideranças, que mais tarde iriam influenciar decisivamente os destinos do país, era o sonho da jovem interiorana, afeita à administração da fazenda, às necessidades do homem do campo, que muito cedo tivera de aprender, para conduzir um negócio do qual dependiam muitas famílias.

Finalmente chegou o dia de Natal. O dia mais belo do ano para os trabalhadores da fazenda Boa Vista. Para surpresa de todos, no final da tarde parou em frente à casa-grande um belo carro vermelho, último tipo, e dele desceu Pedro. Jovem, bem-vestido, carregando pacotes, dirigiu-se à casa-grande perguntando por Cândida. A moça estava dando as últimas ordens em relação aos preparativos da ceia de Natal. Pedro foi entrando a casa, desenvolto, enquanto os empregados avisavam a patroa da inesperada visita.

Ambos entreolharam-se, sorriram e Pedro tomou a iniciativa de abraçar Cândida. Era um abraço de saudade, de quem havia ficado longe por tanto tempo. Após se desculpar pela forma como havia entrado a casa, sentou-se e começou a entregar a Cândida os presentes: livros e mais livros, revistas, perfumes, coisas raras na região, muitas importadas, que ele conseguira especialmente para a jovem. Emocionada, Cândida não sabia como retribuir; na realidade não tinha comprado nenhum presente para o amigo; nem sabia se viria para a comemoração de Natal e nem qual a sua disposição. Um tanto encabulada, disse:

– Não precisava se preocupar. Fico até sem jeito com tantos e maravilhosos presentes; não sabia que você viria para a comemoração de Natal e por isso não comprei nenhuma lembrança.

Abrindo um largo sorriso, Pedro falou:

– Precisava vir esse ano sem falta. Tenho os meus pais

que muito queriam me ver após a conclusão do curso, e, para falar a verdade, estava também com muita vontade de estar com você. Aqui sou feliz, realizado, em um dia maravilhoso de Natal. Gosto do Natal; a festa, as congratulações, o ambiente que se forma no ar em homenagem a Jesus Cristo, até parece que todo ano Ele desce à Terra e torna as coisas mais belas nesse dia. Sinto paz, harmonia em tudo e aqui, com você, ao pé da árvore de Natal, vendo esse presépio cuidadosamente arrumado, penso que a vida ganha em calor humano. É o espírito de Natal que me faz tão alegre. Para ficar perfeito, só falta um cafezinho da fazenda, não me oferece um?

– Oh! Como me esqueci. Serafina, passe um café rápido para o Dr. Pedro.

– Não me chame de doutor. Para você quero sempre ser o Pedro, aquele mesmo que andou fazendo algumas peraltices na nossa cidade, lembra-se?

Era verdade. Pedro, quando criança, era alegre e brincalhão. Sempre aprontava das suas. Travesso por natureza, ninguém imaginava que se transformaria em um doutor formado na melhor escola de direito do País: a célebre faculdade do Largo de São Francisco, símbolo das grandes lutas democráticas. Os dois jovens ficaram conversando e o tempo passou muito rápido. Quando Pedro percebeu, já estava na hora de ir para a cidade passar as festas com os seus pais.

Ao se despedir, beijou Cândida de surpresa, que ficou toda atrapalhada, não sabendo como encarar as mucamas. O veículo dirigido pelo enamorado partiu em velocidade e rapidamente desapareceu na curva, deixando um rastro diferente no coração da moça. O canto dos pneus ainda ecoava como uma sinfonia quando Cândida foi chamada à realidade para concluir os preparativos da grande noite.

E naquela noite especial, quando o amor despontava no coração da jovem, todo o seu ser resplandecia. O amor, quando acontece, transforma a vida do ser; mágico e envolvente, motiva, e abre outras possibilidades, convidando à felicidade. O amor entre o homem e a mulher, quando marcado por admiração e respeito mútuos, consagra esforços, constrói famílias saudáveis, transborda e contagia todos. Cândida, de um minuto para outro, percebeu que já estava amando aquele alegre doutor, sentindo a sua falta, ele que nem bem havia saído, porque assim é o amor: o desejo de ficar sempre junto do ser amado, ouvindo-lhe a voz, sentindo a sua respiração, tentando entrar em seus pensamentos, em seus sonhos, em sua existência.

Capítulo 9

Acúmulo de desilusões

Após um ano do acidente aéreo Noêmia estava inteiramente modificada. Mulher de fibra, batalhadora, assumira com determinação a direção da empresa fazendo-a progredir. Sempre orientada pelo Sr. Antônio, que se revelou um colaborador imprescindível, a Incotel parecia não ter passado por um traumático processo sucessório. Nas pequenas e médias empresas, a sucessão do fundador costuma ser sempre um grande desafio. Dentre os candidatos naturais de uma família a quem escolher? Quais os critérios? Quais as consequências psicológicas para o filho preterido? No caso da Incotel esses problemas não existiram. A morte repentina do fundador levou a viúva a assumir todas as responsabilidades.

A reorganização que realizou na empresa seguiu sempre o critério de respeito aos trabalhadores, sem pieguismos, valorizando realmente os que mais se dedicavam ao serviço. Competência, avaliação objetiva, promoção salarial, sem que houvesse a necessidade de reivindicação, começaram a surtir efeitos. Na área de produção, os índices de qualidade subiram de forma que as devoluções e o acionamento da garantia foram reduzidos em trinta por cento; nas vendas, os novos produtos lançados e os estímulos nas comissões alavancaram de tal forma os negócios que, no final do ano, já havia pedidos em carteira para os próximos três meses; o setor de compras também ganhou em agilidade, conseguindo ainda preços melhores; enfim, todas as áreas evoluíram, beneficiando a empresa e seus colaboradores.

A festa de fim de ano refletiu esses resultados alcançados, recebendo todos os empregados um salário a mais do que o estabelecido na legislação, além de presentes para os filhos menores. A administração de Noêmia foi um sucesso reconhecido até pelos concorrentes.

Não obstante, a executiva terminara o ano muito preocupada. O amigo e colaborador imprescindível recebera um diagnóstico grave: câncer no pâncreas, doença praticamente irreversível. Pelas previsões do médico, o tempo de vida estimado para o paciente estava em três ou quatro meses, mas, pelo estágio do tumor, as dores impediriam em breve qualquer atividade profissional. Como conduzir aquela empresa sem a experiência, a seriedade, a dedicação de um homem que tudo conhecia da organização e ainda pautava a sua conduta pela lealdade? Aflita, desabou quando ouviu do próprio amigo aquela informação. Não sabia o que dizer para consolá-lo naquele momento difícil:

– Sr. Antônio, não tenho palavras para lhe falar. A medicina hoje está avançada; em outro país talvez seja possível um tratamento mais adequado. A empresa colocará à disposição do amigo todos os meios necessários para juntos vencermos essa doença. Vamos procurar os melhores médicos; estejam eles onde estiverem, utilizaremos todos os recursos e, com fé em Deus, o senhor irá se recuperar.

Visivelmente emocionado, abatido, o administrador, olhando com serenidade para a jovem empresária, respondeu:

– D. Noêmia, suas palavras me comovem e eu agradeço a Deus ter colocado no meu caminho uma pessoa como a senhora. Sinto que o meu caso não tem mais jeito. Essa é uma doença traiçoeira, que se manifesta depois de causar grande dano ao organismo. O meu médico é um jovem bem experiente, conhece os tratamentos praticados em todas as partes do mundo. O que eu quero é organizar a minha vida para não deixar problemas para a minha esposa e filhos e trabalhar até enquanto for possível. Quando as dores se tornarem insuportáveis e os remédios não conseguirem mais contê-las, prefiro ser internado em um hospital, sob a supervisão de profissionais competentes, para não agravar o sofrimento dos meus familiares. A única coisa que eu desejo é isso: que o convênio cubra os gastos com essa internação durante todo o período da enfermidade, que não deverá ser longa, pelas características da doença.

A conversa que Noêmia tivera com o Sr. Antônio deixou-a profundamente transtornada. Ela, que em tão curto espaço de tempo havia perdido o marido de forma inesperada, apoiara-se no executivo que mais conhecia a empresa e que tanto a ajudara: não era possível que aquele arrimo agora também fosse partir inesperadamente. O que a vida estava querendo lhe dizer? Sentia-se esgotada, frustrada, incompreendida. Inconformada, ligou para o diretor do convênio solicitando uma reunião com ele para o dia seguinte. O executivo, que estava preocupado com a possível revisão do contrato, ficou surpreso quando a proprietária da empresa informou-lhe o objetivo da reunião.

– A finalidade do nosso encontro, senhores, diz respeito ao estado de saúde do Sr. Antônio, o vice-presidente da empresa, pessoa da minha mais absoluta confiança, e que ontem me informou estar com câncer no pâncreas, dizendo ainda que tem pouco tempo de vida, em razão da evolução da doença. Queria saber se os senhores estão a par da doença do meu colaborador e me informassem o que podemos fazer para curá-lo, aqui ou no exterior. Se existe uma possibilidade em qualquer parte do mundo para curá-lo, eu gostaria de saber.

Os médicos entreolharam-se e foi a vez do mais moço, o assistente do presidente, falar:

– Posso informar que estou inteiramente a par da doença do Sr. Antônio, porque sou oncologista; após o diagnóstico que ele recebeu, procurou-me para esclarecimentos. O câncer de pâncreas é muito ingrato: o paciente somente vai descobrir a doença quando essa se encontra em estado avançado.

Os sinais da enfermidade aparecem com o emagrecimento sem causa aparente, a perda de apetite, dores nas costas, sintomas comuns a outras enfermidades. Os tratamentos para esse mal, que já tem até um apelido – o repto do século XXI – são ainda insuficientes para curar a doença. É um tipo de câncer letal que ceifa entre quatro a cinco por cento dos pacientes com câncer em todo o mundo. Não há muito o que se possa fazer.

No caso do Sr. Antônio ele está plenamente consciente do estágio avançado de sua doença, e a cirurgia talvez não seja o tratamento mais adequado no momento. Tem pouco tempo de vida e ainda assim com baixa qualidade, pelo acometimento das dores e a necessidade de fortes medicações.

– Mas, o doutor não me dá nenhuma esperança. Poderemos levá-lo aos Estados Unidos para um outro tipo de tratamento?

– Gostaria de alimentar-lhe alguma esperança, mas

não posso. Eu estou falando da minha especialidade. Essa enfermidade mata, nos Estados Unidos, de quatro a cinco por cento dos pacientes com câncer.

O pâncreas é um órgão de difícil acesso no organismo. Situado no retroperitônio, atrás do intestino e do estômago, os exames habituais não podem visualizá-lo adequadamente. Pessoas obesas, que tiveram histórico de tabagismo, alcoolismo são as mais propensas à doença.

O Sr. Antônio é um homem de vida saudável; alimenta-se adequadamente, não tem vícios, mas já era portador de diabetes, fator de risco, assim como também já havia retirado a vesícula, outro elemento que influi no desencadeamento da doença.

Muitas pessoas convivem com vários fatores de risco e ainda assim não contraem a enfermidade, por razões que a medicina desconhece. O que me chama a atenção no caso do Sr. Antônio, homem esclarecido, é o fato da notícia não tê-lo abalado como eu imaginava. Outros pacientes, quando ficam sabendo do grau de risco, se desesperam de tal forma que a doença progride mais rapidamente.

No caso do Sr. Antônio foi diferente. Comuniquei-lhe o diagnóstico, como faço aos demais pacientes, e parece que ele aceitou como se o estivesse esperando. Perguntei-lhe como se sentia, se achava necessário eu chamar a sua esposa para acompanhá-lo. Tranquilamente, disse-me que daria a notícia aos seus familiares e que eu ficasse despreocupado quanto a isso. Não gostaria somente de sofrer dores, solicitando-me medicamentos na ocasião oportuna. E saiu como entrou, não revelando no rosto o transtorno que vejo em outros pacientes que recebem um diagnóstico tão pouco promissor.

Noêmia ouviu a exposição do jovem médico e pensou:
– É a fé na continuidade da vida que anima o meu amigo.

Terminada a entrevista com os médicos, Noêmia ficou só em sua sala. As palavras do jovem médico ainda ecoavam em sua mente: Por que o estimado colaborador ficara tão sereno ao receber a notícia? Ele continuava em sua sala trabalhando normalmente, sem alarde, e somente Noêmia, na fábrica, sabia da gravidade da enfermidade que o acometera. O Sr. Antônio não mudou o comportamento; sempre gentil, agradável, continuava no mesmo ritmo atendendo a todos, como se nada estivesse acontecendo.

Como esperado, a doença progrediu rapidamente; as dores começaram a aparecer, a debilidade manifestou-se e já estava na hora do vice-presidente se afastar de suas atividades. Noêmia, desesperada, sentia cada vez mais os caprichos da vida: perdera o marido, iria perder o amigo e colaborador, não sabia mais a quem recorrer. Foi o próprio Sr. Antônio quem facilitou as coisas, abordando diretamente o assunto:

– D. Noêmia, em breve não poderei comparecer mais à empresa. Precisamos conversar a respeito. Muitos trabalhos estão em andamento; preciso que a senhora me diga para quem deverei passá-los, enquanto posso.

– Tenho dificuldade de tratar esse tema, meu amigo. Ainda não consigo ver essa empresa sem a sua gestão; não tenho nenhum nome para indicar; estou perdida, desorientada, angustiada. O senhor tem alguém que possa me indicar para sucedê-lo?

– Um nome definitivo, não. Penso que a empresa pudesse fazer uma experiência com o Ronaldo. Trata-se de um homem sério, bem casado, responsável, mas ainda pouco afeito às negociações. Entendo que se poderia dar a ele uma oportunidade, orientá-lo, sem tornar a indicação definitiva. Dever-se-ia dizer claramente a ele que a indicação é provisória, enquanto a empresa procura um executivo no mercado, para não lhe causar decepção, se não der certo na função. Se a senhora sentir nele desempenho satisfatório no cargo, poderá mais tarde efetivá-lo, como reconhecimento.

– Sempre pensando nos outros, meu amigo. É por isso que eu o considero insubstituível.

– Não me elogie tanto que ficarei vaidoso. Ainda tenho um restinho de vida e não posso comprometê-lo com a vaidade.

– Meu amigo, como está se sentindo realmente ante a possibilidade de partir?

– Tranquilo. Cumpri a minha parte com a família. Não construí riqueza, mas o que deixo para a minha esposa é o suficiente para que viva com dignidade. Os filhos estudaram e cada um segue o seu caminho. Não tive nenhum problema com eles, exceto naturalmente aquelas bobas preocupações de pai aflito, que quer a todo custo proteger, quando deveria entregá-los ao mundo, porque a verdadeira proteção vem de Deus.

Meu trabalho, sempre procurei respeitá-lo, cumprindo corretamente as minhas obrigações, com alegria, abençoando a empresa que me dava a oportunidade de desenvolvê-lo e de receber o salário e, com ele, sustentar a minha família.

Acredito, minha amiga, que a vida continua, e que nós temos uma trajetória no além-túmulo, e espero com a ajuda dos Mentores espirituais estar pronto para dar seguimento ao trabalho. Não pense que deixarei a empresa, que não estarei mais aqui para ajudá-la. Quando receber uma inspiração diferente, preste atenção, é o Antônio em ação, agora trabalhando com mais informações, conhecendo o pensamento dos concorrentes, as intenções dos clientes; já pensou como vai ser maravilhoso?

Noêmia não pôde conter o riso. Como o Sr. Antônio colocava a situação tudo ficava mais fácil.

– Ah! Meu amigo, se tudo isso não fosse verdade, como acreditamos que seja em razão da nossa fé, seria a mais bela e nobre mentira. Quanta consolação vem com a ideia das vidas sucessivas; quantas explicações para os dissabores da vida; quanta esperança na continuidade da vida em seguida ao decesso. Estou mais revigorada agora, sabendo que o senhor estará lá pensando em nós, nos ajudando como sempre fez e agora à frente dos nossos concorrentes, que não terão como competir com o espírito que tudo vê, enxerga, passa por todas as portas, atravessa paredes – que loucura!

Ambos riram e Noêmia convidou-o para o almoço. Não na empresa, mas no restaurante de sua preferência, continuando a conversa, descontraídos, esquecendo por alguns momentos os traumas da doença, a perspectiva próxima da dor, os problemas da companhia. Falaram eles de espiritualidade, vida em continuação, trabalhos a fazer em benefício do próximo. Ao final, o Sr. Antônio arrematou:

– D. Noêmia, não se preocupe tanto com o futuro. Diz o velho ditado que o futuro a Deus pertence. E pertence mesmo. Muitas vezes nos afligimos por antecipação; sofremos, fazemos os outros sofrer, nos imaginamos sem saída e, de repente, sem mais nem menos, surge a solução.

– Essa é uma visão interessante – falou Noêmia. – Não tivemos tempo ainda de trabalharmos mais concentradamente a questão social. Assumi a Incotel em um momento difícil de minha vida, ainda aprendendo a administrá-la, graças às lições que o senhor vem me passando todos os dias. Gostaria, em homenagem ao senhor e a Demetrius, de fazer alguma obra social, converter alguns recursos da empresa em benefícios concretos para as pessoas, a sociedade da qual retiramos todas as condições de trabalho da empresa e, ao final, de onde sacamos também o próprio lucro. O que o amigo tem a me dizer a respeito?

– Tudo tem a sua hora na vida. No início o seu marido precisava erguer a empresa, o que fez com muita competência; o seu papel, nessa etapa, é de consolidá-la, melhorando a qualidade dos produtos fabricados, criando novos, de forma que a Incotel seja uma organização realmente sólida. E muito já se fez nesse sentido. Hoje a empresa sabe exatamente qual o seu custo, recolhe todos os tributos, é lucrativa, contra a falácia de que andar direito aqui é impossível. Ao contrário, as empresas que teimam em práticas comerciais predatórias, que confundem lucro com o não pagamento de tributos, estão irremediavelmente condenadas ao insucesso, porque não têm gestão capaz de orientá-las para um crescimento sólido. Uma vez consolidada em todos os seus múltiplos aspectos, a organização amplia naturalmente a sua responsabilidade social.

– Sábias palavras – redarguiu Noêmia.

– Minha amiga, há ainda um longo caminho a percorrer no campo das organizações. Quando a Doutrina Cristã for praticada em todos os níveis da sociedade, o amor ao próximo vencer o egoísmo, a vaidade, o desejo de hegemonia, o mundo será bem diferente.

Aquele almoço para Noêmia fora inesquecível. Por muito tempo lembraria o que nele fora comentado, rememorando sempre os conceitos, as ideias, para praticá-las quando fosse possível.

Ao retornar à empresa encontrou os mesmos problemas de sempre: a análise do fluxo de caixa, as dificuldades da produção, reuniões com colaboradores, fornecedores e clientes. No final do dia, exausta, retornou à sua casa, para exercer o papel de mãe. A mulher que trabalha fora sempre se defronta com a dupla jornada, seja ela operária ou executiva.

Contrariando todas as previsões médicas, o estado de saúde do Sr. Antônio agravou-se repentinamente. Trinta dias após o memorável almoço, o colaborador incansável deixava a vida para adentrar ao mundo dos espíritos. Não sentiu dor, como temia; permaneceu lúcido até o fim. Suas últimas recomendações à família e à Noêmia foram feitas por ele mesmo. A todos dizia a mesma coisa: orem por mim.

Indicou um jovem advogado para cuidar do inventário de seus bens. Apresentou o Dr. Pedro à mulher e aos filhos e partiu serenamente.

Quando ocorre o falecimento de uma pessoa, a lei civil brasileira confere prazo para que os que se encontram na posse e administração dos bens do falecido ingressem com o pedido judicial de abertura de inventário, sob pena de multa, se esse prazo for ultrapassado.

Cuidadoso com os seus documentos, o Sr. Antônio facilitou enormemente o trabalho do advogado, de forma que o processo transcorreu célere. Em pouco tempo o juiz homologou a partilha amigável dos bens do falecido, determinando a expedição do documento final do inventário: o formal de partilha. A esposa e os filhos do venerável administrador ficaram protegidos.

A vida continuou o seu curso e Noêmia, sem o apoio do amigo, sentiu ainda mais o peso das responsabilidades.

Antes tinha com quem conversar, desabafar; agora, com Ronaldo na posição do Sr. Antônio, sentia que ali estava um bom profissional, dedicado, competente, mas com quem não tinha nenhuma outra afinidade. Seus hábitos, filosofia de vida eram bem diferentes, de forma que o relacionamento não poderia ir além dos aspectos profissionais. Não tinha mais o ombro amigo para desabafar, revelar suas dúvidas e ansiedades; aquelas conversas a respeito de espiritualidade, do sentido da vida faziam-lhe imensa falta.

Capítulo *10*

O processo

*P*or mais que as autoridades aeroportuárias diligenciassem, as causas do acidente do voo AKR a rigor não foram esclarecidas. A quem atribuir a responsabilidade pelo ocorrido? O fato concreto é que 120 pessoas haviam desaparecido misteriosamente. A caixa preta não fora encontrada para revelar a conversa na cabine de comando. A companhia aérea jogava a responsabilidade para a seguradora e essa não assumia o sinistro com base em uma cláusula contratual que a excluía da responsabilidade, toda vez que o evento acontecesse em razão das forças da natureza. Nesse jogo de empurra, o tempo ia passando, e muitos familiares das vítimas já estavam enfrentando dificuldades financeiras.

A morte acidental é sempre surpreendente. Poucos espíritos estão preparados para esse choque, assim também seus familiares. Ficam para trás compromissos importantes como a criação dos filhos, a administração dos negócios, levando pessoas, às vezes, inexperientes a assumirem funções para as quais nem se imaginavam capazes.

A fase inicial é a mais dolorosa: a ausência da pessoa amada, o encontro com os seus objetos de uso diário, a saudade, tudo enfim exigindo forças descomunais dos familiares mais próximos para superarem a ausência do ser querido, principalmente quando quem partiu era o arrimo da família, deixando filhos ainda menores de idade.

As companhias aéreas deveriam mostrar nessa hora uma face mais humana e não tratar de forma burocrática um assunto tão delicado como esse. O governo também não pode se omitir pela natural responsabilidade que tem no tráfego aéreo, auditando as empresas prestadoras de serviço, administrando os aeroportos e os controladores de voo, para que situações de risco sejam evitadas. Na ocorrência do acidente, contudo, amparar de todas as formas os familiares é dever das companhias envolvidas e até do Estado.

Como os trâmites burocráticos para o pagamento da indenização se arrastavam, sem saber a quem imputar a responsabilidade, alguns familiares das vítimas constituíram uma associação e contrataram um renomado escritório de advocacia para defender seus direitos a uma justa reparação. O escritório escolhido foi o do Prof. Cavalcante, cujos profissionais já eram reconhecidos no foro como especialistas na área de reparação civil.

Na primeira reunião do grupo com os advogados contratados Noêmia decidiu comparecer, conhecer os outros participantes, por mais difícil que fosse retornar ao tema. Ante a dor alheia agravada pelas dificuldades financeiras, a dor de Noêmia passou quase despercebida.

Como executiva agora mais experiente, pôde participar das discussões com os advogados, chamando-lhe a atenção o porte do jovem Dr. Pedro. Muito novo, pensava ela, para apresentar tanta segurança, determinação, sensibilidade humanística, respondendo a todas as perguntas com elegância e lucidez. Travaram em público alguns diálogos esclarecedores, o que facilitava o desenrolar dos trabalhos. Os demais participantes também sentiram muita confiança em Noêmia, que passou a liderar o grupo, sem nenhum esforço. Parece até que conhecia aquelas pessoas, tinha com elas certa familiaridade. Nesse clima, ao término dos trabalhos, o Dr. Pedro se aproximou da senhora e, respeitosamente, abriu um diálogo direto:

– D. Noêmia, fico feliz em conhecê-la pessoalmente. Já tinha referência de sua inteligência e sensibilidade, mas não poderia supor que em tema tão delicado como esse a senhora fosse se envolver, uma vez que já tem muito trabalho na Incotel.

– Conhece-me da empresa?

– O Sr. Antônio, recém-falecido, indicou-me aos familiares para que processasse o pedido de abertura de seu inventário. Falou-me várias vezes acerca da imensa admiração que tinha pela senhora, que soube enfrentar o desafio de dirigir a fábrica, com muita determinação, após o falecimento de seu marido.

– Esta é mais uma surpresa que o meu amigo Antônio me prega. Como se conheceram?

– Certa vez, como estagiário, estive na Incotel para falar com o Sr. Antônio a respeito de um processo afeito ao escritório do Prof. Cavalcante. Fui recebido com muita cordialidade, conversei com ele acerca dos autos, e nos tornamos amigos. Fiquei imensamente triste quando soube de sua doença; procurei-o para confortá-lo em um momento tão delicado, quando ele me solicitou para patrocinar o inventário de seus bens. Em razão disso tenho mantido contato regular com a sua esposa e filhos.

– E como estão? Precisam de alguma coisa?

– Dentro do possível bem. Tanto a esposa quanto os filhos sentem muita saudade do falecido. Afinal, era uma pessoa especial. Embora me conhecendo há pouco tempo deixou-me uma lição de vida que procuro seguir à risca: estar sempre em paz com a consciência. Ensinou à esposa e aos filhos a difícil ciência da resignação, da entrega a Deus, em quem muito acreditava. Certamente, essa postura religiosa tem ajudado os seus familiares.

Noêmia deixou a reunião encantada com o jovem causídico. Mãos invisíveis trabalharam na aproximação desses dois espíritos, ambos ligados a Cândida por laços fortíssimos do passado.

O jovem também deixou o ambiente visivelmente impressionado, perguntando-se como seria possível tanta coincidência: afinal, de uma forma absolutamente inesperada, estava diante de ninguém menos do que a presidente do grupo Incotel e dali para frente ele teria de manter contato permanente com a senhora, agora investida como coordenadora da associação das vítimas do voo AKR.

Mais intrigado ainda ficou porque não era para ele comparecer à reunião, mas o próprio Prof. Cavalcante, titular do escritório, muito mais experiente, sobretudo em assunto desse porte. Substituíra o chefe que tivera um compromisso de emergência e agora ele estava envolvido com uma das maiores causas do país, cobiçada por grandes escritórios, pelo vulto invejável das indenizações. Somente aí foi que se sentiu inseguro ante os desafios que estavam por vir, uma vez que a empresa aérea e a seguradora se defenderiam com unhas e dentes, contratando os melhores advogados da praça.

As batalhas judiciais, quando travadas por necessidade e boa-fé, sem o impulso da ganância e o combustível da mentira, são provas que os espíritos precisam enfrentar com altivez, sem descer a níveis incompatíveis com a dignidade do ser humano.

Infelizmente, alguns promoventes de demanda judicial, estimulados por causídicos que visam tão somente ao resultado argentário, acabam assumindo compromissos cármicos inolvidáveis, face à conduta registrada ao longo das refregas.

Sempre que possível devem-se evitar as pelejas judiciais, procurando solucionar os conflitos pela via do diálogo, mediante acordos honestos. Prosseguir à disputa custa caro às partes, consumindo dinheiro, tempo, energia, fomentando, muitas vezes, rancores.

No caso em questão os familiares das vítimas não tiveram alternativa, a não ser buscar a Justiça pela intransigência das companhias, responsáveis pelo ressarcimento aos familiares, muitos dos quais dependeriam desse dinheiro para continuar vivendo com dignidade, estudando os filhos, pagando os compromissos deixados pelo falecido. Não se pode olvidar, contudo, que alguns familiares pretendiam receber indenizações absurdas, buscando na tragédia uma forma de enriquecimento.

Os seres humanos vivem experiências precárias aqui na Terra. A fronteira entre a saúde e a doença, entre a pobreza e a riqueza é cruzada com incrível facilidade, atingindo a uns e a outros em instantes imprevisíveis: um encontro inesperado, um convite para um novo trabalho, um acidente, tudo pode significar mudança de rumo, para o bem ou para o mal.

A associação das vítimas do voo AKR reunia-se mensalmente sob a orientação dos advogados do escritório

Cavalcante. Seis meses se passaram, e os parâmetros da ação indenizatória já estavam prontos. Coube ao jovem advogado expor aos associados os caminhos escolhidos pelo escritório para acionar as empresas, que se recusavam a fazer qualquer acordo, mesmo tendo se passado mais de um ano desde o dia do acidente. Com voz pausada, Pedro começou explicando:

— Não é novidade para o grupo que tentamos de todas as formas estabelecer um acordo digno com as companhias envolvidas. Tanto a empresa aérea quanto a seguradora prefere que o assunto seja levado ao Poder Judiciário, lavando as mãos como Pilatos, em face das dificuldades pelas quais vêm passando alguns membros desse grupo.

Contatamos o governo, que não mostrou o menor interesse; a imprensa, passado o momento da tragédia, também se distanciou do acontecimento em busca de outras notícias para alimentar o seu público. O fato é que estamos hoje dependendo tão somente do Poder Judiciário, para onde levaremos a demanda, e pediremos o que a lei possibilita nesses casos. O Código Civil Brasileiro estabelece que ninguém pode se locupletar com o prejuízo causado a outrem.

— Quais são os critérios para a fixação da indenização, perguntou um senhor na plateia, que havia perdido um filho menor de idade.

— Vários, respondeu o advogado. Dois princípios fundamentais tem observado o Superior Tribunal, órgão que, no Brasil, geralmente dá a última palavra em matérias como essa, segundo o critério da proporcionalidade e o da razoabilidade. O que podemos esperar também nesse caso, e com fundamento sólido, é a configuração do dano moral, sobretudo pela demora no atendimento por parte das empresas, agravando o sofrimento das famílias atingidas. O valor a ser arbitrado a título de dano material (indenização propriamente dita, em razão da perspectiva de vida de cada vítima e sua posição econômico-social), somado com o estimado como dano moral (geralmente um valor que pode tomar em alguns casos como parâmetro o próprio montante do dano material), representará ao final um valor diferenciado, mas significativo, para cada família, tendo em vista o poder das companhias envolvidas e o risco que assumem ao atuar nesse delicado ramo de negócio.

Transportar vidas em ônibus, carro, avião ou em qualquer outro meio de transporte exige muita responsabilidade. Qualquer erro pode levar a uma tragédia de grandes proporções, deixando mortos e feridos, comprometendo, às vezes, irremediavelmente pessoas e famílias.

– Quanto tempo leva uma ação como essa? – Perguntou uma senhora.

– Eis aí o grande problema da Justiça. Sabe-se quando começa um processo desse tipo, mas nunca quando termina. Sinto muito ter de dizer isso: a Justiça brasileira é lenta, morosa e cara. Ninguém espere uma decisão definitiva em menos de dez anos.

– Dez anos – gritou alguém sentado no fundo da sala. – E como vou fazer para viver até lá? – Perguntou outra senhora.

A indignação era total. Por que dez anos para apreciar uma demanda tão óbvia? Ficou provado que as pessoas embarcaram no avião da companhia; ficou provado que estão todas desaparecidas; a responsabilidade tanto da companhia quanto de sua seguradora era problema que deveria ser resolvido entre elas. Por que então tanta demora? O advogado serenamente respondeu:

– Um grande problema já foi resolvido: a emissão do atestado de óbito, mesmo sem encontrarem os corpos. Normalmente, esse assunto leva anos para se resolver, pela delicadeza de se reconhecer a chamada morte presumida de uma pessoa que desaparece sem deixar vestígio. Como o acidente se trata de caso público e notório, envolvendo autoridades de dois países e cujas buscas para encontrar eventuais sobreviventes até agora não produziram nenhum resultado, as autoridades decidiram expedir os atestados de óbito, permitindo que ajuizássemos um pedido de indenização em razão da morte das vítimas.

Quanto ao tempo que levará a demanda, não tenho como responder. Como eu disse a morosidade da Justiça brasileira não se explica. Ela é cara para a sociedade, que paga os servidores públicos, mantém as instalações e fornece todos os equipamentos, e ainda assim não pode ser considerada eficiente. É verdade que existem juízes abnegados, funcionários dedicados, mas também há os que não cumprem o seu dever, atendem mal o público, quando poderiam optar por exercer outra atividade. Desde que quiseram, por livre e espontânea vontade, servir ao público, deveriam prestar serviço de qualidade, com eficiência e rapidez, melhorando a imagem do Judiciário.

– O advogado não pode fazer nada para agilitar o andamento das ações? – Perguntou outro participante.

– Pode, sim. Acompanhar constantemente o processo, se dedicar à causa, certamente influi no andamento mais célere da questão posta em juízo.

Outras perguntas foram feitas ao jovem causídico, que as respondia com delicadeza e segurança. Noêmia, ao final da reunião, solicitou a atenção do advogado. Convidou-o para ir à empresa almoçar, quando poderiam conversar mais detalhadamente a respeito do assunto. Pedro aceitou o convite, honrado; afinal poucos eram os que logravam um convite como aquele, almoçar com uma das principais empresárias do país.

O destino trabalha sem cessar para realizar os objetivos programados na Espiritualidade antes da reencarnação dos entes que deverão se encontrar aqui na Terra para darem prosseguimento às suas experiências, vencerem obstáculos antigos, caminhando para a redenção.

O mecanismo utilizado pela vida para atingir os seus objetivos é de fácil compreensão, mas de difícil aceitação para muitas pessoas. Aceitar a ideia da reencarnação, então, é para poucos. Sob o pálio de dogmas antigos, conduzidos por concepções religiosas hostis à ideia reencarnacionista, o ser humano se priva de um importante meio de compreensão da realidade. Basta observar a vida, como as coisas se encaixam, as pessoas se encontram, se entendem e se desentendem, para verificar que há algo além do mero acaso regendo os acontecimentos.

Na empresa, Noêmia se deparava com vários problemas ao mesmo tempo. O sindicato estava na porta insuflando os trabalhadores; os concorrentes, com a morte do Sr. Antônio, que conhecia perfeitamente o mercado, estavam se aproveitando da inexperiência comercial do novo diretor; ela própria sentia-se angustiada, insegura, ante tantas responsabilidades. Distanciara-se da religião, sem o estímulo da conversa agradável que mantinha com o amigo e que tanto lhe fazia falta. Precisava desabafar, mas com quem? Tentou encontrar as amigas do tempo em que era tão somente dona de casa, mas se surpreendeu com a frivolidade das conversas, a futilidade das festas sem sentido, questionando-se como pudera perder tanto tempo com coisa alguma. Noêmia tinha evoluído sob o peso das responsabilidades. Amadurecera rapidamente deixando de ser aquela mulher dependente, para se transformar em uma executiva à altura dos desafios da empresa.

No dia aprazado Pedro compareceu à sede da organização. Noêmia o aguardava ao tempo em que se questionava por que realmente convidara o jovem advogado. Precisava alterar a assessoria jurídica da companhia, que ultimamente deixava muito a desejar, por falta de dedicação, mas o tema certamente poderia ser conduzido pelos gerentes. Faria o seguinte, pensou, informaria ao Dr. Pedro que pretendia estudar a mudança da assessoria jurídica, almoçaria com ele como já acertado, e o remeteria para o diretor administrativo, com a recomendação de conversarem a respeito. Estava nessas cogitações quando a secretária anunciou a chegada do advogado.

– Bom dia, D. Noêmia – cumprimentou-a o jovem bacharel.

– Bom dia! – Respondeu bem-humorada.

– Saiba a senhora que é um grande prazer poder estar aqui. A Incotel é uma das grandes empresas brasileiras, muito conceituada, graças aos esforços do senhor Demetrius e da senhora, como sempre me falava o saudoso Sr. Antônio.

Ao ouvir referência ao nome do inesquecível amigo, Noêmia não pôde sopitar a curiosidade:

– Você manteve muitos contatos com o Sr. Antônio?

– Alguns, apenas, mas o suficiente para admirá-lo. Ainda me lembro de nossa última conversa: ele estava fragilizado pela doença, mas muito firme na fé religiosa que abraçara.

Disse-me que acreditava nas vidas sucessivas, que Deus nunca erra, e que tudo acontece no tempo certo, não quando nós queremos, às vezes, por capricho ou interesse. Fiquei muito impressionado e relatei a ele o conhecimento que minha namorada tem acerca desses assuntos. Interessou-se tanto que lamentou não conhecê-la.

— Você também é dado a esses temas de espiritualidade?

— Nem tanto. Embora tenha lido alguns livros a respeito, acho o tema interessante; gosto de ouvir Cândida comentar as suas conversas com Pai Bento, um preto velho que mora na fazenda de minha namorada. Acredita a senhora que, no dia do acidente aéreo, ela e o Pai Bento conversaram a respeito do assunto?

— Como foi essa conversa, tenho interesse em saber.

— Não sei dos detalhes. Não época não a namorava. Ela mora no interior, é órfã de mãe, que morreu quando nasceu, por complicações no parto, e depois perdeu o pai. Assim como a senhora, foi obrigada a assumir a direção da fazenda da família, com muitos empregados, exportação, ficando aturdida ante tantas responsabilidades. Corajosa e determinada ela assumiu o controle da propriedade, que hoje prospera mais do que nos tempos do coronel.

Na fazenda mora um preto velho, a quem chamam de Pai Bento. Eu o conheço. É um homem simples, agradável, que conversa diariamente com os espíritos, segundo se comenta. Minha namorada tem por ele veneração inexcedível; ela tentou de todas as formas convencer Pai Bento a morar na casa-grande, mas ele nunca admitiu a hipótese. No seu casebre atende a todas as pessoas que o procuram, fazendo rezas e benzimentos que dão certo. No dia do acidente, minha namorada o procurou relatando o desaparecimento do avião dos radares, quando Pai Bento, com segurança, a informou que não haveria sobreviventes.

Até onde conhecia os fatos, Pedro detalhou a conversa daquele dia fatídico entre o preto velho e Cândida. Noêmia ouviu o relato em absoluto silêncio. Um fundo desejo de conhecer a jovem Cândida e Pai Bento brotou no coração da executiva, que preferiu calar para não deixar no rapaz uma má impressão. O nome Cândida, o fato da mãe ter falecido no parto, tudo parecia algo familiar. Esperaria a oportunidade para retornar ao assunto com o causídico. Mesmo refreando a curiosidade, ousou perguntar:

— Essa fazenda fica onde?

— Em Queluz, no Vale do Paraíba.

— Às vezes passo por aquela região quando vou a São Paulo pela Via Presidente Dutra.

— Saindo da Via Dutra – falou Pedro – logo na cidade de Queluz, entra-se à direita e a fazenda fica aproximadamente a quinze quilômetros do centro. A minha namorada também tem casa na cidade.

— Parece que você tem muitas afinidades com ela, arriscou Noêmia.

— De fato. Cândida é a luz da minha vida. Só não sei como nós poderemos nos casar. Ela, comprometida com a fazenda não pode deixar o local, e eu aqui preso aos compromissos forenses.

— Na hora certa tudo se resolve, não é assim que falava o Sr. Antônio?

— É verdade, tenhamos fé.

A conversa entre ambos deslocou-se para as necessidades de contratação de nova assessoria jurídica para a empresa. Noêmia informou ao advogado que estava impressionada com a sua dedicação, entusiasmo e competência, atributos indispensáveis a qualquer advogado. Estaria encaminhando o jovem para entrevista com o diretor administrativo, quando o causídico levado por sentimento ético informou à empresária que ele era empregado do escritório do Prof. Cavalcante, não podendo assumir compromisso em nome da sociedade de advogados. Levaria o teor da conversa ao titular do escritório para que ele o orientasse a respeito. Despediram-se como se fossem velhos amigos e ficaram de se falar novamente tão logo surgisse uma oportunidade.

Após a saída do jovem profissional a empresária ficou pensando a respeito do que tinha ouvido. Lembrando sempre do Sr. Antônio, repetia de si para consigo: nada acontece por acaso; tudo tem sua hora; a calma, a observação e a perseverança no bem movimentam os mecanismos da vida que agem no momento certo. Esperaria pacientemente o desdobrar dos acontecimentos, mas algo lhe dizia lá no fundo do coração que aquele encontro havia sido orientado pela Espiritualidade.

Esclareça-se de imediato para que não haja qualquer outra interpretação equivocada: Noêmia via no moço uma pessoa que lhe parecia familiar, confiável, um ser que, de uma forma ou de outra, poderia ajudá-la. E Pedro, por sua vez, sentia que seria útil à empresa e ao escritório em que militava, ampliando a clientela. Estava feliz. Ao chegar ao escritório telefonou para Cândida:

— Alô, como vai você, minha querida?

— Pedro, que bom que tenha ligado. Estava de saída

para a fazenda e pensava quando poderíamos nos encontrar.

— Quero ir nesse fim de semana para casa. Nós temos muito o que conversar. Imagina que acabei de sair de uma reunião com a presidente da Incotel, uma das maiores empresas do País. E por incrível que pareça essa senhora é esposa de uma pessoa que se acidentou naquele desastre aéreo. Acabei falando para ela de sua conversa com Pai Bento no dia mesmo do acidente e D. Noêmia, esse é o seu nome, se mostrou muito interessada. Onde poderei encontrá-la na sexta-feira à noite, minha querida?

— Aqui mesmo na casa da cidade.

— Até lá e um grande beijo.

— Para você também. Sinto muito a sua falta. Preciso da sua opinião sobre o plantio da nova safra.

— Você faz isso só para me agradar. O que entendo eu de safra?

— Sua opinião é sempre importante, acredite.

— Está bem, até sexta.

— Até lá.

Na sexta-feira Pedro encerrou o expediente mais cedo e foi para Queluz. Antes de anoitecer chegou à casa dos pais, que o receberam com muita alegria. Após conversar com eles, sempre em clima agradável, foi ver Cândida. A jovem o recebeu com imenso carinho; estava tão vinculada ao namorado que se sentia muito indecisa. Como fazer — perguntava-se constantemente — quando viesse o casamento? A mesma dúvida afetava o moço. Cândida, envolvida com os afazeres da fazenda, e ele, dono de uma carreira promissora, no escritório onde trabalhava. Naquele dia resolveram conversar acerca do assunto, que sempre evitavam. Foi ele que tomou a iniciativa:

— Querida! Tenho pensado muito no nosso relacionamento. Nesta vida entre São Paulo e Rio de Janeiro sinto-me sozinho, sem família. Embora seja ainda um advogado em início de carreira, já tenho rendimentos próprios que possibilitam o início da nossa vida. Acredito que poderíamos pensar em casamento. Ao mesmo tempo, fico imaginando como seria esse casamento: eu em São Paulo e no Rio de Janeiro trabalhando e você aqui cuidando da fazenda.

— Meu amor! Já sabe que o meu desejo maior é casar-me com você. Eu também estou aqui sozinha, apesar das queridas mucamas que me criaram. Os encargos com a fazenda são grandes: plantio, colheita, comercialização, trabalhadores rurais, tudo para administrar o patrimônio que o meu pai deixou. Se você fosse engenheiro agrônomo ou veterinário tudo seria mais fácil, concluiu sorrindo.

— Mas sou um advogado em início de carreira.

— Não poderia montar um escritório aqui na cidade? Eu teria condições de ajudá-lo a se estabelecer.

— Nesta época ainda não há mercado para um advogado especializado nessa querida Queluz. Lá em São Paulo estou em um grande escritório, com filial no Rio de Janeiro, aprendendo com causas complexas. Agora mesmo, como lhe falei, o Professor Cavalcante me designou para cuidar das ações indenizatórias no Rio, que serão promovidas pelos herdeiros das vítimas do voo AKR, para receberem as indenizações devidas, em razão da morte de seus entes queridos.

— Não sei o que fazer, concluiu Cândida.

— Haveremos de encontrar uma boa solução — respondeu Pedro, descontraindo o momento.

Situações aparentemente insolúveis, com o passar do tempo, o destino se encarrega de resolvê-las. Quando chega o momento, todas as barreiras são rompidas, não há força que detenha o que deve acontecer por decisão da Espiritualidade. Assim ocorre com as pessoas e com as coletividades. Ninguém passa por aquilo que não deva passar. Um evento da natureza, como tsunami, terremoto, furacão ou tornado, erupção de vulcões ou simples tempestades atingem sempre as pessoas vulneráveis. A vulnerabilidade decorre de situações cármicas do passado não resolvidas no presente ou da própria disposição da pessoa na utilização equivocada do livre-arbítrio. Há, contudo, os que sucumbem junto ao grupo a que pertencem por amor, compartilhando o sofrimento, quando já estavam, pelo próprio mérito, livres da provação.

A reencarnação é um projeto delicado para o qual concorrem muitas entidades do Plano Espiritual. Respeitar a vida física e mental é dever de todos. Os que, por razões conflituosas, deixam de lado o respeito ao corpo e enveredam-se pelos caminhos das drogas, quer as consentidas pela sociedade, como o álcool, quer as de maior potencial ofensivo, utilizam mal o livre-arbítrio, acumulando *carmas* futuros, iniciando muitas vezes o reajuste nesta vida.

Muitos leitos de hospitais são ocupados por fumantes inveterados, que apesar de advertidos dos males causados pelo tabaco, ainda assim permanecem no vício, contraindo câncer na boca, no esôfago, no estômago, no pulmão e em tantos outros órgãos, para não falar das doenças cardiovasculares.

O álcool, além de atingir o equilíbrio psicossocial da pessoa, desestruturando famílias, leva às doenças hepáticas e cerebrais. Há, sim, *carma* como consequência dos atos das vidas passadas, mas também os desajustes da vida presente afetam a caminhada do ser humano enquanto encarnado.

— Pedro — comentou Cândida, desviando o assunto. — Como foi a conversa que teve com aquela senhora cujo marido desencarnou no acidente aéreo?

— Muito interessante. Não pensei que uma senhora tão importante como Noêmia fosse perder tempo com um advogado em início de carreira. Ela quer mudar a assessoria jurídica da empresa e me contatou para encaminhar o caso ao escritório. Fiquei de conversar com o professor Cavalcante e dar um retorno ao diretor administrativo da empresa, que cuidará do assunto daqui para frente.

— Mas, e a conversa a respeito da morte do marido?

— Na verdade quem mais falou fui eu. Não sei o que me deu na hora que comentei sobre a sua conversa com Pai Bento no dia do acidente. Lembra?

— Claro, nunca vou me esquecer. Ele foi tão incisivo.

— Então, D. Noêmia ficou muito interessada. Até alguns meses atrás o vice-presidente da empresa, pessoa realmente de confiança, já falecido, conversava com ela a respeito de espiritualidade. Tive o prazer de conhecê-lo pouco antes de seu falecimento. Ele me indicou aos familiares para fazer o inventário dos seus bens; mantivemos alguns contatos em razão disso. Como se encontrava à beira da morte, confidenciou-me algumas coisas a respeito da fé que o sustentava naqueles dias difíceis. O Sr. Antônio era espírita kardecista, homem preparado e fascinado pelas coisas espirituais. Mantinha, como me revelou, conversações a esse respeito com D. Noêmia, pessoa culta e sem preconceitos, interessada também em temas espirituais.

— Ela nada falou sobre a morte do marido.

– Não. Limitou-se a ouvir o que eu dizia com muita atenção.

– Gostaria um dia de conhecê-la, aduziu Cândida. Tudo o que envolve esse misterioso acidente me desperta a atenção.

– Por quê?

– Pela visão de Pai Bento naquele dia. Ele foi categórico: ninguém saiu vivo daquele acidente. E não é que se confirmou a sua previsão!

– Estranho! Eu sou um advogado principiante. Na reunião com os parentes das vítimas quem deveria comparecer em nome do escritório era o professor Cavalcante. No entanto, fui enviado na última hora, porque o mestre foi chamado às pressas. Na reunião com as pessoas senti-me em casa, como se as conhecesse, e sinto que despertei confiança imediata no grupo, incluindo D. Noêmia, eleita por todos, para coordenar o trabalho, pela sua experiência como executiva.

– Quando se está em um grupo de pessoas afins a energia harmoniza-se imediatamente. O que estou me perguntando agora, argumentou Cândida, é: – Qual a origem de sua afinidade com essas pessoas? De onde vem esse conhecimento?

– Não estou entendendo, minha querida.

– As pessoas têm afinidades espirituais, o que nós também chamamos de empatia. Gosta-se ou não de uma pessoa logo à primeira vista. Esses sentimentos fortes (amor e ódio) são espontâneos. Muitas pessoas não despertam sentimento extremado, o que significa que os campos energéticos são neutros, na maioria dos casos. Quando surge empatia ou repulsão de imediato é que os campos energéticos são harmônicos. Sentimentos de nobreza, lealdade, honestidade aproximam os espíritos afins, assim como os de violência, desrespeito ao ser humano e deslealdade também atraem outros grupos de espíritos. Estamos sempre situados no grupo que precisamos (e não naquele que queremos) para a nossa evolução. Excepcionalmente, nos identificamos com grupos a nós ligados em outras vidas e, então, nos sentimos em casa, somos facilmente compreendidos.

O que você experimentou foi o ingresso em um grupo de pessoas com afinidades espirituais, tanto que todas elas estão passando pelo mesmo problema, e a Espiritualidade o escalou como advogado para aliviar o sofrimento dessas pessoas, que se identificam com você e certamente confiarão o serviço ao jovem bacharel, e não ao escritório do ilustre professor.

— Essa sua forma de ver o mundo é muito interessante — redarguiu Pedro.

— Não é minha essa forma — ripostou Cândida. — Estou apenas reproduzindo uma das Leis básicas do Universo: a da afinidade por atração. A física moderna explica que a matéria é energia coagulada, como anteriormente afirmara Chico Xavier, em psicografia de André Luiz. Tudo é energia. As plantas, os animais, o Cosmo, o ser humano, todos os seres são movidos por energia, formando campos magnéticos ou elétricos, cuja importância ganha corpo no mundo científico. Os campos se atraem ou se repelem, conforme a potência energética emitida, o mesmo acontecendo com o pensamento. A arma mais poderosa que o ser humano tem à sua disposição é a energia mental, o próprio pensamento. Infelizmente, por não saber lidar com ele, muitas pessoas desavisadas utilizam-no contra si próprias, desenvolvendo ideias negativistas, pessimistas, agressivas, fabricadas no imo do ser, atingindo-o mortalmente sem que percebam.

– Poderemos situar assim o nascimento das chamadas formas-pensamento.

– Não resta dúvida. O pensamento é tão forte que uma vez emitido é incontrolável. Ganha o espaço com rapidez superior à da luz. Há pessoas cujo teor mental é tão potente que os pensamentos adquirem formas plásticas perceptíveis para quem tem capacidade especial de observação.

Os médiuns, os sensitivos de maneira geral, percebem mais facilmente o teor dos pensamentos das pessoas, conforme a faixa vibracional de cada um. A pessoa permanentemente mal-humorada, o rancoroso por decisão própria, o ardiloso, às vezes, trazem impressos no próprio semblante a natureza de seus pensamentos, assim como as pessoas de bem. Nota-se em um homem simples, por exemplo, um olhar sereno, próprio de quem está em paz consigo mesmo, enquanto que em outros se percebe em um relance a postura das aves de rapina, o olhar arguto, maldoso, malicioso. O olhar é o espelho da alma. E a alma é o que nós fazemos com ela por meio dos próprios pensamentos. Pensando sempre no Bem, na verdade, com humildade e respeito, adquire-se um tipo de forma-pensamento, plasmando-a em todo o ser, o mesmo acontecendo se o pensamento se fixa nas ideias de maldade, luxúria, arrogância, desrespeito.

Com a chegada dos amigos à casa de Cândida a conversa edificante entre os namorados se deslocou para os temas gerais da pequena comunidade. O que fariam naquela noite? Quais as opções de lazer que a cidade oferecia? Naquela sexta-feira iniciava-se a programação de um circo recém-instalado nos arredores de Queluz. E o circo, em muitas comunidades do interior, ainda é uma atração importante. O programa da noite era assistir ao espetáculo, ver os domadores, o globo da morte, e, depois, comer algodão doce, enquanto se caminhava em grupo para casa. Como é saudável a vida simples em ambiente acolhedor dominado pela amizade autêntica, sem a malícia das competições inúteis.

Capítulo 11

Uma reunião diferente

No Plano Maior as Entidades elevadas sabem com antecedência a ocorrência dos acontecimentos trágicos, providenciando o devido socorro. Toda vez que é permitido o acontecimento de um terremoto, maremoto, tsunami, endemias e epidemias, assim como acidentes de todos os tipos com avião, navio, ônibus, carro ou trem, desabamentos e incêndios, dentre tantos outros que arrastam multidões ao sofrimento, a exemplo de tumultos, guerras e revoluções, o socorro às vítimas mobiliza significante contingente de espíritos ligados àqueles que sofrerão as consequências. Atendê-los de forma amorosa, ampará-los nesses momentos delicados de resgates faz parte de um programa extenso e no qual participam espíritos que se desenvolveram em várias áreas profissionais.

Falando dessa forma parece que a Espiritualidade é insensível a tanta dor e sofrimento, desde que não se saiba que são os próprios espíritos que calcam em si próprios essas necessidades de reajustes coletivos e, após a concretização dos eventos, desde que o aceitem, liberam-se de cargas muito pesadas, que acumularam no passado, preparando novas reencarnações, sem os ônus assumidos anteriormente e que tantas dificuldades impuseram à sua caminhada na Terra.

Libertos pelo evento das amarras do corpo, mais dia ou menos dia, dependendo do grau de evolução de cada um, compreendem as necessidades, o bem que, paradoxalmente, o evento acabou ao final produzindo para a si e a seus familiares.

Somos, enquanto reencarnados, seres imediatistas; vemos tão somente o dia de hoje, sobretudo nesta época de hedonismo, quando os humanos procuram usufruir sempre mais, enlouquecendo-se na febre alucinada das aquisições, comprando o que não podem e o que não precisam.

A sociedade capitalista, materialista, competitiva e ateia joga todas as suas fichas nos bens materiais, importantes naturalmente, mas não exclusivos, impelindo as pessoas à angústia, ao desespero, sempre que não conseguem estar à altura dos seus pares. É o carro novo do vizinho que incomoda; a casa do parente que foi ampliada; os bens supérfluos que entulham as residências transformando-as em lojas de departamentos. Adquirir todos esses objetos, manter determinado padrão leva homens e mulheres a se engalfinharem na luta pela vida, deixando de lado valores importantes para a felicidade.

Na Espiritualidade os valores e os conceitos são outros. Deparado com a realidade candente da vida espiritual, o recém-desencarnado sente-se perdido, aflito, muitos com inusitada vontade de retornar imediatamente, exceto aquele já espiritualizado ou cuja passagem precedeu a enfermidade dolorosa, preparando a desencarnação, desde que tenha aceitado a provação.

As doenças prolongadas, ao contrário do que se pensa, aliviam o espírito em sua travessia. É evidente que, vendo-se a questão da enfermidade sob os olhos do encarnado, o sofrimento nos centros de terapia intensiva, com os aparelhos prolongando indefinidamente a vida, faz com que muitas pessoas dignas acabem orando, pedindo pelo enfermo, e até desejando que ele seja liberado dos laços físicos.

Esses sofrimentos, contudo, afrouxam os vínculos do espírito com o corpo, e a liberação, quando permitida, se faz com mais suavidade, ao contrário do que ocorre nas mortes acidentais, violentas, cujo desfecho pode se dar em fração de segundo, mas a liberação do espírito dos despojos materiais pode levar anos ou séculos.

Daí porque em nossa pequena visão, limitada, sobretudo pelo estado de encarnado, e circunscrita ainda aos conceitos adquiridos ao longo do tempo em relação à própria morte, que não nos permite aquilatar todos os ângulos desse momento complexo da existência, porém inevitável, é que a morte chegará de uma forma ou de outra para todas as pessoas. A bioética, contudo, desenvolvida segundo valores transcendentes, poderá encontrar, com sabedoria, o ponto de equilíbrio na utilização dos aparelhos mecânicos que prolongam artificialmente a vida nos centros de terapia intensiva.

Após dois anos do acidente, nem todas as vítimas do voo AKR estavam liberadas dos despojos carnais depositados no fundo do mar entre os escombros da fuselagem do avião. Afiveladas pelo cinto de segurança não tiveram tempo de se liberar, indo ao fundo do mar e lá ficando presas junto aos destroços. O socorro aconteceu de imediato para alguns que estavam em condições, como acorreu com Demetrius. Outros, contudo, ainda necessitando de apoio especial, continuavam aturdidos, inconformados, agarrados aos restos da aeronave, sem saber para onde ir.

No Plano Espiritual, os espíritos incumbidos de ajudar

os desencarnados no acidente reuniram-se sob a orientação de Ambrósio para traçarem a estratégia de resgate. A reunião fora convocada pelo coordenador do grupo, que a iniciou com uma sentida prece.

— *Senhor de amor e bondade! Sabemos nós que um dia tanto erramos. Utilizamos o seu nome em guerras nefandas; aproveitamo-nos de povos vencidos; afundamos navios com passageiros inocentes, saqueamos cidades inteiras, perdemo-nos na ambição e para aplacar a consciência que já nos acusava de tantos descalabros colocamos à frente das nossas legiões o símbolo da sua cruz. Hoje nós estamos conscientes do que fizemos um dia e dispostos a saldar os débitos contraídos ante as Leis da Vida. Inscrevemos em nosso destino resgates dolorosos, que poderíamos evitar se espontaneamente tivéssemos aceitado a sua mensagem, servindo ao próximo com absoluto desinteresse. Mas, não! Acostumados ao mando, ao bem-estar, continuamos agindo em busca dos bens materiais que tanto nos fascinaram e deixamos de lado a pobreza que batia à nossa porta, os apelos dos vencidos, a dor dos oprimidos. Sem álibis atuais para as nossas condutas, chamamos a realização do carma, não podendo agora ficar contra os dispositivos da lei. Todos nós, os que estão hoje prestando socorro e os atingidos, pertencemos ao mesmo grupo; impusemo-nos o dever da solidariedade e pedimos inspiração para poder atender aos nossos irmãos que ainda não tomaram consciência da desencarnação e para podermos prosseguir. Abençoa-nos, Senhor!*

Depois dessa breve invocação, Ambrósio disse:

— Meus amigos. Após tanto tempo procuramos nessa noite memorável reunir a maioria dos membros do nosso grupo. Reencarnados foram recambiados até aqui deixando os corpos em estado de repouso; desencarnados situados em vários estágios de desenvolvimento vieram de diversos planos para se unirem aos amigos do passado; a questão que nos une é sempre a mesma: progredir não isoladamente, mas em grupo também, porque um dia formamos um só grupo e em conjunto agimos contra as Leis da Criação.

— Mesmo que alguns tenham avançado muito pelos seus méritos pessoais, não necessitando mais dessas dolorosas experiências, levados, contudo, pelo amor, regressam das regiões paradisíacas onde se encontram em trabalhos nobilitantes para o convívio entre os amigos de hoje e antigos comparsas. Raramente é possível somar-se tantas energias, incluindo-se a anímica dos que se encontram reencarnados, para atuar em favor dos que estão ainda presos aos seus próprios restos mortais, incrustados nos destroços do avião.

— Como pretende conduzir a reunião, venerável mestre? — Perguntou um ouvinte.

— Entendo que será possível o resgate de todos os nossos amigos desde que emitamos em conjunto energias potentes para retirá-los do estado de choque, contando, ainda, com a ação eficaz de alguns dos nossos companheiros preparados para a terapia de separação do perispírito de corpos ineficazes para a vida, hoje meros esqueletos. Vamos fazer uma corrente de pensamento e os voluntários descerão ao fundo do mar para procederem à operação.

Silêncio profundo se estabeleceu. Percebia-se que jatos fortes e multicoloridos saíam do grupo em direção ao oceano, penetrando na água fria, iluminando-a, até encontrar no fundo do mar e a quatro mil metros de profundidade, os destroços do avião e o que restara dos corpos dilacerados.

Quando atingidos pelos fachos de luz, os restos mortais, como se estivessem em agonia, se movimentavam ao balanço das correntes que por ali passavam, despertando os espíritos sonolentos, atordoados, que se encontravam presos ao local.

Os operadores iniciaram os processos de separação, como se eles fossem cirurgiões atuando em salas bem equipadas, utilizando-se de instrumentos ainda desconhecidos para nós encarnados. Em pouco tempo os perispíritos dos desencarnados foram colocados em um tipo de submarino e elevados à superfície, onde foram colocados em macas apropriadas e transportados para a colônia de tratamento. O trabalho todo não levou mais do que trinta minutos, quando, no plano astral, o Mentor anunciava ao grupo que a tarefa havia sido cumprida com êxito.

Encerrada a sessão, agradecendo a todos pelas energias despendidas, Ambrósio informou que aquele grupo estava em franca evolução. Um dia, quem sabe, poderiam se reencontrar na Terra na condição de reencarnados em roteiros evolutivos previamente agendados, não mais para resgates compulsórios, mas por livre e espontânea vontade, colaborando na seara do Senhor, como missionários.

Alguns necessitaram partir de imediato para os trabalhos nos planos em que estagiavam; outros ainda permaneceram com o Mentor relembrando as vidas passadas em que haviam contraído os débitos vencidos nas etapas posteriores e à custa de grandes sofrimentos.

— Lembra-se, Ambrósio, nos tempos em que era o general desse grupo e nos enviou para a invasão da aldeia de Weill?

— Ah! Como me lembro. Por mais que eu tenha sofrido ao longo de séculos não posso ainda me considerar reabilitado ante tantos desmandos que perpetrei e instiguei meus comandados a realizar.

— Quando a vida nos proporciona cargos de comando, ao contrário de nos vangloriarmos ante os nossos semelhantes, devemos ter ainda mais humildade para perceber os efeitos de cada decisão.

— Naquele tempo, jovem e vaidoso, vindo da aristocracia, com formação intelectual sem ética, imaginei que estivesse fazendo o melhor, desprezando os derrotados, que entendia como fracos e pusilânimes.

— Eu não pensei que os ataques, ainda que necessários ante o estado de guerra, pudessem nos levar aos excessos lamentáveis. Os excessos, que passaram a ocorrer com frequência – eu os via como descompressão dos soldados que estavam na trincheira há meses sem sentirem a possibilidade de retornar. Quantos estupros perpetraram sob a minha vista e aquiescência? Quantas mortes desnecessárias de maridos vencidos, mas corajosos, desejando defender as suas filhas, mães e esposas da corja de soldados sob minha direção. E eu, impassível, apoiava essas e outras arbitrariedades. A vida, no entanto, é sábia. Dá para cada um aquilo que tiver plantado, com a possibilidade de resgate pelo amor.

— Ambrósio, a culpa não é somente do comandante em chefe. Os subordinados, às vezes, agem à revelia e colocam para fora as suas taras.

— A guerra, para alguns, é até um pretexto para revelar os conflitos que albergam dentro de si. Muitas vezes, quando se anuncia a possibilidade de uma guerra, algumas pessoas ficam alvoroçadas, vendo nesse evento calamitoso a chance de sair da monotonia, mostrar-se valentes, matar sem piedade, e ainda hoje é possível saquear, enriquecer à custa de patrimônio dos vencidos.

– Muitas vezes o comando emite ordens razoáveis, não apoia os malfeitores travestidos de soldados; porém, na hora da execução, sob o calor da batalha, muitos ignoram por completo os fundamentos da ordem recebida e avançam com ódio, rancor, participando da guerra com muita vontade, sem senso crítico em relação às posições em jogo.

– Os engenheiros, os que estão na infantaria, na cavalaria, em todos os campos de ação, sentem, às vezes, no ato que assumem, compromissos cármicos de difíceis resgates.

– Os que lidaram com explosivos, por exemplo, e deliravam quando incendiavam uma aldeia inteira não se importando se estavam atingindo civis inocentes; os que contaminavam a água; destruíam a lavoura, os animais, hoje são atingidos por doenças, epidemias e pandemias.

– Aqueles que manipulavam o dinheiro público para benefício pessoal, ignorando os necessitados que se amontoavam nas calçadas, são arremetidos para as pocilgas das favelas, dos cortiços e palafitas, onde vivem à míngua de qualquer amparo governamental e em condições extremas de pobreza.

– Potentados do passado retornam na condição de deficientes mentais que amargam o isolamento e o ostracismo, às vezes, na própria família; escritores, intelectuais, jornalistas, todos os que incitaram a guerra retornam em condições difíceis e em regiões marcadas pela violência.

– Cientistas e pesquisadores sem escrúpulos, que visaram tão somente às láureas acadêmicas e às vantagens pessoais proporcionadas pelos seus inventos e descobertas, arrastam-se na paralisia cerebral, na anencefalia ou vêm à vida na condição de surdos, mudos e cegos. Tudo o que se planta se colhe, é da natureza; receber de volta o que se fez de bom ou de mal é mera questão de tempo.

– Nunca se pode esquecer a infinita bondade divina, que a um sinal de evolução do espírito, como a prática do amor e da caridade, por exemplo, pode alterar expiações difíceis, convertendo-as em provações mais suportáveis. Tudo depende do próprio homem, que atrai o que precisa para o seu processo evolutivo.

– Não resta a menor dúvida – falou Ambrósio. É por isso que me arrependo do que fiz e irei atrás de cada um dos meus ex-subordinados para resgatar os que ainda recalcitram.

– Não há felicidade completa quando se sabe que ficaram para trás, em condições difíceis, companheiros de jornada que aceitaram as ordens do comando acreditando estar fazendo o melhor para a sua pátria. Por isso, chefiar, conduzir, assumir a liderança em quaisquer circunstâncias exige muita responsabilidade.

– Não nos esqueçamos dos artistas que arrastam multidões ao delírio; os formadores de opinião sejam jornalistas, filósofos ou religiosos, todos enfim arcarão com as consequências de seus atos, quando tomarem consciência das atitudes, o que é inevitável, em face da Lei de Evolução.

– Ao mesmo tempo temos de considerar a existência da Lei de destruição. Sabemos que a Providência Divina dispõe de todos os meios para barrar a ação dos governantes que subjugaram nações inteiras e espalharam o terror para a Humanidade.

Deus, no seu infinito poder, tem todas as condições de conter o avanço de qualquer potentado. Mas, como Ser amoroso e justo, permite a realização do livre-arbítrio ainda que esse venha de encontro à Lei do Amor. Estamos, em um paradoxo, falando de duas Leis aparentemente antípodas – a

Lei da Destruição e a Lei do Amor – ambas inscritas nos códigos cósmicos, trabalhando articuladamente em favor do progresso das criaturas.

– O reconhecimento da existência da Lei da Destruição, contudo, não exime os que a põem em prática, responsabilizando-se pelos seus atos.

– Os tiranos, os que espalham sofrimentos inenarráveis a comunidades inteiras, não ficarão ao largo da justiça divina, que acionaram pelos atos indevidos praticados. No entanto, os que não podem mais ser alcançados pelos desajustes das tiranias porque evoluíram de uma forma ou de outra são protegidos pela Providência, que está sempre presente, em todos os momentos da vida.

– Nesta dualidade constante, pela marcha da Lei da Destruição, caem prédios antigos, conceitos superados, estilos de vida atrozes, produzindo efeitos evolutivos necessários.

– Diz-se que as guerras e revoluções aceleram o desenvolvimento dos povos. É uma verdade parcial, naturalmente, pois, ainda que se constate certo progresso da ciência impelida pelo esforço de vencer o conflito, por outro lado, o Alto dispõe de meios muito mais eficazes e suaves para se alcançar os mesmos objetivos. No entanto, desde que o celerado tenha colocado em ordem de marcha a transformação, aproveita-se o impulso, para ao final construir-se algo em benefício da Humanidade.

– Não há dor sem causa; não há sofrimento que não provoque evolução no ser humano e nas coletividades, por mais paradoxal e inquietante que seja a afirmativa.

– Situada a questão nesses termos – falou Ambrósio – a vida fica fascinante. Não ocorre nada de errado debaixo do sol sem que se extraia um benefício útil. Comunidades inteiras, às vezes, são atingidas e resgatam ante as Leis de Causa e Efeito o que plantaram no passado, assim como hoje, os acidentados, por exemplo, reencontram-se com a Lei, de forma diferente, em razão das características dos ajustes que necessitam fazer.

— Estimado mestre: nessa noite memorável reencontrei-me com amigos que já havia esquecido por completo. Deparei-me com companheiros do passado e os encontrei em estágios evolutivos impressionantes. Como é bela a manifestação divina permitindo e estimulando não só o crescimento individual como também o coletivo!

— É verdade: crescer, vencer-se a si próprio, evoluir, subir as escadas do saber, com esforços pessoais inexcedíveis, faz parte do projeto de Deus para cada um de nós.

— O mais difícil é vencer a si próprio. Não pensa também dessa forma?

— Sem dúvida. Já no portal de Atenas estava inscrito o mandamento: "Conheça-te a ti mesmo". Sócrates, espírito evoluído, que veio de planos bem elevados para trazer os primeiros conhecimentos efetivos de filosofia ao ser humano, ao caminhar dialogando com os seus discípulos, inaugurando o método denominado de "maiêutica", indagava de cada um sobre a essência da própria alma.

— Mergulhar no mundo, viver o universo não é difícil; entrar, contudo, no campo íntimo das próprias emoções; analisar a própria conduta, confrontar criticamente os valores aos quais aderimos sem nenhuma reflexão são tarefas gigantescas que desafiam o ser encarnado.

— Velho General, às vezes, prefiro chamá-lo dessa

forma. Falamos em Sócrates; de onde ele veio? Onde se encontra atualmente? Continua ainda trabalhando para o Bem da Humanidade?

— Não estou informado de sua procedência cósmica quando reencarnou na Terra. Sei que continua trabalhando e com muito afinco para o esclarecimento dos seres humanos reencarnados. Nos planos elevados, ao contrário do que doutrinam algumas concepções religiosas respeitáveis, há muito trabalho para realizar. Espíritos como Sócrates, assim como seu dileto discípulo Platão, ambos continuam inspirando os pensadores, os escritores com os quais se afinam; muitas obras publicadas na área a que se dedicaram são frutos de uma parceria mediúnica entre encarnado (escritor) e desencarnado (mentor), sem que aquele saiba exatamente como ocorrem os liames, exceto os que já têm formação espírita. Conta-se que o próprio Kardec era admirador de Sócrates e o invocou para tirar algumas dúvidas em ocasião da codificação.

— Alan Kardec trabalhou intensamente para codificar a Doutrina Espírita. Como pedagogo vinculado à escola de Pestalozzi, optou pela forma didática de perguntas e respostas nas obras que produziu juntamente com os espíritos, na linha do diálogo socrático, inaugurado pela maiêutica.

— Kardec era o homem certo para aquele momento. Dotado de grande preparo intelectual, estudioso e pesquisador, quando se deparou com o fenômeno das mesas girantes, procurou decifrá-lo, contando com a ajuda das três meninas, também espíritos iluminados, que vieram à Terra em missão.

— Mas ainda hoje, mestre, a Doutrina não é aceita com facilidade. Falar em reencarnação, para certas pessoas, ainda é inconcebível.

– Não tenho dúvidas. Muitos resistem; noções equivocadas extraídas por conta própria do Evangelho, a conduta de certos espíritas, ou melhor, que se dizem espíritas, agindo sem compostura em sessões de difícil compreensão para a maioria, o próprio inusitado da reencarnação provocam as resistências. Mas, quando se evolui compreendendo o mecanismo, que não tem nada de excepcional, então o alento dado pelas explicações lógicas, raciocinadas, conferindo com os fatos da vida real, desenvolve no aprendiz interessado um estímulo próprio, que o impele sempre para frente, desejando saber mais desse mundo mágico.

Ambrósio lembrou ao interlocutor que precisava ainda cumprir algumas tarefas na Terra. Despediram-se marcando um novo encontro para dali a alguns dias.

Ambrósio deslocou-se rapidamente para o casebre de Pai Bento. O preto velho dormia naquele momento, com o espírito levemente desprendido do corpo.

– Ocê por aqui? – Falou Pai Bento a Ambrósio.

– Os vivos e os mortos sempre se encontram.

– Que surpresa agradável. A que devo o prazer dessa visita?

– Primeiro vim lhe comunicar que precisamos prolongar um pouco mais a sua estada no corpo físico, que está muito debilitado, tendo vivido os anos para os quais foi programado. Pensamos muito e entendemos que seria bom você permanecer mais cinco anos, podendo ajudar Cândida e Noêmia a vencerem as etapas que estão programadas para elas. Concorda?

– Ocê sabe muito bem o gosto qui tenho a essas duas

minina, qui já forum minha fias em otras vida. Hoje, no corpo físico, não vi ainda Noêmia. O qui ocês querim qui eu faça?

— Agir naturalmente. Tudo virá ao seu encontro no momento apropriado. Tememos mais por Noêmia, que deverá em breve enfrentar duras provas, que vencerá se você e Cândida estiverem ao lado dela apoiando-a.

— Nessa vida ocê sabe que vim com muitas dificurdade. Nasci negro pra aprende a respeitá a raça qui tanto desprezei quando senhô de escravo; pobre, pra entendê as dificurdade qui imaginava fruto da priguiça; doente, pra aprendê a paciência.

— Você está demais pessimista. Só vê as limitações. E a mediunidade que lhe abre as portas para o mundo superior, não conta?

— Essa é a luiz dos meus dia!

— Preferiria trocá-la pelas vantagens da vida material?

— Não! Nem pensá. Anqui, nu meu casebre, sou feliz com a visita da minha minina. Quando ela traiz broa de fubá e passa café quentinho é mió que tá por aí com tantos afazer. Os encarnado reclama do trabaio proque não sabe que onde ocê tá o trabaio é mais constante, num tem jeitinho, e as pessoa si cunhecem pelo pensamento. Num dá pra enganá ninguém.

— Então, vamos ao que interessa.

— Tá bem.

— Cândida e Noêmia deverão se aproximar em razão das gestões de Pedro. Já induzimos Pedro a falar com Noêmia sobre as informações espirituais que você recebeu a respeito do acidente do voo AKR. Dentro de aproximadamente sessenta dias Noêmia deverá procurá-lo, pois o seu estado se agrava rapidamente, com as investidas de Gastão Cruz.

— Afinar, ele tá vivo ou morto?

— Morto para vocês aí, mas muito vivo para grudar em Noêmia, cujo campo vibratório está baixando, podendo ela cair em depressão. Sem o marido e os problemas que estão por vir, se você não ajudar poderemos perdê-la nessa encarnação.

Fique atento, eleve o seu padrão vibratório e não mencione nada a Cândida nesse momento. Tudo ocorrerá de forma natural, espontânea, quando então ajudaremos Noêmia e o seu obsessor.

— Qui Deus me perdoe — falou Pai Bento. Perciso fazê muita força pra ajudá esse Gastão Cruz.

— O passado é o passado. Você tem hoje a oportunidade de ajudá-lo nessa etapa difícil.

— Ele sempre se meteu em enroscada por causa de dinheiro.

— Só que desta vez, você não sabe, ele ultrapassou todos os limites e suicidou-se.

— Como?

— É isso mesmo: suicidou-se.

— I como ele tá?

— Muito mal.

— Nessi caso temo de ajudá porque, se ele grudar em Noêmia, ela suzinha não vai consegui se livrá dele.

— Pense como você frequentemente fala. Você está liberto do corpo por alguns momentos e em estado de consciência plena. Tire essa prevenção do passado e deixa a vida fluir. Quantas vezes você aí de seu banquinho falou para as pessoas perdoarem umas às outras?

– O perdão ainda é o mió remediu...

– Remédio para quem perdoa e para quem esquece as ofensas, em vez de ficar ruminando fatos passados e que não levam a lugar algum.

– É craro qui ocê tá certo. Afinar num tem sentido esse meu istado. É qui ainda não consegui perdoa di verdade. Quando lembro daquele sacripanta sinto vuntade di voltá pra terra pra desforrá. Mas sei qui é bobagem, num tem nada a vê com a doutrina cristã qui defendemu.

– É assim que se fala. Ajude a quem o prejudica e ele o deixará em paz. Acertará as suas contas com as potências divinas, porque ninguém a elas fica imune. Já dei o meu recado. Não esqueça quando chegar a hora. Vou sair e deixar essa nossa conversa fortemente impressa em seu subconsciente. Desperte o corpo físico e rememore o sonho, fixando-o. Até breve.

– Inté!

Ambrósio partiu para a Colônia em que estava hospedado no plano astral. Ele e Pai Bento se revezavam nas reencarnações. Quando Ambrósio vinha à Terra como reencarnado, o seu espírito Protetor era Pai Bento; agora que Pai Bento estava reencarnado, Ambrósio era o seu Mentor.

O Mentor, ou Anjo da Guarda, é o espírito que nos acompanha desde o nascimento. Dentro do projeto de vida futura, cuidadosamente planejado, o papel do espírito guardião é de fundamental importância. Ele vela pelo cumprimento dos objetivos da reencarnação; aproxima-se mais do protegido à medida que esse eleva o seu padrão vibratório; distancia-se quando é repelido também em face do campo vibracional, ou seja, aplica-se sempre a Lei de Afinidade.

Capítulo 12

Os fatos se precipitam

Novamente um acidente repentino atinge a vida de Noêmia. Dessa vez foi com o seu filho de seis anos que viajava em uma perua escolar, sob a condução de um senhor responsável, cuidadoso.

Quando chegou à fábrica a notícia de que o seu filho estava gravemente hospitalizado em razão de um acidente no percurso entre a sua casa e a escola, a executiva desfaleceu.

Já vinha acusando uma debilidade insidiosa; as obrigações diárias com a administração da fábrica, os patrimônios e as questões com os sindicatos esgotavam-na. Sem o amparo do Sr. Antônio, distanciada da religião, sem praticar a meditação e sem receber o Reiki, sentia-se fragilizada.

A notícia a atingiu "em cheio". Foi levada ao hospital, enquanto seus colaboradores procuravam saber o que ocorrera com o menino.

A fábrica entrou em colapso.

Os diretores não sabiam bem como se conduzir; apoiavam-se sempre na executiva, cuja palavra final dava tranquilidade a todos. Sem ela no comando os diretores ficaram sem saber a quem recorrer e permaneciam cumprindo as suas funções, esperando pela melhora da senhora.

No dia seguinte continuava ainda desacordada; os médicos não arriscaram nenhum diagnóstico.

O filho de Noêmia era um menino alegre, bonito, que encantava a mãe com as suas pequenas peraltices. No dia seguinte ao acidente, quando a jovem mãe permanecia ainda desacordada, a criança não resistiu aos ferimentos e desencarnou sob a proteção de Espíritos guardiões e foi recolhida em um hospital pediátrico no plano espiritual.

Noêmia somente foi acordar no leito da casa de saúde três dias depois. Assim que recobrou a memória, perguntou pelo filho; os médicos haviam proibido qualquer pessoa de lhe dar a notícia, respeitando a sua fragilidade.

Novamente a tragédia se abatia sobre aquela mulher corajosa, determinada e leal aos compromissos assumidos. O seu filho tinha desencarnado junto a mais três outras crianças que viajavam na mesma perua. As demais, cada qual com ferimentos mais ou menos graves, sobreviveram. Marcinho, contudo, tinha o seu destino traçado desde o nascimento.

Uma semana após o evento Noêmia recebeu alta do hospital. A psicóloga já havia dado a ela a infausta notícia da morte do menino, sem entrar em detalhes quanto à ocorrência.

Os médicos ficaram de prontidão para intervir caso recaísse. Mas, ao contrário do que pensavam, ela levou as mãos à cabeça, deixou o pranto rolar, pedindo tão somente para ir embora. Desejava estar em casa, ver o quarto do filhinho, senti-lo nas pequenas coisas que ele amava.

Como é dolorosa a perda de um filho!

Poucas dores podem ser comparadas à da perda de um filho em qualquer idade. O amor de mãe, ferido nas fímbrias mais íntimas do ser, chora por todas as células do corpo e da alma. É um pranto comovente que transmite a distância os efeitos da dor mais profunda que pode se abater sobre o ser humano, seja pai ou mãe.

Noêmia, em casa, pedia para ficar só. Não queria receber os amigos, nem os poucos parentes, não desejava se envolver com os problemas da fábrica e nem com os relativos aos patrimônios da família. O seu mundo desmoronara: primeiro o marido, depois o Sr. Antônio, agora o filho. Somente Cíntia, o único tesouro que sobrara em sua vida, tinha força para acalmá-la. Agarrava-se à menina estreitando-a contra o peito, debulhada em lágrimas, que não paravam de cair, como se os seus olhos fossem nuvens carregadas de emoção, que desabavam em forte tempestade.

Passaram-se os dias. E que dias foram aqueles para a jovem senhora que envelhecera anos em semanas.

Um mês após o acidente a fábrica reclamava a presença da patroa. Não era possível continuar os negócios; decisões importantes precisavam ser tomadas. Os diretores estavam receosos e Noêmia não se dispunha a assumir o seu papel. Ao contrário, caminhava a passos rápidos para uma depressão profunda, quando procurou o médico.

Alguma coisa precisava ser feita para tirá-la daquele estado catatônico, alienado. O sofrimento era tão intenso que bloqueava toda a sua capacidade de ação. Fixou-se na criança de forma doentia; culpava-se por tudo; nenhum apelo externo conseguia despertá-la.

Os medicamentos normais não estavam apresentando

resultados; perdera a vontade de viver. Não se arrumava, ficava o tempo inteiro no quarto do menino, perdera todo o apetite, não reagia a estímulos, a não ser na presença de Cíntia. – O que fazer? – perguntavam aos médicos os diretores da empresa.

– Por enquanto nada. A depressão que chegou é um mal terrível que solapa o ânimo, a vontade de viver, deixando a pessoa sem forças para reagir. Os medicamentos de fundo psiquiátrico abatem a pessoa, que fica fora da realidade. A reação deve partir da paciente ao responder aos tratamentos médicos e psicológicos aplicados.

No Plano Espiritual Ambrósio estava também preocupado. Sabia que Noêmia teria de passar por aquela fase difícil; procurou prepará-la antes da reencarnação, mas quando chega hora, a alma ferida e ainda presa às injunções do corpo físico reage, às vezes, de maneira inesperada, colocando a perder em um único lance todo o trabalho de anos ou séculos.

Os médicos do Além precisavam agir, pensou Ambrósio, que não hesitou, chamando-os para que pudessem ajudar a paciente. Afora a dor, Noêmia já estava algum tempo vivendo sob a influência negativa de Gastão Cruz que, vendo-a assim desfigurada, dentro de sua visão rancorosa, sentiu a oportunidade de apertar o cerco, sugerindo constantemente ideias de suicídio. Espírito infeliz, mesquinho, pensava em lograr êxito, esquecendo o próprio estado de miserabilidade moral em que se encontrava como suicida, pretendo arrastar também a senhora que nunca lhe fizera mal algum, tanto nesta como em outras reencarnações, simplesmente porque era a mulher do seu desafeto.

Demetrius soube da desencarnação do filho, do cerco de Gastão Cruz e lamentou profundamente ter subestimado o inimigo. Pensou imediatamente na esposa, na dedicação que ela devotava ao menino desde o nascimento, em seu estado de espírito, com tantas responsabilidades pela frente. Tremeu só em pensar. Ele, com toda a sua agilidade e desenvoltura, que não titubeava em tirar da frente os que o atrapalhassem, situou-se na posição da esposa somente por alguns instantes. Como ela daria conta do recado quando tudo conspirava pelo seu fracasso? – Pensou. Não era possível alguém suportar tantas adversidades ao mesmo tempo e ainda assim permanecer dócil, temente a Deus, não transferindo aos outros a sua dor.

Mesmo quando se encontrava sob fortíssimas pressões, Noêmia mantinha-se educada, equilibrada, tratando a todos com consideração. Aquela nau fortalecida pelos embates da vida naquele momento estava ao largo, sofrendo as rajadas desconcertantes das novas experiências.

No Plano Maior Ambrósio, juntamente com a Mentora de Noêmia, entendeu que chegara a hora de intervir. Contava com os espíritos que pertenciam ao grupo e que estavam reencarnados.

Intuiu o jovem advogado, que cuidava do processo das vítimas do acidente, para que verificasse os ascendentes dos que haviam morrido no evento, pais e mães, porque alguns falecidos não deixaram filhos e, como manda a Lei Civil, na falta desses a herança em linha reta vai para os genitores. Curiosamente, começou a ler a ficha de todos os possíveis herdeiros e constatou, para sua surpresa, que havia semelhança entre um dos sobrenomes de Noêmia e um sobrenome de Cândida. Mera coincidência? – Perguntou-se. Quando assim pensava, ele, que até então não sabia do acidente que vitimara o filho de Noêmia, recebeu uma ligação de uma das herdeiras, lhe informando em rápidas palavras o ocorrido, dizendo que talvez o grupo devesse se reunir, porque Noêmia estava impossibilita-da de continuar na presidência da associação. Estranhou o fato e, sobretudo o seu desconhecimento; procurando se inteirar, ligando para o diretor administrativo da fábrica, o mesmo que estava cuidando da alteração da assessoria jurídica. Antes pediu à secretária que postasse no correio uma correspondência para Cândida, que redigiu na hora, informando-a da coincidência de um dos seus sobrenomes com um de Noêmia. E perguntava: você não acha estranho?

Cândida nunca havia comentado com Pedro o teor integral da conversa que tivera com Pai Bento no dia do acidente e nem que ela mesma, de uma forma ou de outra, estaria vinculada às pessoas acidentadas, e que a partir delas o passado de sua família seria esclarecido. Nem tampouco que a comunicação viria pelo correio. Ignorando todos esses detalhes, Pedro agiu espontaneamente, sob inspiração do Mentor, que entendia ter chegado a hora de aproximar aquelas pessoas.

A família de Noêmia não descendia de ramo com sólida fortuna; eram abastados, podiam frequentar os salões mais nobres do Rio de Janeiro, mas não dispunham de grande poder financeiro. Demetrius, muito menos ainda, mas com sua audácia comercial abriu caminhos e, hoje, a esposa estava no topo da pirâmide social.

Mesmo sem fortuna inicial, os pais da empresária, contudo, sempre se comportaram como se descendessem de nobres.

A mãe era de fato irmã da mãe de Cândida. Irmãs, porém, muito diferentes em gosto, personalidade, ideais e, sobretudo na forma como viam a vida, a família, o amor. Ma-ristela, mãe de Cândida, era romântica, despojada; Mariana, mãe de Noêmia, era afetada, elitista.

Quando Maristela se casou com o pai de Cândida e esse a levou para a fazenda houve reprovação geral.

Com a morte de Maristela no parto, ignoraram o genro e a neta, proibindo comentários em família a respeito de ambos, como se nunca tivessem existido. Mas o sobrenome, a marca de identificação do ramo familiar, ficou tanto em Noêmia quanto em Cândida. Havia entre ambas as primas, que já haviam sido irmãs em reencarnação anterior, apenas cinco anos de diferença. Nesta vida, pelas injunções familiares, não tinham ainda se conhecido. Ambrósio pretendia, naquela oportunidade, aproximá-las, na esperança de que a antiga afinidade despertasse e uma pudesse apoiar a outra.

No momento certo, que não é quando pensamos, os Mentores traçam as estratégias, os caminhos, provocando, às vezes, encontros que consideramos ocasionais, nas ruas, nas lojas, em aeroportos, em festas de amigos ou até mesmo familiares. Tudo conflui para colocar frente a frente aqueles que devem seguir juntos na jornada da vida.

Pedro dirigiu-se à Incotel para conversar diretamente com o diretor administrativo; as tratativas estavam chegando ao fim, faltando apenas a aprovação final de Noêmia, que não comparecia à fábrica. Ao conversar com Ronaldo, Pedro quis saber o estado de Noêmia. Este o informou de tudo o quanto sabia. Estavam insistindo com a senhora para que comparecesse à empresa para assinar alguns documentos importantes sem os quais a organização iria realmente parar.

Noêmia, embora hebetada, compreendeu que precisava dar continuidade à vida. Não seria daquela forma que ela iria criar Cíntia, o único amor que lhe restara. Buscou forças que não tinha, arrumou-se e pediu para o motorista levá-la à fábrica. Assumiria as suas funções para que muitas famílias não se prejudicassem.

Quando o carro da patroa entrou na garagem foi uma surpresa geral. Na realidade, a ordem e a disciplina na empresa já estavam comprometidas. A dedicação dos empregados não era a mesma. Somente os encarregados mais responsáveis é que podiam controlar o ambiente dentro de seu setor. Em um simples relance, somente ao ver na garagem as coisas espalhadas pelo chão, foi que a empresária se deu conta dos possíveis prejuízos causados à organização, com o seu afastamento.

Averiguaria o comportamento de todos os chefes e de todos os empregados, se eles de fato tinham respeitado a sua ausência e se dedicado à empresa. E no momento certo tomaria as providências necessárias. Apesar de se sentir doente, exaurida, a noção do dever, a responsabilidade inata chamavam-na para as decisões mais importantes.

O filho carregá-lo-ia sempre no coração; a foto de Marcinho estava em sua bolsa; quando sentisse saudades da criança olharia o retrato, choraria, mas não deixaria de lutar até enquanto tivesse alguma força.

Começou a pedir proteção a Deus; temia a depressão que já se instalara. Ao despachar com o diretor administrativo, este a posicionou a respeito da situação financeira da empresa, deixando-a alarmada. Em tão pouco tempo a Incotel acusava tantos problemas!

– O que teria acontecido? – Perguntou.

Ronaldo explicou cada ocorrência e ao final falou da necessidade de contratar a nova assessoria jurídica, indicando o escritório do professor Cavalcante, que contava com a participação do Dr. Pedro.

Noêmia lembrou-se do jovem advogado que tanto a impressionara. Aquiesceu e pediu para que Ronaldo o convidasse a comparecer em seu gabinete no dia seguinte para assinar o contrato, sem antes deixar de esclarecer que pretendia falar com o próprio Dr. Pedro e não com o titular do escritório.

Aquele dia de trabalho foi estafante para Noêmia. Ao final, quando retornava para casa, pediu forças a Deus. Não estava mais em condições de suportar tantos despautérios.

Muitos colaboradores, que ela imaginava competentes e leais, quando ficaram sozinhos revelaram o caráter. Não seria surpresa se a qualquer momento descobrisse algum desfalque. Tudo indicava que houvera uma verdadeira dilapidação do patrimônio; não esperavam mais o retorno da proprietária ao comando da empresa e avançaram sobre os bens de maneira voraz.

Noêmia pedia energia a Deus para poder limpar a área, colocar empregados idôneos, que trabalhassem para o bem da coletividade. Os chefes que estavam na empresa haviam todos sido indicados por Demetrius. Quando assumiu a organização não pensou em fazer mudanças. Tudo estava funcionando, tinha o Sr. Antônio no comando e ela começou o trabalho com muita disposição. Contudo, o cenário era outro; sem comando claro, aproveitaram a situação e mostraram a verdadeira face. Não poderia mais confiar naqueles dirigentes, que além de ineptos se mostravam venais.

Na fábrica, muitos empregados antigos se preocupavam realmente com os destinos da empresa.

Quando Noêmia retornou naquele dia e trabalhou normalmente chamando todos os chefes à responsabilidade, os que tinham efetiva dedicação à organização se rejubilaram. Após a reunião, os dirigentes saíram cabisbaixos. Imaginavam encontrar uma mãe chorosa, frágil, sem discernimento, mas se viram diante de uma executiva austera, séria, conclusiva, não deixando ali transparecer a dor que invadia inteiramente o seu ser.

Noêmia se fazia de forte; sabia que estava em terreno minado pela desonestidade e pela deslealdade; queria encontrar forças para pôr cobro àquela situação. Precisava conversar com alguém, aconselhar-se, traçar uma estratégia segura, firme e ágil, mas sentia que não tinha nenhum interlocutor na empresa.

No dia seguinte, mais refeita, recebeu o Dr. Pedro em sua sala. O jovem causídico espantou-se ao ver como aquela mulher em tão pouco tempo tinha envelhecido. Magra, olhos fundos, sem o viço na pele que estampara na vez anterior, diria que era a sombra do que foi um dia e que em meses envelhecera mais de dez anos; porém refletia no olhar doçura e firmeza diferentes.

– Bom dia, Dr. Pedro – cumprimentou Noêmia com desenvoltura.

– Bom dia, como está a senhora?

– Só Deus sabe!

– Quero dizer que fiquei sabendo do ocorrido com o seu filho somente há dez dias e lamento muito. Que Deus lhe dê forças para prosseguir, cuidar de sua filhinha, e de tantos outros que necessitam de seu êxito como empresária.

–Vamos sentar. Aceita um café?

– Quem é da roça não pode viver sem café.

Noêmia sentiu inexplicavelmente grande simpatia

pelo jovem advogado. O seu jeito despojado, a maneira franca e simpática de falar inspiravam confiança.

Pedro era um ser que já conhecia Noêmia de várias reencarnações. Como espírito evoluíra muito, compreendendo as razões elevadas da vida, sem a necessidade de filiações religiosas. Havia assimilado ao longo de várias existências a importância da honestidade, da bondade, da necessidade de evoluir com os estudos. Era um jovem diferente: culto, dedicado, interessado nas coisas e nas pessoas; tinha uma concepção de advocacia que se diferenciava muito da reinante no seu meio. Pretendia com a sua profissão ajudar as pessoas, as empresas, estimulando-as a agirem honestamente. Sonhava com um ideal de Justiça, não fazia da banca um balcão de negócios, por isso crescera rapidamente no escritório do Prof. Cavalcante, que preservava também esses mesmos valores.

O jovem causídico também inexplicavelmente sentia enorme admiração por Noêmia. Como uma mulher poderia se dar tão bem em um campo dominado inteiramente pelos homens? Noêmia lembrava-lhe Cândida, não sabia bem o porquê, mas tinha essa sensação quando a encontrava. A conversa entre os dois fluía naturalmente.

— Dr. Pedro, Ronaldo já me falou a respeito das bases avençadas do trabalho entre a empresa e o escritório e eu estou de acordo. Espero que já tenham lido o contrato, restando-me agora tão somente assiná-lo, e desejar sucesso na assessoria que começa desde já a prestar para a empresa.

— Obrigado pela confiança — respondeu Pedro. Esperamos nunca decepcioná-la.

— Tenho certeza que isso não ocorrerá.

— A senhora disse que desde já estamos prestando

assessoria à empresa. Alguma questão em mente e que gostaria de comentar?

– Sim.

– Do que se trata?

– Você sabe, permita-me chamá-lo assim, que estive afastada da empresa por poucos meses. Nesse curto espaço de tempo foi suficiente para que as pessoas se revelassem como são realmente. Chefes e encarregados, que foram pessoas de confiança de meu falecido marido, abandonaram praticamente os seus postos; a disciplina ficou comprometida, a produtividade caiu, e penso que talvez tenha até ocorrido desvio de dinheiro e materiais.

– A empresa, esse mês, para pagar a folha de salários, precisou recorrer aos bancos. E com os juros bancários que existem no Brasil não há salvação para as empresas que caem nas malhas do sistema financeiro. Felizmente, penso que essa situação seja bem passageira. Já retomei o controle da situação; a disciplina melhorou, as vendas irão aumentar e espero em dois ou três meses equilibrar as receitas e as despesas. Mas, não posso ficar com essas pessoas desleais e não gostaria também de cometer injustiças. Como proceder? Você tem alguma sugestão?

– O quadro que a senhora aponta é bem grave. O tempo de afastamento foi muito curto para que aparecessem tantos desmandos.

– Foi também o que pensei – interrompeu Noêmia.

– É possível que mesmo anteriormente já estivessem armando os esquemas que colocaram em prática assim que a senhora se afastou.

– Faz sentido – redarguiu.

– O melhor a fazer para que não ocorram injustiças é a senhora contratar imediatamente uma auditoria independente, estabelecer com ela bases objetivas de trabalho, checando cada setor da empresa. Se as suas suspeitas se confirmarem, aí então os próprios fraudadores pedirão a conta e os que teimarem poderão ser dispensados por justa causa, encaminhando alguns à polícia, se for o caso.

– Não quero escândalos. Se provarmos alguma falcatrua, pretendo resolver de forma discreta e objetiva.

– É a melhor forma de enfrentar o problema.

– Você tem alguma auditoria para indicar e que poderia realizar esse trabalho com independência?

– Posso sugerir duas auditorias que entendo sejam recomendáveis nesse caso. Ambas são idôneas, porque auditam os próprios auditores, bem independentes, e cumprirão à risca o que for determinado. A questão está no preço. Sugiro à senhora que ouça as duas propostas e acerte com aquela que considerar a mais adequada.

– Você pode me assessorar nessa questão?

– Sem dúvida.

– Então, lhe peço que faça contato imediato com as auditorias, agende uma reunião não aqui na empresa, mas em seu escritório, e fale tão somente comigo a respeito desse assunto. Nenhuma informação pode vazar para não dar tempo para as pessoas esconderem o que fizeram.

– Concordo.

– Mas precisa ser urgente!

– Hoje mesmo farei os contatos e me comunicarei com a senhora diretamente.

Ao deixar a reunião Pedro estava realmente empolgado. A visão e a determinação empresarial de Noêmia eram muito superiores à de vários executivos com os quais tratava rotineiramente. Rápida, objetiva, sabia o que queria; perspicaz, analítica, organizada, tinha tudo para dar certo. E novamente lembrou-se de Cândida. Apesar de estarem em campos diferentes, notara como sua noiva se comportava quando assumia a direção dos negócios. Também agia com grande discernimento; tinha objetividade, humanidade e empenho, de forma que a fazenda sob a sua direção se tornara mais organizada, produtiva e lucrativa do que nos tempos do coronel. Que mistério o ligava a essas duas mulheres? – perguntava-se.

No dia combinado, Pedro e Noêmia entraram no escritório da primeira auditoria e expuseram objetivamente o plano que pretendiam executar, assim como, no dia seguinte, fizeram com a segunda empresa. Em uma semana Noêmia tomou a decisão: contratou a primeira empresa de auditoria, sem descartar a segunda, que agiria na análise do patrimônio e das contas da família, que também estavam sob suspeita.

Na segunda-feira, quando chegaram os chefes e encarregados, foi um alvoroço total. Por uma questão estratégica, atuando na surpresa, os auditores começaram a trabalhar logo que se encerrou o expediente de sexta-feira. Trabalharam na sexta à noite, no sábado durante o dia e à noite, assim como no domingo, revezando-se em turnos, de forma que na segunda-feira não havia mais possibilidade de ocultar documentos e escamotear a realidade.

Com a experiência que caracteriza os auditores, chegaram com facilidade aos pontos principais: contas a pagar e a receber, compras e estoques, entregas e inadimplência, pagamento de impostos e demais despesas correntes, tudo foi checado. O rombo era grande demais. Desvio de materiais, produtos que não eram entregues aos clientes, contas recebidas e não devidamente contabilizadas, despesas infladas, compras superfaturadas, enfim toda sorte de desmandos. Se Noêmia se mantivesse afastada da empresa mais alguns meses, o desfalque chegaria ao limite e a organização não teria como sobreviver, afundada em dívidas.

Quando os auditores, no domingo à noite, colocaram-na a par da situação, não fosse o amparo de Pedro, Noêmia não teria resistido. Procurou novamente ser forte e pediu aos auditores sugestão de como proceder.

– D. Noêmia – falou o chefe da operação – a situação que encontramos é calamitosa. Não vejo nenhuma possibilidade da empresa continuar com esses chefes e encarregados, cuja ação criminosa foi articulada em conjunto, porque não é possível que não soubessem absolutamente nada do que acontecia em outros setores. Quando ouvirmos os empregados, teremos simplesmente a confirmação dessa afirmativa.

A executiva, atônita, olhou para Pedro e perguntou:

– O que fazer doutor?

– Entendo que não se pode contemporizar com o roubo, a fraude, a mentira, a absoluta falta de ética. Todos precisam ser demitidos. Demiti-los normalmente seria para eles um prêmio, pois teriam direitos trabalhistas assegurados. Penso que, com base nesses documentos, deveremos comunicar à polícia e demitirmos todos por justa causa. Os que quiserem evitar a justa causa que peçam a conta. Os restos finais a pagar deverão ser feitos na justiça.

– Não gostaria de levar o caso à polícia. O nome da empresa ficará exposto nos jornais, o mercado vai saber da situação, e poderemos ter problemas ainda maiores.

– Em face das provas criminais levantadas pela auditoria, não creio que eles se oponham. Se a senhora permitir, realizaremos uma reunião com todos os envolvidos nas fraudes. Os auditores fariam uma apresentação formal do desfalque, apontariam caso a caso as provas já documentadas, indicando o montante apurado até o momento presente. A senhora participaria da reunião até determinado momento e sairia da sala deixando a seguinte ordem: – "Este é um caso de polícia. Tomem todas as providências determinadas pela Lei". Eu fico na sala junto com os auditores e exponho a possibilidade de solução amigável do conflito na justiça, novo instrumento criado por lei, para facilitar as rescisões do contrato de trabalho, evitando-se a ampliação dos conflitos judiciais.

– E quanto ao dinheiro roubado? – Perguntou um dos auditores.

– Poderíamos solicitar a assinatura de um termo de confissão de dívida.

– Será que assinariam?

– Esse é um trunfo de negociação. Pelo que D. Noêmia me disse, ela prefere que tudo fique no âmbito da empresa.

– Se houver alguma relutância quanto a levar a rescisão do contrato de trabalho para a justiça, se a possibilidade de comunicar a prática dos crimes à polícia não surtir nenhum efeito, a demonstração do débito, que é vultoso, e a possibilidade de penhorar todos os bens dos salafrários certamente produzirão efeito imediato.

— Essas pessoas que desfalcam o patrimônio alheio e até mesmo o patrimônio do país sabem que um dia poderão ser pegos e consideram a possibilidade de prisão, a publicação de seus nomes nos jornais, e nada os intimida porque fazem tudo isso por dinheiro. Mas, se sentem a possibilidade concreta de perderem o dinheiro pelo qual aceitaram até mesmo a ruína moral, aí então inevitavelmente irão ceder.

— A lei brasileira deveria ser mais enérgica no que se refere à perda dos bens adquiridos com recursos desviados ou vindos de fraudes ou de qualquer outra atividade ilícita. Isso intimida mais, produz mais efeito do que a ameaça de cadeia, onde os réus são recolhidos por algum tempo e depois saem antes de cumprirem integralmente a pena, para usufruírem, ainda jovens, os bens que obtiveram de forma criminosa.

— Eu penso que estamos no caminho certo — disse a executiva. Alguém tem mais alguma sugestão a fazer?

— Não! — Responderam quase em uníssono.

— Então podemos chamá-los agora, para não deixar o assunto esfriar. Estão todos preocupados e aguardam algumas manifestações.

Os encarregados e chefes visados foram convocados para uma reunião de diretoria. Chegaram, em seguida, preocupados e temerosos, sem olhar de frente para a mulher que neles confiara. A consciência, quando acusa, estampa-se no próprio rosto, na forma de andar, no tom de voz, nos tiques nervosos, diferente do comportamento típico do homem de bem, que ao se defrontar com uma acusação injusta enfrenta sem receio o acusador, amparado pela verdade que sabe aparecerá em determinado momento, apesar das manipulações ardilosas.

Pedro tomou a palavra e foi incisivo:

– Senhores, essa é uma reunião bastante desagradável. Todos os que foram chamados aqui enfrentarão uma acusação de furto. A auditoria independente trabalhou desde sexta-feira à noite sem parar até hoje pela manhã, entrando em todos os arquivos, de forma que nós temos provas sólidas e robustas de que os senhores lesaram a empresa de forma intencional. Por isso teremos de tomar sérias providências.

Noêmia observava a reação de cada um. Doía-lhe ver os seus colaboradores, pessoas de confiança com as quais se encontrava rotineiramente no gabinete, naquela situação vexatória. Eram homens, alguns com idade para ser seu pai ou tio, tinham famílias, apresentavam-se na sociedade como pessoas honradas. Como poderiam ter caído tanto, envolvendo-se em crimes somente porque sentiram que ela era uma mulher inexperiente, a quem deveriam ajudar, em benefício de todos os empregados. Sob sua direção a empresa progredira; distribuía uma parte dos lucros; procurava cumprir a legislação trabalhista e fiscal do país. Por que – perguntava-se – tanta ganância?

Um dos envolvidos, chefe do setor de expedição, bem comprometido, resolveu atrevidamente desafiar Pedro a provar. O jovem, que estava preparado para a reunião, disse tranquilamente:

– Senhor Orlando, custa-me crer que no seu departamento o senhor não soubesse dos constantes desvios de mercadorias. A sua assinatura está em todos os conhecimentos de cargas enviadas aos clientes e que nunca chegaram ao seu destino, desviadas que foram para o galpão que o senhor alugou em Madureira.

A Queda Sem Paraquedas

– Não aluguei nenhum galpão, o senhor está louco!

– Alugou, sim, em nome de seu cunhado, laranja dessa operação, e que nem sabe o que acontece no galpão. Temos, além do contrato de locação, várias fotos de seu galpão e ainda o caminhão da transportadora descarregando naquele endereço, feitas hoje pela manhã, após o depoimento para a auditoria de um de seus empregados. O senhor não se envergonha do que fez?

Nesse momento Noêmia levantou-se e disse:

– Estou profundamente decepcionada. Assumi essa empresa, sem experiência, apoiada na idoneidade do Sr. Antônio, homem honesto e digno. Contava com a ajuda dos senhores e por isso mantive a confiança em todos que, inicialmente, foi depositada pelo meu marido, acreditando que estávamos em família.

– Não poderia nunca imaginar que a morte do meu filho viesse salvar a empresa, porque aqui dentro, ao invés de amigos, tinha aves de rapina sugando todo o esforço de centenas de pessoas. Penso que essa seja uma simples questão de polícia, que os advogados deverão considerar, para que tais fatos sejam coibidos. O Dr. Pedro está autorizado a chamar a polícia agora e tomar todas as medidas necessárias, inclusive para reaver centavo por centavo os valores roubados.

Deixou a sala sob o olhar atônito de seus ex--colaboradores.

Com a experiência que detinha, apesar de jovem, o advogado aproveitou o momento para dizer:

– As provas contra todos são por demais robustas. Posso levá-los à polícia, como sugeriu Dr. Noêmia, ou tentar convencê-la a proceder à rescisão do contrato de trabalho na justiça, desde que os senhores tomem a iniciativa de pedir a demissão. Além do mais, os senhores ainda poderão ter seus bens penhorados para ressarcir o prejuízo causado à empresa.

— Gostaria de pensar a respeito — falou o chefe da expedição.

— O senhor não tem tempo para isso. A decisão é agora. Chamo a polícia aqui ou amanhã cedo iremos acertar as contas trabalhistas.

— E a ameaça de execução dos nossos bens para saldar esse absurdo que vocês estão dizendo que cometemos?

— Não se trata de absurdo! O débito existe e se chegarmos a um acordo eu lhes asseguro que a empresa não irá cobrar essa dívida. A cobrança já está escrita na consciência de cada um. Afinal, roubaram uma organização que sempre foi leal aos senhores, o que querem mais?

— Não sei não... — Falou indeciso o chefe da expedição, enquanto todos os demais permaneciam calados. Não vou sair daqui com a pecha de ladrão.

— Está bem, então eu vou chamar a polícia e lavrar ⁻ ⁻ de Ocorrência. O delegado já está avisado.

⁻ᵉ e iniciou a discagem quando Joel
⁻⁻ pediu ao advogado para
⁻ᵒr alguns minutos.
ᵉntraram na

do momento; alguns estavam visivelmente constrangidos, envergonhados. As provas do desfalque eram absolutamente irrefutáveis; os empregados que tinham sido obrigados pelas chefias a agirem contra a organização já começavam a falar; a cada depoimento apareciam novos desvios de conduta. Era impressionante como conseguiram se aproveitar da boa-fé de Noêmia e desfalcar a Incotel em tanto dinheiro. Nos códigos da vida, contudo, inscreveram aquelas ações nefandas para serem debeladas em duras provas cármicas no momento oportuno.

As vítimas naturalmente se queixam dos prejuízos que sofrem, não só materiais, como físicos, em atentados sofridos contra a própria vida e, sobretudo as duras arremetidas que atingem a honra e a dignidade moral. Elas estão resgatando, enquanto que os agressores contraem débitos perante a justiça divina, que deverão suportar, muitas vezes frente aos próprios tribunais da Terra.

Noêmia preferiu simplesmente despedir os infratores sem nenhum outro alarde, que prejudicaria também a imagem da empresa, com fotos estampadas nos jornais, muitos sensacionalistas, cujo propósito seria ampliar os acontecimentos, para aumentar a tiragem.

Ao chegar a casa, ainda não sabia o desfecho da reunião no escritório da empresa. Profundamente abatida, estava à beira de sofrer um grave problema de saúde. Desesperada, com medo da extensão do desfalque nas contas da companhia, desconfiando de si mesma enquanto gestora quedou-se em silêncio lembrando apenas de orar. Precisava de força, energia, vontade para superar tantas dificuldades ao mesmo tempo. A Mentora, tocada de profundo amor por aquele ser que enfrentava difíceis provas, emitiu energias calmantes, fazendo-a dormir profundamente.

Em sono profundo o espírito desdobrou-se do corpo, podendo ser levado à Colônia de onde partira há trinta anos para a presente reencarnação. Recebida pela Mentora e diante de Entidades que velavam pelo seu sucesso, pôde depositar a sua dor, ser compreendida, e receber o apoio energético necessário.

No dia seguinte despertou mais revigorada, banhou-se e partiu para a fábrica. Inteirou-se de todos os acontecimentos e pediu para a secretária localizar o advogado, chamando-o ao gabinete, para uma rápida reunião. Pedro relatou à senhora todos os acontecimentos e já estava com as homologações das rescisões trabalhistas prontas. Era começar uma nova vida; dimensionar o estrago feito; dar oportunidade a antigos empregados que conheciam os serviços e revelavam-se leais à empresa, sem perda de tempo.

Pedro ficou impressionado com a capacidade de recuperação de Noêmia. Aquela mulher tinha uma fibra diferente. De um dia para outro estava com novo semblante, revelando disposição para o trabalho, mostrando energia, vontade de vencer.

As transfusões energéticas espirituais ocorridas durante a vigília são importantes para os seres humanos, enquanto em estado de sono o espírito pode liberar-se do corpo. E cada um segue o caminho das suas próprias tendências. Há os que procuram em vigília os lupanares, enquanto outros trabalham para a melhoria de si próprios e da Humanidade.

Não há milagres nas Leis da Evolução. O trabalho, o amor ao próximo, o respeito às pessoas diferenciam os seres humanos aqui na Terra. Em estado de sono, as Entidades Venerandas também acorrem os necessitados, realizando verdadeiras intervenções no corpo físico, o que, às vezes, determina o sucesso do tratamento médico a que as pessoas estão sendo submetidas na Terra. Sempre, naturalmente, levando em conta a lei do merecimento.

A ação reta e bem-intencionada de Noêmia à frente da empresa, considerando, sobretudo, a importância da organização na geração de empregos e no pagamento dos encargos devidos em razão das leis sociais do país, fez por merecer o socorro necessário à Incotel; caso contrário a empresa sucumbiria à ação nefasta de colaboradores desleais.

O sucesso ou insucesso das organizações empresariais na Terra têm muito a ver com a forma, o pensamento, as intenções dos seus dirigentes.

Quantas empresas bem-sucedidas por largo tempo sob o comando dos fundadores, às vezes, pessoas simples, porém dedicadas inteiramente ao trabalho, ao passar para o comando de herdeiros perdulários, sem vocação para a dedicação exclusiva ao empreendimento e voltados a um estilo de vida muito diferente daquele próprio dos fundadores, naufragam em pouco tempo ou se atolam em dívidas de todos os tipos, causando problemas inenarráveis às famílias dos colaboradores, ao Estado e à sociedade em geral.

Sem merecimento, pelo esforço próprio, sério e continuado; sem vocação para a dedicação constante ao trabalho; sem o desejo de alterar hábitos de vida perdulários; inchando a empresa com familiares improdutivos e incompetentes, todos ganhando sem produzir, essas empresas acabam, para manter a situação apontada de herdeiros inconsequentes, com estilos de vida próprios da realeza, causando problemas para os que nela trabalham.

Constantemente eles reduzem salários, cortam todos

os tipos de despesas, mas não chegam por comodismo e egoísmo ao fundo básico da questão, que são os próprios gastos pessoais.

Carros de luxo, residências faustosas, viagens caras, não à custa do próprio trabalho, mas ante a exploração da mão de obra quase escrava, desprovida de salários dignos e de condições adequadas de trabalho.

É certa a ruína; a lei do merecimento violada; a humildade, o trabalho produtivo negligenciado, confirmando-se o velho adágio de que na empresa familiar, não em todas certamente, o pai é rico (graças ao trabalho), o filho é nobre (porque foi criado sem sentir as necessidades prementes da vida) e os netos acabam na pobreza.

Tal acontece a não ser que, pela ação de algum herdeiro, filho ou neto, se restabeleça a lei do merecimento, mantendo-se a empresa em andamento, agora em novos patamares, o que implica o afastamento daqueles familiares sanguessugas, improdutivos e perdulários, do comando da organização.

A Incotel, pela seriedade da direção, não deveria sucumbir, tanto que em pouco tempo levantou-se; já os empregados que tiraram proveito indevido não conseguiram usufruir o dinheiro mal ganho e em pouco tempo haviam desperdiçado as fortunas furtadas.

A Espiritualidade, ante o evento inevitável da morte do filho de Noêmia, já previsto desde antes do nascimento da criança, aproveitou o dramático episódio para gerar na empresa um clima de liberdade, em que pudessem ser detectadas as ações nefastas daqueles colaboradores, que já vinham agindo em grupo, porém de forma discreta, sugando a organização paulatinamente, o que ao final seria mais ruinoso.

Com as portas aparentemente abertas, permitiu-se a observação clara das ações criminosas, levando a atitudes conscientes da direção no sentido de apurar os desvios e, consequentemente, chegar aos infratores com facilidade, punindo-os. Na prática, as punições por justa causa na Justiça do Trabalho são sempre difíceis de comprovar, daí porque se optou pela rescisão judicial, evitando-se o acúmulo de processos longos e desgastantes, que ao final poderiam reverter a situação já consolidada, gerando condenações judiciais de valores elevadíssimos para a empresa, premiando ainda mais os criminosos.

Os meses seguintes foram de trabalhos constantes; a situação psicológica de Noêmia girava entre altos e baixos; aos poucos o excesso de afazeres e a vida sem nenhuma distração iam levando a senhora para um grave problema de saúde.

A convivência da empresária resumia-se aos encontros formais com os seus colaboradores próximos; ela não tinha amigas e quando se encontrava ocasionalmente com uma das senhoras da sociedade com a qual convivera no tempo de casada, não sentia mais prazer em conversas fúteis, improdutivas, incapazes de gerar algo de bom. Sempre os mesmos temas retornavam: fuxicos e fofocas, comentários supérfluos acerca da vida alheia, festas, chá beneficentes que eram pretexto para encontros sociais, gerando ao final alguns benefícios pecuniários para instituições que não necessitavam de tanto apoio.

Isolada do convívio social mais amplo, sem perspectivas de qualquer espairecimento, aceitou de bom grado o convite de Pedro para conhecer a sua noiva, que viria para a capital fazer algumas compras para o enxoval do casamento.

Escolheram um restaurante discreto, cuja cozinha era reconhecida como uma das melhores da cidade, e se encontraram no sábado seguinte à noite. Havia curiosidade de parte a parte. Cândida, por sua vez, desejava conhecer aquela senhora a quem o seu noivo sempre se referia de maneira respeitosa, sobretudo porque ela era vinculada a uma pessoa que desencarnara no acidente aéreo. E depois que recebeu a breve carta de Pedro informando a coincidência de sobrenomes, sentiu que poderia entender o fio de seu destino.

Noêmia, por seu lado, lembrava um comentário feito pelo jovem a respeito da semelhança das duas mulheres, que tiveram de assumir a direção dos negócios sem experiência, ambas em decorrência de morte em família.

As duas mulheres, ao se encontrarem pela primeira vez na entrada do restaurante, tiveram um impacto. O que Pedro não registrara é que elas eram fisicamente bem parecidas, com traços comuns, altura aproximada, cor de pele e de cabelo. Cada uma tinha peculiaridades próprias, como é característico do ser humano; o conjunto, contudo, impressionava. A apresentação foi tão espontânea que Pedro ficou de lado imediatamente. E em tom de brincadeira resmungou:

– Ei! Estou ainda aqui?

Foi nesse momento que as mulheres se deram conta. Noêmia, na porta do restaurante, segurou o braço de Cândida e a conduziu à mesa; Cândida deixou-se levar como uma pluma, sentindo de imediato grande simpatia pela empresária. As almas afins quando se encontram se entendem imediatamente. Aquele encontro, assim como tantos outros na vida das pessoas, foi cuidadosamente planejado na Espiritualidade. Nem antes, nem depois do tempo devido. Reencontravam-se as irmãs de vidas passadas e que tiveram um relacionamento impecável, estando ambas marcadas nesta reencarnação pela necessidade de provas diferentes.

A conversa na mesa fluiu muito agradável até que Cândida fez uma simples referência a Pai Bento, que se encontrava um pouco enfermo. Noêmia lembrou-se imediatamente da conversa que tivera com o jovem advogado há tempos no escritório da fábrica e não protelou a pergunta:

— Quando Pedro me convidou para conhecê-la, confesso que fiquei muito curiosa, dentre outras coisas porque um dia na empresa ele me fez referência a esse senhor.

— Ele me falou a respeito dessa conversa.

— Se é possível, gostaria de saber o que Pai Bento falou a respeito daquele fatídico acidente que modificou inteiramente a minha vida.

— Não falou muito, mas o suficiente para me impressionar.

— Como foi?

— No dia do acidente – começou Cândida – e narrou à nova amiga o que o preto velho tinha falado, sem se referir à sua condição pessoal, que omitira também do namorado.

A conversa se prolongou até o restaurante fechar. Ao final, Cândida convidou Noêmia para passar os próximos feriados na fazenda, respirar ar puro e conhecer pessoalmente o preto velho. Não poderia haver melhor sugestão. O Plano Espiritual estava agindo, aproximando espíritos nobres e capazes de desenvolver amizade saudável desprovida de qualquer outro interesse.

A partir daquele encontro, a empresária se tornou mais alegre e somente pensava no feriado, o mesmo acontecendo com Cândida, que se preocupava com todos os detalhes para receber bem a amiga. Cíntia, que durante todo esse tempo sentira a mãe triste, deprimida, alegrava-se com a possibilidade de encontrar novas amiguinhas, brincar na terra, tomar sol, acender fogueira. Pai Bento fora avisado por Cândida que Noêmia viria vê-lo e disse enigmático:

— Eu já sabia!

— Como?

— Os guia falarum. Falarum inté qui a minina já recebeu a carta pelo correio e num falô nada pra eu.

Cândida arregalou os olhos e disse:

— Pai, é verdade. Como isso aconteceu?

— Num se percupe. Você si isqueceu de falá.

— Por quê?

— Num sei. Na hora certa nóis vai sabê. Num carece afligi.

Na casa da cidade, onde primeiro se hospedaria a visita, e na fazenda, a correria era geral. Parecia até que iria chegar uma rainha, tais os cuidados tomados com todos os detalhes: a roupa de quarto, a moringa d'água, as flores que seriam colocadas horas antes da visita chegar; as acomodações de Cíntia pareciam as de uma princesa. Brinquedos novos foram comprados, cortinas trocadas com motivos infantis, tudo para agradar. Já se disse que nada substitui uma primeira impressão.

As visitantes fretaram um pequeno avião e chegaram no dia seguinte ao pequeno aeroporto da cidade vizinha. Pedro já se encontrava lá e se encarregou de receber pessoalmente as convidadas. Assim que desembarcaram, ambas receberam um botão de rosa: vermelho para a mãe; rosa para a filha. Abraçaram-se e partiram para a casa da cidade.

Era uma linda tarde de primavera; o caminho estava repleto de ipês, flores do campo; a conversa fluía agradável. Aqueles foram momentos inesquecíveis.

Em contato com a natureza Noêmia ganhou outra cor; mostrou-se saudável, alegre, feliz. Ao chegarem outra surpresa: farta mesa com bolinhos, torradas, chá, café, doces e outras iguarias estavam postos para as visitantes sentirem os sabores da terra. Acomodadas em seus aposentos, foram informadas que na manhã seguinte iriam para a fazenda.

Aquela primeira noite seria ali na cidade com a presença dos familiares de Pedro, cujo pai, mãe e irmãos se prepararam a rigor para o jantar de gala, inesquecível. Era a reunião de um grupo espiritual afim, de pessoas que estiveram juntas em várias reencarnações, rejubilando-se com o feliz reencontro.

A conversa avançou madrugada adentro absolutamente descontraída, com a participação das mucamas, que eram como mães de Cândida, e a integração perfeita dos familiares de Pedro, até que a anfitriã e os seus convidados decidiram partir. Não dormiriam ali como estava programado: como adolescentes travessos, iriam encontrar o sol na fazenda e somente depois descansariam da viagem.

Capítulo 13

Momentos de felicidade e revelações

O amanhecer no campo é sempre um espetáculo deslumbrante da natureza. O sol nascendo por entre nuvens que se esgarçam, os pássaros anunciando a alvorada, o cheiro de café no bule, a broa quentinha saindo do fogão à lenha, tudo convida à paz, à prece, em reconhecimento às benesses da natureza concedidas ao ser humano pelo infinito Criador, que a prodigaliza a todos, independentemente de cor, raça ou condição social. O sol nasce para todos, já diz o ditado popular; nas serras e nas praias cobre a terra com o seu manto de luz, aquecendo a flora e a fauna, os corações dos que sentem na alma a natureza e reverenciam a vida.

O grupo chegou às seis horas à casa da fazenda. Serafina estava passando o café. Entraram alegres e brincalhões, e a velha mucama ficou desorientada. Esperava-os para o almoço, não àquela hora. Cândida, percebendo a preocupação da boa senhora, descontraiu-a de imediato, dando-lhe um beijo no rosto, dizendo:

– Não se preocupe Serafina. Passamos a noite inteira conversando e viemos aqui ver o amanhecer. Não é lindo o nosso amanhecer?

– A coisa mais bonita que eu já vi!

Tomaram um cafezinho e saíram caminhando despreocupados pela fazenda, observando o sol que nascia suavemente. O brilho ia aumentando, as cores da natureza despertavam e a emoção tomava conta de todos nos dois lados da vida. Pai Bento, lá no seu canto, registrava a beleza espiritual e uma lágrima rolou pelo velho rosto, agradecendo a Deus aquele momento. Todos, após o espetáculo da natureza, estavam cansados e, contrariando os hábitos da fazenda, foram repousar até serem chamados para o almoço.

O almoço no campo foi cuidadosamente preparado por Serafina e suas mucamas. Queriam que Pai Bento participasse, mas o preto velho não arredou pé. Comeria as guloseimas no próprio casebre, ele, que tanto se complicara em vidas passadas pelo desejo de conforto, resolveu nesta reencarnação experimentar a vida simples para saborear a beleza da paz interior, a leveza do desapego aos bens materiais, encontrando a felicidade.

Muitas vezes os poderosos, para manterem as posses, não conseguem um minuto de paz. Ainda que honestos e dignos, os afazeres diários os chamam a todo instante, porque a riqueza na Terra é um pesado encargo aos que agem com responsabilidade, gerando empregos, produzindo, pagando impostos. Só quem não tem noção dessas responsabilidades é que deseja para si a fortuna, pensando em como usufruí-la desordenadamente, pagando posteriormente um preço alto pelos desatinos cometidos em nome do dinheiro e do poder.

Nada fica sem resposta; a Lei de Ação e Reação, já detectada na física por Newton, aplica-se inteiramente à vida do ser humano encarnado, exigindo compensação para os danos perpetrados, retorno ao equilíbrio àquele que se desgovernou.

Sexólatras arcarão com os necessários reajustes; sovinas enfrentarão a penúria; potentados experimentarão as dores das arbitrariedades. Se o homem conhecesse um pouco mais das leis da vida tremeria antes de perpetrar qualquer ação negativa calcando em si mesmo a necessidade de se reajustar um dia perante Deus.

Satisfeitos, foram ao alpendre conversar. Cíntia encantou-se com as crianças da fazenda e em pouco tempo rolava pelo chão, brincava de cabra-cega, de pular corda. As crianças têm facilidade de integração que causa inveja aos adultos. Falam a mesma linguagem e se entendem em segundos.

Noêmia via a filha realmente feliz e estava descontraída naquele momento. Há quanto tempo não experimentava a paz? – perguntava-se. Rejuvenescida, com roupas simples, nada lembrava aquela executiva tensa, vestida a caráter, medindo cada gesto e palavra. Ali, entre pessoas humildes e queridas, sentia-se mais à vontade do que quando estava na própria casa dando ordens às empregadas. Notou como Cândida era amada. Não precisava dar ordens, tudo fluía perfeitamente; as servidoras eram alegres, espontâneas, tratavam-na como uma filha do coração.

Era a hora de visitar Pai Bento.

Cândida lembrou:

– Serafina, prepare uma sacola bem sortida para Pai Bento que eu vou lá com D. Noêmia visitar aquele velhinho teimoso. Nunca aceita o meu convite para vir à casa-grande, que desaforado!

– Vai ver que tá com vergonha...

– Que nada. Parece até que nasceu grudado no banquinho.

Todos riram.

As duas senhoras foram andando até o casebre do preto velho. De longe Cândida apontou:

– Olha lá, está sentado no banquinho, não falei?

– É um banquinho mágico, disse Noêmia, encantada com a simplicidade do ambiente.

O casebre de Pai Bento era bem-arrumado. As servidoras todos os dias faziam a faxina e o velhinho vestia roupas bem limpas, estava sempre asseado, banhando-se no rio diariamente.

– Aqui estamos – falou Cândida, beijando o rosto do venerável velhinho. Esta é Noêmia, a minha mais nova amiga.

Noêmia também, espontaneamente, beijou a face daquele homem que evoluía nesta reencarnação como não ocorrera em todas as anteriores.

– Puxa a cadera, mininas, vamus cunversá.

As duas mulheres sentaram-se bem à frente do preto velho; já entardecia; o sol debulhava os seus raios serenos sobre os tons verdes da vegetação que amarelava levemente, realçando as cores, aconchegando aqueles corações sofridos, desejosos de paz e amor. O velhinho continuou:

– Tô contente pelas minina. Oceis se parece muito. É bom incontrá coração amigo.

– É verdade, Pai. Parece até que já nos conhecemos há muito tempo, falou Cândida.

– A mesma sensação tem essa minina aí, falou o preto

velho dirigindo-se a Noêmia.

— Sinto-me como se já tivesse vivido esse momento. Não entendo dessas coisas, mas é esse o meu sentimento.

— Entende, sim, minina. E intendi mais du qui pensa.

— Pode me explicar?

— Em outras vida a minina lidou muito com isso. Trabaiô pro bem, mas errou muitas veis, pensando acertá. Por isso nessa vida teve suas função um poco travada, mas qui vai si abrí si a minina começá a estudá os assunto do espírto. Garanto qui muitos pobrema vai sê aliviado.

— Não sei nem como começar.

— A minina Cândida pode ensiná um poco; adispois ocê vai ensiná ela... E deu uma gostosa gargalhada.

— Posso fazer uma pergunta para o Pai? – Interrompeu Noêmia.

— Preguntá pode; a resposta é qui num sei si vem.

— Por quê?

— Já sei o qui a minina vai preguntá...

— Como?

— Já fui informado pelos guia, qui tão presente, qui ocê quer sabê du minininho.

— Meu filho! Não suporto tanta dor. Quando morreu o meu marido, desesperei-me, minha vida virou pelo avesso, mas aguentei; a morte de Marcinho me deixou louca. Não sei como estou em pé.

— Dói muito perdê um fio.

— E como dói. Parece que nada cicatriza a ferida. Em tudo que eu faço vejo o meu filho. Se estou trabalhando, penso que seria ele quem deveria dar continuidade àquele trabalho; se vejo uma criança brincando, o imagino ali; fico horrorizada quando encontro no caminho uma perua escolar e fecho os olhos. Que trauma! O quê fazer?

— Tratamento, minina. Tem dotô da cabeça qui pode ajudá.

— Psicólogo.

— Esse nome aí.

— Mas, há profissionais que só complicam a cabeça da gente.

— Precisa escolhê bem. Tem gente boa, sabida, qui pode ajudá.

— Onde encontrar?

— Deus indica. Na hora certa, si é qui vai sê necessário, tudo acuntece. Vem a pessoa certa.

— Se for necessário?

— Pois é. Cum os novo esclarecimento a minina vai miorá muito. Se aprendê as lei da espiritualidade, num carece de tratamento ou si percisá vai sê por poquinho tempo.

— Preciso tirar essa aflição que me consome. Depois de muito tempo esse é o primeiro dia que me sinto bem.

— Porque a minina tá entre os amigo do passado.

— Não entendo?

— Ocê e essa minina aí têm ligação muito antiga. Sempre si derum bem e agora uma percisa da outra.

– Pai Bento – falou Cândida – pode explicar melhor?

– Só argumas coisa; outra vêm cum o tempo.

– O quê, por exemplo?

– Que ocêis já foram irmã em mais duma vida. Ocêis tiverum junta, trabaiaram e também si comprometerum. Eu andava por lá e o Pedro também.

– O Pedro?

– Sim, seu noivo. O mió de todos nóis. Não tem pobrema a resolvê. Só encarnô pra ajudá as minina.

– Ele não pode saber disso se não vai ficar vaidoso, pode tirar proveito, falou Cândida.

– Num acuntece. Esse aí já venceu tudo isso. Ele qué fazê justiça, por isso virô dotô e dus bom. Ocêis vão vê como ele vai ajudá todas.

– Foi ele quem nos aproximou uma da outra.

– A arma sabe. Ele num percisa di reza. Mas num fala prá ele isso não.

– E quanto ao meu filho, retornou Noêmia ao assunto.

– Tá nu céu, ué. Qué mais?

– A saudade é tanta!

– Ele só num ta mió proque ocê chora muito, pede muito por ele. Dá inté dó de vê o disispero dele quando ocê si descabela nu quarto suzinha. Ele fica tão pertubadu onde tá qui entra em pânico. Pare com isso, minina – falou Pai Bento com firmeza.

– Não sei se vou conseguir.

– Vai, sim. Tem espírto ti pertubano. Percisamo tirá do seu cangote esse tar de Gastão Cruz. Cruz-credo, qui coisa ruim!

Noêmia empalideceu. Não tinha falado para ninguém a respeito da conversa que tivera com o Sr. Antônio. Gastão Cruz, o suicida, aquele que o seu marido tinha prejudicado.

– Num prejudicô, não – falou Pai Bento.

A senhora ficou mais perplexa ainda. O preto velho leu o seu pensamento. Como pôde acontecer isso?

– Acuntece qui o seu marido num chegô a prejudicá o home. Ele tentô, mas o outro reagiu. Queria inté matá ele. Ele ficou cum tanto medo qui num quis sabê mais de nada. Quando o tar puxô a arma, o seu marido tremeu qui nem vara verde. Pensô qui ia morrê. Não fosse a esperteza du motorista, de quem ocê num gosta, arguma coisa tinha acuntecido. Um ferimento, mais morte não. A morte era pra sê junto com outras pessoa, com aquelas qui andaru cum ele no passado.

Noêmia estava atônita, paralisada. Foi Cândida que veio em seu socorro, dizendo:

– Então esse espírito a está perturbando?

– Muito. Influenciô os fraco lá da fábrica pra dar golpe e derrubá o negócio. Mas Deus não deixô.

– E como vamos fazer para tirar esse encosto dela?

– Num sei. Perciso falá com os guia e recebê orientação. Quanto tivé nuvidade, aviso. Ela num pode ir embora logo. Aqui tá protegida. Percisa ficá mais alguns dia, sinão piora.

– Tá bem.

– Agora num posso falá mais. Tô cansado. Perciso

tomá café. Ocê passa um?

– Até dois – brincou Cândida.

Noêmia estava em estado de choque. Como poderia aquele homem simples, rude, desvendar tantos segredos passados há tempos em um lugar tão distante. Não houve contato com ninguém. Só o Sr. Antônio, ela e o motorista que sabiam. Pensou em como fora injusta com o motorista. Poderia, quando foi transferido de casa para a empresa, reclamar, falar o acontecido, mas mantinha-se fiel a Demetrius, mesmo após a morte. Que mistério é a vida?

A empresária, naquele momento, lembrou-se do Sr. Antônio e perguntou:

Pai Bento, eu tive uma grande ajuda quando o meu marido faleceu. O Sr. Antônio, administrador da empresa, esteve ao meu lado como um pai, ensinando-me tudo o que sabia. Sem ele eu não teria conseguido vencer aquele momento e conduzir a empresa. Mas depois de dois anos ele, repentinamente, faleceu em razão de uma doença fatal. O senhor pode me informar como ele está?

Minina, depois de passá por hospitau lá do arto, ele agora tá bem. E de longe acompanha a minina e a empresa. Quando acunteceu o robo di impregadus farsos, foi ele que intuiu a minina a contratá o Pedro e também os auditor.

Noêmia novamente ficou estarrecida. Pai Bento certamente não sabia do roubo. O amigo de sempre, como disse no restaurante, estaria lá de cima olhando pela empresa.

Chegou o café e os três contemplaram o sol que deixava as suas últimas carícias nessa parte da Terra. Como bígamo contumaz, iria beijar a outra, para retornar depois, sem que houvesse ciúmes entre elas.

À noite houve fogueira, dança de roda, bolo de fubá. A alegria era geral, quando chegou Marcelo, amigo de Pedro, para abraçar o amigo. Ficaram conversando a respeito de negócios na região. Pedro, pesquisando o mercado para o seu trabalho de advogado; Marcelo, sobre as possibilidades que a fazenda do seu pai, a qual estava assumindo, apresentava. O pai estava bem doente, enfraquecido, e por isso havia solicitado ao filho que falasse com o advogado para orientá-lo quanto às disposições de última vontade.

Enquanto os jovens relembravam os bons tempos passados na cidade, marcaram uma reunião na casa de Marcelo no dia seguinte para cuidarem do assunto. As responsabilidades já estavam chegando para eles; cada qual começava a enfrentar os desafios nos campos que haviam escolhido para as suas atividades profissionais. Marcelo viera mesmo para convidar Pedro para ser o seu padrinho de casamento, desde que ele pudesse estar acompanhado de Cândida. Por isso tocou no assunto com cuidado.

— Você sabe que eu e a Juliana estamos namorando há mais de um ano. Ficamos noivos em cerimônia simples, na casa dos pais dela, com a presença apenas dos nossos familiares. Por isso não chamei você, senão criaria um ciúme geral nos nossos amigos aqui da cidade. Agora, com o avanço da doença de meu pai, ele gostaria de me ver casado, tocando a fazenda. Gosto de Juliana e pretendemos nos casar no final do ano. Falei com ela e disse que gostaria que você e a Cândida fossem nossos padrinhos. É possível?

Pedro abriu um largo sorriso, abraçou o amigo e ficou extremamente feliz com o convite:

— Vamos agora mesmo participar Cândida, que

ficará feliz. Mais um da turma se casando, meu Deus! Onde vamos parar? Daqui a pouco estaremos com crianças no colo, brincando de novo. Ainda bem que somos jovens e não nos esquecemos das nossas peraltices.

Saíram e encontraram as amigas que não se desgrudavam.

– Cândida – iniciou Pedro, alegre – veja que surpresa o Marcelo nos traz. Está nos convidando para sermos padrinhos de seu casamento com a Juliana. Eu já aceitei na hora, só não tenho a dama. Vai comigo até o altar levar esse doido aí?

– Que expressão horrorosa! – Respondeu rindo. E quando vai ser?

– No final do ano.

– Então tenho tempo para comprar as roupas.

– Aceita, então?

– Claro, meu amigo. Quando for à cidade, vou procurar Juliana para abraçar a felizarda.

– Eu também estou muito feliz.

Noêmia, ao lado, deslumbrava-se com aquelas manifestações espontâneas de carinho, amizade. Ela fora criada sob rígido protocolo; a mãe, formalista, só pensava em inseri-la na alta sociedade; amigo de infância de verdade nunca tivera; escola, balé, piano, inglês, tudo era concedido, mas quando chegou a sua vez de ir para a faculdade, a família entrou em crise financeira e o sonho acabou. Depois encontrou Demetrius e a vida escorreu por outros caminhos, com o nascimento dos filhos e os demais compromissos. Mas, sentia-se realizada quando percebia uma amizade límpida.

Aqueles foram dias marcados de alegria, extrema felicidade. Sem os ataques de Gastão Cruz Noêmia começou a ficar mais corada, alegre, espontânea, saudável. Tinha até medo de retornar à sua vida normal. Estava feliz, no momento em que vinha do casebre de Pai Bento Carlinhos, filho de uma serviçal que atendia ao preto velho, trazendo um recado:

– Pai Bento qué cunversá com as sinhá hoje. Mandô preguntá se pode.

– Diz que sim e que vou levar umas broas quentinhas.

O menino saiu correndo.

Horas depois as duas amigas estavam novamente diante do ancião, cujas faces se abriram em um largo sorriso.

– Chamou, estamos aqui – disse Cândida – enquanto beijava o velhinho, o mesmo fazendo Noêmia.

– As minina tão corada, qui beleza!

– Também, com o que a Serafina vem fazendo... – explicou Noêmia.

– Tudo o que é bom ela faz – acrescentou Cândida. E o Pai também tem recebido aqui igualzinho o que se come lá. Está gostando?

– Hum! Nada mió do qui recebê visita na fazenda.

Riram enquanto Cândida desembrulhava a broa, que ainda estava quentinha. Era a forma de Serafina agradar o velhinho. Ambos se conheciam desde meninos. Sempre se deram bem. Houve até quem apostasse que um dia se casariam, mas Pai Bento optou por ficar solteiro. Tinha lá as suas razões espirituais. Enquanto Cândida passava o café, Noêmia, desenvolta, sentava-se ante o ancião, como se já o conhecesse há muito tempo. Os espíritos se conheciam, sim. E quando isso acontece o entendimento é imediato, instantâneo, como ocorre em inúmeras situações ao longo da vida.

— Pai, – principiou Noêmia – parece-me que o senhor está um pouco debilitado...

— Isso passa minina. É proquê de noite trabaiei muito. Nosso assunto percisa de ajuda. Agora já tô orientado e sei como fazê.

Cândida chegou com o café e os três continuaram a conversa.

— O que é necessário? – Perguntou Cândida, entrando na conversa.

— Intão, diz nossos amigo qui percisamo nus arriuni amanhã de noite quando a fazenda estivé drumindo. Percisamo de silêncio. E é bom ninguém ficá sabendo. Só Serafina tem qui participá. A força dela é boa e vai ajudá muito. O tar do Gastão Cruz tá mesmo loco i é muito forte.

— A que horas?

— Anqui o povu drome às oito hora. Lá pelas nove. Pode ser?

— Sim.

— E o que mais precisa?

— Ah! dispois do armoço cada uma deve descansá. A Serafina é teimosa. Diga prá ela também pará. As outra qui arrume a cuzinha. Nada de jantá, só chá da tarde, pra todos ficá mais leve.

— Está bem.

— Dispois vêm anqui. Percisamos arrumá lá dentro.

Pôr cadeiras pro seis sentá.

— Cuido disso.

— Mais alguma coisa?

— Ninguém deve pensá o mal di ninhuma outra pessoa. É dia de jejum espirituar. Só pensá nu bem, num pode esquecê, sinão não vai dá certo. Avisa a Serafina.

No dia seguinte as três seguiram rigorosamente a preparação espiritual indicada. Na fazenda não desconfiaram, só não entenderam por que Serafina, tão ativa, tinha se sentido indisposta. No horário combinado, sob a lamparina do casebre de Pai Bento, as três mulheres estavam reunidas, compenetradas, escutando uma oração que o preto velho fazia. Após sentida prece ele falou:

— Mininas, eu e a Serafina vamu segurá anqui o Gastão Cruz, como tão me falando. Ele já tá preso, mas percisa dum choque, incorporá pra podê senti as cunsequência do qui feiz ao deixá a vida pelo suicído. As minina percisa cunversá com ele pra orientá. A Cândida fala primeiro, pruque já sabe como lidá com espírto; dispois a Noêmia. Fala de coração, fia. Cunverse como se tivesse falando cum outra pessoa anqui da Terra, sem rancor. Não pode deixá o padrão vibratório caí. Por isso o pensamento é muito importante; percisa sê firme. Tamo em missão di socorro, ajudando quem percisa e ajudando nois também. Eu trago o homem e a Serafina dá sustentação. Vamu agora nos cuncentrá, pedindo a Deus força pra realizá bem nossa tarefa.

Todas ficaram em silêncio orando. Noêmia estava um pouco assustada; nunca tinha participado de uma reunião de desobsessão e ela mesma era quem estava sendo obsidiada por uma entidade vingativa, ignorante, que estava sofrendo mais do que todos, porque não aceitava as Leis de Deus. Rebelde, insubmisso, transgrediu a lei ao máximo, prejudicando a si próprio, mas também aos seus familiares, por descrer, não entender que as dificuldades aqui na Terra são momentâneas, passageiras. Os testes, as provas que a vida dá a todos é para que demonstrem que são alunos eficientes.

É muito fácil proclamar bondade, honestidade, ética, sem nunca realmente ter sido testado. Quando falta o pão para um filho, o remédio para um familiar doente, quando chega o despejo, a dor da perda e da separação, será que todos os que proclamam honestidade, bondade, sensatez, têm coragem de praticar o que exigem dos outros? Por isso Jesus já ensinava: *Não julgueis se não quiserdes ser julgados; com a mesma medida que medirdes sereis medidos.*

O ambiente era favorável ao trabalho espiritual; tranquilo, sem interrupções, a fazenda dormindo; a energia firme de Serafina apoiando Pai Bento permitiu a imediata incorporação de Gastão Cruz que foi trazido para o local, furioso.

– O que querem de mim? – Perguntou rancoroso. – Já não basta o que me fizeram? Estou preso, sem nenhum apoio e vocês me trazem nesse lugar imundo. O que pretendem? Digam seus covardes, que não ousam mostrar a cara.

Gastão Cruz, em seu estado, não conseguia perceber as pessoas ali presentes. Tão obcecado se encontrava com a ideia de vingança que seu quadro era constrangedor. Cândida, já experiente, falou com voz calma o que sentia:

– Meu amigo. Aqui estamos para ajudá-lo. Nada tema. Sabemos o quanto você está sofrendo.

– Não sabem, não! Se existe inferno, já estou nele. Não

tenho mais vontade de viver.

– Não adianta fugir da vida. A vida nunca acaba.

– Mas eu me matei!

– Pior ainda. O suicídio fere profundamente as Leis de Deus. Quem pensa que tira a própria vida para se livrar dos problemas arruma mais uma grande dificuldade, porque não se pode acabar com a alma eterna, criada por Deus e destinada à felicidade.

– Mas eu não quero mais viver. Tento me matar e não consigo.

– Você sabe que para os seres da Terra você já desencarnou, não vive mais. Está morto, mas ao mesmo tempo tão vivo quanto antigamente. Por que, sabe explicar?

– Não.

– Porque, meu irmão, a vida é eterna. A sua rebeldia, o seu desejo de se livrar dos problemas que deveria enfrentar levaram você a violar uma Lei Sagrada: a da conservação própria.

Quando conseguimos reencarnar, após longo processo de preparação, chegamos aqui para realizar uma obra importante para o nosso progresso e para o progresso daqueles que nos cercam. Simplesmente sair de cena, deixando os problemas para os outros e não enfrentar os que nos cabem, além de ato covarde, atinge as superiores disposições da vida. Por isso o seu sofrimento, a sua dor. E o pior: esse seu desejo de perseguir, atacar pessoas honestas e que nunca lhe fizeram mal. Olha aqui, vê essa mulher que nunca o feriu e que você tenta prejudicar de qualquer jeito.

Nesse instante, graças à intervenção dos Planos Superiores, Gastão Cruz pôde enxergar Noêmia. Deu um salto para trás e perguntou esbravejando:

— O que essa víbora está fazendo aqui? Vou enlouquecê-la de vez. Aquela fábrica vai cair, como a minha. O maldito do Demetrius conseguiu fugir, mas deixou a mulher para me enganar. Só que não vai conseguir. Por causa dele eu fali, deixei tudo e não tive nenhuma condição de enfrentar os credores.

— Seja sincero consigo mesmo — interrompeu Noêmia visivelmente intuída pelo Plano Superior e sem saber o que estava acontecendo com ela naquele momento. Na realidade Noêmia tinha mediunidade bem desenvolvida, precisava somente educá-la. Com o apoio de Cândida, que lhe segurou as mãos, continuou:

— Não fuja da verdade! O Demetrius não chegou a prejudicá-lo. Ele viu a oportunidade do seu negócio crescer, pelo fracasso da sua empresa, e teria feito coisas ruins, mas você reagiu duramente e evitou. Ele, você sabe bem, não fez mais nada para a sua empresa cair.

— Ele atrapalhou.

— Aponte um problema concreto.

— Agora não sei.

— Sabe, sim! Tanto sabe que não aconteceu nada e por isso não consegue se lembrar. Demetrius não morria de amores por você, que já o tinha prejudicado várias vezes em vidas passadas. Mas nada fez.

— Eu nunca confiei nele.

— Por quê?

— Não sei.

— Não é resposta para quem se acha tão inteligente.

– Não gosto dele.

– Também não é resposta. Mero preconceito.

– Você sabe muito bem por que a sua empresa faliu e você deixou a sua mulher e os filhos revoltados.

– Como assim?

– Seus vícios consumiram a sua riqueza – falou Noêmia sob o comando direto de Entidade Superior. – Corrida de cavalo e mulheres. Ninguém engana a justiça divina! Existem olhos para todos os lados vendo o que estamos fazendo a cada hora, a cada minuto. O dinheiro, que deveria ser destinado à empresa, para comprar matérias-primas, máquinas e equipamentos modernos era jogado fora nas corridas. E você, por mais alertado que fosse por sua mulher, enganava-a inteiramente. Não se faça de vítima; o algoz é você.

Confrontado com a realidade, o espírito despencou. Lágrimas profundas brotaram dos olhos do médium, que soluçava.

– Agora, meu irmão – respondeu Cândida – retomando o controle da sessão. – É preciso se renovar. Aceite a ajuda que os Bons Espíritos estão lhe oferecendo e siga para uma colônia de tratamento. Vai lhe fazer bem e principalmente aos seus familiares; deixe a vida cuidar de tudo. O que você tinha de fazer aqui na Terra já fez; agora é seguir em paz, deixando que sua mulher e filhos evoluam com os sofrimentos. Eles mais do que você precisam de paz.

– Mas me sinto injustiçado!

– Por quem?

– Por Demetrius.

— O que ele fez para você, diga!

— Bem, não sei. Só sei que o lugar dele deveria ser o meu.

— Não se iluda! O nosso lugar está sempre reservado. Estamos onde nos colocamos. O nosso pensamento nos leva primeiro; depois vamos para o lugar que escolhemos. Você, levado pelo jogo e pela ganância, nunca acreditou mesmo no trabalho. Se tivesse acreditado teria conseguido as suas coisas com esforço, luta, e a sua empresa não teria quebrado. Diante dos problemas, ao invés de enfrentá-los, optou pela fuga. Agora acabou. Decida-se.

— E se eu não quiser ir com eles?

— Respeitaremos a sua decisão. Só não iremos mais preservá-lo de seus inimigos. As preces que a sua esposa faz todos os dias para você têm permitido certo distanciamento. Você vai escolher o caminho que quiser. E terá de aguentar as consequências, certo?

— Não tenho inimigos.

— Pense bem... Lembra-se dos seus últimos dias na Terra?

— Sim, terríveis.

— Então, andava deprimido, angustiado, perdido. Olha quem lhe sugeriu o suicídio.

À frente apareceu uma entidade horrenda, deformada, enfurecida, que ele detectou logo como seu inimigo em vidas passadas. Aquele inimigo que não conhecia a Lei do Perdão e estava há séculos tentando atingir o seu desafeto. Assustado, recuou.

— Mas o que é isso?

— Um de seus inimigos. Até agora eles não conseguiram lhe pegar porque você está sendo protegido graças às orações de sua esposa. Quando nós o deixarmos, você ficará sem a proteção do bem e a sua esposa sozinha não conseguirá conter os que ainda não o perdoaram. Então, vai ter de se virar com eles, em vez de ficar prejudicando gente honesta.

Noêmia nunca lhe fez mal algum. Só pelo fato de ela ter sido mulher de Demetrius você a vem atormentando, perseguindo, dificultando o seu trabalho, aproveitando o momento de fragilidade de uma mãe que acabou de perder o filhinho. Que covardia!

— Mas ela o apoiava.

— Era a esposa e não sabia como ele conduzia os seus negócios. Quanto a você, já dissemos, o Demetrius não o atingiu. Quem se feriu e se arruinou foi você mesmo, pelos seus atos inconsequentes. Não arranje desculpas. Não podemos ficar a noite inteira aqui tentando convencê-lo. Quer ou não quer receber a nossa ajuda?

Gastão Cruz estava com medo. Lembrava-se de seus inimigos, como eles eram ferozes, mais fortes, determinados. Dessa vez não contava com mais ninguém para ajudá-lo na luta. Estava sozinho, sem os seus comparsas de outrora. Muitos o haviam abandonado, evoluído, estavam em outro patamar. Ele é que sempre se recusava a mudar de posição, mas agora estava com medo. Medo da luta, medo de encontrar aqueles que ele havia prejudicado, medo da terrível solidão. Estava cansado de ver os seus familiares culpando-o; não conseguia mais influenciar nenhuma outra pessoa, a não ser Noêmia, porque se tornara frágil com a morte do filho. Os tempos eram outros; será que não havia chegado o momento de encontrar um pouco de paz? – Pensou.

– Se eu for com vocês, qual a garantia que me dão em relação aos meus inimigos?

– Só o fato de estarmos juntos, de você ir para uma Colônia de tratamento destinada aos suicidas, já é o suficiente para não ser alcançado pelos que o perseguem há muito tempo.

– Vou, mas se não cumprirem o prometido, dou um jeito de fugir e volto para dar o troco.

– Que troco? Ninguém o está obrigando a nada. Seja mais humilde, compreenda que não está em condições de fazer nenhuma ameaça. Olhe para você. Já viu o seu estado? Olhe para as suas roupas? Estão rasgadas, sujas, nem um mendigo anda assim pelas ruas. Parece que você um dia foi um industrial importante? Do jeito que está, acha que alguém vai lhe dar crédito? Acorde para a realidade, seja submisso à vontade de Deus, a quem sempre pretendeu desafiar, rebelando-se com o suicídio.

Gastão Cruz sentiu que o momento havia chegado. Não podia mais resistir por simples teimosia. Homem inteligente sabia avaliar a sua situação. O certo será se conformar com a realidade. Era um suicida contumaz; reincidira em várias reencarnações infringindo a Lei; precisava enfrentar novamente a realidade. Após muito relutar, disse:

– Sigo com vocês agora. Já estou farto de tantos desaforos. Minha família que encontre outro para me substituir.

– Entregue tudo nas mãos de Deus, que sempre sabe o que faz.

Assim a caravana ganhou o espaço e desapareceu da humilde choupana.

A caridade moral é o estágio mais nobre da própria caridade. Dar o pão, saciar a fome, cobrir o corpo nu, agasalhar o morador de rua nas noites de frio são gestos dignificantes e necessários. Socorrer a alma enferma, aflita, desesperada, contudo, transcende o pão que se compra na padaria e exige todas as forças do coração.

Sentimentos nobres são necessários para a prática da caridade moral, não simplesmente pôr as mãos no bolso e dar algumas moedas, mas doar a si próprio com palavras, gestos, manifestações, despendendo tempo, energia. Essa é a caridade moral a qual todos nós podemos precisar a qualquer momento, quando nos deparamos com as fragilidades da vida.

A dependência emocional, os desajustes do coração, as aflições do dia a dia requerem almas nobres que nos inspirem à compaixão, à aceitação, ao desprendimento, em atos indeléveis de apoio aos sofredores. Levar mensagens positivas para os que se encontram derrotados; trazer esperança para os que se perderam nas lutas; insuflar amor são provas de solidariedade moral inesquecíveis.

Sem a perturbação de Gastão Cruz, Noêmia voltou para a sua casa revigorada. Não esperava que um simples feriado prolongado, aos quais acrescentou mais alguns dias, pudesse causar tanto bem-estar. Não tinha palavras para agradecer às pessoas que tanto a tinham ajudado. Queria mandar presentes, mas nada faltava àquelas criaturas bondosas, que ficaram ainda mais felizes ao virem a jovem senhora partir com alegria. Cíntia só falava em voltar, brincar com as crianças da fazenda, descontraída. As obrigações e os compromissos chamavam cada uma das nossas personagens à realidade de cada dia.

Capítulo *14*

Novos chamados

𝒫edro e Cândida marcaram a data do casamento: 12 de maio do ano seguinte. Teriam nove meses para os preparativos. Apesar de feliz, a jovem estava apreensiva. Gostava muito do noivo, desejava o casamento, mas deixar a fazenda, ir para São Paulo ainda a incomodava. Tinha esperanças de que o eleito do seu coração resolvesse iniciar as atividades jurídicas na cidade, conciliando todas as necessidades.

O destino, contudo, leva a pessoa para o lugar certo, onde se encontram os desafios para o seu crescimento.

Após aqueles feriados na fazenda, Noêmia passou a solicitar ainda mais a assessoria do advogado, que a prestava, como empregado do escritório do Prof. Cavalcante, ficando mais na filial do Rio de Janeiro do que na matriz em São Paulo.

Foi sugerido a ele que deixasse o escritório onde trabalhava e montasse o seu, levando alguns clientes importantes que o acompanhariam. Mas, o jovem profissional era ético o suficiente para não trair a confiança que nele fora depositada pelo professor. Desta forma espúria, aproveitando-se do conhecimento que tinha dos clientes, passando para trás quem lhe dera oportunidade, não queria se estabelecer. Se um dia desejasse iniciar o seu escritório, já dispunha de algum respaldo financeiro que o possibilitava começar do zero, sem aceitar nenhum cliente do escritório onde trabalhava.

Pequenas coisas fazem diferença na vida. Espírito lúcido, coerente, responsável, sabia que a menor transgressão às Leis deixa marcas na personalidade. Complexos de culpa, depressão, neurastenia começam muitas vezes com atitudes aparentemente insignificantes, que se alojam no ser, causando grandes problemas no futuro, se não forem compreendidas e tratadas a tempo.

As duas mulheres se tornaram amigas inseparáveis apesar da distância, que superavam com a troca de telefonemas, cartas, de forma que uma sabia o que a outra estava fazendo a cada dia.

A vida de Noêmia tornou-se mais alegre; a dor pela morte do filho, que ainda persistia não a levava mais ao desespero. Toda vez que pensava em chamá-lo mentalmente lembrava-se da advertência de Pai Bento e do sofrimento que estaria causando ao menino, agora situado no outro lado da vida, com afazeres e compromissos próprios, sem condições de ficar atendendo a todo instante a uma mãe chorosa. Sem a torturante presença de Gastão Cruz, envolvia-se no trabalho, esquecendo por algumas horas as decepções da vida. Tinha por quem lutar; Cíntia era o centro de suas atenções.

A Incotel, apesar do golpe, se refez. Pretendia abrir-se mais para o mercado externo, estratégia já traçada por Demetrius, que foi interrompida com a sua morte, apesar da remessa aos árabes dos lotes encomendados.

A feira de Frankfurt na Alemanha era uma ótima oportunidade de exposição dos produtos fabricados pela empresa; Noêmia decidiu investir na Automechanik, preparando-se cuidadosamente para a apresentação da fábrica e dos novos produtos, com ênfase para aqueles apontados pelo departamento de marketing como de mais fácil comercialização.

Comparecem à feira anual de mecânica em Frankfurt importadores de várias partes do mundo, representando empresas do setor situadas em muitos países. Escalou as pessoas que deveriam fazer a apresentação no local, cuidou de todos os detalhes e marcou a viagem. Iria também. Estaria na feira para a abertura, deixando o pessoal de marketing trabalhar com naturalidade, aproveitando o tempo restante para conhecer um pouco a Alemanha. Pensou em convidar Cândida, ouvindo, antes, Pedro, que ficou animado, acenando com a possibilidade de encontrá-las, se conseguisse organizar a sua agenda.

Cândida, que nunca tinha saído do País, ficou insegura. Como iria deixar a fazenda, os negócios? Ela cuidava pessoalmente de tudo, ao contrário de Noêmia, que na indústria tinha profissionais especializados em cada departamento. Com o apoio entusiasmado do noivo e a possibilidade de se encontrarem no exterior, iniciou os preparativos, partindo também com a amiga para a festa de abertura da exposição.

Deixar o Brasil, viajar doze horas de avião, chegar a uma cidade inteiramente diferente da que estavam acostumadas encantou as mulheres. Mesmo Noêmia não conhecia ainda a Alemanha. A beleza do local, as flores, as cervejarias, o ambiente alegre, o estilo cosmopolita, a cultura, os teatros e os lugares históricos tocaram profundamente as duas amigas que, após a abertura da exposição, pegaram um trem e se enveredaram pelo interior do país, conhecendo pequenas cidades, almoçando e jantando onde tivessem vontade, descontraindo-se.

Dez dias se passaram; estava quase na hora de retornarem e Pedro ainda não conseguira deixar o escritório em São Paulo. Dois dias após informou que estava embarcando para Frankfurt, mas não poderia permanecer por muito tempo, uma vez que o trabalho o chamava. Preocupado com os afazeres que haviam ficado para trás, desembarcou no monumental aeroporto da cidade, o segundo maior da Europa, só superado pelo de Londres, onde as duas mulheres alegres já o esperavam.

— Como foi a viagem, meu querido? — Cumprimentou-o Cândida — jogando-se nos braços do noivo.

— Bem, sem turbulências.

— Está pronto para Frankfurt? — Emendou Noêmia — inteiramente à vontade.

— Dependo de vocês. Não conheço nada nessa cidade. O que acharam?

— Linda, magnífica!

Frankfurt-sobre-o-Meno, situada no estado de Hessen, no centro-oeste da Alemanha, é a capital financeira do País. Os contornos dos arranha-céus lembram os de Manhattan, em Nova Iorque.

— Mas vamos ao hotel; depois sairemos para jantar. Já escolhemos um restaurante especial.

— Batata com chucrute!

— Salsicha também.

— Vamos lá. Tem cerveja? — Perguntou sorrindo.

— É uma instituição nacional.

Após as acomodações foram todos para um restaurante típico da culinária alemã.

— Por que demorou tanto, meu querido?

— Problemas de última hora. O advogado é escravo dos prazos judiciais. Tivemos algumas decisões contrárias aos nossos clientes e precisamos tomar as medidas necessárias. Agora já está tudo bem.

— Estive pensando e conversei com Noêmia, mas ainda não encontrei uma solução. Nosso casamento está chegando e ainda não decidimos onde morar.

— Já tenho a solução – disse Pedro.

— Qual?

— Moraremos nas duas cidades ao mesmo tempo.

— Explica-me!

— Se você concordar, arrumamos a sua casa em Queluz e eu monto uma outra em São Paulo. Continuo o meu trabalho e você o seu. A distância não é muito grande; fácil o transporte, viajaremos de um local para outro, conforme os ciganos, sempre em busca do sol. Quando tivermos os nossos filhos, aí, sim, teremos de definir um local permanente, sobretudo quando estiverem em época escolar. O destino vai ditar a regra, o que acha?

— Melhor impossível.

— Vamos brindar o acordo – falou Noêmia – erguendo um copo de cerveja, sabendo que, mesmo estando no Rio de Janeiro, o contato seria muito frequente.

— Antes tenho uma notícia que não é muito agradável e que foi também uma das razões da minha demora.

— Qual?

— Pai Bento. Não está bem de saúde. Levamo-lo a

semana passada ao hospital. Já recebeu alta, mas o médico disse que o coração do velhinho está muito fraco. Nós precisamos tomar muito cuidado. Por enquanto não é nada grave: a idade, os sofrimentos da vida causaram estragos. O importante é que está lúcido, mandou beijos para as "mininas" e pediu para não se "percuparem" – falou Pedro, imitando Pai Bento.

– Precisamos retornar logo – ponderou Cândida. – Você não está me escondendo nada?

– Nada! O quadro é esse. Todos nós sabemos que não somos eternos; a idade, o tempo desgasta e um dia deveremos partir. A vida de Pai Bento tem sido muito útil. Ele aprendeu muito, adquiriu humildade, sabedoria; quando chegar a sua hora irá direto para Deus, tenham certeza.

– Você nunca foi dado a essas coisas – observou Cândida.

– Sinto que é assim.

As duas mulheres se entreolharam. Lembraram da conversa que tiveram com Pai Bento: "Pedro é o melhor de nós. Não precisava estar aqui. Veio para ajudar as *minina*".

– Não se preocupem mesmo. Eu fui pessoalmente à fazenda, levei-o ao Dr. Geraldo, nosso amigo, que o examinou e falou exatamente isso: o coração está fraco, tomem cuidado. O mais difícil é deixá-lo em repouso. O homem é teimoso que nem uma porta. Ele ficou muito agradecido com a atenção recebida e depois pediu para eu sentar no banquinho. Falou-me que eu nunca tinha ido lá conversar com ele e quis saber o porquê, imaginem!

– O que respondeu?

– Disse-lhe que eu é que tinha perdido não ele. Eu

perdi as suas lições, a sua sabedoria e não poderia dar nada em troca. Agora estava disposto a recuperar o tempo passado. Ele riu muito e ficamos conversando. Falou-me algumas coisas estranhas, que não entendi bem.

— O quê? — As duas perguntaram ao mesmo tempo.

— Que curiosidade!

— É importante para nós.

— Não entendo as duas. Ele fala comigo, vocês nem sabem o que é, e dizem que é importante. Importante por quê?

— Deixe de complicar as coisas – observou Cândida – e desenrola de uma vez. Estamos curiosas, sim. Pai Bento para mim, e agora também para Noêmia, é um Mentor, alguém que tem sabedoria e pode ajudar muitas pessoas.

— Está bem. Minha conversa com ele foi longa. Falamos a respeito do Brasil, dos escravos, das dificuldades dos mais pobres, de política, de justiça. Só não falamos de mulheres.

— Seu desavergonhado! Bem que pensou nelas.

Pedro riu à vontade.

— Você não disse nada e está nos enganando com essa conversa de advogado sabichão.

— Não faria isso. Pai Bento, em um determinado momento de nossa conversa, disse-me algo que realmente não entendi.

— O quê?

— Calma! Falou-me que não está longe o dia em que estarei diante de dois caminhos, cada qual levando para um lugar diferente. A escolha será minha; os méritos e os problemas também. Eu quis saber quais eram esses caminhos.

Simplesmente disse que também não sabia; os guias não haviam revelado. Perguntei-lhe se era coisa ruim e ele me falou que não. Nenhum dos dois caminhos levará a lugares ruins; cada qual apresenta um nível de dificuldade, mas eu poderei conciliar, se agir com sabedoria. Confesso que não entendi nada.

— O que pode ser? — Noêmia perguntou à amiga.

— Também não faço ideia.

— Ah! Pai Bento me disse uma coisa que vai interessar a vocês. Ele me falou que ambas, um dia, já estiveram nessa cidade. O engraçado era vê-lo tentando falar Frankfurt. Não dava para entender nada. Até ele riu. Não poderia ter nome mais esquisito para o velhinho, que mal sabe falar a língua portuguesa.

— Disse o que exatamente?

— Bem: que vocês estiveram na cidade; gostaram, e um dia retornariam para conferir outras informações. Descreveu-a como se estivesse aqui e falou que vocês estavam adorando o passeio, mas que precisariam também ir a Munique, onde teriam lembranças mais vivas do passado.

— Vocês foram?

— Sim. Lembra-se como ficamos olhando a cidade, admiradas? — observou Noêmia.

— É verdade, pensando bem, Frankfurt para nós é um lugar paradisíaco; Munique, uma cidade que inspira alguns temores, pelo menos foi isso o que eu senti.

— Também não me senti bem lá. Prefiro Frankfurt.

Aquela noite, cada qual no seu quarto de hotel não

conseguia dormir. Algo os incomodava, ao contrário do que se passara com as mulheres nos dias anteriores. Pela manhã, tiveram de cumprir uma programação: visitar os pontos turísticos da cidade e conhecê-la melhor; era o dia em que Noêmia deveria se encontrar com os executivos da empresa, que analisariam os resultados da feira, como volume de vendas, cadastro de novos clientes e abertura de outros mercados.

Tudo estava correndo bem quando o táxi freou bruscamente, quase atropelando uma senhora que atravessava a rua em lugar impróprio. Era uma pessoa perturbada, doente, que nem se deu conta do problema e seguiu o seu caminho como se nada tivesse acontecido. O motorista, tenso, falou em alemão qualquer coisa que eles não entenderam, e seguiu viagem até deixá-los no bairro Römerberg, no coração da cidade, onde se concentra a maior parte dos monumentos históricos, que ficou bem danificado após a segunda guerra mundial.

Os nazistas provocaram aquela guerra cruel. Muitos espíritos, que vinham lutando desde a guerra franco-prussiana e ali travaram batalhas ferozes, retornavam àquele cenário da luta, movidos ainda pelo ódio.

As guerras provocam nas pessoas e nas coletividades ódios profundos, que se enraízam, durando séculos e até milênios. Nos campos de batalha, os dois lados da existência se defrontam; padioleiros, médicos, socorristas espirituais quase chegam a não dar conta de aplacar tanto rancor provocado por batalhas inúteis. O ser humano ainda irá compreender um dia que a melhor solução para todos os conflitos é a negociação, o entendimento.

Após o pequeno incidente do táxi o dia transcorreu normalmente.

A história da cidade se revelou aos visitantes: na Domplatz, a catedral Frankfurter Dom se destaca por uma torre de 95 metros de altura e a cúpula arredondada. O templo religioso nasceu ali entre os séculos XIV e XVI. Perto da catedral, do outro lado da praça do mercado, a Prefeitura reflete os tempos medievais – o Römer, o Kaisersaal. Foi no interior da Paulskirche que em 1848 se assinou a primeira Constituição democrática da Alemanha.

– Esta cidade existe desde o ano de 794. Passou por várias invasões. Guerras e mais guerras destruíram-na. Por isso vocês não encontram um centro antigo intacto, como ocorre com outras cidades europeias. Duas vezes reconstruída, após a primeira guerra mundial, foi bombardeada onze vezes e depois da segunda guerra, quando sofreu trinta e seis ataques. Hoje é uma cidade moderna, bonita, atraente. Mas em cada praça, em cada rua, há algo que vem do passado ressumando dores e sofrimentos coletivos intensos, destacou o guia turístico.

– A cidade atual se destaca como sede dos mais importantes eventos comerciais, com realce para a feira do livro, e ainda como base do mais importante conglomerado financeiro da Europa. Mais de trezentos bancos do mundo mantêm na cidade filiais, além de ser a sede dos bancos centrais europeus e do banco alemão – complementou o guia.

– Sempre tive imenso interesse em conhecer o lugar em que Goethe nasceu, disse Noêmia.

– Vamos visitá-lo, falou o guia. Goethe realmente expressa a alma alemã de seu tempo e a versatilidade científica e cultural do povo germânico. Filósofo, escritor, poeta, botânico, em tudo o que se dedicou destacou-se. A Alemanha, o mundo, Frankfurt devem muito a esse gênio da Humanidade, cuja passagem pela Terra deixou um rastro luminífero que não se apagará.

Terminaram o agradável passeio. Teriam pela frente mais dois dias antes de retornarem a São Paulo, e aproveitaram bem cada minuto.

Chegando a São Paulo, Cândida foi do aeroporto direto para a fazenda. Precisava saber de Pai Bento, sentir de perto como as coisas tinham andado em sua ausência. Vinha com a alma repleta de novidades, mas temerosa pela saúde do bom velhinho. Até, então, nunca se imaginara sem a companhia do preto velho. Para a jovem ele era um ser eterno, que sempre estaria no banquinho, esperando-a para a conversa amiga, espiritualizada, responsável, terminando com um café gostoso. Isso para ela era a felicidade legítima. Somente se é feliz quando se entrega a alma a algo imaterial, que nada cobra, nem exige. O amor puro e verdadeiro que desenvolvemos ao longo da vida não tem nada a ver com as paixões momentâneas que causam tantos sofrimentos.

Para Cândida a felicidade se resumia em atender àquelas almas que nela confiavam, davam-lhe segurança, amor sem cobrança. O próprio casamento assustava a mulher, cuja liberdade estaria condicionada à vida a dois, deixando-a um tanto tensa. Chegou finalmente à fazenda. Não desfez as malas, reservando a entrega dos presentes para depois. Foi direto ao casebre saber do estado de saúde do adorado Amigo e Orientador.

– Pai – falou ao ver o homem sentado no lugar de sempre. – Estou assustada. Recebi a notícia que esteve doente. Só esperou eu sair para cair de cama? Como está agora?

– Bem, minha minina. Não si percupe. O coração começô faiá, mas o dotô já consertô. Esses remedinho aqui fizerum bem. Tenho di reconhecê qui o dotô é sabido mesmo. Minhas erva não tava dando mais conta. Foi tomá esse danadinho de comprimidinho e fiquei bão, sem farta de ar, sem aquela dor qui começava pela mão, subia pelo braço, sufocava o peito.

— Mas o senhor precisa obedecer o médico. Não pode fazer esforço, nem andar muito, porque senão a dor vai voltar.

— Essa dor é dimais ruim. Num quero mais ela.

— Está bem agora. Vou à cidade falar com o doutor, saber exatamente o que aconteceu, para fazermos o tratamento certo, está bem?

— Minina, a viage foi boa?

— Foi! Lugares tão bonitos, um povo bem diferente do nosso, senti-me tão distante dos meus problemas, que até fiquei com peso de consciência, sabendo que aqui vocês estavam trabalhando por mim.

— Isquece isso, minina. A viage foi necessária, ocêis vão sabê mais tarde, principarmente Noêmia. Tudo tava planejado pra dá certo. Lembra do táxi em Frank... Não consigo falá essa palavra cumpricada e riu a valer.

— Frankfurt, disse Cândida. O que tem o táxi?

— Aquela brecada forte qui assustô as minina.

— Como sabe?

— Tava lá.

— Pai! Como é possível, não posso acreditar.

— Percisei ir rapidinho pra desviá o carro e evitá o acidente, qui poderia cumpricá a vida do cêis.

— Se não fosse o senhor falando, não acreditaria.

— Aquela sinhora duente foi envorvida por um espírto

qui num aceitava ocêis naquela cidade. Procurô de todo jeito interfiri, dificurtá, mais num conseguiu e a viage foi uma maravilha. Já em Munique pra ocêis o ambiente num era bom...

— Como sabe?

— Nada é longe pro espírto. Saí do corpo e fui várias veiz encontrá as minina, pra protegê. Sabia qui ocêis ia encontrá o passado, revê os ambiente, defrontá com a língua e as cumida qui um dia já apreciaro. Nas cidade que ocêis passarum acuntecerum muitas luta, sufrimento qui ocêis participarum. Apesar dos hábito, os custume diferente dus nosso, nu fundo ocêis também sintirum em casa.

— Mas por que alguma entidade desejava estragar o nosso passeio?

— O certo é dizê: várias.

— Não entendo. Nada fizemos, levamos o nosso dinheiro, Noêmia aplicou muitos recursos para a empresa participar da feira e, ainda assim, queriam nos atrapalhar. Que absurdo?

— Oiando pelos óio de hoje, cuncordo; os dia passado e os acuntecimento registado então num forum ainda cumpreendido pelos espírto qui morum ali e naquele local receberum as ofensa qui até hoje num esqueceru.

— Precisamos conversar mais a respeito e na presença de Pedro e Noêmia. Talvez eles me ajudem a compreender melhor o que os espíritos estão dizendo.

— Tudo se escrarece na hora certa. Agora vamu ao nosso café? Já tava sentindo farta.

— Só do café?

– Ocê qué é dengo...

Enquanto os dois saboreavam o café da fazenda, Pedro, na cidade do Rio de Janeiro, recebia um chamado de urgência do diretor administrativo da Incotel em São Paulo. Dirigiu-se à empresa imediatamente, preocupado com o tom de voz do diretor, que rapidamente lhe informava acerca de um acidente ocorrido na caldeira da fábrica. Chegando ao local passou pela portaria e subiu para a sala do dirigente. O ambiente era tenso, a começar pela secretária, que sem nem mesmo se preocupará em anunciá-lo, introduziu-o de imediato à sala de reunião.

– Ainda bem que chegou logo – mencionou o diretor, revelando-se aflito.

– O que aconteceu?

– Ainda não sabemos exatamente. Uma caldeira explodiu e atingiu o pessoal que trabalha no setor. Foram levados ao hospital. O médico da empresa disse-me que dois faleceram imediatamente; três outros estão internados com queimaduras avançadas. Podem até morrer. Não sabemos o que fazer e por isso o chamamos para nos orientar como advogado da empresa.

– Trata-se de um acidente de trabalho cuja responsabilidade pode envolver a empresa e até mesmo a pessoa física de seus sócios e responsáveis. A lei é muito severa quanto à segurança dos trabalhadores. Sugiro que, antes de qualquer providência, nós possamos nos reunir com o engenheiro e o médico do trabalho, que assistem à empresa, para verificarmos se todas as medidas preventivas foram tomadas.

– Bem lembrado. Vou ligar para eles agora.

– E D. Noêmia, já sabe? – Perguntou Pedro.

– Ainda não. Esperava primeiro conversar com o

doutor, para depois comunicar a ela os acontecimentos, com as providências já encaminhadas.

— Fez bem. Eu mesmo farei o comunicado se o senhor concordar.

— Claro. Acho até melhor. Não saberia como dar uma notícia dessas.

— Peça para a secretária fazer a ligação que eu falo com D. Noêmia.

Do outro lado da linha Noêmia ouvia estupefata o relato de Pedro. Novamente se defrontava com a morte coletiva acidental. O marido, o filho, agora os empregados, pensava. Que sina! Pedro, demonstrando controle da situação, disse:

— Não precisa sair de casa. As providências já foram tomadas pelo pessoal da empresa, que me ligou para receber as orientações jurídicas que o caso requer. Já pedi para chamarem o engenheiro e o médico do trabalho, que assessoram a Incotel em matéria de segurança e medicina do trabalho, que já estão a caminho, para uma reunião, antes de emitirmos a Comunicação de Acidente do Trabalho e apresentar a posição da empresa para a autoridade, que deverá lavrar o Boletim de Ocorrência policial.

— O que me interessa saber é sobre a vida dos empregados.

— Dentro do possível foram todos socorridos.

— Os três que estão internados podem falecer?

— Não tenho essa informação agora. Estamos esperando o relatório médico.

— Avise-me, por favor. E obrigada por tomar a frente

dos acontecimentos. Não teria condições de lidar com tudo isso.

– Ligo mais tarde.

O engenheiro e o médico do trabalho estavam demorando. Na realidade, o engenheiro, como responsável direto pela segurança da empresa, ficara apreensivo com a notícia. Não sabia exatamente o que tinha acontecido. A polícia certamente abriria inquérito para apurar as causas do acidente e, se alguma ação preventiva fora negligenciada por ele, a empresa certamente arcaria com as consequências civis (indenizações), mas a responsabilidade criminal recairia sobre o responsável técnico.

Ao chegar à empresa e antes mesmo de subir para a reunião, o engenheiro Carlos pediu a ficha técnica de manutenção da caldeira. A última manutenção fora realizada há seis meses; revisaram o ambiente, os termostatos, trocaram alguns que estavam comprometidos. O manual fora cumprido, não à risca, porque se entendeu que não seriam necessários todos os procedimentos. Pensou em sabotagem; investigaria também essa possibilidade. Na reunião, foi o primeiro a falar:

– Não sei o que realmente aconteceu. Estou aqui com a ficha técnica; a revisão foi feita, substituímos algumas peças.

Pedro observava cada gesto do engenheiro. Sabia na condição de advogado a angústia que aquele homem estava passando naquele momento. Procurou usar cuidadosamente as palavras para não gerar instabilidades desnecessárias. E perguntou ao chefe do departamento de pessoal:

– As reuniões da Comissão Interna de Prevenção de Acidentes estão sendo regularmente realizadas?

A Queda Sem Paraquedas

– Sim, temos todas as atas aqui.

– Algum alerta dos empregados do setor quanto à manutenção da caldeira?

– Não.

Dirigindo-se ao médico do trabalho, que até então estava calado, perguntou:

– Dr. Marcondes, quais as possibilidades de vida que os internados têm?

– Difícil dizer no momento. Só poderemos fazer uma avaliação desta após 48 horas. As queimaduras foram extensas e profundas. Estão sendo adequadamente tratados. Não tenho ainda uma opinião formada. Estarei acompanhando o caso diretamente no hospital, como médico da empresa, e informarei a insurgência de qualquer alteração.

– Bem, precisamos ir à polícia lavrar um Boletim de Ocorrência. Peço que me acompanhem e falem o estritamente necessário, exatamente o que me disseram nessa sala. Se o escrivão desejar saber mais detalhes, não estamos agora em condição de esclarecer. Precisamos saber exatamente o que aconteceu para apresentar ética e eficazmente as defesas da empresa, dos dirigentes e dos prestadores de serviço.

Como advogado que sou não posso deixar de esclarecer ao engenheiro e ao médico que serão ouvidos oportunamente. Agora se trata apenas de relatar o ocorrido. Quem deverá falar em princípio é o diretor administrativo, com muita objetividade, sem nenhum tipo de divagação ou suposição. O inquérito irá esclarecer ao final o que realmente aconteceu. Nesta hora não podemos cair na armadilha de utilizarmos a imaginação e nem entrarmos em pânico. O que tinha de acontecer já aconteceu. Lamentamos, mas precisamos ser práticos nesse momento.

Após o relato na delegacia de polícia, que ocorreu conforme as orientações recebidas, o médico dirigiu-se ao hospital, comprometendo-se em ligar para Pedro assim que tivesse novas informações.

O advogado foi direto para a casa de Noêmia, que o estava esperando. Recebeu um telefonema de Cândida, que já tomara conhecimento do acidente, informando ao noivo que se dirigia para a cidade do Rio de Janeiro, para amparar a amiga, nesse momento difícil.

Ao chegar à casa de Noêmia, Pedro a encontrou desfigurada. O impacto da notícia fora suficiente para afetar o campo emocional da jovem empresária. Assim que viu o jovem, foi desabafando:

— Não aguento mais tanta notícia de morte. Nenhuma das mortes dos meus entes queridos foi solitária. Todas em grupo. Que sina!

— O desespero não constrói. Nessas horas é que devemos ter fé. E a fé que você professa explica que nada acontece por acaso. Há sempre uma razão subjacente, não é assim que os espíritos explicam todos os acontecimentos da vida?

— Você tem razão. Mas me sinto inconformada. Será que deverei pagar tudo em uma única reencarnação? Quero uma trégua. Preciso de um pouco de paz prolongada. Estou pedindo muito?

— Revoltar-se não é um bom caminho.

— Eu sei.

— Por que então não aceita? Aceita pura e simplesmente

sem questionar os desígnios de Deus. Como senhor pleno e absoluto, amoroso e acima de tudo caridoso, às vezes, nos leva a certos limites para testar a nossa resistência, a fé que proclamamos ter nos momentos de felicidade, passando conselhos para todo mundo, mas que, no fundo, deveriam ser aplicados a nós mesmos.

Vamos, erga o ânimo. As famílias dos desencarnados precisarão ver uma empresária forte, ativa, que vai acionar o seguro coletivo para ampará-los, encaminhar todos os documentos para a previdência social, apurar as causas do acidente para esclarecê-los, estar à frente dos acontecimentos com energia e determinação.

Dirigir é muito mais difícil do que ser dirigido. E Deus não coloca em mãos frágeis grandes estruturas empresariais, políticas, culturais. Chama para a tarefa de comando aqueles que Ele sabe que podem dar conta do recado. Dirigir uma empresa tão grande quanto a Incotel é tarefa para poucos.

Anime-se e agradeça a Deus pela explosão da caldeira não ter atingido a fábrica toda, envolvendo uma região densamente povoada, com consequências inimagináveis.

É possível que os seus méritos tenham atenuado a extensão inicialmente prevista para o acidente, que aconteceu e atingiu as pessoas vitimadas, porque elas precisavam passar pela experiência e a empresa também se adequar melhor nessa área. O inquérito vai revelar como estavam sendo feitos os procedimentos preventivos; chamará à responsabilidade os profissionais; debaterá todas as prováveis causas.

– Obrigada por tudo. Por essas palavras principalmente. Sinto-me traumatizada quando se fala em morte coletiva. Grupos de pessoas são levados de um instante para outro, aparentemente sem mais nem menos. Não fosse a chave da reencarnação não teria como explicar os fatos e nem de me consolar ante esses acontecimentos inevitáveis que acontecem de surpresa. Não sei quando vou me livrar dessas situações, mas creio em Deus, na sua sabedoria, na sua bondade e, sobretudo no seu amor. Certamente, esses que hoje desencarnaram estão sendo socorridos; os que estão no hospital me preocupam. Para esses a morte até que poderia ser um alívio, afinal após um acidente dessas proporções, se sobreviverem ficarão com sequelas insuperáveis.

— Não pense assim. Aquilo que imaginamos alívio pode significar ainda mais sofrimento. No momento certo o plano espiritual processa o desenlace necessário. Cândida está chegando, sabia?

— Você ligou para ela?

— Não! Soube do acidente pelo rádio e me telefonou dizendo que já estava na estrada. Descanse um pouco. Vou ao meu apartamento tomar um banho e quando ela chegar estaremos juntos para fazer uma prece, está bem?

— Quero agradecê-lo mais uma vez por tudo. Não sabe o quanto fiquei aliviada sabendo que você estava coordenando todas as providências, em um momento difícil que exige serenidade, discernimento, prudência e conhecimento objetivo.

— Até mais tarde, falou Pedro.

Apesar do tempo decorrido, o médico ainda não havia ligado para informar o estado dos pacientes internados. Pedro, antes de ir para casa, resolveu passar no hospital para saber o que realmente estava acontecendo. Ao chegar deparou-se com o doutor que estava inquieto.

– E então, Dr. Marcondes, como estão os acidentados?

– A situação ainda é muito difícil. Não liguei até agora porque não temos um quadro definido. A possibilidade de novas mortes é grande. A queimadura foi de terceiro grau. Apesar do socorro ter sido eficaz, o fato é que nervos e até parte de ossos foram destruídos.

– O hospital é especializado em queimados?

– Sim. Tem um corpo clínico muito competente. Os procedimentos adotados estão corretos. Resta, agora, esperar. Os familiares das vítimas têm comparecido aqui e alguns estão revoltados com a empresa. É preciso tranquilizá-los.

– Amanhã mesmo pretendo marcar uma reunião com todos eles na sede da firma. Não quero deixá-los sem informação e principalmente sem a garantia de que todos os direitos serão respeitados. A Incotel tem seguro de vida em grupo, os empregados estão devidamente registrados, o pagamento da previdência social está em dia, de forma que se o pior acontecer os dependentes não ficarão sem apoio. Se alguém sobreviver, estaremos sempre procurando a melhor terapia para minorar as consequências do acidente. Não pretendo também iludi-los quanto à gravidade do estado clínico de cada um. Peço ao doutor que amanhã, se possível, esteja na reunião e apresente a eles um relatório médico objetivo e sincero. Agora vamos para casa descansar um pouco.

– Que dia! – Falou o médico.

Cândida ligou para Pedro dizendo que iria direto para a casa da amiga. Estava realmente preocupada. Por mais forte que fosse Noêmia se sentia frágil diante dos acontecimentos. Ao ver a amiga chegar abraçou-a e chorou intensamente. As emoções reprimidas ao longo daquele dia fatídico vieram à tona em copiosas e sentidas lágrimas. Entre soluços, queixou-se:

— Novamente me encontro com a morte de várias pessoas ao mesmo tempo. Agora são os meus colaboradores. Nunca pensei ser uma empresária na minha vida. Apenas me casei com um homem que desejou montar uma indústria, ficou aqui o tempo suficiente para estruturar o negócio e partiu. Fui obrigada pelas circunstâncias a deixar a minha casa, os meus filhos, para me dedicar a algo que não havia montado e que não era o meu ideal de vida. Fiz porque entendi a responsabilidade social de manter os empregos, apoiar as famílias, que agora estão revoltadas em razão do acidente. Não fosse o apoio de Pedro, certamente não aguentaria mais essa tragédia.

— Acalme-se. Tudo terá explicação. Se a prova é grande, o apoio também chega à mesma proporção e na hora certa.

— Pedro assumiu todas as ações da empresa, o que me permite estar aqui agora.

— Veja como Deus é bom. Ele tinha uma viagem programada para hoje, que foi cancelada ontem, sem maiores explicações. Se estivesse fora, provavelmente não teria como retornar em tempo para coordenar as ações necessárias. A vida fala em cada momento. A viagem foi cancelada, porque a Providência Divina já sabia que iria acontecer o acidente e dispôs as coisas de tal forma para que o apoio chegasse imediatamente. A prova estava a caminho, por necessidade que desconhecemos, mas você receberia o apoio, a sustentação, para enfrentá-la. Entendo que, apesar das dificuldades, você, pela sua dedicação à causa coletiva, mereceu esse alívio.

— Vendo por esse lado o consolo é real.

— É isso mesmo. Vamos tomar um chá enquanto aguardamos o Pedro.

– Está bem.

Uma hora após o jovem entrou na sala dirigindo-se à noiva com imenso carinho:

– Obrigado, querida, por estar aqui nessa hora.

– Não há o que agradecer. Nesses momentos é que os amigos se fazem necessários.

– Como estão as coisas? – Perguntou Noêmia.

– Ainda incertas.

Relatou o estado médico dos internados e a real possibilidade de acontecer mais algumas desencarnações durante a noite. Falou das providências adotadas, a reunião com os familiares marcada para o dia seguinte, tranquilizando-a com atitudes firmes e objetivas. Solicitou a Noêmia autorização para falar com a imprensa em nome da empresa, pois os jornalistas estavam ligando a toda hora.

Passar todas essas questões para o advogado foi o melhor que a empresária pôde fazer naquele momento. Não teria estrutura para suportar o interrogatório dos jornalistas, as insinuações maldosas dos que prejulgam os acontecimentos, as perguntas capciosas...

Os três ficaram juntos naquele momento importante para o destino de um grande grupo que resgatava as ações do passado. Pedro sugeriu que fizessem uma prece para os falecidos naquele dia e também para os que se encontravam internados no hospital. Apesar do momento, as mulheres se entreolharam estranhando a proposta, uma vez que ele não era dado a orações. Assim, Cândida não se conteve:

– Querido, você nunca foi dado a orações...

– Como sabe?

– Pelo menos nunca comentou comigo.

– O que não quer dizer que eu não faça diariamente as minhas orações. E no dia de hoje entendo que a oração em grupo seja inteiramente necessária. Os que morreram e os que ainda podem desencarnar estão sofrendo muito. Precisam de certo alívio. A postura de revolta de alguns familiares, a própria natureza da morte e a extensão dos ferimentos nos que estão vivos indicam que emitir energias de amor a esses seres muito ligados a nós é um dever.

– Está bem.

– Vamos orar.

E elevando o pensamento para o alto, começou a prece:

– *Senhor! O grupo a que pertencemos vive mais uma dolorosa prova. Não estamos aqui para contestar as suas sábias deliberações. Entendemos e aceitamos que tudo o que está acontecendo já se encontrava previsto nos códigos da vida. Ao encarnarmos tínhamos consciência de todas essas possibilidades. Sentimos em cada instante a generosidade de seu gesto, o apoio que recebemos nessa travessia, a impossibilidade de alguns amigos de alterarem o rumo dos acontecimentos, que se tornaram inevitáveis. Não sabemos o universo interior de cada pessoa, o que cultiva como pensamento, seus gestos, suas ações, sua conduta ante o infortúnio.*

Queremos nesse momento difícil apenas rogar misericórdia, apoio aos que desencarnaram em difíceis condições e aos que se encontram internados no hospital. Ampare-os, para que eles possam compreender, aceitar, desvincular-se dos problemas que deixaram na Terra, e ampare-nos também .

A reencarnação é empreitada difícil para todos os espíritos que vêm ao planeta Terra, ainda considerado de provas e expiações, exigindo todas as forças físicas e morais do ser nesse itinerário. Ao nos defrontar com as forças inevitáveis do destino, sentimo-nos pequenos ante a magnitude do Universo, restando tão somente o apoio vindo do Senhor, incansável na consolação de todos os aflitos. Esses irmãos que hoje deixaram o corpo físico em condições complexas precisam do bálsamo que somente a sua doutrina pode conceder.

Apesar do sofrimento, da luta, do resgate, confira alento a essas almas sofridas para que não resvalem na revolta, no ódio, no rancor ante a vida. Que no momento oportuno os seus Mentores possam esclarecê-las, orientá-las, ampará-las. Deixamos tudo nas mãos soberanas, justas e amoráveis da Divina Providência, para que se cumpra o trajeto de evolução previsto para todos os que participam do grupo. Obrigado, Senhor!

Terminada a oração Cândida estava surpresa. Nunca imaginara que Pedro conhecesse tão profundamente o pensamento kardequiano. Apesar de namorados, agora noivos, em véspera de casamento, surpreendia-se a cada momento com as atitudes do homem que elegera como partícipe de seu destino na construção de uma unidade familiar.

Pai Bento por certo sabia quando afirmara que Pedro era o melhor de todos. Tanto era que discretamente estava à frente do grupo, conhecia profundamente os fundamentos doutrinários, não se vangloriava e aplicava a doutrina no momento certo.

O apoio que naquele momento o jovem estava dando a Noêmia era incomensurável. Como advogado, poderia limitar-se aos termos do contrato; no entanto, compreendendo o momento mais do que todos os outros e, sobretudo sentindo o quanto Noêmia fora atingida com a notícia, assumiu o comando da crise, de forma discreta, porém firme, sem excluir os diretores da organização e sem esquecer que os responsáveis teriam de responder pelos fatos a que deram causa.

Sereno e justo era naquele momento o amparo da empresária e também servia de apoio para Cândida, que passou a admirar ainda mais o eleito do seu coração. Não era só a paixão que unia aquele casal, nem o amor no que tem de mais belo, mas a admiração recíproca, o respeito, a compreensão de condutas. Admirada, comentou:

– Querido, que linda prece! E quantos ensinamentos. Você me surpreende em cada momento. Não o imaginava conhecedor profundo da doutrina dos espíritos.

– Não me superestime. Não sou conhecedor profundo; apenas realizei algumas leituras.

– Mas compreendeu perfeitamente o assunto.

Suportar os problemas da vida ao lado de pessoas amigas é um grande conforto. Apesar das dificuldades, a empresária sentia-se apoiada. Não estava só. Era a hora de um cafezinho, que tomaram juntos, sugerindo o advogado que todos fossem descansar, porque no dia seguinte as atividades seriam intensas.

Cândida decidiu ficar na casa da amiga para apoiá-la mais de perto, e Pedro se retirou para o seu apartamento, agradecendo a Deus a oportunidade de servir naquele momento delicado do grupo a que pertencia.

O dia amanheceu cinzento.

Para a Incotel foi um dia de luto. Os que haviam desencarnado na véspera foram sepultados; na fábrica não havia clima para o trabalho. Pedro sugeriu que os empregados fossem dispensados mais cedo para comparecerem ao enterro de seus companheiros. Os que estavam ainda internados tiveram a situação agravada. Os médicos não davam mais nenhuma esperança. Era apenas uma questão de tempo. Dois dias depois, os demais desencarnaram, comovendo todos os seus colegas de trabalho.

O inquérito policial começou ouvindo os empregados que estavam próximos às caldeiras. O único fato que mencionavam é que alguém teria falado para diminuírem a temperatura. Nada mais. Após a forte explosão, o socorro aos companheiros mais próximos, a chegada dos médicos. Quanto às causas do acidente, as testemunhas não tinham nada a acrescentar.

Ouviu-se também o engenheiro do trabalho. Muito tenso e acompanhado de seu advogado, foi interrogado exaustivamente. O delegado, ao final, requereu ao Instituto de Pesquisas Tecnológicas a presença de um técnico para orientar a polícia quanto à perícia. Os restos da caldeira, o tipo de explosão, os registros que ficaram nos materiais atingidos, o local do acidente, tudo seria objeto de análise para verificar se havia (ou não) ocorrido alguma falha humana e se alguém deveria (ou não) ser responsabilizado.

A negligência, a imprudência ou a imperícia são indesculpáveis. Cada profissional responderá perante a própria consciência e ante a consciência cósmica o que deixou de fazer ou tiver feito de forma incompleta a ponto de causar prejuízos a outras pessoas. No entanto, desde que existam pessoas que ainda não se conscientizaram de seu papel profissional, agindo irrefletidamente, a Providência se aproveita do episódio para chegar ao que estava previsto. Não que ela necessite do concurso dos desidiosos, negligentes, imperitos ou imprudentes para alcançar a finalidade educativa estabelecida no processo reencarnatório, uma vez que dispõe de vários outros elementos para chegar ao objetivo, sem a participação de seres que acumularão *carmas* para resgates futuros.

As causas do acidente ao final do inquérito não foram esclarecidas. Mesmo os técnicos do Instituto não foram seguros ao apontar falha humana. O equipamento, após a explosão, deixara poucos vestígios e os marcadores de temperatura não foram encontrados. O delegado não indiciou, por falta de elementos, o engenheiro de segurança. Os que poderiam esclarecer um pouco mais estavam mortos.

Três meses após o evento, a diretoria se reunia sob a presidência de Noêmia para uma avaliação da ocorrência.

— Essa reunião, senhores, é para analisarmos as consequências do acidente não só para a empresa como também para as famílias das vítimas. Gostaria de saber do diretor administrativo se todos os familiares já receberam o amparo devido.

— Alguns já receberam o seguro.

— E os demais, por que não receberam ainda?

— Questão documental. A seguradora está em dúvida para quem pagar, uma vez que dois dos falecidos estavam separados da primeira mulher com quem tiveram filhos e viviam com outra companheira em regime de concubinato. E as mulheres não se entenderam ainda. No processo de inventário dos bens deixados pelo falecido, certamente terão de encontrar um meio-termo, resguardando o direito de ambas as partes. A seguradora informou-me que, nesses dois casos, depositará o valor devido no banco do foro, que ficará à disposição do juízo.

– E a previdência social?

– Os documentos que dependiam da empresa já foram encaminhados. Como a senhora havia recomendado, estamos mantendo todos os dependentes no convênio médico e também enviamos mensalmente uma cesta básica para cada família. As providências legais e também essas outras de caráter social foram cumpridas. O Dr. Pedro nos orientou cuidadosamente em todos os momentos.

– Podemos ficar tranquilos, então, com relação à assistência devida aos familiares dos empregados falecidos. Pergunto ao engenheiro como se encontra a produção após o acidente. As providências de instalação da nova caldeira já foram tomadas?

– Sim. Esperamos agora novos equipamentos de segurança. Enquanto isso não ocorre, estamos nos valendo dos equipamentos da Metalúrgica Fricssa, para não prejudicar a linha de produção.

Terminada a reunião, após a discussão de outros assuntos, Noêmia solicitou à secretária que telefonasse para o advogado. Pretendia conversar com o amigo a respeito dos últimos acontecimentos, convidando-o para um almoço, agendado ainda para aquele mesmo dia.

Durante aqueles dias difíceis em que Cândida passara na casa de Noêmia para apoiar a amiga, conversaram muito. E a partir da coincidência de um dos sobrenomes, mais as lembranças da empresária, concluíram facilmente que eram primas em primeiro grau. Daí porque se pareciam fisicamente; ambas eram filhas de duas irmãs, também parecidas fisicamente, embora com personalidades bem diferentes. Enquanto uma, a mãe de Cândida, era romântica e sensível, a de Noêmia era uma mulher traquejada no ambiente da época, cultivava um pragmatismo nas relações sociais e apreciava as rodas de salão. Mas a empresária, felizmente, não saíra à mãe; vinculava-se mais ao pai, um homem sensível e idealista, que nunca entendera o afastamento das irmãs promovido, a bem da verdade, pelos preconceitos dos próprios pais.

Os avós maternos das jovens eram pessoas difíceis, muito apegados ao dinheiro, às projeções sociais do poder, vivendo sob ilusões. Terminaram a vida na miséria, porque gastavam sempre mais do que podiam, ostentando um padrão de vida que estava longe de poder sustentar.

Com o reconhecimento do parentesco, as mulheres, que já se estimavam, passaram a viver como amigas e confidentes. Diariamente trocavam telefonemas, conversavam acerca de tudo: trivialidades, negócios, família... Com o casamento de Cândida e a decisão desta em manter uma casa em Queluz, continuariam a se ver com frequência, já que a cidade ficava a cerca de 240 quilômetros de São Paulo e a 198 quilômetros da cidade do Rio de Janeiro.

Com essa proximidade, a confiança que Noêmia já havia adquirido no trabalho profissional do noivo da amiga, e a elevação de caráter que esse demonstrava em todos os acontecimentos, a empresária sentiu que o jovem poderia ser o novo presidente da Incotel, uma vez que demonstrava ser mais preparado do que ela própria na administração dos negócios, sendo chamado sempre para opinar a respeito de assuntos que não pertenciam à sua área profissional.

As amigas conversaram a respeito sem que Pedro desconfiasse, cabendo naquele momento a Noêmia sondar diretamente o jovem acerca dessa possibilidade economicamente bem mais vantajosa do que a posição ocupada no escritório do professor Cavalcante. A empresária foi ao restaurante com essa disposição, escolhendo o local com muito cuidado, onde pudessem conversar com liberdade.

No horário combinado, o advogado chegou, encontrando Noêmia em uma mesa já reservada, próxima à janela, que dava vista para um agradável jardim. Eles pediram pescada dourada com risoto de limão siciliano, servido impecavelmente. Prato leve, saboroso, delicado, que se torna insuperável quando o risoto apresenta um tênue sabor cítrico.

— No meio de tantas turbulências a vida apresenta alguns momentos de paz – considerou Noêmia.

— É verdade – respondeu Pedro. Esse momento particularmente é mágico: o local certo, a culinária irrepreensível, o jardim demonstrando os contrastes da natureza. Precisamos aprender a ver a beleza em todas as coisas, tornar a vida mais alegre, estimulante, feliz.

Conversaram longamente a respeito de vários assuntos, até que, finalmente, a empresária, após uma detalhada exposição dos seus motivos, apelou para Pedro aceitar o convite de presidir a empresa. O jovem, pego de surpresa, não esperava a proposta.

— Qualquer executivo ficaria feliz com um convite desse porte e nessas condições. Não posso negar que a sua proposta é tentadora. Ganharei bem mais do que atualmente, terei liberdade para compor a equipe, autonomia de gestão, só respondendo a você. Mas preciso pensar muito. Tinha traçado para a minha vida outro rumo. Iniciei como estagiário no escritório do Prof. Cavalcante; lutei para me efetivar, o que acabou acontecendo, apesar da acirrada concorrência com os meus colegas. Alimentei por muito tempo a possibilidade de constituir um escritório próprio, mas desejava conseguir com os meus recursos. Enquanto isso o professor me inseriu como sócio da banca. Hoje, posso dizer, sou o segundo advogado de um escritório de porte médio, mas muito respeitado.

Quando escolhi a carreira jurídica, ao contrário de muitos outros colegas, desejava ser advogado, não juiz e nem promotor. Queria a defesa; imaginava-me na vanguarda das lutas sociais, combatendo as causas da pobreza e as injustiças do mundo. Não me foi possível ainda realizar os meus ideais. E agora, quando amadurecia algumas ideias profissionais, surge essa magnífica proposta.

— É uma ótima oportunidade para você influenciar a sociedade por meio da empresa, gerenciando-a de forma que possa ser reconhecida como uma organização comprometida com a questão social e o meio ambiente.

— Mas o foco do trabalho é bem diferente daquele que eu imaginava. E depois ficarei distante dos tribunais, perderei o contato com as controvérsias jurídicas e em pouco tempo não serei mais um advogado, mas simples bacharel, que não terá condições de sustentar nenhuma causa.

— Pense melhor; fale com Cândida; não descarte assim uma proposta como essa. Quero muito ter você na empresa, dirigindo-a. É questão de confiança, de respeito. Você sabe como eu penso, acredita nas minhas ideias. A Incotel é base para milhares de famílias pelos empregos diretos e indiretos que oferece.

— Prometo que vou pensar carinhosamente e depois lhe darei uma resposta consistente.

Despediram-se. Pedro saiu do encontro muito preocupado. Não gostaria de decepcionar a amiga que nele depositava tanta confiança, mas não poderia também alterar o rumo do seu destino simplesmente para não a desagradar. A proposta era tentadora, porém conversaria com o Prof. Cavalcante, homem lúcido, experiente, que poderia ajudá-lo nessa difícil encruzilhada. Sentia que Cândida estava a par dos acontecimentos e que apoiara a prima na apresentação do convite. O professor, apesar de chefe do escritório, talvez fosse realmente a pessoa mais isenta naquele momento. Dirigiu-se ao local de trabalho para conversar com o velho mestre, que ao vê-lo, recebeu-o afetuosamente.

— Professor, — principiou Pedro — eu preciso conversar com o senhor. É possível agora?

— Sem dúvida, aceita um café?

— Sim.

O jovem, então, foi relatando a conversa que tivera com Noêmia no almoço. Ponderara todas as informações e não sabia ainda qual decisão tomar. Por essa razão estava consultando o professor. Precisava do conselho de pessoas experientes. O mestre e amigo ouviu atentamente a exposição do jovem advogado e ao final comentou:

— Você sabe a admiração que tenho por você. Não o admiro apenas pelo seu trabalho, impecável, diga-se. A sua personalidade honesta, franca e idealista sempre me fez lembrar os tempos em que cursava a velha e sempre nova academia do Largo de São Francisco.

— Quem passa pelas arcadas não esquece jamais — respondeu Pedro.

— A decisão que você tomar, qualquer que seja ela, eu vou respeitá-la, porque o vejo como um jovem amadurecido, já às vésperas do casamento, que sabe o que quer da vida e é determinado.

– Você me relatou uma proposta de trabalho generosa, regiamente paga, com destaque social, algo difícil de ser rejeitado por qualquer profissional. Mas, vem até mim para buscar um conselho, no fundo esperando a resposta do que deve fazer. No escritório você sabe que nem de longe podemos cobrir a oferta que a Incotel lhe fez. Não se trata, assim, de apreciar um valor monetário, pois se o único fator fosse esse certamente não estaria aqui solicitando a minha opinião. Eu então pergunto: qual é a sua dúvida nesse momento?

– Muitas. Principalmente mudar a direção da minha vida. Se desejasse ser administrador, teria feito um curso específico e teria me voltado à administração da fazenda do meu pai, atendendo-lhe a um velho sonho. Quis ser advogado; desejei ardentemente entrar em uma das mais renomadas faculdades de direito do meu País; sonhei sempre em pugnar pelos mais fracos, lutar pela justiça social, frequentar os tribunais. No seu escritório, desde estagiário, encontrei esse ambiente de amor ao direito, nunca o desvinculando do sentimento de justiça. Aqui não se fala de chicana, nem de tráfico de influências, e nem tampouco de corrupção. E agora surge uma proposta que irá me levar para outros caminhos. Se a oferta viesse de outra fonte teria de imediato dito não. Mas Noêmia, pelo o que ela passou, se tornou uma grande amiga; Cândida, minha futura esposa, também no fundo deseja que eu fique mais próximo para ajudá-las. Estou em dúvida.

– O mais importante, meu caro amigo, é que você siga o seu coração. Não se detenha ante as dificuldades momentâneas. Existem muitas formas de ajudar essas mulheres na administração da empresa sem renunciar aos seus ideais.

– Como você disse, tem a Incotel, a fazenda de Cândida, as fazendas de Noêmia, que não estão bem administradas, e vários imóveis. Por que não redimensiona a administração criando uma empresa "holding", que congregará todas as outras, a industrial, a de agropecuária e a do ramo imobiliário, colocando diretorias profissionalizadas em cada uma delas, enquanto que as mulheres ficarão na formulação das diretrizes e nos controles, sem se envolverem mais com a administração direta? E você poderia fazer parte do conselho da "holding", participando de uma reunião por semana, o que não prejudicaria o seu trabalho como advogado aqui no escritório. Assim estaria ajudando as mulheres ao criar um sistema administrativo mais moderno e com vantagens tributárias, sem precisar deixar de lado os seus ideais como profissional do direito.

Pedro ouviu a sugestão do professor. Como não pensara nisso antes? Lembrou-se imediatamente de Pai Bento, que lhe dissera que estaria diante de dois caminhos, mas que poderia conciliar. Será que o professor não fora inspirado para propor uma conciliação inteligente e vantajosa para as empresas, para as mulheres e também para ele mesmo? Após conversarem acerca de outros assuntos despediram-se.

Nos dias seguintes o jovem advogado ficou refletindo acerca da proposta que recebera e das ponderações do professor. Resolveu conversar com Cândida a respeito da possibilidade de ela integrar uma empresa agropecuária, juntamente com Noêmia, dividindo-se as quotas na proporção de cada patrimônio. A noiva ficou entusiasmada. Era a vez de conversar detalhadamente com a empresária a esse respeito, o que foi feito rapidamente, chegando-se a um entendimento que realmente satisfez a todos. Assim, Noêmia e Cândida dividiriam as decisões na "holding", e Pedro assumiria uma cadeira no conselho de administração das empresas, continuando o seu trabalho como advogado.

Após tantas tempestades, tudo começou a fluir. As providências administrativas foram tomadas. As primas se entendiam bem. Faltava somente realizar o casamento. O plano espiritual assistia ao crescimento daquelas pessoas que necessitavam de se apoiar.

Capítulo 15

Novas experiências

Finalmente chegou o dia do casamento. A fazenda estava preparada para a grande festa: bandeirinhas, grandes mesas ao ar livre, as mulheres correndo com os doces e os salgados, pessoas chegando da cidade, do interior, de todos os lados. Nunca antes na Fazenda Boa Vista se via clima tão alegre e descontraído. Os empregados amavam a patroa; estavam felizes com os esponsais porque viam em Pedro mais um aliado. Durante o período em que Pedro e Cândida namoraram e noivaram o jovem foi várias vezes à fazenda; conversava com os empregados naturalmente, se interessava pelos problemas de cada um, conquistando sua estima.

Cândida apareceu na igrejinha, radiante em seu vestido de cauda, arrancando comentários elogiosos dos presentes à cerimônia. Tinha uma beleza pura, natural, refletida na pele sedosa, nos cabelos soltos, nos olhos negros, no porte esguio e altivo. E Pedro, que já a esperava no altar, ligeiramente tenso, não escondia a felicidade. Quem conduziu Cândida até o altar, com grande dificuldade de locomoção, foi Pai Bento, que ela considerava como um pai, deixando o velhinho emocionado com a honraria.

Entregando-a a Pedro, disse:

— Ocê recebe uma arma nobre. Saiba ajudá ela nus caminhus du bem e du amor. Que Deus abençoe oceis!

Emocionado, Pedro recebeu a noiva e ambos se aproximaram do padre Américo, que já estava paramentado, dando início à cerimônia, ao som da Ave-Maria.

A festa se estendeu até o dia seguinte. Os noivos saíram mais cedo, despediram-se dos presentes e partiram para o exterior. No abraço dado a Noêmia, a recém-casada ponderou:

— Não se preocupe. Volto logo.

— Vá tranquila. Pretendo dar conta do recado.

— Está bem! Qualquer dúvida me telefone.

— Espero não precisar. Esses momentos iniciais são importantes para o casamento. Aproveitem bem!

Partiram para a velha Europa. O casal queria conhecer Portugal, de onde os ancestrais de Cândida vieram e em seguida a Itália, terra dos avós de Pedro.

Chegaram no dia seguinte a Lisboa e hospedaram-se em um hotel amplo em frente ao rio Tejo. Daquele ponto saíram os navegadores que chegaram às costas do Brasil. Os jovens se emocionaram com a saga daqueles homens destemidos que avançaram mar adentro com suas caravelas plantando no novo mundo os fundamentos da civilização cristã ocidental; foram à cidade do Porto, antiga capital, à Coimbra das velhas tradições acadêmicas, a Trás-os-Montes; dirigiram-se depois a Roma, visitando o Coliseu, o antigo Fórum; seguiram para Nápoles, conheceram as ruínas de Pompeia, aos pés do Vesúvio.

Após trinta dias voltaram para o Brasil, reencontrando

os amigos. A vida tomou o curso normal.

Cândida esperava ter retornado da Europa grávida, pois ansiava por filhos. Os meses se passaram e a jovem não engravidava. Consultou um especialista que, em princípio, não registrou nenhum problema, o mesmo ocorrendo com Pedro.

Finalmente, após o primeiro ano de casamento, foi que a jovem apresentou os primeiros sinais de gravidez. Os dois primeiros meses da gestação foram de alegria, preparação, tentativa de adivinhar o sexo do bebê; no terceiro mês, Cândida começou a sentir fortes dores e o médico determinou repouso absoluto. Mesmo com todos os cuidados, acabou abortando, para tristeza geral.

Ficou arrasada, deprimida, pois acalentava a maternidade, tinha feito planos para receber a criança, o enxoval já estava quase pronto. Muitos a consolaram, principalmente o marido e a querida amiga, e após a consulta médica sentiu-se melhor. O esculápio consignou que não havia nada de errado; ela poderia engravidar novamente, tomando, agora, mais cuidado, pela propensão que revelava de não reter a criança.

Quando entraram no terceiro ano de casamento, a jovem senhora engravidou. Intensa alegria tomou conta de Cândida, que, como da vez anterior, acalentava a maternidade, tomando redobrados cuidados. Avisou que não compareceria ao escritório no período da gestação, receosa de alguma contrariedade ou esforço que pudesse pôr em risco a vida do bebê.

Com o apoio do marido e de Noêmia, assistida pelas servidoras que vieram da fazenda e eram experientes nessas questões, ficou inteiramente protegida. Cuidava-se; evitava qualquer tipo de esforço; a alimentação era adequada; a assistência médica atenta. Mesmo assim, no quarto mês, o corpo da jovem mãe expulsou o feto. Esse novo aborto natural foi a gota d'água para a jovem senhora, que não mais se levantou do leito, cair em profundo estado depressivo, a ponto de necessitar de acompanhamento psiquiátrico e psicológico.

Frustrada em suas esperanças de maternidade e debilitada pelos efeitos do aborto, entregou-se a pensamentos sombrios, cultivando enorme desalento, a ponto de perder o desejo de viver. Não mais se alimentava, permanecia o tempo todo chorosa, ninguém conseguia tirá-la daquele estado mórbido, que atraía invariavelmente entidades negativas. Pedro, com sua arguta sensibilidade, percebeu a presença de obsessores, entrando em prece e transmitindo, pelo passe, a bionergia. Somente nesses momentos é que a jovem senhora reagia, esboçava ligeiro sorriso, agradecendo ao marido toda compreensão.

– Minha querida, – iniciou o consorte em um dos momentos de lucidez da esposa. Não se deixe levar pelos maus pensamentos. Você sabe que na frequência vibratória em que está atrai a presença de obsessores. É exatamente o que eles querem para subjugá-la ainda mais. Onde está a sua fé? Por que não aceita as disposições de Deus? Os médicos disseram que existe apenas uma dificuldade de retenção do feto. Você consegue conceber, manter a criança por meses e depois por alguma razão, até então desconhecida, o feto é expelido. É um problema a se resolver, basta saber a causa. E nós sabemos, apesar do respeito devido à ciência, que, no momento certo, se esta for a vontade de Deus, os médicos encontrarão o tratamento adequado para você reter a criança, aquela que deverá efetivamente ser o nosso filho. A sua rebeldia expressa no desejo de fuga da realidade somente dificulta a realização da maternidade.

– Sinto-me sem forças para reagir – respondeu. Ajude-me!

– Claro, querida!

Nesse momento entrou no quarto Serafina, que viera da fazenda para assistir à patroa, trazendo uma xícara de chá quente. Entrou na conversa, dizendo:

– Faz muito tempo que a menina não vai à fazenda. Quem sabe naquele lindo lugar, que traz tantas e tão boas recordações, a sinhá não melhora. E depois tem Pai Bento, que nunca mais viu a menina, e talvez possa ajudá-la.

Pedro, que até então estava desorientado, mas havia registrado a presença de obsessores, percebeu a importância da sugestão da senhora.

– Vamos hoje mesmo. Não perderemos nem mais um minuto sequer. Arrume as coisas da sinhá e partiremos ainda antes do almoço. Avise o pessoal da fazenda que chegaremos à tarde.

Cândida, sob o efeito dos obsessores, resmungou:

– Como irei viajar sem ordem médica? Estou debilitada, sem forças, não sei se conseguirei andar tanto tempo de carro.

– Não se preocupe – respondeu o marido. Já estou chamando a ambulância da fábrica, e o médico irá nos acompanhar. Fique tranquila; tudo dará certo.

Preferiram ir de carro. A ambulância foi acompanhando para atender a uma eventual necessidade. A paisagem da estrada e a suavidade do sol conferindo à natureza um ameno tom verde e amarelo revigorou a senhora que chegou ao destino sentindo-se bem melhor. O encontro com pessoas amigas, o carinho com que foi recebida por todos, a comida da fazenda, o cheirinho do café no bule trouxeram-lhe lembranças felizes dos dias de sua infância, correndo à solta pelo pomar. Fazendo as suas peraltices sempre sob o olhar complacente do coronel. Mas, uma estranha saudade da mãe, que não conhecera, e a necessidade de carinho indicavam que ela ainda estava carente.

O aborto pode ser natural ou provocado. Quando é natural frustra a mulher em sua maior expectativa: a maternidade. Desejando um filho, acalenta-o desde o momento em que se percebe grávida. O elo entre a mãe e a criança se estabelece, passando a haver comunicação psíquica entre os dois seres. É uma sensação diferente, única que realiza a mulher, marcando-a para sempre.

A ocorrência do aborto espontâneo quebra esse elo, gerando na mulher frustração, seguida de apatia e desânimo, que será maior e mais problemática se medicamente não puder voltar a conceber.

Quando o aborto se dá por causas acidentais ou por razões naturais que não afetam a possibilidade de futura gestação, o trauma é menor, sem dúvida alguma. Tratamentos, melhores cuidados facilitam o sucesso de uma futura gravidez.

Já o aborto provocado pela própria mãe provoca reações de revolta no espírito em vias de reencarnação e que se vê rejeitado.

A literatura espírita relata vários casos de obsessão realizada por entidades que deveriam reencarnar por meio de uma mulher que abortara pelas mais diversas razões.

Há, hoje, em todo o mundo, uma corrente que defende a prática do aborto como instrumento contraceptivo, esquecendo-se que o ser já está formado e se encontra em fase de desenvolvimento. Cortar, assim, a vida tão somente porque não foram tomados os devidos cuidados para evitar a gravidez no tempo certo significa aderir a uma prática criminosa, entendendo-se como crime todo atentado à vida humana.

Cândida, ao contrário, desejava ardentemente ter um filho. O simples estado de gestação já a impelia àquele ser que albergava dentro de si amando-o, sentindo-o em toda a sua extensão. Ocorrendo o aborto nessas circunstâncias, sem que a mãe tenha dado qualquer motivo, tanto ela quanto o espírito que deveria habitar o corpo expelido sentem-se solidários e sofridos. Razões de passado construíram a necessidade de reajuste nesses casos, que devem ser compreendidos pelo espírito e pela mãe, ambos confiando nas deliberações da justiça divina, sem rebeldia.

Pedro entendeu que aqueles primeiros dias na fazenda seriam de recuperação. O sol, a natureza absorvendo as energias negativas, o ambiente alegre, acolhedor, amigo transmitiram energias revigorantes à jovem senhora, que começou a melhorar visivelmente a ponto de pedir a Serafina para levá-la ao casebre de Pai Bento.

Sentiu inesperada saudade do velhinho que, na verdade, estava trabalhando espiritualmente pela recuperação da "minina", como a ela sempre se referia. Todas as noites, antes de se deitar o bom amigo orava, e se transportava, trabalhando diretamente com o espírito de Cândida e afastando os obsessores. A melhora, assim, fazia-se visível, mas a jovem ainda estava inconformada com o seu destino.

Refletindo no semblante alegria contida, revelando-se tranquila e mais segura, caminhou até o casebre, pensando, ao longo do caminho, como pudera ficar por tanto tempo longe do estimado Mentor. Era a primeira vez na vida que abandonara o amigo de sempre. O que teria acontecido? Perguntava-se, quando divisou a figura do preto velho sentado no banquinho. Sorriu; novamente o banquinho; quando Pai Bento morresse, mandaria enterrar com ele aquele mesmo banquinho; certamente sentar-se-ia nele em frente ao Senhor.

— Há quanto tempo não nos vemos — iniciou a jovem senhora, abraçando o amigo.

— Bem. Eu tô tentando fala com ocê toda noite. Mas fico difícir me aproximá. Muita gente ruim tá pressionando a minha minina. Pro que não veiu antes anqui ?

— Não sei. Fiquei quase louca com a perda do meu filho.

— Num carece enloquecê tão cedo ainda — respondeu, sorrindo.

— Não sei. Todo este tempo alimentei um sonho legítimo. Queria um filho para selar o meu amor com Pedro. Duas vezes ele chegou e se foi sem nem me mostrar o seu rosto. Por quê?

— As explicação virá; ocê vai vê. Já tá perto o momento de sabê tudo.

— Será que vou aguentar?

— Vai sim.

— Como afirma com tanta certeza?

— Proque já me informei. Sei que tá chegando a hora. Não me pregunte quando.

— Vou poder ser mãe nesta vida?

— Isso eu garanto: depende só d'ocê.

— Como? O que devo fazer? Fiz tudo, tudo o que o médico mandou e não deu certo. O que mais posso fazer?

— Ocê não feiz tudo.

— Faltou o que, então?

— Fé, minina. Fé! Não pensa que é só ficá de resguardo, sonhando com o fiinho, que tudo vai dá certo.

— Mas eu tenho fé.

— Tem, mas pouca.

— Pouca?

— É. Num dianta negá. Ocê ficou contra Deus, se revortô, num quis sabê se perdê aquela criança podia se um bem pra ocê. Nada! Só ficou chorando, lamuriando, matutando coisa ruim. Que é isso, minina! Percisa reagi, lutá, te alegria, agradecê o Pai todas as coisa que acuntece, oi!

— Já disse que quase enlouqueci.

— E carecia tanto sufrimento se tivesse fé?

— Mas perdi dois filhos...

— Num perdeu, não. Deu pra eles a opurtunidade de se a redimi diante de Deus. Ocê sabe quem foi eles em otras vida? Sabe os vínculu ruim que tinha com ocê e o Pedro? Pensa, como diz o dotô, que não segurô eles? Não! Furam eles que num consiguiro ficá anqui. Eles se expulsaro pruque vibram coisas ruim do passado. Esse choque foi duro prá ocê e mais ainda pra eles; liberô energia negativa que muito atrapalhava a minina. Isso pruque ocê não entendeu nada.

— Eu não conseguia pensar mais em outra coisa. Pensava que estava com problemas não conseguindo segurar as crianças.

– Pruque num veio anqui?

– Estava tão sofrida que nem sabia o que fazer.

– Então. Num chora mais. Acredite em Deus.

– Poderei ter filhos?

– Ocê tem dúvida? Ocê num tem nada. Essas criança não era pra serem seus fio. Elas vão vortá em breve e em condição difícir. E um dia baterão na sua porta pidindo ajuda.

– Tenho chance de ser mãe, então?

– Vai te ainda muitos fio. Só vai pará quando num guentá mais.

– Não sei o que dizer. Por que não vim aqui antes?

– Num sei. Não era a hora certa. Tudo acuntece quando deve acuntecê. Por isso percisamo orá sempre, agradecê a Deus, aos bons espirtu.

– O aborto é muito doloroso. A mulher fica machucada no corpo e na alma. Não entendo como alguém pode provocar a morte de um ser indefeso.

– Há muita mardade, ganância, desejo de apruveitá a vida. Pensam que apruveitá é ir contra as lei de Deus. Só querem o prazer. Não sabem que o bem dá prazer mais duradoro, sem cunflito e arrependimento.

Nesse instante, como acontecia sempre que Cândida ficava a sós com o bom velhinho, compareceu uma Entidade Elevada, fazendo comentários educativos a respeito do aborto do ponto de vista espiritual. Com voz pausada, explicou:

– Muitos são os movimentos pró-aborto em todo o mundo. Na velha Europa, países tidos como avançados superaram as barreiras do bom-senso e aprovaram legislações a favor do aborto.

– O argumento é o mesmo de sempre: a mulher tem direito de utilizar o próprio corpo; as jovens não têm assistência médica adequada e, quando abortam em clínicas clandestinas, desaparelhadas, contraem infecções e muitas vezes morrem por hemorragia. Assim, entendem que não adianta mais a hipocrisia, fazer de conta que não se sabe.

– Clínicas de luxo querem o aborto porque poderão cobrar fortunas para atender às pacientes ricas que hoje vão a outros lugares; jovens inconsequentes querem o aborto para usufruir mais prazer; mulheres adúlteras querem praticar o sexo sem comprometer a sua posição social. Há interesses menores, mesquinhos, de todos os lados. Mas não se pensa no feto concebido, ser vivo que ali está sob a proteção da mãe, que vai assassiná-lo.

– Não se pensa nas consequências espirituais dessas rupturas, muitas vezes dolorosas, que levam a mulher a doenças e até à desencarnação, enquanto que os espíritos dos abortados podem chegar à loucura, tornando-se obsessores cruéis. No mundo de hoje, a ciência moderna tem recursos contraceptivos que não agridem tanto as mulheres.

– E o Brasil, perguntou Cândida, vai aderir aos países que têm legislação a favor do aborto?

– Não sabemos ainda. Há o livre-arbítrio. Os congressistas brasileiros, a sociedade civil, as entidades religiosas têm um papel importante nessa definição. Os argumentos pró-aborto utilizados aqui são os mesmos já empregados no Velho Mundo. O fato é que o Brasil, como a Europa, não necessita aderir às práticas abortivas, uma vez que os índices demográficos na Europa caíram além do normal e, no Brasil, a taxa de fertilidade está há tempos em declínio. Cândida estava abismada. Nunca ouvira Pai Bento falar assim tão bonito e com tanta propriedade. Ousou perguntar:

— Teremos guerra no Brasil?

— Sim, disse a Entidade. Não a guerra, como pensa. A guerra social já está acontecendo. Favelas, cortiços e mocambos, palafitas e outras habitações sub-humanas abrigam seres revoltados, que estão pagando os desregramentos do passado, como governantes despudorados que foram, não observando as necessidades sociais dos menos favorecidos.

— Não só governantes políticos, mas fazendeiros, proprietários de terra, comerciantes gananciosos, industriais, intelectuais que só serviram à riqueza curtem as dores do abandono. Sentem na pele a falta do poder público; sentem o desalento pela falta absoluta de esperança; vêm seus filhos sucumbirem ante a ferocidade do meio onde prolifera a lei do mais forte. Tráfico de drogas e tráfico de armas alimentam financeiramente grupos sem nenhum compromisso com a ética. Na luta pelo mando, as gangues se matam; arrastam jovens para o despenhadeiro; ferem corações bondosos de muitas mães evoluídas espiritualmente e que desejaram viver nessas condições para ajudarem os filhos calcetas.

— E os grandes líderes, onde se encontram? Aqueles que conduziram a Humanidade para o despenhadeiro da loucura com atitudes descontroladas?

— Na realidade, como podemos constatar, o caminho da evolução, além da ação pessoal, se faz também em grupo. Os grupos são sempre comandados por um líder, o responsável maior pelo sucesso ou pelo fracasso dos tutelados. Esses normalmente têm as reencarnações mais difíceis.

– O que sempre fica no ar é: por que a Providência Divina não impede essas hecatombes que levam tantos sofrimentos à criatura humana?

– Já falamos a respeito. O fato é que há a Lei do Livre-Arbítrio; ninguém, por outro lado, é atingido se não estiver incurso nos dispositivos penais. Os que são atingidos de uma forma ou de outra solicitaram a prova para valorizarem a vida que um dia tanto desprezaram. Mas, há formas de resgates menos dolorosas e até mesmo mais eficientes. Não falamos que a evolução, além de individual, também se processa em grupo? Pois bem: os grupos se encontram em todos os lugares. Na família, nas atividades esportivas, nas entidades culturais, religiosas, políticas, apenas para citar algumas.

– Isto poderá ocorrer também no ambiente de trabalho?

– Com certeza. Ninguém ingressa em uma empresa por simples acaso. Ainda que possa não participar do grupo central da organização, às vezes, precisa de uma rápida passagem pela companhia, fazendo uma espécie de estágio, onde convive com outras pessoas e aprende como executar determinadas tarefas para depois ir para o seu grupo real.

– E os grupos políticos, muitos dos quais altamente comprometidos com a coletividade?

– Esses também se reúnem em associações, partidos políticos, buscando o poder para resgatar as ações perpetradas no passado.

– Tenho a impressão que muitos até regridem pela somatória de acusações de corrupção, pela prática da violência política contra os adversários e até outros povos.

– Não é bem assim. A Lei da Evolução é permanente. Esses grupos passam por provas difíceis. As derrotas eleitorais que tanto afetam os participantes, os reveses que sofrem pela perseguição de grupos momentaneamente mais poderosos, o exílio, as prisões injustas por dissentirem ideologicamente, tudo, enfim, leva ao reajuste e à reavaliação. Mesmo assim, penso que a postura democrática seja bem melhor do que a totalitária.

– Certamente, desde que o conteúdo democrático não esteja viciado. Também sentimos que chamar o povo para decidir o seu futuro por meios de eleições honestas, limpas, precedidas de campanhas nas quais prevaleçam as ideias, sem violência, é o melhor método.

– Neste importante capítulo dos resgates coletivos, ponderou Cândida, não existem também aqueles grupos que se encontram hoje em situações sociais difíceis?

– Certamente. Aqueles que, um dia, destruíram cidades inteiras, arrasando-as, ateando fogo nas casas, contaminando a água que servia o povoado encontram-se hoje em condições semelhantes àquelas provocadas no passado. É por isso que, em uma favela, por exemplo, apesar das grandes dificuldades vividas, de repente surge um incêndio e o pouco que se tem é destruído pelas labaredas, colocando os moradores no mais completo abandono.

– As chacinas nas favelas podem ser consideradas como agravamento da situação?

– Aquelas pessoas que vivem em ambientes socialmente difíceis, que um dia certamente não mais existirão no Planeta Terra, sofrem os constrangimentos do grupo. Nesses grupos muitas pessoas ainda recalcitram, não aceitam as imposições da

Lei e tentam romper o cordão de isolamento. Como trazem do passado o pendor para a violência e o gosto pelo fausto que não mais podem desfrutar, montam verdadeiras gangues, partem para todas as formas de crime, traficam drogas, chamando para o grupo a ação do Estado, que atua no combate, por meio de seus órgãos de segurança. Mas, às vezes, alguém do grupo, espírito mais esclarecido e em missão para ajudar os seus familiares do passado e que decaíram, consegue promovê-los socialmente.

— É interessante quando o senhor se refere a alguém da família que conseguiu certo destaque e elevou os demais do grupo. Como funciona esse mecanismo?

— É fácil. A Providência não desampara ninguém. Em todos os grupos sociais coloca sempre algum espírito ligado aos participantes que tem uma visão diferente, mais ampla, que pode influir na conduta dos demais, desde que esses sejam acessíveis. Não se vê nas famílias aquela pessoa que consegue servir de exemplo, agindo sempre com responsabilidade, assumindo certos encargos que a rigor não teria obrigação de fazê-lo, tão somente com o propósito de impulsionar, estimular a caminhada dos mais inseguros?

— As lideranças, podemos assim dizer, nutritivas, contrabalançam a influência das lideranças negativas, que também existem e se expressam na demonstração de medos injustificáveis, que não acreditam na vida e permanecem prisioneiras de si mesmas com receio de investir, assumir responsabilidades, agir em benefício de todos.

— Ficam sempre na retranca; não opinam; têm medo de exercer qualquer tipo de interferência, dizendo-se até espíritas, quando na realidade são egoístas, limitadas a si mesmas, sem capacidade de expansão. E os que não se expandem, não lutam, não enfrentam corajosamente os obstáculos, permanecem estagnados e são paradigmas para os que gostam da estagnação.

– O progresso, o desenvolvimento da pessoa e do grupo a que pertence dependem sempre da intensidade da ação energética benéfica, produtiva, que se imprime aos acontecimentos. Por isso é que constatamos, nos grupos, os otimistas, os confiantes, e ao lado os pessimistas, derrotistas, os sem coragem para agir em benefício de todos. Esses reclamam sempre, ficam na defensiva, não avançam e sugam o esforço dos demais.

– A psicologia do grupo é definida pelo padrão positivo ou negativo, do pensamento dominante. Empresas prósperas, ativas, rentáveis refletem uma direção consistente, perseverante, inovadora, inteligente, ao passo que as que diminuem ano a ano e vão à extinção não deixam de espelhar a alma de dirigentes que querem repouso, tranquilidade, não se entregando verdadeiramente à coletividade a que foram chamados a servir.

– É por isso que, às vezes, com a saída de um sócio, por exemplo, o negócio prospera.

– Sem dúvida. A participação de um elemento chave no grupo, como a de um dos sócios, no exemplo citado, pode ter um papel decisivo para o bem ou para o mal. Se o que saiu era quem amarrava a empresa com os seus temores constantes, a sua falta de visão, o seu pessimismo crônico, certamente o empreendimento prosperará; o contrário também é verdadeiro. Às vezes quem sai é aquele de mente aberta e que não suporta mais conviver com as amarras impostas pelo outro sócio. Na prática, o resultado é o que conta. Perceber-se-á facilmente quem tinha razão na medida em que o progresso acontece para um ou para outro e há casos em que ambos os sócios são de matriz positiva, mas tiveram uma caminhada programada para certo período, e ao finalizá-lo precisam se separar para darem sequência às tarefas de cada um.

— Esse mesmo raciocínio pode se estender aos países?

— Os grupos maiores ou menores se comportam basicamente da mesma forma. Os países, as empresas, as famílias, as agremiações culturais, acadêmicas, enfim todos os membros são chamados à construção do Bem, elaborando dharmas e carmas, conforme as ações práticas.

A conversa estava muito interessante. Mas, a Entidade não poderia permanecer mais tempo em terra para continuar o profícuo diálogo. Despediu-se de Cândida, deixando um aviso preocupante:

— No próximo ano muitas modificações acontecerão. Nunca se desespere e nem assuma compromissos com o desalento. Aceite todas as transformações que ao final serão para bem melhor. Acredite sempre que a vida nunca erra. Ela sempre atua em nosso benefício, mesmo que não possamos compreender no momento.

Retornando a si, Pai Bento, que em espírito a tudo assistiu, abriu um largo sorriso para Cândida, lembrando:

— Minha minima. A Entidade deu pra nóis uma verdadera lição di sabedoria. Não incontramo estas aula espirituar nas escola du mundo. Palavras simpres, mais profunda, incentivando sempre u bem, a cumpreensão e o intendimento.

— É verdade. Recebemos muitas orientações. A Entidade falou tanto e aparentemente para uma só pessoa.

— Ocê disse bem: aparentemente. Nesse discampado

não tinha mais lugar para tantos espirtu que anqui veio pra assisti a cunversa. Era muitos. Chefe, guerreiro do passado, comandante, religioso, pessoas que influenciaro otras, estivero anqui pra ouvi, recebendo preciosas lição. Muitos já cuida de suas futura reencarnação, junto com as pessoa que deve liderá no momento certo, atuando nos campo que falharo no passado.

— Tudo é aproveitado.

— Nada permanece sem expricação. Basta observá os grupo, as tendência, o comportamento das figura dominante.

— Estou preocupada com o que a Entidade falou ao final, referindo-se a mim diretamente acerca dos acontecimentos que se encontram previstos para o próximo ano. O que pode ser?

— Ocê recebeu uma orientação importante. Isso só acuntece com quem merece. Tá avisada que argumas mudança vai acontecê no ano que vem. Quando elas vier, a minima vai sabê. Mas já tá privinida. Nada acuntece sem razão de sê. E tudo é prá mió.

Cândida retornou à casa-grande muito mais animada. Poderia ser mãe ainda nesta vida; acumulara importantes informações acerca dos grupos espirituais e pretendia aplicá-las nas empresas; recebera potentes energias que transformaram a sua aura imediatamente, deixando de ser uma mulher frágil, chorona, caminhando para uma enfermidade sem volta, para se transformar na Cândida de sempre, alegre e autoconfiante.

Precisava comunicar a Pedro, ligar para Noêmia, assumir as suas funções, para, no grupo, se transformar em um ser nutritivo, eficiente, carismático, deixando de lado a postura de "doentinha", medrosa, ao contrário, aliás, de tudo o que pregara em sua vida.

É certo que adquirira mais humildade, pois as críticas que até, então, desfechava contra os mais frágeis não levavam em consideração as necessidades de cada um. O despertar, o reerguimento das pessoas, às vezes, depende de uma mão amiga, de um apoio espiritual. Nem sempre somos suficientes para superar sozinhos os problemas que se antepõem em nosso caminho. Para isso os amigos verdadeiros, a família esclarecida, o grupo influenciam e determinam a eficácia do apoio. Como ninguém está só, basta ter fé, acreditar que Deus sempre manda o socorro para os que pedem com humildade. Cândida recebera importantes eflúvios energéticos físicos e espirituais.

Ao chegar a casa, era outra pessoa, inteiramente renovada, que surpreendeu a todos, indo diretamente à cozinha. Estava com fome. Serafina percebeu a transformação na jovem senhora e elevou sentida prece agradecendo a bondade de Deus.

Bem disposta, Cândida ligou para Pedro informando que estava partindo logo no dia seguinte e que iria diretamente para a fábrica. Em seguida conversou com Noêmia, deixando todos surpreendidos. Afinal, aquela jovem notável, otimista, que contagiava as pessoas com a sua alegria, quando deprimida e insegura afetava também negativamente o grupo. Agora que estava liberta e determinada a assumir as suas posições na vida infundia em Noêmia ânimo e coragem. A amiga, durante o longo período de convalescença de Cândida, muitas vezes pensou em esmorecer. Se não fosse a mão enérgica de Pedro, seu discernimento para os negócios e sua capacidade administrativa, o grupo Incotel poderia ter sofrido prejuízos incalculáveis. Era a hora de agradecer a Deus o apoio vindo por meio do jovem advogado que, na prática, estava assumindo de fato a presidência da organização, pois era consultado em tudo.

O retorno de Cândida no dia seguinte surpreendeu

a todos. A jovem quis saber todos os detalhes das ocorrências registradas durante o seu longo afastamento. Quanto mais percebia a extensão dos problemas que Noêmia e Pedro estiveram enfrentando, mais lamentava a sua fraqueza. O tempo que permanecera inerte, criando problemas para o marido, preocupando os colaboradores mais próximos foi por demais precioso. Só aí foi que se deu conta que, em certos momentos da vida e por mais difíceis que se apresentem as situações, o melhor mesmo é se munir de coragem, enfrentar os desafios sem subterfúgios e trabalhar. Os que se esmeram em encontrar desculpas para as suas dificuldades e se esquecem de ir à luta não podem se queixar quando a ruína bater à porta.

Assumindo as suas tarefas na empresa, elevando com a sua postura renovada o ambiente de trabalho, infundindo ânimo na amiga e no marido, a executiva credenciava-se no grupo a que pertencia para assumir funções mais complexas.

Os tempos agora eram outros, e o país iniciava longo período de um difícil processo inflacionário, devido ao endividamento externo realizado pelos governos militares para sustentar o crescimento econômico em época de expansão do crédito na banca internacional, e, sobretudo, pela brusca elevação do preço do petróleo no mercado externo, com a criação da OPEP, pelos países exportadores.

As empresas iniciavam uma transformação efetiva de reajuste financeiro: as aplicações no mercado aberto rendiam bem mais do que os investimentos na área produtiva, dificultando o crescimento econômico e abrindo as portas para o desemprego. Enfrentar a recessão econômica de um lado, e de outro, conviver com uma inflação galopante, marcaria os anos oitenta, considerados como "a década perdida", exigindo dos executivos agilidade, firmeza e determinação para conduzir os negócios.

A Incotel foi enfrentando os problemas com relativa segurança. Como empresa bem-administrada, aplicou no próprio parque industrial os resultados financeiros de vários anos, de forma que se tornou competitiva, moderna, conseguindo custo de produção de nível internacional. Não fosse a elevada carga tributária e os pesados encargos sociais, poder-se-ia dizer que estava à altura de suas concorrentes estrangeiras, razão pela qual sobreviveu àquele longo período de dificuldades.

Como Pai Bento anunciara, Cândida engravidou no ano seguinte e deu à luz uma linda menina, que na pia batismal recebeu o nome de Cristina, sob o olhar encantado da madrinha, a amiga inseparável Noêmia. A gravidez, contudo, assim como os primeiros meses da criança não atrapalharam em nada o trabalho da jovem mãe. Aprendera que tudo se encontra nas mãos de Deus, desde que ajamos com naturalidade, boa-fé e bondade diante da vida.

Aquele ano foi muito marcante para a vida do grupo. A angina "pectoris" de Pai Bento começou a se agravar rapidamente. O procedimento cirúrgico não foi recomendado em razão da idade do ancião. Em poucos dias o velhinho definhou de tal forma que os médicos informaram aos amigos que o desenlace seria apenas questão de dias. Cândida, Noêmia e Pedro acorreram imediatamente a Queluz, ouviram os médicos e ficaram conscientes de que o quadro clínico era verdadeiramente grave. Não havia muito o que fazer a não ser ministrar soro, aplicar algumas injeções de vitaminas e a medicação própria para as dificuldades de circulação nas artérias coronárias, aliviando-se a dor que era intermitente.

Reunidos com Pai Bento na cama do hospital, o velhinho conseguiu conversar com o grupo que estava inconsolável. Durante vários anos ele fora o Orientador daquelas pessoas que o tinham realmente como Mentor. Ficariam órfãos morais, sem o bom guia que trazia as mais belas informações do além para balizar o grupo. No leito de morte, quase que sussurrando, comentou:

— Não se aflijam. Tá chegando a minha hora. Mais arguns dia e não vou dá mais trabaio a ocêis.

— Pai — perguntou Cândida, comovida, — como vamos ficar sem as suas orientações?

— Elas num são minha, mas dus espirtu, que vão continuá trabaiando.

— Por intermédio de quem?

— Não se percupe. Na hora certa ocêis vão sabê.

Dois dias após, o velhinho sofreu no próprio leito do hospital um infarto fulminante do miocárdio. Nada mais restava fazer a não ser enterrar aquele corpo que por oitenta anos servira de instrumento para aperfeiçoar o espírito de um homem que conseguiu alcançar novos patamares na difícil reencarnação que findara.

Pai Bento foi recebido imediatamente no Plano Espiritual pelo seu mentor.

— E agora, Alcebíades? Falou-lhe o Orientador. — Como se sente estando aqui, na verdadeira pátria, após oitenta anos na Terra?

— Um pouco percupado. Deixei as minina lá.

— Não precisa falar assim como preto velho. Você preferiu reencarnar como homem de cor negra para sentir na própria pele o preconceito. Como preto e pobre, viu de perto a discriminação, a violência racial e amargou um cativeiro diferente daquele dos tempos da escravidão. Agora já pode falar como o homem culto e civilizado que foi no século passado, quando teve a oportunidade de estudar nos melhores colégios, e os seus pais eram fazendeiros ricos, preconceituosos, que não vacilaram em passar para os filhos sua absurda discriminação. Naquela época aprendeu várias línguas, estudou filosofia, e os vários conhecimentos adquiridos foram momentaneamente suspensos na última reencarnação para que você pudesse sentir de perto como a falta de escola, de meio social para desenvolver o conhecimento são importantes. A sua sabedoria de vida, contudo, foi muito aproveitada, sobretudo para aconselhar os sofredores, e no trato com as ervas, quando recuperou parcialmente os conhecimentos de medicina adquiridos em passado remoto. Hoje, liberto das amarras de ontem, pode deixar aquele vocabulário pobre e se expressar com liberdade, trazendo de volta os conhecimentos de outrora, para esse homem novo do presente.

— Ainda não me lembro desse tempo a que você está se referindo.

— As lembranças virão com o tempo.

— Tudo então terminou?

— Ou começou. Uma etapa foi concluída. Agora precisa descansar. O médico lhe dará um remédio e irá dormir um pouco. Quando acordar, se sentirá bem melhor. Depois conversaremos.

Capítulo 16

Mudanças repentinas

Aqui na Terra o funeral de Pai Bento foi muito concorrido. Como era de sua vontade, foi enterrado na fazenda, perto do casebre em que viveu. Muitos amigos, pessoas que ele beneficiara com as suas benzeções, conselhos, compareceram para o último adeus. Cândida e Noêmia estavam inconsoláveis. Lembravam as conversas altamente esclarecedoras que tiveram com o amigo em momentos difíceis para ambas. – A quem recorrer agora? – Perguntavam-se, perplexas. Pedro, ao contrário, estava sereno. Pôde ver o momento em que o espírito se desprendeu do corpo e seguiu rumo ao infinito. Pai Bento partiu muito bem. Carregado no colo por Entidade Veneranda, o bom velhinho não sofreu os traumas da desencarnação. Como viveu uma vida espiritual, sem apego à matéria, o seu regresso à pátria maior foi instantâneo.

Começava uma nova vida para o grupo.

Após os funerais cada qual teve de seguir o seu caminho. Na fazenda, Serafina foi a que mais ficou abalada. Convivia com o amigo quase que diariamente, levando broas e guloseimas, ele que sempre a tratou com especial deferência.

A servidora não sabia para quem fazer agora os seus

saborosos quitutes. Pai Bento não estava mais lá para saborear, elogiar suas qualidades de cozinheira número um da fazenda. Amuada, rezava todos os dias para Deus levá-la também, até que em um sonho foi fortemente repreendida pelo amigo, que foi chamado a essa manifestação, para não deixar Serafina cair nas garras dos obsessores.

No dia seguinte, acordou amedrontada. Lembrava que, no sonho, o amigo de sempre a recriminava, preocupado com o que estava ainda por vir. As "mininas" precisariam muito de Serafina. Seu braço forte, disciplinadora como sempre, colocava cada servidor no seu devido lugar. Por isso era imprescindível. Sem ela não haveria organização na fazenda. Chamada à atenção, a velha colaboradora emendou-se rapidamente, pois sempre teve medo de assombração. Desprendeu-se rapidamente da imagem de Pai Bento que, no plano espiritual, ao saber do comportamento da amiga, não se furtou a uma boa gargalhada.

Serafina, apesar de médium, tinha muito medo de se encontrar frente a frente com os espíritos. A sua intuição, contudo, era tão acentuada que as suas premonições nunca falhavam. Era ouvida sempre e com muita atenção por Cândida.

Para Cândida e Noêmia, foi difícil retornar ao trabalho. Somente Pedro estava conformado com a partida de Pai Bento. Continuou o seu expediente normalmente. No escritório de advocacia ganhava sempre mais prestígio, patrocinando causas justas que colocava devidamente junto ao Poder Judiciário, preocupando-se sempre com os detalhes técnicos, importantes para o mundo jurídico. No conselho de administração da "holding" tinha sempre uma palavra ponderada e lúcida, de forma que tanto Noêmia quanto Cândida respeitavam as suas opiniões.

As dificuldades econômicas do país foram se agravando. Os economistas chamados por sucessivos governos elaboravam planos e mais planos econômicos que não davam certo, mas cada um acrescentava algo de novo, ainda que de forma traumática, e as causas da inflação brasileira foram se desvelando pouco a pouco.

Se a empresa se encontrava bem administrada, a vida pessoal de Noêmia acusava o desgaste da solidão. Desde a morte do marido há vários anos não tivera mais nenhum outro companheiro.

De início, a memória de Demetrius era muito forte para a jovem senhora; depois ela se fechou em copas, inspirando nas pessoas conhecidas certo temor reverencial. O fato é que sem companhia afetiva, voltada somente para o trabalho e a criação da filha, o seu lazer era apenas sair com Pedro e Cândida para irem a algum restaurante. Com o nascimento da filha da amiga, essa distração desapareceu e Noêmia sentiu-se mais só do que nunca, o que não escapou à arguta observação de Pedro. Certo dia ele resolveu convidá-la para um almoço em um tradicional restaurante de São Paulo. O jovem queria conversar livremente com a executiva, sentir mais de perto as suas inquietações e ajudá-la nessa fase de sua vida.

Estavam conversando no restaurante informalmente quando Pedro começou a sentir fortes arrepios pelo corpo, percebendo a aproximação de uma Entidade Veneranda, que desejava se comunicar com Noêmia. Indagou se ali era o local a-propriado, uma vez que tais manifestações poderiam causar um certo espanto. A Entidade Respondeu que o local não era ade-quado, mas a única maneira que encontrara para entrar em con-tato com os dois ao mesmo tempo. Pedia para se reunirem na casa da fazenda com a participação de Serafina e de Cândida.

Foi assim que o advogado comentou o ocorrido com a amiga:

— Convidei-a para esse almoço pensando em conversar a sós com você. Tenho notado que anda abatida e um tanto desanimada, o que não é bom. Está acontecendo alguma coisa?

— Não. Talvez seja o tédio; a repetição dos mesmos problemas ano a ano. A falta de novidade, a minha vida estagnada, sem nenhum viço, está me deixando um tanto desanimada. Mas isso passa.

— Depende de como você irá se comportar. Não deve cultivar pensamentos negativos, nem se entregar à solidão.

— O que fazer então?

— Buscar novas formas de entretenimento. Mergulhar em novos trabalhos, abrir o coração para outras pessoas que possam compartilhá-lo, afinal ainda é tão jovem.

— Não é fácil. Uma mulher na minha idade, com uma filha, e na posição em que me encontro, dificulta muitas coisas. Não posso pensar só em mim, mas em minha filha, no exemplo que devo deixar a ela, e também na própria empresa. Já passaram os tempos da jovem aventureira que aceitava um namorado hoje e outro amanhã, dando-se ao luxo de escolher simplesmente pelo coração. Hoje, preciso refletir a respeito de minhas escolhas e responsabilidades. Quem poderia compartilhar a minha vida, respeitando a minha filha e entendendo as obrigações que tenho com uma empresa tão complexa quanto a Incotel e da qual dependem milhares de famílias? Não é pedir muito?

— Absolutamente — retorquiu Pedro. A vida nos dará o que for melhor para o nosso crescimento. Agora não se pode também ser tão econômico no pedido, que de repente ela atende. Quero uma casinha de sapé, um maridinho de pés no chão e uma rede velha para deitar. Ora, se a moda pega, fecharemos as indústrias de móveis, os hotéis, e ninguém terá emprego nas fábricas de carros, que certamente não vão mais existir. É preciso pedir sim, mas pedir, é claro, com bom-senso.

– Na sua posição, considerando as suas responsabilidades, é natural que a pessoa ideal seja a que preencha vários requisitos, como honestidade, integridade, capacidade de trabalho, formação adequada, dentre tantos outros, isso porque você também chegou a esse patamar por esforço próprio. Desde criança foi enviada à escola, aprendeu línguas, conhece etiqueta, desenvolveu-se na administração da empresa, não é assim uma pessoa despreparada e que poderia aceitar como companheiro uma pessoa bem distante do seu mundo, sem compatibilidade alguma. Ao contrário, a compatibilidade que eu falo é a de valores, de compreensão, de ética, de camaradagem. E naturalmente esses sentimentos afins atraem o amor, o amor responsável, não aquelas loucas paixões que deixam sequelas na alma, destruindo as pessoas.

– Que aula! Aonde pretende chegar? Já tem alguém para me apresentar e está preparando o terreno? – replicou sorrindo.

– Não! Não tenho ninguém, mas desde que você se abra verdadeiramente para a vida, a própria vida encaminhará a pessoa certa.

– Vamos aguardar, então.

– Vim aqui – continuou Pedro – pensando em conversar com você a respeito desses assuntos. Mas, acredite ou não, no começo de nossa conversa chegou uma entidade desejando passar-lhe um recado. Perguntei-lhe se o local e o momento eram os adequados e ela me respondeu que não, sugerindo uma reunião na casa da fazenda, com as presenças de Cândida e de Serafina. Disse que falaria com você e, se estivesse de acordo, prepararíamos o encontro. O que acha?

– Ótimo. Sinto tanto falta das conversas que tínhamos com Pai Bento. Vai ver que ele quer se manifestar.

– Não sei. Era uma Entidade diferente.

– Vamos marcar o nosso encontro para sábado à noite.

– Está bem, falarei com Cândida.

Pedro sentia que a Entidade tinha importantes revelações a fazer. Era um espírito evoluído, muito discreto, que conhecia o grupo e fora designado para entrar em contato. Aqueles dias de espera foram angustiantes. O jovem começou a se preparar para a reunião espiritual elevando sempre o seu pensamento. Todos os dias, como já era costume, fazia as suas orações e, naquele momento, nelas incluía também o pedido de proteção para a reunião marcada, temeroso, ante a possibilidade de comparecimento de algum espírito galhofeiro, despreparado, que trouxesse informações incorretas, causando problemas para as pessoas.

– A mediunidade responsável filtra as informações recebidas do plano espiritual, passando tão somente aquilo que é permitido. No entanto, certos espíritos ainda não compreenderam suficientemente o papel que lhes foi reservado e transmitem informações que podem prejudicar muitos adeptos. Cabe ao médium experiente perceber o teor das orientações, o conteúdo ético que encerram, para levar somente o que interessa. Em muitas sessões dirigidas por pessoas preparadas e bem-intencionadas, porém invigilantes, é possível transmitir-se informações inverídicas, mistificadoras, que podem causar sérios problemas.

– Vigiai e orai – completou Noêmia – esta é a recomendação.

– Sem dúvida, como escreveu Kardec: "Espíritas, instrui-vos".

No Plano Espiritual, os desencarnados no acidente do voo AKR evoluíam conforme o estágio de cada um. Muitos, ainda revoltados, apegados aos que ficaram, dificultavam a própria ascensão e ao mesmo tempo causavam transtornos à vida dos familiares. Os mais sensíveis sofriam os efeitos desses apegos excessivos, refletindo até alguns desajustes. Jovens, que até então eram bons estudantes, com a falta do pai, mas com a interferência espiritual desse de forma negativa, se transformavam em alunos problema, dispersivos, acumulando repetência, porque se deixavam levar pelo campo energético da entidade desencarnada. Esposas até então saudáveis e produtivas, porém situadas no mesmo padrão vibratório do falecido, tinham as suas energias sugadas, perdendo o ânimo para reencontrarem novos caminhos. Filhos desencarnados e exigentes cobravam o afeto de pais e mães desorientados, que permitiam a aproximação do ente querido, sem condições, contudo, de perceberem as diferentes realidades de cada um. O conúbio entre encarnados e desencarnados é mais comum do que se pensa.

Demetrius, apesar de bem assistido por sua mãe, espírito sábio e evoluído, na realidade não aceitara a desencarnação. Como homem ativo que foi, voltado sempre para os negócios, atuando em várias frentes, não se encontrava com facilidade no Mundo Espiritual, cujas atividades requeriam outro tipo de comportamento, principalmente porque não é possível esconder nada de ninguém. Incomodado com a situação em que vivia, preocupava-se com todos os problemas que deixara na Terra, procurando envolver Noêmia, cuja sensibilidade mediúnica captava as vibrações de baixo teor emanadas pelo desencarnado. Quando Noêmia pensava na necessidade de espairecer um pouco, descontrair-se, ter alguém com quem compartilhar a vida, Demetrius, lá do outro lado, se enfurecia, arremetendo pensamentos negativos, taxando-a de ingrata e leviana. E por isso foi advertido várias vezes por sua mãe, que ponderou:

— Filho, você já não pode ter mais espaço na vida de Noêmia, um ser reencarnado, que está enfrentando com dignidade as duras provas que a vida lhe ofereceu. Ela ainda é jovem, assumiu a direção de uma grande empresa, está agindo com total responsabilidade, e nós sabemos que não era esse o seu desejo. Pensa na filha, nos empregados, contando apenas com a competência e a lealdade de Pedro e o afeto de Cândida, que, agora, por ser mãe, precisa necessariamente se dedicar mais à prole. É justo que ela tenha a aspiração de reconstruir a própria vida, uma vez que deve ficar ainda muitas décadas na Terra. O melhor para você seria reencarnar como neto de Noêmia, filho de sua filha, para sublimar esse amor possessivo.

— Porém, sua filha, ainda é uma adolescente, está estudando, e não se esqueça que é a única herdeira. Cedo ou tarde terá também de assumir grandes responsabilidades de direção na empresa, preparando-a para passar a você, quando se tornar adulto, herdando aquilo que um dia você mesmo iniciou. Veja como a vida é bela, como tudo se harmoniza. A sua rebeldia pode dificultar as coisas. Se ela sucumbir pela solidão, a sua filha não terá condições de dar sequência ao planejado, e a empresa será vendida para o primeiro que aparecer. O plano inicial não se realizará. Não é correto dificultar a evolução dos entes queridos. Isso tem um nome: chama-se egoísmo. Aceita verdadeiramente a vida e ela devolver-lhe-á tudo o que por direito lhe pertence, com juros e correção monetária.

— Sei que estou errado, mas ainda não me sinto preparado para vê-la ao lado de outra pessoa.

— Por que não solicita transferência aos seus superiores para outra Colônia por vinte anos, ficando distante de tudo, dedicando-se ao estudo e ao próximo, esperando que a vida se pronuncie? Irá conhecer novas pessoas, enfrentar diferentes desafios, rever alguns companheiros de outras eras, empolgar-se, enfim, com as possibilidades de crescimento. Após, estará em condições de retornar à Terra, rever Noêmia bem amadurecida, que já estará embalando nos braços os netos previstos para reencarnarem e que irão alegrar os últimos dias dessa mulher valorosa. Ela, então, será informada por entidades venerandas de seu retorno ao palco da vida e uma enorme ternura o envolverá. Nada se perde, tudo se transforma, não é assim?

— Será possível esse milagre?

— É o planejado.

— Como posso ter certeza?

— Converse com o seu Mentor e peça para ele mostrar o vídeo onde consta a preparação para a sua última reencarnação. Nele vai constatar que estava prevista a sua desencarnação ainda jovem e de forma acidental, assim também como a de seu filho, que estagia em outra Colônia, bem como a vida da sua filha, de Noêmia e de Mário Augusto, o homem a quem Noêmia deverá se ligar por vínculos do passado e que poderá ajudá-la a superar essa fase difícil da vida.

— Quem é esse Mário Augusto?

— Não me cabe adiantar nada. Quem pode fazê-lo é o

seu Mentor. Não se esqueça que aqui não sou a sua mãe. Essa condição foi na última reencarnação.

— Mãe, não pode ser assim. Mesmo estando aqui, fico ainda desorientado.

— Não deveria. Tudo está planejado para dar certo e na hora certa. Em tudo, mesmo nas "aparentes" tragédias, há uma pitada de amor.

— Mas a senhora foi minha mãe!

— Na última reencarnação, não se esqueça. Antes já fui sua adversária porque você me rejeitou como mulher e eu fui muito cruel na minha vingança, assumindo a responsabilidade de recompor o amor possessivo pelo amor materno, incondicional.

— Não acredito.

— Mas é a pura verdade.

— Preciso ver esse vídeo para acreditar. Nem assim sei se acreditarei.

— Acreditará porque se trata da verdade. E conhecendo a verdade ela o libertará, não está escrito no Evangelho?

— Meu Deus, então quando isso tudo vai acabar? Nasce e renasce, nasce-se de novo e depois baixa à sepultura, não tem fim?

— A vida é eterna, bela, e não tem nada de monótono. Importa registrar que não há retrocesso na caminhada do espírito. Estamos no Astral ou na Terra sempre em evolução e quanto mais se evolui mais se compreende a criação de Deus. A felicidade plena é estar um dia colaborando diretamente com o Criador. Nesse estágio estão os Espíritos Iluminados que se encontram tão distantes de nós quanto nós das formas mais elementares de vida.

— E quanto tempo se levará para essa evolução?

— Temos a eternidade. Os anos terrestres, computados a partir do tempo gasto pelo Planeta Terra para dar a volta em torno do sol, são insignificantes. Einstein não afirmou a relatividade do tempo e do espaço?

— Mas, eu estou ainda condicionado ao tempo da Terra. Não consigo entender de outra forma.

— Por enquanto. Mas, chegará o dia em que estará mais apto a compreender alguns aspectos da imensidão. Várias formas de vida habitam o espaço. Os atuais aparelhos eletrônicos da Terra, câmaras de vídeo, potentes telescópios, as viagens interespaciais não conseguem captar certas energias e formas de vida, muito superiores à dos terráqueos.

— É tudo tão surpreendente!

— Diria: maravilhoso!

— Vou conversar com o meu Mentor.

— Faz bem.

— Até outro dia, querido.

— Até, mamãe, goste ou não, irei chamá-la sempre assim.

— Não me importo. Até gosto de ter um filho deste tamanho e ainda um pouco dependente, com tantas dúvidas.

— Essa não!

— Sim, já que você me quer ainda como mãe, tenho obrigações a cumprir como tal.

– Quais?

– Orientá-lo, por exemplo.

– É verdade, ainda tenho dúvidas.

– Pesquise um pouco, estude mais. Há tantos livros aqui que tratam do tema.

– Nunca fui muito teórico. Gosto de executar; sou prático.

– Não é bem assim. Você, como todos os outros práticos, executam aquilo que os teóricos pensaram. A teoria é extremamente necessária para dar consistência às soluções e abrir novas possibilidades de progresso.

– Não estou certo de nada.

– Bem, agora chega de conversa. Preciso retornar aos meus afazeres.

Demetrius ficou pensando acerca de tudo o que havia conversado com a sua mãe. Mas, o tal de Mário Augusto não lhe saía da cabeça. Não conseguia admitir nenhum outro homem compartilhando o leito com Noêmia e nem tampouco assumindo a direção do patrimônio que iniciara. Somente Pedro. Este, desde o início, Demetrius conseguiu aceitar, porque já estava compromissado com Cândida e nunca fizera gracinhas para Noêmia. Era um homem sério, que agia sempre para o bem; não se aproveitou da situação para tirar vantagem da empresa; ao contrário, até recebia muito pouco pelo que fazia. Gostava de Pedro. Identificava-se com aquele jovem advogado e o tinha na conta de um irmão. Já esse Mário Augusto... nunca tinha visto nem mais gordo e nem mais magro. – De onde viera? Quais as suas intenções? – perguntava-se. Se fosse pessoa de bem, ainda assim já seria difícil aceitá-lo; se fosse do mal, então começaria de imediato a peleja para afastá-lo.

É engano pensar que pelo simples fato de desencarnar o espírito despe-se de todos os seus vícios. Demetrius era um espírito muito vinculado às coisas materiais. O apego a Noêmia e a obsessão pela fábrica dificultavam o seu progresso e o das pessoas que ficaram na luta. Daí porque encarnados e desencarnados precisam urgentemente fazer a reforma íntima, modificar o teor dos pensamentos, deixando de lado tudo o que é material para evoluir espiritualmente. Somente com a assimilação dos valores espirituais eternos é que o ser marcha para frente, sem perder o sentimento, colocando o amor acima das paixões momentâneas.

Demetrius resolveu procurar o Mentor para expor os problemas que o afligiam. Solicitou uma entrevista particular com Evandro, Entidade Elevada, que na Colônia era um Orientador, assim como a diversos outros espíritos, para expor as suas dúvidas. Iniciou:

— Mestre, estou muito preocupado.

— Eu sei. Já era tempo de se esclarecer. Por que demorou tanto?

— Somente agora que Noêmia está querendo se engraçar com um fulano foi que despertei para o problema.

— Que problema? Seja mais específico.

— Bom. Ainda não sou capaz de aceitá-la dormindo com outro homem.

— Isso importa tanto assim?

— É claro! Ela é a minha mulher, ora...

— Não me parece tão claro. Ela foi sua mulher na Terra.

Hoje não tem mais nenhum compromisso com você. Pode dormir com quem quiser, desde que o faça com respeito a si mesma e à outra pessoa.

— Absurdo! Casei-me com ela na igreja e no civil. Tivemos dois filhos; deixei-lhe uma empresa próspera. Ela no mínimo me deve respeito.

— Mas ela sempre o respeitou. Tanto é assim que até hoje está sozinha. Pergunto a você e me responda com sinceridade: se fosse o contrário, Noêmia morta e você com a responsabilidade de cuidar dos filhos e da fábrica, teria permanecido por tanto tempo sem colocar outra mulher em sua vida? Lembra-se como você era quando reencarnado. Mesmo casado, nós sabemos que não era santo.

— Mas eu sou homem.

— E por isso podia trair, enganar, mentir, quando chegava em casa? Que autoridade moral você tem para exigir fidelidade de uma mulher que deu a você o melhor de sua vida e a quem você desrespeitou? Depois, com a morte, os laços, os compromissos humanos acabaram. A morte separa, rompe certas obrigações, e a pessoa está livre do vínculo conjugal pela lei civil e pelos cânones da própria igreja na qual você se casou.

Demetrius estava em estado de choque. Não esperava uma postura tão dura de seu Mentor. Ao pedir a reunião, pensava em ser apoiado, afagado pelo Mestre. Mas, ante a crua realidade desarmou-se por completo, mergulhando em si mesmo, para relembrar o seu comportamento como homem casado. Muitas vezes se deu ao desfrute de outras mulheres, chegando em casa altas horas, alegando estar em reunião de trabalho. Certa vez a esposa desconfiou, mas procurou evitar uma cena, sentindo-se decepcionada com o marido. Não era mulher de ficar vigiando.

Apesar de amar a companheira, Demetrius não se sentia culpado pelas traições. Para ele era normal o homem sair um pouco fora do eixo, descontrair-se, sem se envolver profundamente com qualquer outra mulher. Ao mesmo tempo não admitiria nunca um comportamento desses, se partisse de Noêmia. Para ele, como para tantos homens de seu tempo, a mulher tinha o dever de prestar absoluta fidelidade; já ao homem se permitiam algumas liberdades.

O Mentor percebeu que o seu pupilo estava em estado de choque. Não era para menos. Afinal, enganar aqui na Terra era norma para muitos homens casados; já no Plano Espiritual ninguém engana ninguém. O pensamento logo é captado e todas as manobras desfeitas no ato. Isso incomodava muito um homem ousado como Demetrius. No entanto, conseguiu ainda articular:

— O fato de eu ter errado não significa que ela deva fazer o mesmo. Temos uma filha. Precisa dar o exemplo para a menina. Onde já se viu alojar um estranho dentro de casa e impingir essa pessoa como um suposto pai para a criança, o que vai acabar acontecendo um dia, pela convivência.

— Você ainda não aceitou a desencarnação — falou o Mentor, com um sorriso nos lábios.

— Que eu morri, já sei. Estava muito bem até agora. Trabalhei bastante, senti-me útil e estava feliz. Essa notícia me pegou de surpresa. Nunca imaginei que Noêmia pudesse desejar a companhia de outro homem.

— Por que você se considera um super-homem?

— Não. Eu estou aqui, está certo, mas continuo sempre

emitindo energias de amor, de carinho, de saudades para ela e para minha filha. Isso não conta?

— Sem dúvida. Tudo que é feito com amor vale e muito. Mas será amor mesmo? Amor incondicional? Ou atrás desses pensamentos estão escondidos os desejos do homem material, vinculado, que não conseguiu se desprender?

— O meu amor é puro. Sou um espírito.

— Mas é um amor desinteressado?

— Querer viver com Noêmia, povoar os seus pensamentos, estar ligado à minha filha, é um interesse menor?

— Se for para a felicidade delas não. Se for possessivo, controlador, como parece que é, então se trata de um sentimento negativo. O ser desencarnado pode ajudar o encarnado desde que se desapegue e vibre no sentido de apoiar o que ficou. E para tanto precisa compreender, vibrar o verdadeiro amor, querer que a pessoa evolua, adquira novas experiências, realize-se.

— Parece-me que você está contra?

— Não. Não estou contra você e nem contra qualquer outra pessoa. Estou apenas ajudando-o a compreender que o amor que ainda acalenta está um tanto confuso para a sua atual condição de homem desencarnado.

— Estou ainda muito atrapalhado. Preciso pensar mais. Minha mãe disse que há um vídeo de minhas vidas passadas e que só o mestre pode autorizar-me a assisti-lo. Ela me falou que nesse vídeo encontrarei muitas explicações e diante da verdade compreenderei o que hoje não posso entender.

— O vídeo estará à sua disposição a partir de quinta-feira, no setor que cuida dos registros akásicos. Reserve pelo menos dois dias para ver um pequeno compacto. Não é racional querer ver a fita toda, que levaria muito tempo e não seria benéfico, porque muitas coisas já foram resolvidas. Depois de assistir ao compacto, gostaria de falar com você.

– Está bem. Vou procurá-lo.

Despediram-se. Demetrius ainda estava inconformado. – Mário Augusto, quem seria esse fulano? Apesar de se encontrar no Plano Espiritual, não tinha ainda a compreensão de um espírito evoluído, de forma que não conseguia identificar quem era o desafeto que se encontrava bem protegido.

Mário era amigo pessoal de Pedro. Médico conceituado, viúvo sem filhos, homem digno, trabalhador, voltado para o bem. Atendia em vários hospitais, dos mais equipados até os da periferia, não distinguindo os pacientes. Para ele eram todos necessitados de amparo. E a doença de certa forma iguala na dor, fragiliza o sentimento, diminui um pouco a arrogância. Alguns ainda acostumados às mordomias continuam exigentes, desconfiados e revelam-se violentos; outros, contudo, aceitam a enfermidade e partem mais tranquilos, desejando livrar-se da dor e do incômodo da internação hospitalar. Mário Augusto estava com a vida e a morte todos os dias e podia compreender e valorizar a dor alheia assim como aproveitar sempre de forma saudável cada momento.

Conhecera Pedro há alguns anos, ainda no tempo em que cursava a faculdade de medicina da Universidade de São Paulo. Quando, em uma partida de futebol, entre as associações atléticas se encontraram os alunos de direito do Largo São Francisco e os acadêmicos de medicina da Pinheiros, foi simpatia à primeira vista. Os jovens, após a partida, foram para a cantina. Ambos vieram do interior, estavam sozinhos em São

Paulo, e começaram uma amizade que foi se aprofundando ao longo dos anos, apesar da distância própria das atividades profissionais de cada um. Com o casamento de Mário e de Pedro, cada qual seguiu a sua vida, não se encontrando mais, até que um dia o jovem advogado foi atender a um cliente, na empresa deste, e para a sua surpresa encontrou lá o amigo, que acabara de consultar a mesma pessoa. Conversaram rapidamente, atualizaram os endereços e marcaram um encontro em um barzinho conhecido por ambos, perto da faculdade de medicina.

No dia agendado, lá estavam eles, após tantos anos:

– Você não mudou nada – mencionou Pedro.

– Apenas ganhei alguns cabelos brancos – respondeu Mário. E você, soube que se casou...

– É verdade. Tenho uma menina, e minha mulher já está esperando o segundo filho. Fiquei sabendo que você também se casou.

– Eugênia foi uma mulher maravilhosa. Pena que morreu tão jovem. Não me deixou filhos. O meu casamento foi de inteira felicidade. Um câncer violento a acometeu e não pude fazer nada. Em três meses sepultei o amor da minha vida. Se não fosse a minha fé em Deus, não sei o que teria acontecido. Lembra-se daquelas nossas conversas sobre espiritualidade? Se não fossem aqueles conceitos, que procurei aprofundar, não sei como teria aguentado o baque. Apesar de médico, de saber que a morte é inevitável, quando ela bate à porta de casa é sempre difícil.

– Não sabia – respondeu Pedro. Por que não me procurou?

– Não tinha o seu endereço e no estado em que fiquei não dispunha de ânimo para mais nada. Fui para a casa dos meus pais no interior e lá permaneci por dois meses. Aí então pensei: não vai adiantar nada e o melhor a fazer é trabalhar. Minha irmã, médium vidente, tranquilizou-me muito e um dia recebeu uma mensagem autêntica de Eugênia, que me confortou. Retornei ao trabalho, à vida, e estou agora empenhado em vários projetos na área da saúde. A medicina é a minha vocação. Sinto-me bem auxiliando, amparando, compreendendo os que sofrem nos leitos dos hospitais. Não queira saber quanta dor, angústia e desespero acometem o ser humano nesses momentos finais. Mas fale-me de você...

– Casei-me com uma pessoa maravilhosa, tenho uma linda filha, e agora me preparo para ser pai pela segunda vez. Estou no mesmo escritório que estagiei e encontrei-me definitivamente na minha profissão. Gosto de advogar, defender, ir aos tribunais, pugnar pela Justiça.

A conversa transcorreu tranquilamente. Reataram os laços que foram interrompidos até que Pedro resolveu convidar o amigo para conhecer Cândida e a menina, marcando um jantar em sua casa.

Capítulo 17

Retomando o tema

Os familiares das vítimas do acidente do voo AKR estavam inconformados com a demora do processo judicial de indenização e marcaram uma reunião com o advogado para se esclarecerem melhor acerca dos trâmites da ação. Nessa reunião, comandada por Pedro, tendo Noêmia ainda como presidente da associação, o advogado expôs os problemas que estava encontrando no encaminhamento da causa, objetivamente:

– No Brasil, infelizmente, os processos judiciais são muito demorados. Não deveria ser assim, principalmente quando a lesão ao direito envolve grupos. A Justiça não diferencia e trata da mesma forma todos os processos.

Deveria ter um juízo especial para resolver questões coletivas, como as referentes às incorporações de prédios inacabados quando a construtora recebe dinheiro e não entrega o edifício, nos casos de acidentes envolvendo várias pessoas, dentre tantos outros. Mas ainda não é assim. No caso de vocês, quero deixar claro que o escritório tem envidado todos os esforços para que o processo de indenização ande o mais rápido possível.

Estamos constantemente no cartório impulsionando o

feito; quando as publicações dos despachos no diário oficial são realizadas, nós já dispomos dos elementos para uma resposta rápida, enfim, a nossa parte está sendo feita. A morosidade é da Justiça; a companhia aérea e sobretudo as seguradoras praticam as suas chicanas jurídicas, exatamente para alongar o andamento dos processos. No momento aguardamos a sentença, o que não impede, para quem necessitar muito desse dinheiro, de aceitar o acordo proposto pelas empresas rés na ação.

— O senhor aconselha o acordo? — Perguntou uma senhora.

— Depende de cada caso. Algumas pessoas podem ter necessidade imediata do dinheiro. Certos compromissos urgentes não podem esperar a boa vontade da Justiça. Nos casos em que os valores ofertados agora pelas empresas resolvem os problemas de quem se encontra com dívidas, pagando juros, o acordo pode ser uma boa solução.

A escola dos filhos, os tratamentos impostergáveis, o despejo que se avizinha, o negócio que deve ser iniciado para dar sustentação ao grupo, essas e tantas outras necessidades não podem ser transferidas. Já para os que não precisam do dinheiro nesse momento, aguardar o julgamento é o mais indicado, principalmente porque as empresas com as quais litigamos são fortes e tem capacidade de suportar a condenação.

— Continuar a luta, essa é a recomendação do escritó-rio? — perguntou uma senhora idosa e que havia perdido o filho no acidente.

— Sim, para os que puderem aguentar o tempo que levará a demanda e também estiverem dispostos a aceitar o risco que encerra toda disputa judicial — respondeu o advogado.

— É que me encontro doente. Com a morte do meu

filho fiquei desamparada. Estou tendo dificuldades para me manter.

— Neste caso, poderemos estudar um acordo. Antes, porém, ingressarei em juízo com uma petição pedindo preferência para o andamento do seu processo. Falarei com o juiz pessoalmente e espero que ele compreenda as suas necessidades. Vou requerer a designação de audiência de conciliação para sentarmos juntos à mesa e encontrarmos uma solução o quanto antes.

— Doutor — pediu a palavra uma jovem senhora. Com a morte do meu marido fiquei com dois filhos em idade escolar. Apesar da pensão que recebo, esse valor, mais o meu salário, não dá para cobrir as despesas. O meu marido é que sustentava o lar. Sempre trabalhei, mas não consegui manter os meus filhos no mesmo colégio e hoje também passo por dificuldades. O acordo no meu caso também não seria recomendável?

— Talvez. Depende, como disse, de cada caso. Os que desejarem um esclarecimento pessoal, estou, após a reunião, à disposição ou então agendem um horário com a secretária, que terei o máximo prazer em receber no escritório os interessados e ouvir atentamente os problemas individuais. Juntos chegaremos a uma solução que atenda a todos os interesses.

— As companhias não irão se aproveitar dessas fraquezas do nosso grupo para aviltar o acordo? — Perguntou um senhor.

— As empresas também têm interesse em terminar as demandas. Quanto à possibilidade de aviltamento, contamos sempre com a força do juiz que, em casos de intransigência ou de tentativa de rebaixamento aviltante, poderá sinalizar para a empresa o tamanho do problema que terá pela frente.

A reunião terminou com os interessados agendando um horário com a secretária para tratar individualmente dos casos.

Muitas famílias não suportariam o longo tempo da demanda judicial. A falta de uma vara especializada em assuntos que envolvem interesses coletivos homogêneos, a longa demora dos processos nos tribunais, as dificuldades para a execução das sentenças, as manobras com o desaparecimento dos bens, tudo, enfim, causa transtornos para a sociedade, dificultando a necessária crença que se deve ter na Justiça.

A semana passou rapidamente. Já era sexta-feira e no sábado haveria a reunião mediúnica na fazenda, com a participação de Noêmia e de Serafina, como havia sido sugerido pela Entidade.

Pedro e Cândida viajaram para o campo esperançosos de novas revelações. – Quem era a Entidade que solicitara o encontro? – perguntavam-se.

Ao chegar à fazenda, Pedro chamou Serafina para uma conversa reservada:

– Recebi nessa semana orientação espiritual de que devemos participar juntos de uma reunião mediúnica. Uma Entidade pediu este encontro e deverá fazer algumas revelações importantes. O espírito comunicante solicitou também a sua presença. Você pode nos ajudar?

– Gostaria muito. Será que o velho turrão resolveu se manifestar assim tão depressa?

– Foi essa a mesma impressão que teve Noêmia. Mas não acredito. As características dele eram bem diferentes das de Pai Bento. A forma de falar, os gestos, a expressão, nada tem a ver com o nosso amigo, que se identificaria, caso estivesse em condições de dar comunicação. Ainda faz pouco tempo que desencarnou.

— É que sinto tanta saudade dele... A fazenda já não é mais a mesma. Ele faz muita falta. Ninguém conseguirá substituí-lo. Tinha sempre uma palavra amiga e sábia para confortar as pessoas.

— Também sinto falta. Apreciava o seu senso de humor. E as Entidades que trazia em terra eram as mais elevadas. Quem diria que aquele homem simples, humilde, pudesse nos ensinar tantas coisas importantes!

— A vida tem muitos mistérios. A fé que nos guia é o único meio para aceitarmos essas separações.

— É verdade. O que seria de nós sem a fé?

— Não tenho estudo, não entendo as coisas, mas sei que tudo está certo. Um dia irei compreender porque nasci aqui e encontrei tanta gente boa para me ajudar.

— Pertencemos ao mesmo grupo.

— Acho que sim.

— Prepare as coisas para à noite nos encontrarmos. Iremos fazer essa reunião na cabana do Pai Bento.

— Está bem.

— Mas faça uma preparação. Cuide de terminar mais cedo, deixe a limpeza da cozinha para as outras mulheres e faça somente um chá com torradas. Não é bom comer muito antes desses encontros.

Passaram o resto do dia recolhidos. Elevando o pensamento para o alto, orando sempre, não deixando as energias negativas se alojarem, estavam prontos para o encontro espiritual, todos com muita curiosidade.

Após as oito horas encontraram-se na cabana que havia sido do grande amigo. No fundo esperavam encontrar o velhinho ali materializado, visível, pedindo para Cândida passar o café. O antigo banquinho estava ao lado; alguns objetos de uso ainda permaneciam em seu lugar lembrando a figura venerável; o ambiente era o mesmo, aparentemente, não fosse a ausência daquele que partira deixando no ar a ternura de seus gestos simples e o ressoar de um riso espontâneo, suave e alegre, que transmitia no semblante sulcado pelos anos de labor na roça, sob o sol e a chuva.

Sentados em posição de profundo respeito, Pedro iniciou a sua oração, pedindo a todos que se concentrassem, solicitando ao alto amparo e proteção para aquele momento.

— Pai de luz e de amor infinito. Rogamos o seu apoio. Aqui estamos reunidos em seu nome para cumprir a tarefa que nos incumbiu. Precisamos de orientação. Indica-nos o caminho. Afasta deste cenário os espíritos galhofeiros, os mistificadores, os que apenas querem confundir e se divertir. Indica-nos Entidades do Bem que possam nos orientar como Mentores de luz.

Todos estavam concentrados. Ao terminar a prece o jovem também ficou em silêncio, aguardando uma manifestação. A comunicação veio em seguida não por meio de Serafina ou de Cândida, como se esperava, mas por intermédio do próprio Pedro. Mudando a fisionomia, alterando a voz, iniciou:

— Boa noite! Estamos hoje reunidos com o amparo do mais alto. Esta reunião era necessária para que o grupo se encontrasse novamente e compreendesse o seu roteiro de iluminação e aprendizado.

— A nobre Entidade pode se identificar? — Perguntou Cândida.

— Meu nome é Antenor. Pertencemos à mesma família espiritual.

— Aguardamos com muita ansiedade este encontro.

— Estava na hora.

— Por quê?

— Todos nós pertencemos a uma extensa família, que evolui, sem abdicar, naturalmente, do mérito individual, o esforço próprio.

— A família espiritual e o grupo são a mesma coisa?

— Diríamos que a família é o todo, que engloba vários grupos e subgrupos, como a família aí na Terra. Não temos pai, mãe, avós, tios, primos, sobrinhos, genros e noras. Então a família é o todo, o grupo e os subgrupos, as partes. No Brasil, em face ao registro civil, identificamos a família pelo sobrenome das pessoas e os grupos que se formam a partir do núcleo recebem sobrenomes oriundos de outros ramos familiares. Todos se interligam.

— Como está espiritualmente a nossa família?

— Se empenhando para superar os obstáculos.

— Estamos avançando então?

— Sem dúvida. Temos familiares reencarnados no Brasil e em vários outros países, conforme as necessidades de cada um.

— Reencarnar em um determinado país faz parte do plano de evolução?

– Evolução e resgate, como queira.

– O senhor atende ao grupo familiar que se reencarnou no Brasil ou também os que estão vivendo hoje em outros países?

– Diria que atendo principalmente ao grupo brasileiro, mas mantenho contato direto com os Mentores que pertencem à família e que respondem pelos reencarnados em outros países.

– Como identificar um membro de uma mesma família e que vive em outro país?

– Se houver necessidade de comunicação, no desdobramento noturno o contato é estabelecido.

– Mas, como saber?

– A Lei de Afinidade. Quando se encontra ao acaso (se existisse acaso, naturalmente) um membro de uma mesma família espiritual, os fluidos, as energias são facilmente identificáveis. É aquela pessoa que se liga imediatamente a nós demonstrando prazer na convivência, colaborando com o nosso progresso.

– E a comunicação, quando o familiar está em país cuja língua não dominamos?

– A real comunicação é espiritual, não tenha dúvida. Quando há a necessidade de comunicação verbal, como é o caso dos reencarnados, aprende-se a língua.

– Quando o senhor falou que pertencemos à mesma família espiritual, onde desejava chegar?

– Ao centro da questão.

– Como assim?

– Explico: a nossa família tem como meta a evolução,

como, aliás, ocorre com todas as demais. No nosso caso (grupo brasileiro) há ainda muita diversidade de tendências, provações diferentes que precisam ser compreendidas. Estou trabalhando sempre sob orientação elevada em relação a grupos e subgrupos que necessitam de esclarecimentos, conforme o estágio em que se encontram. E agora chegou a vez de vocês.

— Pai Bento tem alguma coisa a ver com isso?

— Ele pertence à família e estava encarregado desse grupo. Foi um Mentor preparado e orientou a todos durante muitos anos.

— Ele está bem? – Perguntou Cândida.

— Muito bem. Conseguiu cumprir a sua jornada. Aceitou as condições econômicas e sociais que havia solicitado para o seu avanço, não acumulou ódios, mágoas ou ressentimentos. Ajudou o próximo sem alarde com as suas ervas e benzeções. Curou almas, infundiu esperança, levou uma alegria sadia. Hoje está se refazendo, compreendendo melhor as coisas e me disse que anda preocupado com as "mininas".

— Podemos mandar nossas saudades?

— Ele acaba de receber esse pensamento de amor, fiquem tranquilas.

— O que o senhor espera de nosso pequenino grupo?

— Como, pequenino?

— Somos somente três pessoas...

— Engana-se. Todos aqueles que trabalham na fábrica, os que ajudam nas fazendas, os fornecedores e até milhares de clientes estão vinculados às tarefas espirituais da família. Aqui, agora, estamos falando com a cúpula de um grupo de reencarnados que tem a responsabilidade de interferir na vida de milhares de pessoas.

— Assim o senhor nos assusta!

— Não é esse o objetivo. Não se subestimem. Serafina pertence a esse grupo em posição de destaque, devendo participar daqui para frente de todas as reuniões.

— Eu? — falou a servidora, encolhendo-se toda.

— Sim, você mesma. Não se esqueça que trabalhou com Pai Bento muitas vezes, acompanhando-o em viagens astrais significativas.

— Não me lembro.

— Lembra-se sim e deixe de modéstia.

— Noêmia — falou a Entidade diretamente à jovem senhora. — Temos o que conversar. Está na hora de sair dessa posição de vítima, readquirir o carisma que deixou se esvair, acreditar em si mesma e na possibilidade de ser feliz.

— Sinto que estou perdendo as minhas forças — redarguiu a senhora.

— Não se deixe levar pelo pessimismo.

— As obrigações são muitas, as dificuldades imensas. O país atravessa um momento econômico complexo e temo pelo andamento dos negócios.

— O comando de tudo está sempre nas mãos de Deus, acredita?

— Nunca deixei de ter essa certeza.

— Por que então não alavanca a mulher otimista que está hoje subjugada a uma outra estranha e que não tem nada a ver com aquela jovem sorridente dos tempos da mocidade?

— Gostaria. Mas sinto um peso muito grande.

— Você ainda sofre fortes influências de Demetrius.

— Mas ele não está bem no Plano Espiritual, como Pai Bento me assegurou?

— Evoluiu. Sabe que desencarnou, assumiu novos trabalhos do lado de cá, mas continua apegado e consegue atingi-la toda vez que o seu astral acusa uma queda de energia.

— É estranho. Apesar do tempo, ele parece que se encontra vivo em casa.

— Imantou objetos, fascinou pessoas. E você continua guardando essas relíquias que não têm mais nenhuma serventia. Doe tudo o que for útil aos necessitados, não se apegue a esses objetos de uso pessoal, abra as janelas da casa e do coração e deixe o sol penetrar em todos os seus aposentos. Traga vida para a sua casa e para dentro de si; aqueça os sentimentos; afague a esperança; passeie um pouco mais; não se afunde permanentemente no trabalho como fuga de uma realidade que irá sempre persegui-la.

— Não sou mulher de sair assim com qualquer pessoa.

— Não estou falando de vulgaridades e que só acabam em desilusão. Sabemos que o Plano Maior cuida de tudo no tempo certo. Quando precipitamos os acontecimentos, principalmente os relativos ao coração, corremos o risco de nos aliarmos às pessoas erradas e assumirmos mais problemas.

— É disso que tenho medo.

— Não precisa temer. Os seus cuidados, o seu recato de mulher honesta são por si sós um escudo de defesa contra o avanço dos incautos.

– Penso em me aliar a outra pessoa, mas não sei se ela existe de verdade. Sinto falta de apoio, conforto, um braço forte para dividir os encargos e as benesses da vida, mas, ao mesmo tempo, não me sinto pronta.

– Aguarde. A vida já está direcionando alguém que muito a ajudará na caminhada que empreendeu. Mas, não se esqueça de que quando chegar a hora você deverá lutar para que os pensamentos negativos não a subjuguem. Fique atenta. Estamos trabalhando para o progresso de todos. Vocês, na família, pertencem a um grupo homogêneo, o que por si só já é um privilégio, não havendo cizânia, mas espírito de colaboração entre todos. Os problemas que enfrentaram vieram de fora para dentro.

– Continuará assim?

– Não sabemos. As experiências mais abrangentes com outras famílias, grupos e subgrupos acabam sendo sempre benéficas.

– Mas também podem ser problemáticas.

– Depende da visão de cada um. Por exemplo: certos acontecimentos, para algumas pessoas, indicam problemas, enquanto que para outras soam como um simples desafio, um mero obstáculo a vencer.

Retomando a palavra, Cândida perguntou:

– Há alguma orientação específica para o nosso grupo?

– Sim. Nosso objetivo é que vocês inicialmente se reúnam pelo menos uma vez por mês aqui na fazenda. Temos trabalhos a realizar nesse local, exatamente porque ainda nessas terras estão vinculados espíritos desde os tempos do cativeiro. Pai Bento trabalhou muito, liberou tantos quanto pôde, mas ainda assim permanecem seres revoltados, acorrentados ao pelourinho de antigamente, que hoje não mais existe, mas que se encontram plasmados, agarrados ao vil objeto, como se fosse algo real. Nessas reuniões procuraremos trazer algumas Entidades por intermédio de Serafina, a médium adequada para esse tipo de incorporação, enquanto que os demais funcionarão como elos de sustentação e doutrinação, conforme se apresentarem os casos.

Marcaram a próxima reunião para o mês seguinte, despediram-se da Entidade e foram para a casa-grande descansar.

A noite esplendia na fazenda Boa Vista. Nos dois lados da vida a lua bailava no céu, iluminando os corações daqueles que se engajavam naquele projeto de amor e que visava a aliviar a dor intensa dos que ainda se encontravam presos a um passado de dor e solidão.

Amanheceu! O sol que aquecia revelava as cores demonstrando a beleza pintada pelo Criador na tela da natureza. Os afazeres no campo começavam bem cedo, com os homens se dirigindo para a lavoura, as mulheres se dedicando aos trabalhos domésticos e as crianças dando um toque de alegria inconfundível.

Pedro estava à beira do fogão de lenha esperando o café preparado por Serafina. Naquele ambiente simples, mas aconchegante, pensava em como a vida é bela quando observada pelas lentes do amor. A harmonia do trabalho constante, as pessoas se movimentando felizes, o cantar do galo que rompia o silêncio, tudo convidava à paz. Como o ser humano conseguia complicar as coisas – pensava. As lutas inglórias pelo poder e a fortuna desmedida, as traições e os ódios acumulados, o egoísmo e a vaidade são entraves ao ideal de paz e de felicidade. Lembrava a reunião da noite anterior, a suavidade da Entidade comunicante, as orientações recebidas e agradecia a Deus a possibilidade de servir e de pertencer a uma família espiritual que avançava em seu roteiro evolutivo. Precisava retornar à cidade e avisar a esposa que, no dia seguinte, receberiam a visita de Mário Augusto. Chamou-a imediatamente:

— Cândida, meu amor, onde está você?

— Aqui, na varanda.

Foi imediatamente à varanda da casa-grande, encontrando a esposa conversando com a amiga a respeito da próxima safra, que prometia.

— Minha querida. Esqueci de avisar que convidei um amigo dos tempos da faculdade para jantar amanhã em nossa casa.

— E só agora me fala? Como ele é? O que devo fazer?

— Não se preocupe. O Mário Augusto é um médico bem-sucedido, porém simples no trato, e que gosta de comida da roça.

— Você nunca me falou dele.

— É verdade. Trata-se de uma pessoa muito especial. Quando estudava na faculdade de direito, participei do grêmio e um dia fomos jogar futebol contra os alunos da medicina da Pinheiros. Ao final da partida os jogadores foram para a cantina confraternizar. Perdemos o jogo e tivemos de pagar a cerveja para o pessoal da medicina. O Mário era o beque, marcou-me o tempo todo no jogo, sempre de forma leal. Ficamos amigos e descobrimos que tínhamos várias coisas em comum, dentre elas uma visão espiritualista da vida.

— Um médico com visão espiritualista, que interessante... – ponderou Noêmia.

– Gostaria de conhecê-lo? – Perguntou Pedro.

– Se Cândida me convidar...

– É claro, sua boba! Os dois vão ficar conversando de futebol e eu vou sobrar na mesa. Com você lá, pelo menos nos confortamos.

– Que horror! – Acrescentou o marido. Confortar-se? O Mário é uma pessoa interessante, bom papo. Sinto que esse encontro vai ser agradável.

Do outro lado da vida, Demetrius acusava a vibração positiva de Pedro em relação a Mário Augusto e o interesse de Noêmia em conhecer o médico. Ficou possesso. Se pudesse, teria atacado o jovem advogado naquele momento. Um arrepio perpassou o corpo de todos, que não deram importância, mas Serafina, que passava pelo local, sentiu algo estranho e pensou: – O que está acontecendo? O ambiente mudou tão rapidamente. Uma nuvem carregada envolveu os três e eles não perceberam. Vou rezar para espantar a alma penada que está tentando interferir na vida dos meus filhos.

Os três partiram para a cidade, despedindo-se de todos da fazenda. Retornariam na data combinada para um novo encontro.

Cândida resolveu se esmerar na recepção de Mário Augusto. À noite queria que tudo estivesse perfeito.

Naquele dia, no escritório da fábrica, Noêmia não estava bem. Certo mal-estar, sonolência constante, sentia-se sem vontade de comparecer ao jantar à noite. Pensou várias vezes em ligar desmarcando o encontro. Todo o ânimo que revelara ao pensar em conhecer um novo amigo com tendência espiritualista, principalmente por ser médico, parece que desvanecera. – O que teria acontecido? perguntou-se várias vezes.

Pedro e a mulher, ao contrário, estavam bem dispostos. É que Demetrius havia concentrado todos os seus fluidos em Noêmia, esquecendo-se completamente que era um espírito já esclarecido e que não tinha o direito de interferir dessa maneira na vida alheia. Tentou em vão influir também em Mário Augusto, mas não conseguiu passar pela linha de proteção espiritual que cercava o médico.

Pedro, por outro lado, a distância, intuiu o que poderia estar se passando com Noêmia. Tão logo terminou a reunião de negócios ligou para a empresa e falou com a amiga:

– E aí, está tudo bem? Passo logo mais para levá-la ao nosso jantar.

– Não estou bem disposta. Estou pensando em ir para casa descansar um pouco.

– Não faça isso.

– Por quê?

– Está havendo uma interferência para mudar o seu estado de ânimo.

– Será possível? Estou me sentindo fraca, desanimada, sem vigor...

– Vou chegar um pouco antes e dar-lhe um passe. Irá melhorar imediatamente.

– Aguardarei aqui no escritório.

– Já estou a caminho.

Demetrius, que ouviu a conversa, ficou extremamente irritado. Gostava de Pedro, mas não admitiria que ele entrasse em seu caminho. Tentou esmurrar o jovem advogado, mas não conseguiu. Procurou interferir nas partes elétricas do carro, não logrando êxito. Desesperado, agarrou-se ao corpo de Noêmia transmitindo a ela toda a angústia que o acometia. A executiva se sentiu ainda mais fragilizada.

Quando o amigo chegou, Noêmia o recebeu sem nenhum entusiasmo. O jovem percebeu o que estava acontecendo, pedindo à amiga para permanecer sentada, enquanto iniciou as suas orações. A transmissão da bioenergia pelo passe removeu de imediato o espírito que estava colado à paciente, que se revigorou no ato, sentindo enorme alívio. E perguntou:

— O que aconteceu?

— Uma entidade está tentando impedi-la de ir ao jantar.

— Por quê?

— Não sei.

— Quem poderia ser?

— Ainda é cedo para saber.

Na realidade, Pedro já intuíra que a influência poderia ser de Demetrius, mas não quis preocupar a amiga. Ambos chegaram a casa mais cedo. Cândida então perguntou:

— Vocês chegaram antes ou eu é que estou atrasada?

— Chegamos cedo — respondeu o marido. Precisei dar um passe de emergência em Noêmia, que agora está bem.

— O que aconteceu?

— Nada em especial. Enquanto vocês ficam aí conversando, vou aproveitar e tomar um banho.

Subiu as escadas pensando no que poderia ter ocorrido. Espírito lúcido e equilibrado, não deixou de notar na fazenda o interesse demonstrado por Noêmia em conhecer o convidado. Sabia, como o adágio popular, que entre o céu e a terra existem mais mistérios do que possa supor a nossa vã filosofia, como já era um lugar-comum.

A emissão de energia de Noêmia revelando interesse em conhecer o convidado poderia ter atingido algum espírito que não desejava que ela comparecesse àquele encontro. Se a entidade não tinha conseguido barrar a ida da amiga ao jantar, certamente tentaria dificultar a chegada de Mário Augusto. Entrou imediatamente em prece, imaginando o médico no seu local de trabalho, em seu carro, envolvendo-o em um manto de proteção. O amigo, onde se encontrava, percebeu uma movimentação espiritual diferente; elevou o pensamento para o alto, protegendo-se de qualquer investida do plano inferior.

Como médico que lidava com pacientes terminais nos ambientes hospitalares mais diversos, precisava se proteger sempre, fazendo orações diárias, para não levar consigo vibrações doentias colhidas no local de trabalho.

Se os médicos se cuidassem espiritualmente e se mantivessem ligados ao Plano Superior quando realizam a sua nobre missão de atender aos doentes, os diagnósticos com certeza seriam mais exatos e os profissionais ficariam mais fortalecidos para suportarem as investidas dos adversários dos doentes, que não querem vê-los curados, ampliando o sofrimento e abreviando a desencarnação, quando, então, estarão em melhores condições para realizarem a vindita programada.

A mesa estava posta, faltando apenas chegar o convidado que já havia telefonado confirmando presença.

O carro de Mário Augusto parou em frente à casa de Pedro, que o recebeu com um largo sorriso e o desejo de boas--vindas. Entraram à sala de visitas e as duas jovens senhoras foram recebê-lo. Sentaram-se enquanto eram servidos alguns salgadinhos de entrada, possibilitando a conversa entre os amigos. Demetrius a tudo assistia indignado, sem, contudo, poder interferir. As energias presentes no ambiente, e sobretudo o teor da conversa que se iniciava eram por si sós elementos higienizadores que bloqueavam qualquer iniciativa menos feliz. Nada escapou à percepção aguçada de Pedro, que, em um relance, viu a figura carrancuda do falecido encostada à porta, demonstrando grande sofrimento. Pediu ao alto que retirasse o espírito daquele local para que o encontro entre os amigos pudesse se realizar sem maiores transtornos.

Foi Pedro quem fez as primeiras apresentações. Mário Augusto, muito tranquilo, adorou aquele momento. Fazia tempo que não entrava em uma casa onde habitasse a paz e o amor. Sentia falta de aconchego familiar, pois após a morte da esposa vivia só em um enorme apartamento. Não era homem dado a nenhuma extravagância e nem tampouco se comprazia em explorar os sentimentos inferiores das mulheres que cruzavam o seu caminho todos os dias. Enquanto divagava, o amigo chamou-o à realidade:

– Então, Mário. Essa é Cândida, minha esposa, que, como pode ver, espera o nosso segundo filho; depois de anos tentando engravidar, agora não para mais... E essa é Noêmia, nossa querida prima.

O médico fixou os olhos atentos nas duas mulheres e perguntou:

– Como são parecidas! São gêmeas?

— Somos primas e descobrimos isso depois de muitos anos, por mera coincidência.

— Será que existe mesmo coincidência?

— Também não sei.

— É verdade. Existem tantos mistérios neste mundo!

— Estou curiosa por saber – falou Noêmia, expressando muita simpatia, – como é a vida de um médico que atende pacientes nas UTIs e certamente vê pessoas morrerem todos os dias e, ainda assim, continua vivendo como um ser humano normal.

— Somos normais, não resta a menor dúvida. O fato de trabalharmos com a vida humana nos possibilita aquilatar o perfil clínico de cada ser que chega ao hospital e no centro de tratamento intensivo.

— Como é ver a morte tão de perto?

— No início da carreira confesso que foi bem difícil. Quando cursava medicina várias vezes pensei em abandonar a faculdade. Sempre que assim pensava, acontecia alguma coisa para me atrair. Ora era a participação em uma das ligas de estudo, ora o interesse por alguma pesquisa ou o apoio da bolsa para a iniciação científica. Naquela época não conhecia os mecanismos sutis da vida para nos vincular à tarefa que temos de executar aqui na Terra.

— Em todo instante há sempre alguma coisa acontecendo, por menor que seja, e ainda que não consigamos entender o recado naquele momento. Muitos encontros aparentemente ocasionais devem produzir frutos depois de muitos anos – acrescentou Pedro.

— Veja esse nosso encontro – continuou Mário. –

Fiquei pensando: estávamos completamente distanciados, cada um seguindo as suas experiências e agora nos reencontramos mais maduros. Tudo começou com aquela partida de futebol que a medicina ganhou da turma do Largo de São Francisco.

A conversa do grupo continuou girando em torno de temas edificantes, agradáveis, até que o jantar foi servido. Cândida havia se esmerado no cardápio, leve por se tratar da última refeição do dia, que teve como entrada creme de aspargos e, como prato quente, filé de abadejo grelhado, regado ao azeite salpicado de champignon, e pequenos camarões levemente dourados. Na sobremesa, sorvete com calda de chocolate, concluindo com o tradicional cafezinho brasileiro.

O olhar de Mário e o de Noêmia se cruzaram várias vezes durante o jantar, o que não passou despercebido pelo casal anfitrião.

Ao se despedir, o médico decidiu convidar os amigos para um jantar em sua casa.

– Gostaria de retribuir esse momento inesquecível convidando-os também para um jantar em meu apartamento. Informo ao respeitável público que eu mesmo vou para a cozinha preparar algo muito especial.

– Não sabia que também entendia de culinária – disse Pedro.

– Quando se está sozinho, cozinhar é uma higiene mental. Fiz vários cursos de cozinhas especiais, como a francesa, a italiana, a espanhola.

– Já estou com vontade de provar – comentou Noêmia. Quando será o jantar?

– No próximo sábado, está bem?

– Nada contra – respondeu Cândida, olhando para o marido, que concordou.

No Plano Maior, os amigos que haviam provocado aquele encontro estavam felizes:

– Conseguimos finalmente colocá-los um ao lado do outro. Agora é apenas uma questão de tempo para que a amizade que existe desde há muito tempo floresça. Vamos ver se Noêmia consegue suportar as investidas de Demetrius, que tudo fará para atrapalhar esse encontro de almas afins, que devem seguir juntas daqui para frente até o término da reencarnação de ambos.

– O tempo dirá. Noêmia também conta com enorme proteção espiritual. Mário não será atingido por Demetrius apesar das várias tentativas que fará. Trata-se de um espírito elevado, com compreensão das coisas espirituais, cuja vida íntegra o protegerá dos ataques do baixo astral.

Chegou o dia de Demetrius assistir ao compacto de suas vidas passadas. Tinha receio de deixar aqui na Terra o campo livre para o adversário, que considerava competente, tanto que não conseguia alcançá-lo. Tentou de tudo. Precisava de ajuda. Algum espírito mais entendido. Mas, onde encontrar alguém que se dispusesse a ajudá-lo? – perguntava-se. O seu Mentor certamente seria contra e no plano em que estagiava não encontraria apoio para o tentame. Lembrava das palavras de sua mãe e as do Mentor. Oscilava entre o desejo de impedir qualquer pessoa se aproximar de Noêmia e o recomendado desapego. A dúvida, a angústia o atormentavam.

Como homem que se orgulhava de ser prático, sempre tomava decisões rápidas. Quando na empresa se defrontava entre uma opção ética ou a possibilidade de lucro, não titubeava. Por isso vencia os concorrentes, sempre se arriscando. Não teria agora de fazer a mesma coisa? O que o impedia de colocar algumas cascas de banana para esse tal de Mário Augusto, provocando, por exemplo, um acidente de carro? Ele também não havia desencarnado jovem ainda?

Enquanto pensava dessa forma, o seu padrão vibratório caía a um nível que já o estava sugando para o astral inferior, não fosse a chegada de sua mãe, chamando-o à realidade:

— Se você quiser fazer essa experiência alucinada, aliando-se a espíritos inferiores à sua condição, não vamos impedi-lo. Fique certo que sofrerá todas as consequências de seus atos nefastos e ainda assim não atingirá as pessoas que estão protegidas pela própria vida. Tanto Noêmia quanto Mário estão destinados um ao outro, e você causará alguns transtornos, mas não impedirá o que deve acontecer por imposição dos acontecimentos. Nas tramas do destino você é apenas mais um elemento e não tem o poder de mudar o curso de vidas que seguem os caminhos da dignidade, do amor, do serviço ao próximo. Pense bem antes de agir. Utilize de forma correta o seu livre-arbítrio. Renuncie enquanto é tempo.

— Todos estão contra mim — argumentou. Como posso assistir inerte o meu lar sendo invadido, a minha mulher pendendo para um estranho e a minha filha esquecendo definitivamente que fui seu pai para ser orientada por um fulano que nada fez e que ainda vai mandar na empresa, que ergui com tantos sacrifícios? Isso é justo?

— Você já está bem crescido para saber que ninguém é dono de nada e de ninguém. A empresa que você construiu só foi possível erguê-la porque teve apoios indispensáveis do lado de cá. Não fossem esses apoios ela não teria vencido as dificuldades. Sucumbiria como acontece diariamente com tantas organizações na Terra cujos objetivos já foram alcançados ou que se desviaram de suas finalidades.

Noêmia é um espírito liberto, consciente, que está na luta precisando de amparo, amor, carinho. Quem pode somar com ela em razão do passado que já tiveram juntos é Mário Augusto. Se você tivesse assistido ao compacto de suas vidas passadas, estaria hoje certo sobre quem é o intruso nessa história.

— Ainda me chama de intruso!

— De certa forma é o que você é.

— Não entendo vocês. Falam de amor, respeito, carinho e não compreendem que estou agindo exatamente em razão desses sentimentos.

— Não se engane. Sua atitude é de apego. Sempre andou atrás de Noêmia, desejando-a, até que, nesta reencarnação, lhe foi permitido consorciar-se e viver com ela por um pequeno tempo, necessário, contudo, para quebrar um processo de fascinação que vem de outras vidas. Mas lembre-se: ela era realmente feliz naquele casamento?

— Não entendo. É claro que era feliz. Tinha tudo.

— Não tinha você.

— Como não?

— Se você amasse realmente a sua esposa, não sairia à busca de outras mulheres.

— Eram só alguns pulinhos por fora. Nada sério.

— E você pensa que ela não desconfiava?

— Nunca me falou nada.

— Você admitiria?

— Não, é claro.

— Então. Se ela fosse uma mulher teatral, psicopata, teria colocado um investigador em sua cola e ele fotografaria com facilidade as suas arruaças.

— Assim você me ofende.

— Não é essa a intenção. Você ultimamente nem tomava certos cuidados. Ou pensa que não se comentava à boca miúda, em sociedade, as suas escapulidas?

— Como?

— Homens e mulheres. E se você tivesse vivido mais um ano, o escândalo estouraria.

— Que escândalo?

— Lembra-se daquela jovem que trabalhava na fábrica?

— Não sei de quem você está falando.

— Não se faça de desentendido. A filha do ferramenteiro que você deflorou.

— Ela se ofereceu.

— E você não questionou que se tratava de uma menina cujo pai a estava jogando em seus braços para comprometê-lo. O empresário esperto, vivo, caindo em uma armadilha grosseira. O objetivo do pai era ver a filha grávida para extorqui-lo à vontade e depois levá-lo aos tribunais para reconhecer a paternidade de um filho indesejado. Quando você sofreu o acidente, todo esse projeto macabro no qual já estava envolvido falhou.

O empresário ficou pensativo. Nunca poderia imaginar que as suas aventuras viessem à tona dessa maneira.

Cabisbaixo, sem saída, envergonhado mesmo, não sabia mais o que fazer. Pela primeira vez aquele homem arrogante sentiu cair a máscara de bom marido que vestira. Lembrou-se perfeitamente da jovem e de como a conheceu. Não poderia imaginar que atrás daquela carinha angelical se encontrava uma víbora que iria destruir toda a sua reputação. Estava paralisado.

O instrutor, que acompanhava o caso, aproveitou o momento e prosseguiu:

— Não adianta se culpar. Veja como você atraiu o carma que estava previsto, mas que poderia talvez ser evitado se as suas atitudes estivessem de acordo com os princípios de honestidade, bondade, amor, solidariedade. Agindo, como agia, nos negócios; comportando-se como um tigre no cio; continuando a usar uma fachada de homem digno quando na realidade resvalava para os despenhadeiros morais mais escusos, mostrando-se absolutamente insensível ao sofrimento alheio, o que você desejava?

Quantas vezes seguiu a religião que alegava professar? Nunca se dedicou à leitura do Evangelho. Sua vida foi de ilusão, conquistas materiais, esquecido da prática da caridade. Teria de desencarnar, como realmente aconteceu no acidente. Veja o compacto de suas vidas passadas para compreender melhor os acontecimentos. E não pense que se aliando às trevas vai conseguir impedir a união de Noêmia com Mário Augusto. Irá complicar-se ainda mais.

Demetrius não tinha palavras para rebater. Angustiado, continuou:

— Preciso de um tempo para pensar. Hoje quero ficar sozinho.

— Pense, meu filho – complementou sua mãe que a tudo

assistia. Analise todos os fatos de sua vida, faça uma autocrítica, aproxime-se de Deus. Saiba que o tempo da fraude e da mentira acabou. Na Terra se engana, trapaceia, mas aqui não. A verdade sempre aparece e é com ela que devemos trabalhar. Por isso o Mestre nos ensinou: "conhecereis a verdade e ela vos libertará".

O fato é que Demetrius morrera para o mundo, mas não conseguira desapegar-se efetivamente. Ainda estava preso às convenções da Terra e de todas as formas desejava prolongar aquela existência física que lhe fora agradável. Experimentara o poder, sabia usar o peso do dinheiro, manipulava as pessoas, mantinha a fachada de um homem digno sem questionar as próprias atitudes. Não se conformava em perder o domínio sobre a esposa para outro homem, mais elevado espiritualmente, que não conseguia atingir com as suas artimanhas.

Mário Augusto era exatamente o oposto de Demetrius. Como médico, também era um pequeno empresário. Tinha empregados em seu consultório, vinha de família do interior e nunca prevalecera de sua privilegiada situação econômica e social. Ao contrário, atendia aos pobres e desafortunados com a mesma atenção, com o mesmo carinho que despendia a todos.

Capítulo 18

Demetrius retorna ao passado

*N*os registros akásicos não existem duas reencarnações iguais. Cada ser humano é uma individualidade insubstituível, escrevendo a sua biografia nas páginas da história para revê-la um dia quando houver adquirido consciência de seus atos.

Demetrius, um tanto temeroso, compareceu no dia seguinte à sala de vídeo para ver um pequeno compacto de sua reencarnação anterior àquela que acabara de viver, quando desencarnou no acidente aéreo, e que até aquele momento lhe estava causando muitas apreensões no Mundo Espiritual. Sentou-se em uma poltrona confortável; o monitor à sua frente começou a revelar uma outra realidade, bem diferente da que imaginava.

A cortina do tempo abriu-se para um passado tumultuado na região da Alsácia-Lorena no tempo de Napoleão III. Região de maioria germânica, rica em carvão e hulha, era cobiçada por Otto Von Bismarck, que, ao final da guerra franco-prussiana, anexou-a à Alemanha, iniciando o II Reich.

O conflito nasceu quando a Espanha, que estava sem rei desde 1868, ofereceu a sua coroa ao príncipe Leopoldo de Hohenzollern-Sigmaringen, parente afastado do rei da Prússia, o que não foi admitido pela Europa antiprussiana. Bismarck, que tinha interesse direto em um conflito com a França, para unir o norte e o sul da Alemanha, adulterou o telegrama do rei da Prússia, que visava acalmar a situação, escrevendo-o em termos que tornou inevitável o confronto.

A batalha final se travou em Sedan, quando Napoleão III, juntamente com cem mil soldados, ficou prisioneiro dos alemães, o que determinou a queda do Segundo Império na França e o nascimento da República. O governo de defesa nacional, que se instituiu em Paris, assinou a rendição em maio de 1871, denominada de Paz de Frankfurt, pela qual a França, além de perder a Alsácia-Lorena, se comprometia a pagar uma indenização de cinco bilhões de francos europeus à Alemanha.

O conflito afetou profundamente a Europa e mais ainda aqueles que nele se envolveram, quer pelas necessidades de reajuste ante as leis da vida, quer por ambição, vaidade ou uma visão equivocada de nacionalismo, elaborando carmas para dolorosos ressarcimentos futuros.

Demetrius, naquela reencarnação Karl Jessen, como outros germânicos da Alsácia-Lorena, dedicava-se intensamente ao comércio de ferro e hulha, ingressando também nas atividades industriais, que foram desencadeadas pela Revolução Industrial iniciada em meados do século XVIII. Muito perspicaz e oportunista, logo que Bismack ascendeu ao comando do país e iniciou um complexo jogo de poder e de guerras voltadas à unificação, sentiu claramente que aquela rica região não poderia ficar fora do futuro Estado e que o "Chanceler de Ferro" não deixaria escapar a oportunidade oferecida pelo enfraquecido governo de Napoleão III, que se endividara com a sua aventura no México, para contrapor-se à expansão dos Estados Unidos no novo mundo.

Fraco, perdendo espaço político no cenário internacional, acossado internamente pela Igreja e sob forte pressão para abrir o regime, o imperador francês caiu na armadilha do astuto político alemão, praticamente entregando aquela região ao país vizinho, que se fortaleceu ainda mais. Nesse cenário, a percepção de Karl Jessen ficou extremamente aguçada, vendo em cada lance político uma rica oportunidade para ganhar mais e mais dinheiro. Jogando com habilidade de todos os lados, mas pendendo sempre para a Alemanha, ciente de que a guerra era apenas uma questão de tempo, envolveu-se intensamente na fabricação de armas, vendendo-as inicialmente para os dois exércitos e, depois, alegando patriotismo, comercializava-as exclusivamente com os alemães.

Não era do tipo de ir à guerra, colocar-se à frente de uma coluna, enfrentar em campo aberto o inimigo. Sua sagacidade o colocava sempre como indispensável fabricante na linha de retaguarda, procurando abastecer o exército à custa de muito suborno.

A indústria, que montou rapidamente, superou em ganho os valores de sua atividade comercial, logo abandonada, procurando impor sempre àqueles que com ele negociavam as mais duras condições. As armas fabricadas pela sua empresa mataram milhares de pessoas, enquanto ele, inconsciente desses efeitos, beneficiava-se ainda mais, não dando atenção aos alertas que recebia da vida.

A sua habilidade de industrial e de comerciante viera desse triste período, quando a ética e os valores transcendentais eram simplesmente ignorados pelos donos do poder. O ambiente espiritual em que atuava era dos mais pesados. Figuras horrendas, fantasmagóricas acompanhavam o incauto produtor, levando-o sempre a se afundar em suas atividades, movido pelo desejo de ter mais. Insaciável, desnorteado, não aceitava um não de ninguém.

Com a consolidação da Alemanha sobre a Alsácia-Lorena, Karl Jessen se tornou ainda mais despótico, cruel e atrevido. Ligado aos comandantes do exército alemão que haviam abatido de forma humilhante os militares franceses, considerado como uma figura importante nos conflitos destinados à unificação, era de casa, trafegava com total desenvoltura pelas salas do poder, sendo respeitado e acatado pelos mais altos dirigentes. O próprio Bismarck entregou-lhe uma comenda importante, distinguindo-o dos demais industriais da região, inflando de tal forma o seu ego que a partir daí não tinha mais limites para a sua natural prepotência.

As famílias francesas da região dominada ficaram à mercê dos conquistadores, sem condições de reagir, humilhando-se para manter suas atividades. Qualquer manifestação era motivo para expropriações sem nenhum pagamento. Não havia respeito aos vencidos. Prisões arbitrárias, torturas, casas invadidas, ausência de justiça; os franceses subjugados não tinham a quem recorrer. A busca de proteção era natural, necessária, ante a ferocidade do inimigo.

Apesar de todos os infortúnios, as tradições eram mantidas ali pelas famílias francesas que realizavam as suas festas com absoluta discrição. Em uma delas, uma jovem alta, esguia, cabelos ruivos, olhos bem destacados rodopiava no salão, demonstrando inaudita felicidade, ao lado do cavalheiro que a levava como se fosse uma pluma, tal a leveza dos movimentos. As atenções do salão se voltaram para aquele lindo e feliz casal. Ela, esbanjando sorriso, tinha as maçãs do rosto avermelhadas pela evolução da dança; ele, cabelos ao vento, não disfarçava o orgulho de conduzir a mais bela jovem da Alsácia-Lorena naquele salão ricamente mobiliado, cujo piso favorecia as evoluções, ao som de violinos plangentes. Naquele dia, contudo, convidado especial do anfitrião da festa, que era francês e procurava se aliar aos vencedores, adentrou ao salão, exatamente no momento da dança Karl Jessen que fixando os olhos na jovem, de imediato sentiu um desejo irrefreável de tê-la a qualquer preço, não se preocupando em saber se estava ou não comprometida. Acostumado a tudo comprar, a não respeitar os sentimentos alheios, aquele homem venal e cruel não tinha limites, e a jovem Émilie (Noêmia) passou a ser imediatamente considerada um objeto que precisava adquirir o mais rapidamente possível.

Perguntou ao anfitrião:

— Quem é aquela jovem que está dançando?

— Émilie, filha de Jean.

— Mora aqui?

— Sim.

— O que faz a sua família?

— Seu pai cultiva produtos agrícolas, fabrica queijos, é um pequeno comerciante respeitado.

— Gostaria de conhecê-lo. Ele está na festa?

— Não. Viajou a negócios. A jovem veio acompanhada do namorado e da mãe.

— Ah! Quando ela terminar a dança, apresente-me o casal e a mãe.

O bajulador não tem caráter. Vendo qualquer oportunidade para agradar aquele que lhe interessa, age sem medir nenhuma consequência. O anfitrião, percebendo o interesse de Karl Jessen pela jovem viu aí a oportunidade de fazer um favor ao grande industrial, amigo das mais altas autoridades alemãs, e condecorado pelo próprio Bismarck. Procurou sentir o interesse do seu convidado mais ilustre, arriscando:

— Não gostaria primeiro de conhecer o pai da moça?

— Quando ele retorna de viagem?

— Não sei ainda, mas posso me informar.

— Verifique isso rapidamente.

Enquanto o alcoviteiro diligenciava, Karl Jessen não tirava os olhos do casal que acabara de concluir a dança. Visivelmente perturbado pela beleza da mulher que se comprazia feliz nos braços do namorado, viu quando o casal se dirigiu à mesa onde estava a mãe de Émilie. Divisou o anfitrião ali sentado, conversando com a senhora. Quando os jovens chegaram, ele os cumprimentou:

— Estão gostando da festa?

— Muito — respondeu a jovem. Queremos agradecer ao convite que nos foi feito para uma festa tão bonita como esta.

— Não há o que agradecer. Pertencem a uma das famílias de comerciantes mais respeitadas da região.

— Bondade sua — retribuiu a moça, com gentileza.

— Fiquem à vontade — disse. Tenho alguns negócios com o seu marido, madame. Sabe quando ele retornará?

— Deve chegar daqui a dois dias, conforme o mensageiro me avisou.

— Assim que puder, peça a ele que me procure.

– Terei o máximo prazer em portar o seu recado.

– Divirtam-se.

Afastou-se do local com a informação que pretendia para agradar ao seu convidado de honra e voltou rapidamente à mesa em que estava Karl Jessen. A melhor do salão, diga-se. Toda ornada, situada em posição privilegiada, com vista para todo o ambiente. O convidado naturalmente se destacava dos demais. Como o ser humano esquece rapidamente os fatos, até os mais dolorosos da guerra, e volta-se quase sempre de maneira incondicional para os braços do vencedor... Os outros convidados disputavam um simples olhar do distinto cavalheiro e aspiravam a um cumprimento, mesmo que a distância. Essa sensação de força não passava despercebida a Karl Jessen, que apreciava ser admirado, temido, odiado. Não aceitava a indiferença. Comportava-se como um novo rei, deslumbrado com as possibilidades de mando, de glória e de dinheiro.

O bajulador era também um pequeno comerciante que se aliara a Karl, que o manipulava, utilizando-o nas transações menores e nas escusas, evitando correr qualquer risco. Procurou o seu sócio-patrão e disse:

– Você, como sempre, é um homem de muita sorte. O pai da jovem volta daqui a dois dias. A mãe ficou de me avisar. Tenho alguns pequenos negócios com ele e solicitei um encontro comercial de imediato. Se quiser posso levá-lo ao seu escritório.

– É melhor assim. Avise-me. Preciso pensar em alguma coisa para atraí-lo.

– Quer uma sugestão?

– Sim.

– O velhote está com algumas dívidas. Não muitas. Mas, ele depende da exportação de seus produtos para a França e esse comércio está prejudicado. Essa é a razão de sua viagem. Pretende abrir novos mercados, ampliar as vendas e pagar as suas dívidas. Você tem aí o que precisa, não acha?

– Aprecio a sua sensibilidade. Sabe que o compensarei se trabalhar bem. Você já viu que tenho interesse naquela mulher.

– Não será fácil. A jovem é geniosa, ama o namorado e está de casamento marcado.

– Não me preocupo com essas firulas.

– Não se esqueça que você é dez anos mais velho do que ela...

– O dinheiro compra tudo.

– É verdade. Como sempre, tem razão – concluiu o escroque.

A festa transcorreu normalmente. O casal aproveitou até o final. Radiantes e felizes, não podiam sequer imaginar que a cada passo, a cada sorriso, a cada gesto eram observados pelo homem venal, de hábil inteligência, que desejava a todo custo aquela jovem ingênua, sonhadora, que encontrava no namorado a sua alma gêmea.

O jovem era um médico recém-formado e que iniciaria a sua clínica na cidade de Estrasburgo. Idealista, imaginava um consultório voltado para os pobres, sonho que era compartilhado pela namorada, que se dispunha a ser a enfermeira, ajudando-o em tudo. Amavam-se verdadeiramente, mas as tramas do destino colocariam entre eles barreiras de difícil transposição, como consequência de registros anteriores inscritos nos anais da vida.

Os acontecimentos mais singelos podem desencadear consequências determinantes para o ser humano. Um simples olhar cruzado em plena rua, uma apresentação meramente protocolar, um encontro casual ligam as pessoas por séculos.

Os jovens enamorados não sabiam que estavam sendo observados pelos olhos de uma ave de rapina que, em um instante, havia decidido arbitrariamente interferir naquelas vidas sem nenhuma outra consideração. Karl Jessen era por demais orgulhoso para se dar ao trabalho de pensar na vida alheia.

Ególatra, movido sempre por paixões contraditórias, atirava-se com determinação em tudo o que fazia. Essa força interior que revelava nas mínimas ações diferenciava-o dos seus concorrentes, que ficavam para trás, enquanto o seu negócio florescia.

Era do tipo fleumático e ansioso, explosivo e apressado, prático, eficaz, extremamente objetivo. Quando se decidia, concentrava todas as suas energias e não recuava ante os obstáculos, só se tranquilizando quando alcançava a meta. Esse caráter tenaz, quando se voltava para o bem, arrebatava todas as dificuldades. No entanto, ainda e infelizmente, as suas ações, na grande maioria, visavam a atender a uma personalidade em desequilíbrio, dedicada às necessidades primárias do ser humano.

Terminada a festa o casal se recolheu. Julien (Mário Augusto) levou a noiva e a sua mãe até à faustosa residência da família, em uma carruagem luxuosa, deixando as mulheres embriagadas de felicidade. O casamento estava próximo e Marie Otile, mãe de Émilie (Noêmia), sentia-se radiante.

Naquele tempo, a mulher não se envolvia nos negócios da família. Para ela, Marie Otile, tudo estava bem. Dali a dois dias Pierre, seu marido, iria chegar e ultimariam os preparativos para o casamento da filha, já com data marcada. Embora a família de Julien não estivesse à altura da sua, a senhora se tranquilizava quanto ao futuro, imaginando ser o esposo um homem rico e que deixaria uma verdadeira fortuna para os filhos. Enganava-se certamente. A guerra afetara muito as finanças de Pierre. Na realidade, era a família do pretendente de sua filha que se encontrava em melhores condições, embora não exteriorizasse, pela discrição que mantinha, necessária sobretudo naquele período muito tumultuado.

Ao sair do salão, Karl Jessen estava visivelmente perturbado. Refletia no olhar a angústia que lhe varava a alma. Quando se despediu do anfitrião, registrou autoritariamente:

— Espero no máximo dois dias para falar com o pai da moça. Não me decepcione.

— Quando chegar o levarei imediatamente ao seu escritório.

— Vá buscá-lo, se necessário. Sabe que não sou homem de esperar nada acontecer. Eu faço as coisas sempre do meu jeito, entendido?

O bajulador estremeceu. Conhecia o gênio impulsivo do industrial. Não pretendia falhar em nada com ele. Sabia-o vingativo, mas também generoso com quem o ajudava em suas conquistas. Bestian, o escroque de ontem (Milton, o motorista, hoje), no fundo admirava a força de Karl Jessen, tendo por ele verdadeira fascinação, desejando imitá-lo em tudo. Ao mesmo tempo temia-o quando contrariado. Ao perceber o intenso desejo do chefe em relação à jovem Émilie, se pôs rapidamente a campo, para se assegurar da chegada do pai da jovem no prazo mencionado pela sua esposa. Contatou os melhores informantes da época da guerra, que estavam em tempos de paz sem serviço, mobilizando-os para saberem o real paradeiro de Pierre, que vinha de Paris. No dia seguinte, já tinha a confirmação da chegada do comerciante, pagando regiamente os prestadores daquele serviço.

Comportando-se como um típico bajulador e sabendo manipular a ansiedade de Karl Jessen, enviou a ele um bilhete pedindo para vê-lo imediatamente. Recebido incontinenti, após entrar na sala do grandioso escritório do industrial, foi noticiando as ocorrências:

– Diligenciei com os meus informantes o paradeiro de Pierre, o pai de Émilie.

Bastou mencionar esse nome para Karl Jessen empertigar-se na cadeira e perguntar:

– O homem chega ou não?

– Amanhã.

– Antes de trazê-lo aqui quero que me informe se os negócios dele em Paris deram certo. Ponha agora mesmo todos os seus informantes em circulação. Quero saber onde foi, com quem falou, e qual a sua real situação financeira. Receba essa bolsa como adiantamento. Se tudo correr bem terá uma polpuda recompensa. Agora vai. Não perca tempo.

Ao ver a bolsa recheada de dinheiro, Bestian não pensou duas vezes. Era tanta moeda que pagaria muito bem aos informantes e ainda assim assegurava altíssimo lucro, sem falar na recompensa. Valorizava a amizade conquistada, não desejando perdê-la em hipótese alguma. Faria tudo para servir ao patrão, não se importando com o seu jeito rude, sentindo-se realmente estimado, homem de confiança, que cuidava até mesmo de assuntos pessoais.

Não considerava em momento algum os efeitos de sua ação na vida das pessoas atingidas. Desejava tão somente mostrar-se eficiente, indispensável a Karl Jessen e receber a recompensa generosa que ele ofertava. Pôs-se a campo. Contatou vários informantes, que agradeceram o serviço conferido naquela época de vacas magras para esses profissionais, que viviam da espionagem em tempos de guerra e, na paz, de expedientes medíocres, próprios dos alcoviteiros. Dois dias após, começaram a chegar os primeiros relatórios, sempre muito bem pagos, oferecendo-se os ratos da vida alheia para complementá-los, caso houvesse interesse do contratante.

A situação financeira do pai de Émilie era desesperadora. A guerra consumira todas as suas reservas. Apostara na resistência francesa por patriotismo; era um homem marcado pelo poder dominante, sem nenhuma condição de se reerguer. A falência era mera questão de tempo. Os informantes foram a fundo, especificando os principais credores de Pierre, homens de negócios implacáveis que haviam exigido garantias reais para suportar os empréstimos concedidos. As propriedades da família estavam hipotecadas, os títulos vencendo, e os contatos em Paris com o novo governo republicano não produziam nenhum resultado. Na realidade, Pierre era na Alsácia-Lorena um homem de confiança do próprio Napoleão III, não estando vinculado ao novo grupo que assumira o país. O seu patriotismo, contudo, permitiu que ele falasse pessoalmente com o ministro das finanças, que, apesar de simpatizar com ele, não tinha como alocar recursos para as empresas falidas em razão da guerra, sobretudo as que se situavam em território que não pertencia mais à França.

No seu retorno ao lar Pierre desesperou-se várias vezes. Pensou em se suicidar, mas era verdadeiramente religioso e não um homem covarde. Ponderava que se a situação já estava difícil com ele no comando, como ficaria, então, se partisse deixando os problemas financeiros que arranjara para uma mulher inexperiente e para os filhos ainda jovens e que nunca tinham trabalhado?

A França que ele tanto amava no momento de maior angústia de sua vida não poderia socorrê-lo. Se Napoleão III tivesse vencido a batalha de Sedan, certamente seria uma das figuras mais importantes da região.

Com a prisão do amigo, a derrota do exército, a capitulação na paz de Frankfurt, ele não tinha mais o que fazer. Pensava chegar a casa, conversar detalhadamente com a família, mudar-se de local, encaminhar os filhos para o trabalho e tentar refazer o seu nome com muito esforço. Tinha dúvidas se conseguiria realizar essa difícil tarefa.

Quanto à filha – pensava – já estaria encaminhada com o casamento. O casamento era, assim, prioritário, mas não poderia demonstrar a sua fraqueza financeira para os pais do noivo. Já o filho, muito jovem, teria de seguir com a mãe para a casa da avó materna, enquanto ele estaria ali respondendo a todos os credores, até mesmo com a vida, se necessário. Angustiado, não percebeu o tempo passar. Chegou a casa, aquela casa que fora de seus pais e na qual ele tinha vivido a sua infância e juventude, criando os filhos; seria o primeiro bem a ser leiloado. A sua grande preocupação era como levar dali para frente os credores, sem provocar escândalos pelo menos por mais dois meses até o casamento de Émilie com Julien. Não sabia mais o que fazer, mas não poderia demonstrar à família que perdera o controle da situação.

Chegou após vários dias de viagem, com um largo sorriso nos lábios. Pierre era um homem de bem. Trabalhador, honrado, cultivava bons hábitos pessoais e nos negócios. As dificuldades em que se encontrava decorriam exatamente de sua posição de cumprir a palavra empenhada, de amar em demasia o seu país, de haver lutado por um ideal que naufragara pela imperícia do comandante-em-chefe que não soube perceber a cilada armada pelo engenhoso chanceler de ferro. De forma que, quando a sua esposa deu-lhe a notícia da necessidade de Bestian conversar com ele a respeito de negócios e das deferências concedidas à família na sua ausência, não vacilou em mandar um emissário avisá-lo da sua chegada. Com Bestian tinha pequenos negócios, não imaginava que ele estivesse a par da sua ruína financeira. Precisava se comportar naturalmente, protelar os compromissos, até o casamento da filha.

Bestian já tinha tudo nas mãos. Imediatamente, dirigiu-se ao escritório de Karl Jessen. Expôs detalhadamente a situação financeira do pai de Émilie, sua posição política no conflito, a impossibilidade de se reerguer naquele momento e a negativa de seus rogos em Paris. Pierre era um homem fragilizado e que estava nas mãos de Karl Jessen desde que esse tivesse habilidade para conduzir a questão. O escroque sabia, por outro lado, que Pierre era um homem de caráter a toda prova e que se sofresse qualquer pressão ou chantagem não cederia, ainda que tivesse de pagar com a própria vida. Caberia a Karl manipular a situação com extrema delicadeza, despertando em Pierre enorme confiança, de forma que esse poderia nele enxergar a salvação de sua vida. Restaria, ainda, afastar o jovem médico para que o caminho ficasse inteiramente livre para ter Émilie nos braços, como uma fruta madura que cai ao chão.

A habilidade de Karl Jessen era espantosa. Não tendo nenhum escrúpulo, valendo-se dos trabalhos de Bestian, que já havia colocado para pesquisar a vida da família de Julien, muniu-se de astúcia para instruir o comparsa no primeiro encontro que esse teria com o pai de sua amada. Mediu cada palavra e gesto, explicando:

– Ele vai procurá-lo, certo?

– Sim, marcou amanhã.

– Ele deve a você e espera a cobrança.

– Penso que sim.

– Então cobre duramente. Diga que não pode esperar nem mais um dia.

– Ele ficará apavorado.

– É isso o que eu quero. Ameace de levar o fato ao conhecimento público.

– Ele vai pedir tempo.

– Não dê.

– O que faço, então?

– Quando ele já estiver acuado, dê um soco na mesa, e pense em voz alta: – "Como não me lembrei dele antes?". Fale que na festa dada em sua casa você se referiu a Pierre para o seu convidado de honra. Diga-lhe que posso ajudá-lo nos negócios com a minha influência política junto às autoridades locais. Desperte no homem a esperança. Traga-o imediatamente aqui, procurando elogiar-me, é claro, como alguém que conquistou tanto na vida e se preocupa com os demais. Não adianta eu forçar uma situação com a filha do falido sabendo que ela pode me odiar para sempre. Preciso ter a mulher por inteiro, de corpo e alma. O resto é comigo. Preciso, ainda, com urgência, do relatório a respeito da família do noivo, o tal de Julien.

— Já estou providenciando. Em dois dias no máximo trarei todas as informações.

— Aguardarei. Agora vá ao trabalho.

Bestian era um homem intelectualmente limitado. Não conseguia acompanhar o raciocínio ágil, sofisticado, de Karl. Para ele só bastava colocar o homem na parede e exigir, como compensação, a mão da moça em casamento. Pouco lhe importava se a jovem queria ou não. Tinha de obedecer. Já Karl, com inteligência, não pretendia realizar uma conquista de brutamontes. Ao contrário, manipularia toda a situação a seu favor de forma a aparecer como o salvador da honra e da dignidade da família da jovem pretendida. Iriam agradecê-lo e a paga naturalmente seria a mão da amada, que nunca mais pensaria em ouvir o nome do noivo interesseiro, que iria abandoná-la, assim como à sua família, em um dos momentos mais difíceis da existência daquele grupo. Tudo estava rigorosamente planejado. Ao pensar nos passos seguintes, Karl demonstrou-se satisfeito e orgulhoso com a estratégia adotada.

Com o término da guerra, a sua vida resumia-se tão somente em ganhar dinheiro. Não vivia mais aqueles desafios dos dias tumultuados do conflito quando a cada hora traía alguém, liquidava alguma empresa, jogava com muita vontade o jogo do poder. Ele gostava das situações arriscadas e desafiadoras, encontrando imenso prazer no que estava fazendo. Renascia com as suas maldades, inebriava-se com as articulações, não parando um minuto sequer para pensar no outro, nos efeitos de suas loucas decisões, nos emaranhados em que se enredava da cabeça aos pés. Contava os minutos para estar com o pai de Émilie; ensaiava cada movimento; decorava as palavras. Mostrar-se-ia atento, preocupado com a questão dos franceses vencidos cuja terra fora entregue pelo seu governo a outro país. Sabia que os nacionalistas franceses não aceitavam aquela situação e que revolveriam céus e terras para revertê-la.

Enquanto o celerado engendrava as suas maldades, Julien iria procurar um casarão em Estrasburgo para alugar e instalar a sua clínica. Sonhava com o trabalho, incluindo sempre em seu ideal a figura amada de Émilie. Muitas vezes se perguntava como era possível haver tanta afinidade entre duas pessoas. Lembrava-se sempre de seu pai, da mãe e dos irmãos com imenso carinho. Pertencia a uma família digna em que imperava o verdadeiro amor.

Naqueles tempos difíceis muitas famílias se desagregaram em razão da guerra. Em quase todas as casas existia um mutilado; o luto cobria as pessoas que haviam perdido alguém no conflito. A dor estava presente.

O médico tinha muito o que fazer. Não apenas receitar, mas estender as mãos aos desesperados, deitar um olhar amigo sobre quem não tinha mais nenhum anseio na vida. E ao seu lado, ninguém melhor do que Émilie para cumprir o importante papel de consolar. A sua beleza, jovialidade, elegância, tato, tranquilidade, sorriso amável era o que estava faltando naquele país angustiado, perdedor, calcado sob as botas adversárias e ainda assim completamente dividido.

A maioria germânica espezinhava os franceses vencidos e esses não tinham como recorrer à sua pátria, dizimada financeira e moralmente. Por ironia do destino, era melhor aguentar os desaforos na Alsácia-Lorena do que a miséria absoluta em Paris.

Junto à catedral de Notre-Dame uma população de miseráveis vagava sem nenhuma esperança. Victor Hugo sentira o drama desses abandonados escrevendo uma das páginas mais belas da literatura francesa, na realidade um grito de angústia, um veemente protesto contra as injustiças próprias de uma sociedade de aparências. Se o idealismo pontificava de um lado, de outro as elucubrações alucinadas de uma mente em desalinho engendravam a destruição dos jovens apaixonados e de duas famílias honradas.

Émilie também desejava ardentemente seguir os passos do noivo. Em casa não tinha o que fazer. Os serviços domésticos eram realizados pelas serventuárias.

À mulher de classe alta daquele tempo não era permitido estudar e nem trabalhar. E Émilie não aceitava a ociosidade, desejando participar, evoluir. Julien pensava à frente de seu tempo. Daria ampla liberdade à esposa para que pudesse avançar. Inicialmente no trabalho na clínica; depois nos hospitais e, se fosse da vontade de Émilie, poderia tentar romper barreiras e ingressar na universidade. O desafio motivava a jovem que conversava amiúde com o noivo. Tudo estava pronto.

No entanto, algo de sinistro, maquiavélico rondava no ar, atingindo principalmente a sensibilidade de Julien, que se encontrava ansioso para começar uma nova vida. Não fossem essas questões protocolares que tanto detestava, o casamento para ele seria celebrado na semana seguinte, incógnito, só com a participação dos familiares mais próximos, sem as grandes festas próprias de sua classe social. O jovem intuía a tempestade que estava por chegar. Algo lhe dizia lá no íntimo que era felicidade demais para ser verdadeira. Temia e assim enfraquecia as suas resistências, que em breve seriam duramente testadas.

Parece que o ser humano é sempre avisado quando deve se deparar com as grandes provas do destino. Uma espécie de percepção extrassensorial indica o momento da dificuldade, provocando estado de angústia inexplicável, que capta, ao final, pelas maquinações que estão em andamento e, no astral, já foram detectadas pelos espíritos amigos e pela própria vítima nos desdobramentos noturnos. Ninguém engana ninguém.

Se aqui na Terra a astúcia e a fraude levam, às vezes, a melhor, as atitudes que elas desencadeiam são registradas, permitindo ao ofendido sentir sensações desagradáveis naquele período, que ele vai relacionar no futuro, quando se materializar a ação nefasta. Julien já era sensitivo. Percebia as movimentações espirituais, mas não mencionou essa faculdade nem mesmo para a noiva.

A igreja católica ainda era poderosa e atuava vigorosamente contra qualquer ideia de comunicação entre encarnados e desencarnados, apesar das constantes experiências realizadas com as mesas girantes.

Após o baile, o jovem médico acusou a descarga elétrica lançada por Karl Jessen. Não tinha condições de saber de onde partira a energia que lhe causava tanto mal-estar. Sentiu também que a sua noiva de um dia para o outro perdera um pouco a jovialidade que a caracterizava e se tornara um tanto melancólica. Tentou abordar o tema, mas não encontrou nenhuma receptividade. Tanto Émilie quanto os seus familiares, católicos por convicção, abominavam as práticas que chamavam de diabólicas. Mas o rapaz, ao contrário, pelas experiências passadas, aceitava a interferência direta dos espíritos na vida das pessoas.

No pós-guerra as grandes ideias, mesmo que díspares,

porém transformadoras, estavam ainda em implantação. O "Manifesto do Partido Comunista" foi publicado pela primeira vez em 21 de fevereiro de 1848, elaborado por Karl Marx e Friedrich Engels, trazendo os fundamentos do socialismo científico, baseado na luta de classes; Alan Kardec lançava em 18 de abril de 1857 *O Livro dos Espíritos*, considerado como o marco da fundação do Espiritismo; o governo de Napoleão III ruía; e a Assembleia Nacional proclamava a Terceira República Francesa; Charles Darwin lançava a *Origem das Espécies*, e as revoluções explodiam na Europa contra os regimes autoritários.

Nesse ambiente efervescente de ideias e ações, os efeitos da guerra franco-prussiana provocavam alterações políticas significativas com a consolidação da Alemanha unificada e as tensões que levariam à Primeira Guerra Mundial. O jovem Julien era um sensitivo que já havia lido a obra básica da codificação espírita, mas a Europa sofria ainda a intolerância religiosa a ponto do Bispo de Barcelona determinar em 09 de outubro de 1861 a queima em praça pública de trezentos volumes de diversos títulos espíritas encaminhados à Espanha por Alan Kardec ao livreiro Maurício Lachâtre.

Mesmo sentindo que havia algo no ar contrário à sua felicidade com Émilie, Julien não conseguia divisar o foco da questão. Angustiado, sem poder comunicar as suas apreensões à própria noiva, seguiu naturalmente com os preparativos do casamento, pensando talvez que aquele estado de espírito estivesse relacionado com as tensões próprias do momento.

Quando se dirigia a Estrasburgo para iniciar a organização do consultório naquela cidade, parou em uma estalagem à beira da estrada para almoçar. Cansado e tenso, deparou-se com um ambiente calmo, tranquilo, solicitando ao estalajadeiro que lhe servisse alguma coisa para comer. Pão, carne assada e vinho foram colocados imediatamente à mesa. O jovem, que vinha cavalgando desde o amanhecer, reconfortou-se com o alimento, desejando descansar um pouco, para seguir viagem. Estava muito frio, a neve que caía levemente aumentava de intensidade durante a tarde, impedindo a viagem do médico. Sem alternativa, decidiu ficar. Nenhum outro hóspede apareceu naquele dia. À noite, quando se preparava para dormir, ouviu, casualmente, a conversa do estalajadeiro com a esposa:

— Temos hóspede hoje.

— Não vai ser possível fazer a nossa reunião? — Perguntou-lhe a esposa.

— É um pouco arriscado, não acha?

— Não sei. Faremos apenas as nossas orações. Que mal está em orar, agradecer a Deus pelo dia abençoado que tivemos?

— Mas e se nossa filha receber os espíritos que sempre comparecem?

— Tenho medo — redarguiu a senhora.

— Fico preocupado com a intolerância religiosa. Ser espírita parece até que é um crime!

A conversa entre eles prosseguiu. Julien, percebendo o encaminhamento do assunto, pigarreou forte, assustando o estalajadeiro, que estava no cômodo vizinho. O homem deu-se conta da imprudência de conversar com a esposa acerca de tema tão delicado quanto aquele.

A época realmente inspirava cuidados; a Igreja era muito forte e não tolerava as ideias espíritas. Havia ainda uma atmosfera inquisitória mesmo com a extinção dos tribunais do Santo Ofício. Assustado, o estalajadeiro retornou ao salão, perguntando ao hóspede se poderia servi-lo. Julien, visando a acalmar o hospedeiro que estava visivelmente amedrontado, tranquilizou-o de imediato:

– Não se preocupe – falou calmamente, inspirando confiança. Eu também sou espírita. Já li os livros do Sr. Allan Kardec e me identifico muito com essa bela doutrina. Digo-lhe que, se não fossem os ensinamentos do professor de Lion, talvez não conseguisse levar a minha de vida de atribulações.

Ouvindo o jovem que falava com tanta sinceridade, o homem respirou aliviado, comentando:

– Graças a Deus! Obrigado por nos compreender.

– O senhor falou em sua filha. Onde ela está?

– Gabrielle é uma menina ainda. Nunca a deixo vir aqui ao salão servir os hóspedes. Chegam na estalagem pessoas de todos os tipos. Nunca sabemos a intenção.

– A sua filha recebe os espíritos?

– Nas nossas reuniões.

– Pretende fazer uma reunião hoje?

– Sim, mas só fazemos essas reuniões quando não há mais hóspedes e a casa se encontra fechada. Temos medo de qualquer denúncia.

– É a minha presença que impede então de se reunirem?

– Sinto muito.

– Mas eu sou também espírita. Posso ajudá-los a compreender os fenômenos.

– Gostaríamos tanto de algum esclarecimento...

– Vamos então realizar a sessão.

– Só se não vier nenhum outro hóspede.

– Com essa nevasca vai ser difícil aparecer um forasteiro.

– Lá fora o tempo está mesmo ruim.

– Vamos aguardar.

Mais à noite, fecharam as portas do estabelecimento; nos fundos, havia uma mesa rústica, um candelabro aceso e uma garrafa de água na mesa. Em uma cabeceira da mesa sentava a mulher do hospedeiro; na outra, a filha, uma jovenzinha de quatorze anos, franzina, muito agradável, que recebeu Julien com um comedido sorriso. Nas laterais, o pai da médium e Julien, que estava atento a todos os detalhes, concentrando-se, para que o encontro não fosse interrompido e as comunicações pudessem ser úteis. Iniciados os trabalhos com as orações de abertura, a menina rapidamente caiu em transe, enquanto sua mãe lhe perguntava:

– Quem está hoje em nossa companhia?

– Um amigo, não temam.

– Pode dizer o seu nome?

– Maurice.

– De onde nos conhecemos?

– Não vai se lembrar. Vocês estão reencarnados. Nos conhecemos de outros tempos.

– Por que veio hoje?

– Precisamos apoiar Julien.

– Quem?

– Julien, este moço que está aí.

— Explique-nos.

— Foi muito difícil tirá-lo do seu ambiente e trazê-lo até aqui e ainda assim evitar a chegada de outros hóspedes.

— Por quê?

— Precisava conversar com ele.

— Pode ser agora?

— Foi para isso que compareci. Todos nós nos conhecemos de vidas passadas. Fizemos muitas coisas em conjunto. Julien se comprometeu muito por nossa causa e começará a arcar com as consequências de seus atos. Precisamos ajudá-lo para que suporte todos os dissabores.

— Serão muitos?

— Sim.

— Por quê?

— Não vou revelar o passado. Peço apenas a Julien que procure compreender as pessoas que atravessarem o seu caminho. Geralmente, são doentes, não medem as consequências de seus atos e plantam uma sementeira que deverão obrigatoriamente colher no futuro.

Julien, que estava assistindo a tudo atônito, decidiu perguntar à Entidade:

— Não imagino quem sejam essas pessoas. Como pode afirmar que tivemos alguma coisa em comum no passado?

— Pelos vínculos que se estabeleceram.

— Não entendo.

— Irá entender em breve.

— Estou muito preocupado. Na verdade estou preparando o meu casamento e pretendo montar um consultório médico em Estrasburgo, para onde irei com Émilie, iniciando uma nova vida.

— É por isso que fizemos tudo para poder conversar com você hoje.

— Estou ficando aflito. Até agora a Entidade não me deu nenhuma comprovação de autenticidade.

— Analise por si só. Primeiro, Émilie, sua noiva, não irá entender os acontecimentos que estão por vir e muito menos os pais da jovem. Os problemas já existem. Não esqueça, pegue os seus pais e fuja imediatamente. Leve-os para Paris, está entendendo?

— Sinto-me muito confuso. Estou em preparativos de casamento e o Espírito me pede para fugir.

— Se não fugirem, você e os seus familiares serão mortos sem nenhuma consideração. E não há no Plano Espiritual previsão para a desencarnação de todos agora. Mas o risco de morte existe efetivamente. Por isso está sendo avisado hoje.

— Quem nos perseguirá?

— Você vai saber. Trata-se de um homem muito perverso e que já tramou tudo às suas costas.

— Não acredito no que estou ouvindo.

— Fique atento, é o máximo que posso falar a você nesse momento. Não tenho mais permissão para ficar em terra. Que Deus proteja a todos. Não esqueça das recomendações. Não cumpri-las poderá custar muito caro. Deus não permite um aviso desses com a devida antecedência se não houver merecimento. Até breve.

A Entidade desapareceu e a jovem médium retornou a si como se nada tivesse acontecido. Não se lembrava do que havia transmitido através do seu aparelho. Apenas tomou um copo d'água. Julien estava aturdido. Voltando-se para o estalajadeiro, perguntou:

— O que significa isso?

A esposa daquele homem simples respondeu:

— Meu filho, foi um aviso do céu. Alguma coisa de muito grave vai acontecer com você e a sua família. Quando há uma comunicação como essa, como bem ressaltou a Entidade, é porque há muito merecimento. A comunicação foi para prepará-lo, aliviá-lo, estimular o entendimento dos sofrimentos quando eles chegarem.

— Mas eu estou de casamento marcado!

— Não sei se haverá esse casamento.

— Como assim?

— A Entidade não falou que estarão envolvidas as famílias? Não foi mencionado corretamente o nome de sua noiva? Não disse ainda que ela não entenderá?

— Mas está tudo bem entre nós. Fizemos planos abençoados de trabalho. Meus familiares desejam esse casamento assim como os pais de Émilie. Como tudo pode dar errado?

— A Entidade se referiu a um homem perverso e que já tem tudo maquinado.

— Como isso é possível? – Perguntou o jovem aflito.

— Razões do passado e que nem a Entidade ousou mencionar. Muitas vezes os cobradores não são aqueles para os quais devemos. Deus não investiu ninguém no poder de cobrar qualquer coisa de seus filhos. Mas algumas pessoas, ainda inconscientes é verdade, se arrogam na condição de cobradores, às vezes, implacáveis. Tenha cuidado.

— Mesmo assim não acredito no que ouvi hoje.

— O tempo vai demonstrar. Pense bem: por que você veio hoje parar aqui? Qual o nosso interesse em provocar essa situação? Minha filha não se lembra de nada do que falou. É uma simples menina. Como poderia saber o nome de sua noiva?

— Isso é intrigante.

— Não. Você não disse que já leu as obras do senhor Kardec? Então, agora é a hora de colocar em prática os ensinamentos adquiridos. É o momento do testemunho. Você tem ou não fé em Deus?

— Sim. Não fosse o meu apego a ele não sei como me conduziria na vida.

— Pois, ele está lhe apontando um caminho de evolução. Disse-lhe até o que tem de fazer. Não titubeie. Quando os fatos acontecerem, tire logo a sua família e leve-a para Paris, como foi orientado.

— Meus pais têm propriedades, bens, não irão aceitar.

— O inimigo é poderoso e com ele no momento vocês não poderão. É certo que Deus não concedeu ao déspota força para ferir pessoas inocentes nesta vida. Mas, se foi permitido é porque nos registros históricos o grupo precisa ressarcir-se de algum delito do passado.

— Estou com muito medo.

— Não tema. O medo só irá enfraquecê-lo e dificultará

a tomada de decisão na hora certa. Deus não permitiria que você conhecesse com antecedência a ocorrência desses fatos se não fosse para o bem. E ele também não coloca sobre nossos ombros a cruz que não podemos carregar. A entidade dirigiu-se especificamente a você. É você, com base nas informações recebidas, que tem condições de se salvar e aos seus familiares. Aja com coragem e não tema ser incompreendido, porque do outro lado está uma pessoa cruel e determinada.

— A senhora fala dessa forma por quê? Está também incorporada?

— A mediunidade é sobretudo uma faculdade da alma. A intuição capta coisas que não precisam ser ditas pelos espíritos. Por que eu e minha família estamos morando aqui sozinhos nessa beira de estrada sem nenhum conforto e privados de tudo? Minha intuição apontou-me claramente que, se ficássemos em Paris, a minha filha não seria compreendida nessa fase. O que os seus colegas de escola iriam pensar? Somos pobres e ainda assim diferentes. Meu marido, que nos ama muito, que não é um médium, entendeu essa necessidade e nos trouxe para esse lugar. Pretendemos sair daqui quando minha filha passar por essa fase e puder assumir a sua mediunidade tranquilamente. Aguardamos as orientações do alto. Enquanto isso, recebemos instruções para ajudar as pessoas que nos são encaminhadas, como aconteceu com você no dia de hoje.

— Estou muito grato. Venho sentindo grande tristeza nesses últimos dias. Amo perdidamente a minha noiva, mas sinto que havia algo acontecendo, que não conseguia identificar. Será isso?

— Sem dúvida.

— É muito triste deixar os sonhos para trás.

– Só podemos avançar para a felicidade depois de quitarmos todas as nossas obrigações.

– Como é complexo este mundo.

– Diria: é belo, justo, maravilhoso. No momento em que se executam as provas, certamente sentimos o desalento. Após, com o terreno limpo, a tarefa cumprida, percebemos o quanto caminhamos. A evolução é feita de muitas lutas. Acredite sempre em Deus. Agora vamos ao chá e ao necessário repouso. Amanhã conversaremos mais um pouco e talvez recebamos alguma orientação dos nossos amigos espirituais.

Despediram-se e Julien recolheu-se. Não dormiu aquela noite. Revirou-se na cama, recapitulou o diálogo mantido com o Espírito inúmeras vezes. Quando já amanhecia, o seu corpo exaurido repousou. Acordou mais tarde do que o de costume, pedindo desculpas ao estalajadeiro e à esposa:

– Desculpe-me, perdi o sono e só agora acordei.

– Foi melhor assim, meu filho – falou a senhora.

– Estou muito perturbado. Acho que não conseguirei seguir viagem para Estrasburgo hoje.

– Se puder fique mais um dia. Sinto que será importante.

– Uma outra sessão?

– Talvez, se não tivermos outros hóspedes.

– Preciso de mais orientação – falou, aflito.

– Elas virão, basta ter calma.

– Desculpe-me, mas não consigo ficar calmo.

– Acredite que, se forem necessárias novas instruções, elas virão de alguma forma.

— E se não pudermos realizar a reunião?

— Não disse que as informações podem chegar de alguma forma? Então acredite. Nem sempre as coisas se passam como desejamos. Os Espíritos Amigos trabalham para nos orientar sempre e se valem de todos os recursos legítimos para nos apoiar, principalmente nos momentos mais difíceis.

— Entendo. Enquanto não chega a noite, gostaria de ajudar.

— Você é hóspede. Não esqueça que está pagando pelo nosso trabalho.

— Ainda assim prefiro fazer alguma coisa pesada para suportar a agonia da espera.

— O tempo está novamente ruim. Daqui a pouco a nevasca começará de novo. Por que então não prepara a lenha para o aquecimento noturno?

— É o que vou fazer.

Dirigiu-se ao paiol e começou a rachar a lenha seca para à noite colocá-la no fogão e na lareira.

Émilie andava desassossegada. Nada estava bom. A comida não era a que desejava; sempre encontrava um defeito nas peças do enxoval. Pensava em Julien, criticando a sua partida repentina para Estrasburgo.

Após o baile, Karl Jessen não tirava Émilie do pensamento, parecendo até uma obsessão doentia. E a moça recebia essa energia negativa não sabendo como se livrar dela. Pegava um livro para ler e logo o abandonava; o tricô a aborrecia. Como era uma jovem mimada, apesar de ter espírito evoluído ainda acumulava tensões do passado sem compreender os fenômenos espirituais. Formada que fora sob as regras da igreja, não tinha meios de se livrar daquele pensamento emitido com muita intensidade.

O pai da jovem chegou um tanto abatido para o almoço. Os credores estavam apertando o cerco. O que mais o angustiava eram as concessões que já estava fazendo no terreno moral. Pierre sempre falava a verdade. Em toda a sua vida condenara a mentira. Não suportava lidar com mentirosos. Essa sua posição, já tornada pública, é que estava contendo por enquanto os credores, que acreditavam em suas promessas. Só que em breve não teria como cumprir a palavra empenhada e, então, seria a sua ruína moral. Sem dinheiro e sem crédito, com os negócios embargados pelo governo alemão que se instalara na Alsácia-Lorena, sentiu que o final chegaria mais depressa do que imaginava, a não ser que algum milagre acontecesse. O seu abatimento não passou despercebido à esposa, que indagou:

— Está acontecendo alguma coisa com a sua saúde?

— Sinto-me bem.

— Não parece. Está com um ar de quem não dorme há dias.

— São os negócios.

— Alguma coisa errada?

— Agora é que estou sentindo as dificuldades causadas pela guerra.

— Vamos ao almoço – falou a esposa, desviando assunto tão indigesto.

— É o melhor que podemos fazer no momento – concordou Pierre.

Nem bem o almoço havia terminado o mordomo anunciou o mensageiro de Bestian, que entregou ao chefe da família um recado. O patrão precisava falar com ele naquele dia e marcava o encontro para as quinze horas no escritório. Tudo estava montado. Era somente apertar ao máximo Pierre, levá-lo ao estado de pânico com a ameaça de tornar pública a sua dívida e a impossibilidade de saldá-la, para depois lembrar-se de Karl Jessen, levando o falido até ao seu escritório.

Bestian havia decorado o texto, rememorando cada palavra, cada gesto. Não poderia falhar. Foi pensando assim que recebeu com um ar dramático o senhor Pierre que, nem bem sentou, começou a ouvir o discurso ensaiado pelo escroque:

— Você sabe que eu lhe dei um crédito acima das minhas possibilidades.

— Mas convenhamos — redarguiu Pierre, até então tranquilo — que não se trata de um valor elevado.

— Por isso mesmo peço que me devolva o dinheiro ainda hoje.

— Mas hoje é impossível. Estamos no final da tarde.

— Então amanhã. O valor é pequeno, mas preciso para saldar compromissos.

— Terei dificuldades em arrumar o dinheiro amanhã.

— Quando então?

— Ainda não tenho previsão.

— Não entendeu que preciso do dinheiro? Confiei na sua palavra e se não cumpri-la vou ficar em situação insustentável perante os meus credores.

— Peço-lhe só mais alguns dias.

— Nem um dia a mais. É amanhã ou então vou denunciá-lo às autoridades. Você está enganando muita gente.

Pierre gelou. Caiu em si naquele momento que não seria possível levar à frente a farsa até o casamento da filha. Nesse instante, como ensaiado, Bestian deu um forte soco na mesa e exclamou:

— Como não me lembrei dele! Talvez possa realmente nos ajudar.

— Quem?

— Karl Jessen, o mais forte industrial da Alsácia-Lorena.

— Esse homem não ajuda ninguém.

— Você não o conhece. É uma pessoa boa, apoia muitas entidades de caridade.

— É um fabricante de armas que abasteceu os alemães.

— Acho que é a sua última esperança.

— E seu eu não aceitar?

— Então, terei de denunciá-lo às autoridades para você não causar mais problemas às outras pessoas.

— Não faça isso. Será a minha ruína.

— Tenho acesso imediato ao Sr. Karl Jessen. Vamos ao seu escritório imediatamente.

Sem saída, Pierre aceitou a contragosto. Não era homem de ceder em matéria de princípios. O que o levava a curvar-se ante o escroque era a possibilidade de causar prejuízos a muitas pessoas de bem, que nele confiavam, além da certeza de levar a moral de sua família para a ruína. Mesmo assim, aceitou acompanhar o credor para pelo menos superar aquele dia fatídico e pensar à noite no que fazer, talvez antecipando-se à bancarrota, convocando todos os credores para expor a sua real situação e tentar jogar com os patrimônios empenhados de forma inteligente. Pensava ainda naquela madrugada em retirar a família da cidade e enviá-la a Paris, permanecendo ali para suportar as consequências da quebra.

Chegaram ao escritório de Karl Jessen. Visivelmente constrangido, Pierre entrou na antessala do magnata. Ainda não acreditava que Bestian, um comerciante sem nenhum prestígio na cidade, fosse recebido pelo poderoso homem de negócios. Ficou surpreso quando a secretária anunciou que o chefe iria atendê-los imediatamente na sala de reuniões. Suntuosa, mobiliada com fino gosto, refletia o poder financeiro da empresa. Entraram e logo em seguida Karl Jessen, com um largo sorriso, cumprimentou o escroque formalmente, enquanto esse o apresentava a Pierre. Passados os cumprimentos iniciais, Bestian entrou logo no assunto:

– Tenho alguns pequenos negócios com o senhor e estou em dificuldades para cumpri-los no momento porque os meus recursos se encontram aplicados.

– É pouca coisa, não se preocupe tanto – respondeu Karl Jessen, seguindo o combinado anteriormente entre ambos.

– Acontece – tornou Bestian – que tenho também outros credores. Se não recebo daqueles que comigo têm compromissos, não posso pagar as minhas dívidas. Ainda que encontre generosidade de sua parte, o que agradeço, não posso imaginar que os outros estejam na mesma posição de poder que o senhor desfruta. Afinal, o momento é difícil principalmente para os que apoiaram os franceses e cujos negócios se encontram travados nesse novo governo.

– É verdade. Como é público, eu apoiei Bismarck, com

todo o respeito que tenho pelos franceses. Apoiei porque senti logo de início que Napoleão III não havia se preparado para esse enorme conflito. Sem armas e nem dinheiro, os bravos generais franceses fizeram muito. Entendo como se sentem hoje.

Uma facada em Pierre não teria causado mais estragos do que aquelas palavras frias, porém verdadeiras, de um homem de negócios pragmáticos, sem lado, a não ser a sua conveniência empresarial. Não estava em condições de rebater. Queria saber até onde iria aquela conversa. Foi assim que Bestian retornou ao tema:

— Como bem disse, os franceses são valorosos e lutaram muito contra o exército de Bismarck. O meu amigo aqui presente, Sr. Pierre, apoiou Napoleão III e comprometeu os seus negócios. Tenho com ele uma pequena soma a receber que, por outro lado, me faz falta para cumprir os meus compromissos. O Sr. Pierre é conhecido em nossa cidade como um homem digno, honrado, que nunca escondeu as suas posições. Hoje, porém, encontra-se em situação bastante delicada e com dificuldades de saldar o compromisso que assumiu comigo, mas, se os seus negócios forem desbloqueados pelo governo alemão, certamente pagará todas as dívidas e ampliará o comércio. Nesse momento, além do desbloqueio de suas atividades, ele precisa de um empréstimo de urgência para saldar alguns compromissos com vencimento imediato. Então pensei: levo o meu amigo para conhecer o mais importante homem de negócios da Alsácia-Lorena e, se eles se entenderem comercialmente, posso receber os valores que estão em mãos do Sr. Pierre, e ambos somarão forças em empreendimentos futuros. Espero não ser considerado impertinente.

— Não se preocupe, caro Bestian — falou Karl com tranquilidade. A proposta é interessante. Quanto o Sr. Pierre lhe deve no momento?

— Cinquenta mil em valores correntes.

— Somente isto?

— Exatamente.

— Antes de fazermos qualquer negócio, é importante que o senhor me informe: qual o montante de seus débitos com outros credores? – Perguntou Karl.

Pierre pensou por um instante em negar. De nada adiantaria, ponderou, no dia seguinte todos estariam sabendo. Assim, respondeu:

— A situação me constrange... Espero poder liquidar todos os débitos com a reativação dos negócios...

— Seria invadir a sua intimidade saber o valor total da dívida?

— Como disse, a situação me constrange, mas creio que todo o débito gire em torno de 1 milhão em moeda local.

— Os contratos com os credores foram celebrados em moeda corrente?

— Sim.

— A moeda na Alsácia-Lorena vai mudar para a adotada na Alemanha que, no câmbio, está em valor bem mais elevado do que a francesa. Isso significa que a sua dívida, somente com a variação cambial, será reduzida para quinhentos mil, aproximadamente. Seus problemas são facilmente equacionáveis, desde que o negócio prospere. Qual o seu ramo de atividade?

Pela primeira vez Pierre passou a respeitar o interlocutor. O raciocínio ágil de Karl Jessen, a serenidade demonstrada na análise do problema, a informação da mudança monetária revelavam uma pessoa sagaz e bem-articulada com o governo.

– Meu negócio – respondeu – se resume à comercialização de cereais e à fabricação de queijos que eu vendia principalmente em Paris. O novo governo não permite essas vendas para a França e não tenho como negociar o produto com outros países. Estou perdendo todo o estoque, que ficará inviável para utilização em menos de um mês. Ainda perdi minhas reservas na guerra. Estou sem capital para girar o negócio.

Karl Jessen, com a habilidade de um simulador sagaz, baixou a cabeça e acrescentou:

– Se a França tivesse vencido o conflito, hoje a minha situação seria exatamente igual à do senhor. Penso poder ajudá-lo, com a sua concordância naturalmente, propondo-lhe sociedade. As minhas empresas têm capital suficiente para arcar com todos esses compromissos e posso colocar rapidamente o seu produto no exterior. Em pouco tempo teremos a situação regularizada e iremos crescer juntos.

Pierre estava atônito. Para ele estava ocorrendo naquele momento um verdadeiro milagre. Chegou arrasado, sem condições de saldar um pequeno compromisso e sairia da reunião como sócio do homem de negócios mais importante daquela região. Que virada do destino! Para ter certeza de que era verdade o que ouvira, arriscou:

– E o meu débito com o Sr. Bestian?

– Os 50 mil que em poucos dias vão se transformar em 25 mil?

Nesse momento Bestian pediu a palavra:

– Não faça isso comigo, Sr. Karl. Estou precisando mesmo desse dinheiro.

– É claro que não. Para caminhar com esse assunto, preciso ouvir antes a palavra do Sr. Pierre se aceita ou não a minha proposta de sociedade.

Pierre não tinha outra escolha a não ser aceitar. Balançou a cabeça, afirmando:

– Aceito. Não tenho outra escolha no momento. Fico grato aos senhores por me ajudarem. Saberei reconhecer com minha lealdade.

– Assim – falou Karl Jessen – vamos comemorar essa sociedade. Quanto a você, Bestian, mande buscar todos os títulos que ainda hoje irei pagá-los.

O ambiente ficou descontraído. Karl havia conseguido o que então esperava: ganhar a confiança de Pierre, tirando-o de uma situação difícil naquele momento, mas articulando tudo para o que realmente lhe interessava: aproximar-se de sua família como um benfeitor. Foi assim que concluiu:

– Já que somos sócios, apreciaria muito conhecer seus familiares. Estou convidando-os para jantarem comigo amanhã no melhor restaurante da cidade.

Não havia como recusar o convite. Pierre aceitou. Os papéis das dívidas chegaram. A secretária preparou o pagamento e a quitação do débito e Karl a entregou ao novo sócio. Não tinham ainda assinado qualquer documento referente à sociedade e já recebia essa demonstração de confiança. Despediram-se e Bestian acompanhou Pierre até a residência, retornando após para analisar todos os acontecimentos. O patrão estava eufórico. Pela sua estratégia tudo estava saindo conforme o programado.

– E então chefe, como se sente? – Perguntou Bestian.

— Era tudo o que eu queria nesse momento. Agora precisamos quebrar de vez a família do tal noivo. Se preciso, já sabe, pode liquidar todos.

— Está difícil – falou Bestian. Eles não estão quebrados financeiramente. Não temos nada contra.

— Fabrique as provas.

— Custa caro comprar documentos frios e esquentá-los, além de perigoso.

— Não se preocupe com o preço. E as influências políticas da família?

— Nunca consideraram isso. No momento do aperto não terão a quem recorrer. E depois será a sua palavra contra a deles.

— A minha não. Arranje uma outra pessoa. Pago muito bem.

— Está certo. Vai levar algum tempo.

— Vire-se. Aja com rapidez.

— Vou ver o que posso fazer.

— Se não tiver competência para o caso, arrumo outro.

— Eu vou conseguir. Tenho certeza.

— Confio em você. Agora, mãos à obra.

O escroque saiu preocupado. Quem aceitaria assumir um risco tão grande? Apesar da forte influência de Karl no governo, sem o seu nome a estratégia poderia não dar certo se a família de Julien contratasse um bom advogado. Os alemães, que começaram a administrar a Alsácia-Lorena, eram pessoas de princípios. Se reconheciam em Karl as qualidades de um industrial de peso, não tolerariam qualquer patifaria com os vencidos. Precisavam conquistar os franceses e impuseram sanções econômicas à França, que não tinha como pagar os compromissos assumidos em razão dos gastos feitos para sustentar a máquina de guerra. Essa era a razão de bloquearem todos os negócios com os franceses por algum tempo.

O bajulador não percebia o tamanho do problema que estava arrumando para si mesmo. Teria de se envolver com gente da pior espécie: falsários, funcionários públicos corruptos, banqueiros venais. Tinha todo o dinheiro que precisava para comprar advogados, juízes e serventuários. Precisava agir com rapidez e eficiência, não despertando qualquer suspeita. O segredo, nesse caso, seria fundamental.

Bestian contatou os seus principais informantes, nunca dizendo quem era o mandante do crime, por orientação expressa de Karl, a quem nunca ousava desobedecer. Reunida a pior escória, festejando os polpudos ganhos por antecipação, decidiram forjar documentos creditícios sob a orientação de técnicos especializados, criando uma dívida impagável para a família de Julien. A trama era perfeita. Os documentos fraudados eram incontestáveis naquele momento. Seria muito difícil demonstrar a qualquer juiz que a família do jovem não havia recebido aqueles valores de um banco idôneo, tal a perfeição material dos comprovantes.

Enquanto a súcia de alucinados agia nos bastidores, Julien, apesar das informações espirituais recebidas na noite anterior, continuava na estalagem inseguro e angustiado. Não entendia como as vidas das pessoas poderiam ser alteradas assim de um momento para o outro. Rachando lenha, orando, lembrava-se de sua família feliz, alegre e jovial, que poderia ser lançada de um dia para o outro em um verdadeiro inferno, sem saber como se defender. Lágrimas rolavam pelo rosto do rapaz ao pensar nas palavras do Espírito comunicante ao se referir à sua noiva. Ela não entenderia, repetiu mil vezes esta frase. Como consolo ainda alimentava a possibilidade de algum engano. Não! não seria possível a ocorrência de tanta injustiça atingindo pessoas de bem, crentes em Deus, trabalhadoras que nada deviam. O Espírito certamente se enganara.

Logo chegou a hora do almoço. Apesar da nevasca, entraram dois homens mal-encarados no salão para a refeição. Estavam com pressa e seguiriam em frente, apesar do mau tempo. Receberam carne à vontade, pão e vinho. Nem sequer cumprimentaram o estalajadeiro e sua esposa. Comeram e beberam bastante e à medida que bebiam os seus comentários se tornavam audíveis.

– Vamos pegar os desgraçados. O Bestian já tem tudo pronto.

– Mais alguns dias e saberemos se vamos executá-los.

– O Bestian acha que não. Para ele, com o que estão fazendo com os documentos será possível levar todos para a cadeia e lá ficará mais fácil matá-los. Briga de presos.

– Mas existe um rapaz que está fora.

– Estão esperando que ele chegue de viagem para dar o golpe.

– Quem é o almofadinha?

– Chama-se Julien.

Monique, mulher do estalajadeiro, estremeceu. Foi rapidamente ao paiol falar com o jovem para se esconder. Contou-lhe o que havia ouvido. O rapaz, atônito, pensou em tirar satisfações. Mas a mulher se interpôs à sua frente. Eles o matariam de imediato. Estavam armados e bêbados. Não mediriam nada.

– Os Espíritos não erraram – comentou Monique. – Trouxeram a prova que você necessitava.

Desolado, Julien perguntou:

– Vamos fazer hoje a reunião com os Espíritos. Estou desesperado.

– Acalme-se, meu filho. Veja pelo melhor lado. A Providência Divina não impedirá o curso que os celerados imprimirão aos acontecimentos. Ao mesmo tempo está propiciando-lhe todas as coordenadas para agir. Pelo que eu ouvi estão aguardando a sua chegada para desencadearem os acontecimentos. Ficou claro que estão ansiosos. Falaram que estão tramando com documentos. Ficar hoje aqui, pensar, ouvir os Espíritos, se eles se comunicarem, será mais importante.

– Obrigado pelo apoio.

– Agradeça a Deus. Ore sempre. Lembre-se que tudo poderia ser pior. Imagine se não estivesse preparado para enfrentar os inimigos. Você e seus familiares seriam presas fáceis. Como espera convencer os seus pais a saírem imediatamente de casa sem que os inimigos possam encontrá-los?

– Não sei. Papai é muito religioso. Acredita em Deus, na imortalidade da alma e na comunicação entre vivos e mortos. Mamãe é reticente, mas tudo o que ele fizer ela o apoiará. Quanto aos meus irmãos, são crianças ainda.

Retornaram à estalagem. Os forasteiros já haviam deixado ali o seu recado. A nevasca aumentara consideravelmente. Não esperavam mais ninguém naquele dia. E a noite chegou rapidamente. Quase descontrolado, contando os minutos, sem ter se alimentado mais desde que ouvira o relato de Monique, Julien sentou-se à mesa para a reunião espiritual, sem condições emocionais para entender qualquer recado do Plano Superior. Tomando as posições à mesa e após as orações costumeiras, Gabrielle incorporou imediatamente.

— Boa noite – cumprimentou a Entidade.

— Quem comparece hoje? – Perguntou Monique.

— Maurice.

— O mesmo que nos trouxe ontem todas as informações?

— Sim.

— As pessoas que compareceram à estalagem hoje para o almoço fazem parte do plano destinado a arruinar a família do nosso irmão Julien. Esses são meros executores que não sabem a extensão e nem o mandante dos crimes.

— Por que eles vieram aqui?

— A nevasca obrigou-os a desviarem a rota e nós os induzimos até à estalagem para comprovar ao jovem Julien que o assunto é sério e causa preocupação no Mundo Espiritual.

— Posso perguntar? – Indagou Julien, aflito.

— Sem dúvida, respondeu a Entidade. Somente responderei o que sei a respeito. Não tenho acesso a todas as informações. Fui designado para avisá-lo e orientá-lo dentro do possível.

— Por que tamanha injustiça?

— Como disse não estou a par de tudo. Não posso consultar os registros akásicos de sua família.

— E Deus não intervém? Não pode tirar do nosso caminho pessoas más?

— Não blasfeme e aceite com humildade todas as deliberações. Nada acontece simplesmente por acaso. Razões existem. Mas Deus, na sua infinita bondade, graças ao esforço de seu pai, um homem digno e reto, que constituiu uma família que está em avançado estágio de evolução, fez com que as provas, que eram para ser mais duras, fossem suavizadas. Tanto é assim que você pode e deve agir sem revolta.

— É muito difícil.

— Entendo. Mas, na fase em que se encontram os acontecimentos não temos muito tempo para agir. Não vamos perder esse pouco tempo com lamentações. No futuro, se seus familiares mantiverem a fé, talvez sejam reveladas as causas de tantos infortúnios.

— Não sei se vou conseguir.

— Se deixar de ter autopiedade, assumir a responsabilidade que a Espiritualidade está agora lhe colocando nos ombros, conseguirá.

— O que tenho de fazer?

— Preste muito atenção. Não poderei mais comparecer para passar outras instruções. Se tudo correr bem, só daqui a dez anos, nesse local, trarei novos esclarecimentos a você.

— Mas, em dez anos muita coisa muda.

— Exatamente por isso.

— Após essa reunião saia daqui ainda hoje. Estaremos acompanhando você o tempo todo e não irá acontecer nada, apesar das dificuldades. Tome cuidado para não ser visto por ninguém, nem pelos empregados de sua casa. Ao chegar lá o sol não terá nascido. Procure somente o seu pai. Não fale com a sua mãe e nem com os irmãos. Chame o seu pai reservadamente e conte tudo o que aconteceu. Previna-o de que irá acontecer ainda amanhã cedo um chamado dele ao banco, quando lhe apresentarão uma conta enorme para ele pagar em 24 horas. Peça para ele ficar calmo e não se intimidar com a chantagem do banco. Oriente-o a falar com o gerente nos seguintes termos: – "Sei que se trata de uma fraude de documentos. Não tenho medo de vocês. Conheço várias autoridades e irei falar com elas e o seu emprego estará em jogo. Essa dívida não me impressiona. Falarei com o meu advogado e vou depositar o valor total na Justiça. Portanto, se fizer qualquer coisa com a minha vida e a de minha família, pode estar certo que Bestian abrirá o bico. Daqui a três dias o oficial de Justiça estará aqui e poderemos negociar, o que será melhor para todos nós".

– Mas isso é muito complexo – ponderou Julien.

– Deus, quando decide ajudar os justos que ainda têm restos a pagar, sempre sabe o que faz. Não se esqueça que o seu pai precisa ser convincente, não demonstrando medo. O banqueiro venal e corrupto é que ficará apavorado, paralisando a ação que já estava pronta. Enquanto ele busca novas orientações com os seus comparsas, a sua família já estará a caminho de Paris. Não sigam o caminho tradicional. É preciso que, discretamente, sua mãe e irmãos sigam amanhã mesmo, até um determinado ponto, sem nenhum criado, exceto alguém de confiança, que também não pode saber o destino final. O seu pai saberá como encaminhar essa saída discreta. Após a conversa com o banqueiro, de lá mesmo, sem retornar para casa, Clementin deve seguir ao encontro da família.

– Como sabe o nome do meu pai?

– Isto é o de menos. As outras informações não são mais importantes?

— Sem dúvida, mas precisarei falar com a minha noiva, despedir-me.

— Impossível.

— Serei considerado um canalha.

— Não se importe com o julgamento do mundo. Nesta vida um dia ela saberá a verdade. E veremos se vai entender.

— Mas meu pai pode não aceitar essas orientações.

— Aceitará. Estaremos essa noite ainda conversando com o espírito Clementin em desdobramento. Depois, quando ler os documentos do banco, ele, que é um homem muito experiente e em vidas passadas atuou intensamente na área bancária, saberá que não terá como evitar a ruína. E fará exatamente o que você sugerir. É um homem de fé. Tem muitos méritos. Por isso está vivendo essa prova, que seria muito mais amarga, se não tivesse alcançado um nível elevado de compreensão espiritual. Agora vá sem perder mais tempo.

A Entidade desapareceu imediatamente. Gabrielle retornou ao seu estado normal. Julien, Monique e o esposo estavam tensos. Nunca tinham ouvido das Entidades um recado tão objetivo, duro, enfático, como aquele. Foi Julien quem quebrou o silêncio:

— Não tenho mais dúvidas. Há algo de diabólico sendo tramado contra a minha família. Por quê, meu Deus?

Monique respondeu:

— A própria Entidade não estava a par do passado de sua família.

— O que vai ser da minha vida daqui para frente?

— Deus, que o está amparando neste momento, não deixará de consolá-lo.

— Preciso ir. Quero agradecer aos amigos.

— Na pior das hipóteses temos algo a comemorar.

— O quê?

— Estaremos vivos nos próximos dez anos. Não foi isso o que a Entidade falou?

Descontraíram-se por alguns momentos. Monique foi preparar a refeição de Julien e um lanche para levar. O marido selou o cavalo e Gabrielle, ingênua, sem saber o que transmitira, foi dormir.

Ninguém imaginava que naquela noite alguém pudesse sair em viagem sob tão forte nevasca. Uma hora depois, sozinho, orando intimamente, pedindo proteção, Julien deixava a estalagem agradecendo a Deus tanta generosidade. Os amigos ficaram sentidos. Parece que eles se conheciam há muito tempo e era mais uma dolorosa despedida. Quando se reencontrariam?

Capítulo 19

Pelos caminhos da provação

Antes do amanhecer Julien chegou à casa dos pais. Entrou devagar pela porta dos fundos, dirigiu-se ao quarto do casal, tocou levemente na face do Sr. Clementin que acordou olhando espantado para o filho, que fez um sinal de silêncio, pedindo-lhe para falar a sós em seu quarto. O pai estranhou a atitude do jovem, levantou-se sonolento e se dirigiu para o local indicado. Vendo o filho todo encharcado e tremendo de frio, ficou preocupado, pedindo-lhe para trocar as roupas e beber vinho para se aquecer. Julien estava tão cansado que sentou na cama e pediu para o pai ouvir atentamente, sem interrupções, porque precisavam analisar juntos os acontecimentos previstos. Contou tudo o que havia se passado desde a sua partida; que não havia chegado a Estrasburgo em razão da nevasca; que pernoitara na estalagem, conhecera o casal hospedeiro e a filha; explicou as reuniões espirituais, tudo o que havia acontecido e as orientações recebidas. O pai ouviu atentamente, acusando no olhar compreensão muito acima àquela que o filho poderia esperar. Ao final ponderou:

— Terminou?

— Sim. O que o senhor tem a me dizer?

– Nunca conversamos muito a respeito desses temas que ainda são um tanto proibidos. A igreja é forte, intolerante, não aceita os intercâmbios espirituais e eu sempre respeitei a fé católica na qual me criei. Continuo ainda a frequentar a missa sentindo-me muito bem. Ocorre que já me questionei várias vezes acerca dos dogmas apresentados e, ante algumas experiências que vivi, penso, hoje, que a comunicação entre vivos e mortos não só é possível, mas ocorre com mais frequência do que imaginamos. Há muito tempo, antes mesmo de você nascer, ouvi uma previsão de que a minha vida iria mudar radicalmente por razões que eu não saberia ao certo, mas intuiria as causas. Até hoje nada aconteceu de tão radical quanto à mudança que está me propondo, ou seja, sua mãe, irmãos, eu e você deixaremos para trás tudo o que conseguimos até então e sairemos em fuga para salvarmos a própria pele. O mais estranho é que até hoje nunca havíamos sofrido qualquer tipo de ameaça. Dá o que pensar, não acha?

– A comunicação foi muito autêntica.

– Não estou duvidando. Penso, apenas, que se amanhã os fatos acontecerem conforme descreveu, aí sim teremos razão para agir. Vamos aguardar os acontecimentos.

– Pode não dar tempo em relação à mamãe e aos meus irmãos. Eles precisam arrumar somente o necessário para viajar. Os empregados não podem saber, exceto um que, ainda assim, não deverá ser informado do destino final.

– Como vou explicar uma situação dessas para a sua mãe? Por outro lado, sinto que há alguma razão oculta e que a Entidade falou a verdade. Essa noite o meu sono foi muito diferente.

– A Entidade disse também que eu deveria partir

imediatamente. Que estaria protegido, o que de fato aconteceu, e que o senhor essa noite, no sono, seria avisado. E que compreenderia com muita facilidade. Disse-me que era sensível às coisas espirituais e nunca havíamos conversado detalhadamente a respeito desse tema. Não é muita coincidência?

— Meu filho, não vamos desconsiderar o aviso. Vou preparar agora mesmo a carruagem, pedir à sua mãe que faça a bagagem e vou colocar as crianças ainda dormindo na parte de trás. As empregadas não poderão saber de nada. Determinarei a ela que não comente o assunto. Apenas que diga às serviçais que irá levar as crianças para um piquenique. Quanto ao caminho, falarei com o nosso cocheiro para levar o veículo até um ponto de encontro. Edmond é muito reservado. Nele podemos confiar. Aguardem-me no local para prosseguirmos a viagem. Se for alarme falso retornaremos, dizendo que cancelamos o piquenique; caso contrário, iremos em frente.

— Se a chantagem do banco vier como anunciado — ponderou o rapaz — leia atentamente os papéis e se comporte conforme a orientação, não demonstrando medo. Com a sua experiência poderá perceber se os documentos são uma falsificação grosseira ou algo preparado por profissionais do crime.

— Está bem, meu filho. Agradeço a Deus ter você nesse momento ao meu lado. Ando muito apreensivo ultimamente. Não consigo mais dormir, com exceção dessa noite. Tenho orado constantemente pedindo a Deus que tire essa angústia que tem me sufocado. Quem sabe são esses maus agouros nos perseguindo! Quem são as pessoas que estão por detrás dessa farsa?

— A Entidade não me respondeu. Disse apenas que saberemos um dia.

– E quanto a você? Ninguém pode vê-lo na cidade e nem em casa. Como vamos fazer?

– Fale para o Edmond nos encontrar na ponte da estrada velha. Peça a ele para não falar nem com mamãe.

– Assim é melhor.

– Então, vou sair e me dirigir à ponte. Dentro de duas horas o cocheiro chegará.

– Está bem. Preciso preparar as coisas e aguardar os acontecimentos. Tomara que seja apenas um terrível pesadelo.

– Vamos pedir a Deus que o melhor aconteça. Quem sabe ele altera essa forte provação.

– Vamos orar, vigiar e diligenciar. Se o banco me chamar logo pela manhã e colocar as coisas nos termos que você situou, aí então não teremos mais nenhuma dúvida. Deus não desampara.

Nunca depositei todo o nosso dinheiro no banco. Tenho boas economias guardadas que nos permitirão recomeçar a vida fora da Alsácia-Lorena. Gosto do local, mas, após a dominação alemã, está difícil para nós franceses ficarmos aqui. Sempre nos olham com desconfiança; dificultam os nossos negócios. Penso que a qualquer momento, independentemente da ocorrência prevista, enfrentaremos problemas mais graves. A minha preocupação é com os nossos servidores domésticos. Confio muito em Edmond. Discretamente colocarei uma quantia nas mãos dele para pagar os empregados, uma vez que essa casa, com certeza, o banco tomará, assim como as terras e os nossos estoques. Eu o orientarei na ocasião oportuna para não sofrer nenhuma consequência. Voltará ainda hoje, de forma que ninguém saberá que nos levou em direção contrária a Paris, obrigando-nos a fazer uma volta que alongará a viagem em mais dois dias. O caminho é difícil, mas seguro, porque alcançaremos o território francês amanhã ao entardecer, impedindo as buscas da polícia alemã.

— Sou muito grato ao senhor. A Entidade nos disse que tudo estava sendo feito porque o seu merecimento é muito grande. Não se referiu ao merecimento de nós todos, mas ao seu em particular.

— Bondade dos Espíritos Amigos, tão somente. Se todos formos salvos é porque há um merecimento coletivo.

Despediram-se. Julien partiu na mesma montaria em que havia chegado, visivelmente emocionado. Olhou a casa que ficava para trás com infinita tristeza. Ali fora feliz com a sua família. Só se ausentou quando cursou a faculdade de medicina em Paris. Retornaria à capital com o coração aos pedaços. Seus sonhos de felicidade ao lado de Émilie estavam ruindo. Ela certamente não entenderia os motivos da fuga de sua família. Se o objetivo dos falsários era tão somente arrancar o dinheiro de seu pai, Émilie talvez não ficasse sabendo da dívida forjada. O jovem não era capaz de imaginar outros interesses sórdidos. Estava aturdido. A noite sem dormir, a ansiedade desde o recebimento da primeira comunicação, a impossibilidade de se despedir da pessoa amada, tudo conspirava para debilitar-lhe as forças. Ainda assim alimentava a esperança no retorno do pai informando que tudo não passara de um alarme falso; o banco não o procurara, não havia a tal dívida. Seguiu até o ponto de encontro e lá ficou aguardando o cocheiro, que, duas horas após, parou no local. Sua mãe estava possessa:

— Onde o seu pai está com a cabeça? Tirou todos nós da cama, dizendo que tinha combinado com você um piquenique maluco em um dia de semana como esse. Que absurdo!

— Não se preocupe, mamãe. Papai quer lhe fazer uma agradável surpresa. Ainda não entendeu?

Colocada a questão nesses termos, Elise sorriu. E perguntou:

— Que surpresa?

— Eu também não sei. Só sei que é uma surpresa, foi o que ele me disse.

— Vamos aguardar então. Mas esse lugar é muito ruim para ficarmos.

— Não tem outro. Foi esse o que papai determinou. As crianças estão dormindo?

— Vão dormir até tarde.

Logo que o dia amanheceu a primeira visita que o Sr. Clementin recebeu foi a do contínuo do banco. O diretor desejava falar-lhe com urgência e pedia o seu comparecimento na instituição. O bom homem sentiu que os Espíritos estavam certos. Pediu forças a Deus para não fraquejar na hora decisiva e uma hora depois estava entrando na sala da diretoria.

O chantagista, mesmo ganhando muito dinheiro para fazer aquele papel miserável, tinha certo constrangimento em apresentar documentos de débitos que sabia falsos. Com a cabeça baixa, apresentou-os ao Sr. Clementin, ponderando:

— O banco determinou que mostrássemos ao senhor essa cobrança. São valores elevados que deve à instituição, que deseja recebê-los. Sabemos que tem outras economias além das depositadas no estabelecimento. O seu saldo já foi inteiramente removido por conta dessa dívida.

Clementin, preparado, replicou:

— Ao que me consta, não devo absolutamente nada para o seu banco. O senhor sabe que não devo. Deve haver algum engano. Deixe-me ver os documentos.

O diretor, visivelmente constrangido ante a firmeza de Clementin, passou uma pasta contendo os documentos. Após analisar cuidadosamente os papéis constatou que as falsificações eram quase perfeitas. Carimbos e assinaturas do banco, a sua própria assinatura, hipotecas registradas nos cartórios. Pensou rapidamente nas orientações dos Espíritos. A fraude, a falsificação seria difícil de ser provada naquele momento. Enquanto perdurasse eventual disputa judicial, poderia ser preso. Outras pessoas certamente seriam prejudicadas. Não tinha nenhuma saída a não ser seguir rigorosamente as orientações passadas por Julien. Devolveu ao diretor a pasta, falando com uma firmeza que nunca tivera em toda vida:

— O senhor sabe que esses documentos são falsos. Reconheço que a falsidade foi bem feita, mas posso desmontá-la com muita facilidade. Vou sair daqui, chamar meus advogados, contatar os meus agentes políticos e depositarei todo esse dinheiro cobrado na Justiça. Nem os meus negócios nem o meu nome serão afetados. Quanto ao senhor, tem um prazo até amanhã à noite para sumir com esses papéis. Retornarei aqui em dois dias para termos uma última conversa, antes que o denuncie como chantagista para a polícia. Perderá o seu emprego, entrará em ruína e ainda terá de dizer quem é o mandante dessa farsa. Certamente, a direção do banco em Munique não sabe que o seu diretor aqui é um salafrário. Se tem um mínimo de honra, apego ao seu nome e amor à sua família, repense até depois de amanhã à noite. Não vacile. Você não tem escolha.

Clementin saiu do banco com a cabeça erguida, batendo fortemente a porta; espumando de tanta raiva, deixou o chantagista apavorado. O salafrário nunca imaginara que o pacato Clementin fosse tão inteligente e corajoso, capaz de enfrentá-lo daquela forma. Acuado e em pânico, mandou o contínuo procurar Bestian imediatamente. O escroque compareceu à casa bancária certo de que o seu sórdido plano tinha produzido os resultados esperados. Ao entrar, vendo a face do diretor visivelmente congestionada, pensou que algo poderia ter dado errado. E perguntou:

— E então, como foi com o homem?

O diretor mal podia falar. Gaguejando, tendo dificuldade até para raciocinar, disse finalmente:

— Pior impossível.

— Conte-me.

Narrou o desastrado encontro. Ao final Bestian não sabia o que fazer. Apavorou-se também. Pensou logo na reação de Karl Jessen. Como iria se explicar ao patrão?

— O que devemos fazer agora? – Perguntou o diretor.

— Não sei. Preciso consultar os meus agentes.

— Faça isso rapidamente.

Na estrada Julien aguardava com ansiedade a chegada do pai. Conforme o combinado, ao sair do banco, Clementin dirigiu-se rapidamente para o ponto de encontro. Não poderia perder nem um minuto sequer. Ganhou um tempo precioso. Paralisou o adversário por alguns dias, uma vez que estava certo de que o salafrário o aguardaria até à noite do dia marcado. Se comparecesse àquele encontro certamente sairia de lá morto. Não tinha mais nenhuma dúvida. Os Espíritos estavam certos.

A Queda Sem Paraquedas

Salvaria a sua família, iniciaria uma nova vida na França e um dia iria saber os motivos de tanta patifaria.

— O que estava por detrás disso? — Pensou. Nada há de oculto debaixo do sol. Quando permitido, esse véu se abrirá e a verdade vai aparecer sem nenhuma sombra. Chegou ao local, encontrou-se com o filho, dizendo:

— Teremos muito tempo para conversar ao longo da viagem. Preciso passar as últimas instruções a Edmond de forma a não despertar suspeitas e não prejudicar os nossos empregados.

Chamou de lado o fiel cocheiro. Deu-lhe uma polpuda quantia para pagar os empregados, orientando-o cuidadosamente a respeito de como fazer sem despertar nenhuma suspeita. Se desconfiassem de Edmond, a vida do bom homem e de seus familiares correria perigo. Foi bem claro em todas as recomendações. Confiava naquele trabalhador simples e muito inteligente. Ao despedir-se falou com muita tristeza:

— Agradeço tudo o que você fez pela minha família e o que ainda fará. Se seguir corretamente todas as minhas instruções não terá nenhum problema. Aqui tem uma recompensa em dinheiro, que permitirá recomeçar muito bem a sua vida. Compre uma propriedade em outra cidade, leve para lá a sua família e seja feliz. Agora precisa ir, chegar em casa no horário de sempre, sem despertar suspeita. Daqui a alguns dias virão os interrogatórios. Comporte-se como o orientei.

O cocheiro olhou o patrão, despedindo-se:

— Sei que o senhor é um homem de bem. Se está fazendo isso é porque tem razões. Que Deus o acompanhe. Espero poder encontrá-lo um dia para saber melhor o que está acontecendo hoje. Farei exatamente como me recomendou.

Edmond montou no cavalo de Julien e desapareceu na estrada. Assumiu a boleia o próprio Clementin, acalmando a esposa, que estava exigindo explicações.

– Teremos tempo para conversarmos. Agora cuide das crianças que temos uma longa viagem pela frente. Vamos pedir a proteção de Deus. Essas estradas são perigosas. Não podemos parar nem para o almoço. Somente amanhã à noite, quando entrarmos na França, é que diminuiremos o ritmo da viagem. No caminho apenas faremos algumas paradas para alimentar os animais. Os cavalos são fortes e estão bem preparados. A carruagem é confortável. Na boleia sentou também Julien, e o pai posicionou-lhe acerca da conversa que tivera com o diretor do estabelecimento bancário.

– Os Espíritos estavam certos, meu pai.

– Sim. Tudo o que falaram até agora se realizou.

– É raro isso acontecer. Existem médiuns mistificadores que apavoram as pessoas crédulas. Se não houvesse uma prova concreta (aquela conversa dos celerados na estalagem) eu não teria acreditado. Mas agimos com prudência, como recomenda o Evangelho. Esperamos a sua ida ao banco, a confirmação de tudo, para então seguirmos viagem. Não podemos aceitar tudo o que nos dizem à primeira vista. Cuidado, senso crítico, objetividade são sempre recomendáveis.

–Temos muito o que agradecer, meu filho – falou Clementin.

– Apesar de estar muito feliz por ter contribuído para salvar a minha família, sinto que a minha vida foi destruída. Émilie não vai entender nunca a nossa fuga. Ela certamente ficará revoltada, humilhada. Não tem formação espiritual para perdoar. Acreditava em mim e no nosso casamento. Que desgosto eu estou causando àquela que escolhi para compartilhar comigo uma vida. Queríamos filhos. Amávamo-nos.

— Mas Deus tinha outros planos.

— Por que tanta dor, tanta falsidade, tanta traição neste mundo?

— O ser humano ainda não compreendeu o seu papel na vida.

A cansativa viagem transcorreu sem nenhum incidente. À noite, mesmo em território alemão, sentiram-se mais aliviados. Os cavalos estavam exaustos. As crianças inquietas. Decidiram parar na primeira estalagem. Pai e filho entenderam que deveriam seguir viagem logo ao amanhecer. Precisavam chegar à fronteira o quanto antes e depois de mais de dois dias de viagem estariam em Paris, protegidos de qualquer investida.

No mesmo horário em que a família de Clementin entrava em uma pequena estalagem para um rápido e merecido descanso depois de tantas atribulações, Karl Jessen recebia no melhor restaurante da cidade a família de seu novo sócio para um jantar de gala. Pierre estava orgulhoso. As suas dificuldades de um minuto para o outro haviam desaparecido. Os credores, quando souberam de sua sociedade com o principal industrial da cidade, tranquilizaram-se imediatamente e passaram a considerá-lo como um empresário muito esperto. Invejavam-lhe a sorte. Como muda a vida das pessoas em tão pouco tempo. O poder e a glória são meras concessões de Deus aos homens para testá-los quanto ao comportamento. Assim, da mesma forma que concede, retira, quando o beneficiado não sabe usar o que lhe foi concedido em prol da coletividade.

Pierre apresentou a Karl Jessen seus familiares:

— Essa é a minha esposa Marie; essa a minha filha mais velha Émilie, que está de casamento marcado, e esse o meu caçula, Otávio, de apenas 11 anos.

Galante, bem-apessoado, Karl Jessen cumprimentou um a um detendo-se em Émilie.

— A senhorita é muito bonita. Feliz é o seu noivo. Será que o conheço?

— Creio que não. Julien é um jovem médico discreto que está viajando nesse momento para montar a sua clínica em Estrasburgo, cidade para onde pretendemos nos mudar logo após o casamento.

— Espero que sejam felizes — disse sorridente.

Hábil ator, inteiramente falso, de uma inteligência brilhante, Karl Jessen, quando desejava, tinha o poder de cativar. Era educado, agradável, um bom-papo para quem lhe interessava. Nos negócios, entre os subalternos, era déspota, prepotente, intragável. Um homem de duas caras.

A conversa fluiu muito agradável, mas Émilie, como toda mulher, percebeu os olhares enigmáticos de Karl. Alguma coisa não lhe agradava naquele homem. Pensava em Julien, em sua pureza de caráter, no jeito de falar, no idealismo que transpirava em cada palavra, gesto, ação. Não era possível comparar os dois. Terminaram o jantar, despediram-se com Pierre agendando outro encontro com o novo sócio.

Voltando para a sua casa, Karl lembrou-se de Bestian. O estafeta não havia dado sinal de vida. Mandaria chamá-lo logo pela manhã. Mas não foi preciso. Quando a sua carruagem estacionava, encontrou à porta Bestian, esperando-o.

– Por que não me deu notícias antes? – falou em tom de reprimenda para o escroque.

– Estou aqui há mais de três horas.

– Entre. Precisamos conversar. Como foi o dia?

– Péssimo.

– Por que só me fala agora?

– Estava providenciando soluções.

– Quais?

Narrou ao patrão tudo o que havia acontecido no diálogo entre o diretor do banco e Clementin. Karl ouviu tudo em silêncio. Depois, perguntou:

– Você não me disse que o homem não tinha relações políticas?

– É o que ouvi de todos os nossos espiões.

– Como ele iria conseguir tanto dinheiro assim?

– Essa gente esconde embaixo do colchão. No banco somente tinha uma pequena quantia.

– Confirme se ele depositará mesmo o valor na Justiça.

– Já tentei saber. Informaram-me que só por meio de um advogado obterei a certeza.

– Contrate um.

– Procurei o Dr. Verger. Verificará na Justiça.

– O homem não ficou de ir ao banco daqui a dois dias?

– E ainda ameaçou o diretor que está apavorado. Esse camarada é fraco e não vai aguentar muita pressão.

– Que diabo! Teremos de eliminar o tal Clementin antes da hora. Isso não é bom. Pode atrapalhar os meus planos.

– Só se o serviço não for bem feito.

– Tem razão. Precisa contratar gente de fora, profissional, que não conheça ninguém na cidade. É chegar, fazer o serviço, receber e ir embora.

– Tem alguma sugestão?

– Não! Vire-se. O assunto está complicado. Espere – repensou – vou dar-lhe o nome de um espião de guerra que mora em Estrasburgo. Nesse se pode confiar. Pague o preço que ele pedir.

– Está certo. Amanhã mesmo irei procurá-lo.

– Combinado. Quando retornar passo aqui para informá-lo de tudo.

– E quanto ao banco?

– Vou acalmar o homem antes de viajar.

– Cuidado! Não mencione o meu nome para ninguém, ouviu?

– Não se preocupe.

A postura de Clementin, não se intimidando com a ameaça, dificultou a ação dos adversários por alguns dias. Quando se percebessem enganados, iriam rapidamente à forra. Mas seria tarde demais.

Pela manhã Clementin, mais calmo, recomeçou a viagem. Sabia que tinha aquele dia todo de vantagem. Não daria trégua aos animais, que haviam descansado à noite e estavam em condições de prosseguir. Esse trecho era bem melhor, mais plano, as estradas bem conservadas, vigiadas, não ofereciam perigo. Os cavalos desempenhavam bem o serviço. Antes do previsto, na tarde seguinte e com o sol ainda a pino, atravessaram a fronteira e cinco dias após a partida estavam em Paris.

Conhecia bem a cidade. Alojou a família em pequeno hotel em Montmatre; saiu em seguida para ver se havia alguma casa para alugar. Deixou Julien com a mãe e os irmãos. Retornou somente à noite, animado com o que tinha visto, dependendo somente de conferir outras ofertas de imóveis. No final da tarde do outro dia já estavam alojados em uma propriedade ao sul de Paris extremamente graciosa. Alugou a casa com todos os pertences, de forma que não sentiram falta de nada. Agora era contratar alguma serviçal para ajudar a esposa no lar e pensar em uma atividade comercial. Julien começaria a trabalhar em um hospital. O tormento havia passado, exceto para o jovem, que definhava rapidamente.

Ainda que tenha tido a comprovação de todas as informações espirituais recebidas, Julien não se conformava em perder a mulher amada daquela forma. Torturava-se. Pensou em retornar às escondidas para pelo menos dar uma explicação. Lembrava-se das afirmativas categóricas do Espírito: – Não retorne. Não procure a sua noiva.

Esse dilema o estava consumindo. Doente, sem forças, apelava para Deus protegê-lo de si mesmo, uma vez que pensava em dar cabo à vida. Não tinha mais interesse na existência. Como viver sem Émilie? Como sabê-la distante, amargurada, revoltada, sem receber nenhuma explicação? Sentia-se um monstro. Se pelo menos pudesse ter o consolo das visitas espirituais, conversar com alguma Entidade, receber uma orientação. Mas nada. Absolutamente só, contava com a compreensão do pai, homem bom, preparado, que estava muito preocupado com o filho. Em um diálogo entre eles, Clementin aconselhou-o:

— Precisa reagir, meu filho.

— Estou sem forças.

— Pense em tudo de bom que aconteceu. Estamos longe dos nossos inimigos. A família está salva. E você é jovem, tem saúde, profissão.

— Mas estou sem Émilie.

— Quem garante que o que aconteceu não foi o melhor para ambos nesse momento?

— Que trama é essa?

— Nem os Espíritos responderam.

— Como pode ser melhor ver os nossos sonhos todos destruídos de um dia para o outro?

— Coloque nas mãos de Deus. Não recalcitre. Dedique-se à medicina de corpo e alma e também estude os livros do senhor Kardec. Pena que ele desencarnou em 1869. Visite o túmulo do mestre, veja quem eram os seus discípulos prediletos. Há tanta coisa para fazer. Um dia saberemos. A Entidade não falou para você retornar àquela estalagem depois de dez anos? Então, anime-se. O que são dez anos ante a eternidade?

Clementin tinha a virtude de acalmar o filho. Apesar de ferido até o imo d'alma, Julien começou a reagir, comparecendo primeiro à faculdade de medicina para rever alguns colegas que faziam cursos de especialização. Enturmou-se novamente e começou a dar expedientes em dois hospitais.

Em pouco tempo a família sentiu as vantagens de morar em Paris. Ali quem mandava eram os franceses, a cidade era ampla, completa, o centro do mundo naquele tempo, apesar dos efeitos da guerra. Cafés e bistrôs cuidadosamente decorados, teatros, uma efervescência cultural própria de uma cidade cosmopolita. As mulheres desfilando os vestidos da moda que era exportada para todo mundo; jornais combativos não aceitavam a derrota da França na guerra franco-prussiana e nem a perda da Alsácia-Lorena, desencadeando um movimento que se tornou conhecido como "revanchismo". Estava em gestação a Primeira Guerra Mundial, que eclodiria somente em 1914, atingindo milhões de pessoas e envolvendo vários países.

Sob a república os estudantes se manifestavam sem medo e os intelectuais engajados escreviam artigos apaixonados nas revistas. Reconstruir a dignidade do país diante da derrota para a Alemanha de Bismarck era a principal preocupação da elite dirigente, que não poupava esforços, revelando toda a força de um povo descendente dos antigos gauleses.

Retornando aos inimigos da família de Julien. Já no dia seguinte, à tarde, quando o advogado obteve a notícia de que não havia sido depositada qualquer quantia em juízo referente aos débitos apontados pelo banco, o Dr. Verger procurou Bestian para informá-lo, não o encontrando. O escroque, na sede de mostrar serviço, acatando a sugestão do chefe, tinha partido pela manhã para Estrasburgo para contratar o espião matador indicado para fazer o serviço sujo sem deixar pistas. Só retornou no dia seguinte, devido aos contratempos da viagem. Recebeu o recado de que o advogado e o diretor do banco desejavam falar-lhe com urgência. Rapidamente dirigiu-se ao escritório do profissional, que lhe informou categoricamente que, até aquele momento, não havia entrado nenhuma ação na Justiça. Com esse dado, o escroque foi ao banco, indagando o diretor:

– O homem não depositou nada na Justiça até agora. Ele compareceu hoje, como havia ameaçado?

– Não deu nenhum sinal de vida.

– O que será que aconteceu? Estará armando alguma coisa mais pesada?

– Quem sabe!

– Não podemos ficar de braços cruzados esperando.

– Já estou tomando as minhas providências.

– Não quero me meter mais em confusão.

– Fique tranquilo.

– De qualquer forma estou segurando aqui, na minha gaveta, os títulos que falsificamos. Pretendo não apresentá-los por enquanto.

– Tenha calma. Estou agindo.

– Na minha posição é difícil. O meu emprego está em jogo. E ainda nem recebi o que você me prometeu.

– Fique calmo que o dinheiro chegará. Não deixamos os nossos amigos na mão.

– Espero. Confiei em você. Olhe lá o que está aprontando dessa vez.

Os dias se passaram e nada de Clementin comparecer ao banco. Bestian, preocupado, mandou vigiar a casa do homem, como o chamava. Só foram constatar que na residência não havia nenhum empregado dez dias depois da fuga. Entraram no local e encontraram tudo arrumado. Nenhuma peça fora do lugar. Nenhum indício de fuga. Ficaram mais intrigados ainda. Não podiam denunciar à polícia uma vez que não eram pessoas amigas, interessadas, e teriam de se explicar.

— O que aconteceu? – Perguntou o diretor do banco.

— A casa está intacta. Parece que saíram para voltar logo. O estranho é que não encontramos nenhum empregado.

— É tudo muito suspeito.

— Parece que o homem se evaporou. Não apareceu mais no banco?

— Não.

— Alguém o viu na cidade?

— Também não.

— Sabe se o filho retornou de viagem?

— Ninguém sabe.

Bestian fechou-se, ficou mudo por alguns minutos. O comportamento de Clementin não fazia sentido. – Que estranho – pensou.

— Vou conversar com os meus informantes e amanhã darei uma resposta.

Saiu sem se despedir. Foi diretamente para o escritório de Karl, que o recebeu rudemente.

— Que diabos você me apronta. O que está acontecendo?

Bestian, ensimesmado, respondeu:

— Está muito estranha a conduta do Clementin. Não compareceu ao banco, sua casa está conservada, não vimos nenhum empregado e não realizou nenhum depósito em dinheiro na Justiça. O que será que está aprontando? Age como se nada tivesse acontecido. Ou então viajou em busca de apoio político.

Karl Jessen, pensativo, respondeu:

— Não temos o que fazer no momento. Só agiremos quando soubermos o que ele pretende.

— E quanto ao banco?

— Peça para esperar. Não há nada no momento que possamos fazer a não ser procurar informações. Ponha o seu pessoal a campo.

Émilie estava preocupada com a ausência do noivo. Nunca Julien tinha se afastado por tanto tempo. A sua inquietação aumentava dia a dia. Pediu à mãe para mandar um mensageiro à casa do jovem. Precisava de notícias. Não estava com bons pressentimentos. O pai, eufórico com o novo sócio; a mãe, distante de tudo; o irmão, ainda uma criança. Só, sem orientação, Émilie sentiu-se aturdida quando o mensageiro comunicou-lhe que não encontrara ninguém na propriedade. Parece que tinham viajado.

— Para onde? — Perguntou ao mensageiro.

— Nenhum vizinho soube dar uma resposta.

— Estranho.

— Esse é o comentário ali. Muitas outras pessoas já procuraram os membros da família e não encontraram.

— E os empregados?

— Ninguém comparece mais a casa já há alguns dias.

— Nem o cocheiro?

— Nem ele.

A jovem noiva não entendia o que estava acontecendo. Resolveu esperar mais uns dias.

– Alguma coisa grave aconteceu que obrigou o senhor Clementin a viajar com a família – pensou.

Mas os dias se passaram e nada de novo acontecia. A polícia compareceu à residência, foram atrás dos empregados e nenhum deles sabia informar. Diziam, apenas, que Edmond havia feito o último pagamento e dispensado todos em nome do patrão. Procuraram o cocheiro em sua casa. Edmond também não morava mais no local. Mudara-se há mais de 15 dias, informavam os vizinhos. Disse a todos que o patrão tinha indenizado todos os empregados e que ele, com o que ganhara, iria comprar um pedaço de terra no interior.

Seguindo as instruções de Clementin, Edmond também foi para a França. A recompensa que recebeu dava para se tornar um proprietário rural de médio porte. Nunca mais se saberia o destino daquele homem leal que serviu ao seu patrão até o último momento, sempre acreditando que lidava com uma pessoa honrada.

Com o desaparecimento de Clementin e de seus familiares e a falta absoluta de informações sobre o paradeiro de Julien, Karl entendeu o que tinha acontecido e esmurrou a mesa com todas as suas forças. Por mais que tivesse recomendado ao estúpido do Bestian, o fato é que a estratégia tinha vazado. Clementin, muito esperto, ganhou tempo, levou todo o seu dinheiro e deixou para trás apenas algumas propriedades. Fugiu rico e deixou todos na mão, com a cara de estúpidos. Por mais esperto que Karl se imaginasse, sabia que o homenzinho tinha lhe passado a perna, fazendo-o de bobo. Preocupava-se a partir daquele momento com Julien. Não passava pela cabeça do arrogante potentado que o moço poderia deixar para trás a mulher mais bela da Alsácia-Lorena. Se o pai dele foi capaz de chamar a todos de idiota, certamente engendraria um plano para retirar Émilie dali, realizar o casamento e levá-la para um local inacessível. Determinou a Bestian que contratasse homens de confiança para vigiar a casa do sócio dia e noite. Com o passar do tempo e vendo que nada acontecia, dispensou os abutres que vigiavam, mas não tinha paz.

Karl, com o seu apego doentio à jovem Émilie, sofria a ação de seus obsessores. As maldades que tinha praticado levantavam contra ele uma plêiade de espíritos vingativos que procuravam atingi-lo no ponto mais fraco – a paixão inexplicável que alimentava pela jovem, a ponto de se transtornar. A partir daquele momento sua preocupação não era mais com os negócios, mas sim em tentar saber qual o próximo passo de Julien, como ele faria para tirar Émilie daquele local.

Enquanto Karl se torturava, Émilie definhava a olhos vistos. Passaram-se alguns meses e nenhuma notícia do noivo e nem de sua família. A jovem pensava em todas as possibilidades, mas a que lhe doía profundamente era a falta de um simples comunicado do ser amado. Fazia para si mesma mil perguntas: – Teria morrido na viagem? A família teria sido alvo de algum sequestro? Teriam fugido? Por que ninguém a informava?

A polícia não encontrou vestígio algum de violência na casa abandonada. Tudo estava intacto. O mistério não foi desvendado. Após um ano, o Estado alemão tomou conta de todos os bens da família Clementin. O banco não apresentou os títulos frios e Bestian, após receber a recompensa, desapareceu.

Em Paris Julien sofria. Era um sofrimento atroz, silencioso, aplacado somente pela dor dos pacientes que o médico tentava conter. Amado por todos, especialmente querido pelos sofredores do La Sampetierre, fácil era alguém enxergar atrás daqueles olhos tristes uma forte desilusão amorosa. Nenhuma outra mulher atraia a sua atenção. Seu pai não sabia o que fazer. Procurou o grupo inicialmente formado por Alan Kardec que continuava as reuniões na Sociedade de Estudos Espíritas de Paris. Tentou obter alguma comunicação para esclarecer o filho a respeito daquelas provas, mas tudo em vão. Os céus se calaram, a amargura consumia o jovem, que no trabalho sublimava todo o seu sofrimento.

As festas do final de ano contribuíram para trazer um pouco de paz àquele médico sofrido. No Natal, sob o embalo das canções próprias da época, sentiu ligeiro alívio, recordando a velha casa. Lembrou a fuga da sagrada família para salvar o menino Jesus da sanha de Herodes, percebeu que a dor se esvaía em pranto e que um dia iria saber o que tinha acontecido. Suas dúvidas eram muitas: – Como Émilie teria reagido àquela situação? Perdoá-lo-ia por ter partido sem nenhuma explicação? Por que os Espíritos foram tão duros determinando que não fizesse nenhum contato com a mulher amada? E seus amigos da estalagem, como estariam cumprindo a sua missão? Tinha vontade ir correndo ao local, mas desistia sempre ao se lembrar das orientações peremptórias do Espírito comunicante. Chegou várias vezes a duvidar de sua capacidade de resistência.

Voltemos nossas atenções para Karl. O estado do empresário era muito mais lamentável. Não tinha nenhum sentimento de culpa; contudo, o medo de ser descoberto, a impossibilidade de alcançar a mulher desejada que nem sequer se importava com todos os seus agrados, a tortura que sentia, ao imaginar a volta repentina de Julien levavam-no à loucura. Decidiu mudar a empresa para a cidade de Frankfurt-sobre-o-Meno, convidando o sócio a acompanhá-lo. Pierre não teve escolha. Apesar de ter a sua situação regularizada, na realidade os seus negócios dependiam do prestígio de Karl

Jessen. Comunicou o fato à família, que não se opôs. Talvez fosse melhor mesmo saírem daquela cidade na qual a filha tinha vivido tantos aborrecimentos. Em um centro mais evoluído, moderno, Émilie poderia encontrar novas amizades, participar da vida social, sair daquela reclusão insuportável.

Quatro anos após os acontecimentos, a família de Pierre estava instalada em um rico sobrado nas cercanias da bela Frankfurt. O novo ambiente, as cores alegres do local, as festas constantes realizadas na cidade fizeram bem a Émilie, que ficou menos tensa, procurando esquecer o passado de tristes recordações.

Toda vez que algum rapaz dela se aproximava, Karl procurava afastá-lo sob ameaças que cumpriria sem a menor dúvida, espantando todos os pretendentes. Vivia fixado na jovem, sugando-lhe as energias, como um vampiro.

Fascinação, essa doença da alma, açulada pelos obsessores, vergava aquele homem imponente, arbitrário e orgulhoso, que interferia na vida de qualquer pessoa que se aproximasse da mulher amada.

Perdeu com o tempo toda a compostura e dignidade. Insinuava-se para a jovem, repetia pedidos de casamento, não conseguia mais se conter. Pierre e os familiares ficaram preocupados com a insensatez do sócio, visivelmente transtornado, imaginando alguma tragédia a qualquer momento.

O estado de Karl foi se agravando de tal forma que certo dia entrou na casa de Pierre quebrando móveis, desejando de toda forma falar com Émilie, que, apavorada, se escondeu. Foi necessário chamar a polícia. Retirado do local como um louco, levado ao distrito e depois ao hospital psiquiátrico da cidade, recebeu um tratamento à base de eletrochoque, que o acalmou, deixando-o sonolento, abobalhado. Quando falava, repetia frases desconexas nas quais Émilie, Julien e Clementin estavam sempre presentes. Informada a respeito daquela situação constrangedora, a jovem começou a refletir acerca do passado, relacionando todos os seus infortúnios a partir do momento em que aquele homem havia se aproximado de seu pai.

Karl desencarnou no hospital psiquiátrico. Os tratamentos que recebeu pouco adiantaram. Sofrido, cadavérico, nos últimos tempos não era nem a sombra do homem elegante que fora um dia.

Com a sua morte, a família de Pierre pôde respirar aliviada.

Dez anos se passaram. Émilie já não era mais a jovem de outrora. Em seu rosto se estampavam todas as marcas daqueles anos de sofrimento. Lamentava o que tinha acontecido com Karl; nunca esquecera Julien; sabia que a sua vida estava definitivamente comprometida. Trabalhar na administração da empresa e passear pelas ruas de Frankfurt eram as suas distrações prediletas. Ali, naquele ambiente agradável, sentia-se feliz. Nunca mais retornaria à Alsácia-Lorena. Perdera todos os vínculos com a região.

Em Paris, a vida da família Clementin continuava em constante evolução. Eles não enfrentaram nenhuma provação econômica. Com o dinheiro que trouxera da Alsácia-Lorena, o chefe da casa conseguiu se estabelecer no comércio prosperando rapidamente. Julien seguiu a medicina com sucesso. Era dedicado à carreira, que exigia muito esforço. Plantões, estudos constantes, tudo contribuiu para aplacar a forte ansiedade.

Disciplinado, cresceu na fé, aceitando a provação, procurando ser útil aos seus pacientes.

Quando se completaram os dez anos dos acontecimentos que mudaram radicalmente a sua vida, informou ao pai que partiria para o encontro programado. Desejava ficar alguns meses fora. Na realidade essas eram as primeiras férias que tirava. Comprou presentes para os amigos e partiu rumo à estalagem.

A viagem foi tranquila, Julien agora era um homem amadurecido. Sem ansiedade, acreditando no que os Espíritos haviam orientado, após três dias de viagem, chegou ao local à noite. A estalagem estava lá; nada aparentemente havia se modificado. Bateu levemente na porta e surpreendeu-se com a jovem que o atendeu. Não era mais a menina de outrora, mas um mulher feita, bonita, simpática, que não o reconheceu à primeira vista:

— Em que posso servi-lo, cavalheiro?

— Gabrielle, não se lembra de mim?

— Desculpe-me. Sua fisionomia não me é estranha, mas não consigo me lembrar. Posso ajudá-lo?

— Os seus pais estão?

— Foram deitar-se. Já estava fechando a estalagem.

— Se não fosse incômodo gostaria de falar com eles. Diga-lhes que é Julien, esse nosso encontro foi marcado há dez anos atrás.

— Aguarde, por favor.

Pouco tempo depois entravam no salão da estalagem Monique e Bernard, eufóricos.

– Julien, quanto tempo, meu Deus! Parece uma eternidade. Você nunca saiu dos nossos pensamentos.

– Que bom revê-los. Deus é sempre generoso.

– Como está, meu filho? Já comeu alguma coisa? Gabrielle, prepare para o Sr. Julien aquela carne assada.

– Não se preocupem. Já me alimentei. Trouxe alguns presentes. Espero que seja do agrado de todos.

Retirou da carruagem tantos presentes que deixou todos aturdidos. Gabrielle nunca tinha recebido tantas coisas bonitas.

Quando os verdadeiros amigos se encontram é sempre uma festa. Entendem-se somente pelo olhar. A alegria espontânea, as lembranças que evocam, a energia permutada é tão boa que todas as tristezas desaparecem em instantes. Aquele era um dos raros momentos na vida. Encontro de almas afins, vinculadas pelo Bem, em marcha rumo à ascensão.

O vinho capitoso, o pão esquentado no fogão à lenha, o queijo combatiam o frio que estava forte lá fora. A conversa fluiu tão amena até que Julien passou a relatar aos amigos o que tinha acontecido, após aquela noite que saiu às pressas da estalagem, sob as orientações da Entidade recebida por Gabrielle. Maurice, o Amigo Espiritual, nunca mais havia se comunicado por meio da jovem, que continuava no ministério da mediunidade, ajudando a tantos transeuntes.

Julien hospedou-se na estalagem, para a felicidade dos amigos. Nos dias seguintes concluiu o relato dos anos de lutas e sofrimentos. Falou com muito amor da medicina. Reconhecia que, se não fosse a sua dedicação à profissão, tão exigente, não teria suportado as provações. No final do quarto dia combinaram que fariam uma reunião espiritual, postando-se todos à mesa, nas mesmas posições de dez anos atrás. Gabrielle, agora uma mulher formada, olhos vívidos, penetrantes, após as orações feitas por Monique, recebeu a Entidade.

— Finalmente nos encontramos.

— Trata-se do nosso Guia Espiritual?

— Sim.

— Quero cumprimentar a todos pela disciplina. Esses anos foram muito importantes para o grupo, que resgatou um largo passado, aceitando os sofrimentos sem revolta.

— Qual a finalidade de tantas dores, meu amigo? — perguntou Julien.

— Calcar em si mesmos a necessidade de respeitar os sentimentos do próximo. No passado erraram muito. Muitos infortúnios causaram. Desrespeitaram os códigos soberanos da vida. E cada qual tem de liquidar os seus débitos na área em que mais falhou.

— Pode nos explicar melhor?

— Monique, Bernard e Gabrielle abusaram dos poderes mediúnicos e enganaram pessoas, ganharam muito dinheiro e assim precisavam desse isolamento, dessas dificuldades materiais, do serviço gratuito ao próximo, para se redimirem. Os agradecimentos dos desvalidos, que aqui chegaram e receberam gratuitamente conforto e esperança, subiram aos céus e limparam a ficha do grupo, que agora pode partir para uma vida melhor, cumprindo sempre os mandatos que lhes foram atribuídos.

— Você e os seus familiares não souberam honrar no passado certos compromissos e por isso chamaram para si o carma da fraude, da falsidade e da injustiça, sofrendo na própria pele um pouco do que fizeram a outrem. A dor só não foi mais profunda porque o seu pai, chefe do grupo na época, compreendeu há tempos o seu papel na vida e, pelas ações nobres que praticou, desde aquela época até hoje, fatos que você não sabe, afastou a parte mais difícil do carma.

— Você e Émilie romperam no passado compromissos importantes no campo da afetividade, em troca das ilusões. Não poderiam estar juntos nesta vida, apesar do intenso amor que os une, porque precisavam refletir na solidão e agir em benefício das pessoas que prejudicaram.

— Émilie em especial tem obrigações difíceis, que ainda deverá resgatar. Atraiu para si no passado a figura de um homem difícil de nome Karl, não por acaso.

— Guerrilheiros em outros tempos, envolvidos nas lutas nacionalistas, não vacilaram na prática de atentados nos quais morreram muitas pessoas. Nessas lutas os dois se ligaram. Karl desde essa época se apaixonou por Émilie, que nunca correspondeu ao seu afeto como mulher. Levado por uma louca paixão, queria sempre se valorizar ao lado da mulher que idolatrava, praticando os atos mais nefandos, sob a auréola de inexistente idealismo.

— Émilie começou a desconfiar da sanidade do companheiro de lutas e ao se afastar do grupo, porque estava evoluindo, começou a ser perseguida. Sofreu, compreendeu que os objetivos, embora nobres, necessitavam de métodos adequados, e terminou os seus dias como fugitiva do próprio grupo. Karl estava entre os perseguidores, não para atingi-la, mas para protegê-la dos comparsas, caso fosse encontrada.

— Foi nessa época que você encontrou Émilie só, desamparada, doente, com a consciência comprometida por inúmeros atentados contra os inimigos. Amparou-a como se faz a uma irmã; curou suas feridas, já que estava ligado à medicina; mostrou-lhe o caminho cristão e ela se transformou, nascendo uma grande amizade entre ambos, que se transformou em amor, amor que não pôde ser vivido porque ela desencarnou muito jovem.

— Não terei como recomeçar com Émilie nesta vida?

— Irá encontrá-la. Talvez se os dois merecerem, poderão conversar a respeito de tudo o que aconteceu.

— Como ela está?

— Após tantos sofrimentos, melhor. Precisa sair da dor, que para ela foi mais intensa. Recomeçar vida sozinha, sem apoio afetivo, contando somente com os companheiros de trabalho, dependendo ainda do teor negativo dos próprios pensamentos. Se ela vencer todas as etapas, assim como você, poderão se encontrar em uma próxima vida. Nesta será difícil, embora não impossível, se Émilie tiver desenvolvido plenamente a capacidade do perdão.

— O que aconteceu? Que plano foi aquele que quase levou a minha família à ruína? Quem é o responsável?

— O infeliz desencarnou em estado lamentável. Ele pretendia impedir o seu casamento com Émilie. É um espírito altamente endividado, ligado a Émile em razão do passado tumultuado de ambos.

— Já de há muitos séculos Émilie se distanciou dele, que continuou perseguindo-a. Provavelmente, será seu marido no futuro somente por um breve período, para terminar o processo de fascinação. Ele terá muito o que evoluir. Perdeu a capacidade de escolher as suas provas.

— Se teimar em dificultar a vida das pessoas será retirado imediatamente do plano físico, quando reencarnar, e se recalcitrar será chamado à reencarnação compulsória, difícil de ser suportada, em condições lastimáveis. Cabe a ele decidir. Avançará pela compreensão que revelar no Bem, demonstrando desapego, ou então será atirado aos seus inimigos até não suportar mais.

— Tivemos, então, um passado muito desastrado, só fizemos maldades e não aproveitamos nada?

— Não concordo com a sua avaliação pessimista.

— Pessimista! Poderia ter sido pior ainda?

— Veja bem. Referi-me apenas a algumas fases do processo evolutivo, a que explica muito parcialmente os resgates desta última reencarnação. Veja a evolução do grupo como algo saudável. Émilie e Karl desenvolveram habilidades de liderança; você, desde há muito, avança nos conhecimentos da medicina e se destaca entre os seus pares como um profissional altamente gabaritado e de renome. Os médiuns aqui presentes cresceram em compreensão, ampliaram a sua capacidade de percepção, ajudando muitas pessoas. Nada foi em vão e o progresso só acontece após alguns erros. Daí a máxima evangélica: "Não julgueis se não quiserdes ser julgados; com a mesma medida que medirdes sereis medidos".

Após muitas horas vendo esse compacto da reencarnação que precedeu a que terminou no acidente aéreo, Demetrius, na sala de vídeo, estremeceu e pediu para parar a exibição. Estava chocado. Quando se viu ao final da vida internado no hospital psiquiátrico, alucinado, gritando os nomes das pessoas que muito prejudicou, não suportou a si mesmo. Como tinha chegado a tanto por uma mulher que nunca o amara? Abandonou-se por completo em busca de uma ilusão. Praticou crimes, atingiu pessoas que não haviam lhe prejudicado em nada, movido pela paixão, pela vaidade, pelo ódio.

Desejou falar com o Mentor, no que foi atendido imediatamente.

— Então, como se sente agora?

— Sem saber o que fazer. Fiz loucuras por amar uma mulher que nunca me deu nenhuma esperança. Mas, nessa última reencarnação sinto que Noêmia me amava.

— Ela não reconheceu em você o grande amor de sua vida. Respeitava-o, estimava as suas deferências, mas se pensar bem nunca se manifestou como uma mulher realmente apaixonada.

— Você tem razão.

— Mas ainda sinto que gosto dela. Não estou conformado com a entrada em sua vida desse Mário ou Julien, como queiram chamá-lo.

— É melhor aceitar os planos delineados para não piorar mais a sua situação.

— Mais ainda!

— Você viu apenas uma pequena parte do compacto. Na realidade não viu quase nada. As suas armas mataram milhares de pessoas. Existem espíritos revoltados que não o perdoaram. Julien, Clementin e Noêmia já evoluíram bastante e você não irá mais alcançá-los com as suas artimanhas. Eles é que talvez irão ajudá-lo, principalmente a sua filha, irmã querida do passado, que você tanto ajudou quando ela se encontrava doente e que assumiu o compromisso de recebê-lo como filho, desde que não torne a atrapalhar a vida de Noêmia com Mário.

— E se eu não colaborar?

— Esqueceu a mensagem?

— Como?

— Perder a capacidade de escolher as suas provas. Ficará ao sabor dos seus inimigos, que não terão a menor contemplação. E observe que são milhares.

— Como será a minha reencarnação como filho de minha filha e neto de Noêmia, convivendo ainda com esse tal de Mário?

— A última oportunidade para você se regenerar.

— Última!

— Sim. Para isso terá de fazer aqui uma longa preparação. Só retornará quando o seu roteiro estiver bem definido. Se falhar, voltará imediatamente e ainda assim entre aqueles que muito prejudicou. Terá novamente o poder na fábrica, que iniciou nessa última vida, e que estará muito mais desenvolvida quando de seu retorno à carne. Esse poder deve se voltar para o bem da comunidade, desde os produtos fabricados até à geração de empregos, pagamentos de impostos, respeito ao meio ambiente. Será um escravo de seus empregados. Deverá trabalhar todos os dias de sol a sol. E se derrapar buscando facilidades, mulheres, bebidas, desviando o dinheiro para benefícios pessoais, sofrerá um acidente fulminante. Não tem escolha. Será exigido ao máximo pelos seus empregados, os antigos comparsas, que precisarão ser reeducados no trabalho. O seu exemplo, portanto, será decisivo.

— Agindo com justiça e humanidade, apoiando os bons, podando os que não compreenderem o seu papel, a empresa prosperará e com o passar dos anos a carga negativa acumulada nesse passado reprovável irá regredir na medida do bem praticado, aliviando um pouco o final dos seus dias na Terra. A escolha é sua.

– Preciso pensar.

– Deseja ver mais algumas coisas do passado?

– Não. Não suportaria ver os estragos causados pelas armas que fabriquei somente por ganância, dinheiro, prestígio e poder. Preciso de um pouco de paz. Outro dia converso com o senhor.

Demetrius saiu transtornado. Precisava encontrar-se consigo mesmo para absorver as informações recebidas na sala de vídeo.

Capítulo 20

O presente se impõe sobre o passado

Era sábado, o dia combinado para o jantar dos amigos no apartamento de Mário, que passou horas na cozinha preocupado em fazer o melhor. Afinal, dissera que tinha concluído alguns cursos de culinária estrangeira e certamente todos esperavam algo muito especial. Escolheu com critério o cardápio da noite. Como entrada, pequenos pastéis de rolo, uma salada delicada; o prato principal: escalope de filé mignon acompanhado de risoto de cebolinha verde. O vinho, combinando com a carne tenra, com pouca acidez e sabor macio, aromático. E como sobremesa, sorvete com trufa de chocolate. Um cardápio simples, porém bem leve e adequado. Deixou uma opção para quem não desejasse o escalope: poderia substituí-lo por salmão grelhado, sem mudar os demais complementos.

Os amigos chegaram juntos, no horário marcado. Mário os recebeu com um largo sorriso. Um solo de piano tornava o ambiente agradável. O apartamento do médico era bem localizado e da janela avistava-se a Baía de Guanabara. Cuidadosamente mobiliado e com muito bom gosto, nem parecia a residência de um homem solteiro. Na realidade foi a mulher do médico quem o decorara com requinte, adquirindo em várias partes do mundo objetos de porcelana, cristais, quadros de artistas populares e lembranças variadas nas cidades pelas quais passara antes de se casar.

Os amigos ficaram impressionados, principalmente as mulheres, que não esperavam encontrar tudo nos seus devidos lugares. Disciplinado e de muito bom gosto, o médico apreciava viver em ambiente bem decorado, agradável. De dor e sofrimento bastavam as suas estadas nos prontos-socorros, um pior do que o outro, com pacientes amontoados pelos corredores, como aliás ocorre em todas as grandes capitais do país, que, desde aquela época, ainda não conseguiram resolver os graves problemas de saúde pública.

Desde o início a conversa entre o anfitrião e os convidados transcorreu agradavelmente. O vinho aromático, as entradas servidas, o prato principal, a sobremesa e, após, na sala de estar, antes do cafezinho, a conversa se encaminhou para o tema de preferência.

Os amigos, quando se encontram, reconhecem-se e o entendimento se faz de imediato. Todos ali pertenciam ao mesmo grupo familiar; estavam ligados de há muito por laços tão fortes que se identificavam pelo simples olhar. Noêmia observou:

— Essa decoração, esses cuidados todos, parece que teve ou tem a mão de uma mulher de hábitos refinados.

— Sem dúvida — respondeu o médico.

— Eugênia foi quem se preocupou com a decoração desse apartamento. Após a sua morte decidi ficar no ambiente que ela havia preparado com tanto amor.

— Lamento, não tinha a intenção de tocar em assunto que lembrasse algo triste do passado...

— Não se preocupe. Tudo o que se relaciona com Eugênia não me traz tristeza. Ela foi um ser que passou rapidamente pela minha vida, deixando uma marca de beleza e alegria.

— Era então uma mulher especial?

— Sim. Há seres que passam pela vida apenas para deixar um rastro luminífero. Diferente de seus familiares, que após a sua morte não desejaram manter mais contato. Muito estranho. Ela também parece até que não pertencia àquele grupo, tendo nascido entre eles para abrir um pouco a cabeça de materialistas eególatras. No entanto, tenho de reconhecer, era muito respeitada por todos, que viam em seu modo de ser um tipo de sabedoria que não ousavam contestar.

— Sente muito a sua falta?

— Incrível. Conheci Eugênia, casei-me, vivi com ela apenas seis meses. A doença foi tão fulminante que não tivemos praticamente tempo para mais nada, a não ser as lembranças da lua de mel na Europa. De forma que, apesar das recordações agradáveis, na verdade a convivência não deixou raízes profundas. O meu sentimento por ela é mais o de uma amiga inesquecível, bondosa, não o de esposa.

— Interessante — comentou Cândida. — Há alguma coisa em comum entre você e o meu pai.

— Como assim?

— Ele também conviveu pouco tempo com a minha mãe, exatamente dez meses. Quando nasci, no parto, ela faleceu. E a família também não desejou manter contato, de forma que fui saber que era prima de Noêmia muitos anos depois, quando a família já havia sido desfeita.

Senti muito o isolamento; meu pai não teve ambiente para prosseguir com a amizade familiar pelas barreiras criadas pelos meus avós. Era também um homem calado, vivendo recluso na fazenda, indo uma vez ou outra à cidade. Queluz, que hoje é uma comunidade bem pequena, naquele tempo praticamente significava um entreposto comercial; era o local certo para praticar os ofícios religiosos aos domingos, quando meu pai me levava à igreja matriz; desenvolvi ali algumas amizades, dentre elas a deste que está aqui.

— Pedro: a missa rendeu... — Comentou Mário.

— Veja como acontecem os encontros quando chega a hora.

— Sinto que as coisas se passam dessa forma — retornou o médico. Quando chega a hora os céus se abrem, não há nenhuma resistência que não seja vencida. A força do destino une as pessoas provocando o crescimento de cada uma.

— Você me disse — continuou Pedro — que, se não fosse a Doutrina dos Espíritos, seria impossível resistir após a morte de Eugênia. Como se deu essa sua reaproximação com os ensinamentos de Kardec?

— A morte de um ser querido abala as estruturas dos mais fortes. Quando esse ser é aquela pessoa próxima, a falta é maior ainda e é natural o questionamento acerca do que vem depois. Todos nós temos um sentido de perenidade. Ninguém quer partir, exceto naturalmente as pessoas com transtornos psicóticos. A regra é viver; as dificuldades do dia a dia são os naturais desafios que nos impelem ao crescimento. Mas, a morte repentina de um ser querido nos leva mais depressa a repensar os valores da vida. O que estou fazendo neste mundo? Estou ou não preparado para partir a qualquer momento? Os meus familiares, os amigos como reagirão a uma desencarnação rápida, imprevista? Tantas foram as indagações que, após a morte de Eugênia, eu retornei à leitura das obras da Codificação. Como já relatei a vocês, fiquei prostrado e fui para a casa de meus pais no interior. A minha irmã, médium vidente, percebeu que o meu estado de abatimento estava trazendo entidades sofridas para a minha convivência, o que poderia facilmente me levar à formação de um quadro depressivo. Percebeu também que Eugênia estava muito bem no Plano Espiritual e se preocupava com a faixa vibratória na qual eu estava entrando. Certo dia convidou-me para ir ao centro espírita onde ela atendia aos necessitados e qual não foi a minha surpresa quando o espírito de Eugênia compareceu à mesa mediúnica.

— E como foi essa conversa? — Perguntou Cândida.

— Será que pode falar a respeito? — Observou Pedro.

— Desculpe-me! Não desejei ser indiscreta.

— Não se preocupe. Posso relatar o que Eugênia me falou. Foi tão bonito, agradável, que a partir daquele momento mudei a minha vida. O mais importante foi a autenticidade da comunicação. Eugênia falou clara e objetivamente coisas que só nós dois sabíamos, como os nomes dos lugares, dos hotéis nos quais havíamos nos hospedado em nossa agradável viagem de lua de mel. Mencionou que aquele tinha sido o momento mais feliz de sua vida. As datas, os acontecimentos, os relatos referentes aos lugares, tudo batia perfeitamente a ponto de indicar os locais aqui em casa onde poderia encontrar certas lembranças.

— Incrível. É verdade, a mediunidade, quando autêntica,

não vacila em suas afirmações, que podem ser comprovadas – afirmou Pedro.

– Então, aquela conversa com Eugênia foi decisiva para a minha vida. Disse-me, por exemplo, que o curto período em que vivemos como marido e mulher tinha sido um mero acerto do passado. Não tivemos filhos exatamente por isso. A nossa trajetória afetiva era muito diferente e que eu ainda encontraria nesta vida a mulher com quem realmente deveria caminhar. Tentei contra-argumentar, mas ela foi incisiva. Agradável como sempre, despediu-se dizendo: – "Está liberado, meu querido amigo". Partiu e nunca mais a minha irmã recebeu outra comunicação.

– Que história interessante! – Afirmou Pedro.

– Muito impressionante, – concordou Cândida.

Noêmia estava quieta. Ouviu tudo com muita atenção. Nada perguntou. O assunto se voltou para outros temas de interesse do grupo. Mário serviu o cafezinho. Já era hora de partir. Nesse momento Noêmia tomou a palavra:

– Primeiro foi o jantar na casa de Cândida; depois esse aqui preparado pelo Mário. Estou na condição de devedora. Convido a todos – e não aceito recusa – para o próximo jantar em minha casa. Não posso dizer que eu mesma vou preparar o "menu", mas que estará à altura, isso eu garanto.

– Poderei levar a minha irmã como convidada? – perguntou Mário.

– Adoraria recebê-la.

– Estou curiosa para conhecer essa convidada tão especial – disse Cândida. Precisa ser logo esse jantar.

– Se não for impertinente gostaria de sugerir o próximo

sábado, quando Helena estará no Rio. Fica em cima da hora?

– De jeito nenhum.

Despediram-se.

O jantar no apartamento de Mário foi acompanhado a distância por Demetrius. Ao contrário das outras vezes, decidiu não interferir. Seu Mentor observou todas as suas reações. Ele estava triste. Pela primeira vez, após ter assistido ao compacto de sua última reencarnação, se defrontava com Noêmia e Mário sem tentar agredi-los.

– Não se deixe abater – considerou o Mentor.

– Como não! Prestei atenção ao diálogo deles. Observei bem Noêmia. Em toda a conversa não se lembrou nem uma vez de mim. Enquanto o outro falava com carinho de sua esposa, ela me ignorava.

– Lembra-se como Mário dialogou com o Espírito de Eugênia, logo após a desencarnação? Foi ela mesma quem o liberou de todos os compromissos. Você estaria em condições, naquele época, de agir dessa forma?

– Não, com certeza! Estou inconformado com o que me aconteceu. Não aceitei os acontecimentos. Ela se bandeando para esse Mário ainda me causa sofrimento e eu não tenho ninguém na minha vida. Nunca fui amado. Não tenho ninguém para me abraçar, não há uma lágrima rolando de saudades pela minha partida da Terra.

– Não é verdade! Durante muito tempo foi dominado por uma fascinação inconsequente e, levado pela vaidade, desejou controlar o destino das pessoas; esqueceu de ver as que o amavam e estavam à sua volta prontas para lhe oferecer a própria vida, suportando mesmo os seus inúmeros defeitos. O que o estimulava no passado não era Émilie, como ser humano integral e independente. Desejava exibir como troféu a mulher mais bela da Alsácia-Lorena, para traí-la depois, assim como fez com Noêmia, logo após o casamento. O problema estava e está ainda em você, na concepção que tem das mulheres. Elas não são mais os objetos do passado; marcham para a renovação, a conquista profissional, a participação na política, dirigindo empresas, como acontece com Noêmia e Cândida.

— São tantas as informações e os acontecimentos vividos que não consigo processá-los ao mesmo tempo.

— Está sendo mais humilde, reconhecendo a necessidade de pensar, meditar, e isso é muito bom para o seu futuro.

— Até agora só vi tristeza. Pratiquei apenas maldades. Será que não há nada de bom em minha vida? Não fiz ninguém feliz?

— Não se culpe e nem se torture. Você se situou em um momento conturbado da sua vida. As ações do passado estão sendo consertadas. A fábrica que montou é um moderno parque industrial que produz bens que somente ajudam o progresso. Não se fabrica nada na empresa que seja utilizado em equipamentos de guerra, por exemplo. Os trabalhadores que ganham ali honradamente o pão de cada dia nada têm a ver com aqueles seres do passado que engendravam melhorias nos dispositivos mortíferos para torná-los mais letais como máquinas de matança coletiva. Os mesmos obreiros, engenheiros, trabalham e pesquisam respeitando o meio ambiente, preocupados com a vida em todos os sentidos.

Os que precisavam resgatar dolorosamente já sofreram as consequências do carma, como o grupo que desencarnou na explosão da caldeira, o qual resistia às imperativas necessidades de mudança. Muitas famílias vivem hoje com dignidade do salário pago pela empresa. Tudo isso conta a seu favor. Por essas razões foi que recebeu socorro imediato, enquanto muitos que desencarnaram naquele acidente aéreo ainda enfrentam dificuldades. E a mulher de sua vida não é Noêmia. Sua companheira mais próxima evoluiu tanto que para alcançá-la deverá se empenhar muito.

— Quem é ela?

— Elvira. No momento certo e antes de reencarnar, talvez possa falar com a mulher que o acompanhou no passado e cujo amor preencherá as fímbrias mais íntimas do seu ser, sem possessibilidade, porque ninguém é dono de ninguém.

— É um anjo de luz?

— Pode ser considerada assim. Agradeça a Deus ter alguém como Elvira em esferas tão elevadas intercedendo por você. Não fosse o trabalho que ela vem desenvolvendo ao longo dos séculos, a sua situação, quando da desencarnação, teria sido desesperadora.

— Como sabe que ela interferiu?

— Pela ação que realizou, retirando-o do fundo do mar rapidamente. Olha que poucos tiveram essa sorte.

— Por que nunca me visitou?

— Todas as vezes que necessitou, ela esteve presente. Acontece que aqui as coisas são bem diferentes das que temos na Terra. Nos Planos em que Elvira se encontra, nem eu tenho condições de chegar. Só poderei vê-la se ela baixar de tal forma o seu campo vibratório a ponto de se tornar perceptível aos meus toscos sentidos. E a sua situação é ainda pior. No entanto, é ela que tem feito a diferença em seu favor.

– Será muito difícil eu alcançá-la?

– Tudo depende da sua determinação. Se empregar na evolução espiritual a mesma energia que aplica para ganhar dinheiro, não tenho dúvidas que chegará até ela.

– Tudo me parece mirabolante nessas esferas. Entender as coisas como ser reencarnado é mais fácil. Viver aqui é até uma chatice.

– Como assim?

– Aqui tudo deve ser certinho, não se admite nenhum deslize, as pessoas leem os seus pensamentos, não há privacidade alguma.

– Engano! Há privacidade absoluta e nessa Colônia as pessoas não são mal-educadas a ponto de desejar saber a intimidade de cada um. O fato de não se poder enganar ninguém, porque todos percebem, está na razão direta da energia emitida conforme o tipo de pensamento. Um bom pensamento traz energias revitalizantes; pensamentos ruins e negativos significam deformidade de caráter, o que, convenhamos, não é aceito.

– É que na Terra a gente tem outros prazeres.

– Quais, por exemplo?

– Comprar um carro novo e sair por uma estrada sem compromisso, encontrar os amigos em uma pizzaria à noite e beber uma cerveja geladinha. Aqui tudo é controlado. Um pouco de descontrole até que iria fazer bem...

O Mentor sorriu das observações e por fim disse:

– Não seja tão radical. Aqui você materializa seus desejos pelo pensamento.

— Mas não é a mesma coisa.

— É que está ainda preso à densidade material.

— Gostaria mesmo de voltar a viver na Terra.

— Vai fazê-lo.

— Quando?

— Após cuidadoso preparo para acertar. Não falei que você perdeu a capacidade de escolher as suas provas?

— Elvira vai me ajudar?

— Com certeza.

— Como nunca percebi a sua intervenção?

— Porque ainda está acentuadamente vinculado à matéria. Muitas vezes ela o inspirou e você não lhe deu atenção.

— Não me lembro!

— Quando ia àquele bordel e chegava a casa alegando cansaço, sentindo-se mal. Elvira o advertia que já tinha superado o estágio primário de se aproveitar dos sentidos das mulheres infelizes, sem valorizar os seres humanos angustiados que ali estavam, às vezes, impelidos por duras necessidades financeiras. Drogas e jogos, bebidas e sexo fácil, disputa entre as mulheres pelos fregueses mais ricos, e você no centro dos interesses menores, sem necessidade alguma, porque tinha em casa uma mulher nobre, que o amava sinceramente.

— Esqueceu-me por completo.

— Não seja ingrato. Noêmia o honrou e dignificou o casamento. Soube posteriormente das suas idas ao lupanar e nem por isso permitiu que maculassem a sua memória.

— Como ela soube?

— Contaram-lhe, e uma das meretrizes, a que era a sua predileta, desejou saber se o morto no acidente aéreo era você mesmo.

— Não sabia!

— Você não sabe de muita coisa. Por isso cale-se antes de julgar uma mulher exemplar.

— A cada dia sinto o chão sumir sob os meus pés.

— Aprenda que ninguém engana ninguém. E nem a si próprio se engana por muito tempo. A verdade sempre aparece; o choque de realidade provoca muitas reflexões.

— Não tenho dúvidas quanto a isso. Penso dia e noite nas besteiras que fiz. E tenho medo ainda de voltar a fazer tudo de novo. Não sei se vou resistir a um belo par de pernas, uma caipirinha a gosto, deixar de lado uma boa chance de ganhar dinheiro. Estou sofrendo muito, acredite.

— Eu sei. E nada posso fazer. Você terá de descobrir por si mesmo que as belezas do espírito superam as da matéria grosseira.

— Que belezas?

— São tantas.

— É muito vago.

— Você sabe a que estou me referindo. Não se faça de desentendido. A leitura edificante, os exemplos magníficos de solidariedade, os avanços das ciências e das artes, o amor verdadeiro que vai muito além das belas pernas de uma mulher, o sentido de união, a participação nas obras de Deus e tantos outros. Não se exclui a boa pizza e nem o chopinho, que estão na Terra para alegrar e não complicar a vida de ninguém.

– Existem pessoas que não sabem usufruir o que está ao seu dispor: o sexo, a boa mesa, o vinho adequado, tudo é permitido, com moderação, respeito a si próprio, ao semelhante e a todas as obras da Criação.

– A proibição está para os que não se contêm; excessos de álcool levam a verdadeiras tragédias no trânsito, ao passo que um pequeno cálice de vinho às refeições é recomendado pelos cardiologistas como benéfico à saúde.

– O carro é um fator de progresso e nas mãos de pessoas prudentes significa acesso a passeios belíssimos e facilidade de trabalho; sob a direção de celerados é uma arma mortal, que causa infelicidade ao próprio condutor e às pessoas. Tudo é uma questão de se compreender a medida certa das coisas.

O diálogo entre eles prosseguiu.

Cândida recebeu uma ligação da fazenda informando que Serafina não estava passando bem. Preocupada com a boa mulher, que ela considerava como a sua segunda mãe, informou Pedro e Noêmia e pediu ao motorista da fábrica que a levasse, partindo em seguida para Queluz.

No caminho pensava acerca da importância daquela pessoa humilde em sua vida. Foi Serafina quem a estreitara nos braços quando criança; nas noites de chuva, quando os relâmpagos assustavam a menina, corria para o colo da fiel servidora, que a tranquilizava, alisando-lhe os cabelos e cantando belas canções antigas de ninar até dormir, serena e confiante na proteção da senhora.

– O que poderia ter ocorrido? – Pensava. Sempre precisou de Serafina e agora ainda mais porque esperava para breve o segundo filho. Tão logo chegou foi informada do estado da senhora. Não tinha ainda recebido um diagnóstico definitivo para as dores abdominais. Novos exames foram requisitados. As dores diminuíram após a medicação aplicada por via intravenosa. Foi ao hospital conversar com o médico.

— Como vai, Dr. Euclides?

— Bem! E a senhora com toda essa barriga?

— Estou ótima. Preocupada agora com o estado de Serafina. Como ela está?

— Requisitei novos exames. O que me preocupa um pouco é a febre, que pode sugerir algum quadro infeccioso. Como a senhora sabe, não temos nesse pequeno hospital os equipamentos necessários para um diagnóstico conclusivo. Se puder seria bom levá-la para o Rio de Janeiro ou São Paulo, fazer todos os exames necessários. Caso contrário, teremos de esperar a ambulância da prefeitura, o que pode levar de dois a três dias.

— Foi bom falar com o senhor. Vou providenciar a remoção de Serafina agora mesmo. Depois gostaria de conversar a respeito das necessidades do hospital. Acho que podemos ajudar.

— Muito obrigado. Como pretende fazer?

— O senhor conhece algum serviço de ambulância por perto?

— Vou colocá-la em contato com a secretaria do hospital, que sabe como acionar com rapidez esse serviço.

O serviço prestado por um particular da cidade vizinha atendeu rapidamente. Cândida falou com Pedro, que se orientou com Mário, levando a querida senhora para o hospital onde o médico atendia.

Todos os exames foram realizados nos melhores equipamentos; não se constatou qualquer anormalidade. Acúmulo de gases, provavelmente, teria provocado o quadro doloroso. Internaram a senhora para observação retendo-a até o dia seguinte, quando recebeu alta e foi direto para a casa da filha do coração.

A semana passou rapidamente e o sábado estava reservado para o jantar dos amigos na casa de Noêmia, como combinado. Tudo foi planejado: o cardápio, a decoração da mesa; o ambiente refletia tanto bom gosto que, ao chegarem os convidados, os elogios foram unânimes.

— Diante de tanta delicadeza sinto-me como um troglodita — comentou Mário. — Meu pobre jantar parece-me agora um encontro na caverna. Meus parabéns – cumprimentou a anfitriã com admiração.

Vestida com roupas de incrível bom gosto, a anfitriã, que havia se preparado para aquela noite, estava deslumbrante. O ar de felicidade transformava aquela mulher, que ao longo de vários anos tinha se apagado para a vida, em um ser luminescente. O carisma se expressava na voz, nos gestos, no sorriso aberto. Ela não se lembrava de ter vivido um dia tão feliz quanto naquele momento. Cândida impressionou-se com a prima, reconhecendo:

— Parece que renasceu. Nunca a tinha visto tão bela como nessa noite. O que aconteceu?

Encabulada, respondeu:

— Desde a morte do meu marido essa é a primeira vez que recebo um grupo de amigos. Sintam-se à vontade. E dirigiu-se para a irmã do médico:

– Já que ninguém nos apresenta, deixe-me cumprimentá-la.

– Desculpem-me – interferiu Mário. – A energia dessa casa maravilhosa, a acolhida me fez passar por negligente. Gostaria de apresentar a todos a minha querida irmã.

Helena era uma mulher alta, magra, cabelos longos, pele clara, olhos castanhos, vívidos. Tudo nela lembrava uma deusa grega, faltando só a túnica branca. No semblante irradiava muita paz, tranquilizando de imediato quem dela se aproximasse. Os gestos delicados, a voz suave e firme, era um ser diferente e isso foi percebido de imediato por todos. Natural a sua ascendência sobre o irmão e somente pelas expressões revelava uma pessoa que nascera para liderar. Cumprimentou um a um com extrema simpatia, e Noêmia, puxando-a pelo braço, levou-a para a sala de recepção, convidando todos a segui-la.

A anfitriã da noite esmerou-se ao máximo nos detalhes culinários, elaborando um cardápio à altura do bom gosto dos convivas, com destaque para o "filé de peixe sofisticado": badejo e banana prata, com mussarela, leite de coco, manteiga e molho de tomate, servido com arroz branco, que recebeu elogios de todos do grupo.

Enquanto serviam as entradas a conversa agradável fluía acerca das trivialidades do dia. Mas, como quem chega sem avisar, o espírito de Demetrius se postou na sala, observando todas as reações das pessoas, principalmente as de Noêmia, que, em um instante, sentiu ligeira dor de cabeça. Helena percebeu o fato imediatamente; depois Pedro, ambos revelando pelo olhar que estavam acompanhando a atuação magnética do intruso sobre a anfitriã. O ambiente mudou naquele momento, quando

Helena decidiu interferir, levantando-se, pedindo licença para os demais, para fazer uma prece, necessária ao equilíbrio do encontro. Pedro aproveitou para comentar:

— Este é um encontro de amigos para um jantar. Noêmia no momento sofre interferência de uma entidade presente, que não deveria estar aqui, e não tem o direito de prejudicá-la e nem aos demais. Será melhor que Helena, que percebeu o fato antes de nós, assuma o comando dessa operação de limpeza.

A convidada tranquilamente elevou o pensamento pronunciando sentida oração. Agradeceu a Deus a oportunidade daquela reunião, solicitou ajuda espiritual para o encaminhamento da entidade, que foi retirada do local, reequilibrando o ambiente, tornando-o agradável.

— O que aconteceu? — Perguntou a anfitriã.

— Houve uma interferência — respondeu-lhe Helena.

— Quem poderia ser?

— Uma pessoa com a qual já esteve ligada. Seu ex-marido estava aqui. A influência só não foi maior porque você estava alegre, descontraída, não permitindo, por esse padrão vibratório, que ele se acoplasse. Mesmo assim o teor possessivo do pensamento que emitia foi capaz de provocar-lhe um ligeiro mal-estar e de interferir no ambiente. Eu e o Pedro pudemos vê-lo.

— Isso mesmo — acrescentou o jovem advogado. Demetrius ainda não se desligou completamente.

— Estou informada que a entidade não terá mais condições de influenciar. Outros detalhes teremos quando o grupo se reunir. Agora estamos em festa.

O espírito foi retirado do local pelo seu Mentor sob severa censura. Foi informado de que não poderia tentar mais nenhum contato. A Lei seria aplicada. No dia seguinte era para comparecer à sala do Orientador para os esclarecimentos finais. Assustado com o tom da conversa, sabendo que não teria mais argumentos para sustentar a sua posição, retirou-se com ar de vítima, alegando completo abandono. Nem a sua mãe, nem Elvira estavam lhe dando apoio nesse cativeiro.

O jantar, a partir daquele incidente, transcorreu em clima agradável. Mas a nenhum dos convivas escapou o interesse de Mário por Noêmia, que, de certa forma, correspondia à corte. Cândida discretamente comentou com a amiga:

— Você e o Mário até que fazem um belo par.

Helena, por outro lado, percebendo o clima entre a anfitriã e o irmão, também reservadamente opinou:

— Esta é a mulher da sua vida.

O médico surpreendeu-se.

— Explica-me.

— Essa é a mulher que você espera há alguns séculos. Somente agora é que conquistaram o direito de estarem juntos.

— Tenho o máximo respeito pelas suas premonições. Mas como crer? Nem sei os sentimentos dela? Há um verdadeiro abismo social entre nós dois.

— Não arrume desculpas. Como estão os seus sentimentos em relação a Noêmia?

— Não nego que ela mexe comigo...

— Então, gostaria ou não de ter essa linda mulher em seus braços?

– Que pergunta...

– Sim ou não?

– É uma bela mulher. Culta, delicada, digna, conduz uma empresa com sentido social. Poucos homens estão à sua altura.

– E você, sente-se à altura?

– Espiritualmente, sim; economicamente, não. Sou um simples médico que vive trabalhando em vários hospitais. Minha renda é suficiente para manter uma família de classe média. Ela está acostumada com esse luxo. Não tenho como manter uma mulher desse nível social. É melhor ficar a distância para não comprometer a amizade.

– Conversaremos depois.

Noêmia aguardava um convite de Mário para saírem sozinhos. O convite não veio e ao final do jantar, após as despedidas, sentiu-se ligeiramente frustrada. Percebia, como mulher, que Mário era um homem diferente dos demais. Inteligente, honesto, delicado, atencioso, deixou a impressão de que também a estava cortejando.

No dia seguinte Cândida ligou para a amiga para saber as novidades. Ansiosa, perguntou:

– Ele a convidou para saírem juntos?

– Não. Despediu-se cavalheirescamente.

– Vou falar com o Pedro. Ele saberá nos informar.

– Não faça isso. Não me sinto bem, nessa fase da minha vida, tratar um assunto tão pessoal com a interveniência de outra pessoa, por mais amiga que seja, é constrangedor.

– Não se preocupe. Quero saber apenas se há outra

mulher no caminho dele.

Quando o marido chegou à noite, Cândida não resistiu e perguntou de chofre:

— Sabe se o Mário tem outra mulher?

— Penso que não. Pareceu-me até que ele estava de olho em Noêmia.

— Você também notou?

— E quem não notou? Ele não tirava os olhos dela.

— Mas não a convidou para sair.

— Certamente, teve receio de receber um não e depois comprometer a amizade que está no início.

— Será?

— O Mário sempre foi muito discreto.

— Mas por que a pergunta? A Noêmia se interessou por ele?

— Dava para perceber que ela correspondia às gentilezas. Os sinais falam mais do que as palavras.

— É verdade.

— Tente encorajá-lo.

— Não me dou bem fazendo o papel de cupido. Vamos deixar que eles resolvam a situação. São adultos, sabem o que querem, e na hora certa encontrarão a fórmula da aproximação, se esse for naturalmente o destino.

No Plano Espiritual Demetrius comparecia ao pavilhão para conversar com o seu Mentor. Estava preocupado. Sentia que aquela seria uma conversa decisiva. Entrou tenso na sala de Augusto, que o recebeu com ligeiro cumprimento, assumindo o comando da conversa:

— Estamos aqui para deliberarmos acerca de seu futuro – falou com muita firmeza. – Você sabe que tentamos de todas as formas fazê-lo compreender que não tem o direito de interferir nas vidas de Noêmia e de Mário. Eles se amam de há muito e você há séculos atrapalha a felicidade que fizeram por merecer. Evoluíram, conquistaram novos patamares, renunciaram-se várias vezes, trabalharam pelo bem-estar coletivo. Nesta vida ambos sofreram perdas de entes queridos, reajustando-se ante as leis.

— Ainda penso que ela não me amava.

— Amava, sim. Não da forma que você desejava. Ela sentiu a sua morte e quase enlouqueceu quando o filho lhe foi tirado. Superou por completo o tempo em que atuou de forma violenta em lutas nacionalistas. Ela merece ser feliz.

— Sabe que nunca consegui tragar esse Mário.

— Pense antes de falar. Ele sempre foi a sua vítima. Nunca fez mal algum a você. Se foi permitido que o atingisse com as suas artimanhas é porque ele era um devedor ante as leis cósmicas. Nunca foi um devedor de Demetrius. Sua teimosia é injusta. Ele também ressarciu nesta vida um débito muito antigo. O casamento e logo a seguir a doença e a morte da esposa marcaram-no profundamente.

— Meu sentimento ainda é forte.

— Você é um homem. Como empresário não suportava empregados chorões. Não assuma uma postura de vítima. Você não é vítima. Tudo o que lhe aconteceu teve uma razão de ser. Agora não tem mais tempo. À sua frente estão colocados dois caminhos distintos. E essa é a nossa última conversa.

— Por que a última?

— Decidiremos hoje o que será feito.

— Não tenho escolha?

— Ainda tem duas opções.

— Quais?

— Poderemos dar sequência ao programado, enviando-o para uma Colônia bem distante onde frequentará cursos preparando-se para reencarnar daqui aproximadamente vinte anos. Dependendo do seu progresso, poderá vir a ser filho de sua filha e neto de Noêmia, herdando a empresa que um dia começou, para cumprir o seu itinerário evolutivo.

— E quanto ao Mário?

— Na prática será o seu avô.

— Se eu não aceitar?

— Começaremos amanhã mesmo a prepará-lo para uma reencarnação compulsória, já para o próximo ano.

— Quem serão os meus pais?

— Não sabemos.

— Como não! Aqui não é tudo programado?

— Os seus pais serão pessoas desconhecidas para você. Não terão nenhum vínculo afetivo. Servirão apenas para conceberem-no. Pode nascer como filho de uma pessoa simples em uma família difícil ou até de uma moradora de rua, debaixo de uma ponte. Agradeça a Deus que existe ainda essa possibilidade de retornar à Terra. Até poderá ser criado em um orfanato.

— Estarei sendo rebaixado.

— Na condição social, sim. E não pense que seja esse o maior problema. Com a sua inteligência, certamente crescerá onde for trabalhar. Poderá até ser empregado na Incotel e na empresa se tornar um diretor, nunca proprietário.

— Ainda me disse que poderia ser pior?

— Não é o seu caso. Mas muitos generais poderosos, políticos argutos e importantes homens de negócios, pelas lesões que causaram no perispírito, podem retornar sem condições de discernimento. A idiotia, a anancefalia, a síndrome de Down e tantas outras enfermidades mentais graves denotam seres que em outras vidas desequilibraram-se mentalmente.

— Estou ainda confuso.

— Só que não tem mais tempo.

— Precisa ser agora mesmo?

— Sim. Prefere a reencarnação compulsória?

— Não!

— Então já escolheu. Amanhã será removido para uma colônia bem distante da Terra. Não terá nenhuma comunicação com o Planeta nos próximos vinte anos.

— É um exílio!

— Não exatamente. Um afastamento temporário e necessário. Já que não conseguiu se desligar da Terra deixando as pessoas seguirem o seu caminho, não poderá mais vê-las durante todo esse período. E após, se tudo correr bem, reencarnará como filho de Cíntia.

— Estou assustado.

— Não se preocupe. Afinal, o que são vinte anos ante a eternidade?

— Posso falar com minha mãe?

— Sem dúvida. É bom se despedir porque nem ela terá acesso à Colônia em que se hospedará.

— Quem poderá me visitar?

— Somente Elvira. Ela é um espírito adiantado, que tem acesso a várias Colônias do Universo.

— Como posso falar com ela?

— Ore. Peça a Deus. Elvira é um ser iluminado. Para se fazer visível precisa reduzir muito o seu campo magnético.

— É muito difícil?

— Não sei. Estou muito longe dessas alturas.

— Mas não é ela o espírito com o qual poderei seguir? Como alcançá-la?

— Com muito trabalho. Nem sempre os espíritos se desenvolvem na mesma velocidade. Elvira já há alguns milênios compreendeu o seu papel na vida. Estudou, entregou-se à causa, conseguiu suportar muitos sofrimentos, purificou-se, enquanto você e outros espíritos do grupo não avançaram na mesma velocidade.

— Nunca vou alcançá-la?

— Irá sim. Tudo depende de como se comportar. Mas ainda é teimoso, apegado à matéria, não compreendeu o seu papel como ente espiritual. Mesmo quando reencarnado nunca cumpriu as suas obrigações sociais como empregador com alegria. Sempre reclamou de tudo, das leis, do governo, dos tributos; parece que tudo isso foi criado somente para a sua empresa. Reclamou demais; aproveitou-se o quanto pôde da mão de obra operária; gostava de se achar "esperto". Está aí agora o resultado: voltar para a escola e repetir a lição.

— A que horas parto amanhã?

— À tarde. Virá um veículo buscá-lo em sua casa. Fique tranquilo. Nos veremos daqui a vinte anos. Não pretendo deixar o meu posto nesse período.

— Vinte anos é muito tempo.

— Passa rápido. Há muito o que fazer na sua Colônia. Não estarei amanhã para me despedir de você. Nossa conversa se encerra agora.

Demetrius saiu do encontro arrasado. Iria para um local totalmente desconhecido; nenhum amigo, parente, irmão estaria lá para recebê-lo. Pelo jeito era uma Colônia de exílio em relação à Terra. Não havia nenhuma possibilidade de comunicação com o Planeta. Em casa, estirado no sofá, sozinho, aquele homem que se caracterizava pela audácia, coragem e determinação, caia na triste realidade da sua vida. Lágrimas rolaram pelo rosto. A dor do abandono, a sensação do exílio iminente feriam o ser no mais recôndito de sua alma. Nesse momento, uma voz suave se fez ouvir, chamando-o:

— Não se desespere! Deus estará sempre ao seu lado, não importa o lugar.

— Quem fala? — Perguntou.

— Estou aqui, meu amigo.

Uma figura angelical materializou-se. A leveza do ser; a beleza safirina; a voz tranquila; a serenidade em todos os movimentos, era Elvira que chegava para apoiá-lo nesse último dia de sua estada na Colônia.

— Elvira?

— Sim.

— Não consigo me lembrar.

— Não é o momento ainda. Apenas aceite as deliberações que foram tomadas para que a sua evolução aconteça.

— Estou inseguro.

— Não tema. Estaremos sempre ajudando-o.

— Quem mais?

— Outros amigos do nosso tempo na Terra.

— É uma forma elegante de se referir àqueles que fracassaram.

— Não há nenhum ser evoluído que não registre ao longo de sua caminhada vários fracassos. Errar, não compreender as leis é muito comum. O importante é não cultivar um negativo sentimento de culpa. Avançar sempre, buscando entender as lições para evitar novos erros.

— Irá me visitar na Colônia?

— Talvez.

— É tão difícil assim ir até lá?

— Não se trata de dificuldade. O importante é não interferir no seu tratamento.

— Mas não me sinto doente.

— A doença é da alma. Anime-se que amanhã será um novo dia. Agradeça a Deus a oportunidade.

Na tarde seguinte partiu para a Colônia. Olhou o que ficava para trás despedindo-se com lágrimas nos olhos.

Quando a sua energia deixou o campo magnético da Terra, Noêmia imperceptivelmente sentiu enorme alívio. Desde que conhecera o marido havia algo que a incomodava. Nunca estava bem disposta. Sem saber o que acontecia sentiu-se revigorada. Surgiu a vontade de sair de casa, fazer alguma coisa diferente.

O apego excessivo, a obsessão, a fascinação por outro ser ocorre quando se está reencarnado e também no Mundo Espiritual. O desapego a tudo o que nos foi caro, como amores, cargos, bens não é uma tarefa fácil. É comum os espíritos ficarem por anos, séculos ou até milênios vinculados a situações que lhes foram agradáveis, esquecendo-se de outras realidades e que poderiam causar-lhes enorme bem-estar. Por isso é que todos têm o dever de fazer exercícios diários de desapego. Quantos desequilíbrios são registrados por pessoas agarradas ao poder, cujo desejo de mando somente será aplacado quando retornar um dia à Terra em condições difíceis, experimentando sobre si o poder de verdadeiros tiranos.

Nações inteiras são subjugadas por ditadores cruéis, que causam repulsa ao mundo civilizado, não obstante permanecem no poder até à morte, que também para eles é inevitável.

Vínculos afetivos construídos sob imagens distorcidas da beleza física, ou da energia sexual em desalinho, perduram por muito tempo, dificultando a marcha evolutiva do ser.

O culto aos títulos eclesiásticos, às láureas acadêmicas, às honrarias militares subjuga os titulares de tal forma que se apegam a roupas e símbolos, tentando séculos depois reproduzi-los em caricatas fantasias expostas nos dias de momo ou nos de cerimônias forjadas, demonstrando o que vai no inconsciente, o que gostariam realmente de usar e ser, em face às suas reminiscências ocultas, criando falsa corte que por algumas horas satisfaz o ego atormentado do infeliz prisioneiro dos arquétipos que ele mesmo criou sob o impulso de um passado de ilusões.

O ser humano espiritualizado procura buscar o equilíbrio em todas as situações e trabalhar com muito amor, doando-se integralmente, porém sem apego algum a pessoas, situações, posições, fatos ou símbolos.

Demetrius precisou experimentar o exílio espiritual para dar alguns passos à frente e não dificultar a vida das pessoas com as quais se vinculou em sua última estada na Terra. Com o baixo campo vibracional do empresário possessivo, que, pela distância, não conseguia mais atravessar a barreira magnética interposta entre a sua Colônia e a Terra, imediatamente cessou a pressão diuturna que exercia sob o inconsciente de Noêmia, que, uma vez liberta, sentiu grande alívio. Estava pronta para recomeçar uma nova vida.

Cessada a prova, a liberdade é imediata. Muitos se enganam a esse respeito, querendo encontrar a liberdade antes de cumprir a sua obrigação, defrontando-se posteriormente com os mesmos problemas e pessoas, com a agravante dos desencantos, desconfianças estabelecidas pela ruptura dos necessários reajustes.

O estado de espírito de Noêmia era contagiante. Alegre e disposta, chegou à empresa diferente, fazendo-se notar pelos auxiliares mais próximos.

– O que deu na chefe? – Perguntou a assistente para a secretária.

– Parece até que está de novos amores...

— Nunca vi dona Noêmia tão descontraída. Cumprimentou a gente de maneira diferente.

— Estava mais leve.

— Outra era a sua fisionomia. Daqui a pouco saberemos as novidades.

Noêmia sentia-se jovial. Ligou para a sala de Cândida convidando-a para almoçar fora da fábrica. Nem aceitou a desculpa da amiga, que pretendia ir até sua casa para ver a filha. As duas amigas foram para um restaurante aconchegante, reservado, onde poderiam conversar. Cândida não sabia o que pensar. A amiga estava diferente, emanava energia saudável. Após o pedido, Cândida perguntou:

— Aconteceu alguma coisa?

— Como assim?

— Esse almoço inesperado, o seu ar alegre, disposto. O Mário se declarou?

— Nem falei com ele.

— Por que então esse nosso encontro reservado?

— Fiquei com vontade de sair. E você é minha melhor amiga, minha prima e minha sócia. Não poderia ter melhor companhia.

— Estou achando você estranha.

— Não há nada; sinto-me apenas feliz. Esse dia maravilhoso convidando a gente para sair um pouco. Pretendo ir até a fazenda amanhã, dirigir descontraída pela estrada, visitar a Serafina, tomar um café na casa-grande e retornar no dia seguinte. Gostaria de ir?

— Não posso.

— Então, irei sozinha.

— Estou achando você estranha.

— Eu também. De repente parece que saiu uma tonelada dos meus ombros. Sinto-me bem disposta, com vontade de viver. Não se preocupe porque a sensação que sinto é ótima. Minha intuição diz que daqui para frente serei uma pessoa mais feliz.

— Sendo assim, esse almoço veio a calhar.

As amigas continuaram a conversa lembrando somente de fatos agradáveis, quando decidiram retornar para a empresa.

No dia seguinte Noêmia rumou para a fazenda, aproveitando a estrada que estava tranquila, sentindo a paisagem serena, cantarolando baixinho. Há quanto tempo ela não cantava, como fazia quando criança! Lembrou-se com ternura da infância querida, das brincadeiras ingênuas, das amiguinhas; como era bom retornar à vida, desfrutar novamente o prazer das pequenas coisas, ser livre.

Quando estacionou o carro em frente à casa-grande, sentiu o cheiro do café no bule. Era a hora do café da tarde, servido todos os dias, com broa de fubá. Serafina, quando viu Noêmia entrando na cozinha, logo perguntou:

— Aconteceu alguma coisa com Cândida?

— Não, minha querida. Cândida está bem. Eu é que vim ver as coisas aqui e tomar esse delicioso cafezinho.

A servidora, tranquilizada, correu para arrumar a mesa. Noêmia foi sentando, serviu-se diretamente no fogão, enquanto Serafina a observava:

— A senhora está diferente...

– Sinto-me bem.

– O que pode ser?

– Não aconteceu nada. Apenas estou com vontade de viver. Abaixo a tristeza.

– Assim tão de repente?

– Por que não?

– Não sei. As coisas não acontecem sem mais nem menos.

– Como?

– Quando souber eu falo.

– Olha que promessa é dívida – respondeu sorrindo.

Saiu pelo pátio e enveredou-se nas plantações cumprimentando os que se encontravam no eito. Passou pela cabana de Pai Bento e fez uma sentida oração ao amigo, que a estava acompanhando naquele momento, dirigindo-a na vistoria à herdade. Os problemas da fazenda, Noêmia captava-os de imediato, deixando os empregados preocupados.

– Como ela poderia em um simples piscar de olhos saber o que estava dando errado no serviço? – Perguntavam-se os trabalhadores, cismados. Terminada a ronda, retornou à casa-grande, dirigindo-se ao quarto, preparando-se para o jantar. Ao anoitecer, Serafina chamou-a para a refeição. Aquele jantar agradável, o ambiente amigo fizeram Noêmia sentir-se grata à vida, a Deus, erguendo uma prece sincera de agradecimento. A servidora percebeu e acompanhou mentalmente a oração feita pela patroa.

– É muito bom orar, senhora.

– Sinto-me bem.

— E você, como está agora, depois daquele susto que nos deu?

— Estou bem mesmo. Já passou. Agradeço a senhora todo o apoio. Aquele médico foi muito bom. Atencioso, agradável, bonitão, tem visto ele?

— Não! Iniciamos uma amizade, jantamos juntos na casa de Cândida, depois na dele, e no meu apartamento, mas desde então ele sumiu.

— Ele é um homem muito bom.

— É verdade. Pena que a amizade não prosperou.

— Mas precisa prosperar.

— Como assim?

— Vocês foram feitos um para o outro.

— Até você, Serafina?

— Quando está decretado lá no céu a gente capta aqui na Terra.

— Não vamos exagerar. O Dr. Mário é um viúvo, um tanto desiludido, que não quer mais se envolver.

— Não é isso.

— O que é então?

— Primeiro foi o seu ex-marido que atrapalhou muito; depois ele tem algum receio que só a irmã sabe. E ela pode realmente ajudar. Por que você não a procura?

— Não tem sentido eu ir atrás de uma senhora que vi uma única vez e perguntar coisas do próprio irmão.

— Não fica bem mesmo. Mas, se a senhora quer

encontrar a felicidade, arrume um jeito. Cândida é boa para isso.

— Não falarei com ela.

— Pois eu falo.

— Cale essa boca, sua intrometida...

— É para o seu bem.

— Nem pensar de pôr Cândida nesse assunto. Depois, não sei se é o melhor. Ele é um homem inteligente e se tiver interesse irá se manifestar.

— Não tenha essa certeza. Ele está em conflito.

— Como pode falar uma coisa dessa?

— Não sou eu. Estão pedindo para transmitir à senhora essas informações.

— Quem?

— Pai Bento.

— Não é possível!

— Ele está me dizendo que a acompanhou o tempo todo e apontou os problemas que estavam existindo na fazenda. Até aquele montão de palha escondida foi ele quem a avisou.

Noêmia ficou perplexa. Como Serafina poderia saber daquilo. Resolveu perguntar:

— Pai Bento está aqui agora?

— Sim. Foi ele que me pediu para falar essas coisas. Está me dizendo que a sua alegria atual, o bem-estar que sente, tudo está ligado ao confinamento de seu ex-marido e que não poderá mais interferir. Ele foi enviado para uma Colônia bem longínqua onde receberá apoio para um dia voltar em condições melhores. A sua vinda aqui foi também inspirada por Pai Bento, que precisava lhe falar. Não desperdice a chance de sua vida.

— Sinto-me inibida e não sei se esse é o caminho.

— O que separou vocês foi muito forte em vidas passadas. Acostumaram-se a perder um ao outro. Resignaram-se ante as dificuldades. Os obstáculos verdadeiros estão removidos, mas o Dr. Mário enfrenta outros empecilhos, que cria em sua cabeça, como homem vaidoso.

— Tenho uma filha que já está entrando na adolescência. O meu exemplo é a melhor pedagogia. Não nego que sinto simpatia pelo Mário. Homem elegante, educado, preparado e de intenções muito retas. Não sei se existe outra pessoa em sua vida, o que ele realmente sente, o que espera daqui para frente. Já perdeu a primeira mulher. O que isso pode ter ocasionado em sua personalidade? Não sei realmente. Vamos deixar o tempo passar, sem forçar nenhuma situação.

— O que tem de ser, será. Se chegou a hora, tudo irá concorrer de forma natural para o ajuste. Não precisa forçar nenhuma situação. A vida se incumbirá de criar as oportunidades necessárias, a senhora verá.

— Aguardemos. Mas estou realmente intrigada. Não pensava em vir aqui hoje. E de repente me deu uma vontade de sair, pegar a estrada, sentir a natureza e o que me veio à mente foi a fazenda. Desejei visitar você, Serafina, saber como se encontrava após aquela internação. Não poderia fazer ideia que por detrás estavam as sugestões de Pai Bento. Conte-me sobre ele. Como está no Mundo Espiritual? Há quanto tempo vem se comunicando com o nosso querido Mentor?

— Não me comunico com frequência. É Pai Bento, quando sente necessidade, que faz o contato. Não foi Chico Xavier quem disse que o "telefone somente toca de lá para cá?".

— E por que será que ele resolveu passar uma mensagem como essa para mim, que estou aqui, agora, ouvindo o que ouvi, coisa assim tão particular?

— Só Deus é que sabe. Só posso dizer para a sinhá que essas coisas não acontecem por acaso. Os Espíritos têm muito o que fazer. A vida do lado de lá é bem atarefada e eles não se dão ao desfrute de se comunicar por simples diversão. Falo de espírito sério, cujas mensagens podem ser conferidas verdadeiramente, e não dos brincalhões, que opinam sobre qualquer coisa e na hora do "vamos ver" fogem da raia.

— Explique melhor.

— Tem muita entidade galhofeira que fala uma porção de coisas e que somente serve para atrapalhar a vida das pessoas. Quando a gente quer conferir, basta fazer uma simples pergunta, como, por exemplo, qual era o nome do meu avô, onde ele nasceu, com quem se casou? E como o espírito não tem condições de saber, fica perdido, arranjando desculpas esfarrapadas.

— Pai Bento ainda está entre nós?

— Não. Chegou, deu o recado e foi embora. Cabe agora à senhora utilizar ou não a informação no exercício do seu livre-arbítrio. Só posso dizer que, se estivesse em seu lugar, não ia deixar um peixão daquele à solta.

— Que é isso, Serafina... Nunca pensei que fosse tão assanhada.

— Eu bem que tentei namorar o Pai Bento. Afinal,

tínhamos quase a mesma idade, fomos criados juntos, mas ele sempre refugou. Velho mal-educado.

– Sabe por quê?

– Ele me disse que em outras vidas tinha errado muito, como senhor de engenho, e depois, no catre das provações, foi um negro reprodutor – aquele que era escolhido para dormir com as moças da fazenda e engravidá-las. Não queria cumprir aquele papel, mas não tinha outra alternativa. Agia na época com muito respeito, por isso se fez admirado pelas mulheres que engravidava. Só que muitas vezes seus filhos eram vendidos, as dores das mães e a dele eram muito grandes. Sendo obrigado a dormir com muitas moças da fazenda não podia se apegar a nenhuma. Sentia-se, no fundo, só. Mas, o amor sempre aparece e uma delas mexeu com ele. O sinhô percebeu e a vendeu. Pai Bento ficou revoltado, enfrentou o sinhô e foi para o tronco. Disse que nunca mais iria amar ninguém. Trauma de vida passada – acrescentou Serafina.

– E agora, será que ele sabe o porquê de tanto sofrimento? – Acrescentou Noêmia.

– Ele já sabia. Comprometeu-se em passado distante em muitas lutas de conquistas. Como soldado nas cruzadas, invadiu muitas casas, saqueou-as, tomou mulheres, fez coisa do arco-da-velha e teve de se reajustar.

– Será que ele ainda voltará nessa condição?

– Não acredito. Evoluiu muito nesta última reencarnação. Só fez o Bem com as suas rezas e benzeções. Amou, doou-se, renunciou a todos os prazeres, esqueceu completamente de si, tanto que a sua mediunidade foi crescendo. A aura de Pai Bento era tão intensa que envolvia as pessoas que chegavam perto.

— Tenho saudades dele — acrescentou Noêmia.

— Eu também. Mas, quando possível, tenho estado com ele à noite no desdobramento, quando visitamos os amigos, aplicamos passes, socorremos algumas pessoas queridas. Muitas vezes fomos à noite à casa da senhora aplicar-lhe passes. Pedro sempre participa desses encontros.

— Ele não me fala nada.

— É que está muito à frente de nós. Está à frente do próprio Pai Bento, que o respeita muito. A hierarquia no Plano Espiritual é por mérito, não por dinheiro e poder, como aqui na Terra. As pessoas realmente precisam ser evoluídas. A alma deve estar limpa de verdade.

— Tem alguma informação a respeito de Mário?

— Sim. Este é dos bons. Está em missão no campo da medicina. Já foi médico em vidas passadas e agora deve prosseguir nesse campo. E você pode auxiliá-lo. Vai querer?

— Não entendi.

— Vai querer ajudar o Dr. Mário a vencer as barreiras que ele precisa superar?

— O que eu poderei fazer?

— Em pouco tempo saberá.

— Olha bem o que vai fazer. Não estou autorizando nenhuma gestão.

— A gestão se fará no Mundo Espiritual. E esta a sinhá não pode impedir. Uma mãozinha daqui debaixo só pode ajudar.

Terminaram aquela agradável conversa. No outro dia Noêmia retornou para a capital, comparecendo à empresa somente na manhã seguinte. Precisava despachar alguns documentos importantes e se reunir com o conselho de administração.

A Incotel vivia um momento de muito crescimento. As dificuldades estavam no suprimento de matérias-primas. Os fornecedores atrasavam e muitos pediam ágio. Foi Pedro que na reunião sugeriu que se importassem algumas matérias-primas, deixando os fornecedores mais vorazes com os seus estoques encalhados. Em pouco tempo certamente desistiriam do ágio e iriam reduzir o preço.

Aprovada a sugestão pela diretoria, passou-se o problema para o setor de compras, que deveria contatar os fornecedores estrangeiros. Ao fim da reunião Pedro desejou falar em particular com Noêmia, dirigindo-se à sua sala. Foi logo perguntando:

— Como foi a sua visita na fazenda?

— Agradável.

— E Serafina, como está?

— Cada vez mais atrevida. Acredita que ela me disse que está recebendo Pai Bento!

— Acredito.

— Como sabe?

— Mera intuição. O preto velho não ia deixar de visitar a sua nega predileta.

— Até parece que sabe de mais alguma coisa?

— Simples palpite.

— O que você desejava me falar?

— Ah! Já ia me esquecendo. Trata-se de Helena, a irmã de Mário. Ela irá pronunciar uma conferência na Federação Espírita Brasileira, no centro do Rio de Janeiro, e me ligou, convidando-nos.

— Não sei se devo. O convite foi para você, naturalmente.

— Não! Ela falou em você. E convidou-nos para tomarmos um chá após o evento. Cândida gostou da ideia. Você vai?

— Está bem. Quando é a conferência?

— Amanhã à noite. Posso passar em sua casa às dezenove horas?

— Está bem.

Às vinte horas os amigos estavam entrando no salão nobre da Federação. Foi o tempo de sentarem, ouvirem a prece de abertura, passando em seguida o apresentador a fazer breves considerações a respeito da atividade mediúnica de Helena, cujo currículo impressionou a todos. Assumindo a sua posição na tribuna, a médium começou agradecendo a presença de todos. Citou nominalmente os amigos presentes e referiu-se ao seu irmão Mário, que estava logo à frente. O tema do dia era os sofrimentos coletivos e a bondade de Deus.

— Sabemos nós – iniciou a oradora – que as Leis Divinas regem o Universo com perfeição. Os cientistas ainda não conhecem quase nada das leis da física. O pouco que sabem permite a realização de algumas maravilhas tecnológicas do mundo moderno. Com o passar do tempo e o desenvolvimento das pesquisas científicas, o homem irá conhecer mais os mistérios da Criação. Poderá alcançar nesse plano uma condição de vida maravilhosa, banindo as guerras, o egoísmo, as doenças, erradicando as condições de miserabilidade e de pobreza. O amor triunfará. Até que esse dia chegue é necessário depurar o Planeta, que está saturado de tanto sangue e violência.

Depurar o Planeta significa retirar aqueles espíritos endurecidos e que não conseguiram ainda evoluir a ponto de viverem nesta nova era. No entanto, como a Justiça Divina é sábia, generosa, soberana, resolveu ainda dar mais uma oportunidade àqueles que assumiram compromissos coletivos em todas as áreas da vida humana.

Nas artes, os que um dia utilizaram a beleza com fins meramente hedonistas precisam, agora, reverter essa situação e aplicar a sua energia para que a beleza eleve as criaturas; nas ciências, os que se voltaram tão somente para as conquistas que geravam dinheiro necessitam reequilibrar-se, buscando novas formas de melhorar a vida da sociedade. Por isso é que hoje reencarnam seres díspares que confundem o sentimento coletivo, chocam muitas vezes por suas atitudes bizarras, porque mesmo em estágio de oportunidade não conseguiram ainda assimilar a humildade e a responsabilidade com todas as pessoas e instituições. Exaurida essa oportunidade final sem aproveitamento condigno, é tempo de retornar em grupo. E os que recebem essas agressões, que evitem julgamentos precipitados, porque desconhecem a gênese dessas ações no passado.

A oradora prosseguiu com a palestra, concluindo, ao final, sob uma chuva de aplausos. Uma fila se formou para cumprimentá-la. Os amigos esperaram terminar o assédio dos admiradores e procuraram Helena, que os recebeu com imensa alegria.

– Obrigada por estarem aqui. É muito bom revê-los.

Até aquele momento Mário não tinha visto os amigos. Foi com alegria que se aproximou, cumprimentando todos, detendo-se em Noêmia.

– Que saudade! Parece que faz um século que não a vejo.

– Também senti a sua falta – respondeu Noêmia com certa desenvoltura.

Helena convidou a todos para irem a uma casa de chá, que já estava reservada, para se deliciarem com um agradável repasto. E a conversa fluiu fácil, como acontece quando os espíritos afins se encontram. Vários assuntos foram abordados, mas principalmente o da palestra, que foi alvo de comentários gerais. Helena, dando prosseguimento ao que afirmara no salão nobre da Federação Espírita Brasileira, voltou ao tema.

– Mais do que supomos, os resgates coletivos estão à nossa frente todos os dias. Se considerarmos que há uma ordem absoluta para todas as coisas no Universo e que nada fica ao acaso, então seremos forçados a concluir que o ser humano em sua vida em sociedade está sempre agrupado. Encontram-se os velhos comparsas de outrora vivendo em locais inóspitos; os profissionais das mais variadas áreas formam grupos que atuam onde precisam resgatar o que ficou no passado. Nos hospitais, médicos e paramédicos estão ali cuidando da saúde, recuperando corpos e almas que sofreram danos, às vezes, provocados pelos que hoje lutam pela cura; nas fábricas, nas associações, nos grupos familiares. É comum certos sofrimentos que atingem uma pessoa do grupo afetar a vida de várias outras pessoas que se encontram ao seu redor. Para todos os lugares que voltarmos os nossos olhos, poderemos ver grupos de espíritos em provas ou missões.

– O tema é muito vasto e comporta reflexões aprofundadas – concluiu Pedro.

– Sem dúvida. Na palestra falei apenas algumas coisas acerca da problemática coletiva dos espíritos reencarnados. Acrescento que essas questões ultrapassam o plano físico e existem também no âmbito espiritual. Há grupos que no astral se organizam para impor sofrimentos a desencarnados e a reencarnados, assumindo compromissos que precisarão um dia quitar ante as leis que desrespeitaram. A vida, nos dois planos, interage; as Leis de Ação e Reação detectadas por Newton encontram-se com a da relatividade de Einstein, que dão àquelas uma aplicação mais abrangente e que está além da nossa imaginação conceber. Sabemos pouco a respeito desse imenso universo povoado de seres que caminham constantemente em marcha evolutiva visando compreender um pouco mais os mistérios da Criação.

A conversa caminhou tão livre que não perceberam que já estava no horário do fechamento da casa de chá. Despediram-se prometendo encontrarem-se novamente.

Ao retornar, Cândida perguntou a Noêmia:

– Viu como o Mário estava compenetrado quando a irmã falava?

– Estava sério.

– E você, Pedro, não notou?

– O quê?

– Como Mário estava concentrado nas palavras da irmã.

– Ah! O Mário tem por Helena grande respeito. Ela é dois anos mais velha do que ele. Depois, é uma médium de inúmeras qualidades.

— Você nunca fala a respeito de sua mediunidade? — Perguntou Noêmia.

— Não vale grande coisa.

— Não acredito. Serafina falou que você esconde o jogo. Sabe sempre mais do que fala.

— Não é bem assim.

— Não quer falar?

— Mas sobre o quê?

— Sobre o que você sente, percebe, sabe. Em todos os temas lá na empresa a sua palavra é sempre a mais ponderada. Eu e Cândida estivemos falando outro dia que você poderia assumir a presidência da Incotel. Certamente está mais preparado do que nós duas.

— Já falamos a esse respeito. Tenho um compromisso com o direito. Entortei muita coisa no passado que preciso desentortar agora.

As duas amigas riram da expressão de Pedro. Deixaram Noêmia em casa e Cândida seguiu com o marido. Estava feliz. A noite fora agradável. Enquanto Pedro continuava dirigindo o veículo, Cândida perguntou-lhe:

— Achei o Mário tão diferente...

— Não percebi nenhuma diferença. Estava realmente preocupado com alguma coisa.

— O que pode ser?

— Não se envolva com a vida alheia. Especular acerca do que pode ser não é bom. Se for algo importante, saberemos.

Helena retornou para a casa ao lado do irmão.

Conhecia Mário como ninguém. Também tinha notado a sua sisudez. Ousou perguntar-lhe:

— Algum problema o preocupa?

— Nada em especial.

— Então por que essa cara? Está tão tenso que dá para se perceber.

— Também não é assim. Tive um dia agitado no hospital. Um jovem desencarnou nas minhas mãos. Não pude fazer nada. Talvez seja isso.

— Será?

— Por que a dúvida?

— Conheço-o bem. Alguma coisa está acontecendo com você. Será Noêmia que o perturba?

— Que bobagem.

— Não estou falando bobagem. Noêmia não mexe com você?

— Já falamos a esse respeito.

— Muito superficialmente. Já não está na hora de encarar os seus sentimentos?

— Não penso neles.

— Ou evita pensar?

— Talvez. Este é um assunto que não gosto de tratar.

— Por quê?

— Ora! Não me é confortável.

— Está bem. Falaremos quando tiver vontade.

Mário não conseguiu dormir aquela noite. Sabia que a irmã tinha razão. Desde que conhecera Noêmia não conseguira tirá-la do pensamento. Ele se considerava um homem experiente; já tivera algumas mulheres em sua vida; fora casado com uma mulher maravilhosa a quem respeitava; nunca sentira pela esposa o que estava vivenciando agora. Angustiado, não sabia o que fazer, principalmente depois que percebeu que não era indiferente a Noêmia. Tinha também percepção aguçada. A linguagem oculta dos sinais, a expressão, o tom de voz demonstravam que ele havia conseguido mexer com aquela linda mulher. – Mas, como se envolver, se a um simples encontro se perturbava todo? Na sua concepção não poderia se aproximar mais de Noêmia. Não tinha como sustentar uma mulher tão bem posicionada economicamente. Havia um abismo entre a renda de um médico conceituado e a de uma empresária de sucesso. A diferença era muito grande.

Quando foi ao jantar na casa da empresária pôde ver o luxo da decoração, as obras de arte nas paredes da sala de visita, a prataria, as empregadas cuidadosamente uniformizadas. Sabia que, além da empresa, ela era proprietária de algumas fazendas, muitos imóveis, estando muito acima de sua condição social. Decidiu afastar-se de vez. Não mais iria aceitar nenhum convite do grupo; não estava em condições de dominar os seus sentimentos. Só se tranquilizou após tomar essa decisão.

Noêmia também chegou em casa intrigada com o comportamento de Mário. Ela, como mulher, sabia que ele estava interessado. A forma de olhar, a atenção, o comportamento não poderiam sugerir outra coisa. Mas ele se continha, evitava-a, por quê? Um dia ainda iria saber. Sentia atração irresistível pelo médico. Nunca tinha experimentado esse sentimento em toda a sua vida. Com Mário era tudo diferente.

Noêmia realmente reconhecia que não conseguia controlar as suas emoções. Parece que havia uma energia magnética que atraía um para o outro. Libertada da pressão de Demetrius, a empresária estava mais solta, autoconfiante. Lembrava-se claramente das recomendações de Pai Bento vindas por meio da mediunidade responsável de Serafina. Aquelas palavras martelavam-lhe o cérebro. Quais as dificuldades de Mário para se mostrar tão arredio? – Perguntava-se.

Os dias seguintes foram normais para os participantes do grupo. Os afazeres absorviam a atenção de todos que nem perceberam quando Cândida começou a engordar rapidamente, sentindo-se mal, o que era um sinal de que havia alguma dificuldade com a gravidez. Detectado o problema, foi internada para fazer vários exames, até que a ultrassonografia demonstrou que esperava gêmeos. Os médicos indicaram um tratamento rigoroso. Os que atenderam Cândida foram colegas indicados por Mário, que procurava evitar maiores envolvimentos. Com a situação da esposa sob controle, Pedro decidiu ligar para agradecer ao amigo a indicação de profissionais tão competentes. Conversaram ao telefone, quando Mário lhe comunicou que estava partindo para um congresso médico no exterior.

– Então – comentou Mário – quando retornar irei visitar Cândida. Já falei com os meus amigos que a atenderam e que são especialistas na matéria. Todos me tranquilizaram. Basta tão somente seguir com cuidado as recomendações. Repouso e alimentação equilibrada vão fazer bem.

– Pretende voltar quando?

– O congresso dura apenas uma semana. Estou tirando por conta própria mais quinze dias. Pretendo fazer contatos com professores de algumas universidades para desenvolver lá um curso de pós-doutorado. Se tudo der certo, irei para ficar na Europa no próximo ano. É o tempo que levarei para ajustar as minhas coisas.

— Mas você não tinha isso em mente quando conversamos a última vez.

— É verdade. As possibilidades que o congresso pode abrir nesse sentido fizeram-me incluir um pós-doutorado na minha especialidade e que não estava em minhas cogitações.

— Desejo o melhor para você. Gostaria de saber o dia da sua partida para na véspera pelo menos nos encontrarmos.

— Fique tranquilo que irei lhe comunicar.

Ao encerrarem a conversa Pedro ficou pensativo. A decisão de Mário parecia-lhe um tanto precipitada. Apesar de distantes, o amigo nunca havia mencionado o desejo de fazer um programa de pós-doutorado na Europa. Ao chegar em casa comentou com Cândida:

— Sabe que o Mário está pensando em ir morar na Europa para cursar um programa de pós-doutorado?

— Não entendi.

— Conversei com ele hoje e me disse que irá a um congresso médico na Europa e, se as suas gestões derem certo, voltará ao Brasil somente para ajustar algumas coisas e depois pretende morar na Europa até o final do curso.

— Estranho. Nunca falou disso com a gente.

— Também pensei da mesma forma. Pareceu-me uma decisão precipitada.

— Alguma coisa não está certa.

– O Mário é muito cauteloso. Não sei se essa decisão vai ser boa para ele. Estou preocupado. Mas, ele é adulto e deve saber o que está fazendo. Não temos o direito de interferir na vida de ninguém.

– Mas, às vezes, dar um conselho não faz nenhum mal.

– Depende. Como poderemos saber o que vai na alma humana? A palavra tem um peso grande.

– Quando Noêmia souber certamente ficará arrasada. Sinto que ela está apaixonada pelo Mário.

– Como pode afirmar uma coisa dessas? Ela falou alguma coisa para você?

– E precisa falar?

– Notei o Mário também diferente.

– Mudar de país de um dia para o outro é muito estranho...

O marido foi para o escritório e Cândida resolveu agir. Ligou para Helena, convidando-a para um café em sua residência. A irmã de Mário estava no interior, cuidando dos seus afazeres sociais no centro espírita onde trabalhava, quando foi chamada ao telefone.

– Oi ! Helena. É Cândida.

– Como vai? Soube que vai trazer dois espíritos ao mesmo tempo para a vida.

– Os exames mostraram que se trata de gêmeos. Estou muito feliz, mas pesada que nem um trem. Gostaria de ir até aí conversar com você. Mas, estou quase que impossibilitada de me locomover.

– Por isso, não. Deverei estar no Rio de Janeiro amanhã.

Se quiser passo em sua casa para visitá-la. Já estou devendo essa visita há algum tempo.

— Que bom!

— A que horas é melhor para você?

— Estou o dia todo em casa. Não tenho comparecido à empresa.

— Amanhã às quinze horas passarei aí para tomarmos um café juntas.

— Aguardo.

Despediram-se. Cândida estava inconformada com a possibilidade de Mário viajar ao exterior e deixar a amiga, que estava tão bem, perder a possibilidade de ser feliz e cair em depressão. Resolveu que no dia seguinte abordaria diretamente a questão com a irmã de Mário, com quem sentia reais afinidades. Quando Pedro chegou, a esposa falou que Helena viria visitá-la no dia seguinte. O advogado, que admirava a médium, ficou feliz, dizendo que, se possível, estaria presente. Gostaria também de conversar com Helena.

Na empresa Noêmia estava cada dia mais dinâmica. Cuidava pessoalmente de várias áreas. Assumira as funções de Cândida, reunia-se periodicamente com o conselho de administração e quando tinha dúvidas ligava para Pedro. Os dois se entendiam muito bem. As dificuldades do país persistiam. A inflação galopante era o maior flagelo. Se não houvesse aplicação imediata do dinheiro, a desvalorização monetária seria tal que comprometeria quase que imediatamente a saúde financeira da empresa. Por isso a área financeira, naquele período, era a mais valorizada em detrimento até mesmo da produtiva.

No dia seguinte Helena chegou para visitar Cândida,

como tinham combinado. As amigas estavam realmente felizes com aquele reencontro. Conheciam-se espiritualmente há muito séculos, quando jornadearam juntas em várias romagens terrenas, vivenciando esta que para ambas era a reencarnação mais produtiva. Estavam sempre imbuídas de um propósito saudável. Não alimentavam sentimentos menores; desejavam o Bem, lutavam pelo Bem, queriam que o Bem vencesse de forma legítima. Cada uma à sua maneira estava engajada na doutrina espírita. Helena, em razão das necessidades do passado, vivia exclusivamente para propagar a doutrina, atendendo aos desvalidos, sem almejar qualquer retribuição material. Não foi difícil iniciarem a conversa referente a Mário e Noêmia. Cândida principiou:

— Está sabendo que o seu irmão Mário pretende se mudar para a Europa?

— Não. Quem lhe falou?

— Pedro. Quando ligou para ele para agradecer pela indicação dos médicos que me atenderam, Mário lhe disse que estava de partida para a Europa para participar de um congresso e que, se tudo desse certo, iria se mudar para o velho continente para cursar um programa de pós-doutorado em sua especialidade.

Surpresa com a notícia, Helena comentou:

— Acho muito estranha essa atitude de Mário. Ele sempre comenta comigo as decisões mais importantes que precisa tomar. Nesse caso, mudar-se de país é algo sério e que precisa ser decidido com maturidade.

— Pensa em alguma razão para ele agir dessa forma?

— O que poderia ser?

– Não sei se notou, mas parece que Mário e Noêmia foram feitos um para o outro. Não acha?

– Não dá para negar que ambos se atraem.

– Sabe por que Mário não se adianta pedindo Noêmia em namoro?

– Meu irmão é muito reservado. Outro dia abordei diretamente o assunto com ele e me disse que não gostava de comentar a respeito. Sentia-se desconfortável.

– Sabe se tem alguma outra mulher na vida dele?

– Não! Se houvesse eu saberia.

– Se ele está livre e Noêmia não lhe é indiferente, por que será que não toma a iniciativa?

– Mário é muito escrupuloso. Vai ver que não quer misturar amizade com amor. Ele também acha que Noêmia está economicamente muito acima de seu nível. Não teria condições de sustentá-la com todo aquele luxo. Vai ver que é isso. Complexo de homem machista.

– Será?

– Por que não?

– Mas Mário é um homem inteligente.

– Os homens, no fundo, são tolos. Querem sempre estar à frente. Quando não podem, empacam.

– Você que o conhece bem, como poderemos ajudá-lo?

– Penso que Noêmia tenha um papel decisivo. Não sei quais os sentimentos dela. Afinal ficou viúva, cria uma filha. Há espaço para Mário na vida de uma empresária ativa? Como ela vê essa enorme diferença econômica e social?

– Noêmia não é uma mulher materialista, posso afirmar com certeza. Para ela o que conta é o caráter, a honestidade, o amor. O fato de ser uma empresária de sucesso não tem nenhum significado. Se ela souber que Mário dá tanta importância para isso aí sim poderá se decepcionar e criar algum bloqueio.

– Ficará ainda mais complicado. Entendo Noêmia. Gosto muito dela. Pensaria da mesma forma. Temos uma questão delicada. Sei que o meu irmão se importa com essa diferença econômica e social. Não quer ser considerado um aproveitador. Sabe que não terá como manter Noêmia no status em que está situada. Incomoda-se com isso.

– Se fosse o contrário, ou seja, Mário rico, empresário forte, e Noêmia uma médica de valor, bem-sucedida, será que ele iria se comportar da mesma forma?

– Não, com certeza. O que me surpreende, mesmo sendo seu irmão, é ele dar importância para isso. Mário sempre foi desapegado em relação às coisas materiais. Nunca o vi discriminar ninguém. Tanto é assim que se preocupa em dar consulta na periferia, quando já não mais necessitava, pelo nome que conquistou. Poderia ser médico apenas dos ricos, mas não. Tem enorme compaixão pelos sofrimentos dos mais carentes, ama realmente o que faz e atende aos poderosos sem demonstrar nenhum complexo. E de repente me sai com essa!

– Não será mais uma desculpa para evitar os próprios sentimentos?

– É possível. Mas poderá afastar em definitivo a mulher amada, revelando-se pequeno e inseguro. E essa ida repentina para a Europa me parece mais uma fuga da realidade do que outra coisa. Vou conversar com ele.

– Acho que Pedro poderá nos ajudar. Aliás, ao saber que você viria, ficou de estar presente. Pedro sente grande respeito pela sua mediunidade.

– Eu também aprecio a sua elevação espiritual.

Em seguida Pedro chegou, alegre, cumprimentando todos. Beijou carinhosamente Cândida e ficou feliz em ver Helena em sua casa.

– Quanta honra poder recebê-la aqui em casa – falou dirigindo-se à convidada.

– Eu é que estou feliz em poder encontrar os amigos – respondeu Helena. Quero cumprimentá-lo pelos novos herdeiros. Mais dois. Precisa trabalhar dobrado...

– Agora estou tranquilo. Os bebês estão bem e a mãezinha também.

Capítulo 21

O recomeço

Helena conversou com Mário a respeito de sua partida para a Europa. O médico primeiro mencionou a importância do congresso e de como para ele seria também necessário realizar o pós-doutoramento em uma universidade de peso. Melhoraria o seu currículo e abriria novas possibilidades para o seu trabalho científico.

— Esse é o momento — comentou com a irmã. Tudo está favorável. Os meus plantões reduzidos; adquiri larga experiência ao longo de todos esses anos atendendo em vários hospitais. Os cursos que realizei foram de boa qualidade e poderei conseguir cartas de apresentação dos meus professores do Brasil para os pesquisadores das universidades europeias. Devo aproveitar esse momento que estou com algumas reservas financeiras para me manter com tranquilidade por dois anos. E certamente, nesse período, tentarei bolsas de estudos, que, no pós-doutorado, têm um valor mais elevado, permitindo o desenvolvimento do projeto.

— Você nunca me falou em fazer um pós-doutorado no exterior. Por que uma decisão assim tão repentina?

— Avaliei todas as circunstâncias e entendi que esse é o melhor momento.

— E a sua clínica particular? Levou muito tempo para formar uma boa clientela. Deixará na mão de quem?

— Não estou muito preocupado com isso. Chamarei algum colega para cuidar da clínica até me decidir em definitivo. Se tiver oportunidade poderei ficar para sempre na Europa.

— Isso está me parecendo mais uma fuga da realidade.

— Não se trata disso. Você mesma sempre me incentivou nos estudos.

— Sim! Estudar é bom. Não me refiro ao curso, mas a essa sua decisão de largar tudo de uma hora para outra. Não me parece uma decisão amadurecida. O que está por trás disso?

— Nada.

— Você não me engana. Está escondendo algo. Ninguém foge de si mesmo. Aonde for a sua sombra interior o acompanhará. Os problemas não se resolvem porque se muda de país. Abra o seu coração. Talvez possa ajudá-lo. Já não confia mais em mim?

— Nada tenho a esconder. Decidi prosseguir os meus estudos no exterior e isso é bom, saudável. Você poderá me visitar a qualquer momento. Eu virei aqui sempre que puder. Qual o problema?

— Ainda não me convenceu.

— O que mais posso fazer?

— Falar a verdade para você mesmo.

— Não consigo entendê-la.

— Pense melhor. Não se precipite. Agora vamos dormir. Amanhã conversaremos.

Helena estava realmente preocupada com o irmão. Conhecia muito bem a índole de Mário. Desde criança era sensível, preocupado com os que se encontravam ao seu redor, refugiando-se toda vez que se deparava com algum problema complexo demais para resolver sozinho. Dessa vez o conflito interior era grande para ele. Ao mesmo tempo que dava sinais de amar Noêmia, buscava algum pretexto para evitar o relacionamento. A causa só poderia estar no passado. Mas como saber? Orar era o caminho e deixar tudo nas mãos de Deus.

À noite, no desdobramento, Helena fez uma viagem astral até à Colônia de onde ela e o irmão haviam partido para esta etapa terrena. As suas idas à Colônia eram frequentes. Sentia-se bem buscando orientações para os assuntos que precisava resolver no centro. Quando acordava, lembrava-se com nitidez do que tinha acontecido durante o seu estado de vigília. Naquele deslocamento, ao indagar o Mentor de Mário, esse confirmou o que a jovem suspeitava.

– O problema – falou o Mentor – vem da última reencarnação deles na Alsácia-Lorena sob o reinado de Napoleão III, quando ocorreu o predomínio de Bismarck. A separação naquela época foi muito dolorosa. Você já conhece a história dos dois. O que ainda não sabe é como surgiu o trauma atual.

– Bem, naquela época, pela interferência de Demetrius, então Karl Jessen, os jovens foram abruptamente separados.

– Mas, o reencontro entre eles no final da vida foi difícil. Émilie não foi capaz de perdoar Julien, chamando-o de fraco, incapaz de lutar por seu amor. O reencontro deixou muitas cicatrizes em Julien e em Émilie. Para poder ajudá-los, seria melhor conhecer os detalhes daquele encontro. Gostaria de ver o vídeo?

– Sem dúvida.

– Terá apenas três horas. Mas, penso que seja o suficiente para o que se propõe a fazer.

Deslocaram-se para a sala de vídeo da Colônia. O filme começou a rodar. Julien, de cabelos brancos, cansado, resolveu partir para Frankfurt-sobre-o-Meno.

Ficou sabendo, por intermédio de amigos dos tempos em que viveu na Alsácia-Lorena e que o encontraram por acaso em Paris, que a família de Émilie tinha se mudado para aquela bela cidade alemã, conduzida pelo sócio do pai da noiva, um empresário importante, de nome Karl Jessen.

Soube que todos os bens de sua própria família naquela época haviam sido confiscados pelo governo e que Émilie, não tendo notícias do noivo, ficara em estado de choque por muito tempo. Com a partida da família Pierre para a cidade alemã, não ficaram mais sabendo do seu paradeiro.

Após ouvir esse relato, o médico comunicou à sua mãe o desejo de partir para tentar encontrar a ex-noiva. Agora tinha uma pista. O pai já havia falecido; os irmãos cuidavam dos negócios; nada mais o preocupava. O seu desejo era se encontrar com a noiva, saber como ela estava após todos aqueles anos, falar-lhe, explicar o que tinha acontecido e, se houvesse uma possibilidade, reatar o relacionamento abruptamente interrompido. Não sabia se a encontraria, se estava viva, solteira ou casada. Na cidade diligenciaria, bateria de porta em porta se necessário até encontrá-la. Nada mais o segurava em Paris.

Numa tarde de outono, despediu-se da mãe e dos irmãos como se fosse a última vez e partiu para a Alemanha. Estava inseguro, triste, porém confiante em Deus. Iria rever o passado, explicar-se, desculpar-se. Se Émilie estivesse comprometida, não ultrapassaria as formalidades, respeitando-a. Fazia planos; ensaiava cada palavra; temia os próprios sentimentos. Julien estava frágil. A saúde abalada por longos plantões noturnos. A ferida aberta naquela fuga inesperada ainda não tinha cicatrizado. Doía. Quando o pai era vivo, tudo era mais fácil para o médico.

O velho Clementin compreendia a alma do filho e os dois se entendiam com base na doutrina espírita. A mãe, na realidade, nunca aceitara os postulados kardecistas e sempre que possível atacava a doutrina e os seus seguidores, apegada aos dogmas da igreja, que seguia rigorosamente. Os irmãos eram mais ligados à mãe. Davam-se todos bem. Não havia disputas entre eles. Mas, com a morte do genitor, o clima de compreensão, amizade e aconchego desapareceu para Julien.

Partir para rever o passado era o melhor a fazer. A viagem foi longa. Em um dia que se findava, ao passar pela ponte sobre o Rio Meno, o médico pediu ao cocheiro que parasse a carruagem. Saiu, olhou o rio que corria sonolento, estendeu o olhar para a cidade que se preparava para dormir, agradeceu a Deus e solicitou ao condutor que prosseguisse para o hotel escolhido.

Hospedou-se em um quarto singelo e, no dia seguinte iniciou as buscas, com a consulta ao cadastro imobiliário da prefeitura. Tinha os nomes completos de Pierre, Émilie e de Karl Jessen. Como industriais, certamente seriam proprietários de algum imóvel na cidade. Encontrou várias propriedades em nome de Karl Jessen; nenhuma registrada em nome da ex-noiva ou de Pierre. Começou a sua pesquisa pelos que se situavam mais próximos ao centro. Batendo de porta em porta, explicando aos moradores o objetivo de sua visita, não foi difícil

Julien chegar até à fábrica administrada por Pierre. Relutou em se apresentar. Perguntou ao porteiro:

— Sabe onde o Sr. Pierre reside?

— Não podemos dar o endereço do patrão.

— É que pretendo entregar uma encomenda.

— Deixe o pacote aqui.

— Não posso. Tenho de entregar pessoalmente.

— O patrão não recebe desconhecidos.

— Ele está na empresa?

— Chega somente amanhã de viagem.

— A que horas o Sr. Pierre chegará?

— Só à tarde.

Despediu-se. Pretendia retornar no dia seguinte. Não desejava falar com Pierre. Desejava segui-lo, saber onde residia e obter informações a respeito de Émilie. Estava receoso. Afinal, desaparecera sem dar nenhuma explicação. Tinha os seus motivos. Mas ela, que tanto sofrera, compreenderia? Torturava-se.

Resolveu, no dia seguinte, ficar na espreita. Observou quando o pai de Émilie chegou à fábrica e o aguardou até ao final do expediente. Acompanhou a sua carruagem discretamente, vendo quando o veículo do empresário entrou em uma grande mansão.

A casa era um verdadeiro palácio. Com a morte de Karl Jessen, que não deixou herdeiros, a fábrica continuou funcionando sob a gerência de Pierre, até que a Justiça alemã determinasse a quem pertenceriam os bens do espólio.

Julien despediu o cocheiro e ficou por ali espreitando. Logo caiu a noite e ele teve de retornar ao hotel. Teria paciência. Os dias seguintes foram de angústia e de expectativa. Não poderia despertar suspeita na vizinhança. Cauteloso, nunca parava no local, até que conseguiu um contato com um velho morador, a quem pediu informações sobre a existência de alguma casa para alugar. O homem era tranquilo, obsequioso, de boa conversa:

— Então — comentou Julien — esse bairro me parece muito agradável.

— É o melhor de Frankfurt — respondeu o morador. Bem se vê que o cavalheiro não é daqui. De onde vem?

— De Paris. Estou procurando uma casa bem localizada para morar e quem sabe trazer a minha família. Gostei muito da cidade. É alegre, colorida, parece-me que aqui não há tristeza.

— Hoje não. Mas já fomos vítimas de muitas guerras.

— Conheço um pouco a história de Frankfurt-sobre-o--Meno. Aqui nas redondezas mora algum francês?

— Há o Sr. Pierre. Mora logo ali naquela mansão.

— Ele parece ser uma pessoa importante. Uma casa dessas...

— É o homem que está dirigindo as fábricas do falecido Karl Jessen de quem era sócio minoritário.

— Sabe se mora com a família?

— A esposa morreu há dois anos.

— Ele tem filhos?

— Dois. Mas não tenho nenhum contato com eles.

Julien encerrou a conversa. Não queria chamar a atenção com perguntas indiscretas. Agradeceu as informações e seguiu o seu caminho, passando em frente à mansão de Pierre. Todos os dias fazia aquele trajeto várias vezes. Quando passava em frente à mansão reduzia os passos. Tentava conhecer os hábitos e os costumes da família.

No domingo pela manhã notou movimento diferente. A carruagem saiu com as janelas fechadas. Acompanhou o veículo, que parou em frente à catedral. Dele desceu uma mulher, cujo rosto não pôde divisar, que entrou rapidamente na igreja. O médico entrou também na matriz, observando a tonalidade do tecido do vestido das mulheres que ali estavam. Muitas usavam roupas semelhantes. Voltou para a porta da catedral, procurando ficar em um lugar que permitisse se aproximar da carruagem, que certamente viria buscar a devota.

Uma hora depois, quando percebeu o movimento das carruagens chegando para levar os fiéis, localizou o veículo que trouxera a passageira. Não demorou muito, uma bela mulher aproximou-se rapidamente e entrou no veículo, cuja porta já estava aberta. Julien ficou paralisado. Era Émilie, o amor da sua vida, que estava mais bonita do que nunca. Os anos, os sofrimentos não quebraram as linhas harmônicas da mulher que era por muitos considerada a mais bela da Alsácia-Lorena.

Retornou para o hotel preocupado. Durante todos aqueles anos e apesar dos sofrimentos pelos quais havia passado, nada foi mais impactante para ele do que ver a mulher amada, ainda que em simples relance. Todos os conflitos e inseguranças que estavam represados eclodiram naquele momento. – Como se apresentar a Émilie após tanto tempo de ausência? – Como justificar a sua fuga desabrida sem deixar sequer um único bilhete? – Como olhar de frente o ser querido

A Queda Sem Paraquedas

com tantas interrogações a responder para si mesmo?

Julien estava frágil, em conflito, inseguro, não tendo ninguém para o aconselhar. Em país estrangeiro, falando uma língua que não dominava completamente, sem amigos, sentiu-se só. Em seu humilde quarto de hotel ergueu as mãos para o alto e rogou a Deus forças para enfrentar aquele delicado momento. Sentia, por intuição, que estaria jogando as últimas esperanças de felicidade naquela vida. Intimidou-se. Não sabia sequer se Émilie estava casada; não tinha nenhuma outra informação a seu respeito e resolveu pesquisar um pouco mais, preparar-se para a conversa que considerava definitiva. Sabia que os anos o haviam abatido; não era mais aquele jovem entusiasmado, descontraído, confiante, que inspirava otimismo, alegria de viver. Os cabelos brancos, os olhos fundos por noites e noites indormidas, a pele perdendo o viço, o corpo curvando-se, Julien era um homem de meia-idade que aparentava dez anos a mais do que realmente acusava o calendário.

Os embates morais solapam as energias físicas e psíquicas, criando problemas de comportamento que perduram por séculos.

Após muitas pesquisas Julien sabia de todos os eventos nos quais Émilie comparecia. As horas que saía de casa, o tempo que ficava nos locais, quando retornava. Ela levava uma vida reclusa, não havia se casado, cuidava do pai e administrava a casa. Vez ou outra comparecia à empresa, quando cuidava de assuntos contábeis, retornando em seguida.

O seu lazer era a igreja, alguns passeios pelos jardins da cidade, quando aproveitava o tempo para meditar. Era uma mulher de vida exemplar, sofrida, desiludida. Imaginava que o noivo e a família tinham sido assassinados, após saber na época que todos os bens haviam sido confiscados pelo governo. Inimigos que desconhecia atingiram todos os que estavam ligados ao ser amado. Nunca pensou em uma fuga premeditada; não imaginou que o noivo a abandonara sem nenhum escrúpulo.

Para ela, o jovem médico era uma pessoa íntegra, corajosa, que fora abatido juntamente com todos os seus familiares. Foi assim que, certo dia, quando estava sentada em um banco da praça central de Frankfurt, Émilie ficou estática: à sua frente, em pé, apareceu Julien. Vendo-a a distância, em estado contemplativo, o médico criou coragem e se aproximou:

— Lembra-se de mim? — Perguntou.

Émilie, paralisada, não sabia o que responder. Era ele sim – pensou. O olhar, a voz, o jeito não haviam mudado, exceto a tristeza expressa no semblante e o peso dos anos sobre os ombros de um homem amargurado. Julien tornou a perguntar:

— Émilie, lembra-se de mim? Mudei tanto?

— É claro que me lembro. Jamais o esqueceria. Para mim, você e todos os seus familiares estavam mortos. Rezei todos esses anos, encomendei missas, estou agora paralisada, sem saber o que pensar. O que aconteceu?

— Posso me sentar?

— Sim.

— Muitas coisas aconteceram. Espero que você compreenda.

— Compreender o quê? Estou ansiosa para saber. Nem estou acreditando que você esteja aqui falando comigo nesse momento. Parece-me um fantasma que chega não sei nem de onde. Jamais pensei em ouvir novamente a sua voz. Quantas coisas horríveis se passaram! Agora me fala em compreender? Não estou entendendo...

— As necessidades que tivemos.

— Conte-me.

— Parece que não está feliz com o meu retorno. Eu sempre a amei. Não me casei com ninguém. Nem namorei qualquer outra pessoa. Você povoou o meu pensamento durante todos esses anos. É a mulher da minha vida. Sei que você também não se casou. Quem sabe agora poderemos recomeçar.

— Não sei o que aconteceu. Você e seus familiares desapareceram sem deixar um único recado. Foram sequestrados? Fiquei perdida, esperando alguma notícia, sofrendo a sua ausência. Os nossos sonhos de casamento, de montar uma clínica para atender aos mais necessitados, o nosso amor, tudo ruiu. Tantos anos se passaram... Espero que me explique o que aconteceu. Seja lá o que for, mudou inteiramente as nossas vidas.

— A história é longa, dolorosa.

— Se desejar contar-me a verdade, estarei disposta a ouvir tudo com muita atenção. Não vou interromper o seu relato em nenhum momento. Quero ouvir tudo, pensar, refletir.

— Está bem.

Começou a narrar os acontecimentos desde quando deixou a cidade natal e dirigiu-se a Estrasburgo, o que aconteceu na estalagem da estrada e as decisões que a família teve de tomar para se defender. Não omitiu nenhum detalhe. Anoitecia e Julien ainda relatava os acontecimentos daquele período tumultuado. Émilie não fez nenhuma pergunta. Ao final, simplesmente comentou:

— Nunca pensei que tivesse amado um homem fraco. O homem pelo qual chorei todos esses anos não foi capaz sequer de me mandar um simples aviso por intermédio de um menino de recado.

— Mas eu não podia, estava proibido de tudo. Comprometeria a vida dos nossos familiares e a sua própria vida!

— Quando se ama realmente, não se deixa o ser amado sem proteção. Um homem verdadeiro luta pela mulher que ama, enfrenta o mundo, não se acovarda. Fiquei sem notícias, assediada por um homem vil, enquanto a pessoa a quem dediquei a minha vida pensava somente em se proteger, defender os seus, não se importando com os meus sentimentos, as dores e incertezas pelas quais estava passando.

Não cedi às investidas de muitos pretendentes porque sempre me vinha à mente o seu sorriso confiante, as promessas de felicidade, sonhando encontrá-lo um dia e ouvir uma outra explicação. Não! Não temos mais nada para conversar. A decepção que sinto é muito grande. Nunca mais me procure. Hoje considero em definitivo que tudo acabou entre nós.

Levantou-se, deixando Julien na praça sem poder articular uma única palavra. Estava atônito, perplexo, sem ação. Vagou a noite toda pela cidade, como um ébrio. Sem forças, caiu tombado pela manhã, quando foi socorrido por transeuntes que o levaram ao hospital. Ficou entre a vida e a morte por duas semanas, quando se reabilitou, retornando ao hotel, que já o havia denunciado às autoridades, tendo-o como fugitivo por não pagar a conta. Acertou todo o débito, procurou um outro hotel, convalescendo muito lentamente.

Julien pretendia voltar a falar com Émilie. Não aceitava a posição da mulher amada. Alternava momentos de lucidez com os de completa apatia. Não conseguia sequer lembrar-se de Deus, orar, pedir ajuda. O seu estado físico refletia uma alma arrasada, desencontrada, carente. Até mesmo as Entidades que o assistiam não conseguiam passar-lhe energias magnéticas. O médico caminhava rapidamente para a desencarnação e ele sabia a gravidade de seu quadro, deixando-se mesmo assim abater. Retornou ao hospital, submetendo-se a novos tratamentos. Graças à dedicação de uma enfermeira que se condoeu de sua situação, quando recebeu alta foi convidado para continuar a recuperação na residência dela.

Frau Gerda era uma mulher corpulenta, alegre, dedicada ao próximo, que, ao saber que o médico não tinha na cidade nenhum familiar, que retornaria para um quarto frio de hotel, conversou com a sua mãe e a sobrinha, decidindo recebê-lo pelo menos durante o período de convalescença. Inseguro, sem forças, Julien aceitou o convite, comprometendo-se a pagar as despesas da sua estada, retirando do hotel os poucos pertences que portava e mudando-se para a casa da enfermeira.

Era uma casa retirada do centro, com um belo jardim, impecavelmente arrumada. Modesta, mas bela; simples e aconchegante; um local de paz e harmonia. A mãe de Frau Gerda era curandeira. Cultivava algumas ervas, benzia as pessoas que a procuravam, tudo sem nenhum interesse argentário. Praticava o Bem e a Caridade sem ostentação, não admitia nenhuma forma de retribuição, realizando-se ao se sentir útil.

O ambiente familiar amigo, as refeições servidas nas horas certas, os medicamentos, a natureza exuberante do local, o aroma das flores, o hábito das orações que era cultivado naquela família, tudo contribuiu para a recuperação de Julien. Um mês após, o médico era outra pessoa.

Quando se encontrava em condições, relatou toda sua vida para os familiares de Frau Gerda, que moravam naquela casa agradável e onde Julien encontrara amor, respeito, apoio e consideração. O relato foi emocionante. Todos choraram. Entenderam a decepção de Émilie, porque toda mulher que vai se casar se considera a pessoa mais importante na vida do futuro marido.

Aquela jovem sonhadora amadurecera sob o impacto de muitos dissabores, mantendo-se íntegra em seu amor, mesmo não tendo nenhuma esperança de reencontrá-lo. O que Julien contou não levava em consideração os seus sentimentos, pois ela se sentiu uma peça descartável que poderia sofrer a dor do abandono, ser ridicularizada, humilhada. Frau Gerda percebeu a enormidade do drama, esclarecendo:

– Não era possível esperar outra reação de Émilie. Após tantos anos, o amor da sua vida aparece à sua frente, em um banco de jardim, sem nenhuma preparação.

– Os acontecimentos narrados levam em conta a sua obediência cega às informações espirituais, indica as suas lutas interiores, o desejo de preservá-la também, garantindo-lhe a segurança. Mas para a mulher isso não basta. O sentimento de mulher exige que o homem a defenda em todas as circunstâncias, antepondo-se corajosamente entre os obstáculos. Se ao menos tivesse havido alguma preparação, com outras pessoas levando o relato, a sua exposição poderia ser diferente.

– Estava perdido nessa cidade. Não conhecia nenhuma pessoa com quem pudesse confidenciar. A minha ansiedade, vendo-a ali sozinha meditando em um banco de jardim, sem companhia, entristecida, levou a me apresentar. Não poderia imaginar uma resposta tão fria, cruel, que me deixasse sem ação.

— Mas ainda há tempo de corrigir — considerou Frau Gerda.

— Não vejo como. Émilie foi muito dura.

— Posso fazer um contato com ela e tentar mostrar-lhe o outro lado da questão?

— O que pretende falar?

— Direi que você era um jovem inexperiente, que ficou assustado com os acontecimentos, que tudo foi tramado pelo sócio do pai de Émilie, que a desejava, e o mataria se soubesse onde se encontrava. E conhecendo a noiva como você a conhecia, sabendo-a determinada, com certeza não iria ceder às chantagens do celerado. E a vida dela, assim como a da própria família, dependia do apoio de Karl Jessen. Vendo a questão dessa forma, os espíritos estavam certos ao recomendar o afastamento. Tanto que deram um prazo determinado, sabendo que naquele período os problemas desapareceriam.

— Se ela a ouvir, pode mudar de posição. Émilie sempre foi inteligente, sensível e perspicaz.

— Amanhã mesmo irei procurá-la.

— Vocês foram os anjos que Deus colocou em meu caminho quando já não tinha mais forças para prosseguir sozinho.

No dia seguinte Frau Gerda se arrumou e com o endereço na mão dirigiu-se à casa de Émilie. Foi atendida pela governanta. Apresentou-se à velha senhora, com quem simpatizou de imediato:

– Sou Gerda, moro aqui na cidade e vim para falar com Frau Émilie por parte do Dr. Julien, seu amigo.

A governanta respondeu-lhe delicadamente:

– Frau Émilie não se encontra. Viajou e não disse quando voltará. Ouvi a patroa falar com o seu pai que pretende se mudar. Não sabemos para onde.

– O que eu preciso falar com ela é muito importante. Vou deixar com a senhora o meu endereço e quando retornar peço-lhe a gentileza de me avisar. Estarei aguardando com ansiedade.

– Fique tranquila. Avisarei a senhora quanto ela voltar.

– Obrigada.

Frau Gerda deixou a residência vivamente impressionada. A imponência da casa, o tratamento cortês recebido, tudo indicava que a governanta iria avisá-la. Passaram-se duas semanas e não recebeu nenhuma informação. Decidiu retornar, falando novamente com a governanta:

– Desculpe-me incomodá-la. Mas, não recebemos nenhum aviso e vim pessoalmente saber se a senhora já regressou de viagem.

– Ela retornou. Mas disse para não enviar nenhum aviso. O assunto que tinha de resolver com o Dr. Julien já está concluído. Viajou novamente para os Alpes suíços e só voltará em alguns meses.

Frau Gerda sentiu-se mal e não fosse o apoio da senhora teria caído ali mesmo, tal o impacto da notícia, imaginando como Julien a receberia.

Após aqueles dias de convalescença, o médico

apresentava sinais visíveis de recuperação. Recobrando o ânimo, acreditava nas gestões de Frau Gerda, no bom-senso de Émilie, que afinal o esperara por tantos anos.

Ao receber a notícia de que a noiva do passado tinha encerrado o caso e viajara para tão longe sem deixar endereço, ficou desalentado. Todos temiam uma recaída do médico, que se fechou em seu quarto, formando um quadro depressivo preocupante.

Não mais se alimentava, o carinho dos familiares de Frau Gerda era a única coisa que o fazia reagir, mais por gratidão àquelas pessoas humildes que a ele se dedicavam inteiramente.

A solidariedade daqueles que não julgam a priori a conduta dos seres humanos é um ato de benevolência e de caridade moral.

Julien já tinha de enfrentar a si mesmo, responder para a sua alma que estava agasalhando um nefasto complexo de culpa. Não precisava mais de acusações e reprovações de ninguém. Frau Gerda e sua mãe, na simplicidade de uma vida de trabalho e dedicação ao próximo, compreenderam a situação do médico e sempre que possível procuravam alegrá-lo, mostrando a beleza da natureza à sua volta, o aroma das flores, o esplendor do sol. Esse contato com seres bondosos por natureza era o refrigério de ternura tão necessário para aquela alma atingida pelas labaredas da culpa, sufocada pelas palavras ásperas de Émilie, que ficavam martelando em sua consciência.

Quando o inverno chegou e a Alemanha inteira ficou coberta de neve, Julien estava a um passo da desencarnação precoce. Magro, desalentado, sentindo-se um peso na vida daquela família exemplar, sem vontade de comer, de viver. Frau Gerda estava desolada, não sabia mais o que fazer e já estava se dando por vencida. Esse era o ambiente naquela casa de amigos verdadeiramente abnegados, que compartilhavam os sofrimentos do médico. Em uma última tentativa de levantar o ânimo do moribundo, Frau Gerda conversou com ele longamente, em linguagem simples, porém sincera:

– Dr. Julien. Se não reagir certamente a doença vai vencê-lo. O senhor sabe que a sua dor é da alma. O corpo por enquanto está resistindo. Mas, daqui a alguns dias a doença do espírito vai chegar com toda força ao seu corpo e quando o senhor quiser voltar atrás não vai dar mais tempo. Aí, então, irá responder perante Deus por mais essa fuga da realidade.

– Sabe que não tenho mais o gosto de viver – respondeu o médico, com um fio de voz. Mas como a senhora, a quem sou grato, pode afirmar que estou novamente fugindo da realidade?

– Os espíritos que pensam em desistir da vida antes de lutar, o senhor me desculpe a franqueza, são fracos. Problemas na vida todos têm. Eu já tive os meus. O homem que eu amei e a quem dediquei toda a minha vida não me quis e partiu com outra, desdenhando do meu amor. E olha que sempre me dediquei, não fiz nada que pudesse justificar essa atitude. Quando ele se foi em busca de novas aventuras, pensei: "Cada um segue o seu caminho. Não vou me deixar abater por alguém que não soube perceber o tesouro que acabou de perder". Eu sou um tesouro, receptáculo da energia de Deus, tenho autoestima, vontade de vencer os desafios da vida. Agora, me desculpe novamente, o senhor é um fraco, que nunca lutou na vida, foi mimado pelo pai e agora se faz de vítima. Levante-se dessa cama, alimente-se, tome pelo menos um banho e vá à luta. Aquela família que morava na estalagem à beira da estrada e que o alertou no momento preciso, volte lá novamente, localize aquela médium, peça orientação para os Espíritos, torne-se forte e, se for a vontade de Deus, recuperará Émilie nesta ou em outra reencarnação. Ficar aí sentindo-se vítima, achando-se um coitadinho, pedindo a morte, que certamente virá para todos nós, mas no momento certo, não é uma atitude digna de ser respeitada.

Julien abriu os olhos e ficou corado. Afinal, estava sendo tratado como um rei por uma família de gente simples, boa, e ele ali mês após mês sendo um hóspede incômodo, frágil. Chamado à atenção e aos brios, sentiu-se um estorvo. As palavras de Frau Gerda calaram fundo no médico, que desejou saber mais a respeito da vida daquela mulher. Estava, no fundo, sendo um egoísta. Fazia todos girar à sua volta sem retribuir nem sequer com um sorriso. Decidiu falar:

— Não pensei que estava causando tanto incômodo nesta casa.

— Não se trata de incômodo – respondeu Frau Gerda. Todos o estimam, sofrem com o seu sofrimento, e isso parece que nada significa para o senhor, que só pensa em desertar, como um soldado que não sabe manter o seu posto na vida.

A vida é uma trincheira permanente, na qual fomos colocados para vencermos a nós mesmos, os nossos vícios, as nossas fraquezas. É isso que nos aborrece e não o trabalho. É ver que todos os nossos esforços estão sendo em vão. Não conseguimos impulsioná-lo, entusiasmá-lo. Agora mesmo a minha mãe acendeu a lareira, serviu-nos um strudel de maçã delicioso, todos agradeceram a Deus. E o senhor nem sequer se levantou para saborear um doce maravilhoso, sentir o crepitar do fogo na lareira, vibrar com a conversa alegre. Só fica fechado, ensimesmado, chorando por dentro, achando-se o único homem no mundo que perdeu a mulher amada.

Aqui, nesta casa, todos já experimentaram perdas difíceis. A minha mãe, que teve um casamento feliz, perdeu o marido em um trágico acidente, tendo de me criar, sem ter uma profissão. Nem por isso a vi lamentar-se, dar trabalho aos outros; foi à luta; é uma mulher alegre, o que não quer dizer que não sente saudade do ser amado. E, sempre que se lembra do meu pai, procura trazer uma lembrança alegre, as brincadeiras que ele fazia comigo quando era criança, como ele gostava de comer um strudel de maçã inteiro. A dor existe, mas nós podemos transformá-la, lembrando as belezas da vida.

– Estou envergonhado. Sei que você tem razão. Ajuda-me a reagir.

– Entre em oração. O senhor se esqueceu de Deus, perdendo-se no torvelinho das próprias mágoas e desenganos. O Pai está sempre pronto a nos alentar. Não deixe as energias negativas derrubá-lo. Vamos, levante-se dessa cama. Na sala há um chá magnífico, um strudel delicioso e uma conversa agradável. Mostre o seu interesse pelos outros e verá como todos retribuirão com afeto, compreensão, estímulo, ânimo.

– Tem razão. Vou me trocar e em alguns minutos estarei na sala tomando esse chá e experimentando o strudel de maçã.

Todos aqueles meses de amparo não haviam sido suficientes para levantar o ânimo do médico até o momento em que Frau Gerda conseguiu chamá-lo aos brios. Percebendo-se considerado por aquelas mulheres como um homem fraco, sem capacidade de luta, o que não era verdade, em face das conquistas que teve de fazer para brilhar como respeitado médico, Julien recobrou o senso de combate e o amor próprio. Afinal, não era o único homem no mundo a perder um grande amor. Poderia recuperá-lo ou mesmo assim continuar sendo útil no seu trabalho. Por que o amor somente pode se expressar na relação entre um homem e uma mulher? – Pensou. Afinal, os grandes condutores da Humanidade, muitos deles, renunciaram a esse tipo de amor e se entregaram a uma causa nobre. Tantos são os exemplos dos abnegados que se consagraram à Ciência, à Religião, à Humanidade, sem ficar dependentes de uma outra pessoa. Se a vida o havia impelido para isso, era porque Deus esperava dele alguma contribuição. Tinha a sua família lá em Paris; os seus pacientes nos hospitais; os alunos que o viam como mestre exemplar no La Sampetierre. Entregar-se como um homem fraco, sem vontade de lutar era por demais vergonhoso. Somente caiu na dura realidade quando Frau Gerda mostrou-lhe a que se reduzira ante aquelas pessoas generosas e que o haviam acolhido. Vestido adequadamente, entrou na pequena sala de visita da herdade acolhedora, sendo recebido com alegria por todos.

– Hoje temos uma nova companhia – falou a mãe de Frau Gerda, apontando para Julien, que, um tanto embaraçado, respondeu:

– Um homem que renasce. Só tenho de agradecer a todos pelo que fizeram por mim, aturando-me durante esse tempo. Frau Gerda despertou-me para a realidade; sou e serei eternamente grato. Quero uma xícara fumegante desse chá e um pedaço generoso de strudel.

Todos sorriram satisfeitos. Conseguiram com amor e, quando se fez necessário, com energia, resgatar um espírito valoroso, retirando-o do estado depressivo que certamente o levaria à morte. Uma semana após, Julien havia recuperado um pouco o peso, sentia-se disposto, e disse a Frau Gerda:

— Já é hora de retornar. Pretendo encontrar os velhos amigos da estalagem. Vou mantê-los informados de todos os meus passos, enviando correspondências quase que diárias e ainda espero, se for a vontade de Deus, recebê-los em minha casa em Paris.

— Estou muito velha para isso — respondeu a mãe de Frau Gerda.

— Não existe velhice para o bom humor. Apesar dos anos a senhora é a mais alegre da família.

Todos concordaram. Dez dias após, Julien partia, deixando para trás corações generosos, que o amaram com muita intensidade. O retorno foi demorado. Parou na estalagem para rever os velhos amigos e que tanto influíram em sua vida graças à mediunidade de Gabrielle. Lá se encontrava uma outra família, que o recebeu como a um hóspede normal, informando-o que não sabiam do destino dos antigos proprietários. Entre a sua saída de Paris e o seu retorno à casa materna passaram-se treze meses. Na longa viagem de volta, o médico aproveitava para escrever uma carta detalhando todo o percurso, forma que encontrou de manter um elo com aquelas pessoas que tanto o ajudaram em Frankfurt-sobre-o-Meno.

Retornar à vida normal, com o atendimento em vários hospitais e os cansativos plantões noturnos, já não era mais o seu objetivo.

O amor à medicina, após a enfermidade que o acometera, o levou a estudar mais cuidadosamente a alma humana. O campo das emoções, o sentimento, os atavismos e os complexos, as alterações de comportamento e os estados psicóticos chamaram-lhe a atenção. Ele mesmo tinha vivido uma experiência delicadíssima. Quase fora levado a óbito; o que tanto o abateu fora uma decepção amorosa; não fosse o apoio afetivo recebido da família que o auxiliara e as palavras sábias e firmes de Frau Gerda, certamente estaria morto.

Afora a sua especialidade, dedicar-se-ia ao estudo da personalidade humana, procurando ser útil em um outro setor da medicina, ainda pouco explorado naquele tempo. Procurou aliar os novos conhecimentos na esfera da psiquiatria aos fundamentos da Doutrina dos Espíritos, tentando encontrar o elo de uma nova abordagem terapêutica para os pacientes com distúrbios emocionais, fora dos tratamentos convencionais daqueles tempos. Sentiu que o uso da palavra, a pesquisa dos fatores que desencadeiam os traumas, o esclarecimento do paciente, a sua aceitação e compreensão são os primeiros passos para superar as dificuldades que se antepõem ao desenvolvimento da personalidade humana.

Julien venceu aquela fase crescendo interiormente. Continuava a se corresponder com Frau Gerda. A amiga informou-lhe por carta que a genitora partira após uma rápida enfermidade. Até o final mantivera o bom humor, recomendando à filha que procurasse o amigo médico. A sobrinha de Frau Gerda havia se casado; nada mais a prendia à Alemanha. Estimulada por Julien, a boa senhora foi ao seu encontro em Paris e passou a ajudá-lo no hospital, atendendo aos pacientes, assim como se engajou nos estudos da doutrina espírita. Os dois amigos se entendiam perfeitamente. É bem verdade que Julien nunca se esqueceu de Émilie, procurando compreendê-la, ante as vicissitudes do destino. Tinha a convicção de que a separação obedecera a um programa cármico; não estavam destinados a viver juntos naquela reencarnação.

Assim, conformado, trabalhando intensamente como médico e doutrinador em um centro espírita de Paris, desencarnou dez anos após, tranquilo, deixando a sua alma nas mãos do Criador que tanto amou sobretudo naqueles últimos anos. Frau Gerda retornou a Frankfurt-sobre-o--Meno, onde iniciou um trabalho de divulgação da doutrina dos espíritos com o apoio de sua sobrinha, que desenvolveu a mediunidade, desencarnando vinte anos após, bem idosa, mantendo-se ativa até o final.

Terminado o compacto preparado pelos membros do departamento da Colônia incumbido dos registros akásicos, Helena respirou fundo. Estava emocionada. Mário, o Julien do passado, tinha evoluído naquela difícil existência. Carregava, ainda, os receios da rejeição sofrida. Noêmia, embora o amasse, não estava lutando para tê-lo ao seu lado. O trauma do passado precisava ser superado no presente, e a melhor forma de fazê-lo seria aproximar os dois, esclarecê-los, para restabelecer em ambos a confiança perdida.

No subconsciente de Noêmia estava registrado o sentimento de abandono, a incapacidade de luta de Julien; para Mário, Noêmia hoje, a Émilie do passado, era a mulher que nele não confiava, agredindo-o com palavras que o marcaram profundamente. Razões existiam de parte a parte. Assim, se havia um sentimento comum impulsionando um para o outro ante as projeções do passado e o amor que cultivaram até às vésperas do casamento, o trauma da separação abrupta e sobretudo o reencontro difícil em uma praça de jardim em Frankfurt afastava-os, deixando ambos temerosos. Era preciso reaproximá-los e, quando chega a hora, o destino sempre encontra um caminho. O Plano Espiritual engendra situações capazes de colocar uma pessoa defronte a outra, mesmo que separadas por uma multidão. Helena, pelas características de sua mediunidade, ao despertar, iria se lembrar dos acontecimentos.

Intuída pelas Entidades que a assistiam, perceberia o momento oportuno para agir.

Ao acordar lembrou-se de ligar para Pedro, convidando-o para uma conversa reservada, quando abordaria a questão que a estava preocupando. A ida de Mário para a Europa era uma fuga de si mesmo. O medo de nova rejeição era escamoteado com a alegação de diferença econômica e social. Esse argumento não resistia à luz da realidade. Mesmo sendo Noêmia uma mulher de posses, o fato é que ele era um médico de valor, respeitado, com renda razoável, permitindo-lhe estar nessa condição ao lado de qualquer mulher sem receber a pecha de explorador.

Sempre trabalhando, estudando, sendo reconhecido nos meios científicos como pessoa proba e honrada, nada o impedia do ponto de vista econômico e social de partilhar a vida com uma empresária de sucesso, cujo dinheiro não conferia a ela os títulos científicos conquistados pelo médico ao longo de uma vida dedicada à pesquisa. Como homem elegante, educado, qualquer mulher de destaque teria orgulho de apresentá-lo à sociedade e de apoiá-lo em seus trabalhos, cujo objetivo final era aliviar a dor alheia. Esse foi o teor da conversa que Helena manteve com Pedro em uma das mesas da confeitaria Colombo do Rio de Janeiro:

— Quero agradecê-lo por ter aceitado o meu convite.

— Sabe que para mim é sempre um prazer. Confesso que estou curioso. Afinal, é a primeira vez que me convida para uma conversa reservada.

— Sei da sua mediunidade. Por isso escolhi esse horário para uma conversa entre nós a respeito de Mário e de Noêmia.

— Está preocupada?

– Sim. Eles correm o risco de perderem uma boa oportunidade para caminharem juntos nessa vida.

– Acredita mesmo nisso?

– Sem dúvida. Na noite passada fui transportada para a Colônia Espiritual de onde todos nós partimos.

– Só fui lá duas vezes – mencionou Pedro. Mesmo assim nunca comentei o assunto. Somente agora me refiro ao episódio. Mas vamos ao que interessa: o que pôde constatar a respeito dos dois?

– Tiveram um relacionamento intenso na última reencarnação. Quase chegaram ao casamento. Não foi possível realizá-lo pela interferência de um espírito que de há muito estava ligado a Noêmia.

– Demetrius.

– Que naquela época chamava-se Karl Jessen.

– Percebi o apego obsessivo desse espírito à Noêmia.

– É um espírito que precisou ser afastado da crosta e que foi enviado para uma Colônia longínqua, não tendo hoje nenhuma possibilidade de interferência.

– Se ele não pode mais interferir, qual é então o obstáculo que impede os dois de se reaproximarem?

– Os traumas daquela existência. A interferência de Karl Jessen foi tão forte que obrigou Mário, que na época se chamava Julien, a fugir com a sua família, não podendo sequer se comunicar com Émilie, hoje Noêmia. Quando foi encontrá-la muitos anos após, ela esperava dele uma explicação convincente. Mas, com a sinceridade que sempre o caracterizou, relatou os acontecimentos como realmente ocorreram, despertando nela um forte sentimento de aversão pelo homem que tanto amara.

A conversa que os dois mantiveram naquela época foi muito difícil. A partir daquele momento Émilie não desejou mais falar com Julien (Mário), saindo de cena e deixando-o desnorteado. Doente, foi acolhido por uma família digna, que o amparou, ajudando-o a se reerguer. Cândida, na época, sobrinha de Frau Gerda, a amiga que o amparou, o ajudou muito com o seu jeito alegre, deixando essa tarefa mais a cargo de sua tia. Porque naquela reencarnação você e Cândida se casaram e foram muito felizes em Frankfurt.

— Por isso eu me senti muito bem naquela cidade – comentou Pedro. E Cândida adorou os jardins, as flores, tanto que a casa-grande na fazenda em Queluz é toda florida. As cores são semelhantes àquelas da Alemanha, variando apenas algumas espécies que não se adaptam ao clima tropical.

— Tudo sempre tem uma relação com o passado. Os amigos que se encontram no trabalho, aqueles que se aproximam de forma ocasional, os nossos hábitos e costumes. Sempre retornamos de onde partimos. Às vezes, vamos ao encontro dos nossos desafetos, voltando ao palco de muitos desenganos, séculos após. Isso acontece quando chegamos a uma cidade e inexplicavelmente sentimos uma opressão. Mas, também quando chegamos a um local e nos sentimos felizes só com o ambiente, é porque ali deitamos raízes de amor, que floresceram em forma de entendimento, facilidade em lidar com as pessoas, amizade sincera.

— A vida é bem mais complexa do que podemos imaginar.

— O princípio inteligente a que chamamos de Deus

dispõe tudo conforme leis universais sábias. Não somente as Leis da física, as da química e tantas outras, mas também as Leis do Amor, da Evolução constante do ser rumo a um estágio de compreensão melhor da realidade.

– Como pensa ajudar Noêmia e Mário? – Indagou Pedro.

– Com a sua ajuda.

– O que poderei fazer?

– Primeiro, ajudando-me a pensar. Veja Mário, o Julian do passado, foi ajudado por Cândida na casa de Frau Gerda, quando essa era uma jovem e conseguiu transmitir-lhe um pouco de energia. Não sei se você percebeu, mas, em nosso encontro na casa de Noêmia, era Cândida que conversava com o meu irmão com mais naturalidade.

– É verdade. Ela estava solta, disposta, sem inibição.

– Então. Já se conheciam do passado. Agora procure relembrar a cena. Mesmo Mário demonstrando visível interesse por Noêmia e essa correspondendo, os dois estavam meio travados.

– Voltando àquela noite é o que pareceu mesmo. Era perceptível a existência de uma energia aproximando-os, e ao mesmo tempo parecia que estavam medindo terreno, escolhendo as palavras.

– Você tem razão. Até o meu transporte à Colônia, não tinha tido a percepção dos sinais emitidos por eles naquele jantar. Afinal, fala-se mais através dos sinais, que são sempre manifestações autênticas, do que com as palavras, que, às vezes, escondem a própria realidade.

– E então, o quê fazer?

— Colocar Cândida no circuito. Ela saberá mais do que nós entendê-lo e aproximá-lo de Noêmia, que a estima e a respeita como a uma irmã.

— Sabe que Cândida só não interferiu nesse assunto porque eu lhe pedi expressamente para não fazê-lo.

— Como foi?

— Ela falou que eu deveria ajudar na aproximação dos dois. Respondi que respeitava o livre-arbítrio deles. Cândida não gostou, mas aceitou.

— Mas, foi ela que me chamou exatamente para o assunto.

— Essa foi então a razão de sua ida à minha casa naquele dia?

— Sim. Cândida espiritualmente já estava intuindo a necessidade de alguma interferência.

— E eu bloqueei.

— Na hora, estava certo. Hoje, o quadro mudou. Estamos mais informados espiritualmente e existe um fato novo: a viagem do meu irmão para a Europa.

— Vamos colocar Cândida a par de todos esses acontecimentos.

— É isso que eu gostaria de ouvir de você. Ela terá alguma sugestão de como lidar com o assunto sem causar melindres.

— Encontramo-nos amanhã. Está bem?

— Às vinte horas passo em sua casa; jantaremos juntos.

Despediram-se. Os Mentores Espirituais estavam

intuindo cada pessoa do grupo. Mário, por sua vez, começou a pensar a respeito de sua viagem à Europa. Sabia que estava fugindo da própria realidade. Desejava Noêmia, admirava-a como mulher, sentia que ela também estava interessada, mas ao mesmo tempo receava enfrentar o assunto. A insegurança vinda do passado não é facilmente superada e necessita, às vezes, de tratamento e de apoio firme e decidido.

A empresária afundava-se nos trabalhos da fábrica. Com a ampliação dos negócios e o estado de gestação de Cândida, mais atividades eram levadas à sua mesa. Não tinha tempo para mais nada. O único alento que experimentava era a companhia dos amigos. Quando Pai Bento era vivo, ela tinha a quem recorrer para se orientar nos casos pessoais, tudo lhe era mais fácil, suportável. A morte do bom velhinho, a redução dos encontros espirituais e as sucessivas gravidez de Cândida, afastavam-na do convívio daqueles amigos queridos, exceto de Pedro, que comparecia à empresa uma vez por semana, quando então aproveitava para descontrair um pouco e falar acerca de temas espirituais que tanto lhe davam alento.

Nos últimos dias a empresária vinha sentindo uma desilusão muito grande. Soubera que o médico pensava em partir para a Europa. Como mulher, imaginava que ele não estivesse interessado em assumir um compromisso afetivo, pois a última coisa que o ser amado faz é desejar ficar longe da sua eleita. Como Mário não tinha nenhuma necessidade de se ausentar do País, pensava que o distanciamento dele devia-se à impossibilidade de firmar qualquer compromisso mais duradouro, face a um objetivo maior que o animava, como o de cursar um programa de pós-doutorado, em importante universidade europeia.

No dia seguinte, os três amigos conversavam abertamente a respeito do assunto:

— Penso que Pedro já tenha falado do objetivo da nossa conversa de hoje – iniciou Helena.

— Vamos ver o que é possível fazer para aproximar aqueles dois apaixonados – respondeu Cândida.

Helena relatou o transporte que fizera à colônia astral de onde o grupo partira para aquela reencarnação. Cândida ouviu cuidadosamente e, ao final, respondeu:

— Nem Pai Bento me disse onde eu conheci este aqui – mencionou sorrindo, apontando Pedro.

— Em Frankfurt-sobre-o-Meno, meu amor. Lembra-se como nos sentimos ótimos naquela cidade? Parece que ali tudo nos era familiar. Gostamos da arquitetura, das cores, do jeito da cidade. Não reclamei sequer do chucrute.

— Gostaria de voltar lá um dia – respondeu Cândida.

— Iremos assim que as crianças puderem fazer uma viagem tão longa.

— E quanto aos nossos amigos? Tem alguma sugestão? – perguntou Helena dirigindo-se a Cândida.

— Não sei. Mas, com certeza, teremos de provocar um novo encontro entre eles. Vamos inventar alguma festa. Precisam estar juntos. Penso também que você pode antes conversar com Mário acerca de sua viagem astral. Abra o jogo com o seu irmão. De minha parte irei conversar com Noêmia. Antes vamos marcar um encontro especial. Alguma sugestão?

— De todos, eu fui a única pessoa que não convidou ninguém até agora. Sempre fico no apartamento de Mário, quando venho ao Rio de Janeiro.

Que tal marcarmos um encontro lá na minha casa

em Nova Friburgo? É uma cidade bem diferente de Queluz, com montanhas pontiagudas, um clima europeu, um ambiente ainda preservado.

Vamos nos encontrar lá no próximo sábado? Ficarão hospedados em minha casa, que é muito confortável.

– De nossa parte está bem. Resta convidar Noêmia e ver se o Mário não tem algum plantão já marcado – comentou Pedro.

– Convidarei Noêmia e também confirmo com o meu irmão. Até lá eles precisarão saber exatamente o que ocorreu no passado com ambos.

Confirmado o encontro, Cândida ligou para a prima convidando-a para saírem juntas. A empresária estava feliz com a possibilidade de subir a serra e estar com amigos tão especiais.

No encontro com Cândida o diálogo fluiu tranquilamente.

– Sabe – principiou Cândida – que esta semana estive com Helena?

– Ela me falou – respondeu Noêmia. Convidou-me para um encontro em Nova Friburgo.

– Gostaria de saber o que conversamos?

– Se não for nada confidencial ...

– É confidencial, mas se trata de você. Por isso posso comentar.

– Falaram de mim?

– De você e de Mário.

Ao ouvir o nome de Mário a empresária baixou os olhos para esconder uma onda de tristeza que brotava do imo d'alma.

— Não precisa ficar triste.

— Não se trata disso. Soube que ele está de partida para a Europa.

— É por isso que Helena resolveu interferir.

— Mas como? Ela tem esse direito?

— Como irmã, se preocupa com o futuro dele.

— Dá para se perceber.

— Para Helena o irmão está partindo porque não quer enfrentar a si mesmo.

— Uma espécie de fuga?

— Mais ou menos.

— E por quê?

— Não desconfia de nada?

— Não faço a menor ideia.

— Você é mesmo desligada. Ora, o Mário está passando por um conflito.

— Como assim?

— O mesmo que você está vivendo.

— Que absurdo!

— Não há nenhum absurdo. Nós sabemos que você sente uma forte atração por ele.

— Não posso negar, mas daí concluir que estou vivendo um conflito é muita ousadia.

— Não precisa se justificar. A sua atração pelo Mário não é tão simples como pensa. Ambos já estiveram juntos em vidas passadas.

— Pode ser, mas o que isso tem a ver com a partida dele para a Europa?

— Tudo. Ele está diante de um dilema. Não sabe se se declara a você, se assume um compromisso. Procura arrumar desculpas, alegando para Helena que entre vocês existe grande diferença econômica e social, escondendo, assim, o seu verdadeiro receio.

— Qual?

— O de não ser aceito.

— Mário me parece muito inseguro – concluiu Noêmia.

— Ele tem razões para tanto.

— Nunca lhe dei nenhum motivo, sobretudo quanto a essa bobagem de diferença econômica e social. Ele é um brilhante médico, trabalhador, idealista, qualidades que reputo essenciais em um futuro parceiro. Prefiro alguém assim do que um homem de fortuna, que só pensa em ganhar mais dinheiro, dispensando o lado bom da vida. Para mim vale o caráter, o companheirismo, o amor verdadeiro. Mas, sinto que não poderia ficar ao lado de uma pessoa frágil, insegura, que se deixa abater por tão pouco.

— Mas, o Mário nada tem de frágil e nem de inseguro.

— Não parece...

— Como pode ser inseguro um homem que se destacou em um campo difícil reservado somente para pessoas determinadas, como a medicina? Você sabe muito bem que se nós tentássemos o vestibular da faculdade de medicina da

Universidade de São Paulo talvez não fôssemos aprovadas. Ele passou, revelou inteligência, determinação, capacidade de estudo.

– É verdade. Ao mesmo tempo sinto que foge dos próprios sentimentos. Quando o vejo me dá a impressão de que aguarda uma iniciativa minha. Não assume o comando da situação, como se espera de um homem na sua idade.

– Não se esqueça que tudo tem uma explicação.

– É necessária uma boa explicação.

– Helena a tem.

– E por que não mencionou nada?

– Falou-me a respeito e fui autorizada a colocar você a par.

– Conte-me tudo.

Cândida relatou à amiga o transporte feito por Helena. Procurou lembrar-se, com todos os detalhes, do que tinha ouvido. A conversa entre as amigas foi longa. Ao final, a empresária, que tinha ouvido tudo atentamente, concluiu:

– Meu Deus! Embora pareça absurdo, sinto que existe algo de verdade nesse seu relato. Não posso negar que desde a primeira vez que vi Mário senti-me fascinada. O seu porte, a sua maneira educada, elegante, o charme da sua inteligência, tudo me envolveu. Ao mesmo tempo receava alguma coisa. Não sabia, mas sentia que ele nunca tomaria a iniciativa. Por isso não insisti. Deixei o tempo passar, procurando esquecê-lo. Quando soube de sua partida para a Europa fiquei arrasada. Percebi que poderia perdê-lo para sempre. Não me animei em procurá-lo. Afinal, caberia a ele demonstrar que estava interessado também.

— Como a gente julga as pessoas sem saber realmente o motivo de suas atitudes... O passado emerge com tanta força que para se livrar dele, às vezes, é necessário um grande choque.

— E agora, o que devo fazer?

— Ir a Nova Friburgo, demonstrar o seu interesse.

— O que vocês fizeram?

— Helena está falando com ele hoje acerca do transporte e o que viu no Plano Astral.

— Não foram longe demais?

— Acredito que não. Se ele desejar realmente cursar um programa de pós-doutorado, nada impede que o faça tendo você como a sua companheira.

Noêmia ficou preocupada. Apesar de querer aquela situação, sentia-se no fundo constrangida. Esperava encontrar em Mário um cavaleiro andante que a arrebataria nos braços contra tudo e contra todos, defendendo-a sempre, como nos romances medievais. No fundo esse é o sentimento atávico de todas as mulheres – o desejo de ser protegida, amada, admirada, a única pela qual o homem ideal realiza todas as proezas. Caindo na realidade, sabia que o médico era digno, honrado, e que poderia se transformar de uma hora para outra em um defensor ousado de sua amada, semelhante ao que acontecia nos tempos das cavalarias, até porque o homem carrega também em si esse desejo íntimo de ser admirado pela mulher dos seus sonhos.

O fato é que Mário somente se revelou inseguro na vida quando se tratou do seu relacionamento com Noêmia. Afora esse bloqueio, em tudo o mais, era um homem muito corajoso, inteligente e forte, ao contrário do que a empresária supunha, movida por lembranças que brotavam lá do passado.

Helena também conversou detalhadamente com o irmão. O diálogo teve momentos delicados:

— Espero que você me compreenda — principiou Helena.

— Entre nós sempre houve respeito e admiração, minha irmã.

— Estou muito preocupada com a sua repentina partida para a Europa.

— Já conversamos a esse respeito. Fique tranquila. Estaremos sempre nos vendo.

— Não se trata disso. Minha preocupação é com o que está fazendo com você.

— O melhor! Estarei me preparando na área na qual resolvi dedicar toda a minha vida.

— Já falamos também acerca disso. Não desvie o assunto. Trata-se da sua vida pessoal, afetiva. Logo agora que você teve a oportunidade de reencontrar a mulher pela qual sonha ao longo de muito tempo, resolve partir assim sem mais nem menos. Não nos tome por ingênuos. Sabemos que está vivendo um grande conflito. Procura contornar o problema ao invés de enfrentá-lo como se faz necessário.

— Não me considere um fraco.

— Não se trata disso. Sei que você é um vencedor. Mas nesse caso está muito indeciso.

— Não estou indeciso. Já resolvi ir para a Europa. O que há de indecisão? Até parece que você não quer que eu vá...

— Desejo o melhor para você. Posso lhe contar um segredo?

– Sabe que sim. Nunca houve segredo entre nós, não é verdade?

– Pois então. Se eu lhe disser que há duas noites atrás eu tive um transporte astral para a Colônia de onde partimos para esta reencarnação, você acreditaria?

– Claro! Não é a primeira vez, certo?

– De fato. Já fui levada à nossa querida casa no Plano Espiritual algumas vezes. E em todas elas recebi informações preciosas, que o tempo revelou serem verdadeiras.

– Mas o que você recebeu dessa vez?

– Tive acesso a uma pequena parte da sua biografia.

– Quem a autorizou?

– O seu Mentor espiritual, a quem você não está mais ouvindo.

– Fico perplexo. A mim ele não se manifesta. Quando tenho dúvidas, anseios, dificuldades, não escuto nada. Olho para cima, para baixo, peço ajuda e nada. Agora, você, ele autoriza a exibir parte da minha biografia!

– Não reclame. Toda vez que você realmente necessita, ele sempre envia o socorro necessário. Imagine se todos os Mentores tivessem de aparecer a todos os reencarnados e dizer o que eles devem fazer. Como ficaria este mundo?

– Só os eleitos têm esse direito?

– Respeite as deliberações que você não conhece. Ao contrário do que pensa, os médiuns são seres endividados e que vieram com as faculdades espirituais abertas para prestarem serviço em favor do próximo. A eles é dado um encargo compulsório, não privilégio.

— Desculpe-me. Estou mesmo angustiado. O que falaram acerca de minha vida, para você estar assim tão preocupada?

— Reportaram-me à sua última reencarnação, quando manteve um relacionamento muito estreito com Noêmia e só não se casaram porque ocorreu uma brusca separação. Você foi obrigado a fugir com os seus pais sem dar nenhuma notícia à sua noiva, que ficou te esperando por anos. Quando tudo passou e você a reencontrou e explicou-lhe os motivos da longa ausência, ela não aceitou, entendendo a sua atitude como covardia e egoísmo, o que não era verdade. No entanto, Noêmia pensou o que toda mulher pensaria em situação semelhante. Os dois sofreram muito. Desencantaram-se e naquela vida não falaram mais a respeito do assunto. No Plano Astral, antes desta reencarnação, ela tinha ainda um compromisso com o marido, que desencarnou jovem, como era previsto. O compromisso espiritual que ela tem agora é com você. É importante para ambos vencer a insegurança do passado e deixar o amor fluir. Tenho certeza de que após essa fase inicial vocês realmente serão felizes. Merecem a felicidade. A sua viagem à Europa nessas circunstâncias somente dificultará a reaproximação de dois corações que se amam e, se cursar o pós-doutorado for realmente importante para a sua vida, ela compreenderá e o ajudará a alcançar essa meta. Dê a você mesmo uma chance de ser feliz.

— Como pode ter essa certeza, minha irmã?

— Já nos conhecemos de há muito. Conheço também esses seus amigos, que são meus também.

— Tenho muitas dúvidas. Unir-me agora a uma mulher, comprometer-me nessa fase de minha vida não me parece a melhor opção.

— Mas Noêmia o atrai.

— Não posso me guiar por uma simples atração.

— Mesmo após as explicações que eu lhe passei?

— Preciso pensar.

— Cuidado para não estragar tudo — finalizou Helena, irritada com a insegurança do irmão.

No fundo Helena estava pensando como Noêmia. Por que o irmão se mostrava tão inseguro? Continuando assim, passaria a imagem de indeciso. Tinha esgotado toda a sua argumentação. Colocou o caso nas mãos de Deus.

Aquela conversa também não agradara ao médico, que só a suportou porque viera de sua querida irmã. Estava realmente indeciso; não sabia se a viagem à Europa seria uma solução para os problemas que estava vivendo. Foi tenso, aborrecido que, no sábado à tarde, ligou o carro e partiu para Nova Friburgo.

O dia estava nublado, com chuvas intermitentes, quando saiu da avenida Brasil e se dirigiu para a serra. O médico estava distante, vivendo os seus conflitos interiores, não prestando atenção na estrada estreita à sua frente, escorregadia e com péssima visibilidade. Quando deu por si, estava batendo o carro na traseira de um caminhão, na subida da serra. Bateu com tanta força que o seu corpo foi arremessado para fora do veículo, ficando estirado no asfalto. Não fosse a prudência do motorista que vinha em sentido contrário, parando o carro e atendendo ao motorista acidentado, certamente o médico teria morrido ali mesmo, esmagado por outros veículos. Inconsciente, foi levado ao pronto-socorro de Petrópolis entre a vida e a morte.

O primeiro diagnóstico revelou fratura na clavícula e na perna direita, contusão e escoriações no braço, afora um traumatismo crânio-encefálico. Em estado grave, foi internado na unidade de terapia intensiva.

Em Nova Friburgo todos aguardavam a chegada do médico para o encontro de amigos. O tempo passou e a situação se tornou constrangedora sobretudo para Helena. Faltava o personagem principal, o irmão adorado da anfitriã, aquele que nunca fizera nenhuma desfeita. Preocupada, manifestou as suas apreensões a todos. Pedro, sentindo a dificuldade do momento, ponderou:

— Penso que alguma coisa aconteceu. Sinto que Mário pode estar correndo perigo.

Como Pedro sempre foi discreto em sua mediunidade, todos se voltaram para ele. Helena perguntou-lhe:

— Está captando alguma coisa? Fale-nos, estou muito preocupada.

— Precisamos rapidamente entrar em oração. Vamos nos concentrar. Há algo acontecendo com ele. Precisa de nossa ajuda.

Imediatamente todos ficaram em silêncio. A prece foi proferida por Helena, pedindo proteção ao irmão, onde ele estivesse. Terminada a oração, Pedro comentou:

— Mário sofreu um acidente. Está hospitalizado. É grave. Em breve receberemos alguma comunicação das autoridades que o socorreram.

As palavras de Pedro eram muito firmes. Helena estava em choque; Noêmia se abateu; Cândida, mesmo grávida, era quem confortava todos.

– Não se preocupem tanto. Se foi possível recebermos uma informação tão direta dos Espíritos por meio de Pedro é porque Mário está bem assistido. Tenhamos sempre confiança no Pai e a certeza de que nada ocorre nessa vida se ele não permite. Mário é um homem forte, saudável, e está agora necessitando de nossas energias de amor.

– Concordo – confirmou Pedro. Se algo de mais grave tivesse acontecido, certamente os Espíritos nos teriam comunicado. E não foi essa a informação recebida.

– Até esse momento – completou Helena.

– Vamos continuar em prece interior. Quando chegar qualquer notícia, saberemos o que fazer.

Foi somente tarde da noite que o telefone tocou. Era a delegacia de polícia informando aos familiares do acidente. Helena, que atendeu, sentiu-se aflita. Mário realmente estava internado na unidade de terapia intensiva de um hospital de Petrópolis, não podendo receber visita. Helena pediu ao policial o telefone do hospital, ligando em seguida, informando-os que o paciente era também um médico, o que já sabiam, a partir dos documentos encontrados no veículo acidentado.

Logo pela manhã todos partiram para Petrópolis. Precisavam ver o paciente, saber do acidente, as implicações, dirigindo-se primeiramente ao hospital e, depois, à delegacia de polícia.

Ao conversarem com o médico plantonista, continuaram apreensivos:

– Conheço o Dr. Mário. Trabalhamos juntos no Rio de Janeiro. Eu o atendi ontem. O estado dele não é nada bom. Aguardamos os resultados dos exames realizados pelos neurologistas acerca de possíveis danos no cérebro. Ele sofreu traumatismo crânio-encefálico, duas fraturas e algumas escoriações. No momento está sedado na unidade de terapia intensiva. Vamos observá-lo.

– É possível vê-lo? – Perguntou Helena.

– Pode entrar um de cada vez.

Seguiram as recomendações do facultativo. Após rápida visita ao paciente, foram todos a uma confeitaria no centro da cidade para tomarem café. Pedro estava bem tranquilo e passou esse estado de espírito a todos.

– Não fiquem tensos – falou calmamente. À cabeceira de Mário estava o seu espírito guardião, o que me tranquilizou. O caso é delicado, mas, pelo jeito dele, acho que o pior já passou. Agora penso que vocês devam retornar enquanto eu vou ao distrito policial, afinal como advogado, estou no exercício da minha profissão.

– Seria melhor passarmos o domingo juntos. Faremos companhia a Helena – ponderou Noêmia.

– Ficaria realmente agradecida.

Os dias seguintes foram de angústia. Os exames neurológicos não eram conclusivos. Mário continuava internado na unidade especializada do hospital. A irmã e os amigos se mostravam incansáveis. Os médicos temiam as consequências do traumatismo crânio-encefálico, pelas sequelas que poderia deixar.

Enquanto os facultativos aguardavam a reação do paciente, no Plano Espiritual, o médico era mantido ligado ao corpo. Não estava prevista a sua desencarnação naquele momento. Porém, a sua imprudência e rebeldia é que tinham provocado o acidente. Como nada acontece por acaso, desde que deu ensejo à trágica ocorrência, os Mentores aproveitaram para adverti-lo, porque estava se desviando dos planos traçados antes de sua atual reencarnação. Inseguro, ressentido e rebelde, o médico estava decidido a não cumprir o seu compromisso com Noêmia, trazendo do passado mágoas injustificadas, alimentadas pela desconfiança.

Mesmo quando reencarnado, o espírito em situações especiais pode ser conduzido para longos estágios no Plano Espiritual: doenças que levam ao coma, por exemplo, quando o paciente não recobra a consciência por largo período; os desdobramentos mais frequentes no descanso noturno. Como espíritos eternos, a ligação do ente com a fonte de onde partiu é constante.

No caso de Mário, a gravidade da doença levou-o em espírito para a Colônia de onde partira, obrigando-o a rever o seu passado para restabelecer os compromissos firmados e que estavam sendo ignorados.

O médico se deparou com parte de sua vida passada, reviu o trauma de seu último encontro com Émilie em uma praça de Frankfurt-sobre-o-Meno, relacionou as pessoas daquela época e que ainda hoje tentavam ajudá-lo e foi chamado à atenção pelo seu Mentor:

– A sua atual reencarnação tem um compromisso expresso: superar o trauma ocasionado pela ruptura entre você e Émilie. Ela está firme em sua decisão e depende somente de você, que se mostra arredio. Se não pretende cumprir o compromisso, então não faz mais sentido continuar esta reencarnação, que pode parar por aqui. O acidente foi grave; levá-lo a óbito nesse momento é fácil. A decisão cabe a você.

Mário estava muito temeroso. A posição do Mentor

não deixava dúvida. No fundo não queria desistir. Amava Noêmia, desejava ter uma oportunidade de viver com ela. Sabia que poderia ser feliz. Mas o trauma do passado, o medo de novamente ter de se defrontar com Demetrius, que reencarnaria na família, deixava-o inseguro. Pensando assim, ponderou em tom magoado:

— Não posso negar que Noêmia é a mulher da minha vida. Mas, estou com receio de voltar a sofrer tudo de novo. Não me lembro de ter feito absolutamente nada contra Demetrius. Mesmo assim, em várias reencarnações e em razão de minha ligação de amor com Noêmia, esse espírito se transformou em implacável inimigo gratuito. Ele deverá retornar, certamente estará ainda apegado a ela e eu não quero mais suportar as suas agressões gratuitas, as suas cobranças, o ciúme que, mesmo como criança, demonstrará pela avó, procurando com as suas artimanhas afastar-me dela. Por que terei de passar por tudo isso novamente?

— Não se esqueça que nunca somos vítimas. Temos sempre algo a resgatar. Muitas vezes não pagamos diretamente àqueles a quem prejudicamos. Surgem outras pessoas em nosso caminho, que não têm o direito de exercer qualquer cobrança, mas que assim agem, porque não conhecem ainda as leis espirituais da vida.

— Mas por que sempre o mesmo?

— Os vínculos de Demetrius são sobretudo com Noêmia. Não se esqueça que em passado remoto ambos agiram contra as leis. Praticaram atos nefandos nas lutas nacionalistas nas quais muito se expuseram. Apesar de perseguida pelo grupo por desejar se apartar de suas práticas, Noêmia continuou sozinha, sofrendo muito para se refazer, uma vez que estava consciente dos atos negativos que realizara. Demetrius também a perseguiu com os companheiros, mas sempre pensando em protegê-la no momento oportuno. Acreditava no grupo, mantinha as suas ilusões acerca de uma equivocada noção de justiça, mas não aceitava que tocassem em Noêmia, a quem respeitava e amava perdidamente.

— O que eu não quero é ficar dividindo a mulher que amo com outro espírito, principalmente um que me odeia gratuitamente.

— Primeiro, a palavra odiar está sendo empregada por você. Demetrius não o odeia — ele tem ciúmes, o que é diferente. Sabe que quando Noêmia evoluiu sentiu-se atraída por você. Ele tem tentado de tudo para seduzi-la.

— E vai continuar agindo assim?

— Não da forma como pensa. A ligação entre um espírito que reencarna e a avó sublima mais o relacionamento do que com a própria mãe. A vida tem mecanismos para transmutar o amor. E até agora ninguém sabe se os planos de reencarnação de Demetrius vão se confirmar como o planejado. Não nos esqueçamos de que ele é um espírito muito vinculado às coisas materiais, podendo ser utilizado em campos energéticos onde se necessite dessa força, fazendo um enorme bem para muitas pessoas em outros lugares. Tudo depende de como ele irá se comportar no estágio, a evolução que realizar. Poderá até mesmo pedir coisa diferente. Não vamos ignorar que mesmo nesse lado da vida também se formam vínculos afetivos e, às vezes, certos planos são alterados.

— Conheço muito pouco essas leis espirituais.

— É necessário estudar sempre.

— Pretendo fazer isso. No momento estou em dificuldades. Os médicos ainda não formaram um diagnóstico preciso do traumatismo crânio-encefálico e os tratamentos ainda não chegaram ao cerne do problema.

— Como disse, não há programação alguma para a sua desencarnação agora. Toda luta que travou tem um significado biográfico importante. Tendo novamente retornado como médico desenvolveu bem essa faculdade. Hoje, com certeza, é um dos profissionais mais respeitados em sua área. No passado e ainda nesta vida se mostra identificado com a doutrina espírita. Conhece os conceitos. Sabe que há uma margem de interferência na vida dos reencarnados e o Plano Espiritual somente a exercita se sente realmente que alguma coisa está saindo do eixo.

— Eu estava criando problemas?

— De certa forma, sim. Romper um compromisso em regra não é bom. Você está sendo dominado por receios infundados. Traz de ontem imagens impressas na alma que precisam ser removidas. Uma de suas tarefas para consigo mesmo é superar esses problemas passados e vencê-los no presente. Conta, agora, com a possibilidade de apoio de Noêmia. Na verdade, apesar da insistência de Demetrius, quando ele se apresentava com poder sob o nome de Karl Jessen, Noêmia o recusou com energia; manteve-se fiel ao noivo de então, somente se desencantando quando ouviu as razões do desaparecimento da família Clementin, o que, pela falta de maturidade, considerou na época deserção, principalmente de sua parte. Convenhamos que ela se manteve firme em seu amor por você desde aquele tempo. Não vacilou. Teria se casado com você e enfrentado Karl Jessen, o que não seria prudente. Ele partiria para a retaliação, não medindo esforços e nem escolhendo os meios.

— Ouvindo as suas explicações tudo fica mais claro.

Aqui parece que aumenta a nossa lucidez. Quando ficamos sozinhos na Terra com os problemas para resolver surge uma angústia que chega até a paralisar.

— Angústia que tem a sua origem. Muitas vezes um tratamento com gente séria, bem-preparada, responsável, com base na terapia das vidas passadas, pode trazer bons resultados, removendo os entulhos que normalmente acumulamos ao longo dos séculos.

— Sei que o meu corpo lá no hospital está por um fio.

— Disse bem: por um fio. A ligação que se faz entre o espírito e o corpo é pelo cordão de prata, como se pode verificar. No seu caso, o cordão está bem esmaecido, prova de que a ruptura pode acontecer a qualquer instante, se você não reagir a tempo.

— Assim me assusta. Sempre pensei que o Plano Espiritual comanda tudo.

— Mas, existem as leis da matéria que seguem o seu curso natural.

— Posso morrer de verdade?

— Poderá desencarnar agora e se isso acontecer informo que terá fracassado em sua tarefa. As consequências virão. Assim que se romper o cordão, você será imediatamente sugado desse local e irá para outro compatível com o seu nível vibracional.

— Isso me assusta.

— E tem razões para se preocupar, afinal o nível vibratório de seus pensamentos não tem sido bom. Os conflitos emocionais a que se permitiu já provocaram grande acidente. Teve muita sorte em não comprometer outras vidas, que poderiam responsabilizá-lo pela negligência na condução do veículo.

Enquanto Mário continuava recebendo lições no Plano Espiritual, na Terra os amigos praticamente paravam as suas atividades para apoiarem Helena. Ela era a pessoa mais sofrida do grupo naquele momento. Para poupá-la, os Mentores contiveram parcialmente a sua mediunidade, enquanto que a de Pedro aflorava mais ainda. Ele e Cândida estavam manejando os acontecimentos com desenvoltura. Não se amedrontavam diante dos fatos. No hospital, em visita ao paciente, conversavam novamente com o médico:

— E então, doutor, como está evoluindo o paciente? — Perguntou Pedro.

— Não está reagindo. Apesar da medicação, continua em coma.

— É normal essa situação após um acidente de porte?

— O traumatismo crânio-encefálico não foi significativo. Os exames mostram que o nosso amigo está fisicamente bem. O que não entendemos é o porquê de não ter ainda retornado ao estado de lucidez.

— Pensa fazer algum tratamento diferente?

— Por enquanto não. Ele está em observação.

O grupo retornou. Helena preferiu descer com os amigos para o Rio de Janeiro. Precisavam voltar ao trabalho. Pedro sugeriu um encontro à noite para orarem em benefício do paciente. O dia foi agitado. Todos estavam preocupados com o estado de saúde de Mário. Temiam qualquer ligação telefônica. À noite, na casa de Cândida, o grupo entrou em prece. Pedro assumiu o comando dos trabalhos, orando:

— *Senhor de luz e bondade! Autor soberano da vida, Pai amorável, que nos enviou o seu dileto filho para nos orientar.*

Este é um encontro de amigos, preocupados com a vida de Mário, internado na casa de saúde de Petrópolis. Dê-nos força para que possamos transferir a ele no leito do hospital, revigorando os seus centros de energia, de forma a estimular o campo vital.

Peço a todos da mesa que concentrem a atenção em Mário, primeiro pensando no amigo alegre e despojado que tem sido. Dirigimo-nos a ele em espírito, abalado por todos os acontecimentos, para que compreenda a importância da vida, acredite no amor de seus amigos, tenha real fé em Deus. Vamos chamá-lo à luz da razão, dirigindo um enorme facho de energia de amor, bondade e alegria. Concentremo-nos agora em seu corpo enfermo, sobretudo no chacra cerebral, o mais atingido no acidente. Emitamos luz concentrada de amor, energia de refazimento, percorrendo todos os neurônios e campos encefálicos, sob a vibração dessa música suave, cujas ondas acalmam e despertam o cérebro para um funcionamento regular, harmônico, a ponto de ser detectada a frequência rítmica suave pelo eletroencefalograma.

Mário, onde se encontrava, acusou imediatamente o recebimento da energia emitida pelo grupo de amigos. O cérebro de seu corpo também foi inundado por uma luz safirina, que percorreu todos os neurônios, revitalizando-os, permitindo melhor absorção dos medicamentos pelo organismo.

O choque energético do amor modificou instantaneamente a psicosfera do médico, despertando-lhe um desejo forte de voltar à vida. Não poderia desertar. Acreditava que tinha uma chance real com Noêmia. Não abandonaria o campo de luta vencido pela depressão. Resistir, resistir sempre ao desânimo, à falta de confiança, ao pensamento negativo, foi a vontade que irrompeu no esculápio como uma chamada de ordem. Pensou no Mentor imediatamente. E esse compareceu à sua frente, quase que no mesmo instante.

– Como é possível uma resposta assim tão rápida? Só pensei em você e surge assim do nada!

– Aqui, como lá na Terra, o pensamento tem uma força que ainda não foi inteiramente compreendida pelos estudiosos. Os chamados mentais são instantâneos. Por isso devemos cuidar muito bem de nós mesmos, velar pela qualidade dos nossos pensamentos, porque são energias acumuladas e emitidas. Pessoas negativas, violentas, pessimistas calcam em si desequilíbrios graves que, somatizados, interferem no funcionamento do organismo, provocando doenças, às vezes, fatais.

– Já estudei um pouco essa matéria.

– Na sua vida anterior, como médico em Paris, deixou, no final da existência, a especialidade a que se dedicou e passou a estudar a interferência energética mental, psicológica, na vida dos seus pacientes. Avançou nessa área e já está no tempo de retornar a esses estudos. Por que não se pós-doutorar nessa área, que é afim à de sua especialidade? Noêmia foi colocada ao seu lado para ajudá-lo também.

– E ela, não precisa de nada? O seu poder econômico a torna absolutamente independente?

– Novamente recalcitras. Deixe de lado esses sentimentos menores. Você não sabe, por exemplo, o quanto Noêmia gostaria de entregar aquela fábrica nas mãos de Pedro e seguir com você para a Europa para estudar também. Não lhe passa pela cabeça que uma mulher inteligente como ela gostaria de ter feito uma faculdade de renome?

Quando pequena foi muito estudiosa. Porém, como prova, não prêmio, foi compelida a dirigir uma fábrica enorme, com muitas responsabilidades, não tendo outra escolha, porque tinha débitos coletivos. A vida dela como empresária é muito mais complexa e sofrida do que a sua como médico autônomo. Se você quiser, ela passará a Pedro toda a administração da fábrica e se voltará com satisfação para os estudos.

Ela já se desprendeu dessas amarras financeiras, dessas vãs vaidades, por isso foi escalada pelo Plano Maior para dirigir uma grande indústria, tarefa para espírito de escol. E você fica sempre se mostrando ressentido, menor, diria até mesquinho.

— Assim você me ofende...

— Não é essa a intenção.

— Mas eu pensei em você exatamente para lhe demonstrar que de repente recobrei o ânimo e quero voltar a viver.

— Sabe por quê?

— Não!

Porque os seus amigos lá na Terra terminaram há pouco uma reunião espiritual na qual emitiram jatos potentes de luz dirigidos a você, espírito e ao seu corpo material. Observe o seu cordão de prata, como está mais luminescente. O seu corpo reagiu bem à energia que eles enviaram com muito amor.

— Desculpe-me! Entendo as suas posições firmes. Estava mesmo precisando valorizar mais a vida, os amigos, reforçar a minha fé. Só estou com medo de uma coisa.

— Fale!

— As sequelas do acidente. Se for para retornar em uma cadeira de rodas, com deficiência, peço a Deus que me desligue agora mesmo.

— Nunca peça a morte a Deus em qualquer circunstância. Ele sabe exatamente quando deveremos partir. Peça sempre a vida, dom divino, que temos de respeitar.

– Desejo retornar. Mas, ainda me preocupo com as sequelas.

– Não haverá nenhuma sequela. Não estava previsto no seu destino esse acidente e também não estava prevista qualquer anormalidade. Passado o momento, voltará a ser exatamente como antes. Até as escoriações não deixarão marcas.

– Então, quero retornar. Ajude-me!

– Está bem. Fique tranquilo. Ore e se ajude. Peça forças a Deus. Ligue-se no seu corpo e amanhã despertará do coma.

No dia seguinte o hospital telefonou para Helena avisando que o paciente havia reagido ao tratamento. Os amigos acorreram para Petrópolis. Desejavam ver, falar com Mário, o quanto antes. Chegaram todos ao mesmo tempo. A primeira que entrou na sala de terapia intensiva foi Helena. Ao avistar o irmão não se conteve:

– Como está, meu querido?

– Um pouco fraco.

– Sabe o que aconteceu?

– Bati o carro na traseira de um caminhão.

Helena respirou aliviada. O irmão sabia dos acontecimentos, lembrava-se dos fatos com coerência, o traumatismo crânio-encefálico não havia comprometido a sua cognição. Eufórica, desabafou:

– Não sabe quantas preocupações tivemos nesses dias.

– Espero que nunca mais aconteça. Foi muito difícil, mas retornei à vida.

— Lembra-se de alguma coisa nesse período?

— Somente de alguns sonhos tumultuados. Não consigo entender nada. Tudo ainda está muito confuso. Estou preocupado. Sabe se alguma outra pessoa saiu ferida do acidente?

— Fique tranquilo. Ninguém mais foi envolvido. Os danos materiais foram somente no seu carro. Pedro encaminhou tudo. O seguro cobrirá os prejuízos.

— Que alívio!

— Noêmia quer vê-lo.

— Você vai ficar comigo quando eu for para o quarto?

— Dormirei aqui. Não vou deixá-lo um minuto sequer.

Logo em seguida Noêmia entrou. Estava emocionada. Embora não soubesse das atividades no Mundo Espiritual durante o coma de Mário, tinha certeza de que a volta do médico para a vida afetaria a ambos. Entrou cautelosa, estampando no olhar toda a serenidade de quem sabe que o Universo conspira a seu favor. Expressando-se com meiguice, falou:

— Que bom vê-lo desperto. Hoje estou muito feliz! Seja bem-vindo à vida que o recebe de volta após percorrer o vale das sombras.

— Não pensei que poetava?

— Sempre gostei de poesia.

— Eu também.

— Temos pelo menos essa afinidade.

— Muitas outras.

— Quais?

– São tantas; o tempo vai demonstrar.

– Está bem.

– Como se sente?

– Feliz, voltei! É um milagre. Como médico conheço bem o corredor da morte. Estive lá e consegui retornar.

– Veio para ficar. Não nos vai dar mais nenhum susto.

– Com certeza.

Depois entrou Cândida e por último Pedro. O próprio Mário conversou com o amigo acerca do coma que o envolvera. Pela sua experiência, se não houvesse nenhuma intercorrência, deixaria o hospital em cinco dias. E ao final da semana os médicos que o atendiam liberaram a sua alta.

Levado a Nova Friburgo para se refazer na casa de Helena, Mário agradeceu a Deus poder ver novamente aquela serra maravilhosa, o verde incrustado nas pedras, as árvores dormindo entre os chorões, os picos aproximando os homens do Criador. Agora era repousar, repensar a vida, continuar a jornada. Caminhando primeiro pelos jardins da propriedade de Helena, o médico respirava a longos haustos, usufruindo o que a vida tem de melhor para dar: paz de espírito.

No final da semana todos se reuniram para visitá-lo em clima de festa. O ambiente alegre e descontraído, a felicidade incontida de Helena animava os amigos, principalmente Mário, que sentiu pela primeira vez uma manifestação intensa de amor coletivo. Agradeceu a todos; olhou um a um mas, quando os seus olhos se encontraram com os de Noêmia, não deu para disfarçar a ternura que irradiava, própria dos enamorados. Quando o amor chega não precisa de palavras para se expressar. O olhar, os gestos, a forma de se comportar ante o ser amado revelam a intensidade das emoções. Era o que estava acontecendo naquele momento.

Noêmia e Mário reconheceram-se; a chama que se apagara um dia, em uma praça de Frankfurt-sobre-o-Meno, reacenderia em herdade de Nova Friburgo, no Rio de Janeiro. É a vida que constrói sempre, superando mágoas e rancores, para em seu lugar permitir que o amor vença.

A vida voltou ao normal na semana seguinte. Um mês após, Mário retornava ao hospital para iniciar o seu trabalho. Antes conversou com a irmã, abandonando a ideia de partir para um programa de pós-doutorado na Europa. Embora tivesse alimentado esse ideal, o momento não era oportuno. O mais importante era recomeçar a vida, definir os rumos a seguir. Foi pensando assim que ligou para Noêmia, convidando-a para jantarem juntos. A empresária, comovida com o convite, informou imediatamente a amiga.

— Tenho uma surpresa para você – falou para Cândida ao telefone.

— Diga logo, porque já imagino o que possa ser.

— Está bem. Mário acabou de ligar e me convidou para jantarmos juntos. O que acha?

— Você aceitou?

— Sem dúvida.

— Ótimo! Dessa vez irão se entender.

— Será?

— Ele tomou a iniciativa, venceu a inibição. Não iria convidá-la para dizer que vai para a Europa.

— Se fizer isso eu viro a mesa e jogo tudo em cima dele...

– Fique tranquila. Vou falar com Helena. Ela está do nosso lado.

Minutos após Cândida estava conversando ao telefone com a irmã do médico:

– Sabe que Mário convidou Noêmia para jantarem juntos?

– Ele não me disse nada.

– Imagina o que possa ser?

– Não tenho a menor dúvida de que Mário vai se declarar.

– Penso assim também. Mas, se ele agir de outra forma a reação de Noêmia será forte e pode estragar tudo de novo.

– Vou conversar com o meu irmão para que não faça nenhuma bobagem.

– Prepare bem esse terreno. Noêmia, como toda mulher apaixonada, espera uma bela declaração de amor.

Despediram-se. Todos estavam torcendo para que os acontecimentos previstos se realizassem da melhor maneira possível. Às vezes uma palavra mal colocada, uma simples expressão no rosto, podem ser decisivas para a sensibilidade da mulher. Mas, nada supera um buquê de rosas vermelhas entregue com reverência e galanteio.

Mário esmerou-se para aquele encontro. Como um adolescente, estava tímido, inseguro, olhando-se no espelho várias vezes. O mesmo acontecia com Noêmia, que tirou a tarde toda daquele dia para se produzir. Ambos estavam ansiosos. Embora não pudessem naquele momento saber que o espírito traz os registros das atitudes anteriores, sentiam que a conversa deveria ser amorosa, sem nenhum tipo de cobrança, deixando cada qual com inteira liberdade para decidir. Imaginavam o que cada um poderia dizer; ensaiaram os discursos várias vezes, mas a hora passou tão rápida que ambos estavam atrasados. Mário, preocupado com a pontualidade, ligou para Noêmia, que atendeu imediatamente.

– Não quero deixá-la esperando. Precisei passar no hospital e chegarei ao nosso encontro às nove horas. Está bom para você?

– Melhor impossível. Estava também atrapalhada com o horário.

Às nove horas Mário já estava na recepção do restaurante aguardando Noêmia, que entrou deslumbrante. A sua beleza, a elegância, o cuidado com o guarda-roupa, a leve maquiagem, realçando as cores naturais, levaram o médico a externar a mais sincera admiração:

– Você é a mulher mais linda que eu conheço!

– Obrigada.

– Sente-se aqui. Receba, antes, essas rosas. Elas simbolizam amor. Feliz com a gentileza, Noêmia teve a elegância de sentir o aroma das flores, mostrando-se embriagada.

– Mais uma vez, obrigada!

– Essa é uma noite especial.

Interrompidos pelo garçom, após pedirem champanhe francesa para um brinde especial, Mário externou os sentimentos que de há muito estavam represados.

– Esperei muito por esse momento. Para mim essa será uma noite inesquecível.

Tomou as mãos de Noêmia e a beijou delicadamente. Colocou sobre a mesa uma caixinha, retirou uma aliança de brilhante e afetuosamente dirigiu-se a Noêmia:

— Não precisa me falar nada. Se estiver de acordo, querida, gostaria de te oferecer essa aliança como símbolo do meu amor.

Noêmia, encantada, estendeu-lhe a mão; pegou a outra aliança e a colocou em Mário. Estava selado um compromisso. Brindaram o reencontro.

No Plano Espiritual a cena também foi comemorada pelos amigos que incentivaram a reconciliação. Clementin, estampando um largo sorriso, comentou com Pai Bento:

— Conseguiram!

— Dessa vez tem tudo para dar certo — comentou o bom velhinho.

— Estão maduros para esse relacionamento. As experiências, mesmo as mais dolorosas, quando bem aproveitadas, preparam os caminhos da felicidade.

— É verdade. Como Deus é sábio e justo! Nunca condena; oferece sempre uma oportunidade de ressarcimento.

— Veja Demetrius. Onde se encontra, não sabe o que está acontecendo. Um dia verá os equívocos cometidos e com a sua inteligência invulgar irá evoluir.

— O amor de Cíntia vai impulsioná-lo. Ela está preparada para recebê-lo como filho querido.

— Vamos partir, estamos sendo indiscretos.

— Os enamorados não sabem que só faltou pegarmos as alianças e colocá-las nos dedos daqueles dois teimosos...

Partiram para o Plano em que habitavam, passando antes pela fazenda e comunicando o fato a Serafina, que se aprontava para dormir. A velha mucama, que muito evoluíra e se preparava para desencarnar, ficou feliz. Esboçou um leve sorriso, pensou em Pai Bento: "Ele era mesmo danado, sempre conseguia o que queria".

A caravana espiritual informou também o ocorrido aos espíritos amigos Cândida e Pedro. Caberia a ele dar prosseguimento às tarefas espirituais do grupo, contando com a mediunidade evoluída de Helena. Tinham ainda muito o que fazer, cada uma na sua atividade. Sentiam-se preparados.

A vida nunca erra, escolhe sempre certo, colocando as pessoas com as quais temos de conviver no momento exato, nem antes e nem depois. Por isso, aceitar os acontecimentos, observar os fatos, relevar as ofensas, perceber as influências são indicações de efetiva maturidade espiritual.

No dia seguinte, quando a notícia logo pela manhã chegou aos amigos do casal, todos ficaram felizes. Já queriam saber a data do casamento. Sentiram-se partícipes daquele encontro de almas; realizados, porque se envolveram de tal forma na conspiração afetiva que qualquer solução diferente da planejada frustraria todos.

O presente falaria mais do que o passado, construindo um futuro de paz e amor, compreensão e colaboração, entre aquelas almas talhadas para compromissos maiores.

Capítulo 22

Vinte anos depois

Mário, visivelmente preocupado, liga para o serviço de emergência do hospital, falando sem esconder a aflição que o acometia naquele momento:

— Enviem uma ambulância rapidamente.

Cíntia, que já perdera dois filhos, estava agora na terceira gravidez. Gravidez de alto risco, como o obstetra informara aos familiares. Com mais de trinta anos de idade, sua gestação fora cuidadosamente acompanhada pelos médicos. Mas, o histórico da parturiente era preocupante: já perdera dois filhos logo nos primeiros meses de gravidez, o que causara na jovem um trauma profundo. O marido, preocupado, conversava com Mário:

— Estou realmente temeroso. Cíntia teima em ter esse filho. Já disse a ela para não tentarmos mais.

— Nos dias de hoje, com tanta tecnologia, a questão pode ser contornada – respondeu o médico com a sua experiência.

Noêmia ouvia o diálogo, quieta. Também estava apreensiva. Cíntia era a sua única filha. Filha dedicada, amava a mãe e o padrasto, que a tratava como um verdadeiro pai. Doce e tranquila, porém eficiente e enérgica quando necessário, já desempenhava na empresa um papel chave. Era respeitada por todos, que viam na jovem a sucessora natural de Noêmia e o amparo seguro de Cândida.

Com cinquenta e cinco anos de idade, Noêmia era uma mulher muito bem-conservada. Tinha carisma próprio, que ganhara ao longo dos anos. O casamento com Mário tornou-a muito feliz.

Responsável em tudo o que fazia, querida na fábrica, tinha na prima a sua melhor amiga e a parceira certa na administração dos negócios que conduziam em conjunto. Ambas, exatamente como anos atrás, mantinham o mesmo nível de cumplicidade. Foi assim que ligou imediatamente para Cândida, informando-a das dificuldades enfrentadas pela filha, naquele delicado momento.

– Estou muito apreensiva. Mário e Giovanni estão aguardando a ambulância para levarem Cíntia ao hospital. Essa já é a terceira gravidez e ela não pode abortar novamente. O que será que está por detrás dessa prova?

– Vou perguntar ao Pedro – respondeu a amiga.

O advogado havia amadurecido naqueles anos. Assumiu inteiramente o escritório do professor Cavalcante, que falecera. Era também ativo na fábrica, participando do conselho de administração. Atuava em um grupo espírita, coordenando os trabalhos de desobsessão. Sempre reservado quando se tratava de informações pessoais relativas às manifestações espirituais, ouviu de sua esposa as apreensões de Noêmia em relação às sucessivas gravidez interrompidas da filha.

– Sabe que Cíntia não se sentiu bem hoje? – Perguntou ao marido.

— Por quê?

— Novamente a questão da gravidez. Hoje começou a passar mal e o Mário entendeu que ela deveria ser internada imediatamente. Noêmia me ligou apreensiva, pedindo-me para lhe perguntar o porquê dessa prova. Já é a terceira vez que a gestação é interrompida. Cíntia deseja muito esse filho. Já perdeu dois outros e, se também perder esse, o trauma será muito grande. Lembra-se das várias gravidez interrompidas que eu tive? Entrei em depressão tão forte que, hoje, estou realmente preocupada com Cíntia. É possível espiritualmente fazermos alguma coisa?

Pedro, introspectivo que era, ficou pensativo por alguns instantes, e depois comentou:

— É possível que estejamos diante de alguma questão espiritual complicada. Os médicos não conseguiram detectar nenhum problema em Cíntia. O espírito que está para reencarnar talvez esteja temeroso da experiência. Diga a Noêmia que vou orar e se tiver alguma recomendação nos comunicaremos.

— Faça isso, meu querido. O sofrimento da mulher que deseja ter filhos e não consegue é muito grande. Hoje há a esperança da fertilização "in vitro", mas ainda não sabemos todas as consequências desse método, tanto para as crianças, quanto para os próprios pais. Há registros de que algumas crianças assim concebidas possam apresentar sérios problemas neurológicos.

— Essa é uma realidade não muito divulgada pelas clínicas especializadas. Os pais que desejam tentar essa alternativa precisam estar conscientes dos riscos.

— De qualquer forma, é um avanço científico e que precisa certamente ser aperfeiçoado.

– Sem dúvida.

Enquanto Cândida se deitava, Pedro pensava a respeito do assunto. O caso de Cíntia se assemelhava ao de sua esposa, que tivera alguns abortos espontâneos; após a primeira gestação bem-sucedida, vieram vários filhos. Naquela época, lembrava-se, Pai Bento havia dado um conforto importante, despertando a esperança, posteriormente concretizada, para a jovem, afirmando que ela não tinha nenhum problema e que aquelas dificuldades decorriam de ajustes referentes ao passado. O conforto e a visão otimista foram importantes para que a sua esposa atravessasse aqueles revezes, apesar do processo depressivo. Será que ele, como médium, teria segurança para também passar a Cíntia informações que levassem a jovem a encarar essas dificuldades como transitórias? – Perguntava-se.

Cíntia ficou internada no hospital apenas dois dias, mantendo-se em repouso absoluto, sendo medicada com soro. Ao assinar a alta, o facultativo recomendou à jovem que em casa não fizesse nenhum tipo de esforço. A situação ainda inspirava cuidados.

Cândida e o marido foram visitar Cíntia. Recebidos por Giovanni, Mário e Noêmia, reuniram-se em torno da gestante em agradável conversa, até o momento em que essa, diretamente, interpelou o tio:

– Estou muito apreensiva com essa gravidez. Sinto-me angustiada e penso que não vá conseguir reter a criança. Será que o senhor teria alguma explicação para o meu caso, que se assemelha muito ao da tia Cândida?

Todos ficaram em silêncio olhando o advogado, que respondeu:

– Não tenho ainda certeza. Penso que haja algo de

misterioso nesses seus problemas.

E, olhando para Mário, prosseguiu:

– O Dr. Mário poderá falar com mais propriedade acerca das questões médicas.

Cândida interrompeu o marido dizendo:

– Você me falou outro dia que ela não tinha nada sob o ponto de vista médico e que a questão poderia ser espiritual.

– É verdade, mas, pensando melhor, não sou médico para uma afirmação dessa. O que você acha, Mário?

– Até agora os colegas que cuidam da nossa Cíntia não detectaram nada de anormal. Tanto é assim que a única prescrição é a de repouso absoluto, cuidado com os movimentos e nada mais.

– Então, Pedro – interrompeu Cândida, incisiva – como você nos explicaria essa situação?

– Tudo indica que está havendo receio do espírito que deverá reencarnar. O que posso dizer com certeza é que se trata de uma entidade vinculada à família espiritual de longa data, que depende da boa vontade da mãe em recebê-lo, e que virá com alguns problemas.

– Que tipo de problema? – Interferiu rispidamente Giovanni.

– Não sei. Mas não precisa se alarmar. Não será nada grave. Apenas algumas pequenas limitações para conter o ímpeto do passado. Mas o espírito está relutante. Ao mesmo tempo que admitiu essas limitações, teme não ter condições de superá-las quando reencarnado, em razão das situações vivenciadas em outras vidas.

— Mas eu estou disposta a recebê-lo de qualquer forma e a ajudá-lo — afirmou Cíntia, convicta, olhando com firmeza para o marido vacilante.

— Isso é muito bom, reafirmou o tio. A reencarnação é um grande desafio. Nem todos estão preparados para vencê-lo. É natural o temor, principalmente quando há a necessidade de alguns reajustes mais acentuados.

— A impressão que tenho — falou Noêmia delicadamente — é que Pedro sabe mais do que deseja falar.

Mário também comentou:

— Se ele puder nos orientar mais especificamente, ficaremos gratos.

— Posso ter esperança de realmente receber esse filho? — Perguntou Cíntia dirigindo-se ao tio.

Inicialmente relutante, ele respondeu:

— Penso que sim. Precisaremos orar, esclarecer esse espírito, que está muito bem posicionado do outro lado da vida, mas teme o choque provocado pela reencarnação, o esquecimento do passado vivido e a possibilidade de reincidir em erros já cometidos. Por isso reluta.

— É Demetrius que está de volta? — Interpelou objetivamente Noêmia.

— Não sei. Não é permitido esse tipo de identificação. Sinto a necessidade de realizarmos uma reunião com o grupo, talvez no Plano Espiritual.

— E para quando será essa reunião? — Perguntou Cíntia, visivelmente angustiada.

— Vamos orar, pedir orientação. Penso, contudo, que

assim que você puder se locomover, estiver melhor, a reunião poderá acontecer. O ideal, acredito, é que esse encontro seja no espaço espiritual da casa da fazenda e com a participação de Serafina. Ela, apesar de idosa, tem condições efetivas de ajudar. E penso também que o espírito em vias de reencarnar deva passar por avaliações no Plano Espiritual.

– Quais?

– Não saberia dizer. Apenas que ele deverá se explicar para os Superiores a respeito de seus temores. Vamos aguardar. Esperarei um sinal para depois marcarmos a reunião, se a nossa menina aí estiver em condições de viajar.

– Isto não será problema – interrompeu Mário. A empresa tem ambulância e eu faço questão de acompanhá-la durante a viagem.

A conversa voltou-se para outros assuntos. O grupo vibrava na mesma faixa e todos saíram esperançosos do encontro familiar.

Enquanto na Terra a esperança renascia no coração de Cíntia, no astral Demetrius vacilava. Temia todos os efeitos da reencarnação.

O esquecimento do passado era o que mais o angustiava. Imaginava-se novamente na Terra, campo de lutas e crescimento, sem se lembrar de nada do passado que, no Mundo Espiritual em que estava, era uma presença constante. Ali se lembrava sempre dos seus dias na Alsácia-Lorena, de sua trajetória na festejada Frankfurt-sobre-o-Meno e de vidas anteriores, quando se envolvera em guerras de todos os tipos.

Sempre fora um homem saudável, de porte atlético, nunca havia experimentado nenhum problema de saúde.

Nessa nova reencarnação, contudo, viria com um corpo físico franzino, frágil, com uma perna ligeiramente mais curta do que a outra, como consequência das armadilhas que armara com gosto para os inimigos de guerras em outros tempos.

Com dificuldades pulmonares decorrentes dos abusos cometidos pelo fumo exagerado e com problemas digestivos provocados pelos excessos à mesa, seria uma pessoa de saúde delicada e sem condições de avançar muito na vida.

Não seria um homem atraente em razão das limitações referenciadas, o que evitaria por completo o assédio das mulheres que tanto apreciara nas vidas anteriores. Sem o chamado "sex appeal", enfermiço, tendo pela frente somente o trabalho para se distrair, temia cair em profunda depressão.

Esquecia-se de que, como contrapartida, a vida lhe daria um lar espírita, uma mãe dedicadíssima, uma avó nobre e a ele profundamente vinculada e um avô, por consideração, médico, que nunca nutrira nenhum sentimento negativo em relação àquele espírito atormentado. Ao contrário, ante a fragilidade da criança, Mário se desdobraria para amenizar os sofrimentos.

E, ainda por cima, poderia contar com a delicadeza de Cândida, que, pelas experiências do passado, seria a única a lhe falar francamente, sem rodeios, alertando-o quando se manifestasse rebelde; também poderia contar com Pedro, por quem sempre tivera respeito verdadeiro, e que seria nos momentos mais dramáticos a voz da esperança a orientá-lo diante dos percalços da vida.

As limitações que tanto temia seriam os obstáculos interpostos pelo destino para evitar os desatinos cometidos anteriormente conduzindo-o à ruína moral. Significavam também a dor necessária para as inflexões do pensamento, a meditação, a busca do conforto religioso, a aproximação com Deus.

Sabia, por outro lado, que as dificuldades existiriam e nem todos lhe dariam amparo incondicional. Iria se defrontar com alguns adversários do passado e que ainda não havia perdoado. Mas o que mais induzia o espírito a relutar era a figura paterna.

Giovanni, ao contrário de Cíntia, não tinha disposição natural para lidar com um filho difícil, repleto de conflitos interiores, marcado por profundas contradições. Para o pai, a convivência com o filho seria uma dura prova.

No pretérito distante, ambos haviam lutado pelas mesmas ambições materiais. Prejudicaram-se e a várias outras pessoas. O encontro desses adversários, por que não dizer inimigos, fora planejado cuidadosamente pelos Mentores espirituais.

Cíntia teria um papel fundamental na administração dos conflitos familiares próprios de dois espíritos bem independentes, acostumados a mandar, que estariam vivendo no mesmo espaço, sob a direção de uma mulher notável.

As dificuldades também não paravam aí. Ante os enormes débitos cármicos, se Demetrius não se ajustasse aos padrões esperados de humildade e de trabalho desinteressado e, ao contrário, assumisse postura de tirania face aos empregados e outras pessoas, principalmente as empregadas da fábrica, seria retirado imediatamente. Se o seu comportamento fosse adequado, ainda assim desencarnaria cedo, sem passar por grandes sofrimentos.

Demetrius saiu de seu mundo interior quando foi

chamado por Augusto para uma última conversa. Compareceu ao setor competente encontrando ali o Mentor.

– Que bom que veio hoje! – Saudou-o o Orientador.

– Eu é que agradeço ter se lembrado desse pobre reencarnante.

– Não fale assim. Não sabe o que é uma reencarnação difícil.

– Mais do que será a minha?

– Basta dar uma voltinha pelos sanatórios da Terra. Quantos estão ali internados, abandonados por tudo e por todos, dependendo única e exclusivamente da caridade alheia. Doenças mentais e neurológicas de todos os tipos, deformidades inimagináveis. Gravíssimos problemas de formação genética. E tantas e tantas outras dificuldades em pessoas que no fundo mantêm resquícios de percepção e sabem que muitas vezes são maltratados por funcionários mesquinhos e covardes que agridem esses seres despojados de tudo na calada da noite, ao fazerem o menor ruído que impede os cuidadores de dormir, quando na verdade estão recebendo salários para ficar despertos, atentos às necessidades dos doentes.

Como não têm pais e mães que por eles se preocupem, literalmente abandonados que foram ao nascer e com sequelas irreversíveis, não conseguem falar. Seus grunhidos de dor e desespero não são ouvidos por "certos" administradores de entidades tidas como assistenciais e cujo objetivo final é receber doações e subsídios que enriquecem alguns. Pobres coitados, esses corruptos. Não sabem que eles estão cavando a própria desdita e que renascerão nas mesmas condições daqueles seres que foram colocados sob a sua guarda.

– Ao falar assim você me assusta. Sei que Cíntia deseja o meu retorno. Mas Giovanni detesta-me. Estarei muito inferiorizado nessa luta. Fraco, doente, feio, manco, com fobia a avião, enquanto ele está lá perfeito, bonito, com a chance de substituir a minha mãe na empresa. Não terei nenhuma condição de competir.

– Competir?

– Sim. Não gostaria de ser um inválido, um traste, vítima da chacota e da boa vontade dos outros, principalmente de um pai que eu não pedi.

– Como pode ser tão arrogante assim? – Interpelou-o Augusto. Não sabe que ser pai, sentir-se responsável por um ser indefeso, fruto do amor de um homem com a mulher querida, ameniza todas as animosidades?

– Mas tem pais que até matam os filhos.

– São casos extremos de enfermidade mental combinada com desajustes profundos do passado. Asseguro-lhe que não é o caso de Giovanni. Para ele também será difícil. Afinal, você vai ser o primeiro filho do casal. Eles alimentam esperanças. Quando perceberem o alcance do problema, Cíntia já terá trazido mais duas irmãs para você. Essas são espíritos evoluídos ligados ao grupo familiar. Serão anjos protetores. Animarão a sua infância, o apoiarão na adolescência e na fase adulta. Giovanni é muito ligado a elas, assim como Cíntia. Essa é a importância da família.

O grupo familiar é um todo no qual os membros se apoiam, recebem afeto, atenção, amor, solidariedade. Esta será a sua família. Sinta-se privilegiado. Nem todas as famílias podem reunir espíritos afins. No seu caso a animosidade entre você e Giovanni tende a diminuir com o tempo. Não se esqueça que ele também terá duras experiências. Ele também está sob observação. Não poderá agir de qualquer forma e nem descumprir o compromisso selado aqui antes de sua partida.

— Que compromisso é esse?

— O de apoiar Cíntia e todos os filhos.

— Mas, nunca senti nenhum pensamento de amor emitido por ele para esse filho em gestação. Ele só se preocupa com Cíntia, se ela vai ficar boa, e nunca se refere à criança.

— Porque ainda é jovem. Para ele, imediatista como você, conta o aqui e o agora. É Cíntia que corre perigo de vida, na concepção de Giovanni. Apesar de participar das reuniões espirituais, ainda não compreendeu o mecanismo da vida. Acha tudo muito interessante, tem certo temor, mas não introjetou a visão espírita no seu cotidiano. Sente, porém, que há algo. E isso já é um bom começo. A sensibilidade de Cíntia, o apoio de Noêmia e Mário, o afeto de Cândida e, sobretudo, o exemplo de Pedro comovem-no. O tempo e as experiências que deverá passar para evoluir serão o caminho para uma nova concepção da vida, de forma que ao final da presente reencarnação estará mais espiritualizado.

— Ouvindo você falar parece que tudo se encaixa e fica fácil. Quando se está lá, contudo, sem referências e informações adequadas do passado, tudo se torna mais difícil e até insuportável.

— Por isso a necessidade de se fazer exercícios de fé.

— Nunca ouvi falar disso antes. O que significa?

— A fé é a confiança que temos em algo que não sabemos concreta e racionalmente, mas que percebemos pela intuição e aceitamos como verdade. A fé é fundamental.

Fé na vida, nas pessoas e sobretudo em Deus. Se a pessoa constantemente se apega a Deus e percebe os movimentos da vida como obra do Criador, sabendo que não cai uma folhinha sequer de uma árvore sem que ele permita, tudo ficará mais fácil.

— Exercita-se a fé pela observação racional do mundo, das coisas, do comportamento das pessoas, procurando compreender o imponderável de cada dia e percebendo a ação de uma mão invisível dirigindo os acontecimentos.

— Ao contrário do que dizem os materialistas, a fé é algo concreto e que se constrói todos os dias. A construção da fé é um ato da vontade e da inteligência esclarecida, que sente a lógica sutil dos fatos nas ocorrências do dia a dia.

— Quantos acidentes são desviados, e as pessoas benefi-ciadas atribuem ao acaso, à sorte, ou à sua perícia em evitá-los? É certo que participamos da construção do nosso destino. O cuidado devido, as precauções são necessárias e próprias dos espíritos responsáveis. Mas, frequentemente a nossa existência depende de algo que não controlamos. E quando ocorrem certos acidentes, apesar de todos os cuidados, a perplexidade, aliada à revolta, assoma o espírito que se sente aturdido, quando era uma experiência pela qual deveria passar.

— Os exercícios de fé são importantes para dar seguran-ça na interpretação dos fatos. Na jornada terrestre deparamo-nos com realidades aparentemente surpreendentes e inusitadas, como se fossem obras do acaso, que chegam de um instante para o outro e reviram a vida das pessoas, deixando-as desola-das. Quando se cultiva o hábito de analisar os acontecimentos à luz das Leis de Causa e Efeito, de Ação e Reação, amplia-se o campo das percepções e a mediunidade, que é patrimônio de todos, começa a aflorar, desde que a pessoa se conduza com retidão e ética em todos os acontecimentos.

— A fé é inerente ao ser moralmente evoluído. Construí-la é tarefa diária que leva tempo, energia, capacidade de compreensão.

— Os chamamentos existem a todos os instantes. A dona de casa mais simples se depara com fenômenos cotidianos impressionantes na execução de suas tarefas domésticas.

— O ato trivial de cozinhar os alimentos demonstra a diferença do que é apresentado à mesa. Quem cozinha com cuidado, escolhe as matérias-primas delicadamente, procura transmitir amor naquilo que está fazendo, certamente leva aos seus filhos um alimento saudável, no ponto certo, nutritivo, ao contrário da dona de casa estouvada que acaba estragando os alimentos pela pressa e a falta de cuidados ao fogão.

— O médico, quando perceptivo, observa as reações dos pacientes e sabe de antemão quais as enfermidades que podem acometê-los. Engenheiros cuidadosos são alertados por pequenos sinais na obra, evitando acidentes e transtornos. Todos os seres humanos se deparam a todo momento com situações que a rigor não se encontram sob o seu domínio.

— O milagre da vida; as conjunções favoráveis da existência em sociedade; os avanços realizados na elaboração de um novo mundo; a capacidade hoje que se tem de reflexionar acerca de temas do cotidiano e que são importantes revelam o estágio de desenvolvimento do homem moderno. Assim também no que se refere ao mundo dos espíritos.

— O que tanto o atemoriza — o esquecimento do passado — é uma bênção divina que possibilitará zerar o jogo. Lá na Terra você não será mais o Demetrius de ontem, aquela figura marcada pela arrogância, mas um ser frágil e dependente de alguma proteção, inspirando solidariedade aos familiares, que irão se encantar com os seus progressos e reconhecerão a sua inteligência e capacidade para os negócios. Em pouco tempo, vai se sobressair na administração da empresa, impulsionando o progresso e deixando todos os gestores da organização admirados. As suas conquistas não lhe foram tiradas e as limitações não afetarão a sua capacidade mental. Então, não tema, aceite as condições propostas e siga em frente com coragem.

— Vou pensar um pouco mais.

— Não há tempo. A gestação está avançada. Se recuar agora, não terá mais condições de ter Cíntia como mãe. E você já sabe o futuro que o espera!

— Reencarnação compulsória de mãe que me é desconhecida, nascido sob algum viaduto da cidade. É isso? É uma ameaça?

— Não se trata de ameaça. As condições apresentadas são as melhores possíveis ante o que realizou em suas vidas passadas. Renascendo em condições mais difíceis não terá por isso desculpas para não progredir. A escolha é sua. Pense.

Lá no espaço espiritual da fazenda e sob a direção de Pedro, contando com a ajuda de amigos espirituais, eles pretendem fazer uma reunião mediúnica, quando estiverem em desdobramento, na qual você deverá assistir a distância. Preste atenção no que dirão os Espíritos Amigos e que se propõem a ajudá-lo. Sinta de perto as vibrações que serão emitidas, a sinceridade de propósitos, o amor da futura mãezinha e as preocupações do pai. E depois decida, sem hesitação.

Demetrius despediu-se do Mentor e retornou para

casa cabisbaixo. No fundo, não estava querendo voltar à Terra que ele tanto amou. Temia os encantos e as seduções do poder, sabia-se determinado e quando desafiado pelos concorrentes, acicatado pelas rejeições das mulheres, revoltado com as suas condições físicas, temia escorregar e pôr tudo a perder, retornando ao Plano Espiritual como falido.

Os traumas das últimas reencarnações o assustavam.

A internação no sanatório da cidade de Frankfurt-sobre-o-Meno, o tratamento na condição de doente mental, que não se considerava, a obsessão por Émilie, o encontro após a morte do corpo físico com os adversários, tudo o apavorava, tornando-o um ser mais comedido, menos autoritário, que já estava conquistando alguma humildade.

Retornar assim esquecendo todo o passado, mas carregando consigo a voluntariedade de ontem, a autoconfiança conquistada em muitas lutas, atemorizava-o. Afinal, a humildade de hoje era fruto de muito sofrimento e de informações que recebia a todos os instantes.

Ajudando na Colônia em que estagiava na recepção aos desencarnados, se deparara com situações diversas e gravíssimas, mais do que as que enfrentara. Sabia, por ver de perto, a dor moral acometendo os que tombaram na reencarnação deixando de realizar o projetado.

As glórias do poder e da fortuna, a beleza encantadora, as provações de vidas em extrema pobreza eram situações de resgates difíceis de vencer. Temia. Não tinha receio de admitir. E por isso progredia, compreendendo que não era um ser absoluto e cuja conduta seria acompanhada por amigos encarnados e desencarnados. Sabia, hoje, que nada se oculta. Tudo um dia vem à tona. O ser encarnado é monitorado o tempo todo. Atos, pensamentos, reações são anotados e avaliados em tempo real.

Exausto, adormeceu.

Naquela noite Pedro também caiu em sono profundo. Convidado à Colônia de onde partiu, pôde conversar com os Orientadores da reencarnação do grupo familiar a que pertencia. Foi Domênico, um dos Instrutores de espíritos em processo de reencarnação e incumbido junto com Augusto de preparar Demetrius para uma nova jornada, quem principiou a conversa:

– Já estamos prontos para a reunião mediúnica, que será no espaço da fazenda e no casebre que era ocupado por Pai Bento.

Demetrius irá assistir à reunião tão somente a distância. Não poderá interferir. O diálogo deverá ser conduzido por Pai Bento, com o apoio de Serafina. Estaremos todos lá emitindo energias favoráveis, inspirando Pai Bento e Serafina nas perguntas e respostas. Esperamos, ao final, demonstrar a Demetrius que aquele homem do passado não mais existe. Já é outra criatura agora, mais temerosa, menos agressiva, com conhecimentos do Mundo Espiritual, um outro ser que ainda precisa se desvencilhar dos apegos e atavismos de ontem para crescer em compreensão.

Demonstraremos a ele que o Giovanni de hoje também nada tem a ver com o Olavo do passado, guerreiro feroz, que tinha, contudo, senso de honra, o que faltava a Demetrius. Esse senso de honra, cultivado segundo as tradições de seu povo, foi muito importante no caminho evolutivo de Olavo, facilitando-lhe a vida, até mesmo com os inimigos.

Apesar de ter muitos inimigos, esses reconheciam nele um guerreiro de valor, que não usava artifícios fraudulentos. Muitos chegaram a admirá-lo, mesmo estando em lados contrários.

Cíntia sempre o amou e o respeitou e ele retribuiu da mesma forma, respeitando todas as mulheres da aldeia, admitindo a luta, nunca com covardia. Agora estava na condição de ser realmente pai do adversário desleal de ontem, recebendo a oportunidade de ensinar ao filho os valores que cultivara e que tanto reprovava no então inimigo.

A vida é sábia e bela oferecendo a todos a oportunidade de avançar.

Ao acordar, Pedro lembrou-se do sonho. Era chegada a hora de convocar todos para o encontro. Logo pela manhã comunicou a Cândida que havia recebido o sinal esperado e que a reunião se daria no espaço espiritual da fazenda, à noite, quando todos dormissem, em desdobramento. Era para ela agendar o encontro o mais rápido possível com os envolvidos, na casa da fazenda, o que foi feito com presteza, marcando-se a reunião para o sábado seguinte.

Na sexta-feira Cíntia, o marido, Noêmia e Mário viajaram a Queluz. Pedro e Cândida foram na quinta-feira. À tarde, no casebre que foi de Pai Bento, Pedro encontrou-se com Serafina, posicionando-a a respeito do evento. A boa senhora informou-lhe:

– Já sabia, meu filho. Pai Bento me disse para fazermos aqui uma oração, limpar o ambiente, prepararmo-nos, para à noite, em espírito, retornarmos para um diálogo verdadeiro, com a participação dos envolvidos, menos a do espírito que irá reencarnar e que assistirá tudo a distância, uma vez que não nos é dado saber a sua identidade.

– É verdade – respondeu Pedro. A senhora está mesmo a par. Vejamos se o encontro será bem sucedido. Cíntia tem

A Queda Sem Paraquedas

sofrido com essa indecisão do espírito. Alma nobre e abnegada, dispôs-se ao sacrifício de receber como filho um ser largamente comprometido no passado.

— As mães verdadeiras são seres despojados de interesses menores. A preocupação sempre é com o bem-estar dos filhos. Aninham a criança no ventre protegendo-a desde a concepção. Sabem, no fundo, que trazem um espírito para a vida. Sentem-se responsáveis. Aquelas que não respeitam a própria criação, agindo com irresponsabilidade, são seres ainda pouco evoluídos e que cumprem o papel de trazer certos espíritos que um dia não honraram pai e mãe.

— Como a senhora é sábia!

Serafina ouviu calada as considerações de Pedro. Não fez nenhum outro comentário. O seu mundo era aquele ditado pela bondade de um coração puro que aceitara as condições de resgate que lhe foram colocadas, não reivindicando nada mais do que a oportunidade de servir. A vaidade, a ambição, o desejo de ser reconhecida como importante não habitavam o universo daquela negra sábia e conformada com o seu destino. Por isso crescera em mediunidade, mantinha intercâmbio com Amigos evoluídos do Plano Espiritual. Apenas disse a Pedro:

— Meu filho, estarei aqui. Esse lugar, ocupado por Pai Bento e que ele mesmo em espírito frequenta ainda hoje, é certamente o mais indicado para o que vai acontecer.

— Também penso da mesma forma. Só que agora nós é que iremos preparar as broas de fubá. Naquele tempo a senhora fazia os quitutes e mandava a gente trazer para o velhinho, que sempre lambia os beiços. Agora ele, que está do lado de lá, não poderá, após a reunião, saborear as broas, vai sentir apenas o cheirinho. A vida aqui na Terra tem também as suas vantagens, não acha?

Serafina riu à vontade das lembranças. Aqueles meninos e meninas eram a sua família. Parece que já tinha estado com eles há muito tempo. Aguardou o momento da reunião em estado de oração. Preparou-se para o grande evento. Tinha sempre prazer em ajudar Pai Bento, que mesmo do outro lado da vida a mimava constantemente.

O sábado finalmente chegou. Todos estavam na fazenda aguardando a noite para colocarem o corpo em repouso e liberar os espíritos. É que à noite, sob a influência do magnetismo lunar, as comunicações se tornam mais fáceis, ao contrário das que acontecem durante o dia, pela força da energia solar, que dissipa mais facilmente os pensamentos, incinerando os de alta toxidade, o que permite à Humanidade trabalhar. Não é sem razão que nos hospitais desencarnam muitos doentes no período noturno. Assim também acontece com poetas e escritores, artistas e pessoas que dependem da inspiração para o seu trabalho e que preferem se dedicar ao labor quando os reencarnados dormem. A interferência dos espíritos no dia a dia está cada vez mais evidenciada.

Às vinte horas o grupo se dirigiu em espírito ao casebre que foi de Pai Bento e que era atualmente ocupado por Serafina. Estando todos presentes, Pedro iniciou os trabalhos com uma longa e sentida prece, pedindo ao Criador inspiração para orientar um espírito recalcitrante e que se defrontava com as consequências de seus atos, dificultando deliberadamente a sua própria evolução. Terminada a prece, Serafina em espírito deu passagem a uma entidade, para se comunicar livremente, iniciando a sessão:

— Agradeço a presença de todos nesse ambiente. Essa

reunião foi cuidadosamente preparada no Plano Espiritual. É importante para o desenvolvimento do grupo. Tenham a certeza de que nada acontece sem a permissão de Deus. Se todos conseguiram chegar aqui, se estão em condições de perceberem o alcance dos acontecimentos, se possíveis interferências foram bloqueadas, é porque essa ocorrência de hoje tem importância nos dois planos da vida.

— É uma reunião específica para o encaminhamento da gravidez de Cíntia ou outros temas serão abordados pelas Entidades? – Perguntou Pedro.

A Entidade, com voz tranquila, respondeu:

— Hoje cuidaremos somente da conscientização do espírito em vias de reencarnação e também a dos futuros pais.

— O espírito prestes a reencarnar está também presente?

— Sim, porém a distância e tão somente como ouvinte. Não poderá se comunicar e nem será identificado, mesmo sendo essa uma reunião no Plano Espiritual. Vocês não terão o privilégio de saber quem irá chegar. Trata-se de entidade necessitada, comprometida com o grupo familiar, que precisa de ajuda. Essa ajuda virá principalmente dos pais, mas todos estão envolvidos no processo.

— Creio que não nos move nenhum sentimento de curiosidade – afirmou Pedro. Se ele não pode se identificar, para nós não é o mais importante. O que nos interessa saber é o que poderemos fazer para ajudá-lo nessa travessia. E se dessa vez o projeto de reencarnação irá se concretizar. Cíntia, a futura mãe, tem tido dificuldades para segurar a criança, que quer escapulir de qualquer maneira. Apesar de tomar todos os cuidados, como gestante responsável que é, ainda assim teme pela ocorrência do aborto espontâneo.

581

– Cíntia nada deve temer. Tudo está sob controle. Ela, quando aqui se encontrava, aceitou, juntamente com o marido, a possibilidade de receber essa criança. Vem cumprindo com muito amor a sua obrigação. Giovanni, contudo, tem relutado, apesar de estar também gravemente comprometido com o espírito que deverá reencarnar.

– É possível orientar-se mais especificamente o futuro pai?

– Esse é um dos objetivos dessa reunião.

– Poderia dirigir-se diretamente a ele?

– Falaremos agora com Giovanni. Primeiramente para dizer: não tema! Nada acontece e nem acontecerá ao acaso. Tudo o que vier (e muito poderá ser alterado, pelo comportamento do reencarnante e do grupo familiar que o abrigará) está previsto.

Antes de ir para essa fase evolutiva, você conversou longamente com os seus Mentores. É importante que tome consciência de que a paternidade é a maior responsabilidade do homem quando decide constituir uma família. Trazer para a Terra espíritos necessitados de amparo e orientação, comprometer-se a dirigi-los desde a mais tenra idade, sobretudo nessa nova era da Humanidade, é tarefa que somente poderá ser bem cumprida quando houver amor.

Cabe aos pais perceberem desde a mais tenra idade as inclinações, os desejos, as vocações de seus filhos, para saber conduzi-los nos momentos mais difíceis. Os primeiros sete anos de vida são de adaptação. O efeito do esquecimento das vidas passadas, a formação do aparelho cerebral limitam a criança no exercício de suas vontades. É o melhor momento para se plantar naquele ser o amor dos pais e irmãos, evitando-se ciúmes e competições, sobretudo com a imposição de diretivas arbitrárias, que não estão ao alcance da capacidade de compreensão do ser em formação. Conduzir, compreender, amar, amparar, orientar, passando segurança nas atitudes, bom-senso nas decisões, tranquilidade sempre.

A nova era traz um tipo de criança diferente e que está destinada a transformar a vida na Terra, para melhor, sem dúvida, mas ainda assim são espíritos que entram na faixa reencarnatória com problemas a resolver. Tanto poderão ser os agentes transformadores, como sucumbirem aos conflitos implantados principalmente na infância. A colheita para a família e para a sociedade virá. Pais arbitrários, donos da verdade, materialistas provocam nos filhos reações imponderáveis, cujas consequências terão de amargar e pelas quais responderão. Daí porque a capacidade de compreensão, colaboração, discernimento são muito importantes.

— Como eu posso me capacitar para ser um bom pai? — perguntou Giovanni.

— Pergunta excelente — respondeu a Entidade. As pessoas estudam anos a fio para serem bons profissionais em várias atividades. Desde o curso básico até à universidade, pós-graduação, e tudo o mais para se capacitarem para exercer cargos e funções. Mas, para a mais nobre das missões, que para alguns significa o maior desafio da vida, que é a tarefa de ser pai e mãe, as pessoas não se preocupam em se preparar. Entendem que uma psicologia empírica, adquirida não raras vezes ao longo de uma vida traumática seja o suficiente. E passam para os filhos certos códigos e valores que não chegaram sequer a questionar. O dinheiro, o poder, as vaidades sociais, os destaques políticos, todas as formas de conquista de prestígio externo são roteiros que entendem como o ideal dos vencedores. E depois, quando os filhos reagem ao modelo e não aceitam as imposições, desesperam-se, sentem-se incompreendidos, quando, na realidade, foram os próprios pais os causadores daquela situação.

A violência contra o ser em formação, as incompreensões na fase difícil da adolescência, os conflitos familiares, as separações entre os casais, tudo pode estimular o sentimento de fuga e o refúgio nas drogas, o mal maior dos tempos atuais, o caminho sem volta que destrói vidas sem piedade. Todo o cuidado é pouco. Você nos pergunta o que deve fazer para se capacitar para ser um bom pai? A resposta é objetiva: prepare-se, atualize-se, não se considere dono da verdade, seja tolerante, flexível, aja com amor, construa um ambiente familiar saudável, criativo. Leia bons livros que tratem do tema, aconselhe-se com profissionais abalizados, espiritualize-se. Se os pais dedicarem-se efetivamente à criação dos filhos e souberem respeitá-los quando de suas escolhas, as possibilidades de êxito na empreitada serão grandes.

Giovanni ouvia atento. Todos os olhos se voltavam para o futuro pai, que não escondia a insegurança. Timidamente reportou-se à Entidade:

— Tenho sentido certa angústia desde que Cíntia engravidou. Essa semana, contudo, acordei alegre, disposto, sem aquele medo de ser pai. Cíntia também se sentiu melhor. Fiquei pensando se há alguma coisa por detrás desse meu estado. Ao ouvir que a criança reencarnaria com algumas limitações, preocupei-me. Esse será o nosso primeiro filho. Que limitações são essas? Será que irei suportar ver o meu filho sofrendo ao longo de uma vida inteira?

— Já falamos acerca das limitações. Todos os pais de crianças com necessidades especiais são escolhidos porque têm condições de compreender o ser amado que chega. Os pais também são especiais no sentido mais amplo. A Providência Divina não autoriza nenhuma prova que uma família não possa suportar. No seu caso, as limitações da criança serão pequenas e meramente funcionais, nada que comprometa o discernimento, a conduta. Acredite que serão essas limitações que irão aproximá-los mais um do outro. O que chega, necessitando de amparo, perceberá o amor daqueles que têm o dever de protegê-lo, auxiliá-lo, desenvolvendo sentimento de gratidão, que passará ao de amizade, depois evoluirá para o de amor até chegar ao amor incondicional, próprio dos pais.

— Mas e quando ele for à escola, estiver com os amiguinhos, como suportar a chacota alheia, ver a dor estampada em um rosto de criança? Acho que não aguentarei. Por isso não desejava a gravidez da Cíntia.

— Por que se apressar em conjecturas, julgamentos, se nem sabe o quanto o Pai Maior é bondoso? Deixe a vida construir os seus caminhos. Não imagine cenas que nem sequer aconteceram e não vão acontecer. Inicie desde já uma aproximação de amor com a criança que já está vinculada à mulher da sua vida. Olhe o exemplo de Cíntia: serena, confiante, decidida a dar a própria vida pela criança. Esse é um exemplo de coragem, abnegação, fé. Muitas vezes falamos em fé, mas na hora do testemunho, tudo se modifica e em vez de aninharmos a coragem vivenciamos a revolta, a insegurança, o medo. Não há que se ter medo das coisas que vêm de Deus. Como Pai amorável e justo concede a todos a oportunidade de evoluir. Tanto você, quanto Cíntia e o espírito que está prestes a chegar, estão, hoje, em situação bem melhor do que já estiveram no passado. O que deve prevalecer é o otimismo.

— E esse espírito será que irá me aceitar como pai?

– Cabe a você, com mais experiência nessa reencarnação e que no astral assumiu a responsabilidade de orientá-lo, fazer o possível para que ele o acolha. Com o tempo, certamente virá mais do que isso. Amor e gratidão, no final da jornada, é o que o espera, se souber renunciar a si mesmo em benefício da entidade familiar. Depois, quando estiver para fraquejar, Cíntia estará aí, bem perto, apoiando os dois. Ela certamente não esmorecerá. A rigor não precisaria estar mais nessa situação. Mas, como espírito de escol, não quer avançar deixando para trás os afetos do coração em situação difícil. Preparada, corajosa, pronta, decidida, ser-lhe-á o apoio em todos os momentos.

Nesse instante Cíntia, com convicção, dirigiu-se ao marido e ao espírito comunicante:

– Sinto-me preparada, sim, para apoiar esses dois grandes afetos da minha vida. Amo essa criança sem nem sequer saber como ela será. É um filho muito querido e eu o protegerei, quaisquer que sejam as circunstâncias, assim como estou apta a infundir ânimo em meu marido. Não é hora para fraquezas.

A Entidade, alegre, respondeu:

– As mulheres são no fundo mais corajosas do que os homens. Está aí uma autêntica guerreira. Se com uma mulher assim na retaguarda você vacilar, é porque cedeu à fraqueza, antes mesmo de iniciar o combate.

– Gostaria muito que a criança me amasse como pai dedicado – completou Giovanni.

– Conquiste esse amor. Aja com retidão. Respeite as dificuldades de seu filho. Não se esqueça que existem mais dois outros filhos previstos para chegar. Não tema e erga a sua família com lealdade e gratidão a Deus. Quantos homens não conseguem fertilizar a mulher da sua vida. Quanta angústia naqueles que não podem ser pais. O casal está em condições de receber esse e outros filhos. Por que vacilar?

À certa distância, assistindo ao diálogo, encontrava-se Demetrius. Não poderia se manifestar. Foi convocado apenas para ouvir. Os pais em hipótese alguma poderiam saber que o iriam receber como filho. Espantado com o desenrolar da conversa, taciturno, o espírito permaneceu calado. Olhava admirado para Giovanni e começou a se colocar no lugar de seu futuro pai. Talvez a prova maior fosse dele. Adulto, conhecedor do mundo, teria as suas expectativas frustradas em relação ao primeiro filho.

Enquanto criança, ignorando os próprios problemas, Demetrius não sentiria a discriminação, até porque a família iria protegê-lo. Somente quando chegasse ao estágio de adulto receberia o impacto dos problemas, que seriam amenizados pela grandeza espiritual da mãe biológica. E como estava previsto o seu retorno na meia-idade, suportaria as dificuldades por alguns anos. Mas, o futuro pai já estava sofrendo por antecipação. Como não compreender que a sua prova não estava voltada tão somente para si, mas envolvia todo grupo familiar? Se estivesse reencarnado – pensava – será que também não vacilaria diante da dificuldade do novo filho? Considerava também que entre ele e o futuro pai não havia empatia. Espíritos que contenderam no passado, sem afinidades, caberia ao futuro genitor superar todas as suas decepções, orientar o filho que se apresentaria fisicamente frágil, para começar a sentir amor por aquele ser a partir do reconhecimento de sua necessidade de apoio.

A reunião espiritual foi concluída com êxito. Os presentes, ao final, estavam emocionados. O diálogo foi altamente esclarecedor. Giovanni chorava. Cíntia abraçou o marido, estampando no olhar imensa ternura. Foi Serafina quem lembrou de amenizar o ambiente, convidando para despertarem no corpo físico, e fazendo-se de rogada, disse:

– Eu quero experimentar as broas para fazer vontade em Pai Bento, que está entre nós.

– Dessa vez ele vai ficar só olhando as broas – falou Noêmia.

– Que saudade, Pai Bento – invocou Cândida.

– Não adianta falar. Ele não pode mais responder – replicou Serafina. Ele está querendo é sentir o cheirinho das broas e esperando o do café quentinho. E depois vai para o espaço. Tem outros serviços.

– A reunião foi muito proveitosa, concluiu Pedro. Os espíritos foram esclarecidos. O que vai reencarnar está mais consciente de seu papel. Penso que compreendeu todo o esforço que se está fazendo para a evolução do grupo familiar. O mais importante é a mensagem. Não temam nada. Tudo está sendo previsto, estudado, para dar certo. E dirigindo-se a Giovanni, que permanecia calado, completou:

– Ânimo, meu jovem. Estaremos todos juntos. Até parece que o seu filho ou filha, não sabemos ainda, será rebento de todos nós.

Mário, que até então permanecia calado, completou:

– Será mesmo filho de todos nós. Já estou me sentindo avô. Um avô, na verdade, pela metade.

– Avô, sim, replicou Cíntia. Que história é essa que avô, pai e mãe são somente os que têm vínculos biológicos? Os que optam por ser avô, pai ou mãe são os que antes colocaram o coração. O amor é ainda maior. Quero que o meu filho ou filha tenha avós muito ligados, sem interferirem, naturalmente, na educação. Esse é o ponto mais difícil. A educação dos filhos é responsabilidade dos pais, e os avós não podem interferir. Agora cumprir o belo papel de avô, fazer alguns agrados, brincar, transmitir carinho, isso é muito importante para a criança. Os pais de Giovanni não estão mais vivos, infelizmente. Será a minha mãe e meu padrasto que serão verdadeiramente os únicos avós da prole que vamos gerar.

— Sinto-me tão bem nessa confortável posição de avô... — comentou Mário. E você, Noêmia, como se acha como avó? — Perguntou à esposa.

— Contando os dias.

Enquanto jogavam conversa fora, animando Serafina que estava toda alegre com a presença deles, agora no corpo físico, no casebre que foi de Pai Bento, e quando nem todos se lembravam do conteúdo da reunião espiritual, no Plano Maior Demetrius mantinha um diálogo com o seu Mentor:

— Estou um tanto perplexo com a reunião. Nunca pensei que as coisas pudessem ser mais difíceis do lado de lá. Sempre enviei pensamentos de ódio a Giovanni. Não posso dizer que tenho amor por ele. Brigamos muito no passado. Ele, do outro lado, ignora quem irá receber como filho. Está abalado. Mas, senti a sua preocupação com a criança, o medo de que as coisas não deem certo, as dificuldades do filho, e até já estava falando como um pai preocupado em defender a criança dos outros. Não é fácil.

— Compreendeu agora como tudo concorre para o bem geral? Ele ficará apegado à criança, defendendo-a, como um autêntico guardião. Será um pai dedicado, amoroso, porque, como espírito, evoluiu. Ao final e depois de tanta dedicação terá de perder o filho também em um acidente coletivo exatamente no momento em que as forças físicas começarem a faltar-lhe. O filho, que estava assumindo a empresa, aliviando o genitor em face dos seus compromissos do passado, terá de voltar ainda bem jovem. E o pai ficará saudoso, tendo a difícil responsabilidade de prosseguir até ao final da vida, sem ter um sucessor definido. As filhas estarão cuidando de outras áreas. A mulher que tanto ama tem previsto o retorno logo após a desencarnação do filho. Giovanni terá de encontrar muitas forças para não fraquejar.

Demetrius estava atônito. Naquele momento estava recebendo a informação de que desencarnaria novamente em evento coletivo. Com os olhos marejados, perguntou:

— Terei de passar novamente pela morte violenta? Não é possível evitar esse triste destino?

— Possível é, mas não conveniente. Se lá na Terra você conseguir mudar radicalmente o comportamento de forma a transmutar o carma, então a previsão pode ser modificada. Mas não creio que seja dessa vez. As lutas do passado, as mortes de várias pessoas nas guerras que empreendeu ainda precisam ficar caladas em sua alma e na de vários outros companheiros. Desrespeitar a vida, colocando à frente de tudo os interesses materiais imediatistas, significa assumir responsabilidades que são assinaladas nos códigos da Justiça Divina.

— Enquanto não deixar para trás todas as pessoas que prejudicou, o sofrimento o acompanhará. É certo que o amor celestial não desampara ninguém. Reparar, sim, mas com a colaboração dos amigos, dos parentes, daqueles que um dia ajudaram ou contribuíram para os atos de delinquência. Por isso é que estará cercado de gente evoluída, não passará pelas provas da miséria, terá todo o conforto material, porque, apesar de tudo, desenvolveu em todas as épocas o espírito empreendedor. Calcou em si o amor ao trabalho; criou condições para que outras pessoas também trabalhassem. Nada se perde na vida, como já dizia Lavoisier, mas tudo se transforma. E a transformação do ser em evolução espiritual é sempre redentora. Por isso não tema. Acredite. Continue a emitir pensamentos de amor para os seus futuros pais.

– Sinto-me endividado. Todos esses anos aqui, as experiências vividas transformaram realmente o meu espírito. Já não sou mais aquele celerado dos tempos da Alsácia-Lorena e nem o industrial arbitrário da Incotel. Mas, o teste é que dirá se realmente modifiquei as minhas atitudes. Estou temeroso, mas penso que não tenho como protelar mais essa experiência.

– É o momento, meu amigo – falou-lhe o Mentor. Aqui estaremos para auxiliá-lo. Durante o sono, se mantiver o pensamento elevado, estabeleceremos comunicação direta. As dúvidas, as dificuldades serão enfrentadas em conjunto por nós. Nunca estará só. Em qualquer situação o Bem sempre triunfa. Quando, momentaneamente, parece que o mal vence, significa apenas um teste de paciência e de persistência. Os quadros se modificam rapidamente. Para os renitentes, doenças inesperadas; para os afoitos, paralisias incuráveis; aos orgulhosos e potentados, dificuldades e escândalos; problemas econômicos, situações familiares difíceis, tudo são testes para que o espírito se harmonize com a vida, desenvolvendo valores e novas condutas.

– O que me anima é a educação que irei receber desde o berço. Nascer em um lar espírita, ter acesso a informações valiosas acerca das vidas sucessivas, ser orientado por pais e tios a seguir o caminho do Bem, sentir de perto esses exemplos de abnegação certamente pesará na minha vida.

– Agradeça a Deus essa oportunidade. Talvez essa reencarnação venha a ser a mais proveitosa de sua marcha evolutiva. Não desperdice nem um minuto sequer. Ocupe o pensamento com coisas saudáveis. Estude com seriedade, dedique-se ao trabalho com amor, esqueça o orgulho e a vaidade e talvez até prolongue um pouco mais a sua estada na Terra.

– Muitas pessoas levadas por pensamentos negativos, vingativas, orgulhosas, vaidosas em excesso desenvolvem em si doenças fatais. Não somente a vida material, alimentação inadequada, mas principalmente pela fábrica incontrolável de pensamentos nefastos, que gera a todo instante. Pensar bem, agir no Bem, evitar julgamentos precipitados, respeitar o próximo são regras de saúde física e mental. Você está realmente preparado para vencer. Precisa se munir de coragem e agir. Chega de teoria. Prepare-se para voltar.

– O que devo fazer?

– Estude o que puder enquanto ainda está consciente. O tempo passa rápido. O processo de reencarnação leva a uma progressiva perda de consciência. Quando concluído, restam as intuições, as vagas lembranças do que aqui aprendeu, norteando as soluções para os problemas que encontrar na Terra.

– É o que vou fazer a partir de amanhã.

Despediram-se. Tudo estava pronto para a volta de Demetrius ao mundo que um dia ele tanto amou. Novos desafios o esperavam. A futura mãe a partir daquela noite não sentiu mais nenhuma dificuldade. A gestação foi acompanhada por Mário e pelos seus colegas obstetras.

Em uma noite clara de verão, Giovanni estava aflito. Cíntia fora internada já em trabalho de parto. Noêmia, Mário, Pedro e Cândida, do lado de cá, aguardavam o nascimento na sala de espera do hospital; Pai Bento e Augusto, os Amigos do lado de lá, sabiam que o parto seria bem sucedido. Às 23h30min nascia um menino franzino, que inspirava cuidados, sendo levado para a incubadora. Elvira, no esplendor de sua beleza, compareceu à sala de parto e sorriu para aquele bebê mirradinho que vinha ao mundo. Começava a nova vida de Demetrius, a experiência necessária à evolução do espírito.

Nos dois planos da vida a emoção foi grande. Aquele pequeno ser na incubadora era alguém que já fora muito poderoso no passado e estava ali, frágil e dependente, sendo acolhido pela mãe. Cíntia, assim que abraçou pela primeira vez o filho para amamentá-lo, transmitiu-lhe um pensamento tão forte de amor que a criança percebeu e esboçou um sorriso. Somente ela, a mãe, que nunca vacilara, percebeu aquele pequeno movimento labial da criança. E falou baixinho:

– Seja bem-vindo. Estou aqui. Nada lhe faltará. Confie em Deus! Acredite na vida! Juntos venceremos!

Giovanni entrou exatamente no momento em que Cíntia amamentava a criança. Olhou com ternura para o quadro à sua frente: mãe e filho juntinhos. Agradeceu a Deus a oportunidade de ser pai. Ainda estava inseguro, mas ao ver a ternura estampada no rosto da esposa criou coragem e disse:

– Minha querida! Aqui estou. Nunca faltarei a você e ao nosso filho. Tenho fé que estamos construindo uma linda família.

Cíntia, com imenso carinho, ergueu o bebê para mostrá-lo ao marido.

– Não acha que ele tem alguns traços do meu pai?

– Não imagine coisas.

A Sabedoria Divina permite o reencontro de almas para superarem os entraves do passado e seguirem em frente sob a luz do amor. O amor, assim, é a fonte primeira da evolução, porque emana diretamente de Deus.

Nossos personagens seguiram os seus destinos, superando os obstáculos, porque na trajetória evolutiva ninguém deve ficar no passado, amargando dores e sofrimentos; a lei sempre é da evolução com alegria e a felicidade. Se o passado é imperfeito, o presente é de lutas, o futuro é a redenção.

As famílias das vítimas do acidente aéreo, após longos anos de disputa judicial, começaram a receber as indenizações a que tinham direito. Muitas evoluíram com a dor, crescendo em compreensão e assumindo responsabilidades maiores na vida, enquanto outras continuavam lamentando as perdas, culpando todos e até se distanciando de Deus.

Os sofrimentos coletivos significam experiência dolorosa, porém indispensável, quando há a necessidade de avanço para determinado grupo. Passado o fato, os envolvidos compreenderão um dia que a providência divina nunca erra.

Tudo o que acontece visa ao crescimento, à transformação do ser, aproximando-o da luz do Criador. O amor constrói sempre e, às vezes, ele é encontrado nas agruras do sofrimento, quando as ilusões cedem à concepção real do bem, do belo e do justo.

Textos da codificação

$\mathscr{A}$ doutrina espírita enfrenta a questão dos resgates coletivos objetivamente: pergunta nº 737 de **O Livro dos Espíritos**.

Com que fim Deus castiga a humanidade com flagelos destruidores?

Para fazê-la progredir mais depressa. Já não dissemos que a destruição é necessária para a regeneração moral dos Espíritos, que em cada nova existência sobem mais um degrau na escala da perfeição? É preciso que se veja o objetivo, para se poder apreciar os resultados. Como os julgais somente do ponto de vista pessoal, dai-lhes o nome de flagelos, em virtude do prejuízo que vos causam. No entanto, muitas vezes esses transtornos são necessários para que mais depressa se chegue a uma ordem melhor das coisas e para que se realize em alguns anos o que teria exigido muitos séculos.

***

A pergunta nº 741 de **O Livro dos Espíritos** é significativa:

É permitido ao homem afastar os flagelos que o torturam?

Em parte, sim; não, porém, como geralmente o entendem. Muitos flagelos resultam da imprevidência do homem. À medida que adquire conhecimentos e experiência, ele os pode afastar, isto é, preveni-los, se souber pesquisar suas causas. Contudo, entre os males que afligem a Humanidade, há os de caráter geral, que estão nos desígnios da Providência e dos quais cada indivíduo recebe, em maior ou menor grau, o contragolpe. O homem nada pode opor a esse tipo de flagelo, a não ser submeter-se à vontade de Deus. Além disso, muitas vezes esses males são agravados pela negligência do próprio homem.

Entre os flagelos destruidores, naturais e independentes do homem, devem ser colocados na linha de frente a peste, a fome, as inundações, as intempéries fatais às produções da terra. Entretanto não tem o homem encontrado na Ciência, nas obras de arte, no aperfeiçoamento da agricultura, nos afolhamentos e nas irrigações, no estudo das condições higiênicas, meios de neutralizar, ou, pelo menos, de atenuar tantos desastres? Certas regiões, outrora assoladas por terríveis flagelos, não estão livres deles? Que não fará, então, o homem pelo seu bem-estar material, quando souber aproveitar-se de todos os recursos da sua inteligência e quando, sem prejuízo da sua conservação pessoal, souber aliar o sentimento de verdadeira caridade para com os seus semelhantes?

***

Pergunta nº 851 de **O Livro dos Espíritos**:

Haverá fatalidade nos acontecimentos da vida, de acordo com o sentido atribuído a este vocábulo? Em outras palavras, todos os acontecimentos são predeterminados? Neste caso, que vem a ser do livre-arbítrio?

A fatalidade só existe pela escolha que o espírito fez, ao encarnar, de sofrer esta ou aquela prova. Ao escolhê-la, elege para si uma espécie de destino, que é a consequência da mesma posição em que se achará colocado. Refiro-me às provas físicas, porque, no tocante às provas morais e às tentações, o Espírito, conservando o livre-arbítrio quanto ao bem e ao mal, é sempre senhor de ceder ou de resistir. Ao vê-lo fraquejar, um Espírito bondoso pode vir em seu auxílio, embora não possa influir sobre ele de maneira a dominar-lhe a vontade. Um espírito mau, isto é, inferior, ao lhe mostrar de forma exagerada um perigo físico, poderá abalá-lo e amedrontá-lo, mas nem por isso a vontade do Espírito encarnado ficará menos livre de quaisquer entraves.

✳✳✳

A pergunta nº 738 de **O Livro dos Espíritos** coloca uma questão fundamental para entender o mecanismo da Lei de Ação e Reação:

Para melhorar a Humanidade, Deus não poderia empregar outros meios além dos flagelos destruidores?

Sim, e diariamente os emprega, pois deu a cada um os meios de progredir pelo conhecimento do bem e do mal. É o homem que não se aproveita desses meios. É preciso, pois, que seja castigado no seu orgulho e sinta a própria fraqueza.

Ante determinados acontecimentos até os mais orgulhosos se vergam. As forças da natureza em movimento inspiram medo. Nevascas, terremotos, tempestades, deixam-nos indefesos e ficamos tão pequeninos naquele momento que rezamos para passar a fúria dos elementos. Está em curso a "Lei da Destruição", uma lei natural, conforme a pergunta nº 728 de **O Livro dos Espíritos.**

✳✳✳

Uma das causas mais chocantes de resgates coletivos está exposta na pergunta nº 742:

Qual a causa que leva o homem à guerra?

Predominância da natureza animal sobre a natureza espiritual e satisfação das paixões. No estado de barbárie, os povos só conhecem o direito do mais forte, daí por que, para eles, a guerra é um estado normal. À medida que o homem progride, a guerra se torna menos frequente, porque ele evita suas causas, e quando a julga necessária, sabe adicionar-lhe humanidade.

Textos doutrinários

$\mathscr{F}$rancisco Cândido Xavier, psicografando Emmanuel, no Livro *Justiça Divina*, 8ª edição, fls. 123/124, Federação Espírita Brasileira, ensina:

Ante os mundos superiores

Reunião pública de 21-8-61

1ª Parte, cap. III, item 11

Quando nos referimos aos mundos superiores, recordemos que a Terra, um dia, formará entre eles, por estância divina. Atualmente, no entanto, apesar das magnificências que laureiam a civilização em todos os continentes, não podemos alhear-nos do preço que pagará pela promoção.

Sem dúvida, os campos ideológicos da vida internacional entrarão em conflitos encarniçados pelo domínio. As nuvens de ódio que se avolumam, na psicosfera do Planeta, rebentarão em tormentas arrasadoras sobre as comunidades terrestres. Contudo, as vibrações do sofrimento coletivo funcionarão por radioterapia na esfera da alma, sanando a alienação mental dos povos que sustentam as chagas da miséria, em nome da idéia de Deus, e daqueles outros que pretendem extirpá-las, banindo a idéia de Deus das próprias cogitações. Engenhos de extermínio desintegrarão os quistos raciais e as cadeias que amordaçam o pensamento, remediando as agonias econômicas da humanidade e dissipando as correntes envenenadas do materialismo, a estender-se por afrodisíaco da irresponsabilidade moral.

Enunciando, porém, semelhantes verdades, é forçoso dizer que não somos profetas do belicismo, nem Cassandras do terror.

Examinamos simplesmente o quadro escuro que as nações poderosas organizaram e que lhes atormenta, hoje, os gabinetes de governança, ainda mesmo quando se esforçam para disfarçá-lo nos banquetes políticos e nos votos de paz.

E, ao fazê-lo, desejamos apenas asseverar a nossa fé positiva no grande futuro, quando o homem, superior a todas as contingências, respirar, enfim, livre dos polvos da guerra que lhe sugam as energias e lhe entornam inutilmente o sangue em esgotos de lágrimas.

Abrindo as estradas do espírito para essa era de luz, abracemos a charrua do suor, pela vitória do bem, seja qual seja o nosso setor de ação.

Obreiros da imortalidade, contemplaremos os habitantes da Terra a emergirem de todos os escombros com que pretendam sepultar-lhes as esperanças, elevando-se em direitura de outras plagas do Universo! E, enquanto nos empenhamos, cada vez mais, em largas dívidas para com a Ciência que nos rasga horizontes e traça caminhos novos, vivamos na retidão de consciência, fiéis ao Cristo, no serviço incessante de burilamento da alma, na certeza de que, se a glorificação chega por fora, a verdadeira felicidade é obra de dentro.

COMENTÁRIO

Emmanuel, pela psicografia de Francisco Cândido Xavier, ao se referir às lutas ideológicas que estavam em curso no ano de 1961 (auge da guerra fria), reconhecia que aquela atmosfera de conflitos estava repleta de ódios, que provocariam o que chama de "tormentas arrasadoras", as guerras que estavam em curso e as que viriam entre as superpotências, para medir em campo alheio o potencial bélico de cada uma. Sofrimentos coletivos surgiriam inevitavelmente pela extensão dos conflitos e estes, notem a expressão, funcionariam como *radioterapia na esfera da alma, sanando a alienação mental dos povos que sustentam as chagas da miséria, em nome da idéia de Deus, e daqueles outros que pretendem extirpá-las, banindo a idéia de Deus das próprias cogitações.*

A guerra fria confrontava dois modelos econômicos e políticos de desenvolvimento. O mundo capitalista, de um lado, e o socialista, de outro, dividiam a terra em duas grandes esferas geopolíticas de poder, que ruiriam com a queda do muro de Berlim, permitindo a configuração de um novo mapa, principalmente nos países que até então estavam por detrás da cortina de ferro.

A expressão utilizada por Emmanuel "radioterapia da alma" mostra que a enfermidade nas grandes nações era comparável à de um câncer, submetendo povos enfraquecidos às botas dos soldados estrangeiros, invocando sempre um ideal, que nada mais era do que uma fachada para justificar o sentido íntimo de dominação política e econômica, com reflexos sociais profundos: miséria e pobreza nos países à margem, palco para demonstração dos equipamentos bélicos de última geração.

Os mecanismos da Justiça Divina, contudo, são

efetivos e retornam aos agressores das mais diferentes formas: maremotos, terremotos, tsunamis, acidentes de todos os tipos, que subsistirão na face do Planeta até o instante em que a Terra passar para a condição de "Mundo Superior", o que se dará quando o ser humano deixar definitivamente de lado a "irresponsabilidade moral", burilando a alma e conquistando a real felicidade, que vem de dentro para fora.

O ser humano realmente feliz, apaziguado consigo mesmo, irradia ações positivas, que modifica a psicosfera, infundindo a paz e o progresso para todos os povos. O sofrimento coletivo, assim como a radioterapia, atinge a célula cancerosa do egoísmo, causa primeira de todos os males. Ao extirpar pela radiação essas células, o organismo acusa a agressividade do tratamento, para depois reagir de forma favorável. O sofrimento coletivo não é um fim em si mesmo, mas meio doloroso aplicado como tratamento de choque aos recalcitrantes, para que eles alcancem um novo patamar de compreensão. Povos inteiros, grupos e subgrupos estão fadados à evolução, à paz, à felicidade, desde que superem as amarras do passado egoísta e avancem para um futuro de concórdia e de solidariedade.

"Viagens e Entrevistas"
95 – TRAGÉDIAS E GUERRAS

M.R: - Divaldo, Porto Alegre ainda está sofrendo a tragédia acontecida na Avenida Otávio Rocha. Em tragédias assim, em datas assim, como se comporta o Espiritismo na explicação do fato?

D.: – *Para nós, a Terra é o **mundo dos efeitos,***

enquanto o das causas *é o de natureza espiritual. Naturalmente, a Divindade dispõe de recursos por meio dos quais cobra os débitos que contraímos perante a harmonia das leis superiores, não sendo necessário recorrer a esses impactos cognominados calamidades, tragédias, infortúnios. No entanto, como somos negligentes e nem sempre nos submetemos às leis de amor, o Senhor recorre aos efeitos que são decorrência da nossa própria leviandade a fim de corrigir-nos. Em tragédias que tais, como aquela do Edifício Joelma, do Andraus e agora ocorrida aqui, no Edifício Renner, em Porto Alegre, os Espíritos sempre se utilizam de tais dolorosos processos como medida saneadora dos grandes males transatos. Digamos, por exemplo, que as pessoas envolvidas na tragédia em pauta, hajam sido antigos cristãos partícipes das Cruzadas, que incendiaram cidades inermes, povoados indefesos, e que, agora, por uma lei de afinidades se aglutinaram em um edifício onde irrompeu o incêndio, resgatando, coletivamente, o crime que coletivamente praticaram. Expliquemos melhor: Para nós, espíritas, a noite de São Bartolomeu, de que foi cenário a França, em 24 de agosto de 1572, gerou um carma, uma dívida que a consciência francesa acumulou perante as Leis Divinas, vindo a resgatar pouco mais de 200 anos depois, quando irrompeu a Revolução de 1789... Aqueles mesmos destruidores de vidas fizeram-se as vítimas da intolerância dos novos partidos em lutas aguerridas na comunidade gaulesa. Desta forma, acreditamos que, como homens nos afinamos pelas aptidões e interesses, também nos aglutinamos por identidades psicológicas, cármicas... Somos reunidos onde deveremos atuar no sentido positivo ou resgatar coletivamente as mazelas que acumulamos por imprevidência.*

M.R.: – Se entendi bem, isto é: o que se faz, é o que se paga?

D.: – *Exatamente. Há, no entanto, uma forma do*

indivíduo liberar-se de um resgate doloroso: pela soma de benefícios que pratique, anula os males que haja engendrado. Como normalmente não respeitamos esta lei de amor, mediante a prática do bem, somos conduzidos, às vezes, a grandes aflições, através das quais nos liberamos do infortúnio produzido antes.

<u>COMENTÁRIO</u>

Refere-se Divaldo Franco a três acidentes envolvendo edifícios conhecidos nas cidades de São Paulo e Porto Alegre.

Os incêndios que atingiram os edifícios Joelma e Andraus e, posteriormente, o Renner comoveram a opinião pública da época. As cenas de pessoas se jogando das alturas para fugirem das chamas que as estavam atingindo, mostradas em tempo real pela televisão, revelavam desespero, dor, sofrimentos inenarráveis.

Quando as torres gêmeas do World Trade Center em Nova Iorque foram atingidas pelos ataques terroristas, cujas consequências políticas terminaram no desencadeamento de duas guerras, a do Afeganistão e a do Iraque, o mundo inteiro, repetidas vezes, assistiu à queda dos edifícios pela televisão.

A pergunta então que se faz é a seguinte: essas tragédias são inevitáveis? Divaldo responde que as pessoas envolvidas não conseguiram se liberar do carma acumulado de outras formas. A aplicação da Lei do Amor e a prática do Bem liberam energias negativas e permitem que a pessoa avance sem a necessidade de passar por dores superlativas. No entanto, o ser humano nem sempre avança pela Lei do Amor, mas necessita avançar, o que se dá, em certos momentos, pelo impulso do sofrimento momentâneo.

Temas para estudos e comentários

1ª) Qual a personagem que mais admirou? Por quê?

2ª) Dentre as personagens, qual tem o perfil psicológico mais complexo?

3ª) É possível aliviar ou modificar o carma?

4ª) O que vem a ser "Dharma"?

5ª) Os sofrimentos coletivos são sempre inevitáveis? O homem pode ter responsabilidade por agravar as consequências?

6ª) A personagem Pai Bento, que trazia resquícios da escravidão, era um espírito evoluído?

7ª) Como era a personagem Pedro no exercício da mediunidade: reticente, inseguro, extremamente cauteloso ou responsável?

8ª) A questão da maternidade e a dificuldade de reter o feto como afetam as mulheres que se encontram nessa condição?

9ª) Quanto se perde a mãe, em razão do nascimento do filho, isso pode gerar um sentimento de culpa?

10ª) Como a Doutrina Espírita vê o sentimento de culpa?

11ª) Há outras formas de liberar o carma além do sofrimento compulsório?

12ª) A personagem Mário traduzia em sua insegurança tão somente os problemas que enfrentou com a protagonista Noêmia no passado ou havia em sua atitude situações do presente?

13ª) A personagem Serafina, a boa negra, aceitou com alegria a sua condição social nessa última encarnação?

14ª) É possível a um grupo de encarnados se organizar para uma reunião no Plano Espiritual?

15ª) A terapia a que o protagonista Demetrius foi submetido antes de tomar consciência que havia desencarnado foi válida?